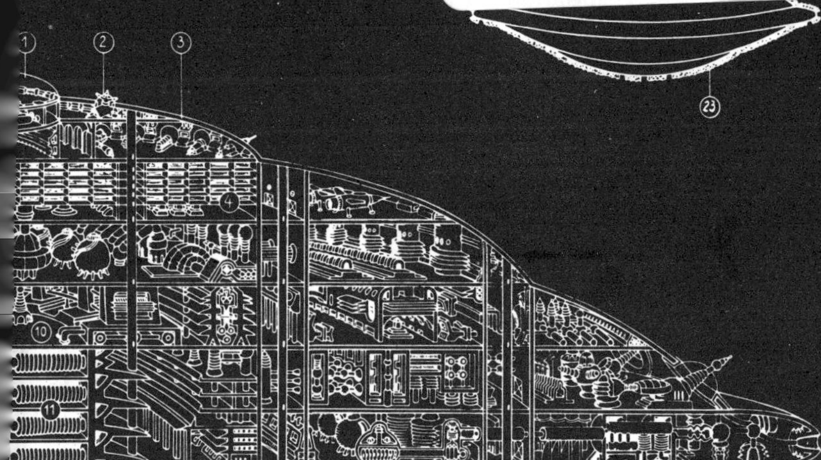
1
2
3
4
10
11
12
13
14
15
17
18
19
20
21
23

Perry Rhodan

Das zweite Imperium

Perry Rhodan

Das zweite Imperium

Verlag Arthur Moewig GmbH,
Rastatt

Redaktion: William Voltz
Satz: Utesch, Hamburg
Druck und Bindung: Mohndruck
Graphische Betriebe GmbH, Gütersloh
Printed in Germany
ISBN 3-8118-2032-X

Einleitung

Der Umgang mit Andersartigen gehörte schon immer zu den Problemen, die für viele Menschen unlösbar waren. Schwerer als in anderen Bereichen können wir uns in dieser Beziehung von der Dominanz uralter Verhaltensmuster lösen. Bedenkt man, vor welchen Schwierigkeiten wir stehen, wenn wir mit Angehörigen eines anderen Kulturkreises zu tun haben, mag uns bewußt werden, was die Begegnung mit Außerirdischen an Emotionen auszulösen imstande wäre – vor allem, wenn diese Fremden monströse Geschöpfe wären.

Natürlich haben auch die PERRY-RHODAN-Autoren in ihren Romanen von Anfang an darüber spekuliert, wie solche Begegnungen ausgehen könnten. Zwei Beispiele finden wir in diesem Buch: Den Kontakt mit den Schreckwürmern und den Blues. Das vorliegende Buch bietet ein Beispiel dafür, daß man an diese Thematik mit den üblichen Klischees herangehen (wie es im Fall der Blues geschehen ist), aber auch eine differenzierte Haltung einnehmen kann (so bei den Schreckwürmern). Auf den ersten Blick mag die erstgenannte Methode vom dramaturgischen Standpunkt aus die vielversprechendere sein, weil sie mehr Konfliktstoff und damit Spannung verheißt. Einer näheren Prüfung hält diese Vermutung jedoch nicht stand. Die Gegenüberstellung zweier verschiedener Arten unter Miteinbeziehung möglichst vieler psychologischer und philosophischer Fakten ist letztlich befriedigender. Doch das sollte jeder Leser mit sich selbst ausmachen, wenn er die folgenden Originalromane, die erstmals Mitte der sechziger Jahre erschienen sind, gelesen hat: *Vier von der USO* von *William Voltz; Der Pakt mit dem Tod* von *William Voltz; Das zweite Imperium* von *Clark Darlton; Im Bann des Riesenplaneten* von *Kurt Brand; Kontaktschiff Terrania* von *Kurt Brand; Im Labyrinth von Eysal* von *Kurt Mahr* und *Spione von der Erde* von *Kurt Mahr.* (Auflistung in der Reihenfolge des ehemaligen Erscheinens, ungeachtet der vorgenommenen Kürzungen und Bearbeitungen.)

Auch das nächste Buch wird sich noch einmal mit dem Thema der Blues auseinandersetzen.

Wie in allen vorausgegangenen Romanen habe ich mich auch bei der Bearbeitung dieses Bandes von der Überzeugung leiten lassen, daß trotz aller nötigen Korrekturen möglichst viel von der Originalität der „Heftchen" erhalten bleiben sollte. Für die mir bei dieser Aufgabe zuteil gewordene Hilfe bedanke ich mich bei Christa Schurm, Franz Dolenc und G. M. Schelwokat – und bei den vielen Lesern, die mir unermüdlich gutgemeinte Vorschläge und Kritiken zusenden.

Heusenstamm, Frühjahr 1984 William Voltz

ZEITTAFEL

1971: Die STARDUST erreicht den Mond, und Perry Rhodan entdeckt den gestrandeten Forschungskreuzer der Arkoniden.

1972: Aufbau der Dritten Macht und Einigung der Menschheit.

1976: Perry Rhodan löst das galaktische Rätsel und entdeckt den Planeten Wanderer, wo seine Freunde und er von dem Geisteswesen *ES* die relative Unsterblichkeit erhalten.

1984: Der Robotregent von Arkon versucht die Menschheit zu unterwerfen.

2040: Das Solare Imperium ist entstanden. Der Arkonide Atlan taucht aus seiner Unterwasserkuppel im Atlantik auf. Die Druuf dringen aus ihrer Zeitebene in unser Universum vor.

2044: Die Terraner verhelfen Atlan zu seinem Erbe.

2102: Perry Rhodan entdeckt das Blaue System der Akonen.

2103: Perry Rhodan erhält den Zellaktivator von *ES*.

2104: Der Planet Mechanica wird entdeckt. Vernichtung des Robotregenten von Arkon.

2114: Entdeckung der Hundertsonnenwelt und Bündnis mit den Posbi-Robotern.

2326: *ES* flieht vor einer unbekannten Gefahr und läßt 25 Zellaktivatoren zurück. USO-Spezialist Lemy Danger zerstört einen Zellaktivator und löst einen galaxisweiten Gravitationsschock aus. Es kommt zur Invasion der Hornschrecken. Die Hornschrecken verwüsten viele Welten und hinterlassen Schreckwürmer und die geheimnisvolle Molkexsubstanz. Die Spuren führen zu einem 2. Imperium.

1.

Das Ungeheuer bewegte sich langsam, als sei es sich nicht schlüssig, welche Richtung es einschlagen solle. Sein wurmförmiger Körper war etwas über 20 Meter lang und fast drei Meter dick.

Am Ende des monströsen Körpers saß ein runder Kopf von mindestens fünf Meter Durchmesser mit zwei großen Augen.

Claude Collignot sah entsetzt, wie das Ungeheuer ein riesiges Maul aufriß. Die gleichmäßig um den Kopf herum angeordneten Greifzangen bewegten sich.

Der Schreckwurm beschleunigte sein Tempo. Sein Kopf kam schnell auf Collignot zu, der unwillkürlich gegen die Rückwand des Sessels zurückwich.

„Das genügt!“ rief Atlan.

Sergeant Gilmore, der den 3-D-Projektor bediente, stellte den Vorführapparat ab und schaltete die Beleuchtung wieder ein.

Collignot rieb sich die Augen. Er sah, wie Captain Firgolt sich lässig von der Wand abstieß und auf die dunkle Leinwand zeigte.

„Einen besseren Begriff konnten wir von unserem Gegner nicht bekommen“, sagte er zu Lordadmiral Atlan gewandt. „Nun hat jeder von uns eine gewisse Vorstellung davon, mit wem wir es demnächst zu tun haben werden.“

Perry Rhodan, der abseits in einem Sessel saß, warf ein: „Leider konnten wir nicht alle Eigenarten des Schreckwurms filmen. Denken Sie vor allem daran, daß er Sprünge bis zu hundertfünfzig Metern machen kann. Das allein schon macht ihn zu einem gefährlichen Gegner – von seiner Fähigkeit, den stärksten Waffen zu widerstehen, einmal ganz zu schweigen.“

Die Männer befanden sich innerhalb des Leichten USO-Kreuzers CARBULA. Man schrieb den 17. Dezember 2326.

Atlan hatte vier USO-Agenten für einen dringenden Spezialauftrag ausgewählt.

Atlans Wahl war auf Captain Brent Firgolt und die Leutnants Warren, Kopenziack und Collignot gefallen, sämtlich Spezialisten mit einem hohen Ausbildungsgrad.

„Jeder von Ihnen kennt die Aufgabe, die Ihnen bevorsteht", sagte Atlan zu den vier Männern. „Sie sollen versuchen, dem Schreckwurm ohne Waffen gegenüberzutreten, um seine Reaktionen zu beobachten. Das heißt, daß Sie ihn testen sollen, ohne Ihr Leben zu riskieren."

„Hoffentlich ist der Schreckwurm damit einverstanden", bemerkte Leutnant Aldo Dopenziack sarkastisch.

Atlan lächelte unmerklich. Er kannte die Eigenarten seiner terranischen Freunde und wußte, wie er sie zu behandeln hatte.

„Vielleicht fragen Sie ihn einmal", schlug er vor.

Die Männer lachten.

Der Leichte Kreuzer CARBULA stand in unmittelbarer Nähe des Planeten Euhja, der dritten Welt von insgesamt fünf, die Euthats Stern umkreisten. Das Sonnensystem war 8314 Lichtjahre von der Erde entfernt, fernab aller galaktischen Verkehrswege.

Euhja war eine Arawelt. Das heißt, sie war es bis zu jenem Zeitpunkt gewesen, als zwei Ara-Wissenschaftler in ihrem Schiff Hornschrecken eingeschleppt hatten. Kaum hatten die kleinen Ungeheuer das Schiff verlassen, hatten sie mit ihrer ständigen Teilung begonnen und den einzigen Kontinent von Euhja verwüstet.

Seit dieser Zeit gab es dort keine Ara-Niederlassung mehr. Den Galaktischen Medizinern war noch die Zeit für einen dringenden Notruf geblieben, doch jede Hilfe kam vergebens.

Euhja war eine Wasserwelt. Ihr einziger Kontinent war eine Insel von der Größe Grönlands. Die Molkexmasse, die durch die ständige Teilung und Vermehrung der Hornschrecken entstanden war, hatte gerade zur Entstehung eines Schreckwurms ausgereicht.

Dieser einzelne Schreckwurm war es, den Perry Rhodan und Atlan nach gemeinsamen Beratungen ausgesucht hatten, um mehr über diese Monstren zu erfahren.

276 Planeten waren in den letzten Monaten von Hornschrecken regelrecht aufgefressen worden. Darunter waren sieben Welten, auf denen verschiedene Imperiumsvölker Stützpunkte unterhielten, die glücklicherweise nur dünn besiedelt waren. Von diesen sieben Planeten konnten nur zwei rechtzeitig evakuiert werden.

Durch Unachtsamkeit der Rettungsmannschaften sowie der fliehenden Stützpunktbewohner gelangten die Hornschrecken in weiterer Folge auf insgesamt 19 Planeten. Euhja war einer davon.

So kam es, daß sich auf diesen 19 Welten die Schreckwürmer erst 14 Tage später entwickelten als auf den Planeten, die bereits Eier enthielten.

„Wie Sie schon wissen, ist es uns gelungen, auf dem Planeten Zannmalon Schreckwürmer zu beobachten", sagte Atlan. „Dort konnten auch diese Aufnahmen gemacht werden, die Sie soeben sahen. In der Zwischenzeit haben wir alle verfügbaren Daten, die uns über Schreckwürmer zur Verfügung stehen, dem hyperinpotronischen Gehirn auf dem Erdmond zur Auswertung programmiert."

„Dabei stellte NATHAN, das Gehirn, einige erstaunliche Thesen auf", meinte Captain Firgolt.

„Das stimmt", bestätigte der Lordadmiral und höchste Befehlshaber der USO. „NATHAN ermittelte aufgrund der vorliegenden Daten, daß die Schreckwürmer über eine gewisse Intelligenz verfügen müßten. Sie soll etwa der eines terranischen Schäferhundes ums Zehnfache überlegen sein. Hinzu kommen ein präziser Instinkt und angelernte Handlungen."

„Es liegt an uns festzustellen, ob daran etwas Wahres ist", meinte Firgolt gelassen.

„Ferner steht fest, daß die Molkexmasse offensichtlich von dem unbekannten Volk für eine Schutzbekleidung seiner Raumschiffe verwendet wird. Wie das geschieht, vermochte auch NATHAN nicht anzugeben." Atlan gab Sergeant Gilmore ein stummes Zeichen. Gilmore verpackte den 3-D-Projektor und rollte die Leinwand zusammen.

„Inzwischen hat sich die Lage innerhalb der Galaxis stabilisiert", sagte Rhodan von seinem Platz aus. „Die ausgeschlüpften und durch Teilung entstandenen Hornschrecken haben sich in Molkex verwandelt, aus diesem wiederum entstanden Schreckwürmer. Diese wurden inzwischen alle von den unbekannten Raumfahrern abgeholt, ohne daß wir dagegen etwas unternehmen konnten. Zwar wurden alle 276 betroffenen Welten von Posbischiffen überwacht, aber die Fremden erwiesen sich stärker als die Posbis. Ehe die von den Fragmentraumern herbeigerufene Flotte an den betreffenden Stellen erschien, waren die Fremden mit ihrer Tätigkeit fertig und über alle Berge. Einige Male kam es zu Gefechten zwischen Fragmentraumern und den Fremden, bei denen die Posbis immer den kürzeren zogen. Es gibt daher nur noch neunzehn Planeten, auf denen Schreckwürmer existieren, von deren Existenz die Fremden nichts wissen können, da es sich um Planeten handelt, die *nicht* von ihnen zur Eierablage ausgesucht wurden, sondern erst durch Verschleppung der Hornschrecken verseucht wurden. Euhja war einer davon. Wir haben also auf Euhja eine letzte Möglichkeit, eines dieser Ungeheuer zu testen. Ich brauche Sie nicht darauf hinzuweisen, wie wichtig ein Gelingen Ihres Einsatzes ist. Noch wissen wir nicht genau, was hier eigentlich geschieht, aber die Gefahr ist offensichtlich."

„Meine Männer und ich werden alles in unseren Kräften Stehende versuchen", versprach Firgolt ruhig.

„Sobald Sie die CARBULA verlassen haben, kehren Atlan und ich an Bord der ERIC MANOLI zurück, um die Entwicklung abzuwarten", erklärte Rhodan. „Die CARBULA wird innerhalb dieses Sonnensystems bleiben, so daß Sie jederzeit das Schiff um Hilfe rufen können, wenn es gefährlich für Sie wird."

Claude Collignot öffnete die Uniformtasche seiner Kombination und zog eine überlange schwarze Zigarre hervor.

„Was ist mit unserer Spezialausrüstung, Sir?" fragte er Atlan.

Der Lordadmiral wartete, bis Collignot die Zigarre angezündet hatte.

„Wir werden Sie mit einem U-Boot absetzen, also nicht etwa direkt auf der Insel, wie Leutnant Warren vorgeschlagen hat", sagte er dann. „Das gut abgeschirmte U-Boot bietet Ihnen die Möglichkeit, alle wichtigen Geräte griffbereit und doch gegen jede Ortung abgesichert aufzubewahren."

„Das leuchtet mir ein, Sir", sagte Warren. „Wir werden den Kontinent vom Meer aus betreten."

„Sie sind mit allem ausgerüstet, was Sie während Ihres Aufenthalts auf Euhja benötigen könnten", fuhr Atlan fort. „Denken Sie vor allem an die Benutzung des Symboltransformers, der uns schon bei der Verständigung mit den Posbis wertvolle Dienste leistete. Vielleicht reicht die Intelligenz des Schreckwurms aus, eine Methode zu finden, mit der er sich uns verständlich machen kann."

Captain Firgolt, ein großer, breitschultriger Mann mit braunen Augen und abstehenden Ohren, sagte: „Claude macht sich noch einigen Kummer, Sir."

Collignot blickte mißtrauisch zu seinem Vorgesetzten hinüber. Die Zigarre hing lässig in seinem Mundwinkel.

„Sprechen Sie, Leutnant Collignot", forderte Atlan den schwarzhaarigen Mann auf.

„Es ist nichts, Sir", sagte dieser hastig.

Kopenziack, der älteste der vier Spezialisten, grinste.

„Er fürchtet um seine Zigarren, Sir", erklärte er. „Da Euhja eine Wasserwelt ist, glaubt er, daß sie bei soviel Feuchtigkeit aufweichen könnten."

Errötend strich Collignot über sein Haar.

„Immerhin, Sir, diese Zigarren bekommt man nur zu horrenden Preisen", sagte er tapfer.

Er erinnerte sich an den Schreckwurm, den er vor wenigen Minuten auf der Leinwand gesehen hatte. So, wie das Ungeheuer aussah, würde er nicht viel Gelegenheit zum Rauchen haben.

2.

Er war von einem Ufer der Insel zum anderen gewandert, er hatte diesen kleinen Kontinent durchsucht und dabei versucht, Leben zu entdecken.

Doch es gab kein Leben.

Es war das gleiche Bild, das alle von Hornschrecken kahlgefressenen Welten boten.

Der einzige Kontinent des Planeten Euhja war zu einer Einöde geworden, zu einem kahlen Eiland, auf dessen Nordseite das Meer brüllend gegen die hochragenden Steilküsten ankämpfte, während es im Süden über flaches Ufer wogte.

Trotz der Hornschreckenplage gab es auf Euhja intelligentes Leben: im Meer, in einem U-Boot.

Doch der einsame Wanderer wußte nichts davon. Sein unbewußtes Suchen nach Leben beruhte auf einem Zwiespalt, in den sein Geist verfallen war. Seit er begonnen hatte zu denken, lagen in ihm zwei gegensätzliche Wünsche im Streit. Er fühlte sich gedrängt, den uralten Befehlen der Huldvollen Folge zu leisten und den Hyperimpuls abzustrahlen, der sie herbeirufen würde. Doch ein anderer Teil seines Gehirns rebellierte gegen diese Absicht.

Er war sich darüber im klaren, daß in ihm der Keim zur Revolution schlummerte. Etwas warnte ihn, ohne Widerspruch für die Huldvollen zu arbeiten.

So wanderte er über den Kontinent auf der Suche nach etwas Lebendigem. Ab und zu stieß er auf Molkexablagerungen. Der größte Teil der Masse war bei der Metamorphose aufgebraucht worden.

Der Schreckwurm fragte sich, welcher Instinkt ihn an der Ausführung uralter Gewohnheiten zu hindern versuchte. Seine Gedanken waren revolutionär. Sein Zögern allein war bereits unverständlich und strafbar. Weder die Huldvollen noch seine eigenen Artgenossen hätten ihm Verständnis entgegengebracht.

Niemand weiß von deiner Anwesenheit auf dieser Welt, bohrte der aufrührerische Gedanke. Wenn du den Hyperimpuls nicht sendest, wird man dich niemals finden.

Bestürzt begann er schneller über das Land zu kriechen. Seine geistige Entwicklung ängstigte ihn, aber das war nur natürlich. Viel schlimmer war eine Art innerer Befriedigung, die er immer dann zu empfinden glaubte, wenn er sich über die Angst vor den Huldvollen hinweggesetzt hatte.

Wenn er den Hyperimpuls nicht sendete, verstieß er gegen das uralte Gesetz. Falls er sich überhaupt dazu überwinden konnte, den Impuls *nicht* abzustrahlen, würde er vielleicht sogar in geistige Umnachtung verfallen, denn der Gedanke an die Unterlassung ewiger Pflichten erschütterte ihn bereits tief.

Das schlimmste jedoch war seine völlige Einsamkeit, das Bewußtsein, daß er einen einsamen Entschluß zu fällen hatte, denn kein anderer Schreckwurm würde einen Augenblick mit der Abstrahlung des Impulses zögern. Allmählich näherte er sich mehr und mehr dem Ufer. Er hielt sich jetzt auf der südlichen Hälfte der Insel auf. Sein mächtiger Körper bewegte sich über das verödete Land.

Was gibt den Huldvollen das Recht, mich auszunutzen? fragte er sich. Niemand wußte von der Intelligenz seiner Rasse, noch nicht einmal die Huldvollen. Dieser Gedanke befriedigte ihn und machte ihn stolz.

Ein Geheimnis besaß seine Rasse vor der gesamten Galaxis: das Geheimnis ihrer wunderbaren geistigen Fähigkeiten. Niemals hatte ein Schreckwurm die Klugheit seiner Rasse verraten.

Doch über dieser Geheimhaltung stand die Pflicht.

Es gab für ihn keine Lösung, mit der er gleichzeitig den Huldvollen, seiner Rasse und sich selbst gerecht werden konnte. Verzweifelt kroch er weiter. Der Hyperteil seines enormen Gehirns, der ihm neben dem UKW-Teil zur Verfügung stand, ermöglichte ihm nicht nur Frequenzen bis auf fünfdimensionale Ebenen zu empfangen, sondern gab ihm die Möglichkeit, einen Peilimpuls abzustrahlen, einen bioelektronischen Funkstoß auf Hyperebene, der Lichtjahre überbrücken würde.

Er erklomm den Kamm eines langgezogenen Hügels. Von diesem Platz aus konnte er zum Meer blicken. Dort gab es sicher vielfältiges primitives Leben. Aber er konnte von Amöben, Einzellern, Krebsen und Seeungeheuern keine Hilfe erwarten.

Natürlich gestand sich der Schreckwurm nicht ein, daß er Hilfe benötigte. Es war nur ein unbewußtes Suchen nach geistig Gleichgesinnten, die seine revolutionären Gefühle verstehen würden.

Er legte sich in Ruhestellung, mit offenen Augen, während der Wind, der vom Meer herankam, über seinen mächtigen Körper strich.

So kauerte er auf dem kahlen Boden, der durch die gefräßigen Hornschrecken steril geworden war. Er versuchte, seine Gedanken unter Kontrolle zu bringen, doch sie entglitten ihm und kehrten zu den gefährlichen Ideen zurück.

Er spürte die Sonne, die weit entfernt im Raum stand und deren Energien er aufsog. Bald würde er gesättigt sein. Sein Körper würde die tiefviolette Farbe annehmen, die für einen erwachsenen Schreckwurm charakteristisch war.

Äußerlich würde er sich durch nichts von einem anderen Schreckwurm unterscheiden. Doch seine Gedanken machten ihn zu einem Außenseiter. Er krümmte sich wie unter Schmerzen. Er wollte sich laut brüllend ins Meer stürzen, sich von der Kühle des Wassers betäuben lassen, doch er ahnte, daß ihm das nicht helfen würde.

Auf die Dauer konnte er der uralten Gewohnheit nicht widerstehen. Er entspannte sich und schloß für einen Augenblick die Augen. Jede einzelne Faser seines Körpers gab sich dem Gefühl absoluter Ruhe hin.

Da strahlte er der Hyperimpuls ab.

Es geschah fast automatisch, ohne äußeres Zutun, als sei es eine natürliche Reaktion auf die Entspannung des Körpers gewesen. Er wußte jedoch genau, daß er sich damit selbst betrog.

Er hatte verloren. Die seit undenklichen Zeiten gegenüber den Huldvollen bestehende Treue war Sieger geblieben. Er hatte sie gerufen. Ermattet lag er da, schwer erschüttert durch diesen Konflikt.

Wenn er erwartet hatte, daß sich sein Inneres jetzt beruhigen würde, sah er sich bitter enttäuscht. Die Gedanken an Revolution blieben in ihm wach, sie bohrten in ihm und versuchten, Macht über sein Gehirn zu gewinnen.

Da sah er vier winzige Gestalten aus dem Meer waten.

Die Wesen kamen nur langsam voran. Sie waren klein und gingen aufrecht. Offensichtlich verließen sie ihr nasses Element, um ans Ufer zu gelangen. Wahrscheinlich waren sie in den Tiefen des Meeres beheimatet, wo sie den zerstörenden Angriffen der Hornschrecken entgangen waren.

Unwillkürlich blieb der Schreckwurm stehen. Er zögerte, diese Lebewesen einfach zu töten. Mit vier, fünf Sprüngen hätte er sie erreichen und vernichten können. Doch er tat es nicht. Er wollte damit warten, bis er herausgefunden hatte, was diese Wesen veranlaßte, aus dem Ozean zu kommen und an Land zu gehen. Offensichtlich handelte es sich um Eingeborene dieser Welt, die gleichzeitig im Wasser und an Land leben konnten.

Vielleicht besaßen sie sogar eine schwache Intelligenz.

Aber – was war das?

Die Wesen *gingen*. Sie liefen auf zwei Gliedmaßen, als hätten sie nie etwas anderes getan. Irgendwie erschienen ihre Körper nicht für ein Leben im Wasser geschaffen zu sein. Doch das konnte die Erklärung für ihr plötzliches Auftauchen auf der Insel sein. Vielleicht waren sie vor den Hornschrecken geflüchtet und kehrten nun zurück, um zu sehen, was von ihrem Land noch exstierte.

Sie würden enttäuscht sein. Außer ihm gab es kein Leben mehr auf diesem kleinen Kontinent. Der Schreckwurm entschloß sich, mit den vier Eingeborenen zu spielen. Bevor er sie tötete, wollte er mehr über sie erfahren. Er wollte herausfinden, wie intelligent sie waren, wie sie lebten und welche Mentalität sie besaßen. Dabei würde er dem uralten Gesetz seiner Rasse folgen und das dümmliche Ungeheuer spielen.

3.

Während die CARBULA auf der Nachtseite Euhjas in die Atmosphäre eindrang, bereiteten sich die vier USO-Spezialisten auf den Beginn ihres Einsatzes vor. Das kleine Atom-U-Boot wurde mit der Spezialausrüstung beladen. Alles wurde zum Ausschleusen des Schiffes vorbereitet.

Leutnant Aldo Kopenziack, der untersetzte, kahlköpfige Mann mit dem faltigen Gesicht, überwachte die Verladearbeit innerhalb des U-Boots, während Firgolt, Warren und Collignot abschließende Besprechungen mit Perry Rhodan und Atlan führten, die in wenigen Stunden wieder zur ERIC MANOLI übersetzen würden. Obwohl jeder wußte, daß man mit herkömmlichen Waffen einem Schreckwurm nicht beikommen konnte, wollte man auf sie nicht verzichten. Die Männer fühlten sich mit Waffen sicherer, auch wenn es eine trügerische Sicherheit war. Da man nicht wußte, was der Schreckwurm gegen die USO-Spezialisten unternehmen würde, hatte man dem Team auch einige handgranatenförmige Katalyse-Fusionsbomben mitgegeben, deren Energiegewalten selbst ein Schreckwurm nicht lange widerstehen konnte.

Kopenziack war gerade dabei, zusammen mit Sergeant Gilmore drei kurzläufige Strahlenkarabiner in das U-Boot zu bringen, als Leutnant Claude Collignot auftauchte.

Kopenziack streckte seinen massigen Kopf aus dem Turm und sah Collignot über das Vorderdeck kommen. Der Spezialist trug einen mittelgroßen Kasten in den Händen.

„Warten Sie!“ rief Kopenziack Gilmore zu.

Collignot blieb unterhalb des Turmes stehen und grinste zu Kopenziack hinauf.

„Da ist noch etwas, das wir unbedingt mitnehmen müssen“, sagte er.

Kopenziack war nicht pedantisch, aber da man ihm diese Aufgabe überlassen hatte, beschloß er, sie mit peinlicher Sorgfalt auszuführen.

„Es gibt eine Liste über alle Dinge, die wir mitnehmen“, erklärte er. „Gehört das Paket dazu?“

Leutnant Collignot lächelte.

„Es ist Munition“, gab er bekannt.

„Munition?“ wiederholte Kopenziack ungläubig. „Ich dachte, daß Gilmore und ich schon alles davon verladen hätten.“

„Das da“, sagte Collignot treuherzig, „haben Sie anscheinend vergessen.“

Er streckte die Kiste zum Turm hinauf, und Kopenziack nahm sie in Empfang. Sie war in wasserdichtes Tuch verpackt. Kopenziack schnüffelte daran.

„Ich schätze, es sind Zigarren“, sagte er. „Lange, stinkende Zigarren, wie sie nur von einem einzigen Menschen innerhalb der Galaxis geraucht werden.“ Streng fuhr er fort: „Sie versuchen, Narkotika auf einen fremden Planeten zu schmuggeln, Leutnant.“

In Collignots Gesicht waren keine Anzeichen von Verwirrung zu erkennen. Er knöpfte die Tasche seiner Uniformjacke auf und zog einen Zettel hervor.

„Kopenziack“, sagte er gedehnt, „wissen Sie, was das hier ist?“

„Ich kann mich nicht erinnern, dieses Papier schon irgendwo gesehen zu haben“, erwiderte Kopenziack zögernd.

„Dann will ich Ihr Gedächtnis auffrischen“, meinte Collignot mit verdächtiger Freundlichkeit. „Erinnern Sie sich an unseren gemeinsamen Einsatz auf der dritten Welt von Betters Stern?“

Kopenziack nickte wehmütig.

„Auf diesem Planeten“, fuhr Collignot unbarmherzig fort, „haben Sie mir einen Schuldschein in Höhe von drei Millionen Solar unterschrieben.“ Triumphierend hielt Collignot den Zettel hoch. „Das ist er, Aldo.“

„Ich war berauscht!“ schrie Kopenziack. „Es ging darum, die Wirkung dieses Getränks, das die Eingeborenen herstellten, auf menschliche Körper zu testen, weil durch den Genuß dieser Flüssigkeit alle terranischen Kolonisten total verarmt waren. Das Zeug bewirkt, daß man sein ganzes Hab und Gut verschenken will. Während des Rauschzustands möchte man jeden mit Reichtümern überschütten." Kopenziack hustete. „Sie haben diese Situation ausgenutzt, Leutnant. Es geschah während eines Tests."

„Immerhin trägt der Schein Ihre Unterschrift", bemerkte Collignot.

Kopenziack verschwand wortlos im Turm.

„Passen Sie auf, daß meine Munition nicht naß wird!" schrie Collignot hinter ihm her.

Captain Firgolt und Leutnant Warren erschienen im Schleusenvorraum. Atlan und Perry Rhodan waren bei ihnen.

„Wie weit ist Kopenziack?" fragte Firgolt.

„Fast fertig, Sir", meldete Collignot. „Er bringt gerade noch etwas Munition an Bord."

„Wir werden Sie mit dem U-Boot auf der anderen Seite der Planetenkugel absetzen", sagte Atlan. „Sie werden also unbemerkt auf Euhja ankommen. Das Schiff wird Sie sicher zu dem einzigen Kontinent bringen, wo der Schreckwurm lebt. Verankern Sie das Boot vor der Insel. Mit Hilfe der Unterwasseranzüge werden Sie mühelos das Land erreichen."

Perry Rhodan, der wie immer eine einfache Kombination trug, strich mit der Hand über die Außenfläche des Atom-U-Boots.

„Vielleicht fragen Sie sich, warum wir nicht mit einer gewaltigen Steitmacht landen, um den Schreckwurm zu beobachten?" sagte er zu Firgolt. „Wir haben inzwischen erfahren, daß wir dann wahrscheinlich nicht die richtigen Ergebnisse erhalten. Das Tier darf in seinem Lebensbereich nicht unnötig gestört werden. Die Wichtigkeit Ihrer Aufgabe wurde Ihnen mehrfach vor Augen geführt. Von Ihrem Erfolg kann viel, ja sogar alles abhängen. Daran denken Sie bitte in jeder Situation."

Perry Rhodan grüßte und verließ den Schleusenvorraum.

„Er kann mit wenigen Worten mehr ausdrücken als ein anderer in vielen Sätzen", sagte Firgolt beeindruckt. „Wir werden also zunächst ohne Geräte an Land gehen, um den Schreckwurm nicht unnötig zu verwirren."

„Ihre Ausrüstung bleibt im U-Boot, bis das Tier sich an Ihre

Anwesenheit gewöhnt hat", stimmte Atlan zu. „Danach können Sie im Bedarfsfall auf die einzelnen Geräte zurückgreifen."

Ein Lautsprecher knackte. Die Stimme Major Herkners wurde hörbar, des Kommandanten der CARCULA.

„Wir werden bald unser Ziel erreicht haben, Lordadmiral. Die Männer können das U-Boot besteigen", gab er bekannt.

Atlan schaltete das kleine Sprechgerät ein, das er am Arm trug. „In Ordnung, Major. Gehen Sie mit der CARBULA so dicht über die Meeresoberfläche, daß das U-Boot ins Wasser gleiten kann."

Die CARBULA war mit einer Spezialgleitbahn versehen worden, die hydraulisch ausgefahren werden konnte. Auf dieser Bahn würde das Boot, das den Namen MOONSHINE trug, in die Fluten des fremden Meeres gleiten und sofort unter Wasser verschwinden.

Major Herkner bestätigte. Atlan verabschiedete sich von den Spezialisten und verließ mit Sergeant Gilmore den Schleusenvorraum.

Als letzter kam Captain Firgolt ins Innere des kleinen Schiffes. Die Männer hatten bereits ihre Plätze eingenommen. Collignot, der eine seemännische Schulung erhalten hatte, stand an den Kontrollen. Warren bediente das Funkgerät, mit dem sie mit der CARBULA in Verbindung bleiben konnten. Allerdings würden sie die Funkanlage nur im äußersten Notfall benutzen, damit eine Ortung unmöglich war.

„MOONSHINE klar!" rief Firgolt, als alle Luken dicht waren.

In der fast tintenschwarzen Nacht Euhjas tauchte die CARBULA gleich einem Schemen über der Wasseroberfläche auf. Fast berührte die Außenfläche des Schiffes das Wasser. Im Kontrollraum hatte Major Herkner auf Antigravantrieb umgeschaltet, so daß das Kugelschiff scheinbar bewegungslos über dem Ozean schwebte.

„Schleuse öffnen!" befahl der Major. „Gleitbahn ausfahren!"

Die Schleuse glitt auf, die Metallkonstruktion, auf der die MOONSHINE die CARBULA verlassen würde, tauchte ins Wasser.

„Fertig, Captain?" fragte Atlan über die Funkverbindung.

„Alles klar, Sir", kam Firgolts Antwort.

Die Magnettrossen, die das U-Boot festgehalten hatten, gaben das Schiff frei.

„MOONSHINE geht ab, Sir" meldete Firgolt.

Im flachen Winkel stieß das U-Boot mit dem Bug auf die Wasseroberfläche und tauchte unter. Sekunden später wurde die Gleitbahn eingezogen, die Schleuse glitt zu. Einen Moment noch stand die CARBULA über dem Meer, dann riß sie die Kraft der anlaufenden Triebwerke empor, und sie verschwand in der Nacht.

„Land in Sicht!“ rief Captain Brent Firgolt und klappte die Drehgriffe des Periskops in die Arretierungen zurück. „Ich glaube, daß wir uns bald nach einem Ankerplatz umsehen können.“

Die vier Männer begannen mit den Vorbereitungen, um das Unterseeboot in Kürze verlassen zu können. Warren überprüfte die Unterwasseranzüge. Als sie noch näher an den Kontinent herangekommen waren, fuhr Firgolt das Periskop ein.

„Wir haben einen guten Platz gefunden“, sagte er, nachdem er einige Zeit beobachtet hatte. „Das Ufer ist flach, lediglich im Hinterland sehe ich einige Hügel. Keine Spur von Vegetation oder tierischem Leben.“

„Die Hornschrecken haben nichts zurückgelassen“, bemerkte Kopenziack. „In ihrer Gefräßigkeit vernichten sie alles.“

Collignot steuerte die MOONSHINE in eine Bucht und setzte sie auf Grund. Trotz seiner Kleinheit war das U-Boot schnell und wendig. Selbst in größeren Tiefen hielt die Speziallegierung aus Arkonstahl, mit der die Außenhülle gefertigt war, dem Druck der Wassermassen stand.

In der geringen Tiefe, in der sie ankerten, bestand keinerlei Gefahr für die MOONSHINE. Auf ihrer Fahrt durch das Meer hatten die Männer mehrfach Gelegenheit gehabt, tierisches Leben innerhalb des Wassers zu beobachten. Es gab auf Euhja unzählige Arten von Fischen. Hier, in der Nähe des Ufers, tauchten Krebse, Fische und schildkrötenähnliche Tiere auf.

Mehrfach glaubten sie auch im Hintergrund einen riesenhaften Schatten gesehen zu haben. Entweder handelte es sich um ein Seeungeheuer, oder es waren Schwaden von Wasserpflanzen, die sich in der Strömung bewegten. Sobald sie die Außenscheinwerfer einschalteten, war der Schatten verschwunden.

„Sollen wir nicht wenigstens die Katalyse-Fusionsgranaten mitnehmen?“ fragte Leutnant Warren.

„Nein“, lehnte Firgolt ab. „Wir richten uns nach den Anweisungen des Lordadmirals. Der Schreckwurm darf durch nichts Ungewöhnliches aufgeschreckt werden. Vorerst werden wir nichts mit an Land nehmen."

Collignot hüstelte und schaute Kopenziack eindringlich an. Sie zogen die Anzüge über. Ein letztes Mal kontrollierte Collignot den Außendruck.

„Sauerstoffregelung überprüfen", ordnete Firgolt an. Sie stülpten die Maske über und klemmten den Schlauch daran fest, der vom kleinen Sauerstoffaggregat auf ihren Rücken zum Mund führte.

Sie nickten sich zu, um zu zeigen, daß alles in Ordnung war. Firgolt ging voraus in die Flutkammer. Als sie alle versammelt waren, verschloß Warren das Schott zum Kommandoraum. Mit sicheren Griffen öffnete er die Flutventile. Wasser drang herein.

Hastig verstaute Collignot ein kleines Päckchen, das ihm Kopenziack heimlich überreicht hatte.

Der Druck stieg, und gleich darauf konnte Firgolt die Flutkammer öffnen. Der Captain stieß sich ab und begann seine Beine rhythmisch zu bewegen. Er blickte zurück, um sich zu überzeugen, daß ihm die anderen folgten.

Sie schwammen in einer Kette, deren erstes Glied Firgolt war. Warren bildete den Abschluß. Schwärme von kleinen, farbigen Fischen huschten durchs Wasser, Quallen, die sich mit ruckartigen Bewegungen durch das Meer arbeiteten, trieben neugierig heran, als wollten sie feststellen, welche fremden Wesen in ihr Element eingedrungen waren.

Unbeirrbar schwamm Firgolt in jene Richtung weiter, in der das Ufer liegen mußte. Mehrere Meter über ihm lockte der helle Schein der Wasseroberfläche. Fische, die wie bunte Kugeln aussahen, vollführten einen hektischen Tanz um die Männer.

Endlich spürte der USO-Captain Grund unter den Füßen. Er wartete, bis die anderen neben ihm waren, dann zeigte er zum Ufer. Drei Meter über ihnen war die Oberfläche. Sie wateten weiter. Der Meeresgrund war weich und mit Pflanzen bewachsen. Hier hatten auch die gierigen Hornschrecken haltmachen müssen.

Da Firgolt der größte war, tauchte sein Kopf zuerst aus dem Wasser. Erleichtert nahm er den Sauerstoffschlauch ab. Analysen und die Tatsache, daß Euhja eine Ara-Niederlassung gewesen war, hatten zu dem Schluß geführt, daß die Atmosphäre dieser Welt für Terraner atembar war.

Die Luft war frisch und salzig. Vor sich sah Firgolt den einzigen Kontinent, der auf dieser Wasserwelt existierte.

Firgolt ging weiter. Warrens Kopf erschien neben ihm, dann tauchten Kopenziack und Collignot auf.

„Sehen Sie, Captain", sagte Kopenziack grimmig. „Das gesamte Land ist kahlgefressen. Nur nackte Erde ist zu sehen und stellenweise dieses Molkex."

Die Augen der Männer suchten das Gelände ab, aber sie sahen nur das verlassene Ufer und die öden Hügelketten im Hintergrund. Am Strand gab es noch nicht einmal mehr Muschelschalen. Der gesamte Kontinent bestand aus kahlgefressener, wie glattpolierter Erde.

Gerade diese vollkommene Leblosigkeit war es, die die Männer erschütterte. Unwillkürlich dachten sie alle daran, was geschehen könnte, wenn Hornschrecken jemals in das Solsystem eingeschleppt werden sollten.

Triefend vor Nässe kamen sie aus dem Wasser. Das Material der Anzüge war so geschaffen, daß es rasch trocknete und danach luftdurchlässig wurde. Da die Anzüge nicht schwerer als andere Kleidung waren, konnten die Männer sie auch an Land tragen.

Sie versammelten sich in unmittelbarer Nähe des Ufers.

„Die Insel ist ziemlich groß", sagte Captain Firgolt. „Ihre gesamte Fläche nimmt etwa zwei Millionen Quadratkilometer ein."

„Ich frage mich, wie wir da dieses liebe Tierchen finden sollen", bemerkte Collignot. „Selbst wenn wir voraussetzen, daß die Insel an ihrer breitesten Stelle nur fünfhundert Kilometer mißt, so bleibt noch eine Längenausdehnung von über viertausend Kilometer."

Firgolt nickte. „Ihre Bedenken sind richtig, doch Sie übersehen zwei wesentliche Dinge. Einmal hat uns die MOONSHINE an jene Stelle des Kontinents gebracht, an der die wenigsten Molkexablagerungen zu erkennen waren. Das heißt, daß der Wurm in diesem Gebiet ausgeschlüpft ist, zweitens sind das Ungeheuer und wir die einzigen Lebewesen auf der Insel. Das erleichtert unsere Aufgabe. Außerdem glaube ich nicht, daß sich der Schreckwurm in der Nähe der Steilküste aufhält. Selbst für seine außergewöhnlichen körperlichen Fähigkeiten dürfte jener Teil der Insel zu ungemütlich sein."

Firgolt befestigte den Atemschlauch am Sauerstoffaggregat auf seinem Rücken. Das Gerät war aus Leichtmetall und von geringem Gewicht.

„Ich glaube, daß wir uns die ganze Diskussion über den Schreckwurm sparen können“, sagte da Warren. Er war ein überschlanker junger Offizier, mit blonden Haaren und einem etwas feminin wirkenden Gesicht.

Firgolt blickte Warren an. „Wie meinen Sie das, Elmer?“

„Ich meine, daß wir ihn nicht suchen müssen“, meinte Warren gedehnt. „Er sitzt nämlich dort oben, etwas unterhalb des langgezogenen Hügels, und scheint uns zu beobachten.“

Sekunden später hatten sie alle den Schreckwurm ausgemacht. Lang ausgestreckt lag er in einigen hundert Metern Entfernung am Hang.

„Er bewegt sich nicht“, stellte Collignot fest und löste das Zigarrenpäckchen vom Gürtel.

„Vielleicht ist er tot“, meinte Kopenziack.

„Ich glaube es nicht“, widersprach Firgolt. Sein muskulöser Körper straffte sich. „Es kann sein, daß er uns bereits gesehen hat. Das wäre natürlich unangenehm. Hoffen wir, daß er schläft.“

„Er macht ein Nickerchen“, grinste Collignot, zog eine Zigarre von beachtlicher Länge hervor, biß ein Ende ab und zündete sie an.

„Vielleicht wird ihn der Gestank dieser Dinger narkotisieren“, meinte Kopenziack anzüglich.

Firgolt begann über ihr Problem nachzudenken. Keiner hatte damit gerechnet, daß sie sofort auf den Schreckwurm stoßen würden. Die Tatsache, daß er dort oben am Hang lag, war ein Zufall. Sie hatten ursprünglich geplant, den Schreckwurm aus Verstecken zu beobachten, sobald sie ihn gefunden hatten.

Firgolt sah keinen Grund dafür, warum sie jetzt anders vorgehen sollten. Es war vielleicht besser, wenn sie sich zunächst einmal teilten, um abzuwarten, wie der Schreckwurm reagierte.

„Wir kreisen ihn ein“, gab der Captain bekannt. „Wir nähern uns ihm von verschiedenen Punkten. Dabei darf keiner von uns ein Risiko eingehen. Das Tier ist aus sicherer Entfernung zu beobachten – mehr nicht.“

In diesem Augenblick entstand auf Euhja eine groteske Situation.

Die vier Spezialisten nahmen an, ein reizbares, aber ziemlich primitives Ungeheuer vor sich zu haben, das sie unter allen Umständen beobachten mußten. Der Schreckwurm hingegen glaubte auf primitive Eingeborene gestoßen zu sein, deren Erscheinung er zu untersuchen beabsichtigte. Keiner wußte von der Intelligenz des anderen.

Allerdings gab es einen Unterschied, der den Spezialisten rasch zum Verhängnis werden konnte: Der Schreckwurm vermied es, seine Intelligenz zu zeigen, und spielte das Ungeheuer.

Die Terraner hingegen verbargen ihre Intelligenz nicht.

„Sobald wir Anhaltspunkte gefunden haben und sicher sein können, daß uns der Wurm nicht vernichten will, kehren wir zur MOONSHINE zurück, um uns auszurüsten", fuhr Firgolt fort. „Damit nicht jeder von uns unwillkürlich operiert, schlage ich vor, daß wir uns in Abständen von acht Stunden an diesem Platz hier treffen. Jeder trägt eine Uhr. Außerdem hat jeder Nahrungskonzentrate und Wasserdrops bei sich."

„Er bewegt sich!" schrie Kopenziack.

Die Köpfe der vier Männer ruckten hoch. Das Ungeheuer hatte seinen Platz am Hang verlassen. Seinen mächtigen Kopf hielt es beim Kriechen nach oben gestreckt. Der Anblick dieses Monstrums war bei weitem entsetzlicher als der des Schreckwurms auf der Leinwand.

„Schnell, teilen wir uns!" befahl Firgolt.

Er schickte die Männer in verschiedene Richtungen davon. Warren und Kopenziack rannten nach beiden Seiten den Landzungen entgegen. Collignot sollte nach Möglichkeit von ihrem jetzigen Standort aus operieren.

Es entsprach Firgolts Wesen, daß er die schwierigste Aufgabe für sich vorbehalten hatte.

Er wollte dem Schreckwurm entgegengehen.

Collignot zog an seiner Zigarre. Etwas betrübt blickte er den davonstürmenden Spezialisten nach.

„Viel Glück, Sir", sagte er zu Firgolt.

Der Captain nickte.

Dann marschierte er direkt auf den Schreckwurm zu.

Er sah, daß die vier Kreaturen stehenblieben und sich offenbar miteinander verständigten. Das mußte noch kein Anzeichen für Intelligenz sein. Es gab viele Rassen, die eine primitive Signalverständigung besaßen.

Die Gewohnheiten seiner Rasse trieben ihn an, die vier Meeresbewohner zu töten, doch er sträubte sich gegen diese inneren Einflüsse. Einige Zeit lag er vollkommen bewegungslos da, um die Fremden zu beobachten.

Allmählich wurde er aber ungeduldig. Er richtete sich etwas auf und kroch den Hang hinab.

Da geschah etwas Merkwürdiges.

Die Wesen rannten auseinander. Zwei entfernten sich in entgegengesetzten Richtungen, ein drittes kam auf ihn zu. Das vierte blieb stehen. Einen Augenblick war der Schreckwurm schockiert. Doch dann sagte er sich, daß dies nichts zu bedeuten hatte. Die Kreaturen hatten ihn noch nicht entdeckt. Der sichere Beweis dafür war, daß einer der Eingeborenen direkt auf ihn zukam.

Kein Wesen, das über Intelligenz verfügte, würde über soviel Unerschrockenheit verfügen und bei seinem Anblick stehenbleiben oder gar weiter auf ihn zugehen.

Die Trennung der Fremden mußte einen anderen Grund haben. Vielleicht hatte sie die Verwüstung des Landes verwirrt, so daß sie jetzt in verschiedenen Richtungen davongingen, um festzustellen, ob sich überall das gleiche Bild bot.

Er empfand kein Mitleid mit diesen Kreaturen, aber er konnte ihren Schmerz und ihre Trauer, die sie sicher beim Anblick ihres verwüsteten Landes empfanden, durchaus verstehen. Jedes noch so intelligente Wesen besaß einen sicheren Instinkt für seine Heimat. Manche Rassen starben sogar, wenn man sie aus ihrer Umwelt verpflanzte.

Mit großer Aufmerksamkeit verfolgte er die weiteren Bewegungen der Eingeborenen. Er war erstaunt, mit welcher Sicherheit sie sich an Land bewegen konnten, wo sie doch offensichtlich auch Meeresbewohner waren.

Würden sie bei seinem Anblick die Flucht ergreifen und in den Ozean zurückgehen? Dann, so entschloß er sich, würde er sie töten, bevor sie das rettende Wasser erreichen konnten. Sobald sie erst einmal vor ihm geflüchtet waren, kehrten sie bestimmt nicht mehr zurück, denn der Schock würde sie für lange Zeit dem Land fernhalten. Bis sie sich wieder herauswagten, würden die Huldvollen bereits auf dieser Welt erschienen sein.

Er sah, daß das Wesen, von dem er geglaubt hatte, daß es direkt auf ihn zukäme, jetzt etwas abbog. Trotzdem glaubte er nicht, daß man ihn gesehen hatte. Er fürchtete eine Entdeckung nicht, denn diese Zwerge konnten ihm nicht gefährlich werden.

Dankbar dachte der Sckreckwurm an die Tatsache, daß er mit einem fast unbesiegbaren Körper ausgerüstet war.

Wieder fühlte er ein unbehagliches Gefühl, als er an die Verbindung seiner Art mit den Huldvollen dachte. Etwas daran war nicht richtig, etwas mußte geändert werden. Er versuchte die Zusammenhänge zu erkennen, aber sein Kollektivwissen reichte dazu nicht aus, da es ihm nur die fundamentalen Wissenskomplexe übermittelte.

Er verlor zwei der Eingeborenen aus den Augen. Sie verschwanden hinter den Hügeln der beiden Landzungen. Der Schreckwurm fühlte sich dadurch nicht beunruhigt. Er sah, daß jenes Wesen, das zunächst direkt auf ihn zugekommen war, jetzt einen weiten Bogen um ihn machte. Doch das führte er auf einen Zufall zurück.

Die vierte Kreatur stand unten am Ufer. Erstaunt sah der Schreckwurm, daß dieses Wesen einen derart heißen Atem hatte, daß es ab und zu Qualmwölkchen erzeugte. Das stand in krassem Widerspruch zu seiner Vermutung, daß er es hier mit einer Lebensform zu tun hatte, die im Wasser und auf dem Land existieren konnte.

Ein Wassertier konnte keinen Rauch erzeugen, das war ihm klar.

Er beschloß, den Eingeborenen jetzt offen gegenüberzutreten.

Er richtete sich etwas auf, so daß seine beiden Scherenarme frei in der Luft standen. Sein Körper begann sich zu verkrümmen, dann schnellte er hundert Meter auf das Ufer zu.

Er war sicher, daß ihn mindestens zwei der Fremden dabei beobachtet hatten. Jetzt wartete er darauf, daß sie panikartig die Flucht ergreifen würden.

Doch nichts geschah.

Die Kreatur am Ufer bewegte sich nicht einmal. In beinahe herausfordernder Haltung stand sie dort, erzeugte Qualmwölkchen und griff sich in regelmäßigen Abständen mit einer ihrer Extremitäten an den Schädel.

Mit Erstaunen stellte der Schreckwurm fest, daß auch der Eingeborene, der seitlich von ihm auf die Hügel zuging, keinerlei Reaktion zeigte. Der Schreckwurm stand vor einem Rätsel. Das Verhalten dieser Wesen war ihm unbegreiflich.

Sollten sie derart primitiv sein, daß sie noch nicht einmal in der Lage waren, eine unmittelbare Gefahr richtig einzuschätzen? Der Schreckwurm fühlte zunehmende Verwirrung.

Der zweite Sprung brachte das Monstrum bis auf hundert Meter an den Strand. Es gab nicht den geringsten Zweifel daran, daß man ihn gesehen hatte. Dennoch geschah etwas, was den Schreckwurm völlig außer Fassung brachte.

Das Wesen am Strand legte sich in den Sand und blickte aufs Meer hinaus. Sie ignorierten ihn.

Es waren außergewöhnlich dumme Tiere, mit denen er es zu tun hatte. Er spürte die Enttäuschung beinahe wie einen Schmerz. Gleichzeitig stieg Ärger in ihm auf. Nun gut, er würde ihnen schon klarmachen, daß er auf ihrem lächerlichen Kontinent weilte. Er würde ihnen zeigen, daß er mächtig, stark und unbesiegbar war.

Sie sollten zu spüren bekommen, daß er der Herr dieser Insel war.

Der Schreckwurm öffnete den gewaltigen Rachen.

Da drehte sich der Eingeborene am Ufer um und blickte zu ihm herauf.

Er sieht mich an, dachte das Monstrum. Ich weiß es, obwohl ich seine Augen über diese Entfernung kaum erkennen kann.

Es fiel ihm ein, daß diese Wesen schwache Augen haben konnten. Vielleicht erfuhren sie erst jetzt von seiner Anwesenheit. Sein Riesenmaul schloß sich wieder. Nun erwartete er, daß der Eingeborene aufstehen und flüchten würde.

Nichts dergleichen geschah. Das kümmerliche Wesen blieb liegen und fixierte ihn.

Die Angst, entschied der Schreckwurm, mußte es gelähmt haben.

Instinktiv drehte er sich, um nach der anderen Kreatur zu sehen, die in seiner unmittelbaren Nähe gestanden hatte. Auf dem dunklen Boden war es schwierig, die winzige Gestalt sofort auszumachen. Doch dann erblickte er den zweiten Meeresbewohner.

Dieser stand jetzt ruhig hinter ihm, nicht sehr weit entfernt, und blickte zu ihm herüber.

Was bedeutet das? fragte sich der Schreckwurm. Diese Wesen schienen keine Furcht zu empfinden.

Sie beobachten mich, schoß es durch sein Gehirn. Es sieht tatsächlich so aus, als würden sie mich beobachten.

Er sagte sich, daß dies unmöglich sei. Kein Wesen, auch kein primitives, besaß soviel Mut, um in seiner Nähe zu bleiben. Oder unterschied sich die Mentalität der Fremden von der anderer Rassen? Gab es in ihnen keine Angst? Das würde bedeuten, daß sie auch keinen Selbsterhaltungstrieb besaßen. In diesem Fall nahmen sie alles als selbstverständlich hin, was mit ihnen geschah. Sie würden sich gegen nichts zur Wehr setzen.

Der Schreckwurm glaubte nicht, daß es solche Lebewesen gab.

Als er diesmal seinen Rachen öffnete, zögerte er nicht. Aus den Abstrahlpolen schoß ein energetischer Blitz, zischte durch die Luft und bohrte sich in den Boden neben dem Eingeborenen am Ufer. Die Luft begann vor Hitze zu flimmern. Der Sand am Strand glasierte. Eine schwarze Furche bezeichnete die Aufschlagbahn des Energieschusses.

Triumphierend sah der Schreckwurm, daß der Eingeborene aufsprang und am Ufer entlang davonrannte. Die Sache begann ihm Spaß zu machen. Jetzt hatte er sie aus ihrer Lethargie geweckt. Ein zweiter Blitzstrahl verließ seinen Rachen. Direkt vor dem Flüchtenden entlud sich die Energie. Mit einem mächtigen Satz warf sich das Tier ins Wasser, um nicht zu verbrennen. Das Monstrum knurrte vor Begeisterung. Sie hatten Angst, sie reagierten wie jedes andere Wesen, das mit Schreckwürmern in Berührung kam. Erregt wartete er ab, was nun geschehen würde.

Das erbärmliche Ding lag halb im Wasser. Nach einer Weile hob es den Schädel. Es hatte endgültig damit aufgehört, kleine Rauchwolken zu produzieren.

Befriedigt betrachtete der Schreckwurm sein Opfer.

Sein nächster Schuß würde dem Wesen nachhaltig beweisen, daß mit ihm nicht zu spaßen war.

Claude Collignot blickte wehmütig auf den nassen Zigarrenstummel in seiner Hand. Durch den Sprung, mit dem er sich vor dieser Bestie in Sicherheit gebracht hatte, war die wertvolle Zigarre ungenießbar geworden.

Ein Mann seiner Art sollte sich eben nicht mit fremden Wesen abgeben, schon gar nicht mit stumpfsinnigen Ungeheuern, die über alles herfielen, was sich in ihrer nächsten Umgebung bewegte.

Wenn dieser Gigant die zehnfache Intelligenz eines Hundes besaß, dann war wenig davon zu spüren. Nun, auch NATHAN konnte irren. Nach Collignots Meinung war das Monstrum nicht intelligenter als eine Ratte. Er fragte sich, was es hier zu beobachten gab. Sie konnten froh sein, wenn sie mit dem Leben davonkamen. Wenn dieses Riesenbaby genauer zielte, war es um ihn geschehen.

Am liebsten wäre Collignot tiefer ins Meer hineingeschwommen, doch das hätte Captain Firgolt, der oben am Hang stand, sicher nicht für gut befunden. Es galt, die Lebensgewohnheiten dieses Untiers festzustellen.

Schöne Gewohnheiten, dachte Collignot grimmig.

Die Kühle des Wassers war angenehm und unterschied sich wohltuend von der hitzegeschwängerten Luft in der Nähe der Energieentladungen.

Der nächste Schuß der Bestie riß ihn jäh aus seinen Gedanken.

Das Wasser um ihn herum begann zu brodeln und zu zischen. Dampf stieg auf, und Collignot mußte niesen. Seine Hände krallten sich in den Meeresgrund. Schnell tauchte er mit dem Kopf unter Wasser.

Die heranrollenden Wellen genügten nicht, um das Wasser schnell genug abkühlen zu lassen. Unter dem Beschuß des Ungeheuers wurde es fühlbar heißer.

Als die Hitze unerträglich wurde, sprang der Spezialist auf. Um ihn herum brodelte die Hölle. Collignot kämpfte sich durch den Dampfvorhang und wunderte sich, daß er noch am Leben war. Halb taumelnd, halb rennend brachte er wertvolle Meter zwischen sich und seinen Peiniger.

Ein Blick zum Hang hinauf zeigte ihm Captain Firgolt, der wie ein Verrückter herumhüpfte und schrille Schreie ausstieß. Offensichtlich versuchte er den Schreckwurm abzulenken.

Dankbar registrierte Collignot, daß er nicht weiter als Zielscheibe diente. Keuchend blieb er stehen. Die glühende Luft schien seine Kehle versengt zu haben. Er zog einen Wasserdrops aus dem Gürtel des Unterwasseranzugs und schob ihn in den Mund.

Allmählich wurde es ihm besser.

Brent Firgolt hatte in der Feuerleitzentrale eines Modellraumschiffs eine gewissenhafte Ausbildung an allen Waffen erhalten, die es an Bord von Imperiumsschiffen gab.

Er wußte über alle Arten von Schüssen Bescheid.

Als der Schreckwurm den ersten Schuß abgab, dessen Energie sich genau neben Collignot entlud, hatte er den Atem angehalten und um das Leben des Kameraden gebangt. Als jedoch die weiteren Schüsse ebenfalls fehlgingen, glaubte er, daß das Feuer des Riesentiers gezielt war. Firgolt stellte fest, daß die Entfernung zwischen Collignot und den vermeintlichen Fehlschüssen immer die gleiche blieb. Das bedeutete, daß der Schreckwurm sehr genau wußte, wohin er schoß.

Es lag anscheinend nicht in seiner Absicht, Collignot zu töten – jedenfalls jetzt noch nicht.

Firgolt stellte fieberhafte Überlegungen an. Er erinnerte sich, daß es Raubtiere gab, die mit ihrem Opfer spielten, bevor sie es endgültig töteten. Bei einem Agenteneinsatz auf einem uralten Frachtschiff hatte er vor Jahren beobachtet, daß eine Schiffskatze eine Maus minutenlang quälte, bis sie sie endlich fraß.

Die Fehlschüsse des Ungeheuers mochten den gleichen Motiven entspringen. Sie waren noch nicht einmal Anzeichen für vorhandene Intelligenz. Sicher hatte Collignot keine Zeit, an diese Dinge zu denken. Der Leutnant rannte am Ufer entlang und glaubte wahrscheinlich, daß sein Leben nur noch nach Sekunden zählte.

Firgolt sah, daß sich Collignot mit einem gewaltigen Satz ins Wasser warf. Für einen Augenblick glaubte er, Collignot wollte zum U-Boot hinausschwimmen, doch dann stellte er fest, daß der Mann liegenblieb.

Der Schreckwurm hatte anscheinend noch keine Einstellung auf die neue Situation gefunden. Er kauerte in Sprungnähe von Collignot entfernt am Boden. Firgolt schaute zum wolkenverhangenen Himmel empor. Auf Euhja schien die Sonne selten, denn Euhja war ein Regenplanet. Früher war die Welt ein idealer Stützpunkt der Aras gewesen, die hier in aller Ruhe ihre Forschungen betreiben konnten.

Im Augenblick jedoch war das Land trocken, die Wolken wurden vom Wind schnell dahingetrieben. Es war erst der Beginn umwälzender klimatischer Katastrophen, ausgelöst durch die Zerstörung, die die Hornschrecken verursacht hatten.

Da nahm der Schreckwurm das Wasser rings um Collignot unter Feuer. Der Kopf der Leutnants tauchte blitzschnell unter, als die ersten Schüsse aufblitzten.

Collignot verschwand hinter einem dichten Dampfvorhang. Besorgt sah der Captain zum Ufer. Es schien, als würde der Schreckwurm tatsächlich ernst machen.

Er mußte die Aufmerksamkeit der Bestie von Collignot ablenken. Firgolt sah den Leutnant aus dem Dampf hervortaumeln. Anscheinend war es Collignot übel ergangen. Firgolt fluchte. Wo blieben Warren und Kopenziack? Sie hätten ihm bei seinem geplanten Ablenkungsmanöver helfen können.

Firgolt stieß ein Indianergeheul aus und warf beide Arme in die Luft. Er hoffte, daß das Monstrum ihn hören würde. Collignot schwankte weiter, er wirkte erschöpft.

Firgolt schrie mit aller Kraft. Der Schreckwurm wälzte seinen Raupenkörper herum und starrte aus dämonischen Augen zu ihm herauf. Firgolt atmete erleichtert auf, gleichzeitig jedoch überkam ihn ein unsicheres Gefühl. Wenn er den Giganten gereizt hatte, dann mußte er jetzt um sein Leben rennen.

Collignot ließ sich unten am Ufer niederfallen. Auf der anderen Seite der Bucht erscholl tierisches Gebrüll. Es war Kopenziack, der auf seinen krummen Beinen angerannt kam. Jetzt würde es nicht mehr lange dauern, bis auch Warren auftauchte.

Für einen von ihnen mußte sich der Schreckwurm entscheiden. Als direkt neben Firgolt ein Energieschuß einschlug, wußte er, daß das Untier jetzt hinter ihm her war.

Die Kreatur am Ufer war halbtot. Er sah sie zu Boden sinken und liegenbleiben. Das Wesen hinter ihm gebärdete sich wie wahnsinnig. Entweder war es ein Muttertier, das vor Schreck übergeschnappt war, weil er das Junge angegriffen hatte, oder es führte ein Ablenkungsmanöver aus.

Für ein solches Verhalten, sagte sich der Schreckwurm, war keine besondere Intelligenz nötig. Was ihn jedoch nachdenklich machte, war die Tatsache, daß die Zwerge sich gleichmäßig um ihn postiert hatten. Sie waren an vier gegensätzlichen Punkten verteilt.

Sie konnten doch nicht so verblendet sein und glauben, daß sie Jagd auf ihn machen konnten. Auf ihn, das schreckliche Ungeheuer, das sie mit einem Schlag vernichten konnte.

Ihr Vorgehen war keineswegs planlos. Es schien ihm, als liege ein wohlüberlegtes System darin. Er dachte fieberhaft nach, um die Lösung zu finden. Einmal sah es so aus, als hätte er äußerst primitive Tiere vor sich. Dann konnte man glauben, intelligente Eingeborene vor sich zu haben.

Wenn er sie jetzt tötete, würde er die Wahrheit nie erfahren. Natürlich war es für sein weiteres Schicksal bedeutungslos, ob in diesen Kreaturen Vernunft existierte oder nicht. Doch die Flamme der Rebellion, die im Schreckwurm loderte, veranlaßte ihn zu ungewöhnlichen Maßnahmen.

Trotz seines Kollektivwissens war der Schreckwurm ein typischer Individualist, eine Einzelpersönlichkeit, die unabhängig von der Rasse entscheiden konnte. Er war jung und unerfahren. Seine überragende Intelligenz gestattete ihm jedoch, alles, was er wußte, zu extrapolieren. Dabei kam er natürlich nicht oft zu den richtigen Vermutungen.

Nie würde er erfahren, warum ausgerechnet er zum erstenmal eine innere Auflehnung gegen die Huldvollen spürte. Vielleicht lag es an den Umständen, die ihn allein auf diesen Kontinent versetzt hatten.

In Gedanken versunken gab er einen Schuß auf das Wesen ab, das versuchte, ihn von dem Halbtoten am Ufer abzulenken. Im Augenblick fühlte er ein dringendes Bedürfnis nach Ruhe. Er mußte nachdenken. Später konnte er wieder hierher zurückkehren, um die Kreaturen zu beobachten, die sein Verschwinden sicher als Triumph feiern würden.

Wie eine Stahlfeder überdimensionalen Ausmaßes zog sich der Schreckwurm zusammen. Dann schnellte er mit mächtigen Sprüngen davon und war bald darauf hinter den Hügeln verschwunden.

Captain Firgolt kam als erster. Die Dämmerung setzte bereits ein. Leutnant Claude Collignot ahnte, daß ihnen eine gespenstische Nacht bevorstand. Das Fehlen allen Lebens auf dem Kontinent, wenn man von dem Schreckwurm einmal absah, machte das Land unheimlich.

Euhja war tot. Nur im Meer gab es noch Leben, aber dieses hielt sich unter der Wasseroberfläche.

Sie hatten die ersten acht Stunden auf Euhja hinter sich. Der Schreckwurm war verschwunden.

„Hallo, Claude", begrüßte Firgolt den Leutnant. „Sind Sie verletzt?"

„Nein, Sir", sagte Collignot. „Ich habe das Feuerwerk gut überstanden."

„Er hat es vermieden, direkt auf Sie zu zielen", erklärte Firgolt. „Das konnte ich gut von dort oben beobachten. Jeder Schuß ging absichtlich daneben."

Collignot blickte ihn skeptisch an. „Als ich im Wasser lag, kam es mir nicht so vor, als sei die Bestie darauf bedacht, mich zu schonen."

Warren und Kopenziack kamen von den Hügeln herab. Neben dem untersetzten Kopenziack wirkte Warren schmächtig. Als die beiden Männer am Ufer angelangt waren, musterte Kopenziack Collignot mit einem enttäuschten Blick.

„Ich dachte, Sie seien tot", sagte er mürrisch.

„Dank Ihres aufopfernden Einsatzes bin ich noch am Leben", bemerkte Collignot vergnügt. „Ich werde nie vergessen, wie Sie mit wildem Gebrüll, in Selbstverachtung Ihrer geschätzten Sicherheit heranstürmten, um das Monstrum von mir abzulenken."

„Sie reden mächtig geschwollen", sagte Kopenziack ärgerlich. „Sie hätten Senator werden sollen."

„Ich bin mir durchaus bewußt, daß ich meine außergewöhnlichen Fähigkeiten an falscher Stelle einsetze", sagte Collignot bescheiden.

Sorgfältig, als befürchte er, sie zu beschädigen, zog er eine Zigarre aus dem wasserdichten Behälter und zündete sie an.

„Eines Tages“, prophezeite Kopenziack düster, „werden Sie an diesen widerlichen Dingern ersticken.“

Collignot blies einen Qualmring in die Luft und beobachtete verzückt, wie er langsam auf Kopenziack zuschwebte.

Firgolt lächelte amüsiert.

„Wenden wir uns unserem Freund zu“, schlug er vor. „Die primäre Frage ist: Was haben wir über ihn herausgefunden?“

„Nicht mehr, als wir bereits von den Berichten wußten“, sagte Kopenziack. „Mein Eindruck ist, daß wir ein wildes Tier vor uns haben. Mehr habe ich dazu nicht zu sagen.“

„Was meinen Sie, Warren?“ fragte Firgolt den Leutnant, der selten sprach, wenn er nicht gefragt wurde.

„Wenn der Schreckwurm über die Intelligenz verfügt, die NATHAN ihm zugesteht, dann benimmt er sich meines Erachtens merkwürdig“, sagte Warren mit heller Stimme. „Aber auch mit ausgeprägter Dummheit läßt sich sein Verhalten nicht erklären. Ich glaube, daß wir ihn noch längere Zeit beobachten müssen, um mehr über ihn herauszufinden.“

„Collignot?“ fragte Firgolt.

„Da ich die meiste Zeit vor dem Monstrum auf der Flucht war, fällt es mir schwer, etwas Positives über das Riesenbaby zu sagen“, entgegnete Collignot. „Der Captain glaubt erkannt zu haben, daß der Schreckwurm keine gezielten Schüsse auf mich abgab. Nun, er lag ja auch nicht im Wasser.“

„Wie würden Sie den Schreckwurm geistig einstufen?“ wollte Firgolt wissen.

Collignot zog an seiner Zigarre.

„Ich würde sagen, daß NATHAN recht hat“, sagte er nachdenklich.

„Das ist doch nicht Ihr Ernst?“ protestierte Kopenziack.

„Nun, vielleicht ist er nicht zehnmal so intelligent wie ein Hund, aber das Fünffache sollten wir ihm zugestehen“, schränkte Collignot ein.

„Das Zehnfache, Sir“, warf Warren ein. „Rein gefühlsmäßig.“

„Ich bleibe dabei: Er ist ein stupides Ungeheuer“, brummte Kopenziack.

Jede Aussage, erkannte Firgolt, war nur ein Eingeständnis dafür, daß sie nichts Neues über den Schreckwurm herausgefunden hatten.

Nur eines hatten sie entdeckt: Das Monstrum war in der Lage, seine Opfer zu schonen und urplötzlich einen Rückzieher zu machen. Dieses Verhalten war bisher noch nie beobachtet worden.

„Ich schlage vor, daß wir vor Anbruch des nächsten Tages nichts mehr unternehmen", sagte er. „Sicher wird es uns nicht schwerfallen, unseren Freund wiederzufinden."

In Collignots Augen stand eine stumme Frage, als er zum Meer hinausblickte.

„Sie denken an unsere Ausrüstung?" fragte Firgolt.

„Sie haben recht, Captain."

„Wenn wir den morgigen Tag ohne Zwischenfälle überstehen, können wir riskieren, einen Teil unserer Sachen an Land zu bringen."

Der Schreckwurm kehrte am frühen Morgen zurück. Warren hatte die letzte Wache. Er richtete sich auf und blickte zum Hang, wo der Koloß aufgetaucht war. Er konnte deutlich die schattenhaften Umrisse im Nebel ausmachen.

Die drei anderen Männer schliefen noch. Ruhig beobachtete Warren, was der Schreckwurm unternehmen würde. Als er sicher war, daß dieser den Hang herunterkroch, weckte er Captain Firgolt.

„Besuch am frühen Morgen, Sir", sagte er.

Firgolt war sofort hellwach. Warren zeigte ihm die Stelle, wo das Untier durch den Dunst herankam.

„Anscheinend hat er Sehnsucht nach uns", bemerkte der ebenfalls erwachte Collignot.

„Man könnte sagen, daß er ein Erinnerungsvermögen besitzt", sagte Firgolt.

Kopenziack schnarchte laut. Für ihn schien es keine Gefahren zu geben. Collignot sah mißbilligend auf den untersetzten Mann.

„Er würde auf einem Vulkan schlafen", sagte er. „Seine Nervenkraft ist mir manchmal unheimlich."

Firgolt stieß ihn leicht mit der Fußspitze an.

„Stehen Sie auf, Aldo. Es kann sein, daß wir bald rennen müssen."

Der schwere Mann wälzte sich herum und schlug die Augen auf.

„Guten Morgen, Captain", sagte er. „Gibt es Schwierigkeiten?"

„Dort kommen sie auf uns zu", bemerkte Firgolt.

Kopenziack zog ein Nahrungskonzentrat aus der Bereitschaftstasche des Unterwasseranzugs. Fragend blickte er zu Collignot. „Frühstücken Sie nicht?"

„Doch", sagte Collignot und holte eine Zigarre hervor.

Sie beobachteten, wie der Schreckwurm langsam, aber unbeirrbar auf das Ufer zukroch. Firgolt wurde unruhig.

„Sollen wir stehenbleiben?" erkundigte sich Collignot.

„Dort drüben gibt es einen schmalen Wasserlauf", sagte Warren rasch und deutete auf das andere Ende der Bucht. „Ich habe ihn gestern entdeckt. Das Wasser hat viele natürliche Höhlen ausgewaschen. Dort können wir uns verstecken."

„Einverstanden", stimmte Fingolt zu. „Doch einer muß hierbleiben und unseren Freund beobachten."

„Da er an meinen Anblick gewöhnt ist, möchte ich mich vorschlagen", sagte Collignot säuerlich.

„Nein, Claude", widersprach Firgolt. „Gehen Sie mit den anderen voraus. Ich werde später nachfolgen."

Collignot wußte genau, daß es sinnlos war, einem Befehl des Captains nicht zu folgen. Die Männer gingen davon.

Brent Firgolt stand verlassen am Ufer eines fremden Meeres und blickte einer übermächtigen Gefahr entschlossen entgegen.

Während der Nacht hatte er nachgedacht. Er hatte versucht, seine aufsässigen Gedanken niederzukämpfen, doch sie waren nicht aus seinem Gehirn gewichen. Was sollte er tun, wenn die Huldvollen kamen und er noch immer in dieser geistigen Verfassung war?

Sie würden sofort feststellen, daß etwas mit ihm nicht stimmte.

Doch er hatte sich nicht nur mit diesem Problem auseinandergesetzt. Immer wieder waren seine Gedanken zu den vier Fremden zurückgekehrt, die aus dem Meer gekommen waren und sich offensichtlich sehr für ihn interessierten.

Dieses Interesse, so hatte er inzwischen gefolgert, konnte unmöglich einer tierischen Neugier allein entspringen. Er nahm an, daß die Eingeborenen über eine beschränkte Intelligenz verfügten. Zwar konnten sie sich nicht entfernt mit seinen geistigen Fähigkeiten messen – aber immerhin.

Sie sahen in ihm den Zerstörer ihres Landes. Sie hatten alles verloren. Daraus mochte ihre Furchtlosigkeit resultieren. Eine Kreatur, die nichts mehr zu verlieren hat, fürchtet sich nicht.

Sein Körper war steif von der nächtlichen Kühle, als er sich vom Nachtlager aufrichtete. Graublauer Dunst lagerte über dem Land. Die Luft dieses Planeten war extrem feucht, doch ihm machte das nichts aus. Wenn die Notwendigkeit bestand, konnte er sogar einige Minuten im Weltraum aushalten, ohne zu sterben.

Über Nacht war Tau gefallen, so daß der Boden mit einem feuchten Film überzogen war. Er glitt darüber hinweg und fühlte seinen Körper geschmeidiger werden.

Ob die Eingeborenen während der Dunkelheit zurück ins Meer gegangen waren? Er war jetzt nicht mehr so sicher, ob er sie tatsächlich töten würde. Vielleicht hatten sie sich versteckt. Nun, für ihn bedeutete es kein Problem, sie wiederzufinden, wenn sie irgendwo an Land waren.

Mit wenigen Sprüngen erreichte er die flache Hügelkette, die ihm die Sicht zum Meer versperrte. Als er auf dem Kamm ankam, sah er sofort die Fremden, die unten am Meer lagerten. Der unverhoffte Anblick der Zwerge überraschte ihn. Allmählich fühlte er so etwas wie Bewunderung für diese Kreaturen in sich aufsteigen. Beharrlich verfolgten sie ihr Ziel, was es auch immer sein mochte. Er hatte ihnen hart zugesetzt, doch sie blieben hartnäckig in seiner Nähe.

Wahrscheinlich würden sie sich wieder trennen, sobald sie ihn sahen. Das war die einzige Vorsichtsmaßnahme, die sie trafen. Was aber, so fragte er sich, hätten sie auch sonst tun können?

Sie besaßen keine Angriffs- oder Verteidigungswaffen. Dort unten gab es keine Verstecke – außer dem Meer, und von dort konnten sie ihn nicht beobachten.

Er fragte sich, was die kleinen Höcker auf ihren Rücken zu bedeuten hatten. Es schien sich nicht um organische Auswüchse zu handeln. Ihre Haut war pechschwarz, lediglich ihre Gesichter bildeten eine Ausnahme. Diese waren von einem hellen Braun.

Eine der Kreaturen stieß ab und zu Qualmwölkchen aus. Zwischen diesem Rauch und einem dunklen Gegenstand, den der Fremde an seinen winzigen Mund führte, mußte ein Zusammenhang bestehen.

Vorsichtig, um sie nicht zu erschrecken, kroch er zum Ufer hinab.

Sie mußten ihn längst gesehen haben. Er hoffte, daß sie diesmal stehenbleiben würden. Doch als er näher kam, lösten sich drei Wesen von ihren Plätzen und bewegten sich vom vierten hinweg. Dieses blieb bewegungslos stehen. Es war das größte der vier. Der Schreckwurm wartete darauf, daß auch die anderen drei sich in verschiedene Richtungen verteilen würden, doch nichts dergleichen geschah.

Nebeneinander gingen die drei auf die Landzunge zu.

Der Schreckwurm konzentrierte seine Aufmerksamkeit auf das einsame Wesen am Ufer, das es gewagt hatte, seiner Annäherung zu trotzen.

Um den Eingeborenen nicht zu erschrecken, vermied der Schreckwurm einen Sprung. Alles in ihm fieberte darauf, näher an dieses rätselhafte Wesen heranzukommen.

Zum erstenmal konnte er direkt in die Augen des Eingeborenen blicken. Sie waren dunkelbraun und sahen nicht danach aus, als ob sie ein großes Sehvermögen besaßen. Sein Körper, die Augen, die Gliedmaßen, die Ohren, alles war winzig und wirkte zerbrechlich.

Doch der Schreckwurm erkannte auch, daß dieser Fremde mit seinen dünnen Armen wahrscheinlich wesentlich mehr unternehmen konnte als er mit seinen Klauen und Scherenarmen, die nur für grobe Arbeit zu gebrauchen waren.

Allein die natürliche Ausstattung des Wilden gab ihm Gelegenheit, jede vernünftige Idee mit diesen Gliedmaßen in die Tat umzusetzen.

Das Geschöpf war intelligent, vielleicht noch mehr, als er jetzt dachte.

Der Schreckwurm beobachtete weiter. Er sah, wie sich die Brust des Wesens in unglaublichen schnellen Atemzügen hob und senkte. Das war ein deutliches Anzeichen von Erregung oder Angst.

Mit scheinbar kraftlosen Fingern ließ sein Gegenüber einen vorher aufgehobenen Stein aus der Hand fallen.

Mein Anblick aus direkter Nähe hat ihn total verwirrt, dachte der Schreckwurm.

Für einen kurzen Moment bedauerte er, daß er seine Intelligenz vor dem Wilden nicht offenbaren durfte. Im Gegenteil, es wurde Zeit, daß er wieder das unberechenbare Monstrum spielte.

Captain Brent Firgolt hatte noch nie dem Tod aus kürzerer Entfernung ins Auge geblickt als in diesem Augenblick. Jede Faser seines

Körpers drängte danach, diesen Platz zu verlassen und davonzustürmen.

Leider war es jetzt für eine derartige Überlegung zu spät. Auch eine blitzschnelle Flucht ins Meer war nicht möglich. Mühelos würde ihn das Untier mit einem Sprung erreichen.

So blieb Firgolt bewegungslos stehen. Wie gebannt schaute er in die tellergroßen Augen, die vor Feuchtigkeit glänzten.

Der Schreckwurm war jetzt so dicht herangekommen, daß der Spezialist das Geräusch hören konnte, das der mächtige Körper bei der Fortbewegung erzeugte. Es war ein Schleifen von festem Fleisch über rauhen Boden. Der Ton ließ Firgolts Nackenhaare aufsteigen. Ein Schauder des Entsetzens durchfuhr ihn.

Drohend hing der gewaltige Schädel des Monstrums über ihm. Er konnte jede Einzelheit sehen, und alles war abgrundtief häßlich.

Firgolt schluckte. Ein fremdartiger Geruch strömte zu ihm herüber. Jetzt tötet er mich, durchzuckte es seine Gedanken.

Das Unabänderliche ließ ihn ganz ruhig werden.

Da fuhr ein Scherenarm auf ihn zu. Die Bewegung war scheinbar aus dem Nichts heraus ausgeführt, so blitzschnell wurde sie vollendet. Firgolt blieb nicht die geringste Zeit, sich wegzuducken.

Der Schlag war so heftig, daß der 190 Pfund schwere Offizier von den Beinen gerissen wurde. Er schrie auf. Rückwärts stürzte er ins Wasser, das sich über seinem Körper schloß.

Nach Atem ringend, kämpfte er sich an die Oberfläche.

Am Strand schien es nur noch den Schreckwurm zu geben. Der riesige Körper lag wie eine Barriere vor Firgolt und versperrte ihm den Weg ans Land.

Der Schlag des Monsters hatte ihm mindestens drei Rippen eingedrückt. Firgolt fühlte den Schmerz in der Brust wühlen. Halb von Sinnen versuchte er, aus der Nähe des Peinigers zu entkommen.

Da peitschte in unmittelbarer Nähe der Hinterleib des Giganten ins Wasser. Firgolt wurde umgeworfen. Auf Händen und Füßen kroch er davon, den Kopf mühevoll über die Oberfläche haltend. Trotz der großen Gefahr ging er nicht weiter ins Meer hinaus.

So plötzlich wie es ihn begonnen hatte, beendete das Tier den Angriff. Als Firgolt wieder klar zu sehen vermochte, hockte der Schreckwurm hundert Meter von ihm entfernt.

Ich lebe, dachte Firgolt erstaunt.

Bei aller Wildheit, mit der sein Gegner über ihn hergefallen war, hatte er doch vermieden, den Captain zu töten. Sicher lag das nicht an mangelnder Kraft.

Woran, fragte sich Firgolt, lag es dann?

Noch bevor sie die Landzunge erreicht hatten, weigerte sich Kopenziack weiterzugehen. Er blieb stehen und blickte zu Firgolt zurück.

„Der Unhold kommt immer näher auf ihn zu", stellte er fest. „Ich glaube nicht, daß etwas Wahres an Firgolts Theorie ist. Wenn es jedoch so weitergeht, wird er wenig Zeit haben, seinen Fehler festzustellen."

„Was sollen wir tun?" fragte Collignot.

„Die Waffen holen, bevor es zu spät ist", forderte Kopenziack.

„Unser Befehl lautet anders", sagte Warren ruhig.

Kopenziack stützte die Arme in die Hüften. „Unser Befehl zwingt uns nicht, Selbstmord zu begehen."

Da sahen sie, wie der Captain von ihrem Widersacher ins Meer geschleudert wurde.

„Es bringt ihn um!" schrie Kopenziack. „Verdammt, das Monstrum bringt ihn um!"

Einen Augenblick schwankte Collignot zwischen der auferlegten Disziplin, die forderte, daß er weiterging, und dem Wunsch, Captain Firgolt zu helfen.

Kopenziack wartete nicht länger. Er rannte zurück.

„Er nimmt uns die Entscheidung ab", meinte Collignot und stürmte los, gefolgt von Warren.

Sie überholten Leutnant Kopenziack, der kein schneller Läufer war.

Captain Firgolt lag mit dem Oberkörper an Land, seine Füße wurden von Wellen überspült. Sein Bezwinger beobachtete die Männer aus sicherer Entfernung.

Collignot fühlte, wie eine eisige Hand nach ihm griff. Doch da drehte sich Firgolt mühevoll um und blinzelte zu ihnen empor.

„Captain!" entfuhr es dem herbeistürzenden Kopenziack. „Ich dachte, Sie seien tot."

Mit keinem Wort erwähnte Firgolt die Mißachtung seines Befehls. Er wußte, daß er an Stelle der Leutnants nicht anders gehandelt hätte.

„Wie Sie sehen, erfreue ich mich bester Gesundheit", krächzte Firgolt. „Warren, ich brauche eine Ihrer schmerzstillenden Tabletten."

Warren holte das Gewünschte aus dem Gürtel seines Unterwasseranzugs. Collignot beugte sich über den Verletzten.

„Hat es Sie schlimm erwischt?" fragte er besorgt.

Stöhnend strich Firgolt sich über die Brust. „Ich glaube, daß er mir einige Rippen eingedrückt hat."

Collignot half seinem Vorgesetzten auf die Beine. Der Captain nahm die Tabletten und zeigte mit schmerzverzerrtem Lächeln zum Schreckwurm.

„Es sieht aus, als wollte er keinen von uns töten", bemerkte er. „Sein Vorgehen ist nach unseren Begriffen etwas plump, aber wenn ich an seine körperliche Stärke denke, bin ich immer noch gut weggekommen."

„Wir sollten ihm einen Orden für seine Menschenfreundlichkeit überreichen", bemerkte Kopenziack bitter. „Zuvor jedoch müssen wir ihn schmoren, damit ihm auch jemand den Orden umhängen kann, ohne zerstückelt zu werden."

„Ich kann Sie verstehen, Aldo", sagte Firgolt ruhig. „Keiner von uns hat Grund, dem Burschen dort freundlich gesinnt zu sein. Wir sind jedoch nicht hier, um Handlungen auszuführen, die wir gefühlsmäßig gutheißen würden. Unsere Aufgabe ist ein objektives Beobachten des Schreckwurms, um festzustellen, wie weit NATHANS Ermittlungen zutreffen. Außerdem sollen wir neue Ergebnisse bringen."

„Haben wir bisher nur den geringsten Erfolg zu verzeichnen?" fragte Kopenziack. „Nein. Es sieht so aus, als würde dieser Teufel mit uns spielen ..." Bei den letzten Worten wurde seine Stimme leiser. „Als würde er mit uns spielen", wiederholte er dann.

Firgolt lächelte unmerklich. „Wieviel Intelligenz gestehen Sie ihm gegenüber einem terranischen Hund zu, Aldo?"

„Die zehnfache", erwiderte Kopenziack.

„Ich bin froh, daß wir uns endlich geeinigt haben", erklärte Firgolt. „Jetzt, glaube ich, können wir riskieren, unsere Waffen und Geräte an Land zu holen."

Firgolt beobachtete das Meer. Im Augenblick empfand er keine Schmerzen, denn die Wirkung der Tabletten hatte bereits eingesetzt. Er befestigte den Atemschlauch am Mund und schaltete das Sauerstoffaggregat ein.

Sein letzter Blick galt dem bewegungslosen Schreckwurm.

„Gehen wir", sagte er und watete den anderen voraus.

Bevor er überhaupt begriff, was die Eingeborenen vorhatten, waren sie im Ozean verschwunden. Seine letzte Aktion hatte sie dazu veranlaßt. Sein Vorgehen hatte sie so schockiert, daß sie sich jetzt in ihre Unterwasserheimat zurückzogen.

Es würde nicht mehr lange dauern, bis die Huldvollen hier auftauchten. Wahrscheinlich würde er die Wilden nie wiedersehen. Zu seinem Erstaunen bedauerte er diese Tatsache.

Obwohl er dagegen ankämpfte, wurde seine Auflehnung gegenüber den Huldvollen zu Haß. Er fürchtete dieses Gefühl, weil er wußte, welche verheerenden Folgen es haben konnte. Wenn er nicht in der Lage war, beim ersten Zusammentreffen mit den Huldvollen seinen Körper zu kontrollieren, mußte es zu einer Katastrophe kommen.

Er krümmte sich vor innerer Qual. Ihm wurde eine Entscheidung abverlangt, die den Fortbestand seiner gesamten Rasse beeinflussen konnte. Er war jung und unerfahren. Sein Kollektivwissen übermittelte ihm längst nicht alle Fakten, die er benötigte, um sich richtig zu verhalten. Alles, was er tat, wenn er sich den Huldvollen widersetzte, würde rein intuitiv geschehen.

Oder mußte er so handeln, wie alle anderen vor ihm, und widerspruchslos das tun, was die Huldvollen von ihm erwarteten.

Müde dachte er, daß ihm letztlich nichts anderes übrigbleiben würde, als jenen Weg zu gehen, den seine Rasse vor Generationen eingeschlagen hatte. Ihre Abhängigkeit von den Huldvollen war zu groß. Wie sollte er, der einsame, junge Wurm, das Transportproblem lösen?

Zwischenspiel

Für die riesigen Entfernungen, die das Schiff zurückgelegt hatte, flog es in diesem Augenblick nicht besonders schnell. Alle Ortungs- und Meßgeräte an Bord waren hinaus in den Raum gerichtet, um eventuelle Impulse aufzufangen. Die Besatzung war nicht menschlich. Die Form ihres Schiffes war asymmetrisch, obwohl seine ursprüngliche Hülle eine ansprechende Form besaß. Doch der Überzug aus Molkex hatte es grotesk verwandelt.

In einem Raum, den ein Terraner vielleicht als Kontrollraum bezeichnet hätte, sprach ein Impulstaster an.

Von einem Planeten, auf dem es jetzt wertvolles Molkex zu holen gab, hatte ein Schreckwurm den Nachrichtenimpuls abgestrahlt. An Bord des fremden Schiffes begannen die Auswertungen und Berechnungen. Die Besatzung stellte fest, aus welchem Teil der Galaxis der Impuls kam. Da es noch andere Schiffe gab, war es nicht sicher, ob ihrem Schiff die Aufgabe zufiel, das Molkex und den Schreckwurm zu holen. Die Routen der anderen Schiffe waren bekannt. Sie fanden rasch heraus, daß der Planet in ihr Gebiet fiel.

Das Schiff beschleunigte, bis es den Höchstwert erreicht hatte.

Als es in unmittelbarer Nähe des fraglichen Systems in den Normalraum zurückfiel, stellte die Besatzung fest, daß es hier bereits ein anderes Schiff gab.

Doch dieses Schiff war fremd und mußte daher vernichtet werden.

Es war die CARBULA.

4.

Im selben Augenblick, als die Wilden wieder auftauchten, wußte der Schreckwurm, daß es keine Wilden waren. Denn die Wesen, die er fälschlicherweise als primitiv betrachtet hatte, kamen mit Geräten und offensichtlich auch Waffen.

Diese Erkenntnis zerstörte einen uralten Irrglauben des Schreckwurms. Da waren Wesen, ebenso intelligent und gut ausgerüstet wie die Huldvollen. Das hatte für unmöglich gegolten.

Die Überlegungen des Schreckwurms wirbelten durcheinander. Jetzt war er nicht mehr sicher, daß es sich um vier Eingeborene handelte. Sie konnten – genau wie die Huldvollen – die Raumfahrt beherrschen. Vielleicht waren sie mit einem Sternenschiff gelandet und hatten es unter Wasser versteckt.

Sollte es sich um Gegner der Huldvollen handeln, von denen seine eigene Rasse noch nichts wußte? Die Entwicklung der Schreckwürmer trat durch das unverhoffte Zusammentreffen in ein entscheidendes Stadium. Uralte Tabus zerbrachen. Was seit Generationen Bestand hatte, wurde in diesem Augenblick hinweggefegt.

In voller Klarheit sah der Schreckwurm vor sich, wie sich die Dinge weiterentwickeln würden. Sobald die Huldvollen landeten, würden sie die Fremden angreifen und zu töten versuchen. Da diese jedoch nicht so wehrlos waren, wie er zunächst geglaubt hatte, erschien es ihm nicht sicher, ob es den Huldvollen auch gelingen würde.

Alles hing jetzt von ihm ab. Verhielt er sich gegenüber den Huldvollen loyal, dann waren die Fremden verloren. Wenn er jedoch für diese Fremden Partei ergriff, dann war es möglich, daß die Huldvollen eine Niederlage erleiden würden.

In seiner Lage war Neutralität unmöglich, das war ihm klar. Für die Huldvollen wäre Neutralität gleichbedeutend mit Verrat gewesen. Da sie in ihm nur ein halbintelligentes Monster sahen, würden sie noch weniger Verständnis für eine Nichteinmischung haben.

Er war in einer verzweifelten Lage. Was immer er tat, konnte mit seiner Vernichtung enden. Selbst wenn er, wie ursprünglich geplant, die vier Fremden tötete, erreichte er keine befriedigende Lösung. Damit hätte er seiner Rasse für alle Zeiten die Möglichkeit geraubt, das Transportproblem zu lösen. Denn die Huldvollen, das wußte er längst, verlangten alles und boten nur das Notwendigste.

Er benötigte Zeit, um über alles nachzudenken. Doch die stand ihm nicht zur Verfügung.

Da waren die vier Fremden, die irgend etwas vorhatten. Auch ihnen blieb nicht viel Zeit, wenn sie es auch nicht ahnten. Es konnte nicht mehr lange dauern, bis die Huldvollen erschienen.

In diesem Fall nutzte ihm sein Kollektivwissen wenig, es behinderte ihn mehr, als es ihm half. Es sagte ihm nichts über andere Rassen, die gleich den Huldvollen eine technische Zivilisation besaßen. Es sagte nichts darüber, was ein junger, unerfahrener Schreckwurm in einer derartigen Situation tun sollte.

Ein einziger Fehler konnte eine kosmische Katastrophe auslösen. Die Verantwortung, die er jetzt trug, schien ihn zu erdrücken.

Vor allem mußte das Geheimnis der Intelligenz seiner Rasse gewahrt bleiben. Das verlangte der Selbsterhaltungstrieb. Sie besaßen körperlich nicht die geringste Veranlagung, eine technische Zivilisation aufzubauen. Ihre unbeholfenen Glieder konnten kein Material formen. Ihr gesamtes Wissen mußte auf Theorien aufgebaut werden; die Praxis konnten sie nur bei anderen Rassen erproben und beobachten.

Der Schreckwurm empfand das nicht als Nachteil, ebensowenig wie ein Mensch das Vorhandensein von nur zwei Augen als Nachteil betrachtet hätte, obwohl ihm doch zwei weitere am Hinterkopf das ständige Herumdrehen des Kopfes erspart hätten. Die Schreckwurmrasse hatte sich mit ihren körperlichen Schwächen abgefunden.

Da diese Wesen noch nie anders ausgesehen hatten, konnten in ihnen keine Komplexe entstehen.

Ich wünschte, ich wäre uralt und weise, dachte der Schreckwurm.

Da er es nicht war, konnte er nur das tun, was ihm sein Gefühl eingab. Er mußte auf dem schnellsten Weg herausfinden, wie groß die Intelligenz der vier Fremden war.

Ächzend ließ Aldo Kopenziack das schwere Strahlenortungsgerät von der Schulter gleiten. Sie hatten den Großteil der Spezialausrüstung an Land gebracht und am Ufer aufgestellt. Der Schreckwurm beobachtete sie, ohne sie zu stören.

„Das Riesenbaby sieht uns zu", bemerkte Collignot. „Mich wundert nur, daß er keine Aversion gegen diese netten Sächelchen hat, die wir vor seiner Schnauze aufbauen."

„Vielleicht wartet er höflicherweise, bis wir mit allem fertig sind", meinte Kopenziack. „Sicher ist es ihm angenehm, alles mit einem Schlag zu vernichten."

„Wahrscheinlich kann er sich nicht die geringste Vorstellung machen, was wir hier anschleppen", meinte Firgolt. Er zog den Wasserschutz von einer vollpositronischen Grabmaschine, die man ihnen mitgegeben hatte. „Er ist sicher verwirrt und versucht mit seiner schwachen Intelligenz herauszufinden, was um ihn herum geschieht."

Sie packten die Einzelteile einer kleinen Antigravflugscheibe aus. Warren und Kopenziack begannen mit dem Zusammenbau.

Collignot steckte eine seiner langen Zigarren in Brand.

„Ich schlage vor, daß wir unsere gesamte Ausrüstung in eine Höhle bringen", sagte er.

„Das wird am besten sein", stimmte Firgolt zu. Sein hageres Gesicht war verkniffen. Wenn er jedoch Schmerzen hatte, dann redete er nicht darüber.

Eine Weile arbeiteten sie schweigend, um ihre Ausrüstung einsatzbereit zu machen. Ab und zu schauten sie forschend zum Hang hinauf, wo nach wie vor das Ungeheuer lag und zu ihnen herunterblickte.

Als sie fertig waren, sagte Firgolt: „Ich werde nochmals zum U-Boot gehen und den Symboltransformer holen."

„Sie sollten sich etwas schonen", brummte Kopenziack. „Sie sind verletzt. Lassen Sie einen von uns zur MOONSHINE."

Firgolt lächelte. „Die schwerere Arbeit scheint mir der Transport unserer Ausrüstung zu den Höhlen zu sein, die Warren entdeckt hat."

Nachdenklich zog Collignot an der Zigarre. Sicher war es kein Mißtrauen Firgolts, wenn er vermeiden wollte, daß einer von ihnen den Symboltransformer bediente. Doch grundlos nahm der Captain diese Strapaze nicht auf sich.

Die Maßnahme des Captains hatte auf jeden Fall etwas mit dem

Riesenbaby zu tun, sagte sich Collignot. Er wurde aus seinen Überlegungen gerissen, als ihn Kopenziack gereizt fragte: „Werden diese stinkenden Dinger eigentlich niemals alle?“

Collignot streifte umständlich die Asche ab.

„In diesem Jahrhundert nicht“, antwortete er gelassen.

„Läßt Ihnen die Qualmerei noch Zeit zur Arbeit?“ fragte Kopenziack spöttisch. „Oder sollen wir auch noch Ihre Pakete mitnehmen?“

Collignot betrachtete seine gepflegten Fingernägel.

„Ich bitte Sie“, sagte er. „Ihr Angebot ist zwar freundlich gemeint, aber ich möchte doch – aah!“

Kopenziack hatte ihm kurzerhand das größte Paket auf die Schultern gehoben. Leutnant Claude Collignot, der nach eigenen Angaben körperliche Arbeit verachtete, ging etwas in die Knie. Er mußte mit beiden Händen zugreifen.

Die Zigarre lässig im Mundwinkel haltend, schwankte er davon. Kopenziack grinste befriedigt hinter ihm her.

„Kommen Sie, Elmer“, sagte er zu Warren. „Nehmen wir den Rest und beeilen uns, damit wir ihn noch einholen.“

Warren schaute besorgt zu ihrem Beobachter hinauf.

„Hoffentlich verhält er sich still“, sagte er.

Firgolt wartete noch einen Augenblick, dann ging er ins Wasser zurück. Er klemmte den Atemschlauch fest und schwamm aufs Meer hinaus. Es würde bald wieder dunkel werden, und er wollte vor Einbruck der Nacht bei den anderen in der Höhle sein. Mit kräftigen Stößen schwamm Firgolt weiter. Ohne den anderen etwas davon zu sagen, hatte er inzwischen noch mehrere schmerzstillende Mittel zu sich genommen. Er wußte, daß er nicht in Lebensgefahr schwebte. Die gebrochenen Rippen hatten zu keinen inneren Verletzungen geführt. Das war sein Glück, da sie sonst die CARBULA um Hilfe hätten rufen müssen.

Doch Firgolt war entschlossen, den Einsatz zusammen mit den anderen zu Ende zu führen. Das Problem Schreckwurm faszinierte ihn immer mehr.

Zu viel war mit den bisherigen Ergebnissen nicht zu erklären. Es schien dem Captain, als würde der Koloß einen inneren Kampf ausfechten. Offensichtlich wußte er nicht, wie er sich gegenüber den Terranern verhalten sollte.

Wahrscheinlich waren sie für ihren Gegner ein wesentlich größeres Problem als er für sie. Firgolt wußte, daß jeder Versuch, sich in den Standpunkt des Schreckwurms zu versetzen, scheitern mußte, weil sie zuwenig über ihn erfahren hatten.

Sein kleines Ortungsgerät führte ihn sicher zum Ankerplatz der MOONSHINE. Als er zum U-Boot hinabtauchte, hatte er wieder das Gefühl, daß in unmittelbarer Nähe ein riesiger Schatten vorbeigehuscht sei. Diese Erscheinungen hatten sie bereits während der Fahrt hierher festgestellt, aber stets war das gespenstische Ding den Scheinwerfern entwichen.

Vielleicht waren es besondere Strömungen, die eine andere Farbe hatten, oder Schatten auf der Oberfläche, hervorgerufen von schwimmenden Wasserpflanzen.

Ohne sich weitere Gedanken darüber zu machen, kletterte Firgolt in die Flutkammer des Unterseeboots und schleuste sich ein. Bis auf den Symboltransformer hatten sie jetzt alles an Land. Jeder von ihnen trug ein kleines Funkgerät, damit sie jederzeit mit der CARBULA in Verbindung treten konnten.

Firgolt ruhte sich einige Minuten aus, dann überzeugte er sich, ob die Verpackung des Symboltransformers wasserdicht war. Das Übersetzungsgerät war in erster Linie von den Posbis entwickelt worden. Es vermochte Äußerungen fremder Rassen, die symbolisch zu erfassen waren, in Interkosmo umzuwandeln. Das Gerät arbeitete auf hyperinpotronischer Basis.

Firgolt schnallte es am Gürtel fest und machte sich auf den Rückweg. Als er aus der Flutkammer herausschwamm, fragte er sich, wie lange sie noch Gelegenheit haben würden, das Monstrum zu untersuchen. Zeit war ein wichtiger Faktor. Je länger sie den Riesen verfolgen konnten, desto größer waren ihre Aussichten, mehr über ihn zu erfahren.

Dabei mußten sie vorsichtig sein. Niemals durften sie den Eindruck von Angreifern erwecken. Das Ungeheuer mußte sich so an sie gewöhnen, daß es ihre Gegenwart als völlig natürlich empfand. Das konnten sie nur erreichen, wenn sie sich möglichst passiv verhielten.

Die Tatsache, daß sie ihre Ausrüstung an Land geschafft hatten, belastete ihr Verhältnis zu dem Giganten bestimmt. Andererseits konnten sie ohne die Geräte keine Fortschritte erzielen.

Firgolt schwamm weiter. Um ihn herum tanzten Schwärme bunter Fische durchs Wasser. Sie alle hatten den Hornschreckenangriff überlebt, weil diese Biester alles verschonten, was sich unter Wasser aufhielt.

Plötzlich war der Schatten wieder über Captain Firgolt. Er warf sich herum, mit den Füßen seines Körpers vorwärtsschnellend. Diesmal huschte das geheimnisvolle Ding nicht davon.

Es blieb direkt über Firgolt. Der Captain sah, daß es weder Pflanzen noch Strömungen waren.

Über ihm schwamm ein ungeheures Tier von scheußlichem Äußerem. Das Ungeheuer senkte sich langsam auf Firgolt herab, als wollte es ihn auf den Grund drücken. Firgolt sah einen widerlichen Rachen mit gezackten Zahnreihen.

Verzweifelt schwamm er weiter. Doch er konnte nie die Schnelligkeit dieses Untiers erreichen.

Wenn nicht ein Wunder geschah, würde er den Einsatz auf Euhja nicht lebend beenden. In Firgolts Ohren dröhnte das Rauschen der Wellen. Das Ufer war nicht mehr weit entfernt.

Doch für Firgolt lag es unerreichbar fern.

Kopenziack trat hustend zum Eingang der Höhle und blickte in die beginnende Nacht hinaus.

„Sie könnten wenigstens hier drinnen das Rauchen aufgeben!“ rief er zu Collignot hinein. „Sie verpesten die gesamte Luft!“

Collignot drückte den Zigarrenstummel aus und ging zu Kopenziack hinaus. Warren blieb auf seinem Platz liegen.

„Ich mache mir Sorgen“, gestand Kopenziack, als Collignot neben ihm stand.

„Um Firgolt?“

„Ja“, sagte der Untersetzte. „Warum ist er noch nicht hier? Von diesem Platz aus können wir den Schreckwurm nicht sehen. Das beunruhigt mich. Wenn der Captain einen Zusammenstoß mit diesem Burschen hat, sitzen wir hier untätig herum, ohne etwas davon zu bemerken.“

Collignot blickte auf seine Uhr. „Wenn wir voraussetzen, daß Firgolt sich beeilte, müßte er vor fünf Minuten hier eingetroffen sein.

Da er jedoch verletzt ist, wird es noch etwas dauern. Es besteht noch kein Grund, daß wir uns Gedanken machen."

„Ich mache mir trotzdem welche, denn ich habe festgestellt, daß in den meisten Fällen etwas gutgeht, wenn man vorher fest daran glaubt, daß es schiefgehen wird."

„Eine erstaunliche Philosophie", meinte Collignot.

„Helfen Sie mir", verlangte Kopenziack.

„Wobei?"

„Beim Sorgenmachen, Leutnant", schlug Kopenziack vor.

„He!" schrie Warren heraus. „Wenn euch die Abendluft nicht bekommt, dann geht besser wieder in die Höhle zurück."

Bevor sie jedoch seiner Aufforderung folgen konnten, kam er zu ihnen heraus. Kopenziack blickte ihn mitleidig an.

„Sie sehen blaß aus", stellte er fest.

„Mein ganzes Leben lang bin ich nur von Menschen umgeben, die sich wegen meines Aussehens Gedanken machen", sagte Warren sarkastisch. „Die einen empfehlen mir Sonne, die anderen Kraftnahrung." Er grinste Kopenziack an. „Was schlagen Sie vor?"

Für Warren war das eine lange Rede.

Sie standen zusammen vor der Höhle und redeten über belanglose Dinge. Kopenziack blickte immer wieder auf die Uhr.

Nachdem weitere Minuten verstrichen waren, stampfte der Kahlköpfige mit dem Fuß auf den Boden.

„Was haben Sie vor?" fragte Collignot.

„Ich gehe zum Strand", gab Kopenziack bekannt. „Ich suche den Captain."

Ohne ein weiteres Wort zu verlieren, ging er los.

„Halt!" rief Collignot. „Warten Sie, Aldo."

„Was ist los?" Kopenziack drehte sich ungeduldig um.

„Wir gehen *zusammen*", schlug Collignot vor. „Aber bewaffnet."

Sie holten die Strahlkarabiner und je eine Katalyse-Fusionsbombe aus der Höhle und marschierten los. Je weiter sie sich von der Höhle entfernten, desto schneller wurde ihr Tempo.

Die Abenddämmerung hatte bereits eingesetzt.

Schließlich erreichten sie den Hügelkamm, von dem aus sie zum Meer blicken konnten. Abrupt blieben sie stehen.

Ein phantastisches Schauspiel wurde ihnen geboten.

Um Firgolt herum schien das Wasser in die Höhe geschleudert zu werden, als ihn das Seeungeheuer direkt angriff. Der Spezialist sah den gewaltigen Rachen auf sich zuschießen. Seine Bewegungen, die er mit den Schwimmflossen vollführte, erschienen ihm sinnlos im Vergleich mit der Geschwindigkeit des Angreifers.

Doch gleichzeitig wurde der Wille zum Leben in ihm stärker. Mit einer schnellen Wendung entkam er dem gierig geöffneten Riesenmaul. Er fühlte den schweren Körper des Seetiers gegen den seinen prallen. Die Luft entwich aus seinen Lungen. Für einen kurzen Moment begann das Sauerstoffaggregat zu streiken.

Plötzlich fühlte er Boden unter den Füßen. Im Augenblick vermochte er nicht festzustellen, von wo der nächste Angriff kommen würde. Der Aufprall hatte ihm die Orientierung genommen.

Da war das Monstrum bereits wieder neben ihm. Zum erstenmal konnte es Firgolt in seiner ganzen Größe sehen. Es war langgestreckt, sein Kopf schien nichts als eine häßliche Verdickung des konisch geformten Körpers zu sein. Das Biest besaß kurze, stämmige Beine, die es beim Schwimmen anlegte. Wahrscheinlich konnte es auch außerhalb des Wassers leben. Während der Hornschreckenplage hatte es wohl irgendwo in einer Höhle geschlafen. Nun war es hungrig.

Da Firgolt bereits auf flacheres Wasser zuschwamm, wußte sein Gegner nicht recht, wie er ihn angreifen sollte.

Endlich gelang es dem Captain, den Kopf aus dem Wasser zu heben. Er zog den Blaster und arbeitete sich mit Beinstößen weiter. Der Saurier, oder was immer es war, biß nach ihm. Firgolt fühlte, wie der Unterwasseranzug oberhalb der Hüfte aufgeschlitzt wurde. Kurz darauf spürte er Schmerzen.

Firgolt feuerte blindlings den Strahler ab. Er konnte jetzt im Wasser laufen. Das Ufer war nur noch zehn bis fünfzehn Meter entfernt. Neben dem Captain tauchte ein häßlicher, triefender Schädel auf, der mit Algen überzogen war.

Firgolt schoß, doch er hatte keinen sicheren Stand und verfehlte das Ziel. Der Schwanz der Bestie peitschte das Wasser. Firgolt wich aus, doch die instinktive Bewegung kam zu spät. Voll traf ihn der Schwanz.

Der Captain schrie auf und wurde ein Stück davongeschleudert. Benommen versuchte er sich aufzurichten. Prustend und grunzend stampfte das Untier auf ihn zu.

Die Welt begann sich um Firgolt zu drehen. Eine Welle von Aasgeruch strömte auf ihn zu. Er riß den Atemschlauch ab, um frische Luft zu bekommen. Der Unterwasseranzug hing in Fetzen von ihm.

Übelkeit stieg in Firgolt auf. Er mußte sich übergeben. Taumelnd ging er weiter aufs Ufer zu. Der Verfolger war seiner so sicher, daß er sich nicht sonderlich beeilte. Allmählich hellte sich Firgolts Blick wieder auf. Er wandte sich um und feuerte einen Energieschuß ab. Aufbrüllend richtete sich das Tier zu voller Größe auf. Von Schmerzen gequält, versuchte es, mit den kurzen Beinen an die Einschußstelle zu gelangen.

Firgolt zielte sorgfältig. Obwohl der Blaster gegen Nässe versiegelt war, versagte er. Vielleicht war er beschädigt worden. Mit einem Fluch warf der Spezialist die nutzlose Waffe weg. Nun war er dem Seeungeheuer hilflos ausgeliefert.

Die ruhige Meeresoberfläche brach auseinander. Der Schreckwurm fuhr hoch. Es war noch nicht so dunkel, daß er keine Einzelheiten erkennen konnte. Sofort war ihm klar, daß diese Bewegung nicht von einem der Fremden herrühren konnte.

Da sah er für einen kurzen Moment einen häßlichen Schädel auftauchen.

Ein Seeungeheuer.

Blitzschnell kombinierte der Schreckwurm. Das Tier hielt sich in der Nähe jener Stelle auf, an der die Fremden aufzutauchen pflegten. Das bedeutete, daß es sie aufgespürt hatte und Jagd auf sie machte. Eines der Wesen war noch unter Wasser, um anscheinend weitere Geräte von einem unbekannten Stützpunkt zu holen.

Das Ungeheuer war nicht so lang wie er, aber wesentlich breiter. Für die winzige Kreatur bedeutete es auf jeden Fall eine Gefahr. Verärgert dachte der Schreckwurm daran, daß das Tier ihm die Gelegenheit nahm, die fremden Intelligenzen weiter zu beobachten.

Da schien es ihm, als sei für einen kurzen Augenblick der Kopf eines kleinen Wesens zu sehen gewesen. Es war möglich, daß er sich in der beginnenden Dunkelheit getäuscht hatte, doch darauf wollte er sich nicht verlassen.

Mit einem Riesensprung brachte er sich näher ans Meer heran. Das

Untier schien mit etwas beschäftigt zu sein, seine wilden Bewegungen wühlten das Wasser auf.

Da erschien der Kopf des Fremden abermals. Diesmal blieb er über Wasser. Gleichzeitig brachte der Wicht eine Waffe in Anschlag. Überrascht stellte der Schreckwurm fest, daß eine Energieentladung beachtlicher Stärke erfolgte. Diese Wesen mußten in jeder Beziehung technisch fortgeschritten sein. Das war ein weiterer Beweis für ihre Intelligenz.

Der Schreckwurm folgerte, daß er hier auf eine Rasse gestoßen war, die den Huldvollen gleichkam.

Gleichzeitig erinnerte er sich, daß die Intelligenzen es vermieden hatten, beim ersten Kontakt mit ihm Waffen zu zeigen. Obwohl sie gut ausgerüstet waren, waren sie ihm ohne jede Gegenwehr entgegengetreten.

Eine solche Haltung war bewunderungswürdig.

Was war jedoch der Grund dafür? Sollten sie Verdacht geschöpft haben? Hegten sie die Vermutung, daß seine Rasse intelligent war?

Der Schreckwurm fieberte einer Antwort auf diese Frage entgegen. Fast vergaß er darüber die Geschehnisse am Kampfplatz.

Das, was er immer für schwarze Haut bei den Fremden gehalten hatte, erwies sich jetzt als eine Art Schutzschicht, die durch den Angriff des Tieres zerrissen war. Die eigentliche Haut des Fremden war hell und dünn.

Plötzlich warf der Fremde seine Waffe weg. Das irritierte den Schreckwurm. Eine solche Handlungsweise war einfach unverständlich. Dann dachte er an die Möglichkeit, daß ein Defekt aufgetreten sein konnte.

Er sah den jämmerlich aussehenden Zwerg langsam zurückweichen.

Der Schreckwurm öffnete den Rachen. Unbewußt schickte er einen Warnimpuls zu dem Bedrohten hinunter. Doch dieser konnte ihn natürlich nicht verstehen.

Da schleuderte der Schreckwurm einen tödlichen Energieblitz über den Fremden hinweg. Der Strahlschuß traf das Seeungeheuer mit präziser Genauigkeit. Das Brüllen erstarb jäh. Einen Moment sah es noch so aus, als wollte das Tier weitergehen, dann kippte es schwer zur Seite.

Das Untier war tot. Gurgelnd schlossen sich die Wassermassen über dem mächtigen Körper.

Erst jetzt begriff der Schreckwurm in voller Konsequenz, was er spontan getan hatte.

Noch immer schaute der Fremde auf jene Stelle, an der vor wenigen Augenblicken das Monster gestanden hatte. Er schien die Geschehnisse nicht begreifen zu können.

Vielleicht, dachte der Schreckwurm in aufsteigender Bitterkeit, habe ich ihnen jetzt den Beweis geliefert, den sie suchten: den Beweis meiner vorhandenen Intelligenz.

Wenn das stimmte, war es vollkommen sinnlos, daß er einen der Fremden gerettet hatte. Denn in diesem Fall mußte er sie alle töten. Es gab ein uraltes Gesetz, gegen das er sich niemals auflehnen würde.

Die Intelligenz seiner Rasse mußte unter allen Umständen verheimlicht werden. Er würde nicht zögern, mit dem Einsatz seines Lebens darum zu kämpfen.

Er sah, wie das Wesen, das er vor dem sicheren Tod bewahrt hatte, sich langsam umdrehte.

Da warf er sich herum und verschwand mit weiten Sprüngen in der beginnenden Nacht.

Mit zitternden Händen tastete Claude Collignot nach einer Zigarre. Dort unten stand Captain Firgolt bis zu den Hüften im Meer. Am Ufer kauerte der Schreckwurm, und durch das Wasser stampfte ein urwelthaftes Wesen auf den Captain zu.

Kopenziack riß den Strahlenkarabiner hoch, doch er konnte keinen Schuß riskieren, ohne den Captain zu gefährden.

„Was, bei allen Planeten, ist das?“ brachte Warren hervor.

Rein automatisch zündete sich Collignot eine Zigarre an. Seine Gedanken rasten. Firgolt sah übel mitgenommen aus. Sein Unterwasseranzug war zerrissen. Die fremde Bestie war im Begriff, über ihn herzufallen. Collignot machte einen tiefen Zug.

Blitzschnell traf er eine Entscheidung. Auf diese Entfernung würde jeder Strahlenschuß den Captain gefährden, aber wenn sie nichts taten, würde Firgolt auf jeden Fall sterben.

Collignot zog den Strahlenkarabiner an die Schulter. Er kniff ein

Auge zu und blickte in die Zielautomatik. In übergroßer Deutlichkeit sah er Firgolt vor sich. Er erschrak über das Aussehen des Spezialisten.

Er schwenkte die Waffe herum, bis er das Seeungeheuer im Visier hatte. Bevor er jedoch abdrücken konnte, breitete sich vor dem Schädel des Sauriers ein heller Blitz aus. Sekunden später sackte der Angreifer aus der Zielrichtung.

Überrascht setzte Collignot die Waffe ab.

„Der Schreckwurm hat das Biest getötet!“ schrie Kopenziack. „Er hat es mit einem einzigen Schuß erledigt.“

Collignot schluckte trocken. Um das starke Zittern seiner Hände zu verbergen, hakte er die Daumen in den Gürtel.

Collignot hatte in seinem ereignisreichen Leben viel gesehen, doch diese Szene übertraf alles andere. Der Eindruck des Geschehenen hielt ihn in Bann. Was hatte den Schreckwurm zu seinem Eingreifen veranlaßt? Hatte er sich ebenfalls bedroht gefühlt?

Collignot zog hastig an der Zigarre.

„Wir müssen dem Captain helfen“, weckte ihn Warrens Stimme aus seiner Benommenheit.

Noch bevor sie sich in Bewegung setzten, verließ der Schreckwurm den Schauplatz in Richtung auf die Hügel.

Als sie bei Firgolt ankamen, watete der Captain gerade ans Ufer.

Als Firgolt die Augen bereits geschlossen hatte und auf das Zupacken des stinkenden Rachens wartete, zischte der Strahlenschuß über ihn hinweg. Er erkannte dieses Geräusch sofort, doch er dachte, daß Collignot, Kopenziack und Warren aufgetaucht waren, um ihm zu helfen.

Er blickte auf und sah das Monstrum ins Meer zurückfallen. Erleichterung durchflutete ihn. Er hatte den Tod bereits erwartet. Nun war ihm ein neues Leben geschenkt worden. Erschüttert blieb Firgolt stehen.

Der Schock, der ihn die ganze Zeit gefangen hatte, ließ nach. Die Reaktion der Nerven setzte ein. Firgolt wartete noch einige Sekunden, bevor er sich umdrehte. Die Männer sollten seine Erschütterung nicht bemerken.

Endlich hatte er sich so weit gefangen, daß er sich umwenden konnte.

„Claude, Sie haben ...“, setzte er mühevoll an.

Doch da war nicht Collignot. Auch Warren und Kopenziack standen nicht vor ihm.

Er sah nur den Schreckwurm, der sich jetzt von ihm abwandte und mit weiten Sprüngen verschwand.

Es dauerte einige Zeit, bis Firgolt begriffen hatte, was geschehen war. Der Schreckwurm hatte die Bestie getötet, als es für Firgolt schon hoffnungslos ausgesehen hatte.

Firgolt vergaß die Schmerzen, die ihn peinigten.

Etwas Unglaubliches war geschehen.

Bisher waren die Schreckwürmer Menschen nur in offener Feindschaft gegenübergetreten, doch dieser hatte ihm das Leben gerettet.

Das bewies endgültig, daß das hyperinpotronische Gehirn auf Luna sich nicht getäuscht hatte. Das Monstrum verfügte tatsächlich über eine Intelligenz, die die eines Hundes übertraf.

Collignot, Warren und Kopenziack kamen von der Landzunge herangestürmt. Firgolt setzte sich in Bewegung. Er verließ das Wasser. Der Biß im Oberschenkel sah nicht gefährlich aus. Es handelte sich um eine Fleischwunde, die mit Hilfe von Warrens kleiner Apotheke schnell verheilen würde. Die gebrochenen Rippen allerdings würden ihm noch längere Zeit zu schaffen machen.

Der Captain entfernte die nutzlosen Reste des Unterwasseranzugs vom Körper. In der Höhle würde er andere Kleidung bekommen.

„Sir!“ rief Collignot. „Sind Sie verletzt?“

„Es ist nicht von Bedeutung“, beruhigte Firgolt den Leutnant, der keuchend neben ihm anhielt.

„Wir konnten fast alles beobachten“, berichtete Collignot. „Es war zu riskant, einen Schuß abzugeben. Als wir uns dann dazu entschlossen hatten, griff der Schreckwurm ein.“

„Ich weiß“, sagte Firgolt. „Er hat mir das Leben gerettet.“

„Warum hat er das getan, Captain?“ fragte Kopenziack.

Firgolt stellte sich breitbeinig hin, so daß Warren einen Notverband anlegen konnte. Mit geschickten Händen beendete der junge Mann diese Arbeit.

„Darüber können wir nur Vermutungen anstellen“, beantwortete

Firgolt die Frage Kopenziacks. „Wahrscheinlich nahm er an, daß dieses Tier auch für ihn eine Gefahr bedeuten könnte."

„Bei den Fähigkeiten und Eigenschaften des Schreckwurms erscheint mir das ziemlich unwahrscheinlich", bemerkte Collignot.

„Wir werden den *wahren* Grund wahrscheinlich nicht so schnell herausfinden", gab Firgolt zu.

Er gab den Befehl, daß sie sich zur Höhle zurückzogen. Es wurde schnell dunkel. Kopenziack wollte Firgolt stützen, doch der Captain lehnte ab.

„Glücklicherweise hat der Symboltransformer den Kampf gut überstanden", sagte Firgolt auf dem Weg zu ihrem Versteck. „Mein Blaster versagte jedoch im entscheidenden Augenblick."

Wenn der Schreckwurm irgendwo in der Dunkelheit lauerte, dann machte er sich nicht bemerkbar. Obwohl Firgolt ausgesprochen müde war, sehnte er den nächsten Morgen herbei. Er wollte jetzt unbedingt vorankommen. Atlan und der Großadministrator warteten auf Ergebnisse.

Firgolt hoffte, daß sie nach dem Eingreifen des Schreckwurms mehr riskieren konnten als bisher. Das Monstrum hatte klar zu erkennen gegeben, daß es die Terraner nicht zu töten beabsichtigte.

Sie erreichten die Höhle. Warren schaltete eine Lampe ein, so daß Firgolt sich umsehen konnte.

„Der Eingang ist ziemlich groß", meinte der Captain. „Hoffentlich bekommen wir keinen unliebsamen Besuch."

„Wir werden während der Nacht einen Schutzschirm errichten", sagte Warren. „Es kann uns also nichts passieren."

Collignot und Kopenziack richteten ein Lager für Firgolt her. Der Captain legte andere Kleidung an. Er aß einige Nahrungskonzentrate und trank einen Becher gereinigten Meerwassers, den ihm Kopenziack stolz überreichte.

„Ich habe sofort nach unserer Ankunft in der Höhle die Filtrieranlage eingeschaltet", sagte er.

Firgolt bedankte sich lächelnd. Er trank aus und gab den Becher zurück.

„So müde war ich noch nie", sagte er.

Er legte sich auf das primitive Lager. Im selben Augenblick, als sein Kopf den Boden berührte, schlief er ein.

Kopenziack deutete spöttisch auf den nackten Felsboden hinter Collignot.

„Und wo“, erkundigte er sich ironisch, „wünschen der Herr Leutnant zu schlafen?“

Bevor Collignot antworten konnte, flammte die Kontrollampe des Symboltransformers aus. Das Gerät hatte eine aufgefangene Nachricht verarbeitet.

Mit zwei Schritten war Collignot bei dem Apparat.

„Halt!“ sagte Warren leise. „Es ist *seine* Sache.“ Er nickte zu Firgolt hinüber.

„Natürlich“, sagte Collignot enttäuscht. „Aber warum sollten wir ihn deshalb wecken?“

Warren rüttelte Firgolt an der Schulter, ohne auf Collignots Frage einzugehen. Der Captain war sofort wieder hellwach.

„Was ist passiert?“ fragte er.

„Der Symboltransformer spricht an“, berichtete Warren.

Firgolt richtete sich auf und zog das Gerät zu sich heran. Er drückte auf den Schalter, der den Wiedergabesektor aktivierte.

Eine unpersönliche, metallisch klingende Stimme sagte: „Verschwinde, du Narr!“

Über das Gerät hinweg sahen sich die Männer an. Firgolt fühlte Erregung in sich aufsteigen. Was sie hier hörten, war der endgültige Beweis. Firgolt zweifelte keinen Augenblick daran, daß es sich um eine Aufforderung handelte, die der Schreckwurm instinktiv abgegeben hatte, als er Firgolt im Kampf mit dem Seeungeheuer gesehen hatte. Der Symboltransformer hatte den Impuls aufgefangen. Da es sich um bisher nicht aufgetauchte Wortsymbole handelte, hatte es bis jetzt gedauert, die Nachricht zu entschlüsseln. Bei weiteren Botschaften würde der Symboltransformer schneller arbeiten.

„Er wollte Sie warnen!“ rief Kopenziack verblüfft.

„Ich glaube, NATHAN hat ihn etwas zu tief eingestuft“, sagte Firgolt nachdenklich. „Wir müssen sofort eine Nachricht an die CARBULA senden. Jetzt steht fest, daß dieses vermeintliche Tier intelligent ist.“

Firgolt betätigte das kleine Funkgerät.

„MOONSHINE ruft CARBULA“, sagte er mit ruhiger Stimme.

Die vier USO-Spezialisten erhielten keine Antwort.

5.

Major France Herkner war der ruhige, zuverlässige Typ eines terranischen Schiffskommandanten. Er hatte bereits auf mehr als einem Dutzend Schiffen das Kommando geführt. Die Tatsache, daß man ihn für den Sondereinsatz der CARBULA ausgesucht hatte, gab seinem Selbstbewußtsein großen Auftrieb.

Die beiden mächtigsten Männer des Imperiums, Rhodan und Atlan, hatten längere Zeit an Bord geweilt, und er hatte sich mit ihnen unterhalten können. Von jenem Zeitpunkt an fühlte sich Herkner persönlich für alle Geschehnisse mitverantwortlich.

Mit jeder Stunde, die verstrich, ohne daß ein Funkruf von Euhja eintraf, wurden die Sorgen des Majors größer. Er wußte, daß er von sich aus keinen Funkspruch absetzen durfte, um jede Ortung zu vermeiden.

Trotzdem ertappte er sich immer wieder dabei, wie seine Blicke unbewußt zum Funkgerät glitten, das von einem Arkoniden bedient wurde. Herkner war schon daran gewöhnt, mit Arkoniden, Springern, Akonen, Antis und anderen Fremden Dienst zu tun. Hinzu kamen noch die Umweltangepaßten, die zwar von Terranern abstammten, aber in den meisten Fällen voller Stolz darauf hinwiesen, daß sie von Siedlungswelten kamen, die sie als ihre Heimat betrachteten.

Der Mensch existierte bereits in mehreren Formen. Geistig und seelisch war er Mensch geblieben, doch sein Körper hatte sich den Gegebenheiten fremder Planeten angepaßt.

Die Umweltangepaßten stellten sogar oft die Elite einer Besatzung, da ihre Art sie fast immer für eine gewisse Tätigkeit spezialisierte. Bisher hatte Herkner mit ihnen noch nie Schwierigkeiten gehabt. Weitaus schwieriger war es schon, Akonen, Springer oder Antis zu einer festen Arbeitsgemeinschaft zusammenzufügen.

Gerade die Antis fügten sich nicht gern den Befehlen eines Terraners.

An all das mußte Major Herkner denken, als die CARBULA in die Nachtseite Euhjas eintrat. Der Major hatte die Zahl ihrer Umläufe um den Wasserplaneten nicht mitgezählt, aber er hätte leicht nachprüfen können, wie oft sie diese Welt bereits umrundet hatten.

Die unverhoffte Reaktion der Ortungsgeräte traf Herkner wie ein Schlag. Beim ersten Alarmton fuhr er herum. Der Bildschirm der Raumortung flackerte auf.

„Fremdortung, Sir!" rief Dettweiler, der Erste Offizier.

In jedem anderen Fall hätte Herkner in diesem Augenblick befohlen, die Abwehrschirme der CARBULA einzuschalten. Doch ein unglücklicher Zufall verhinderte, daß er diesen Befehl aussprach.

„Funkimpulse von Euhja!" rief der arkonidische Funker über den in der Zentrale entstehenden Lärm hinweg.

„Nehmen Sie an!" befahl Herkner schnell. „Senden Sie gleichzeitig einen allgemeinen Notruf ab. Es ist möglich, daß wir angegriffen werden."

Der schlanke Arkonide nickte. Da besann sich Herkner auf sein Versäumnis.

„Abwehrschirme einschal . . ."

Das fremde Raumschiff war bereits so dicht an die relativ langsam fliegende CARBULA herangekommen, daß ein Fehlschuß praktisch nicht möglich war.

Major France Herkner kam nie mehr dazu, den Befehl zu beenden. Vor seinen Augen entstand ein weißes Glühen. Hitze hüllte ihn ein. Seine Hände bewegten sich nur noch instinktiv. Dann wußte er nichts mehr von sich.

Bevor die CARBULA zerbarst, raste der Hyperimpuls aus ihren Funkgeräten in den Raum.

Der arkonidische Funker war ein vorsichtiger Mann gewesen. Bevor er die Nachricht von Euhja bestätigte, hatte er einen Notruf gesendet. Und das war das letzte, was er jemals tat.

Das Ende für die CARBULA und ihre Besatzung kam schnell.

Der Schreckwurm erwachte durch einen Impuls, den sein Gehirn unbewußt aufgenommen hatte. Doch er konnte nicht mehr feststellen, um welche Art von Nachricht es sich dabei gehandelt hatte. Sie konnte ebenso natürlichen Ursprungs sein. Vielleicht kündigten sich die Huldvollen an, oder die vier Fremden hatten einen Sender in Betrieb genommen. Er richtete seine gesamte Aufmerksamkeit in die Umgebung, doch der geheimnisvolle Impuls wiederholte sich nicht.

Vielleicht hatte er sich auch getäuscht. Sein Radiogehirn war in der Lage, Wellen und Impulse auch fünfdimensionaler Art zu empfangen und zu senden.

Der Schreckwurm wußte, daß er die lang ersehnte Ruhe während dieser Nacht nicht wiederfinden würde. Doch er war für diesen kurzen Augenblick des Schlummers bereits dankbar. Seine Müdigkeit war nicht körperlicher Art, sondern sie war eine Folge seiner ständigen Versuche, eine Lösung für alle Probleme zu finden.

Er nahm an, daß die Huldvollen nicht mehr lange auf sich warten lassen würden. Sicher landeten sie nicht während der Nacht auf dem Planeten. Es war bequemer für sie, sich bei Tageslicht um das vorhandene Molkex zu kümmern.

Der Schreckwurm fühlte, wie ihn der Haß erneut innerlich aufzuwühlen begann.

Wenn der Impuls, den er empfangen hatte, von den Fremden ausging, dann bedeutete das mit ziemlicher Sicherheit, daß auch sie über Raumschiffe verfügten. Denn an wen hätten sie sonst diese Nachricht schicken sollen? Auf diesem Planeten lebte niemand, der sich dafür interessieren würde.

Die Tatsache, daß es außer den Huldvollen noch andere Wesen gab, die die Raumfahrt beherrschten, ließ das Transportproblem der Schreckwürmer zum erstenmal in einem völlig anderen Licht erscheinen.

Die ungeheure Chance, die sich ihnen hier bot, durfte nicht durch einen Fehler zunichte gemacht werden. Obwohl sich unüberwindliche Hindernisse zeigten, mußte er versuchen, irgend etwas in dieser Beziehung zu unternehmen.

Es begann zu regnen. Den Schreckwurm störte das nicht. Obwohl es ihm leichtgefallen wäre, eine Höhle aufzusuchen, blieb er im Freien. Er wollte sich jetzt durch nichts mehr ablenken lassen. Ein unlösbar scheinendes Problem zu bewältigen, war bereits schwer genug, aber wenn man dazu nur begrenzte Zeit besaß, konnte man an der Aufgabe verzweifeln.

Während die Zeit verstrich, mußte der Schreckwurm resignierend feststellen, daß er allein nicht in der Lage war, mit dieser Sache fertig zu werden. Das seit Generationen bestehende Transportproblem konnte nicht von ihm allein binnen einer Nacht gelöst werden.

Eine andere wichtige Aufgabe war, herauszufinden, ob die Fremden jetzt seine Intelligenz erkannt hatten. Wenn die Huldvollen bereits bei Anbruch des Tages ankamen, mußte er darüber informiert sein. Wie konnte er diese Welt mit dem Wissen verlassen, daß ein lebenswichtiges Geheimnis seiner Rasse irgendwelchen Intelligenzen bekannt war.

Vorausgesetzt, die Fremden hatten die Fähigkeiten seines Gehirns erkannt, was sollte er dann tun?

Er konnte sie töten, damit löschte er jeden lebenden Zeugen aus. Andererseits vernichtete er damit jede Chance, vom Abhängigkeitsverhältnis gegenüber den Huldvollen loszukommen.

Er konnte die vier Wesen auch am Leben lassen und nicht an Bord des Schiffes der Huldvollen gehen. Doch das würde nicht nur ihm, sondern seiner gesamten Art schaden.

Doch es gab noch eine dritte Möglichkeit. Sie war so schrecklich, daß er bei dem bloßen Gedanken daran zu zittern begann.

Er konnte die Huldvollen töten.

Deprimiert kroch er zwischen Felsen hindurch. Jetzt galt es, schnell herauszufinden, wieviel die vier Kreaturen über ihn wußten.

Die CARBULA antwortete nicht.

Seit zwei Stunden versuchten sie jetzt ununterbrochen, mit ihren kleinen, aber leistungstarken Funkgeräten den Leichten Kreuzer der USO zu erreichen.

Schließlich winkte Firgolt ab. „Hören wir auf damit“, sagte er. „Etwas ist mit der CARBULA passiert. Leider haben wir bei unserer Ausrüstung keine weitreichenden Geräte, so daß wir warten müssen, bis man den Ausfall des Kreuzers bemerkt.“

„Was kann mit dem Schiff geschehen sein?“ fragte Collignot.

„Vielleicht wurde die CARBULA abgerufen“, sagte Firgolt, doch seine Worte wirkten wenig überzeugend. „Am wahrscheinlichsten ist, daß etwas mit ihren Geräten nicht in Ordnung ist.“

Warren sprach als erster aus, was alle dachtend. „Ist es nicht möglich, daß der Kreuzer angegriffen wurde?"

„Von wem?" fragte Kopenziack.

„Von den Unbekannten", meinte Warren. „Sie tauchen immer auf den Welten auf, wo es Molkex zu holen gibt."

„Woher sollten die Unbekannten wissen, daß es ausgerechnet hier Molkex und einen Schreckwurm gibt?" fragte Kopenziack.

„Schluß damit!" befahl Firgolt. „Durch diese fruchtlosen Vermutungen kommen wir nicht weiter."

Collignot zog nachdenklich an der unvermeidlichen Zigarre.

„Im Augenblick ist also unsere Verbindung zur Flotte und zum Lordadmiral abgeschnitten", stellte er fest. „Man wird zwar in einigen Tagen nach der CARBULA Ausschau halten und nach uns suchen, aber bis dahin müssen wir zusehen, daß wir den Kopf über Wasser behalten. Wenn inzwischen der Schreckwurm verrückt spielt oder die Unbekannten landen, sind wir in einer aussichtslosen Situation."

Firgolt kauerte sich aufs Lager nieder. Seine Augen funkelten im Licht des Scheinwerfers, den Warren an der Seitenwand der Höhle befestigt hatte. Das hagere Gesicht des Captains war bei dieser Beleuchtung scharf gezeichnet. Er war ein zäher Mann, der eine Aufgabe beharrlich anging, bis er sie gelöst hatte.

„Ihr Pessimismus ist etwas verfrüht", sagte er zu Collignot, „vorerst besteht für uns keinerlei Gefahr. Im Gegenteil: Wir haben den ersten großen Erfolg zu verzeichnen. Der Schreckwurm stellte sich einwandfrei auf unsere Seite. Ich glaube, daß wir morgen mehr über ihn erfahren, als man bisher überhaupt von dieser Rasse wußte."

Der Schutzschirm, den sie mit Hilfe ihres tragbaren Schirmfeldgenerators aufgebaut hatten, begann plötzlich bläulich zu schimmern. Die Höhle wurde von einem Knistern erfüllt, als brenne jemand eine überdimensionale Elektrode ab.

„Der Schirm!" schrie Warren.

Sie sprangen auf. Firgolt fühlte, wie sein Herz stärker zu klopfen begann. Noch eben hatte er davon gesprochen, daß sie in Sicherheit waren, und jetzt kam die Gefahr bereits auf sie zu.

Draußen vor der Höhle, mitten in der Nacht, war jemand dabei, das Schutzfeld zu zerstören.

Während er durch den Regen wanderte, fing er erneut den Impuls auf. Diesmal konnte es keine Täuschung gewesen sein. Es handelte sich einwandfrei um eine Funkbotschaft, die von dieser Welt in den Raum gestrahlt wurde.

Die vier Fremden schickten einen unverständlichen Funkspruch an ihre Artgenossen. Jetzt war es sicher, daß sie ebenfalls Raumfahrt betrieben. Bei den Wesen, mit denen er es hier zu tun hatte, handelte es sich um ein kleines Kommando, das mit einem bestimmten Ziel gelandet war.

Dieses Ziel war nicht schwer zu erraten: Sie wollten ihn beobachten.

Die ganze Zeit über hatte er in seiner Arroganz geglaubt, dumme Wilde vor sich zu haben, denen jede Vernunft fehlte. Wie hatte er nur so vermessen sein können?

Einige Zeit konnte er sich an den Impulsen orientieren, dann brachen diese plötzlich ab. Doch er hatte bereits herausgefunden, daß die Fremden in einer der Höhlen am Ende der Bucht sein mußten.

Dort warteten sie auf den kommenden Tag, um ihr Werk fortzusetzen. Er spürte Zorn in sich aufsteigen. Es war ihnen gelungen, ihm ein großartiges Schauspiel vorzuführen. Oder war ihr Verhalten kein Schauspiel gewesen? Entsprang es ihrer Vermutung, daß er ein primitives Tier war?

Wieder glitten seine Gedanken in diese schreckliche Ungewißheit ab. Was nützte ihm seine ganze Intelligenz, wenn er nur geringes Wissen besaß.

Als er die Höhle fand, in der sich die Zwerge verkrochen hatten, stellte er sofort fest, daß der Eingang durch eine energetische Mauer versperrt war.

Sie mißtrauten ihm. Jetzt, wo sie vielleicht von seiner Intelligenz ahnten, waren sie vorsichtiger als bei ihrer Ankunft.

Da hielt sein Gehirn der Belastung nicht länger stand. Er hatte angestrengt überlegt, hatte Vermutungen aufgestellt, hatte sich auf Risiken eingelassen und Dinge getan, die Traditionen zerbrachen.

Auf die Dauer mußte dabei jedes Gehirn einmal kurzschließen, auch das eines Schreckwurms. So schickte er wütende Blitzschüsse auf den Energieschirm los, der ihm den Weg zu den Fremden versperrte. Er tat es mit der Wildheit eines Tieres.

Die Kontrollanzeiger des Schirmfeldgenerators vollführten einen verrückten Tanz. Mit düsterer Miene blickte Warren auf das Gerüst.

„Das hält der Schirm nicht lange aus", sagte er. „Wir müssen etwas gegen den Angreifer unternehmen."

„Dazu müssen wir erst wissen, um wen es sich handelt", gab Kopenziack zu bedenken.

„Ich schätze, es ist der Schreckwurm", sagte Firgolt bedrückt.

„Das Riesenbaby?" Collignot hob erstaunt die Augenbrauen. „Das wäre unlogisch. Erst rettet er Sie vor dem sicheren Tod, dann will er uns alle hier drinnen verschmoren."

Firgolt schien die bedrohliche Situation nicht zu beachten.

„Bisher haben wir einen entscheidenden Fehler gemacht", sagte er. „Wir haben das Monstrum beobachtet und ständig beschäftigt. Dabei wurde er, ohne daß wir es merkten, zu einem normalen Problem für uns. Wir gingen an die Aufgabe heran, wie wir die Reparatur einer defekten Maschine zu meistern versuchen würden."

„Was ist daran falsch?" fragte Collignot verwirrt.

„Alles", erwiderte der Captain entschieden. „Wir hatten uns so daran gewöhnt, den Schreckwurm als wilde Bestie einzuschätzen, daß wir ihn dementsprechend behandelten. Dabei vergaßen wir die Hauptsache: daß er wahrscheinlich über eine Mentalität verfügt, die von der unseren grundverschieden ist. Das heißt, daß wir nun die Folgen für unseren Fehler tragen müssen. Die Handlungen des Schreckwurms sind indirekt nur die Reaktion auf die unseren."

Firgolt konnte nicht ahnen, daß er zum Teil recht hatte. Es war für ihn unmöglich, die verzweifelte Lage des Schreckwurms zu begreifen. Dazu kannte er die Zusammenhänge nicht gut genug.

Kopenziack deutete auf den flackernden Schutzschirm. „Ich glaube, dieser Einfall kommt etwas zu spät."

Firgolt klatschte in die Hände.

„Bei allen Planeten!" rief er aus. „Jetzt sehe ich, daß wir uns einen weiteren Trugschluß geleistet haben. Wir dachten, daß dieses Ungeheuer uns nicht töten will. Doch das stimmt nicht. Alle Erfahrungen mit den Schreckwürmern beweisen, daß sie jedes Lebewesen töten, das in ihre Nähe kommt, von den Unbekannten abgesehen. Also muß auch der ursprüngliche Wunsch dieses Burschen dort draußen gewesen sein, uns sofort zu vernichten."

„Er hat es aber nicht getan“, erinnerte Warren.

„Er liegt im Kampf mit sich selbst“, konstatierte Firgolt. „Ein Teil seines Denkens verlangt unseren Tod, der andere unser Weiterleben. Wenn das Monstrum von den bisherigen Gewohnheiten abgekommen ist, dann geschah dies nicht grundlos. Die Folgerung ist: Dieser Schreckwurm unterscheidet sich von allen anderen.“

„Glauben Sie, daß nur *er* intelligent ist?“

„Nein, Leutnant Warren, intelligent ist die ganze Rasse. Die Gründe für das Verhalten unseres Gegners müssen anderer Natur sein. Im Augenblick scheint die Tradition wieder einen Vorteil gegenüber diesen ersteren Gründen errungen zu haben, denn er greift uns mit aller Gewalt an.“

„Allerdings“, bestätigte Kopenziack. „Ich sage Ihnen, daß der Schirm jeden Augenblick zu existieren aufhören kann.“

Stumm warteten die Männer auf das Unvermeidliche. In der Höhle konnten sie die Katalyse-Fusionsbomben nicht einsetzen, ohne ihr eigenes Leben zu gefährden.

Sie postierten sich um den Eingang der Höhle und warteten, daß der überlastete Generator zu arbeiten aufhören würde.

Dann würde der Schutzschirm zusammenbrechen, und für den Schreckwurm war das letzte Hindernis zur Seite geräumt, das ihn noch davon abhielt, die Terraner zu vernichten.

Oberhalb des Höhleneingangs brachen große Steinbrocken heraus und polterten zu Boden. Ein fluoreszierendes Licht breitete sich überall dort aus, wo sich die Energie der Schüsse entlud, die er auf den Schutzschirm abgab.

So schnell wie der Anfall gekommen war, so schnell ließ er auch nach. Der Schreckwurm stellte das Dauerfeuer ein. Er mußte von Sinnen gewesen sein, als er diesen Überfall begonnen hatte.

Es stand noch nicht einmal fest, ob er das Schutzfeld der Fremden vernichten konnte. Vielleicht hockten sie in der Höhle und lachten über seinen Versuch.

Dicke Regentropfen verdampften zischend auf dem erhitzten Gestein rund um die Höhle. Trotz der Finsternis konnte er die Rauchschwaden aufsteigen sehen.

Ob sie herauskamen, wenn sie feststellten, daß er nicht auf sie schießen würde? Doch wie wollte er ihnen das mitteilen, ohne seinen Verstand zu verraten?

Dort drinnen waren sie ebenso weit von ihm entfernt, als lebten sie auf einer fernen Welt. Er mußte sie jedoch noch einmal beobachten, bevor die Huldvollen ankamen.

Mit Gewalt konnte er sie dazu jedoch im Augenblick nicht veranlassen. Auch wenn die Zeit drängte, er mußte etwas geduldiger sein.

Langsam zog er sich zurück. Sein Körper streifte durch unzählige Rinnsale, die von den Hügeln herab aufs Meer zuflossen. Seine Gedanken bewegten sich zäh und widerwillig, sein Geist erschien ihm wie umnebelt. Die geistige Erschöpfung schritt weiter fort. Er mußte dringend kurze Zeit vollkommen entspannen.

Doch, so fragte er sich bitter, wie sollte er Ruhe finden, wenn die Probleme wie gespenstische Schatten in ihm blieben, wenn sie weiter in ihm arbeiteten?

„Er hat sich zurückgezogen", stellte Firgolt fest. „Das bedeutet, daß wir bis zum Ende der Nacht Ruhe haben werden." Auf seiner Stirn erschienen Falten. „Allerdings haben wir noch etwas Arbeit."

Der Spezialist schaltete das Bandgerät ein, das sie von Bord der MOONSHINE mit in die Höhle gebracht hatten. Das Gerät konnte auch über den Armbandfunk besprochen werden. Doch in diesem Fall war die Entfernung begrenzt.

„Was haben Sie vor?" erkundigte sich Collignot.

„Ich werde einen vollständigen Bericht über alle bisherigen Ereignisse auf Band sprechen und unsere Erkenntnisse ebenfalls festhalten. Wenn uns etwas geschehen sollte, können wir denen, die uns finden, immerhin einige wertvolle Nachrichten übermitteln."

Er begann ruhig und sachlich zu sprechen. In kurzen, aber klaren Worten hielt er fest, was sie über den Schreckwurm erfahren hatten.

„So", sagte er befriedigt, „ab sofort werden wir auch von außerhalb der Höhle alles Wesentliche auf Band sprechen."

Collignot sah ein, daß der Captain recht hatte, zumal die CARBULA als Nachrichtenempfänger ausgefallen war.

Der Rest der Nacht verlief ruhig. Sie schliefen ungestört, während abwechselnd ein Mann Wache hielt.

Kopenziack, der die letzte Wache hatte, weckte die anderen, als es vor der Höhle hell wurde. Firgolt stand auf und schaltete den Schirmfeldgenerator aus. Als erster trat Warren aus der Höhle. Der Regen fiel in dichten Schwaden.

Vom Schreckwurm war keine Spur zu sehen.

„Unfreundliches Wetter“, sagte Collignot und trat neben Warren.

„Das wird den Captain nicht abhalten, uns hinter dem Riesenbaby herzujagen“, bemerkte Warren grimmig.

Nach einer Weile kamen Firgolt und Kopenziack heraus. Der Captain hatte dunkle Ringe unter den Augen. Forschend betrachtete er ihre Umgebung.

„Der Zustand des Bodens ist für unsere Zwecke denkbar günstig“, sagte er. „Wir müssen nur die Spur des Schreckwurms entdecken und ihr nachgehen, dann werden wir ihn bald gefunden haben.“

„Ob es gut ist, wenn wir ihm nach seinen nächtlichen Kapriolen zu dicht aufs Fell rücken?“ fragte Kopenziack skeptisch.

„Es ist jedesmal ein Risiko“, erwiderte Firgolt. „Es ist unmöglich, im voraus zu wissen, wie er reagieren wird.“

Sie kehrten in die Höhle zurück. Warren verteilte ihr karges Frühstück, das wie üblich aus Konzentraten und Wasserdrops bestand. Kopenziack steuerte einen Becher filtrierten und gereinigten Meerwassers bei.

„Offensichtlich hat der Schreckwurm ein geistiges Problem zu überwinden“, sagte Firgolt. „Deshalb ist er unberechenbar. Wir dürfen ihn nicht unnötig reizen.“

Sie bewaffneten sich und gingen ins Freie.

„Es sieht so aus, als würde es an diesem Tag nicht richtig hell werden“, bemerkte Kopenziack. Er schaute forschend in ihre Umgebung, in der es nur verschwommenes Grau zu sehen gab.

„Das ist die trostloseste Welt, auf der ich jemals gewesen bin“, erklärte er. „Eine kahle Insel, umschlossen vom Meer, das ist alles. Die einzigen Lebewesen auf diesem Kontinent sind der Schreckwurm und wir. Hinzu kommt der Gestank von Collignots schwarzen Zigarren.“

Sie gingen den fernen Hügeln entgegen. Sie suchten nach der Spur des Schreckwurms.

Firgolt bildete die Spitze. Er ahnte, daß am heutigen Tag eine Entscheidung bevorstand.

Die Huldvollen kamen am frühen Morgen. Ihr Schiff stieß durch die Wolken, brüllend drang es in die untersten Schichten der Atmosphäre ein. Die Stille dieses grauen Tages wurde auseinandergerissen. Es schien, als begänne die Luft zu erbeben.

Das Geräusch schwoll zu einem ohrenbetäubenden Donner an. Zuvor war es nur ein Brausen gewesen, noch früher nur ein leises Summen.

Der Schreckwurm hatte bereits die ersten Anzeichen registriert.

Die Huldvollen kamen.

Nun mußte er sich entscheiden. Bisher hatte er die winzige Hoffnung gehegt, daß die Huldvollen nicht auftauchen könnten. Damit war es jetzt vorbei.

Nun mußte sich zeigen, was er zu tun imstande war.

Für Sekunden glaubte er das grotesk aussehende Schiff zwischen den Wolken dahinjagen zu sehen, wie einen riesigen Schatten. Sekunden später traf der Schall mit voller Wucht sein empfindliches Gehör.

Er zuckte zusammen. Hastig sprang er auf den höchsten Hügel der Umgebung zu, um festzustellen, ob das Schiff irgendwo in der Nähe landen würde. Mit wenigen Sprüngen kam er bei seinem Ziel an. Weiter im Landesinnern erstreckte sich eine ausgedehnte Ebene.

Der Schreckwurm sah das Schiff sofort. Es war unmittelbar hinter den Hügeln gelandet. Durch den Molkexüberzug wirkte es wie eine abstrakte Bildhauerarbeit, an der eine Armee von Künstlern gearbeitet hatte, um sie in dieser Größe herzustellen.

Eine Weile lag der Schreckwurm wie erstarrt. Vorerst würden sie sich um das Molkex kümmern, dann um ihn. Eigentlich hätte er jetzt zum Schiff gehen müssen.

Doch er tat es nicht. Sein alter Haß war erwacht. Wirre Gedanken durchzuckten sein Gehirn.

Dort unten stand im strömenden Regen das Schiff jener Rasse, von der er abhängig war. Seit undenklichen Zeiten trieben sie ihr schurkisches Spiel mit den Schreckwürmern.

Freiwillig würde er sich nicht in ihre Hände begeben.

Er beschloß, sich vor ihnen zu verstecken. Er wußte nicht, wie wichtig er ihnen war und ob sie überhaupt nach ihm suchen würden.

Sicher gab es hier genügend Verstecke, in denen er sich verbergen konnte. Noch wußte er nicht, ob sie über Geräte verfügten, mit denen sie ihn leicht finden konnten. Er dachte an die Höhle, in der die vier fremden Intelligenzen die Nacht verbracht hatten. Der Eingang war groß genug, um ihn hindurchzulassen. Wenn die Fremden die Höhle verlassen hatten, um ihn zu suchen und zu beobachten, konnte er sicher dort eindringen.

Er überdachte seinen Plan.

Wahrscheinlich hatten auch die winzigen Kreaturen die Ankunft des Schiffes nicht überhört. Wie würden sie darauf reagieren? Hoffentlich begingen sie nicht den Fehler, die Huldvollen ebenso wie ihn zu behandeln. Dann war die Zeit, die sie noch zu leben hatten, knapp bemessen.

Unten am Schiff entstand eine Bewegung.

Der Schreckwurm nahm sich erst gar nicht die Zeit, herauszufinden, was es war. Mit mächtigen Sprüngen schnellte er sich der Höhle entgegen.

Als er dort ankam, sah er, daß sie verlassen war. Niemand war als Wache zurückgeblieben. Wahrscheinlich krochen die Zwerge zwischen den Hügeln umher und suchten nach ihm.

Er zwängte sich durch den Eingang ins Innere.

Die Fremden hatten ihre gesamten Geräte hier abgestellt. Fasziniert betrachtete er die Ausrüstung. Keines dieser Dinge war ihm vertraut. Selbst wenn er ihre Bedeutung hätte enträtseln können, so wäre es ihm unmöglich gewesen, sie zu bedienen. Mit seinen ungefügen Pranken konnte er nichts tun.

Er sah, daß die Wesen Lager auf dem Boden hergerichtet hatten. Das bewies erneut, wie schwach und anfällig sie waren.

Der Schreckwurm war so in die Betrachtung der Höhle versunken, daß er die Rückkehr der Fremden erst bemerkte, als diese vor ihm standen.

Warren, der über ein gutes Gehör verfügte, vernahm das ferne Dröhnen der Triebwerke zuerst. Sein schlanker Körper verhielt ruckartig. Er beugte sich etwas nach vorn.

„Was gibt's, Leutnant?" fragte Firgolt sofort.

„Hören Sie es nicht?" fragte Warren gespannt.

Firgolt lauschte, doch außer dem eintönigen Plätschern des Regens konnte er nichts vernehmen.

„Es klingt wie – wie ein sich näherndes Raumschiff", sagte Warren zögernd, als sei er sich selbst noch nicht darüber schlüssig, ob er mit seiner Vermutung recht hatte.

„Die CARBULA!" schrie Kopenziack. „Das ist bestimmt die CARBULA!"

„Ruhe!" befahl Firgolt.

Jetzt hörten sie es alle.

„Ohne Zweifel ein Schiff", stimmte Firgolt zu. „Aber bestimmt nicht die CARBULA. Der Leichte Kreuzer hätte keinen Grund, hier zu landen – wenn er überhaupt noch existiert."

Gespannt standen sie da. Der Schreckwurm war vergessen.

„Vielleicht sind es die Unbekannten!" schrie Collignot über den stärker werdenden Lärm hinweg. „Dann brauchen wir uns über Unterhaltung keine Sorgen zu machen."

„Es geht irgendwo in der Nähe nieder", prophezeite Kopenziack.

Da sahen sie einen dunklen Fleck zwischen den grauen Wolken, der sich rasch vergrößerte. Unwillkürlich duckte sich Warren.

„Da kommt es!" brüllte Collignot.

Ein vollkommen asymmetrisches Gebilde hing über den Hügeln. Schwach wurde Firgolt an die alptraumähnliche Form der Posbischiffe erinnert. Doch hier sah er eine Masse vor sich, die erahnen ließ, daß das eigentliche Raumschiff Diskusform besaß.

„Und so etwas fliegt", meinte Kopenziack ungläubig.

Das Fremdschiff sackte hinter den Hügeln ab.

„Es ist gelandet", bemerkte Collignot trocken.

Die plötzliche Stille, die nach erfolgter Landung des Schiffes eintrat, wirkte beinahe schmerzhaft.

Firgolt schaute den Strahlkarabiner über seiner Schulter nachdenklich an.

„Damit werden wir ihnen nicht gegenübertreten können", sagte er.

„Was wollen wir tun?" fragte Warren.

„Am besten ziehen wir uns in die Höhle zurück", schlug Firgolt vor. „Hier stehen wir auf verlorenem Posten. Vielleicht können wir unbemerkt einige Beobachtungen machen, bis das Schiff Euhja wieder verläßt."

„Das war eine vorsichtige Beschreibung dessen, was wir wirklich tun: Wir flüchten.“ Collignot spie seinen erloschenen Zigarrenstummel aus. „Endlich werden wir wieder im Trockenen sein.“

Im Eiltempo legten sie die Strecke zur Höhle zurück. Es war erstaunlich, wie gut Firgolt sich bei dieser Beanspruchung hielt. Kein Wort der Klage kam über seine Lippen.

Als sie noch fünfzig Meter von ihrem Versteck entfernt waren, stießen sie auf die Spur des Schreckwurms. Der aufgeweichte Boden zeigte die typischen Abdrücke seines riesigen Körpers.

Collignot bremste seinen Lauf ab. Mit der Mündung des Karabiners zeigte er nach unten.

„Da“, sagte er nur.

Kopenziack stieß einen Fluch aus.

„Er ist in der Höhle“, sagte Firgolt ruhig.

Sie blickten sich an. In Kopenziacks Augen war der Schein wilder Entschlossenheit zum Kampf.

„Wahrscheinlich hat er bereits alles verwüstet!“ schrie er aufgebracht. „Während wir ihn suchten, hat er sich herangeschlichen und unsere Ausrüstung zerstört!“

„Das werden wir gleich feststellen“, bemerkte Firgolt gelassen.

Leutnant Kopenziack sah ihn an, als hätte er ihn noch nie zuvor gesehen. Sein breites Gesicht verzog sich zu einer erstaunten Grimasse. „Sie wollen zu ihm hinein?“

„Es bleibt uns nichts anderes übrig“, sagte Firgolt. „Er ist für uns weniger gefährlich als die Unbekannten. Vielleicht hat er gerade ein ruhiges Stadium.“

„Ein ruhiges Stadium“, flüsterte Collignot. „Das ist ja heiter.“

Firgolt tat, als hätte er die Bemerkung nicht gehört. Ohne zu zögern ging er weiter auf die Höhle zu. Kopenziack folgte dem Captain.

„Wir können sie nicht allein zu dem Biest hineinlassen“, sagte Collignot zu Warren. „Außerdem befinden sich meine Zigarrenvorräte dort drinnen. Ich möchte nicht, daß sie von dem Ungeheuer zerdrückt werden.“

Die beiden folgten Firgolt und dem untersetzten Spezialisten. Der Schreckwurm nahm fast die gesamte Höhle ein. Als sie in ihr Versteck eindrangen, sahen sie das Monstrum in die Betrachtung ihrer Ausrüstung versunken.

Nichts war beschädigt oder zerstört worden.

Da fuhr der mächtige Schädel zu ihnen herum. Unwillkürlich machte Collignot einen Schritt zurück. Kopenziack schloß die Augen und wartete auf den Tod.

Der Schreckwurm ließ seine vier Greifzangen spielen. Der gewaltige Rachen öffnete sich. Eine Wolke üblen Gestanks umflutete die Männer.

„Er spielt das wilde Tier", flüsterte Firgolt. „Wir sollen anscheinend glauben, daß er aus reiner Angst vor dem fremden Schiff hierher geflüchtet ist."

„Der Symboltransformer", sagte Warren ebenso leise. „Wir können versuchen, uns mit ihm zu verständigen."

„Nein", entschied der Captain. „Ich glaube, es ist besser, wenn wir ihn bei der Überzeugung lassen, daß wir ihn für wenig intelligent halten. Umsonst führt er dieses Schauspiel nicht vor. Aus irgendeinem Grund muß er sehr daran interessiert sein, seinen Verstand zu verbergen."

Collignot wollte eine Zigarre anzünden, doch Firgolt schlug sie ihm schnell aus der Hand.

„Kein Feuer", zischte er. „Wenn wir ihn reizen, kommen wir hier nicht mehr lebend heraus."

Vorsichtig zog sich das Monstrum zum äußersten Ende der Höhle zurück, ohne die Terraner aus den Augen zu lassen. Es gebärdete sich dabei wie ein Tier, das so verwirrt ist, daß es nicht weiß, was es machen soll.

Firgolt fing an, leise einen weiteren Bericht auf das Bandgerät zu sprechen. Sie konnten nur einen Teil der Geräte erreichen, die anderen wurden vom Körper des Schreckwurms versperrt.

Es war eine eigenartige Situation. Ein Schreckwurm und vier Menschen waren auf engem Platz zusammengedrängt. Sie belauerten sich gegenseitig. Der geringste Fehler, ahnte Firgolt, mußte das Verhängnis herbeiführen.

Firgolt beendete den Bericht und schaltete das Gerät ab.

Die wachen Augen des Ungeheuers folgten jeder ihrer Bewegungen. Es bestand ein Waffenstillstand, der jeden Augenblick aufhören und in Kampf ausarten konnte.

Firgolt hoffte, daß die Nerven des Schreckwurms ebenso stabil wie die seinen waren. Vorsichtig, jede hastige Bewegung vermeidend, lehnte er sich gegen die Höhlenwand.

Was nun? Der Schreckwurm schien auf etwas zu warten. Seine Haltung drückte deutlich die innere Spannung aus, unter der er stand.

Firgolt fühlte die Kühle der Felsen durch seine Kleidung. Draußen ergoß sich der Regen in einer wahren Sturzflut vom Himmel.

Da durchbrach das Tosen von Triebwerken die Stille. Der Schreckwurm riß wie in panischer Furcht den Rachen auf.

Firgolt beugte sich nach vorn.

Das Schiff der Unbekannten hatte vom Boden abgehoben.

Sein erster Gedanke war gewesen, die vier Fremden mit blitzschnellen Schüssen zu töten, doch gleichzeitig fiel ihm ein, daß die Ortungsgeräte der Huldvollen sofort anzeigen würden, daß irgendwo Energie frei wurde. Wenig später würden sie ihn entdeckt haben.

Er konnte im Augenblick nichts tun, als die Höhle mit den Zwergen zu teilen. Wahrscheinlich waren sie vor dem Schiff hierher geflüchtet. Er sah, daß sie Waffen trugen, doch sie griffen ihn nicht an. Jetzt galt es, die Rolle des dümmlichen Tieres zu spielen.

Er gebärdete sich aufgeregt, als seien die Ereignisse für ihn unverständlich. Zu seiner Erleichterung erkannte er, daß die Fremden keinen Versuch einer Verständigung mit ihm machten. Das bedeutete, daß sie noch immer nichts von seiner überragenden Intelligenz wußten.

Das rettete ihnen endgültig ihr Leben. Wahrscheinlich hätte er sie mit seinem gewaltigen Körper einfach erdrückt, wenn sie gezeigt hätten, daß sie von seinen wahren Fähigkeiten wußten.

Er zog sich zum hinteren Ende der Höhle zurück.

Nach einer Weile hörte er das Schiff der Huldvollen starten. Wilde Freude durchzuckte ihn. Sie verließen diese Welt. Er war frei. Doch Augenblicke später erkannte er enttäuscht, daß ihn seine Hoffnung getrogen hatte. Das Schiff würde den Planeten noch nicht verlassen.

Sie suchten ihn. Sie begannen jetzt damit, den Inselkontinent systematisch abzufliegen.

Er blickte zu den Fremden. Ob sie wußten, was hier geschah?

Einen Moment war er versucht, die Verständigung mit ihnen

aufzunehmen und sie um Hilfe zu bitten, aber er tat es nicht. Noch bestand keine unmittelbare Gefahr für sein Leben. Er konnte jetzt nicht ins Freie hinaus. Die Huldvollen rechneten damit, daß er sich sofort bei ihrer Landung zeigte. Er jedoch hatte sich versteckt. Sie würden, wenn er in ihr Schiff ging, unbequeme Fragen stellen und ihn untersuchen. Dabei konnten sie leicht feststellen, daß er mehr als nur instinktive Vernunft besaß.

Allmählich wurde das Geräusch der Triebwerke leiser. Das bedeutete jedoch nicht, daß er in Sicherheit war. Sie begannen an anderen Stellen zu suchen. Früher oder später würden sie jedoch hierher zurückkehren.

Je näher der Augenblick kam, da die Huldvollen in seiner Nähe auftauchen würden, desto unlösbarer erschienen ihm alle Probleme. Jetzt hätte er den Rat der Alten gebraucht, doch er war allein.

Durch sein Verhalten gefährdete er jeden Transport. Dagegen erschien ihm sein Leben, das er einsetzte, bedeutungslos. Ohne es zu wollen, hatte er die ganze Art in große Gefahr gebracht.

Er war nicht nur ein Revolutionär, er war ein Verbrecher. Er war eine geistige Abnormität. Sie würden ihn verstoßen, wenn er sie jemals sehen würde. Er stöhnte auf.

Bald darauf wurde das Schiff der Huldvollen wieder hörbar.

Zwischenspiel

Das Schiff flog über den kahlen Kontinent hinweg. Die Ausbeute an Molkex auf dieser Welt war gering. Die Besatzung befand sich in aufgeregter Stimmung, denn bisher war der Schreckwurm noch nicht aufgetaucht. Er mußte aber auf jeden Fall hier sein. Sie hatten von diesem Planeten aus einen typischen Peilimpuls empfangen. Das Molkex und die sichtbaren Verwüstungen, die die Hornschrecken hinterlassen hatten, waren weitere Beweise.

Entweder war der Schreckwurm im Meer ertrunken, oder er hatte sich irgendwo verkrochen.

Systematisch suchte das Schiff den gesamten Kontinent ab.

Dann, in der Nähe des Südufers, sprachen die Mentalorter an. Der Ausschlag war stark, als hielten sich mehrere Schreckwürmer hier auf. Doch das war ziemlich unwahrscheinlich, da es nur wenig Molkex gegeben hatte.

Die Besatzung beschloß, das Schiff am Meeresufer abzusetzen und den Schreckwurm zu suchen.

Der Bremsvorgang begann. Jeder im Schiff erhielt eine genaue Aufgabe zugeteilt. Wahrscheinlich war der Schreckwurm krank und lag irgendwo in einer Höhle. Die Besatzung kam überhaupt nicht auf den Gedanken, daß es andere Gründe geben könnte.

Sicher setzten sie ihr Schiff auf.

Irgendwo im Molkexüberzug entstand eine Öffnung: die Schleuse.

Sie würden hinausgehen und den Schreckwurm suchen. Sie kannten seinen ungefähren Standort, und ihre Geräte würden sie zu ihm führen. Entschlossen verließen sie das Schiff.

Keinen Augenblick dachten sie daran, daß ihr Leben gefährdet war.

6.

„Da kommt es zurück“, sagte Collignot erregt.

Sie hörten, wie draußen der Lärm der Triebwerke an Lautstärke zunahm.

„Ich habe es geahnt“, entgegnete Firgolt. „Sie suchen den Kontinent nach dem Schreckwurm ab. Für uns besteht damit die Gefahr, daß sie uns ebenfalls entdecken, wenn sie ihren Freund aufspüren. Warum sollten wir daran zweifeln, daß sie über die gleichen Geräte verfügen, wie sie das Imperium hat? Ein einziger Individualtaster an Bord genügt ihnen, um die Höhle zu entdecken.“

„Das Riesenbaby zieht uns in etwas hinein, Captain“, beschwerte sich Collignot. „Vielleicht war es kein Zufall, daß es sich ausgerechnet diese Höhle als Versteck aussuchte.“

„Bestimmt nicht, Leutnant.“

Warren, der am Eingang stand, schrie plötzlich: „Ich kann es sehen!"

Sie beeilten sich, an seine Seite zu kommen. Das Molkexschiff fiel vom wolkenverhangenen Himmel herunter. Seine Triebwerke heulten.

„Es landet am Ufer", sagte Kopenziack. „Es wird gleich hinter den Hügeln verschwinden."

„Das bedeutet, daß sie den ungefähren Standort des Schreckwurms bereits kennen", erklärte Firgolt. „Wir können uns auf unliebsamen Besuch vorbereiten."

„Gegen das Schiff haben wir keine Chance", sagte Collignot.

„Ich weiß, Claude. Es bleibt uns nichts anderes übrig, als abzuwarten. Vielleicht haben sie soviel mit diesem Monstrum zu tun, daß sie uns nicht bemerken."

Collignot war nicht so optimistisch. Sie mußten damit rechnen, daß die Höhle abgesucht würde. Einem konzentrierten Angriff würde auch ein Schutzschirm nicht lange standhalten. Bisher hatte sich Firgolt sogar geweigert, den Generator einzuschalten, damit die Unbekannten keine Ortung durchführen konnten.

Sie saßen in der Falle.

Wie Kopenziack vorausgesagt hatte, ging das Molkexschiff am Ufer nieder. Es wurde wieder ruhig. Collignot konnte sich beinahe bildlich vorstellen, wie sich die Schleusen öffneten und die schwerbewaffneten Fremden herauskamen.

Wie mochten sie aussehen? Humanoid oder vollkommen fremdartig? Auf jeden Fall würden sie feindlich eingestellt sein. Woher kamen sie? Waren es Sendboten eines anderen Sternenreichs, dessen Macht größer als die des Imperiums war?

Längst waren die Schiffe des Imperiums nicht in alle Teile der Galaxis vorgestoßen. Es konnte noch mehrere Imperien von der Größe des von der Menschheit aufgebauten geben.

„Der Schreckwurm wird unruhig", unterbrach Firgolts Stimme seine Gedanken.

Er blickte zurück in die Höhle. Das Ungeheuer wand sich wie unter Schmerzen.

„Es spürt die Nähe des Schiffes", sagte Kopenziack.

Firgolt fühlte, wie sich die Unruhe des Giganten auf ihn übertrug.

Unbewußt spürte er, daß sich im Innern des Schreckwurms ein Kampf zwischen verschiedenen Geistesströmungen abspielte. Vielleicht hing von der Entscheidung auch ihr Leben ab.

Firgolt nahm eine schmerzstillende Tablette und wenig später ein Aufputschmittel. Er durfte jetzt nicht schwach werden. Er schaltete das Bandgerät ein und schilderte kurz die Landung der Unbekannten.

Nervös bewegte sich der Hinterleib des Schreckwurms. Firgolt tat einen tiefen Atemzug, obwohl seine gebrochenen Rippen dabei schmerzten.

Der Captain schaute ins Freie. Da sah er oben auf den Hügeln die dunklen Schatten der Unbekannten auftauchen. Ihre Körper waren nur graue Schemen im Regen. Firgolts Pulsschlag beschleunigte sich.

Sie kamen hierher. Das bewies, daß sie die Höhle entdeckt hatten. Da erhielt Firgolt einen fürchterlichen Schlag. Er wurde zu Boden geworfen. Kopenziack stieß einen schrillen Warnschrei aus. Instinktiv rollte Firgolt über den Boden ins Innere der Höhle. Etwas Riesenhaftes glitt an ihm vorüber. Er hörte Warren leise fluchen.

Dann tauchte Collignots Gesicht über ihm auf. Die Augen des Leutnants waren halb geschlossen. „War es schlimm?"

„Helfen Sie mir auf!" befahl Firgolt.

In einiger Entfernung sah er Kopenziack über den Boden kriechen. Der Leutnant hielt seinen rechten Arm gegen die Hüfte gepreßt.

„Was ist passiert?" krächzte Firgolt.

„Der Schreckwurm ist geflüchtet", verkündete Collignot. „Dabei hat er alles umgerannt, was ihm gerade im Weg stand."

Firgolts erster Griff galt dem Symboltransformer, den er jetzt wieder am Gürtel festgeschnallt hatte. Das Gerät war unbeschädigt.

Er schwankte zum Eingang. Warren half Kopenziack hinaus. Rein automatisch zündete Collignot sich eine seiner langen Zigarren an.

Firgolts Augen brannten. Was sich vor ihnen abspielte, ließ ihn erschauern.

Alles in ihm krampfte sich zusammen. Sie hatten sein Versteck gefunden. Er hörte das Schiff niedergehen. Wahrscheinlich landeten sie am Ufer, da es dort für die Besatzung am einfachsten war. Was sollte er tun?

Verzweifelt lauschte er hinaus. Bald würden sie über den Hang kommen, direkt auf die Höhle zu.

Er vergaß die Fremden um sich herum. Er fühlte die uralte Abhängigkeit wie einen Druck auf sich lasten. Die Huldvollen nutzten seine Rasse aus, und dafür haßte er sie. Dieses Gefühl erstickte jede andere Überlegung. Er hatte sich darum bemüht, die Gedanken der Revolution in sich abzutöten, er wollte die Tradition wie jeder andere Schreckwurm befolgen, aber er konnte es nicht.

Da tauchten die Huldvollen in seinem Blickfeld auf. Für Sekunden heherrschte ihn ein Gefühl völliger Hilflosigkeit. Der bloße Anblick dieser Wesen genügte, um ihn zu einem jämmerlichen Schwächling zu machen. Doch der Haß war stärker als die angeborene Furcht.

Seine seelische Pein, die Verzweiflung, sie wichen der aufkeimenden Bosheit. Wie konnte er jemals richtig leben, solange es die Huldvollen gab? Wie konnten seine Artgenossen auch nur daran denken, das Transportproblem zu lösen, solange sie abhängig waren?

Blind vor Zorn und aufgestautem Haß raste er aus der Höhle. Er spürte seinen Körper wie etwas Fremdes, das er nur benutzte, um seinem geistigen Drängen nachzugeben.

Mit zwei Sprüngen kam er aus dem Bereich der Höhle. Die Huldvollen blieben dort oben stehen. Sie sahen ihn und warteten, daß er ihnen zum Schiff folgte. Mit einem letzten, gewaltigen Sprung landete er mitten unter ihnen.

Sie waren viel zu überrascht, um an Gegenwehr zu denken. Bereits beim Aufprall tötete er sechs von ihnen. Acht weitere, die direkt vor ihm standen, starben durch seine Prankenhiebe.

Sein Rachen öffnete sich, und er verschleuderte tödliche Blitze auf alle, die sich flüchtend in Sicherheit bringen wollten. Da erst traf ihn der erste Schuß, doch er zeigte keine Reaktion. Er tötete wie eine präzise Maschine. Sein Körper fuhr herum, wobei er mit dem Hinterleib drei der Huldvollen erdrückte. Er tötete sie alle.

Dabei spürte er weder Freude noch Befriedigung. Er vernichtete sie, weil er darin die einzige Möglichkeit sah, im Augenblick die Probleme zu lösen.

Es genügte ihm nicht, sie nur zu töten. Seine Energieblitze verrichteten ganze Arbeit, und als er innehielt, war von den Huldvollen nichts mehr übrig. Im weiten Umkreis um ihn hatte sich der Boden in eine glasartige Landschaft verwandelt. Von seinen Gegnern war nicht einmal mehr Asche zu sehen. Niemand, der hier eines Tages nach Spuren suchte, würde auch nur einen Hinweis darauf finden, was sich ereignet hatte.

Er fühlte keine Reue. Dumpf ahnte er, daß er etwas getan hatte, was in der Geschichte der Huldvollen noch nie geschehen war.

Sein Riesenschädel schwankte. Langsam setzte er sich in Bewegung. Er war sicher, daß nicht ein einziger der Besatzung am Leben geblieben war. Die Huldvollen fühlten sich auf Welten, wo es Schreckwürmer gab, so sicher, daß sie nie Wächter in ihren Schiffen zurückließen.

Die Huldvollen hatten ihn für stumpfsinnig gehalten.

Warum dachten diese überheblichen Wesen nicht einmal daran, daß sie für ihn ebenfalls Ungeheuer waren?

Er fühlte sich müde und ohne Ziel. Sein Haß war erloschen.

Er war am Ende. Alles würde sich nun ändern. Sein Handeln hatte etwas heraufbeschworen, das sich schnell in eine kosmische Katastrophe verwandeln konnte. Irgend etwas würde nun geschehen, davon war er überzeugt.

Er konnte die Fackel entzündet haben, die die Milchstraße in Brand stecken würde.

Firgolts Gesicht war blaß. Mit zusammengebissenen Lippen beobachtete er, wie der Schreckwurm unter den Unbekannten zu wüten begann. Diesmal nahm die Bestie keine Rücksicht, ihre Schüsse und Schläge trafen genau.

Als Spezialagent der USO hatte Captain Firgolt viele Kämpfe gesehen. Er war ein harter Mann, aber diesmal mußte er wegblicken. Die Fremden besaßen kaum eine Möglichkeit zur Gegenwehr. Sie starben, bevor sie noch richtig wußten, was mit ihnen geschah.

Firgolt wußte, daß ihnen das gleiche widerfahren konnte. Wahrscheinlich hatten sie es nur besonderen Umständen zu verdanken, daß sie noch am Leben waren.

Als Firgolt wieder aufblickte, war alles vorüber. Der Kampf, sofern man die Handlung des Schreckwurms als Kampf bezeichnen wollte, hatte nicht länger als zwanzig Minuten gedauert.

„Was für ein Satan", bemerkte Kopenziack betroffen. „Wie unendlich grausam muß er sein, um so etwas zu tun."

„Sie tun ihm unrecht", widersprach Collignot. „Keiner von uns kennt die Gründe, die ihn zu diesem Massenmord veranlaßten. Vielleicht könnten wir ihn verstehen, wenn wir wüßten, welche Beziehung er zu den Unbekannten hat."

„Ich stimme Ihnen zu, Leutnant", sagte Firgolt. „Das Ungeheuer ist kein reißender Mörder, das hat sich während unseres Aufenthalts bewiesen."

Sie beobachteten, wie der Schreckwurm langsam verschwand.

„Was geschieht nun?" erkundigte Warren sich unschlüssig. „Sollen wir in der Höhle bleiben?"

Firgolt überlegte. Die Stimmung, in der sich der Schreckwurm im Augenblick befand, ließ es nicht richtig erscheinen, ihn zu verfolgen. Dadurch würden sie sich unnötig der Gefahr aussetzen.

Ein tollkühner Gedanke schoß durch seinen Kopf.

Das Schiff der Unbekannten stand am Ufer. Es sah so aus, als sei es von der Besatzung vollkommen verlassen worden. Hier bot sich eine Chance, die so schnell nicht wiederkehren würde.

Firgolt hastete in die Höhle und schaltete das Bandgerät ein. Er faßte einen Bericht über die letzten Geschehnisse ab. Dabei erwähnte er auch die Tötung der Unbekannten. Abschließend sagte er: „Die drei Leutnants und ich werden jetzt versuchen, in das fremde Raumschiff einzudringen. Vielleicht können wir wertvolle Entdeckungen machen. Ende."

Als er aufsah, standen die anderen hinter ihm.

„Sir", begann Kopenziack, „Sie wollen in das Schiff der Unbekannten eindringen?"

Firgolt nickte. „Allerdings. Endlich können wir herausfinden, mit wem wir es eigentlich zu tun haben."

„Glauben Sie, daß es von der gesamten Besatzung verlassen wurde?"

„Das werden wir schnell genug feststellen können. Ich nehme jedoch an, daß sich niemand an Bord befindet."

„Hoffentlich hat der Schreckwurm nichts dagegen", meinte Warren.

Sie schulterten die Waffen, und Firgolt vergewisserte sich, daß der

Symboltransformer fest am Gürtel hing. Dann verließen sie die Höhle. Im Freien war es wesentlich kälter geworden. Der Wind trieb den Regen schräg hinter ihnen her. Die Leutnants trugen noch immer die Unterwasseranzüge, so daß sie geschützt waren. Firgolt stellte den Kragen seiner Kombination hoch.

Sie schlugen den direkten Weg zum Ufer ein.

Sie erreichten die Hügel und sahen gleich darauf das Schiff der Unbekannten. Wie ein ungefüger Steinklotz lag es am Ufer. Es war schwer zu unterscheiden, ob die unzähligen Ausbuchtungen Molkexwucherungen oder Geschütztürme waren. Der gesamte Komplex sah überhaupt nicht wie ein Raumschiff aus. Firgolt wußte, daß das Fahrzeug durch diese Schutzhülle praktisch unangreifbar war.

Deshalb durften sie nicht zögern, die Gelegenheit, in eines dieser Schiffe einzudringen, zu nutzen. So schnell der aufgeweichte Boden ein Vorwärtskommen ermöglichte, rannten sie dem Meer entgegen.

Firgolt glaubte, unter der Molkexschicht Metall zu sehen, aber er war sicher, daß er sich täuschte. Vielleicht handelte es sich auch um eine herausragende Landestütze.

Als sie näher herankamen, entdeckten sie die Schleuse. Da das Molkex dick aufgetragen war, wirkte der Eingang eher wie eine natürliche Öffnung und nicht wie ein künstlich geschaffener Durchgang.

Unwillkürlich verlangsamte Firgolt das Tempo. Das fremde Schiff schien eine unheimliche Drohung auszustrahlen. Der Captain riß sich zusammen. Jetzt durfte er sich nicht irritieren lassen.

Dort unten am Ufer bewegte sich nichts. Das Schiff schien verlassen zu sein, wie sie es angenommen hatten. Auch von dem Schreckwurm war nichts zu sehen.

Firgolt bedauerte, daß die CARBULA ausgefallen war, so daß sie jetzt auf eigene Faust handeln mußten, ohne damit rechnen zu können, im Notfall Hilfe anzufordern.

Er wußte, daß sie jetzt ihren eigentlichen Auftrag, den Schreckwurm zu beobachten, aufgaben. Sicher hätte Lordadmiral Atlan nicht anders entschieden. Die USO-Spezialisten besaßen große Bewegungsfreiheit. Nur so konnten sie Erfolge erzielen.

Auch als sie noch näher an das Fremdschiff herankamen, rührte sich dort nichts. Es war ein unangenehmes Gefühl, direkt auf dieses unförmige Ding zuzumarschieren. Sie mußten ständig damit rechnen, unter Feuer genommen zu werden.

Sie gingen direkt auf die Schleuse zu. Als sie noch fünfzig Meter davon entfernt waren, konnte Firgolt eine Art Landesteg entdecken. Der Aufgang führte zur Schleuse, die nicht bis zum Boden reichte. Im Sand gab es mehrere Spuren, aber danach konnten sie nicht gehen, da das Ufer hier bereits vom Schreckwurm und ihnen aufgewühlt war.

Schließlich standen sie unterhalb der Schleuse. Firgolt setzte den Fuß auf den Landesteg. Das Material federte, wirkte aber widerstandsfähig.

„Ich warte darauf, die Empfangsdame herauskommen zu sehen", bemerkte Collignot mit unsicherer Stimme. Niemand lachte. Collignot warf einen zerkauten Stummel weg und zündete sich eine neue Zigarre an.

„Ich möchte noch einmal sagen, daß dies kein Befehl von mir ist." Firgolt sprach sehr langsam. „Das bedeutet, daß jeder, der mir ins Innere folgt, dies freiwillig tut. Wer es nicht wagen will, kann hier warten."

„Meine Knie wackeln", gestand Kopenziack. „Trotzdem gehe ich mit."

„Es kann losgehen", sagte Collignot, und Warren nickte.

Sie schritten über den Steg. Die Luftschleuse ähnelte einem hungrigen Schlund. Firgolt fuhr mit der Zunge über seine spröden Lippen. Der Molkexüberzug sah aus der Nähe wie ein riesenhaftes, wucherndes Geschwür aus.

Das Schleuseninnere lag im Halbdunkel. Als Firgolts Augen sich an die Dämmerung gewöhnt hatten, sah er, daß sie vor einer Schleusenkammer standen, die im Prinzip denen terranischer Schiffe nicht unähnlich war.

Er sah einige Hebel, über deren Bedeutung er sich jedoch nicht im klaren war.

Sie traten ein. Hier gab es keine Spuren von Molkex. Alles bestand aus glattem Metall und war sauber verarbeitet.

Mit einer Handbewegung forderte Firgolt die Leutnants auf, ihm weiter zu folgen.

Von der Schleusenkammer aus drangen sie in einen breiten Gang ein, dessen Decke sich halbrund über ihnen wölbte. Von irgendwoher wurde er hell beleuchtet. Es schien, als käme das Licht aus kaum wahrnehmbaren Schlitzen zu beiden Seiten der Decke.

Der gesamte Gang war verlassen. Kleinere Korridore mündeten in ihn ein. Firgolt sah in einiger Entfernung halbrunde Schotte, die sicher zu Kabinen oder anderen Räumen führten. Es war nicht zu bestimmen, wo Maschinenraum oder Kommandozentrale lagen.

Doch gerade diese Räume interessierten Firgolt. Er hoffte, dort am schnellsten etwas über die Unbekannten zu erfahren.

Da erklang hinter ihnen ein zischendes Geräusch.

Captain Firgolt fuhr herum.

Die Schleusenkammer, aus der sie gerade in den Gang gekommen waren, hatte sich, wie von unsichtbaren Kräften getrieben, hinter ihnen geschlossen. Die Blicke der Spezialisten trafen sich. Ratlosigkeit und Erschrecken stand darin zu lesen.

„Was, zum ...", begann Kopenziack. Im selben Augenblick vibrierte das gesamte Schiff. Der breitschultrige Spezialist verschluckte den Rest seiner Worte und klammerte sich an der Wand fest.

Firgolts Gedanken überschlugen sich. Was geschah? Sollten doch noch einige der Unbekannten an Bord geblieben sein? Er bezweifelte es. Sie mußten schnell herausfinden, woher die Erschütterung kam. Der Weg ins Freie war ihnen jetzt versperrt.

Das Schiff startete.

Er dachte fieberhaft nach. Alles in ihm wehrte sich gegen die Feststellung, daß sie in diesem fremden Schiff in den Raum verschleppt wurden. War es eine Falle, in die sie gerannt waren?

„Wir müssen die Zentrale finden!" rief Firgolt erregt. „Das Schiff muß aufgehalten werden, bevor es keine Rückkehr mehr gibt!"

Firgolt vermutete, daß eine Automatik zu arbeiten begonnen hatte. Im Augenblick konnten sie nichts dagegen tun.

„Wir trennen uns", ordnete er an. „Wir treffen uns in zehn Minuten hier an der Schleuse. Wer die Zentrale findet, kehrt sofort um."

Sie stürzten davon, jeder drang in einen anderen Korridor ein. Firgolt erkannte dankbar, daß die Atmosphäre innerhalb des Schiffes atembar war. Überall lagerte ein eigenartiger Geruch, doch das war nicht entscheidend.

Vor Firgolts Augen begann es zu flimmern. Hastig entnahm er dem Gürtel ein Aufputschmittel und schluckte es.

Der Korridor, in den er eingedrungen war, führte geradeaus, bis der Captain auf ein Schott stieß. Er untersuchte den Verschluß und konnte es bald öffnen.

Der Raum, den er betrat, war nicht sonderlich groß. Seine Decke wurde von einer Art Bildschirm gebildet, der beleuchtet war.

Firgolt hatte durch Zufall das Bordobservatorium gefunden. Wenn ihn seine Augen nicht trogen, dann befanden sie sich bereits im Weltraum.

Diese Erkenntnis war niederschmetternd. Sie waren Gefangene dieses fremden Schiffes. Praktisch besaßen sie keine Chancen, wieder nach Euhja zurückzukehren. Es war möglich, daß sie von der Automatik bis zum Heimatsystem der Unbekannten verschleppt wurden.

Firgolt zog sich grimmig aus dem Observatorium zurück. Er mußte den anderen davon berichten. Wenn es nur eine Möglichkeit gegeben hätte, die Flotte zu benachrichtigen.

Am Ende des Ganges tauchte eine Gestalt auf.

„Claude!“ rief Firgolt.

Doch es war nicht Collignot. Es war ein Roboter. Firgolt zögerte keine Sekunde. Wie hineingezaubert erschien der Strahlenkarabiner in seinen Händen. Er schoß eine volle Ladung auf die Maschine ab.

Der Roboter verschmorte. Wahrscheinlich gab es noch mehr davon. Sie würden den Männern das Leben schwermachen.

Firgolt war froh, als er aus dem Korridor herauskam. Auf dem Hauptgang traf er Warren. Der junge Offizier schüttelte enttäuscht den Kopf.

„Nichts zu machen“, sagte er. „Ich fand eine Art Mannschaftsraum, das war das einzige.“

„Gehen wir zur Schleuse“, forderte ihn Firgolt auf. „Vielleicht haben die beiden anderen etwas gefunden.“

Als sie ankamen, war Kopenziack bereits zurückgekehrt. Sein kahler Schädel, der noch naß vom Regen war, glänzte in der Beleuchtung des Ganges.

„Alles was ich fand, war ein Vorratslager“, erklärte er mürrisch. „Es war vollgestopft mit den unmöglichsten Dingen. Molkex fand ich auch.“

Nun fehlte noch Collignot. Firgolt glaubte nicht, daß Claude mehr Glück als sie hatte, aber er durfte die Hoffnung nicht aufgeben.

Schweigend warteten sie. Endlich, als Firgolt bereits befehlen wollte, den Leutnant zu suchen, kam Collignot aus einem Korridor gestürzt.

Er rannte bis dicht vor die Schleuse, dann verlangsamte er die Geschwindigkeit. Firgolt sah sofort, daß etwas nicht stimmte. Collignots Gesicht wirkte ernst.

„Wir sind mitten im Weltraum", sagte er bedrückt.

„Das weiß ich bereits", sagte Firgolt und berichtete kurz davon, wie er das Observatorium gefunden hatte.

Heftig atmend zog Collignot eine seiner geliebten Zigarren hervor. Firgolt hinderte ihn nicht am Rauchen. Er ahnte, daß der Leutnant jetzt dringend einen tiefen Zug machen mußte.

„Wir sind nicht allein an Bord", sagte Collignot, nachdem er die Zigarre in Brand gesetzt hatte. „Ich habe die Zentrale gefunden, aber sie ist besetzt."

Firgolt war es, als sei soeben ihr Todesurteil ausgesprochen worden.

„Wieviel sind es?" fragte er.

Collignot versuchte zu lächeln, doch es wurde nur ein müdes Grinsen daraus. Die Hand, die die Zigarre hielt, zitterte stark.

„Es ist nur einer", sagte Collignot krächzend.

Er stieß den Rauch aus und sah zu, wie dieser zur Decke schwebte.

„Der Passagier im Kontrollraum ist der Schreckwurm", sagte er.

7.

Das Meer war grau und endlos, es schien die gesamte Oberfläche dieser Welt zu bedecken. Strömender Regen ergoß sich über die schwere Terkonitpanzerung der ERIC MANOLI. Der 1500-Meter-Koloß war das Flaggschiff des Imperiums, ein Superschlachtschiff mit 2000 Mann Besatzung. In den Außenhangars standen vierzig Beiboote vom Typ Kaulquappe.

Innerhalb des Riesenschiffs befanden sich gewaltige Kraftwerke.

Die ERIC MANOLI raste über Euhja dahin, der dritten Welt im

System von Euthets Stern. Auf diesem Planeten existierte nur ein einziger Kontinent, der früher von den Galaktischen Medizinern, den Aras, als Stützpunkt benutzt worden war.

Perry Rhodan, der neben Lordadmiral Atlan vor dem Panoramabildschirm der ERIC MANOLI stand, blickte mit ernstem Gesicht auf die Bildübertragung. Er wartete darauf, daß der Kontinent auftauchte.

Oberst Kors Dantur, ein Epsalgeborener und Kommandant des Flaggschiffs, hatte die Pilotenarbeit zusammen mit zwei Offizieren übernommen. Da ständig mit Befehlen zur Richtungsänderung zu rechnen war, hielt er es für überflüssig, den Auto-Piloten einzuschalten. Kors Dantur war ein gewaltiger Mann, er maß 1,60 Meter im Quadrat und vermochte mit dem bloßen Schlag seiner Faust einen nubischen Stier zu fällen. Er setzte die Tradition der Epsalgeborenen fort, die mit dem unvergessenen Jefe Claudrin auf den Flaggschiffen der Imperiumsflotte ihren Einzug gehalten hatte.

Rhodans Gedanken waren alles andere als freundlich. Ein Leichter Kreuzer der Flotte hatte den Notruf der CARBULA aufgefangen, die eigentlich um Euhja kreisen sollte. Von der CARBULA hatten sie keine Spur entdecken können, als sie sofort nach Erhalt der Nachricht im System von Euthets Stern aufgetaucht waren.

Die CARBULA blieb verschwunden, und niemand wußte, was geschehen war. Rhodan nahm an, daß der Leichte Kreuzer der USO vernichtet worden war, doch diese Vermutung behielt er für sich.

Ihre einzige Chance, mehr über das Schicksal der CARBULA zu erfahren, waren die vier USO-Spezialisten unter dem Kommando von Captain Brent Firgolt auf Euhja. Die CARBULA hatte diese Männer gelandet und hätte sie auch wieder abholen sollen. Dazu war es jedoch nicht gekommen.

Rhodan hoffte darauf, daß den Spezialisten nichts geschehen war.

Mehrfach hatte man von Bord der ERIC MANOLI aus bereits versucht, mit den vier Männern in Funkverbindung zu treten. Doch bisher war jede Antwort ausgeblieben.

Die Wasserwelt schien verlassen zu sein.

Atlan fuhr über die Strähne weißblonden Haares, die ihm in die Stirn hing. In seinen leicht rötlichen Augen schien es spöttisch zu funkeln.

„Es sieht fast so aus, als sei alles, was wir jemals auf diese Welt gebracht haben, in diesem gewaltigen Ozean ertrunken“, sagte er.

„Land in Sicht, Sir!“ rief Kors Dantur, der von seinem Platz aus das Meer ebenfalls beobachtete.

Euhjas einziger Kontinent, der in seiner Größe dem terranischen Grönland glich, wurde sichtbar.

Die flachen Berge nahe dem Ufer waren von einem schmutzigen Braun, das übrige Land sah grau und öde aus. Keine Spuren von Vegetation oder Leben waren zu erkennen. Die Hornschrecken hatten in ihrer maßlosen Gier nichts zurückgelassen.

Innerhalb des Kontinents hatten sich durch den endlosen Regen große Seen gebildet, die wie düstere Riesenaugen aussahen. Der Boden, sofern er nicht aus Gestein und Felsen bestand, schien aufgeweicht und morastig zu sein.

Kein Sonnenstrahl drang durch die dichte Wolkendecke, um diesen Anblick in seiner Trostlosigkeit etwas abzumildern.

Kors Dantur schien die gleichen Empfindungen zu haben wie Rhodan.

„Das gefällt mir nicht, Sir“, sagte er.

Rhodan befahl den Funkern, daß sie erneut versuchen sollten, mit den auf Euhja abgesetzten Spezialisten Verbindung aufzunehmen. Oberst Dantur flog die ERIC MANOLI am Ufer entlang.

Die erste Reaktion kam von den Masseanzeigern. Kors Dantur rief Rhodan zu sich.

„Ortung, Sir“, gab er bekannt. „Dort unten gibt es etwas, das wir über den Bildschirm nicht sehen können. Für ein Raumschiff ist der Ausschlag zu schwach.“

Rhodan dachte einen Augenblick nach. „Ich glaube, wir haben das U-Boot entdeckt, das die Spezialisten benutzten. Sie wurden von der CARBULA nicht direkt auf der Insel abgesetzt, sondern weiter draußen im Meer.“

„Es ist bestimmt die MOONSHINE“, meinte Atlan. „Das Unterseeboot wurde also nicht zerstört.“

Gleichzeitig mit der Hoffnung, die vier Raumfahrer noch lebend zu finden, kehrte Rhodans Entschlußkraft zurück. Eine innere Ahnung sagte ihm, daß sie auf der Spur eines Geschehens waren, dessen Auswirkungen sich auf die gesamte Galaxis erstrecken konnten. Das

Verschwinden der CARBULA war geheimnisvoll genug. Der Notruf hatte lediglich besagt, daß der Leichte Kreuzer angegriffen wurde. Zu mehr schien dem Funker die Zeit nicht gereicht zu haben.

Wer hatte das Schiff angegriffen? Wo waren die vier USO-Spezialisten? Und wo war der Schreckwurm?

„Landen Sie am Ufer, Oberst", ordnete Rhodan an. „Versuchen Sie, in unmittelbarer Nähe des Ankerplatzes der MOONSHINE niederzugehen."

„Gewiß, Sir", dröhnte Dantur, der vor Erregung vergaß, seine Stimme zu dämpfen. Sein mächtiges Organ klang wie ein überstarker Lautsprecher.

Das Superschlachtschiff war trotz seiner ungeheuren Masse sehr beweglich. Eine Landung setzte trotzdem großes Können der Piloten voraus. Dabei überwog noch nicht einmal die fliegerische Fähigkeit. Eine viel größere Geschicklichkeit gehörte dazu, das gewaltige Gewicht des Schiffes so aufzusetzen, daß nicht in jenem Augenblick, wo der Kommandant die Antigravfelder abschalten ließ, ein Teil der Landestützen einsank oder umknickte.

Kors Dantur handhabte die Kontrollen mit nachlässiger Geschicklichkeit.

Das Land, das bisher nur einen Teil der Bildschirme ausgefüllt hatte, dehnte sich zu einem alles überdeckenden grauen Fleck aus, in dem nur schwer Einzelheiten zu unterscheiden waren.

Danturs eckige Gestalt kam aus dem Pilotensitz hoch.

„Weich wie eine Feder", sagte er befriedigt und meinte damit offensichtlich die vollzogene Landung.

Rhodan hatte sich bereits einen festen Plan zurechtgelegt, wie sie am schnellsten erfahren konnten, was auf Euhja geschehen war. Inzwischen würde eine Truppe ausgeschleuster Kampfroboter feststellen, ob es nicht doch jemanden gab, den das Erscheinen des Schiffsgiganten so ärgerte, daß er sich zu einem Angriff hinreißen ließ. Rhodan stellte eine Gruppe von Technikern zusammen, deren Aufgabe es war, die MOONSHINE aus dem Meer zu bergen. Er wollte das U-Boot sicherstellen. Dazu genügte jedoch keine oberflächliche Untersuchung. Weitere Männer erhielten den Befehl, die Umgebung nach Höhlen oder unterirdischen Lagern abzusuchen. Spuren der Spezialisten mußten auf jeden Fall zu finden sein.

Atlan verschwand in den Labors der ERIC MANOLI, um sich von den Wissenschaftlern jede in der Atmosphäre von Euhja erfolgte Veränderung berichten zu lassen. Roboter brachten Gesteins- und Erdproben herein. Auch das Meerwasser wurde gründlichen Analysen unterzogen. Das Schiff war noch nicht richtig gelandet, als bereits alles im Gang war. Eines griff ins andere, nichts Unnötiges geschah. In der Kommandozentrale wußte man über die Außenwelt bereits Bescheid, bevor noch ein Mensch das Flaggschiff verlassen hatte.

Mit befriedigenden Ergebnissen kehrte der Lordadmiral zur Zentrale zurück.

„Atmosphäre nach wie vor für uns ungefährlich“, teilte er Rhodan mit. „Keine Bedenken gegen das Verlassen des Schiffes.“

Die Feuerleitzentrale der ERIC MANOLI hatte Rhodan auf alle Fälle besetzen lassen. Er rechnete mit einem überraschenden Angriff. Dem Flaggschiff sollte es nicht so ergehen wie der CARBULA.

Hunderte von Kampfrobotern schwärmten über das Land. Ferngesteuerte Kameras flogen über den Kontinent und sendeten ununterbrochen Aufnahmen.

Dann erst traten die ersten Besatzungsmitglieder ins Freie. Die Männer trugen Kampfanzüge und waren schwer bewaffnet. Perry Rhodan kam mit der ersten, Atlan mit der zweiten Gruppe heraus. Kors Dantur blieb an Bord, um notfalls sofort zu handeln. Major Peterson folgte mit den Technikern, die die MOONSHINE bergen sollten.

Als Perry Rhodan vom Landungssteg herabsprang und auf dem Boden der fremden Welt aufkam, waren seit der Landung der ERIC MANOLI noch nicht einmal zwanzig Minuten vergangen.

Es gab keine Verzögerungen. Jeder wußte genau, was er zu tun hatte. Langsam kamen die Männer unter der gewaltigen Rundung des Schiffes hervor.

Rhodan hob die Hand. Er schaltete den Antrieb des Kampfanzugs ein und ließ sich drei Meter in die Höhe schweben. Dann flog er auf das offene Land zu. Hinter ihm folgte ein ganzer Schwarm von Männern.

Am Ufer glitten die ersten Techniker in ihren schwarzen Unterwasseranzügen ins Meer. Die ERIC MANOLI war in einer ausgedehnten Bucht gelandet.

Rhodan flog der einen Landzunge entgegen, während Atlans Gruppe auf die andere zusteuerte. Es schien, als sei eine perfekte Maschinerie in Gang gekommen. Selbst die Menschen schienen in dieser reibungslos funktionierenden Landung Teil einer präzisen Maschine zu sein.

Aber das täuschte.

Denn es waren die Menschen, die dies alles veranlaßten und in der Hand hielten – nicht die Maschinen.

Eine knappe Stunde später erschien der schlanke Bug der MOONSHINE im flachen Uferwasser, und Major Peterson klappte das Turmschott auf. Er winkte den Männern am Strand zu. Weiter würde das U-Boot aus eigener Kraft nicht kommen. Für die Ausrüstung der ERIC MANOLI gab es jedoch keine Schwierigkeiten. Vom Schiff aus wurden Magnettrossen zur MOONSHINE gelegt, die gleichzeitig mit Antigravhebern arbeiteten.

Zwanzig Minuten früher hatte Rhodans Gruppe bereits die Höhle entdeckt, in der Firgolt und die anderen Spezialisten ihre Ausrüstungen versteckt hatten. Von den Männern fehlte jede Spur, doch Rhodan fand heraus, daß zu einem Zeitpunkt, den sie nicht zu bestimmen vermochten, der Schreckwurm ebenfalls in der Höhle gewesen sein mußte.

Das überzeugte Rhodan vom Tod der Spezialisten – bis er das Tonband fand, das Captain Brent Firgolt hinterlassen hatte.

Rhodan befahl die sofortige Umkehr. Auch Atlans Kommando wurde zum Schiff zurückgerufen. Lediglich Peterson und die Techniker blieben im Freien, um die Bergung der MOONSHINE zu vollenden.

Nachdem Rhodan und der Lordadmiral die unbequemen Kampfanzüge abgelegt hatten, trafen sie sich im Kommandoraum der ERIC MANOLI.

„Bis auf den Symboltransformer und einige Waffen konnten wir die Ausrüstung Firgolts sicherstellen", sagte Rhodan. „Glücklicherweise hat der Captain daran gedacht, ein Band zu besprechen, so daß wir hoffen können, etwas über das Schicksal der Gruppe zu erfahren."

Er schaltete das kleine Gerät ein, das sie in der Höhle gefunden hatten. Skeptisch sah Atlan zu, wie Rhodan das Band einlegte. Er glaubte nicht daran, daß sie einen Hinweis erhalten würden.

Oberst Kors Dantur stand über Sprechfunk mit Major Peterson in Verbindung. Die Stimme des Kommandanten war so laut, daß sie jede Wiedergabe verhindern mußte.

„Dämpfen Sie Ihre Stimme etwas, Oberst!“ rief Rhodan dem Epsalgeborenen zu. „Wir möchten uns ein von Captain Firgolt besprochenes Band anhören.“

Dantur sprang auf, wobei er fast den Sitz aus den Angeln riß. Er kam zu den beiden Männern herübergestampft.

Rhodan schaltete das Bandgerät auf Ablauf, und die Männer beugten sich erwartungsvoll über den Tisch. Eine klare Männerstimme wurde laut.

„Das ist Firgolt“, sagte Atlan leise.

Sie hörten den Bericht des Captains, der kurz und eindringlich schilderte, was auf Euhja geschehen war. Firgolt erzählte, wie sie den Schreckwurm beobachtet hatten, bis das Monstrum ihn vor dem sicheren Tod bewahrt hatte, als es ihn vor dem Angriff eines Seeungeheuers rettete. Firgolt erwähnte, daß der Symboltransformer in diesen Augenblicken eine Nachricht aufgefangen hatte, die der Schreckwurm unbewußt abgegeben hatte.

„Es bestehen keine Zweifel daran, daß es sich nicht um ein Tier handelt, wie wir bisher annahmen“, sagte Firgolts Stimme. „Auch NATHANS Ermittlung führt in die Irre. Ich bin überzeugt, daß der Schreckwurm einer hochintelligenten Rasse angehört, die aus unbekannten Gründen vermeiden möchte, daß ihre Intelligenz erkannt wird. Die Leutnants teilen diese Ansicht.“

Mit einem Knopfdruck unterbrach Rhodan den Bericht.

„Donnerwetter!“ grollte Dantur. „Hoffentlich weiß der Captain, was er da von sich gegeben hat.“

Rhodan und Atlan sahen sich an. Beide waren überrascht. Durch Firgolts Beobachtungen wurden alle Theorien über die Schreckwürmer zunichte gemacht.

„Ich glaube, daß wir keinen Grund haben, an Firgolts Worten zu zweifeln“, bemerkte Atlan gelassen. „Er ist einer der zuverlässigsten Offiziere innerhalb der USO. Er würde nicht auf einen bloßen Verdacht hin solche Dinge weitergeben.“

Gewaltsam riß Rhodan sich von seinen Gedanken los. Wenn die Schreckwürmer tatsächlich intelligent waren, dann ergaben sich ungeheure Perspektiven. Auch die Unbekannten, die mit den Monstren in Verbindung stehen mußten, rückten in ein völlig anderes Licht.

„Hören wir weiter“, schlug er vor und gab die Wiedergabe frei.

Je länger sie zuhörten, desto mehr wurden sie fasziniert. Auf Euhja mußten sich phantastische Geschehnisse ereignet haben. Endlich kam Firgolt auf die Landung eines Schiffes der Unbekannten zu sprechen.

„Das fremde Schiff ist über und über mit Molkex überzogen“, erklang die Stimme des Captains im Kommandoraum. Irgendwie schwang die große Erregung des Mannes darin mit. „Wir haben noch nie ein derartiges Raumfahrzeug gesehen. Leutnant Kopenziack bezweifelte sogar seine Raumtüchtigkeit. Leider müssen wir annehmen, daß dieses Schiff mit dem Verschwinden der CARBULA in engem Zusammenhang steht.“

„Sie haben den Kreuzer abgeschossen“, unterbrach Dantur das Band. Mit einem Nicken brachte ihn Rhodan zum Schweigen.

„Als wir in unsere Höhle zurückkehrten, fanden wir den Schreckwurm vor“, fuhr Firgolt fort. „Er hatte sich in unserem Versteck verkrochen, ohne Beschädigungen hervorzurufen. Er spielte verrückt, als er uns bemerkte, griff jedoch nicht an. Nun sitzen wir hier und warten, was geschieht. Inzwischen hat sich das fremde Schiff wieder vom Boden abgehoben, ist aber anscheinend nicht – da kommt es zurück, wir können die Triebwerke hören.“ Firgolts Stimme wurde schneller, Entsetzen klang in ihr mit. „Es ist ganz in der Nähe gelandet“, sagte der Captain dumpf. „Ich schätze, die Unbekannten haben die Höhle entdeckt. Durch die Anwesenheit des Schreckwurms geraten wir selbst in Gefahr.“ Es knackte im Gerät. Anscheinend hatte Firgolt an dieser Stelle die Aufnahme unterbrochen. Eine Weile lief das Band leer. Rhodan glaubte schon, daß dies alles sei, doch da klang die Stimme des Spezialisten wieder auf. Firgolt sprach jetzt sehr schnell, als hätte er wenig Zeit zur Verfügung.

„Der Schreckwurm verläßt die Höhle. Auf den Hügeln sind Unbekannte aufgetaucht, doch im dichten Regen sind sie kaum zu sehen. Da springt er mitten unter sie ...“ Firgolt schrie plötzlich auf, man konnte seinen Atem hören. „Er bringt sie um, er tötet die Unbekannten.“ Kurze Pause. „Es ist schrecklich, was hier geschieht.“

Rhodan und Atlan waren so erschüttert, daß sie nichts zu sagen vermochten, als wieder eine Pause eintrat.

„Ich glaube, daß die Unbekannten dort oben alle tot sind", sagte Firgolts Stimme. „Der Schreckwurm ist verschwunden. Nichts rührt sich in der Umgebung. Die drei Leutnants und ich werden jetzt versuchen, in das fremde Schiff einzudringen. Vielleicht können wir wertvolle Entdeckungen machen. Ende."

Eine Weile war es im Kommandoraum der ERIC MANOLI sehr still. Schließlich räusperte sich Kors Dantur lautstark.

„Die vier Spezialisten sind also im Schiff der Unbekannten", stellte er fest.

„Aber wo ist das Schiff?" fragte Atlan ratlos.

Das, erkannte Rhodan, war die primäre Frage. Ihre Bedeutung erstreckte sich weit über das kleine System von Euthets Stern hinaus. Die Entwicklung war bedrohlich. Aus den unbekannten Tiefen des galaktischen Raumes kam eine neue Gefahr. Die vier Spezialisten der USO, der United Stars Organisation, waren in einem fremden Raumschiff entführt worden. Das konnte bedeuten, daß eine andere Rasse alles über das Imperium erfuhr, was für eine Invasion wichtig war.

„Die Unbekannten können nicht gewußt haben, daß es auf Euhja Molkex und einen Schreckwurm gibt", sinnierte Rhodan. „Dennoch sind sie hier aufgetaucht."

„Genau wie auf den anderen achtzehn Planeten, wo sie Molkex und Schreckwürmer inzwischen abgeholt haben", erwiderte Atlan.

Die ERIC MANOLI war über Hyperfunk von diesen Ereignissen unterrichtet worden. Genau wie Euhja waren die anderen achtzehn Welten kaum bewacht gewesen, so daß die Unbekannten ungestört hatten arbeiten können.

„Firgolt behauptet, die Schreckwürmer seien intelligent", fuhr Atlan fort. „Sie besitzen einen organischen UKW-Sender, das wissen wir. Vielleicht sind sie in der Lage, die Unbekannten mit Hilfe eines uns noch unbekannten Körperorgans herbeizurufen."

Rhodan nickte langsam.

„Aber warum hat der Schreckwurm von Euhja die Unbekannten getötet, nachdem er sie herbeigerufen hatte?" fragte er. „Die Fremden müssen ahnungslos in den Tod gegangen sein. Das ist auf keiner der anderen achtzehn Welten passiert."

Darauf wußte niemand eine Antwort.

„Man hat Firgolt und die Leutnants in den Raum verschleppt", sagte Atlan grimmig. „Sicher sind sie nicht freiwillig mitgegangen. Auch glaube ich nicht, daß sie es waren, die das Schiff gestartet haben. Das dürfte ihnen in so kurzer Zeit unmöglich gewesen sein."

Rhodan rief einen Techniker zu sich und befahl ihm, das Bandgerät in Verwahrung zu nehmen. Es würde bald auf dem terranischen Mond sein, um ausgewertet zu werden. Für NATHAN waren diese Beobachtungen eine wahre Fundgrube. Das Rechenzentrum besaß jetzt endlich genügend Daten, um einen fundierten Bericht zu liefern.

„Oberst!" befahl Rhodan. „Kümmern Sie sich darum, daß Major Peterson das U-Boot auf dem schnellsten Weg in die ERIC MANOLI schafft. Wir haben viel Arbeit vor uns."

Die Umgebung wurde abgesucht, aber man fand keine Spuren der getöteten Unbekannten. Die Kommandos kehrten in die ERIC MANOLI zurück.

Perry Rhodan gab Startbefehl. Die Triebwerke liefen an. Gleich darauf hob das Superschlachtschiff vom Boden Euhjas ab.

Am 26. Dezember des Jahres 2326 – auf Terra und den terranischen Kolonialwelten hatte man gerade Weihnachten gefeiert – gab Perry Rhodan Großalarm für die riesige Flotte des Vereinten Imperiums. Die Geschehnisse auf Euhja und den achtzehn anderen Planeten ließen dem Großadministrator keine andere Wahl.

Zwar bestand im Augenblick keine akute Gefahr, aber die Ereignisse deuteten darauf hin, daß jeden Augenblick die Meldung über einen Aufmarsch fremder Raumflotten aus den unerforschten Bereichen der Galaxis kommen konnte. Auf diesen Moment wollte Rhodan vorbereitet sein.

Jeder Vorstoß mußte sofort abgefangen werden. Die Posbis stellten umgehend tausend Fragmentraumschiffe zur Verfügung, eine Streitmacht, die jeden Feind in Verwirrung stürzen konnte. Insgesamt bot Rhodan fünfzigtausend leichte und schwere Einheiten auf, um das Imperium zu schützen.

Die Zahl der Patrouillen- und Wachschiffe wurde erhöht. Aufklärer starteten in den Raum.

Dabei war sich Rhodan der Tatsache bewußt, daß die mit Molkex gepanzerten Schiffe – sollten sie wirklich auftauchen – kaum zu besiegen sein würden.

8.

Unter den vielen Mädchen, mit denen Leutnant Collignot sich im Lauf der Zeit verlobt hatte, befand sich eine, die geistreich genug war, um zu erkennen, daß man diesen Mann niemals heiraten konnte.

Irgendwann hatte sie ihn einmal gefragt: „Was gefällt dir eigentlich im Weltraum?"

Collignot, der im allgemeinen nie um eine Antwort verlegen war, hatte einen kurzen Augenblick gezögert, bis er ihr geantwortet hatte: „Ich glaube, es ist das Bewußtsein ständiger Gefahr, aber nicht nur das, es ist auch die unermeßliche Ausdehnung des Raumes, diese Ferne, die nie zu enden scheint. Es ist das Gefühl, als winziger Bestandteil doch eine Bedeutung zu haben und nicht in dieser Unendlichkeit verloren zu sein."

Unbewußt kamen diese Worte Leutnant Claude Collignot in den Sinn, als er zusammen mit Captain Firgolt und den Leutnants Warren und Kopenziack im Hauptgang des fremden Schiffes stand und darüber nachdachte, wie sie aus der Falle herauskommen konnten, in die sie geraten waren.

„Es war also der Schreckwurm, der das Schiff von Euhja aus gestartet hat", bemerkte Kopenziack. „Deshalb hat er die Besatzung getötet."

Collignot zog nachdenklich an seiner langen schwarzen Zigarre. Er führte nur noch drei im Gürtel des Unterwasseranzugs mit sich. Das war zwar bedauerlich, aber kaum zu ändern.

„Ich bin nicht sicher, daß der Schreckwurm für den Start verantwortlich ist", sagte Collignot, der das Monstrum im Kontrollraum entdeckt hatte. „Ich glaube, daß seine körperliche Beschaffenheit ihm nicht gestattet, die Kontrollen zu übernehmen."

Allmählich fühlte Firgolt den Schock, den die Entdeckung des Monsters in ihm ausgelöst hatte, abklingen. Sie mußten sich mit der neuen Situation abfinden. Collignots Einwand erschien ihm berechtigt. Wahrscheinlich wurde das Schiff von einer Automatik gesteuert, auf deren Funktion im Augenblick weder der Schreckwurm noch sie einen Einfluß hatten.

Wenn sie den Flug unterbrechen wollten, dann mußten sie unter allen Umständen in die Zentrale gelangen. Diese war jedoch vom Schreckwurm besetzt. Ohne Zweifel würde das intelligente Ungeheuer zu verhindern suchen, daß die Terraner in den Kommandoraum vordrangen. Doch der Schreckwurm war nicht die einzige Gefahr an Bord. Sie mußten annehmen, daß es eine Menge Roboter gab, die jeden Fremden angriffen.

„Wir können nur vermuten, wohin das Schiff fliegt", sagte Firgolt. „Es scheint sich im Linearflug zu befinden, denn bisher war der für eine Transition typische Entzerrungsschmerz noch nicht zu spüren. Setzen wir einmal voraus, daß wir uns einem Planeten nähern, der von den Unbekannten beherrscht wird."

„Das würde bedeuten, daß wir früher oder später zu Gefangenen würden", meinte Warren. Sein jugendliches Gesicht war blasser denn je. Doch in seinem schmächtigen Körper schienen unerschöpfliche Energien zu stecken.

„Es könnte auch der Fall eintreten, daß *wir* für den Tod der Besatzung verantwortlich gemacht werden", wandte Collignot ein. „Dann werden sich die Fremden kaum mit einer Gefangennahme begnügen."

Firgolt preßte beide Hände gegen die Schläfen. Obwohl er müde war, sollte er nicht schon wieder ein Aufputschmittel einnehmen. Von den gebrochenen Rippen ging ein dumpfer Schmerz aus, der sich über den ganzen Brustkorb ausdehnte.

„Wenn wir eine Gefangenschaft verhindern wollen, müssen wir auf jeden Fall das Schiff unter Kontrolle bringen", sagte er.

„Das wird nicht einfach sein", sagte Kopenziack. „Ich nehme an, daß der Schreckwurm die gleichen Absichten hat und auf keinen Fall die Zentrale für uns freigeben wird. Seine Anwesenheit dort deutet darauf hin, daß er ebenfalls mit der jetzigen Flugrichtung nicht einverstanden ist."

„Vielleicht können wir uns mit ihm einigen", warf Warren nachdenklich ein. „Wir könnten einen Pakt mit ihm schließen. Da beide Parteien nicht mit dem Ziel des Schiffes einverstanden sind, könnten sie sich zusammenschließen, um die nötigen Änderungen vorzunehmen."

„Das ist weitaus komplizierter, als es im ersten Augenblick aussieht." Firgolts hageres Gesicht verzog sich grimmig. „Zwar hat die Automatik andere Wünsche als das Riesenbaby und wir, aber auch unser alter Freund und wir haben sicher verschiedene Ansichten über die Planeten, die wir anfliegen wollen. Eine Einigung ist bestimmt nicht möglich. Außerdem wird der Schreckwurm mißtrauisch sein, auch wir wären es an seiner Stelle. Schließlich gehört die Zentrale im Augenblick *ihm,* ein großer Vorteil bei jeder Verhandlung. *Er* würde es sein, der alle Bedingungen stellt."

„Sie haben recht, Captain", gab Collignot zu. „Ich glaube auch nicht, daß es eine friedliche Lösung für unser Problem gibt."

Kopenziack gab einen krächzenden Ton von sich.

„Wir müssen ihn mit Gewalt vertreiben", schlug er vor.

Firgolt lächelte spöttisch. „Und wie, Leutnant, haben Sie sich das vorgestellt? Glauben Sie, der Bursche sieht tatenlos zu, wie wir ihn aus der Zentrale hinausbefördern?"

Leutnant Aldo Kopenziack, der älteste der vier Spezialisten, kratzte heftig seinen kahlen Schädel. „Da kann uns nur eine List helfen, Captain."

Sie trugen Strahlenkarabiner und Blaster. Diese genügten jedoch nicht, um den Schreckwurm ernstlich in Gefahr zu bringen. Außerdem konnten bei jeder Schießerei die Kontrollen beschädigt werden. Vielleicht gab es eine Chance, den Schreckwurm herauszulocken und den Kontrollraum blitzschnell zu besetzen.

Die Spezialisten hatten nichts zu verlieren. Die Automatik oder der Schreckwurm, beide würden sie auf unbekannte Welten führen, einem ungewissen Schicksal entgegen.

Das größte Hindernis für die Männer war die Tatsache, daß ihnen das Schiff fremd war. Sie wußten nicht, wohin die einzelnen Korridore, Gänge und Schächte führten. Jeden Augenblick konnten Schiffsroboter über sie herfallen.

Weder Gewalt noch langes Überlegen würden ihnen weiterhelfen.

Sie mußten den Schreckwurm überlisten. Doch das Monstrum hatte sich als hochintelligent erwiesen. Es würde nicht auf einen plumpen Trick hereinfallen.

Sie konnten noch nicht einmal mit Bestimmtheit sagen, wie der Koloß überhaupt reagieren würde. Seine andersgeartete Mentalität konnte zu unerwarteten Ergebnissen führen.

Captain Firgolt stand vor einem unlösbar erscheinenden Problem. Er hatte nicht nur eine Aufgabe zu erfüllen, er war zudem noch für das Leben der drei Leutnants verantwortlich. Seine Idee war es gewesen, das Schiff zu betreten. Firgolt machte sich keine direkten Vorwürfe, aber ein gewisses Schuldgefühl konnte er nicht unterdrücken.

„Hat jemand von Ihnen einen Einfall?" fragte Firgolt. „Wie steht es mit Ihnen, Claude?"

„Im Augenblick", sagte Collignot entschuldigend, „herrscht gähnende Leere in meinem Schädel."

„Wir sollten die Zentrale von mehreren Seiten angreifen", schlug Warren vor. „Vielleicht läßt sich unser Freund verleiten, durch einen heftigen Scheinangriff getäuscht, den Kommandoraum einen Augenblick zu verlassen. Inzwischen könnte die andere Gruppe die Zentrale besetzen und absperren."

„Die Absperrung dürfte ein Problem sein", erinnerte Firgolt. „Meines Wissens dürfte es hier an Bord kein Schott geben, das einem wütenden Schreckwurm lange standhält."

„Aber irgend etwas müssen wir doch tun", brummte Kopenziack. „Sicher lassen sich gegen jeden Plan irgendwelche Einwände erheben. Versuchen müssen wir es trotzdem."

Firgolt nickte. Der Leutnant hatte recht. Jeder noch so gute Einfall würde Lücken aufweisen. Es gab kein vollkommen sicheres Mittel, um den Schreckwurm zu überwinden. Im Augenblick war das Ungeheuer nicht ihr eigentlicher Gegner, aber um an die Automatik heranzukommen, die sie ins Verderben steuerte, mußten sie ihn irgendwie ausschalten. Das erschien unmöglich, aber es widerstrebte Firgolt, aufzugeben, bevor er auch nur einen Versuch unternommen hatte.

„Wir werden zunächst feststellen, wieviel Zugänge es zur Zentrale gibt", ordnete er an. „Dabei kommen natürlich auch alle anderen Arten von Eingängen in Frage. Ich denke an Luftschächte, Klimaanlagen und ähnliche Dinge. Sobald wir das herausgefunden haben, legen wir uns eine Strategie zurecht, nach der wir den Schreckwurm angreifen."

Collignot führte sie zu dem Korridor, in dem er den Zugang zum Kommandoraum entdeckt hatte. An der Wand sah Firgolt die Mündung eines Schachtes.

Er ließ die Männer anhalten.

„Glauben Sie, daß dieser Schacht zur Zentrale führen könnte, Claude?" erkundigte er sich.

„Der Korridor macht eine schwache Biegung", entgegnete Collignot. „Ich weiß nicht, wohin das Loch dort oben weitergeht. Es sieht ziemlich eng aus."

„Ich bin nicht dick", erklärte Firgolt grinsend. „Für einen schlanken Mann dürfte es nicht schwierig sein, dort oben durchzukriechen. Wir müssen feststellen, ob das nur eine Nische ist, oder der Austritt einer Belüftungsanlage, die zur Zentrale führt."

„Ich bin schlanker als Sie", sagte Warren leise. „Lassen Sie mich gehen."

„Das möchte ich selbst übernehmen", lehnte Firgolt ab.

Er winkte Kopenziack zum Eingang des Korridors.

„Stellen Sie sich unter das Loch, Leutnant!" befahl er. „Ich werde auf Ihre Schultern klettern und mich hochziehen."

Der untersetzte Agent baute sich breitbeinig auf. Von Collignot und Warren unterstützt, schwang sich Firgolt auf die Schultern Kopenziacks empor. Seine Hände griffen nach dem Lochrand.

Da erhielt Kopenziack einen Stoß. Er stieß einen überraschten Schrei aus. Er geriet ins Schwanken. Firgolt fühlte plötzlich, wie er jeden Halt verlor. Er prallte beim Herunterfallen direkt auf zwei Roboter, die aus dem Korridor gekommen waren und Kopenziack angegriffen hatten. Wie eine Katze landete Firgolt auf den Beinen. Er sah Collignot, der den Strahlenkarabiner hochriß, und warf sich zu Boden.

Der Strahl des Energieschusses zischte über ihn hinweg. Dumpfes Brodeln klang auf. Direkt vor Firgolt knickte die ungefüge Gestalt eines Roboters in sich zusammen. Da griff der zweite nach dem Captain und bekam ihn an der Jacke zu fassen. Firgolt umklammerte den metallischen Arm und versuchte sich loszureißen.

Kopenziack war inzwischen aufgestanden und zielte nun ebenfalls auf Firgolts Gegner. Doch er stand so ungünstig, daß er fürchten mußte, den Captain zu treffen.

Der Griff des Roboters wurde fester. Firgolt fühlte die Schmerzen im Brustkorb stärker werden. Farbige Ringe erschienen vor seinen Augen. Mit aller Kraft stemmte er sich gegen die unbarmherzige Gewalt, mit der ihn die Maschine gepackt hatte.

Da schoß Warren. Zufällig hatte Firgolt im gleichen Augenblick zu dem jungen Spezialisten geblickt. Es schien ihm, als hätte Warren überhaupt nicht gezielt. Der Strahlenkarabiner flog förmlich an die knochigen Wangen.

Es war ein Meisterschuß. Der fein markierte Strahl schmolz ein Gelenk aus dem Stahlarm des Roboters, und Firgolt kam frei. Er taumelte gegen die Wand. Der Gang war erfüllt von Rauch und Gestank. Die Agenten husteten. Tränen stiegen in Firgolts Augen.

Wie aus dem Nichts heraus hatten die Roboter angegriffen. Sie bedeuteten eine ständige Gefahr für die vier Terraner.

„Alles in Ordnung?“ fragte Collignot.

„Ja“, erwiderte Firgolt.

Es schienen keine weiteren Gegner aufzutauchen. Die Angriffe wurden sporadisch vorgetragen, scheinbar willkürlich gelenkt von den gleichen Kräften, die auch das Schiff durch den Raum rasen ließen.

„Also gut, Leutnant Kopenziack, versuchen wir es noch einmal.“

Der breitschultrige Mann sah sich vorsichtig um, als wollte er sich vergewissern, daß er diesmal sicher war. Er stellte sich bereit, und Firgolt kletterte auf ihn. Diesmal wurden sie nicht gestört. Es gelang dem Captain, sich in den Schacht hineinzuziehen. Wie Collignot vorhergesagt hatte, war er ziemlich eng.

„Können Sie hineinkriechen?“ rief Kopenziack herauf.

„Ja“, antwortete Firgolt mit erhobener Stimme. Es klang dumpf und schien ein Echo zu erzeugen. Er zog sich weiter. Die Leutnants sahen seine Beine im Schacht verschwinden.

Collignot warf seinen Zigarrenstummel fort und zertrat ihn mit dem Absatz, während er zu Firgolt emporblickte.

„Jetzt sind es noch drei“, sagte er düster.

„Ich bin überzeugt, daß der Captain zurückkehrt“, entrüstete sich Kopenziack.

Collignot schaute ihn zurechtweisend an.

„Ich meinte den restlichen Bestand an Zigarren, Leutnant“, sagte er.

Kopenziack öffnete den Mund zu einer Antwort, doch dann sagte er sich, daß man bösartige Spötter wie Leutnant Collignot am besten ignorierte.

Kurz darauf verstummten die Schleifgeräusche, die Captain Firgolt beim Vorwärtsziehen seines Körpers im Schacht verursachte. Firgolt hatte sich so weit vorgearbeitet, daß kein Ton mehr zu den Wartenden herausdrang.

Die vier Fremden waren ihm ins Schiff der Huldvollen gefolgt.

Diese Feststellung hatte ihn noch weitaus stärker erschüttert als der plötzliche Start des Schiffes, den er vorhergesehen hatte. Die vier Kreaturen waren jetzt gleich ihm Gefangene des robotgesteuerten Schiffes. Wäre seine Lage weniger verzweifelt gewesen, hätte sich der Schreckwurm darüber amüsiert.

Das Herz des Schiffes, der ausgedehnte Kontrollraum, war von ihm besetzt. Kein Roboter, kein Fremder konnte ihm diesen Standort streitig machen.

Das war aber auch alles.

Geistig vermochte er dieses Schiff zu erfassen; schnell hatte er die Bedeutung der Armaturen herausgefunden. Er konnte die Skalen ablesen, die Kontrollanzeigen verstehen und den Unterschied der Farben bei den Warnanlagen richtig deuten. Es war ihm sogar gelungen, die Geräusche, die von überall auf ihn eindrangen, einzustufen, das Schnurren der Aggregate war ihm ebenso vertraut wie das auf- und abschwellende Gemurmel der automatischen Steueranlage.

Theoretisch hätte er das wunderbare Schiff an jeden Punkt der Galaxis steuern können.

Doch dazu benötigte er *mehr* als nur überragende Intelligenz.

Sein Triumphgefühl war allzu schnell einer kläglichen Hilflosigkeit gewichen, als er hatte feststellen müssen, daß er nicht dazu in der Lage war, das Schiff manuell zu beherrschen. Es war ihm unmöglich, die empfindlichen Schaltungen zu betätigen, er konnte weder Tasten noch Hebel in die notwendigen Stellungen bringen.

Er war dazu verurteilt, sich dem Flug der Automatik unterzuordnen. Er konnte sie bestenfalls zerstören, doch auch das hätte sein Schicksal besiegelt.

Von Mutlosigkeit erfüllt, kroch er durch den Kommandoraum. Noch einmal versuchte er, in der Programmierung der Robotsteuerung eine Änderung vorzunehmen. Unbeholfen näherten sich die gewaltigen Pranken seiner Schlagarme den Geräten. Er spürte den Widerstand der Umfassung, aber die winzigen Tasten waren für ihn nicht zu erreichen. Die eingelassenen Hebel konnte er nicht umfassen, er hätte sie abgebrochen.

Ein wilder Drang schien ihn zur Zerstörung zu zwingen. Mühsam behielt er die Kontrolle über sich.

Was half es ihm, wenn er Instrumente ablesen konnte, wenn er angezeigte Werte verstand, wenn er nichts für seine Zwecke ausnutzen konnte?

Das Schiff war für eine Rasse von Zwergen gebaut – jedenfalls vom Standpunkt des Schreckwurms aus.

Während er sich noch an der Steuerung zu schaffen machte, kamen vier dieser lächerlichen Maschinen in die Zentrale gerollt, die ihn seit seiner Ankunft auf dem Schiff belästigten. Sie gaben Strahlenschüsse auf ihn ab.

Endlich hatte er ein Ziel, auf das er seinen unbändigen Zorn richten konnte. Sein Vorderkörper fuhr herum. Der erste Prankenhieb teilte einen Roboter in mehrere Teile, die sich klirrend über die Zentrale ergossen. Von den Energiepolen in seinem Rachen entlud sich flackernde Energie. Zwei weitere Angreifer zerschmolzen.

Er wartete, daß der vierte Roboter die Flucht ergreifen würde. Doch das war gegen jede Robotlogik. Ein Befehl hatte die Maschine in Aktion gesetzt, sie würde nicht umkehren, bis sie zerstört oder zurückbeordert war.

Als sei es eine genußvolle Tätigkeit, packte der Koloß mit seinen Pranken zu. Das Oberteil der Maschine barst, Zahnräder, Relais, Kabelfetzen und Metallbrocken regneten zu Boden.

Da gab der Schreckwurm sein Opfer frei. Mit einem ohrenbetäubenden Krach landete die bewegungslose Hülle der Maschine direkt vor dem Giganten. Ein Wischer der Schlagarme beförderte die Überreste in eine Ecke.

Solange das Schiff über Roboter verfügte, würde es immer wieder versuchen, ihn anzugreifen. Das machte ihm allerdings wenig Sorgen, denn er traute sich zu, mit den Maschinen fertig zu werden. Was er nicht bewältigen konnte, waren die Instrumente und Schaltungen, mit denen das Schiff gesteuert wurde.

Er zog sich von den Kontrollen zurück und begann nachzudenken. Er durfte nicht resignieren, denn es gab noch eine Möglichkeit, wie er die jetzige Flugbahn verändern konnte. Allerdings würde er dazu die Hilfe der vier Fremden benötigen, die sich im Schiff befanden. Sie waren körperlich und geistig dazu in der Lage, die Schaltanlagen zu bedienen. Wahrscheinlich hätten sie es auch schon versucht, wenn er in ihren Augen nicht ein zu großes Hindernis bedeutet hätte.

Natürlich mußte er mit einem gewaltsamen Vorstoß der Zwerge rechnen, aber dann würden sich die Fronten verhärten, nur wenig Aussicht bliebe in diesem Fall für Verhandlungen.

Wenn er einen Weg fand, sich mit den Fremden zu verständigen, dann mußte er auf jeden Fall das Geheimnis seiner Intelligenz preisgeben.

Kein Schreckwurm hatte jemals gewagt, ein derartiges Risiko einzugehen. Es war eine Existenzfrage ihrer Art, daß sie es vermieden, die Fähigkeiten ihrer Gehirne zu zeigen. Von den unzähligen Tabus, mit denen der Schreckwurm behaftet war, wog das der Geheimhaltung ihrer Vernunft am schwersten.

Doch er hatte sich von Anfang an in ein Spiel mit hohen Einsätzen eingelassen. Seine Trümpfe waren restlos aufgebraucht, nur noch die oberste Karte in diesem Spiel, seine Intelligenz, hatte er zurückgehalten. Jeder, der diese Karte sah, mußte sterben.

Und darauf baute er seinen Plan auf. Er konnte die Fremden mit Versprechungen dazu verlocken, ihm zu helfen. Sobald er sie nicht mehr benötigte, konnte er sie vernichten.

Das war Verrat, aber er fühlte keine Skrupel. Wichtig allein war jetzt die Erhaltung seines Lebens.

Seine Handlungsweise kam ihm nicht als Betrug vor. Er fand nichts dabei, Angehörige fremder Rassen zu hintergehen. Da seine eigene Art in der ständigen Gefahr lebte, auszusterben, hatte sie einen ausgeprägten Rassenegoismus entwickelt, der dazu geführt hatte, daß sie das Leben anderer Wesen nicht als wertvoll einschätzten.

Er begann über die Möglichkeiten nachzudenken, die ihm für eine Verständigung zur Verfügung standen. Wenn er einfach die Zentrale verließ, um sie im Schiff zu suchen, mußten sie annehmen, daß er sie verfolgen und töten wollte. Außerdem hatten sie dann eine Chance, hier einzudringen und Manipulationen nach eigenen Vorstellungen vorzunehmen.

Er wollte es sein, der das Ziel des Schiffes bestimmte.

Das geringste Risiko barg im Augenblick ein Radioimpuls, den er mit dem Hyperteil seines Gehirns an die Fremden absenden konnte. Danach konnte er in aller Ruhe warten, wie sie darauf reagierten – wenn sie überhaupt in der Lage waren, Impulse aufzufangen und zu entschlüsseln.

Er mußte äußerst vorsichtig sein. Durch keine Äußerung, durch keine Geste durfte er verraten, welches Schicksal er den eventuellen Helfern zugedacht hatte. Vor allem durfte er sie wegen ihrer körperlichen Kleinheit und Schwäche nicht unterschätzen.

Er fing an, sich die Formulierung des Funkimpulses zu überlegen. Es mußte vermieden werden, eigene Vorstellungen und Gedanken darin zu entwickeln. Sie waren intelligent genug, um jeden Ansatzpunkt für eine Falle sofort zu spüren.

Er wurde in seinem Entschluß schwankend. Sein Plan enthielt bereits den Fehler, den er unter allen Umständen vermeiden wollte: die Fremden zu unterschätzen. Wenn er unterstellte, daß sie seine wahren Absichten nicht durchschauten, dann gab er sich falschem Optimismus hin. Sie würden sofort wissen, daß er sie nach erfolgter Mithilfe vernichten wollte.

Mit Lügen allein kam er nicht weiter. Er mußte sie psychologisch bearbeiten.

Dabei ging er davon aus, daß sie unter allen Umständen in die Zentrale wollten. Dieser Wunsch mußte dem natürlichen Selbsterhaltungstrieb der Wesen entspringen. Zweifellos wußten sie, daß das Schiff einem unbekannten Ziel zusteuerte und einem Ort, an dem der Tod auf sie wartete.

Sie würden also, um in den Kommandoraum zu gelangen, jedes Risiko eingehen. Dabei würden sie das gleiche versuchen, was er mit ihnen vorhatte: Sie würden keine Gelegenheit verstreichen lassen, ihn zu überlisten.

Es kam nicht darauf an, wer der Stärkere war – über diese Frage gab es sowieso keine Zweifel –, vielmehr ging es um die größere Schläue.

Er würde ihnen ehrlich sagen, daß er sie töten würde, sobald das Schiff sich einer Welt näherte, auf der die Fremden ihr Wissen um seine Vernunft weitergeben konnten. Solange weiterzuleben, würde die Hoffnung der Kreaturen nähren, ihn während der Reise außer Gefecht zu setzen.

Diese Idee gefiel ihm weitaus besser als die erste. Er würde ihnen ein Ultimatum stellen.

Entweder, würde er ihnen sagen, sterbt ihr jetzt, oder ihr helft mir, das Schiff zu steuern, dann gewinnt ihr weitere Tage, um zu leben.

Das war ein schamloses Spiel mit dem Leben anderer, aber er zweifelte keinen Augenblick daran, daß sie ähnliche Pläne hatten.

Umständlich entzündete Leutnant Claude Collignot die drittletzte seiner Zigarren und blickte nachdenklich zum Lüftungsschacht hinauf, in dem Captain Firgolt verschwunden war.

„Umkehren wird schwierig für ihn sein“, bemerkte er. „Der Schacht ist sehr eng, und er führt Symboltransformer und Strahlenkarabiner mit sich.“

„Das heißt, daß er bis zum Ende kriechen muß, ganz gleich, wo er herauskommt“, meinte Warren.

Kopenziack, der sich nie scheute, Gedanken auszusprechen, die andere für sich behielten, sagte: „In terranischen Schiffen gibt es Luftschächte, die zu Konvertern, Müllvernichtungsanlagen und Triebwerken führen.“

„Glücklicherweise aber auch zu Observatorien, Labors und Kontrollräumen“, erwiderte Collignot.

„Sie wissen, wo der Eingang zur Zentrale zu finden ist“, sagte Warren zu Collignot. „Wir sollten uns dort in der Nähe postieren, um Firgolt jederzeit zur Hilfe kommen zu können.“

Kopenziack deutete den Gang hinab.

„Er hat recht“, unterstützte er Warrens Vorschlag. „Hier werden wir nicht mehr gebraucht.“

In Collignots Gesicht erschien ein harter Zug. Er blickte in den Seitengang, wo die Überreste der Roboter lagen.

„Wahrscheinlich werden wir unterwegs wieder angegriffen. Wir müssen vorsichtig sein. Dieses Schiff ist total verhext. Kein Mensch weiß, wer es eigentlich durch den Weltraum steuert."

Er nahm einen tiefen Zug. Mit einer gewissen Erleichterung dachte Leutnant Kopenziack daran, daß er diesen ekelhaften Gestank nicht mehr lange ertragen mußte. Collignots Vorrat ging zu Ende.

Collignot brachte sie zum Korridor, der zur Zentrale führte. Obwohl der Hauptgang verlassen war, wirkte er auf eine unbestimmbare Art lebendig. Alles erschien so neu, so poliert, als sei es gerade erst von den Unbekannten verlassen worden, als sei ein unsichtbarer Hauch ihrer noch anwesend.

Ein Mann in seiner Lage sollte mit Realismus an die Dinge herangehen, dachte Collignot. Man sollte nur das Wesentliche sehen, so wie Kopenziack, oder sich mit schützender Gleichgültigkeit umgeben, wie Warren.

Wieviel Rassen mochten schon durch diese Galaxis gestreift sein, mit mächtigen, stolzen Schiffen? Wieviel Imperien hatte die Milchstraße erlebt, wieviel Kriege?

Doch die Sternenreiche zerbrachen eines Tages.

Die ursprüngliche Rasse, der Heimatplanet, die eigene Sonne, sie alle wurden zur Legende, zu einem Bericht in alten Büchern.

Auch die Menschheit würde irgendwann in der Zukunft nur noch Legende sein. Die Kinder der Erde würden sich über das Universum zerstreut haben, in unzähligen anderen Lebensformen.

Von Terra selbst würde niemand mehr wissen, es sei denn, jemand würde kommen, um den Staub von den Büchern zu blasen, um den Weg zur Urheimat zurückzufinden.

Vielleicht, dachte Collignot, sind auch wir nur Versprengte, Reste einer einst mächtigen Rasse. Unsere Heimat ist die Erde, bis wir eines Tages entdecken, daß wir die Nachkommen einer großen Rasse sind.

In solchen Augenblicken konnte es geschehen, daß die Vernunft dem Leutnant sagte, daß alles, was er tat, gegenüber der Zeit, die bereits verflossen war, sinnlos erschien. Nicht eine seiner Handlungen besaß Sinn, würde sich irgendwie auf die Geschichte des Universums auswirken.

Doch seine Gefühle, sein menschliches Streben, seine Sehnsüchte und sein Ehrgeiz waren größer als die Stimme der Vernunft. Deshalb würde er sich abrackern, würde Dinge tun, die vollkommen unwichtig waren, und weiter als Agent arbeiten.

Sein ganzes Leben würde er auf der Jagd sein, auf der Suche nach einem Zipfel der Erkenntnis, nach etwas, das ihm zeigen würde, was wirklich wichtig und großartig war.

„Wo müssen wir weiter?“ klang Warrens Stimme wie aus einer anderen Welt in seine Überlegungen.

Collignot wies in den Seitengang hinein.

„Hier“, sagte er. „Wir werden direkt auf einen der Eingänge zum Kommandoraum stoßen.“

Er dachte an Captain Firgolt, der jetzt durch den Schacht auf ein unbekanntes Ziel zukroch. Neidlos erkannte Collignot an, daß Firgolt ihr bester Mann war. War er jedoch gut genug, um zu bestehen, wenn er durch den Schacht direkt in die Zentrale gelangte – vor die Augen des Schreckwurms?

Noch nie in seinem Leben hatte Firgolt so stark geschwitzt. Er nahm an, daß er über irgendeinem Maschinenraum lag, von dem aus die Hitze zu ihm hochströmte. Die Kleidung klebte am Körper. Er schätzte, daß hier eine Temperatur von über 30° Celsius herrschte.

Selbst die Luft, die durch den Schacht strömte, schien erhitzt zu sein. Ein dumpfer Druck lag über seiner Stirn. Er arbeitete sich mit aller Entschlossenheit weiter.

Da hatte er das Gefühl, als würde der ihm entgegenkommende Luftstrom heftiger. Gleich darauf wurde es heller. Er näherte sich dem Ende des Schachtes.

Im selben Augenblick, als ihn ein Gefühl der Erleichterung überkam, gab der Boden unter ihm nach. Instinktiv griffen seine Hände nach einem Halt, doch sie rutschten an den glatten Wänden ab.

Mit einem Aufschrei stürzte er nach unten. Schlagartig wurde es taghell um ihn. Unter ihm schien sich etwas zu bewegen, doch er war sich nicht sicher.

Der Aufprall raubte ihm fast das Bewußtsein. Der Lauf des Strahlenkarabiners rammte ihm in den Magen. Mit verschwommenen Augen richtete er sich auf. Zwischen seinen Füßen glaubte er Bewegung festzustellen, ein unerklärliches Gewimmel.

Da spürte er einen scharfen, durchdringenden Schmerz im Knöchel, als habe ihn ein Hund gebissen. Sein Blick klärte sich.

Er befand sich in einem Raum, der mehr als zwanzig Quadratmeter maß.

Er war nicht allein.

Mit ihm zusammen hielten sich hier Hunderte von kleinen Tieren auf, rattenähnliche Wesen, die den gesamten Boden zu bedecken schienen. Jetzt drangen sie auf ihn ein und bissen nach ihm.

Entsetzt trat er um sich. Er tötete mit den Tritten einige, brach ihnen das Genick und schleuderte sie so heftig davon, daß sie wimmernd und kreischend gegen die Wände prallten. Aber es waren unglaublich viele. Tötete er eines, stürzten sich sofort andere auf ihn.

Wo war er hineingeraten? Es gelang ihm, sich bis zur Wand zurückzuarbeiten. Einer seiner Füße begann zu bluten. Der Geruch schien die Biester halb wahnsinnig zu machen. Pfeifend und winselnd umringten sie ihn.

Firgolt erinnerte sich, daß es auf manchen der alten Handelsschiffe des Imperiums Ratten gab, die durchs Schiff schlichen, auf der Suche nach Abfällen.

Er zweifelte nicht daran, daß er hier rattenähnliche Tiere vor sich hatte. Sie hatten ihn gewittert, hatten instinktiv geahnt, daß er hier herabfallen würde. Aus allen Schlupfwinkeln waren sie gekommen, um über das Opfer herzufallen.

Firgolts Gesicht war bleicher als die Wand, gegen die er sich lehnte.

Während er um sich trat, riß er den Strahlenkarabiner von der Schulter. Er brachte die Waffe in Anschlag und feuerte in den tobenden Haufen hinein. Sie starben zu Dutzenden, ihre kleinen, giftgrünen Körper verglühten, stoben auseinander und zerplatzten. Fürchterlicher Gestank verbreitete sich.

Von Panik erfüllt, beobachtete Firgolt, wie die lebenden Tiere über die toten herfielen. Jede Bestie, die einen toten Artgenossen erwischen konnte, zog sich mit ihrer grausigen Beute blitzartig zurück. Kämpfe um die Toten entbrannten.

Der Druck gegen Firgolt ließ etwas nach. Er schoß noch einmal, und die Hitze des Strahles wirbelte die kleinen Körper durcheinander.

Sie kreischten, und noch im Sterben versuchten sie, ihre scharfen Zähne ins Fleisch zu bohren.

Firgolt taumelte davon, es waren nur noch wenige, die ihm nachstellten. Verzweifelt betrachtete er die Wände. Es schien keinen Ausgang zu geben. Nur die Klappe, durch die er gefallen war, stand offen.

Der Schacht führte weiter, zu dem anderen Raum, von dem aus Helligkeit hereingedrungen war. Firgolt sah einige trapezförmige Barren in der Ecke des Raumes. Er hastete hinüber, ein gutes Dutzend pfeifender Kreaturen auf seinen Fersen. Er wog einen der Barren in der Hand. Sie hatten ein Gewicht von mehreren Pfund. Wie ein Rasender begann Firgolt zu arbeiten. Er schleppte die Pakete unter die Deckenklappe und stapelte sie aufeinander.

Er hatte nur noch den einen Wunsch, diesen Raum möglichst schnell zu verlassen. Er wußte nicht, woraus die Barren bestanden, vielleicht war es Baumaterial.

In kurzer Zeit hatte er unter der Klappe einen Turm errichtet. Der Boden war schwarz von seinen Schüssen, teilweise aufgeschmolzen und glasiert. Überall lagen halbverkohlte Tiere umher. Der Gestank war so stark, daß Firgolt kaum atmen konnte.

Er kletterte auf den Stapel hinauf, einige der Biester versuchten ihm zu folgen. Sie rutschten jedoch an den glatten Flächen ab. Enttäuscht zogen sie sich zurück.

Firgolt streckte die wunden Hände zur Klappe hinauf, bekam den Rand des Schachtes zu fassen. Unter ihm pfiffen und schrillten die rattenähnlichen Biester.

Firgolt spürte, daß noch genügend Kraft in seinen Armen war. Er zog sich empor, bis sein Oberkörper in den Schacht hineinkippte. Eine Weile lag er da, heftig atmend, die Beine pendelten im Raum.

Da glitt er vollständig in die Belüftung hinein. Seine Füße brannten, aber die Bißwunden würden für Warrens kleine Apotheke kein Problem bedeuten.

Er sah die helle Öffnung, das Ende des Schachtes vor sich und bewegte sich darauf zu.

Er war jetzt vorsichtiger. Mit den Händen tastete er jedes Stück Boden ab, über das sein Körper rutschen würde, denn es war möglich, daß es noch weitere Klappen gab.

Die Hitze ließ merklich nach. Er war erleichtert, endlich wieder frische Luft atmen zu können.

Schließlich erreichte er sein Ziel. Behutsam streckte er seinen Kopf hinaus und spähte in den Raum, der unter ihm lag.

Er blickte direkt in den Kontrollraum.

Endlich war er mit der Formulierung der Botschaft, die er an die Fremden zu senden beabsichtigte, zufrieden. Es war nicht einfach gewesen, die richtigen Worte zu finden, er hatte lange überlegen müssen. Wie beabsichtigt, würde er ihnen ein Ultimatum stellen.

Er war gespannt, wie diese mutigen Wesen darauf reagieren würden.

Seine empfindlichen Sinne hatten ihm übermittelt, daß es innerhalb des Schiffes bereits zu mehreren Schießereien gekommen war. Die Fremden mußten sich offenbar gegen die Roboter zur Wehr setzen. Er hoffte, daß sie mit den Maschinen fertig wurden.

Der Schreckwurm lag in einer Ecke der Zentrale, er hatte den mächtigen Schädel auf den Boden gebettet.

Auf der anderen Seite, direkt unterhalb der Decke, tauchte in einem Loch für kurze Zeit der Kopf eines Mannes auf und zuckte wieder zurück. Der Schreckwurm sah diese Bewegung nicht. Er sah auch nicht, wie gleich darauf der Lauf eines Strahlenkarabiners in den Raum ragte.

Er konzentrierte sich darauf, seine Botschaft abzusenden.

Wie Collignot behauptet hatte, hielt sich der Schreckwurm hier auf. Firgolt zog sich hastig zurück. Das Monstrum lag auf der anderen Seite und ahnte nichts von der Anwesenheit des Menschen. Firgolts Gedanken überschlugen sich. Noch nie war es einem Menschen gelungen, sich dem Ungeheuer so weit zu nähern, ohne entdeckt zu werden.

9.

Die Jagd nach dem Molkexschiff hatte die gesamte Flotte wie ein Fieber erfaßt. Doch Perry Rhodan war klug genug, nur kleinere Verbände auf die Suche nach den geheimnisvollen Entführern der vier USO-Spezialisten zu schicken. Die großen Schiffe hatten die Aufgabe, das Imperium gegen jeden Angriff einer unbekannten Macht abzuschirmen. Doch das Schiff, von dem Firgolt auf dem Band gesprochen hatte, schien einem Phantom zu gleichen. Nicht die geringste Spur wurde davon entdeckt. Obwohl Perry Rhodan jeden noch so geringen Hinweis verfolgte, hatten sie keinen Erfolg.

Das Leben innerhalb des Imperiums war wie gelähmt. Man wartete auf irgend etwas, doch nichts geschah. Dieser Zustand, erkannte Rhodan, mußte früher oder später zu einer Krise führen.

Wo war die eigentliche Gefahr, die Macht, die hinter allen Zwischenfällen stand?

An diesem Tag, es war der letzte des Monats Dezember, war Rhodan froh, als ihn ein Hyperfunkspruch Atlans erreichte. Auf dem Bildschirm des Hyperkoms erschien Atlans Gesicht, mit dem üblichen spöttischen Ausdruck.

„Macht die Schattenjagd Fortschritte, Alter?" fragte er.

„Nicht mehr als bei der USO", erwiderte Rhodan. „Ich würde deshalb vorschlagen, daß du wieder an Bord der ERIC MANOLI zurückkehrst. Im Augenblick wirst du in Quinto-Center nicht gebraucht."

„Was sollte ich an Bord des Flaggschiffs?"

„Sobald etwas geschieht, können wir schneller zuschlagen. Unsere Befehle können an Ort und Stelle aufeinander abgestimmt werden. Ich muß nicht jedesmal ans Funkgerät, um zu erfahren, was die USO in einem speziellen Fall unternimmt."

Atlan lächelte. „Mir scheint, du nimmst die Angelegenheit ziemlich ernst, Barbar."

„Allerdings, Admiral. Doch nun möchte ich gern erfahren, was der Grund deines Anrufs ist."

„Es handelt sich um die Meldung eines Galaktischen Händlers. Der Bursche treibt sich mit seinem Schiff in verbotenen Zonen herum, das ist sicher. Deshalb bewundere ich seinen Mut, daß er sich überhaupt meldete. Ich habe ihm Straffreiheit zugesichert, nachdem seine Ladung untersucht wurde. Er hatte nichts außer . . ."

„Was hat er beobachtet?" unterbrach ihn Rhodan.

„Er spricht von einem geheimnisvollen Flugkörper, den er in diesem Sektor geortet haben will. Er gibt zu, daß er sich getäuscht haben kann." Der Lordadmiral grinste. „Natürlich erwartet er eine Belohnung."

„Also wieder nichts", sagte Rhodan. „Immerhin, gib die Koordinaten durch, wir werden einen Verband in dieses Gebiet entsenden."

„Einverstanden", sagte Atlan.

„Ich erwarte dich auf der ERIC MANOLI", sagte Rhodan.

Sie unterbrachen die Verbindung. Rhodan sah den fragenden Blick Oberst Danturs.

„Wieder nichts, Kommandant", sagte er. „Ein Springer, der ein gutes Geschäft wittert, das ist alles."

Kors Dantur nickte enttäuscht. Mit jedem Tag, der ohne die Auffindung der Spezialisten verstrich, wurde die Chance, sie lebend zu finden, geringer.

10.

Es klang wie der Nachtwind, der durch Blätter streicht, wie das Wispern feiner Stimmchen, die von irgendwoher zu ihm sprachen.

Firgolt fuhr zusammen.

Das Gemurmel kam vom Symboltransformer, den er bei sich trug. Er hatte sich so auf den Schreckwurm konzentriert, daß die Umwelt um ihn versunken war. Es kostete große Geschicklichkeit, den Symboltransformer in der Enge des Schachtes zu sich heranzuziehen.

Firgolt schaute in die Zentrale. Der Schreckwurm lag bewegungslos da, er schien vor sich hin zu dösen.

Der Spezialist schaltete den Wiedergabesektor des Geräts ein.

„Ich weiß nicht, ob ihr diese Nachricht empfangen könnt", kam es aus dem Transformer. Firgolt staunte. Der Schreckwurm strahlte eine Botschaft an sie ab.

„Wir sind Gefangene dieses Schiffes", übersetzte das Gerät die Funkimpulse des Ungeheuers. „Jetzt, da ich zu euch spreche, wißt ihr, daß ich intelligent bin. Dieses uralte Geheimnis meiner Rasse muß jedoch gewahrt bleiben. Deshalb muß ich euch töten, es bleibt mir keine andere Wahl. Ihr habt jedoch eine Chance, euer Leben zu verlängern, wenn es auch nur eine geringe Zeitspanne sein wird. Ich verlange von euch, daß ihr die Kontrollen dieses Schiffes übernehmt und nach meinen Anweisungen bedient. Dafür könnt ihr weiterleben, bis wir auf einer Welt landen, auf der ihr euer Wissen preisgeben könntet. Dann muß ich euch vernichten. Überlegt, was euch wertvoller erscheint: sofort zu sterben oder noch zu leben, bis ich mein Ziel erreicht habe. Antwortet mir auf dieses Angebot."

Firgolt überlegte. Mit einem Schlag hatte sich die Lage vollständig geändert. Das Angebot des Schreckwurms zeigte deutlich, daß der Gigant unfähig war, dieses Schiff zu steuern. Genau wie sie, war er der Robotsteuerung ausgeliefert. Nun nutzte er die Tatsache, daß er die Zentrale beherrschte, zu einer rücksichtslosen Erpressung aus.

Entweder sofortiger Tod für sie alle oder die Aussicht, noch einige Tage zu leben, bis man die Wünsche des Schreckwurms erfüllt hatte.

Das war ein schlechter Handel, bei dem man nichts als eine Verzögerung des sicheren Todes gewann.

Firgolts Gedanken wirbelten durcheinander. Er mußte schnell eine Antwort finden, bevor das Riesenbaby glaubte, daß sie sein Angebot ignorierten.

Wenn sie das Ultimatum ablehnten, liefen sie Gefahr, daß der Schreckwurm sein Versprechen wahr machte und sie tötete. Sie hatten die Möglichkeit, zum Schein auf die Vorschläge des Gegners einzugehen. Auf diese Weise konnten sie ungefährdet in den Kommandoraum gelangen. Solange der Schreckwurm sie brauchte, würden sie nicht umgebracht werden. Sie hatten also eine Gnadenfrist, während der sie das Monstrum vielleicht überlisten konnten.

Der Schreckwurm würde sie einlassen. Dann hatten sie gewisse Zeit zur Verfügung, gegen ihr drohendes Schicksal zu kämpfen. Der Captain sah ein, daß ihnen keine andere Möglichkeit blieb.

Es wäre jedoch ein Fehler gewesen, sofort und ohne Bedenken das Ultimatum zu akzeptieren. Das hätte den Koloß mißtrauisch gemacht.

Firgolt brachte die Waffe in Anschlag.

„Wir haben deine Nachricht gehört", gab er über den Symboltransformer durch. „Wir fordern eine Einigung zu *unseren* Bedingungen."

Er sah, daß sich das mächtige Wesen unruhig bewegte.

„Wie könntet ihr mir Bedingungen stellen?" kam es aus dem Gerät. „Ich bin unangreifbar. Ihr habt die Wahl, entweder jetzt oder später zu sterben. Andere Möglichkeiten gibt es nicht."

Firgolt beschloß, das Risiko einzugehen und seinen Standort zu verraten.

„Eine Waffe ist auf dich gerichtet", gab er durch. „Ich ziele genau auf dein Auge."

Natürlich wußte er, daß er mit seiner Waffe im Ernstfall nichts ausrichten konnte, aber vielleicht konnte er den Gegner bluffen.

„Ihr könnt mir keine ernsthaften Verletzungen zufügen. Gegenüber euren schwachen Waffen bin ich unempfindlich." Firgolt beobachtete, wie der Schreckwurm zu ihm heraufblickte. „Ich kann dich sehen, Fremder. Du steckst in der Entlüftung auf der anderen Seite der Zentrale. Mit einem einzigen Schuß könnte ich dich jetzt durch den Schacht blasen."

Firgolt fröstelte. Das war kein angenehmer Gedanke. Trotzdem trieb er das gefährliche Spiel weiter. Er stellte den Strahlenkarabiner auf schwache Ladung und feuerte einen Schuß auf den Schreckwurm ab. Das Wesen zeigte nicht die geringste Reaktion.

Ein teuflisches Gelächter schien aus dem Symboltransformer zu kommen.

„Erbärmlicher Wicht", sagte der Riese. „Ich gebe dir noch wenige Augenblicke Zeit, auf den Vorschlag einzugehen."

Firgolt tat, als überlege er krampfhaft. Er mußte den Eindruck erwecken, als koste es ihn unglaubliche Überwindung, sich auf Gnade und Barmherzigkeit dem Schreckwurm auszuliefern.

„Ich möchte noch etwas Bedenkzeit", sagte er zögernd. „Ich muß mit meinen Freunden über diesen Vorschlag sprechen."

„Bist du ihr Anführer?"

„Ja", gab Firgolt zu.

„Dann mußt du dich sofort entscheiden. Ich halte es nicht für notwendig, daß du mit deinen Freunden sprichst."

„In Ordnung", sagte Firgolt, „ich erkläre mich einverstanden."

Der Schreckwurm richtete seinen gewaltigen Schädel zu ihm empor. „Wo sind deine Begleiter?"

„Irgendwo im Schiff", erwiderte Firgolt. „Ich werde sie rufen, sobald ich bei dir in der Zentrale bin."

Die großen Augen des Giganten starrten zu ihm herauf.

„Komm herunter!" befahl er Firgolt.

Firgolt spähte über den Rand. Der Boden war fünf Meter von ihm entfernt.

„So einfach ist das nicht", sagte er. „Ich brauche etwas, auf das ich klettern kann."

Der Schreckwurm kam durch den Kommandoraum gekrochen. Er postierte sich so unter der Öffnung, daß sein breiter Nacken direkt vor Firgolt stand. „Du kannst an mir herunterklettern."

Der Symboltransformer arbeitete jetzt einwandfrei. Er empfing die Radioimpulse des Schreckwurms und übersetzte sie in das für Firgolt verständliche Interkosmo, während seine Worte als Funkimpulse an den Gegner gingen.

Firgolt zog sich aus dem Schacht und landete mit den Beinen auf dem Ungeheuer. Der Körper war hart und unnachgiebig. Der Agent beeilte sich, auf den Boden zu kommen.

Der Pakt mit dem Tod war geschlossen.

Die Nische war gerade groß genug, um sie alle drei aufzunehmen. Von hier aus konnten sie zum Eingang der Zentrale blicken.

„Er hat ihn jetzt verschlossen", bemerkte Collignot, den Körper gegen die Wand gepreßt. „Als ich zum erstenmal hier war, stand das Schott offen, und ich konnte zu ihm hineinblicken."

Warren versuchte an ihm vorbeizublicken. „Vielleicht hat er den Kommandoraum verlassen."

„Das glaube ich nicht", antwortete Collignot. „Es wird ihm nichts daran liegen, von uns beobachtet zu werden."

„Der Captain ist meiner Ansicht nach schon viel zu lange verschwunden", meinte Kopenziack. „Wie lange wollen wir noch untätig herumstehen?"

Collignot fühlte sich hundemüde. Er zog eine Aufputschtablette aus dem Gürtel und schob sie in den Mund. Dabei überlegte er, wann er eigentlich zum letztenmal richtig geschlafen hatte.

Am Ende des Korridors klirrte ein Roboter vorüber, ohne sie zu beachten. Die Automaten würden wahrscheinlich mit vereinten Kräften über sie herfallen, sobald sie sich mit den Kontrollen des Schiffes zu schaffen machten. Das war ein Punkt, über den Collignot sich auf jeden Fall noch mit Captain Firgolt unterhalten wollte. Jede Veränderung an der Automatik konnte unvorhergesehene Folgen haben.

„Sie nehmen zuviel von diesen Pillen", sagte Kopenziack mürrisch.

„Seien Sie froh, daß Sie es nicht nötig haben", meinte Collignot lakonisch.

Sie beobachteten das verschlossene Schott und warteten. Wo mochte der Captain jetzt sein?

Collignot spielte mit dem Gedanken, Firgolt über das Armbandfunkgerät anzurufen, aber dann bestand die Gefahr, daß der Schreckwurm oder die Roboter etwas bemerkten und wild wurden.

Mit säuerlichem Gesicht griff Collignot zur vorletzten Zigarre. Er schnupperte daran und steckte sie in Brand.

Wehmütig dachte er an seine Reserven in der MOONSHINE. Wenn nicht ein Wunder geschah, würde er diese nie mehr wiedersehen.

Mit finsterem Gesicht schaute der Leutnant zum verschlossenen Schott hinüber.

Was unternahm der Schreckwurm im Augenblick? Belauerte er hilflos die Steuerautomatik? Hatte er bereits resigniert, oder war er dabei, die Einrichtungen zu zerstören?

Es war nicht einfach, sich in die Lage eines fremden Wesens zu versetzen, schon gar nicht, wenn dieses eine Länge von zwanzig Metern und einen fünf Meter durchmessenden Schädel hatte. Was ging in diesem monströsen Kopf vor? Zwar behaupteten die Galakto-Psychologen, daß die Grundtriebe aller Intelligenzen gleich sein müßten, solange sie an einen organischen Körper gebunden waren, aber bewiesen war diese Behauptung nicht.

Collignot verstand nicht viel von Metaphysik, aber er hielt es durchaus für möglich, daß sich die Triebe und Auffassungen des Schreckwurms ganz beträchtlich von den ihren unterschieden. Und hier, dachte er, mußten sie ansetzen. Je mehr sie über ihn herausfanden, ohne daß er gleichziehen konnte, desto eher konnten sie mit ihm fertig werden.

Da glitt das Schott zur Zentrale auf.

Unwillkürlich wichen die Leutnants in die Nische zurück. Doch es war Captain Brent Firgolt, der mit sicheren Schritten auf den Korridor herauskam.

Er sah den Anführer der Fremden durch den Ausgang gehen, um seine Begleiter zu holen. Er gab sich dem Gefühl unsagbarer Erleichterung hin. Sein Plan hatte funktioniert. Nach anfänglichem Zögern war dem Wesen nichts anderes übriggeblieben, als auf das Ultimatum einzugehen.

Belustigt dachte er an den Schuß, den die Kreatur aus dem Luftschacht auf ihn abgefeuert hatte. Das war eine blinde Verzweiflungstat gewesen. Er konnte die Handlungsweise durchaus verstehen. Der Fremde hatte die letzte Chance nutzen wollen.

Der Schreckwurm sagte sich, daß er auch jetzt aufmerksam jede Bewegung dieser Wichte verfolgen mußte. Den sicheren Tod vor Augen, würden sie nichts unversucht lassen, um ihn auszuschalten.

Er mußte sie scharf überwachen. Seine körperliche Kondition erlaubte ihm, daß er ununterbrochen Kontrollen vornahm. Aber nicht nur auf die Fremden, auch auf die Robotschaltungen des Schiffes mußte er aufpassen. Sobald es den Wesen gelang, einige Instrumente zu bedienen, mußte er damit rechnen, daß die Robotstreitmacht des Schiffes hier in der Zentrale aufmarschierte.

Seine bisher aussichtslose Lage erschien ihm plötzlich wieder hoffnungsvoll. Mit Hilfe der Zwerge konnte er vielleicht den Huldvollen entgehen und auf einem Planeten landen, den sie nicht beherrschten. Das lag jedoch noch in ferner Zukunft. Er wollte sich nur mit dem Nächstliegenden befassen.

Er schaute forschend auf die Armaturen. Noch wurde die Flugbahn des Schiffes von der Steuerautomatik bestimmt. Doch das würde sich bald ändern. Geistig beherrschte er die Instrumente. Die Fremden würden seine ausführenden Organe sein.

Ein intelligenter Schreckwurm, sagte er sich, konnte jedes Problem lösen, wenn er sich nur darum bemühte.

„Captain!“ rief Collignot überrascht. „Wo kommen Sie her?“

Firgolt deutete lächelnd hinter sich. „Aus dem Kommandoraum, wie Sie sehen, Leutnant.“

Collignot fühlte, wie sich Warren und Kopenziack an ihm vorbeidrängten.

„Haben Sie das Monstrum erledigt?“ fragte der kahlköpfige Agent.

„Nein. Es hockt noch dort drinnen und wartet, daß wir zu ihm hineinkommen.“

In Kopenziacks Gesicht spiegelte sich Enttäuschung. Collignot überlegte angestrengt, um die Bedeutung von Firgolts Worten zu erfassen.

„Ich habe mit ihm gesprochen“, sagte da Firgolt.

Kopenziacks Unterkiefer fiel herab. Warren stieß einen Pfiff aus, während Collignot vor Überraschung ein Stück seiner Zigarre abbiß.

Firgolt streifte seine Schuhe von den Füßen. Erschreckt sahen die Leutnants, daß der Captain an mehreren Stellen blutete.

„Behandeln Sie die Wunden, Elmer!“ befahl er Warren. „Inzwischen werde ich berichten, was geschehen ist.“ Er erzählte ihnen, wie er durch den Schacht gekrochen und in das Nest der rattenähnlichen Tiere gefallen war. Dann kam er auf das Ultimatum des Schreckwurms zu sprechen.

„Er läßt uns keine andere Wahl“, sagte er ruhig. „Entweder gehen wir auf seine Vorschläge ein, oder er tötet uns sofort. Helfen wir ihm jedoch, haben wir die Aussicht, noch so lange zu leben, bis wir einen Planeten ansteuern, auf dem er landen möchte. Dann muß er uns töten, weil seine Rasse anscheinend auf keinen Fall will, daß ihre Intelligenz bekannt wird. Ich bin auf seine Erpressung eingegangen.“

Warren hörte unwillkürlich mit der Behandlung auf. Sein sonst so blasses Gesicht war vor Zorn gerötet, als er zu Firgolt emporblickte.

„Sir“, knurrte Kopenziack. „Das wäre zum erstenmal, daß Spezialisten der USO auf ein niederträchtiges Ultimatum eingehen. Ich bin dafür, daß wir kämpfen, auch wenn wir dabei unser Leben verlieren sollten."

Firgolt nickte unbeeindruckt.

„Was meinen Sie, Claude?" wandte er sich an Collignot.

Der schwarzhaarige Leutnant blinzelte. Er drehte die Zigarre geschickt zwischen Daumen und Zeigefinger.

„Ich weiß nicht, worauf Sie hinauswollen", sagte er langsam. „Ich kann mir schlecht vorstellen, daß Sie so ohne weiteres unsere Kapitulation anbieten. Was bezwecken Sie *wirklich* damit?"

„Jeder von uns weiß, daß wir in die Zentrale gelangen müssen. Es steht fest, daß uns der Schreckwurm davon abhalten kann, denn wir können ihn mit unseren Waffen nicht ernsthaft in Verlegenheit bringen. Im Augenblick gibt es für uns also nur eine Alternative: Wir müssen eine Situation herbeiführen, in der der Schreckwurm uns freiwillig in diesen wichtigen Raum einläßt."

„Freiwillig", spottete Kopenziack. „Aber unter welchen Bedingungen, vergessen Sie das nicht."

„Unser Freund ist in Schwierigkeiten", erklärte Firgolt. Er hob einen Fuß, damit Warren besser arbeiten konnte. Der Leutnant fuhr fort, die Füße des Captains zu behandeln. „Er ist nicht in der Lage, die Schaltungen zu bedienen. Er braucht uns also, wenn er nicht in die gleiche Falle gehen will, die uns erwartet, sobald dieses Schiff auf einem Planeten der Unbekannten ankommt. Er möchte gleichzeitig sein Leben und das Geheimnis der Intelligenz seiner Rasse bewahren. Das zwingt ihn zu einem Vabanque-Spiel. Er geht das nicht unbeträchtliche Risiko ein und läßt uns in den Hauptsteuerraum des Schiffes."

„Er muß seiner Sache ziemlich sicher sein, wenn er offen zugeben kann, daß wir nach erfüllter Arbeit sterben werden", wandte Warren ein. Er stand auf und schob Firgolt die Schuhe wieder zu. „Fertig."

Der Captain nickte. „Allzu sicher ist er sich nicht. Er gibt seine Pläne nur deshalb bekannt, weil er genau weiß, daß wir intelligent genug sind, um sie früher oder später sowieso zu durchschauen. Damit nimmt er uns zunächst einmal den Wind aus den Segeln."

Kopenziack drohte mit seinen Fäusten in die Richtung, in der sie den Schreckwurm wußten. „Das ist ein unsicheres Geschäft. Sobald wir in der Zentrale sind, hat er uns so dicht bei sich, daß er uns nach

Belieben töten kann. Ich schlage vor, daß wir uns im Schiff verteilen. Dann soll er einmal versuchen, uns zu töten. Wir werden ihm einen Kampf liefern, den er nie vergessen wird."

„Ich schätze Ihren Mut, Aldo", erwiderte Firgolt beherrscht. „Aber in diesem Fall ist eine List eher angebracht. Wenn wir uns im Schiff verstecken, wird er einen nach dem anderen aufspüren und töten. Vielleicht braucht er lange dazu, und das Schiff landet inzwischen auf einer Welt der Unbekannten. Nein, die Steuerautomatik muß *sofort* angehalten werden. Da der Schreckwurm nicht dazu in der Lage ist, müssen wir es tun."

„Captain", meldete sich Collignot. „Ich stimme Ihnen zu, wir müssen in die Höhle des Löwen."

„Sie auch?" schrie Kopenziack. „Ist Ihr Gehirn von diesem elenden Gestank umnebelt, den Sie ständig produzieren?" Er wurde verlegen, als ihm einfiel, daß er gleichzeitig Firgolt beleidigte.

„Schon gut, Leutnant." Firgolt grinste. „Was wollten Sie noch vorschlagen, Claude?"

„*Wir* werden es sein, die die Instrumente und Steueranlagen bedienen", sagte Collignot betont.

„Worauf wollen Sie hinaus?"

„Nun – anstatt dieses Schiff zu einer Welt zu steuern, die den Vorstellungen des Riesenbabys entspricht, könnten wir es einfach zu einem Planeten des Imperiums bringen."

„Und wenn der Bursche es merkt?" fragte Warren.

„Er darf es eben nicht merken", sagte Collignot lakonisch. „Wir müssen ihm ein schönes Spielchen vormachen. Er muß voller Erwartung sein, bis er durch die Luftschleuse kriecht und von den Männern der Flotte liebevoll empfangen wird."

„Er wird es herausfinden", prophezeite Warren düster.

„Ein Versuch lohnt sich", meinte Collignot. „Was haben wir zu verlieren? Jede andere Möglichkeit scheint in den Tod zu führen. Aber ich denke noch nicht daran zu sterben. Ich verfüge zu Hause noch über Hunderte dieser wunderbaren Zigarren, die nur . . ."

Firgolt unterbrach ihn mit einer knappen Handbewegung.

„Wir gehen also zu ihm hinein", sagte er sachlich.

„Ich habe ein Gefühl, als ginge ich zu meiner eigenen Beerdigung", gab Kopenziack bekannt.

Firgolt bückte sich und zog die Schuhe wieder an. Wider Erwarten fühlte er kaum noch Schmerzen. Durch die Behandlung wurde jede Infektion verhindert. Lediglich seine gebrochenen Rippen machten ihm noch zu schaffen.

Als er aufstand, zeigte er sich entschlossen.

„Gehen wir“, sagte er.

Zwei und zwei nebeneinander kamen sie herein, eine Demonstration seines Triumphs. Ihre dünnen, zerbrechlichen Gestalten schienen zu schwanken, im hereinfallenden Licht sahen sie beinahe transparent aus. Ihre Haut war dünn und sicher unangenehm glitschig. Sie waren klein, häßlich und widerwärtig.

Aber sie waren intelligent.

Er überwand seine Abneigung, die sein logisch arbeitender Verstand nur dem Aussehen der Kreaturen zuschrieb. Er mußte mit dieser Aversion fertig werden, denn er würde bis zu dem Zeitpunkt, da er sie tötete, mit ihnen zusammen in diesem Raum sein.

Der Anführer der Fremden machte sich an dem eigenartigen Gerät zu schaffen, mit dessen Hilfe sie offensichtlich ihre Nachrichten an ihn abgaben. Dieser Apparat bewies, daß sie technisch fortgeschritten waren. Vielleicht übertraf ihre Zivilisation sogar die der Huldvollen.

Sein Radiogehirn fing die Impulse des Symboltransformers auf.

„Da sind wir“, gaben die Wesen durch. „Ich habe meinen Freunden von deinen Bedingungen erzählt, und sie sind damit einverstanden.“

Das, dachte der Schreckwurm, ist ziemlich unwahrscheinlich. Sie sind alles andere als einverstanden.

Doch dies sendete er nicht. Die Impulse, die er abstrahlte, besagten: „Das ist vernünftig. Ihr werdet nur das tun, was ich anordne. Jede zusätzliche oder nicht von mir befohlene Handlung zieht eine sofortige Bestrafung nach sich.“

Sicher arbeiteten ihre winzigen Gehirne bereits an einem Plan, mit dem sie seinen Platz übernehmen konnten. Doch das würde ihnen wenig helfen.

Er beherrschte schließlich die Zentrale.

Der eigenartige Geruch, der einem Schreckwurm anhaftete, erfüllte den gesamten Raum. Irgendwie wirkte das monströse Wesen wie ein Anachronismus. Die Zentrale war nicht für derartige Giganten gebaut worden. Das Ungeheuer kam Firgolt unbeholfen vor – was es letzten Endes auch war.

„Wir schlagen vor, daß wir uns bald um die Robotsteuerung dieses Schiffes kümmern", sendete Firgolt mit Hilfe des Symboltransformers.

Gespannt warteten sie auf Antwort. Kopenziack hatte als einziger den Strahlenkarabiner von der Schulter genommen. Er trug ihn in der Hand, als wollte er seine Wachsamkeit und sein Mißtrauen gegenüber dem Schreckwurm offen zeigen.

„Einverstanden", antwortete das Monstrum. Sein fünf Meter durchmessender Kopf schwenkte zu ihnen herum. Die großen Augen schienen Feuer zu sprühen.

Plötzlich sah Firgolt das Mißtrauen in diesen Augen, die tiefempfundene Sorge dieses Wesens. Seltsamerweise erleichterte ihn das, denn es machte das Monstrum „menschlicher".

Mit einer Kopfbewegung wies der Schreckwurm auf eine Reihe von Schaltungen.

„Dies ist die Steuerung", teilte er ihnen mit. „Zunächst muß die Hauptverbindung zu den Triebwerken hergestellt werden, die gedrosselt und zur Automatik übergeleitet ist. Der Vierkantschalter unter dem roten Armaturenbrett dient dazu."

„Er ist dort drüben", sagte Warren, dessen Blicke unablässig über die Kontrollen wanderten.

Bereitwillig machte das Ungeheuer Platz, um sie an die Instrumente heranzulassen.

Firgolt beugte sich über die Schaltung. Er zögerte noch. Es konnten eine ganze Menge unvorhergesehener Dinge geschehen.

„Warum wartet ihr?" fragte der Schreckwurm.

Firgolt fühlte Zorn in sich aufsteigen. Er mochte es nicht, wenn man ihn drängte. Er schaute prüfend über die gesamte Steueranlage, er versuchte das System zu erfassen.

„Wie ist es mit Ihnen, Aldo?" wandte er sich an Kopenziack. „Werden Sie aus dieser Anlage schlau?"

Kopenziack hatte als einziger eine vollständige Pilotenausbildung.

„Nein, Captain. Es ist zu verworren. Keinerlei Bezugspunkte im Vergleich zu unseren Schiffen."

„Na gut", sagte Firgolt resigniert.

Er drückte den Schalter nach unten. Als er den Daumen zurückzog, glitt die Taste ebenfalls wieder heraus. Sofort wußte Firgolt, daß etwas nicht funktionierte.

Er hob den Symboltransformer.

„Der Schalter kehrt in die Nullstellung zurück", sagte er.

„Versuch es noch einmal", verlangte der Schreckwurm.

Firgolt wiederholte seine Bemühungen.

„Eher bekomme ich Hornhaut auf den Daumen, als daß dieses Ding einrastet", sagte er heftig.

„Sir!" schrie Collignot auf, der die ganze Zeit über den Eingang zum Kontrollraum beobachtet hatte.

Eine Armee von Robotern kam dort herein.

Das Schiff merkte, daß es jetzt ernst wurde. Nach den harmlosen Versuchen des Schreckwurms waren ernstzunehmende Bestrebungen im Gang, die Robotanlage auszuschalten. Das brachte die Roboter auf den Plan.

„Was sollen wir tun?" fragte Warren.

Darauf wußte Firgolt keine Antwort. Bei jeder Schießerei würden die Kontrollen vernichtet werden. Dann war jeder weitere Versuch, das Schiff zu übernehmen, sinnlos.

Die Roboter konnten keinesfalls eine Art Ebenbild ihrer Erbauer sein. Sie sahen ganz so aus, als seien sie nur aus zweckmäßigen Überlegungen geschaffen. Sie besaßen ovale oder quadratische Körper. Ihre metallischen Gliedmaßen waren sinnvoll angeordnet, so daß sie, ohne sich zu drehen, jeden Punkt erreichen konnten, der innerhalb des Aktionsradius ihrer Greifer lag.

Glücklicherweise schienen die Maschinen ebenfalls eine bewaffnete Auseinandersetzung innerhalb des Kontrollraums vermeiden zu wollen. Einige trugen zwar Waffen, aber es sah nicht so aus, als sollten diese bedingungslos zum Einsatz kommen.

Firgolt war so mit der Beobachtung der Roboter beschäftigt, daß er Kopenziacks Absichten erst bemerkte, als es schon zu spät war. Der kahlköpfige Mann feuerte von der Hüfte aus eine Salve auf die Angreifer. Firgolt sah zwei Roboter zusammensinken.

Kopenziack knurrte befriedigt.

„Aufhören!“ rief Firgolt, doch sein Befehl ging in dem entstehenden Getöse unter. Die vorderen Roboter waren zum Halten gekommen, doch die in den hinteren Reihen drängten nach. Metallkörper prallten aufeinander.

Dann brachen die Roboter wie eine graue Flut über sie herein.

Bevor die Spezialisten richtig begriffen, was mit ihnen geschah, waren sie von den Gegnern umringt.

Kopenziack war der einzige, der noch etwas Bewegungsfreiheit besaß, da er von Anfang an die Waffe schußbereit gehalten hatte. Firgolt packte den Lauf seines Strahlenkarabiners und schwang ihn wie eine Keule über dem Kopf.

Von Warren und Collignot war überhaupt nichts mehr zu sehen. Nur der mächtige Körper des Schreckwurms stand wie eine unverrückbare Mauer. Über den allgemeinen Lärm hinweg hörte Firgolt das Knirschen der zerplatzenden Metallkörper, die dem Monstrum zum Opfer fielen.

Wirkungslos prallte der Schaft der Waffe an den eisenharten Angreifern ab. Firgolt sah, daß er innerhalb der nächsten Minuten einfach zerquetscht werden mußte, wenn es ihm nicht gelang, hier herauszukommen.

Er duckte sich unter einem Paar zugreifender Klauen hindurch. Das Knistern eines Strahlengewehrs drang zu ihm, der sichere Beweis, daß Kopenziack immer noch schoß.

Da sah er Warren.

Der junge Leutnant erschien über den Robotern, von metallischen Tentakeln emporgehoben. Firgolt hielt unwillkürlich den Atem an. Warrens Gesicht war schmerzverzerrt, die Augen hatte er in Todesfurcht aufgerissen. Die Tentakel schwenkten ihn mühelos umher. Vergeblich kämpfte Warren gegen die Umklammerung. Firgolt vergaß die eigene Gefahr. Er reckte seine Waffe über die Roboter hinweg. Da wurde er von hinten gepackt und zur Seite gerissen.

Die Roboter waren jetzt so zahlreich, daß sie sich gegenseitig behinderten. Zwei von ihnen hielten Firgolt fest und trugen praktisch einen Kampf um seinen Besitz aus.

Firgolt wurde hin und her gezerrt. Verzweifelt wehrte er sich, aber gegen die Übermacht war er hilflos.

Er glaubte, daß er sterben würde. Der Gedanke erschreckte ihn nicht – im Gegenteil, er wurde auf einmal sehr ruhig und entschlossen.

Er konnte beobachten, wie die Tentakel Warren mit einem weitausgeholten Schwung davonschleuderten. Warren schrie, bis er im Hintergrund des Raumes zu Boden fiel, dort, wo die Roboter noch nicht waren, wohin ihnen der Schreckwurm den Weg versperrte.

Da fuhr etwas Heißes über sein Gesicht. Es war, als ob seine Haut schrumpfte. Jetzt schießen auch die Roboter, dachte er.

Doch es waren nicht die Gegner.

Der Schreckwurm gab Energieschüsse ab. Unmittelbar vor Firgolt zerschmolzen drei Roboter. Die nachdrängenden keilten sich in ihnen fest. Der Captain kam etwas frei und schnappte nach Luft.

So paradox es klang, aber er hatte sein Leben lediglich dem Umstand zu verdanken, daß die Roboter so zahlreich waren.

„Captain!" schrie da eine Stimme über den Lärm hinweg.

Firgolt fuhr herum. Er sah Leutnant Claude Collignot im Luftschacht in der gegenüberliegenden Wand stecken. Der Spezialist gab von dort oben gezielte Schüsse auf die Widersacher Firgolts ab.

Collignot schoß mit der Bedachtsamkeit eines Mannes, der Übungen auf einem Schießstand macht. Im Mundwinkel hing die unvermeidliche Zigarre. Firgolt fragte sich, wie der Leutnant an diesen Platz gekommen war.

Um ihn herum sanken die getroffenen Roboter zusammen. Auf die Dauer würden sie ihn jedoch auf jeden Fall bekommen.

Da hatte er die rettende Idee. Die Gegner hatten noch nicht einen einzigen Schuß abgegeben. Das bewies, daß sie unter allen Umständen die wichtigen Steuer- und Kontrollanlagen des Schiffes erhalten wollten.

„Claude!" schrie er zu Collignot. „Schießen Sie auf die Instrumente!"

Für einen Augenblick schaute ihn Collignot fassungslos an, dann lächelte er verständnisvoll.

Die nächsten Schüsse aus seiner Waffe zischten über Firgolt hinweg, trafen die Umrandungen der Armaturen.

Die Masse der Roboter kam zum Stehen. Collignot wäre vor Aufregung fast aus dem Schacht gekippt. Dann feuerte er weiter, bemüht, keine wichtigen Stellen zu treffen.

Da geschah das Unwahrscheinliche: Die Angreifer zogen sich zurück. Sie flüchteten überhastet aus dem Kontrollraum. Die Sicherheit der Steueranlagen erschien ihnen wichtiger als der Tod der Eindringlinge.

Über die Körper der vernichteten Gefährten hinweg, verließen die Diener der Schiffsautomatik die Zentrale.

Sie arbeiteten fast eine Stunde, um den Kontrollraum von den Resten der vernichteten Roboter zu befreien. Während dieser Zeit verhielt sich der Schreckwurm vollkommen passiv. Auf drei Versuche Firgolts, mit ihm in Verbindung zu treten, reagierte er überhaupt nicht. Er half den Spezialisten nicht bei der Beseitigung der Trümmer.

Während Firgolt zusammen mit Kopenziack und Collignot die letzten Metallbrocken auf den Hauptgang hinausschleppte, dachte er darüber nach, wie sie das Schiff noch in ihre Gewalt bringen konnten.

Warren fiel aus. Er lag bewußtlos in der Zentrale. Notdürftig hatten sie ihm das gebrochene Bein geschient. Sein Gesicht zeigte Spuren der Mißhandlung. Er schwebte in Lebensgefahr.

Collignot hatte die letzte seiner Zigarren geraucht und war bei schlechter Laune.

„Das Riesenbaby ist einfach nicht ansprechbar", beklagte er sich. „Anscheinend ist es beleidigt."

Sie versammelten sich um Warren und setzten sich auf den Boden. Der Schreckwurm kauerte ratlos vor den Instrumenten.

„Was ist nur los mit ihm?" fragte Kopenziack.

Firgolt fand, daß ihnen nichts anderes übrigblieb, als zu warten. Von sich aus würde er nicht mehr irgendeinen Schalter anrühren. Er legte keinen Wert darauf, die Roboter zur Rückkehr zu veranlassen. Letzten Endes würden diese das Schiff lieber zerstören, als es in den Händen der Eindringlinge zu lassen.

Mehr als einmal würden sie auf Firgolts Trick nicht hereinfallen.

Es war der Schreckwurm, der unverhofft wieder sprach.

„Ihr seid sehr schwach?" kam es aus dem Symboltransformer.

Das war eher eine Feststellung als eine Frage.

„Wir haben keine starken Waffen dabei", gab der Captain zurück.

„Ich habe *keine* Waffen", kam die Antwort.

Firgolt fragte sich, worauf der Schreckwurm hinaus wollte. Beabsichtigte das Monstrum, sie zu beleidigen? Er lächelte. In diesem Stadium würde er damit wenig Glück haben.

„Trotz eurer Schwäche besitzt ihr Mut“, fuhr der Koloß anerkennend fort. „Genügend Mut, um es noch einmal zu probieren.“

„Nein“, sagten Collignot und Kopenziack wie aus einem Munde.

„Nein“, sagte Firgolt in den Symboltransformer.

„Ihr befürchtet, daß die Maschinen hierher zurückkehren werden?“

„Das werden sie bestimmt“, bestätigte Firgolt energisch. „Diesmal werden sie wohl kaum Rücksicht auf das Schiff nehmen. Wenn wir ihnen keine Wahl lassen, werden sie rücksichtslos angreifen.“

Der Schreckwurm schien einen Augenblick zu überlegen.

„Die Hauptschaltung ist offenbar blockiert“, sagte er. „Wir werden versuchen, die Sperrschaltungen gewaltsam zu öffnen. Das heißt, ihr werdet es versuchen, während ich den Eingang bewache, um einen neuen Angriff zu verhindern.“

Firgolt biß sich auf die Unterlippe. Er dachte angestrengt nach. Die Blockade der Steuerung zu durchbrechen, mit Gewalt aufzuheben, barg ein großes Risiko. In allen terranischen Schiffen besaßen Sperren innerhalb der Steuerung eine zusätzliche Sicherung, die allen Unbefugten unliebsame Überraschungen bereitete.

Allerdings würde der Schreckwurm einen weiteren Angriff mit Sicherheit verhindern können.

Warren stöhnte und schlug die Augen auf. Er sah aus, als würde er jeden Augenblick sterben. Bestürzt blickte Firgolt auf ihn herab.

„Nun?“ erklang die drängende Frage des Riesenwesens.

Firgolt beugte sich über Warren, ohne auf den Schreckwurm zu hören.

„Sind wir – sind wir in Sicherheit?“ flüsterte Warren mühevoll.

„Ja, mein Junge“, sagte Firgolt sanft. Er zog die kleine Apotheke aus Warrens Gürtel und steckte dem Leutnant eine schmerzstillende Tablette in den Mund.

Da versuchte Warren aufzustehen. Behutsam, aber nachdrücklich schob ihn Firgolt zurück.

Mit fiebrigen Augen sah Warren sich um.

„Wo sind die Roboter?“ fragte er ängstlich.

Firgolt deutete mit der Daumenspitze nach unten.

„Vernichtet“, sagte er knapp.

Warrens Augenlider klappten zu.

Er ist so jung, dachte Firgolt niedergeschlagen. So verdammt jung. Hoffentlich hält er durch.

Seltsam, sie hatten Warren trotz seiner Jugend immer als vollwertiges Mitglied ihres Kommandos behandelt. Firgolt richtete sich auf.

„Wir müssen den Hauptschalter untersuchen“, ordnete er an.

Zehn Minuten später entdeckte Kopenziack einen haardünnen Draht, der aus einem quadratischen Plastikgehäuse herausragte, das noch nicht einmal einen Quadratzentimeter maß.

Firgolt unterbrach die Verbindung. Er riß den Draht heraus und bog ihn nach oben.

Nichts geschah.

Firgolt drückte die Taste der Steuerung wieder nach unten, doch sie blieb auch jetzt nicht in der gewünschten Lage.

Da hatte Firgolt ein Gefühl, als würde der Boden unter seinen Füßen wärmer.

Verwirrt gab er seine Bemühungen auf.

„Was ist?“ fragte Collignot.

„Spüren Sie nichts?“

Bevor Collignot antworten konnte, bückte sich Firgolt und tastete den Boden ab. Er hatte sich nicht getäuscht. Das Material war bereits heiß.

Und es wurde noch heißer.

Nun spürten es auch die anderen.

Firgolt fühlte sich elend. Hatten sie durch ihren Eingriff eine Kernfusion hervorgerufen? Begann irgendwo im Schiff der Atombrand?

Die Hitze war innerhalb einer Minute so stark geworden, daß sie durch die Schuhe drang. Dünner Qualm stieg auf.

„Wir müssen hier heraus!“ rief Kopenziack.

„Es sieht so aus, als sollten wir geröstet werden“, sagte Collignot ironisch. „Schreckwurmfilet mit terranischen Schrumpfzwergen.“

Firgolt konnte nicht mehr an einem Platz stehen, so brandete die Hitze gegen ihn an. Die Temperatur erhöhte sich schlagartig um mindestens zehn Grad.

„Warren!“ befahl er. „Wir schaffen ihn hinaus.“

Kopenziack und Collignot hoben den Verletzten auf. Firgolt betätigte den Symboltransformer.

„Gib den Eingang frei“, sagte er. „Wir können diese Hitze nicht ertragen. Wir müssen sterben, wenn wir in diesem Raum bleiben.“

Die großen Augen blickten ausdruckslos auf sie herab.

„Sterbt in eurer eigenen Falle“, kam die Antwort.

Die Bedeutung dieser Worte drang nur langsam in Firgolts Bewußtsein.

„Er glaubt, daß wir dafür verantwortlich sind“, stammelte Collignot. „Deshalb will er uns nicht entkommen lassen.“

Ohne Zweifel hatte der Leutnant recht. Schweiß lief über Firgolts Gesicht. Es war unerträglich heiß geworden. Der Boden schien zu glühen. Der Schreckwurm lag unbeweglich vor dem Eingang.

„Wir müssen hier heraus“, drängte Firgolt. „Wir haben nichts mit dieser Entwicklung zu tun. Es wäre doch unlogisch, wenn wir etwas verursachten, was uns größere Schwierigkeiten bereitet als dir. Laß uns hinaus!“ forderte Firgolt mit krächzender Stimme. „Was hast du davon, wenn wir hier vor Hitze sterben? Entweder erliegen wir Verbrennungen, oder die Luft wird so glühend, daß wir nicht mehr atmen können.“

„Es ist sinnlos, wenn ihr hinausgeht“, antwortete das Wesen.

Ein fürchterlicher Verdacht regte sich in Firgolt. Doch gleichzeitig sträubte sich alles in ihm, diese Vermutung zu akzeptieren.

„Warum sollte es sinnlos sein?“ fragte er den Schreckwurm.

„Weil sich dieser Vorgang über das gesamte Schiff erstreckt“, kam die Antwort. „Wir werden bald noch höhere Temperaturen erleben. Die Wände, die Decken, alles wird angeheizt.“

Firgolt taumelte zurück. Er hatte keinen Grund, die Erklärung des Riesen nicht zu glauben.

Sein Blick fiel auf Warren. Das Gesicht des Bewußtlosen glänzte vor Schweiß. Unwillkürlich beneidete er den Jungen. Wenn sie starben, würde er nur von der Bewußtlosigkeit in den Tod gleiten. Alle Qualen, die ihnen noch bevorstanden, blieben Warren erspart.

Die Luft, die Firgolt einatmete, trocknete ihn aus. Vor seinen Augen begann es zu flimmern. Wo er auch die Füße hinsetzte, überall trafen sie auf Hitze.

Sie hatten viel gewagt – und alles verloren.

In einer Reihe von Fehlschlägen war das Versagen der Fremden am tragischsten. Es beraubte ihn seiner letzten Hoffnung. Erst jetzt erkannte er, wie intensiv er damit gerechnet hatte, daß sie es schaffen würden, dem Schiff eine andere Richtung zu geben.

Mit dem Angriff der Roboter hatte er die Verteidigungsmöglichkeiten des Schiffes für erschöpft gehalten. Einer der Fremden war halbtot, doch die anderen hätten genügt, die Steuerung zu übernehmen.

Die Sperrschaltungen jedoch hatten seine Pläne vereitelt.

Die Hitze innerhalb der Zentrale wurde zunehmend stärker. Ihm machte das wenig aus, aber die kleinen Kreaturen litten darunter. Ihr Anführer hatte behauptet, sie würden daran sterben, wenn nichts geschah.

Das störte ihn wenig. Er war damit der Aufgabe enthoben, sie zu töten, denn es hatte sich herausgestellt, daß sie ihm doch nicht helfen konnten. Die Luft war jetzt bereits so heiß, daß sie flimmerte. Drei der Fremden lehnten völlig erschöpft an der Wand, der vierte lag am Boden. Vielleicht war er bereits tot.

Ein Gefühl des Mitleids überkam ihn.

Er ertappte sich dabei, wie er nachzudenken begann, ob er sie nicht retten konnte. Langsam kroch er vom Eingang in die Mitte des Raumes. Durch das Schott kam kein kühler Luftzug, denn das gesamte Schiff wurde von der teuflischen Sperre überhitzt.

„Könnt ihr mich hören?“ sendete er einen Impuls ab.

Es dauerte diesmal länger, bis die Antwort kam.

„Wir verstehen dich. Was willst du noch? Wir werden bald tot sein.“

„Kriecht auf meinen Rücken“, forderte er sie auf. „Dort seid ihr vor der unmittelbaren Hitze geschützt.“

Noch während er dieses Angebot unterbreitete, wunderte er sich darüber. Warum half er ihnen jetzt? Um sie später selbst umzubringen? Innerlich wich er dieser Frage aus. Die Zeit würde die Antwort bringen.

„Komm zu uns herüber“, gaben die Fremden durch. „Schiebe deinen Hinterkörper vor uns, damit wir leichter an dir hinaufkommen.“

Sie griffen nach dieser kleinen Chance. Sie hofften noch immer. Bewunderung für ihren Mut kam in ihm auf.

Er spürte, daß er allmählich eine schwache Zuneigung den Fremden gegenüber hegte. Sein Kollektivwissen sagte ihm, daß es so etwas bei seiner Rasse bisher noch nicht gegeben hatte.

Wie er erwartet hatte, kümmerten sie sich zunächst um den Verletzten. Mit vereinten Kräften schoben sie ihn an ihm herauf. So gut es ging, half er ihnen dabei.

Vor dem glühenden Boden konnte er sie bewahren. Er war auch in der Lage, sie von den überhitzten Wänden fernzuhalten.

Nur eines konnte er nicht: Sie an einen Platz bringen, wo sie vor dem Gluthauch der Luft sicher waren.

Firgolt half Collignot und Kopenziack, den bewußtlosen Warren auf den Schreckwurm zu heben. Die Haut des Giganten fühlte sich zwar ebenfalls warm an, aber gegenüber dem Boden war sie angenehm.

Er zwang sich dazu, mit flachen Atemzügen durch die Nase zu atmen, um innere Verbrennungen zu vermeiden, wenn die Luft noch heißer werden sollte.

Sie banden Warren auf dem Rücken des Schreckwurms fest, dann kletterten sie in den Nacken des Riesen, der bereitwillig stillhielt.

Firgolts Schock ließ allmählich nach. Er begann zu überlegen, ob es keine Möglichkeiten gab, diese Hitze einzudämmen.

Er zog den Symboltransformer an die Brust.

„Wo hat die Glut ihren Ursprung?“ fragte er den Schreckwurm. „Sie scheint ihr Zentrum nicht in der Zentrale zu haben.“

„Was hast du vor, Fremder?“ kam die Gegenfrage.

„Wir müssen den Herd des Brandes finden. Vielleicht läßt sich etwas dagegen unternehmen“, beeilte sich Firgolt zu senden.

„Wir müßten durch das Schiff“, wurde ihm geantwortet. „Und das Schiff ist eine Hölle.“

„Schlimmer als es hier ist, kann es wohl kaum mehr werden“, mischte sich Collignot ein. Sein schwarzes Haar klebte auf der Stirn. Seine Wangen waren eingefallen. Er sah aus, als habe man ihn gerade aus einem Dampfbad gezogen.

Firgolt schob einen Wasserdrops über die Lippen.

„Wir versuchen es“, sagte er zu dem Schreckwurm.

Der Koloß setzte sich in Bewegung. Sie klammerten sich an dieser metallisch harten Haut fest, die weder durch Säure noch durch Feuer zu verwunden war.

Der Schreckwurm wand sich hinaus auf den Gang, in die Hitze, die hier noch unerträglicher zu sein schien. Sie mußten Warren festhalten, da sich die Gurte lösten, mit denen sie ihn festgebunden hatten.

Firgolts Kopf dröhnte. Jede Bewegung des Giganten hämmerte gegen seine Stirn. Die Lippen waren ausgetrocknet und rissig. Er glaubte, seine geschwollene Zunge kaum noch fühlen zu können.

Wie betäubt hingen Collignot und Kopenziack auf dem Rücken ihres Trägers. Unbeschadet der abnormalen Temperaturen kroch der Schreckwurm weiter. Als fühle er die Qual seiner Reiter, beschleunigte er das Tempo.

Mit übermenschlicher Anstrengung zog Firgolt den Symboltransformer zu sich.

„Wohin bringst du uns?“ fragte er.

„Zu jener Stelle, von der ich vermute, daß sie der Ursprung der Hitze ist“, erwiderte der Schreckwurm.

Firgolt wollte ihm befehlen, anzuhalten, doch kein Wort kam über seine Lippen. Unwillkürlich paßte er seinen Körper den Bewegungen des Riesen an. Der Gang schien sich endlos auszudehnen. Alles erschien Firgolt wie ein böser Traum.

Unbewußt spürte er, daß der Schreckwurm in einen seitlichen Korridor abbog. Mit schlaffen Bewegungen zog er einen Wasserdrops hervor. Die Tablette verschaffte kaum noch Linderung.

Firgolt wußte nicht, wieviel Zeit verstrichen war, als die Vorwärtsbewegungen des Monstrums ausblieben. Der Kopf des Captains sank auf die Brust. Um ihn herum schien eine lodernde Feuerwand zu sein.

„Dort drüben befinden sich die Generatoren“, drang die Stimme aus dem Symboltransformer in sein Bewußtsein. „Vernichtet sie.“

Firgolt riß die Augen auf. Vor seinen Blicken verschwamm die Umgebung zu einer feurigen Masse. Konturenhaft sah er das geöffnete Schott eines anderen Raumes.

Mit schwerfälligen Bewegungen ließ sich Firgolt am Körper des Schreckwurms nach unten gleiten. In diesem Augenblick war sein Fühlen vollständig ausgeschaltet. Er war wie eine Mumie, die man nach Äonen wieder zum Leben erweckt hatte – zu einem gespenstischen, unwirklichen Leben.

Etwas ging neben ihm zu Boden, ein Schemen, eine schwankende Gestalt mit hohlen Augen. Es war Collignot. Der schwarzhaarige Leutnant schob sich auf Firgolt zu, wobei er sich am Körper des Schreckwurms stützen mußte.

Firgolt fühlte eine kindische Freude in sich aufsteigen, er kicherte wie ein Greis vor sich hin. Doch gleichzeitig erwachte in ihm der Zorn über seine Schwäche. Das rettete ihn vor dem Wahnsinn. Er gab sich der Wut hin, ließ den Haß in sich eindringen, bis er ganz davon erfüllt war.

„Den Strahler", krächzte er in die Richtung Collignots.

Wie im Triumph hob der Leutnant die Waffe. Sie schwankten um den Schreckwurm herum, der unbewegt jede Handlung verfolgte, als sei er nicht in der Lage, zu begreifen, was um ihn herum vorging.

Collignot taumelte gegen Firgolt, und der Aufprall ließ beinahe beide zu Boden stürzen. Doch sie torkelten weiter, bis sie durch das offene Schott getreten waren.

Da sahen sie plötzlich Kopenziack, den kleinen kahlköpfigen Kopenziack.

Er kniete direkt vor ihnen, und sein Karabiner spie Energie. Firgolt konnte nicht sehen, worauf der Leutnant feuerte, denn die Flut der Energie fand Widerstand, und irgend etwas zersprühte in einem glühenden Flammenregen. Der Captain glaubte in ein Kaleidoskop zu blicken, das ständig Muster und Farbe änderte.

Leutnant Aldo Kopenziack stand auf. Sein Gesicht war rot und aufgedunsen. Er war häßlicher denn je.

Aber er grinste.

„Ich habe sie zerschmolzen", sagte er. „Ich habe diese teuflischen Apparate zerschmolzen, die die Hitze erzeugten."

Die Bewußtlosigkeit schlug wie die Wogen eines Meeres über ihm zusammen. Sie erlöste ihn von den Qualen der Hitze. Als er wieder zu sich kam, wußte er nicht, wie lange er ohne Bewußtsein auf dem Boden gelegen hatte.

Er spürte eine angenehme Kühle, und mit ihr zusammen überkam ihn Erleichterung.

Captain Brent Firgolt öffnete die Augen.

Er war wieder im Kommandoraum des Molkexschiffs. Die Temperatur war gefallen. Kopenziack stand vor den Kontrollen, der Schreckwurm hatte seine Wachposition am Eingang bezogen.

Collignot hockte im Hintergrund bei Warren, der entweder tot oder ohnmächtig war.

Kopenziack drehte sich um und sah, daß Firgolt zu sich gekommen war.

„Hallo, Sir“, sagte er erleichtert. „Wie geht's Ihnen?“

Wie immer dachte Firgolt an das Nächstliegende.

„Wieso ist es so kühl?“ fragte er.

Kopenziack kratzte seinen kahlen Schädel.

„Kaum hatte ich die Generatoren zerstört, als eine automatische Klimaanlage zu arbeiten begann“, berichtete er. „Die Temperaturen haben fast den normalen Stand erreicht.“

Er holte Drops und Nahrungskonzentrate aus dem Gürtel und brachte sie Firgolt. Der Schreckwurm sah aufmerksam zu.

„Mir ist übel“, sagte Firgolt.

„Das geht vorüber“, beruhigte ihn Kopenziack. „Wir haben alle einen Hitzekoller. Collignot und Sie hat es etwas schlimmer erwischt.“

Firgolt wagte einen Blick in Warrens Ecke. Er brachte es nicht fertig, Kopenziack nach dem Zustand des Jungen zu fragen. Der alte Spezialist schien jedoch seine Frage erraten zu haben.

„Warren lebt noch“, sagte er. „Aber es geht ihm schlecht.“

Mit Hilfe Kopenziacks kam Firgolt auf die Beine.

„Inzwischen war ich nicht untätig“, sagte Kopenziack.

Firgolts Blick wurde hoffnungsvoll. „Haben Sie etwas herausgefunden, Leutnant?“

Kopenziack nickte bestätigend. „Das Haupttriebwerk scheint in seiner Konstruktion einem Kalup-Konverter zu gleichen. Ich nehme an, daß die Maschine auch in ähnlicher Weise funktioniert. Auf jeden Fall sind alle Einwirkungen auf n-dimensionaler Basis abgeschirmt, obwohl wir Überlicht fliegen.“

„Woher wissen Sie das?“

„Von unserem Freund dort. Er kann die Instrumente ablesen. Ich habe mir gestattet, den Symboltransformer zu benutzen, um mich mit ihm zu verständigen. Im Augenblick fliegen wir mit fünfzigfacher Lichtgeschwindigkeit.“

Firgolt versuchte, die Übelkeit, die ihn beherrschte, niederzudrükken. Eine Weile trug er einen stummen Kampf aus. „Wir befinden uns also in einer Art Linearflug?“

„Ja. Das Molkexschiff rast durch eine selbstgeschaffene Halbraumzone. Daran besteht kein Zweifel. Außerdem habe ich noch etwas erfahren. Der Schreckwurm ist nicht nur in der Lage, auf UKW-Basis zu senden, sondern er verfügt auch über einen organischen Hypersender, mit dessen Hilfe er übrigens auch die Unbekannten nach Euhja gerufen hat. Doch das war offenbar mehr eine instinktive Handlung.“

Firgolt versuchte nachzudenken. Das bereitete ihm unerwartete Schwierigkeiten. Die Glut schien seinen Schädel ausgetrocknet zu haben. Es war jedoch wichtig, daß er die Klarheit der Gedanken zurückgewann. Mehrere Male hatten sie bereits ihr Leben riskiert, trotzdem beherrschte die Robotsteuerung noch immer das Schiff.

Sie schien jeder Bemühung der Terraner zu trotzen. Auch die überragende Intelligenz des Schreckwurms half ihnen nicht weiter.

Firgolt sah ihre Lage durchaus realistisch. Er gab sich keinen Illusionen hin. Wenn nicht bald etwas geschah, was die Steuerautomatik beeinflußte, gerieten sie in die Hände der Unbekannten. Das bedeutete für sie den sicheren Tod. Dem Schreckwurm stand wahrscheinlich das gleiche Schicksal bevor, denn wie wollte er das Fehlen der Besatzung erklären und gleichzeitig seine Intelligenz verbergen?

Firgolt ahnte, daß der Schreckwurm in einer noch schwierigeren Lage war als sie. Sie hatten nur um ihr eigenes Leben zu kämpfen, aber bei dem mächtigen Wesen schien es um mehr zu gehen. Doch der Schreckwurm war nicht bereit, seine Karten aufzudecken.

Instinktiv fühlte der Spezialist aber, daß es für das Monster um viel mehr ging als um die bloße Erhaltung seines Lebens.

Wie, fragte er sich, konnten sie diese Gegebenheiten für ihre Zwecke ausnutzen? Wenn der Schreckwurm mit Hilfe seines außergewöhnlichen Gehirns Radioimpulse bis in n-dimensionale Frequenzen auffangen und senden konnte, dann war er, theoretisch gesehen, in der Lage, einen Funkspruch an die Flotte zu senden.

Es bestand jedoch wenig Hoffnung, ihn zu einem solchen Schritt zu überreden. Für das Ungeheuer konnte eine Gefangenschaft bei den Terranern unter Umständen noch schlimmer als der Tod bei den Unbekannten sein.

Denn, so überlegte Firgolt, die Unbekannten wußten nichts von seinem Verstand, konnten ihn also auch nicht verraten. Sie jedoch hatten von seiner Intelligenz erfahren und würden dieses Wissen an die Menschheit weitergeben.

Firgolts nüchterner Verstand sagte ihm jedoch, daß er jede Chance nutzen mußte.

Zunächst mußte der Schreckwurm davon überzeugt werden, daß keine Möglichkeit bestand, das Schiff aufzuhalten oder seine Flugrichtung zu ändern. Das würde den Umständen entsprechend einfach sein, denn das Monstrum hatte selbst erlebt, wie die Versuche der Terraner fehlgeschlagen waren.

Der nächste Schritt würde ein großes Maß an Klugheit und Einsicht verlangen.

Die Forderung nach einem Funkspruch mußte so verpackt werden, daß sie nicht wie eine Falle wirkte. Sie mußte als das erscheinen, was sie, in den Augen Firgolts, auch war: eine verzweifelte Bitte.

„Sir", zerriß Kopenziacks Stimme seine Gedankenkette. „Es sieht so aus, als seien wir festgefahren."

„Kommen Sie", sagte Firgolt. „Wir wollen uns mit Claude beraten."

Sie gingen in die Ecke, wo Collignot bei Warren hockte.

Der junge Mann war bei Bewußtsein. Seine Augen waren geöffnet, sie blickten ernst und hoffnungsvoll zu Firgolt empor. Es fiel dem Captain schwer, diesem Blick standzuhalten. Noch schwerer war es, tröstend zu lächeln.

„Sir", sagte Warren leise, und seine Stimme klang wie zerspringendes Glas. „Unter dem Anzug steckt etwas. Ziehen Sie es bitte hervor." Umständlich deutete Warren auf seine Brust.

Firgolt öffnete den Patentverschluß und holte ein wasserdichtes Päckchen hervor, das mit einem Gummi zusammengehalten wurde.

„Öffnen Sie es", flüsterte Warren.

Die Hände des Captains zitterten. Er zerriß den Gummi, und zwei Faltdeckel sprangen auf. Der Captain sah das Bild eines Mädchens darin.

Er betrachtete es und wußte nicht, was er tun oder sagen sollte. Im allgemeinen sah man es nicht gern, wenn USO-Spezialisten feste Bindungen eingingen.

Das Mädchen trug ein helles Kleid. Sie war braun, schlank und wirkte irgendwie hilflos. Warren stockte, dann fuhr er fort: „... daß mir etwas passiert, Captain."

Firgolt schluckte unbehaglich. Er wünschte, daß dies alles schon vorüber wäre.

„Verdammt, Warren", sagte er. Das war alles, was ihm im Augenblick einfiel.

„Die Adresse steht auf der Rückseite des Bildes", sagte Warren heftig, als wollte er die Sache schnell hinter sich bringen. „Wenn mir etwas passiert, dann könnten Sie es zurückgeben."

„Dazu wird es wohl nie kommen", sagte Firgolt rauh.

Warren schien ihn nicht gehört zu haben. „Sagen Sie ihr ..." Seine Stimme wurde dünner. „Sagen Sie ihr, daß ..." Da verlor er wieder das Bewußtsein.

Firgolt straffte sich.

„Ich halte dir die Daumen", sagte er fest. „Ich halte dir die Daumen, daß du es ihr selbst sagen kannst."

Sie berieten nur kurz. Kopenziack und Collignot erklärten sich mit Firgolts Plan einverstanden. Leutnant Warren war nicht fähig, seine Stimme abzugeben. Tiefe Bewußtlosigkeit hielt ihn umfangen.

„Es kann sein, daß wir nur Spott als Antwort auf diesen Vorschlag hören werden", bereitete Firgolt die Leutnants vor. „Diese Idee kann nichts anderes als eine Verzweiflungstat sein, der letzte Versuch, das Unheil abzuwenden."

„Ich traue Ihnen zu, daß Sie ihm die Sache einreden", sagte Kopenziack.

„Nicht ich", widersprach der Captain. „Claude Collignot, wird diese Aufgabe übernehmen. Er ist der beste Redner, seine Argumentation könnte in jedem Parlament Anerkennung finden. Wenn der Symboltransformer seine Worte nur halb so gut überträgt, wie sie in Wirklichkeit sind, dann haben wir eine Chance."

Collignot lächelte. Unbewußt tastete er über seinen Gürtel. Er suchte nach einer Zigarre.

„Wenn ich etwas zum Rauchen hätte, würde ich es bestimmt noch viel besser können", meinte er.

Kopenziack räusperte sich. Dann gab er sich einen Ruck, klappte eine Gürteltasche auf und zog eine lange schwarze Zigarre hervor. Collignot bekam große Augen. Seine Hände zitterten.

„Woher, zum Teufel, haben Sie die?“ knurrte er.

„Gestohlen“, erwiderte Kopenziack offen. „Ich habe Ihnen das Ding in der Höhle auf Euhja gestohlen, weil mir der Gestank auf die Nerven ging. Bei allen Planeten, Captain, dieser Bursche raucht die längsten, die schwärzesten und die übelriechendsten Zigarren in der ganzen Galaxis.“

„Aldo“, rief Collignot hingerissen, „Sie sind ein Engel!“

„Das kann schon sein“, meinte Kopenziack und überreichte Collignot umständlich die Zigarre.

Collignot zündete sie an, nahm einen tiefen Zug und stieß den Rauch aus.

„Sir“, sagte er, „wenn Sie es wünschen, erobere ich jetzt die Galaxis.“

„Es genügt, wenn Sie den Schreckwurm überreden, einen Funkspruch an die Flotte abzugeben“, schränkte Firgolt ein.

Er reichte den Symboltransformer zu Collignot hinüber. Der Leutnant befestigte ihn am Gürtel und nickte.

„In Ordnung, ich bin bereit.“

„Sie wissen, was Sie zu tun haben. Überzeugen Sie den Schreckwurm, daß wir unser Leben – und damit auch das seine – nur retten können, wenn wir terranische Schiffe zur Unterstützung herbeirufen.“

„Er wird einwenden, daß es für ihn gleichgültig ist, wo er stirbt: bei den Unbekannten oder bei uns.“

„Sichern Sie ihm freies Geleit zu. Versprechen Sie ihm alles, was Ihnen gerade einfällt.“

Collignot kicherte. „Mir fällt verschiedenes ein. Nur glaube ich nicht, daß das Riesenbaby damit einverstanden sein wird.“

Er stand auf, schaltete den Symboltransformer ein und machte einen Schritt auf den Schreckwurm zu.

Die Fremden hatten die Hitze überlebt, aber das war auch alles. Sie hatten anscheinend selbst erkannt, wie schwierig es war, die Robotsteuerung zu beeinflussen. Sie gaben ihre Bemühungen auf. Er hätte sie jetzt töten können, doch er wollte sein Versprechen halten. Sie würden erst sterben, wenn sich das Schiff einem Planeten der Huldvollen näherte.

Blickte er zurück, dann mußte er vor sich selbst Achtung empfinden. Er hatte einen gewaltigen Kampf ausgefochten. Nicht nur die äußerlichen Probleme hatten ihm Schwierigkeiten bereitet, auch seine geistige Qual hatte besiegt werden müssen. Die uralten Traditionen waren der Reihe nach in seinen Gedanken auferstanden, mahnend, drängend und drohend. Er hatte sie besiegt, indem er sie einfach übergangen hatte. Hätte ein anderer Schreckwurm von diesen Taten erfahren, er hätte sie für unmöglich gehalten. Von Geburt an war er ein Revolutionär gewesen.

Seine Revolte jedoch, erkannte er bitter, hatte sich nicht gelohnt. Er hatte nur verloren, nichts gewonnen. Das Transportproblem blieb ungelöst. Der Tod der Huldvollen würde gerächt werden. Das größte Geheimnis seiner Rasse, das ihrer Intelligenz, war in ernster Gefahr.

Wenn man in ferner Zukunft unter Schreckwürmern von ihm sprechen würde, dann nur mit Verachtung.

Er hatte sich zum Paria gestempelt, zum Ausgestoßenen. Aller Stolz, den er beim Gedanken an seine Taten empfand, war demgegenüber sinnlos.

Er spürte das sanfte Tasten in seinem Gehirn, das darauf hindeutete, daß die Fremden mit ihm in Verbindung traten. Er fühlte Ärger. Was wollten sie noch? Wollten sie um ihr erbärmliches Leben bitten?

„Wir wollen mit dir reden“, sendeten sie. Diesmal war es nicht der Anführer, der sich mit ihm unterhielt, sondern ein anderer.

Er gab sich keine Mühe, den in ihm aufsteigenden Zorn zu verbergen.

„Was wollt ihr?“ erkundigte er sich schroff.

„Wir wollen ein Geschäft mit dir abschließen.“

„Was ist das – ein *Geschäft*?“

„Geschäft“, sagte der Zwerg, „ist etwas, bei dem man etwas gibt und dafür etwas erhält.“

Er dachte über diese Worte nach. Was wollte der Fremde damit sagen? Wieso nannte er so etwas ein Geschäft und nicht Tausch? Sie wollen mir sicher wenig geben, dachte er, und dafür eine ganze Menge nehmen.

War das etwa ein Geschäft?

Er grübelte darüber nach.

„Ich mache keine Geschäfte“, sendete er schließlich.

„Auch nicht um dein Leben?“ wurde er gefragt.

In Erwartung des sicheren Todes wurden sie noch dreister. Wollten sie ihm etwa ein Ultimatum stellen? Er würde es am schnellsten erfahren, wenn er sie danach fragte.

„Also gut“, sagte er. „Was wollt ihr?“

Die entscheidende Frage war gefallen. Claude Collignot gab sich einen Ruck. Noch war das Monstrum voller Mißtrauen. Der Nachteil war, daß man nie genau wußte, welches Symbol das Gerät für das gesprochene Wort an den Schreckwurm sendete. Sicher gab es Symbole, für die eine andere Rasse keine Begriffe hatte. Collignot hatte sofort bemerkt, daß er mit dem Wort *Geschäft* einen Fehler begangen hatte, der nun aber schwer gutzumachen war.

„Wir sind nach langer Beratung“ – hoffentlich weiß er, was eine Beratung ist, dachte Collignot – „darüber einig geworden, daß es uns unmöglich ist, die Flugrichtung dieses Raumschiffs zu ändern. Die damit verbundene Gefahr ist zu groß.“

„Das stimmt“, gab der Schreckwurm zu. „In dieser Hinsicht sind wir verloren. Ihr habt mir die erwartete Hilfe nicht bringen können. Für mich gibt es keine Chance, etwas zu unternehmen.“

Collignot fuhr mit der Zunge über seine trockenen Lippen. „Was erwartet dich am Ziel dieses Fluges?“

„Der Tod“, erwiderte der Riese ohne Zögern.

„Uns steht nichts anderes bevor“, eröffnete Collignot. „Logisch betrachtet, wäre also *jede* andere Lösung zu begrüßen.“

„Es sei denn, sie führt ebenfalls in den Tod“, wandte der Schreckwurm ein.

„Wir kennen eine Möglichkeit, den sicheren Tod von uns allen abzuwenden“, sagte Collignot geheimnisvoll. „Weder du noch wir müßten sterben, wenn wir diesen Weg einschlagen, von dem ich rede.“

Die dunklen Augen des Giganten schienen auf den Grund seiner Seele zu blicken. Collignot fühlte sich unbehaglich.

„Wenn es diesen Weg gibt, warum benutzt ihr ihn dann nicht?"

Diese Frage hatte Collignot erwartet. Sie war logisch.

„Ohne deine Hilfe ist es uns unmöglich", sagte er fest.

Er wartete einen Augenblick, aber als der Schreckwurm nicht sendete, fuhr er hastig fort: „Du mußt die Raumschiffe unserer Rasse anrufen. Wir haben einen festen Kode, den wir benutzen, sobald wir in Not geraten sind. Unsere Geräte sind für die großen Entfernungen zu schwach, aber wir glauben, daß du es schaffen könntest. Wir werden dir die Symbole bekanntgeben, die du senden mußt."

Der Rachen des Ungeheuers öffnete sich. Collignot erwartete jede Sekunde einen tödlichen Flammenstoß.

„Du weißt, daß dieser Vorschlag für mich unannehmbar ist", sagte der Schreckwurm.

„Das glaube ich nicht", widersprach der Leutnant fest. „So, wie die Situation jetzt ist, wirst du sterben. Warum also solltest du nicht eine sich bietende Möglichkeit zur Erhaltung deines Lebens nutzen?"

„Es gibt etwas, das noch wichtiger als mein Leben ist: das Geheimnis unserer Intelligenz. Es darf auf keinen Fall in die Hände eurer Rasse geraten. Niemand darf je von unserer Fähigkeit erfahren."

Collignot wandte sich zu Firgolt um. Der Captain nickte ihm zu, was soviel bedeutete wie: „Weitermachen!"

Wie konnte er das Monstrum davon überzeugen, daß er bei den Terranern wesentlich sicherer war, wenn diese von seiner Intelligenz wußten?

Er erkannte, daß es sinnlos war, dem Schreckwurm ihr Schweigen zu versprechen. Es war auch fraglich, ob seine Mentalität überhaupt erfassen konnte, welchen Sinn ein Versprechen besaß. Collignot gestand sich ein, daß in jedem Fall die Loyalität gegenüber der eigenen Art weiter ging als jedes Versprechen.

„Ist dir dein Leben nicht so wertvoll, daß du diesen Versuch riskierst, für uns einen Peilimpuls abzustrahlen?" fragte er verzweifelt. „Du solltest auf jeden Fall die Chance nutzen."

„Das werde ich", kam die Antwort.

Beinahe ungläubig schaute Collignot auf den Riesen. Wieso kam es zu dieser plötzlichen Meinungsänderung? Der Spezialist hatte das untrügliche Gefühl, daß etwas nicht stimmte, daß er etwas übersah, was der Schreckwurm genau einkalkuliert hatte.

Aber was?

„Gebt mir den Kode“, forderte sein seltsamer Verhandlungspartner.

Verwirrt drehte sich Collignot um.

„Er will die Peilzeichen, Sir“, sagte er langsam.

Firgolt atmete auf.

„Wir haben es geschafft!“ rief er. „Ich habe nicht darauf zu hoffen gewagt. Geben Sie ihm den Kode, Claude.“

Firgolt war Menschenkenner genug, um das Zögern Collignots sofort zu bemerken. Auf irgendeine Weise fühlte sich der Leutnant nicht befriedigt über den Ausgang der Verhandlung. „Leutnant, ist etwas nicht in Ordnung?“

Collignot lächelte unbehaglich. „Ich habe dem Riesenbaby den Begriff eines Geschäftes erklärt, das war vielleicht ein Fehler.“

„Wie meinen Sie das?“ fragte Firgolt verständnislos.

„Ich habe ein ungutes Gefühl, Captain. Ich glaube, der Schreckwurm hat verstanden, daß man ein Geschäft auch auf der Basis abwickeln kann, daß einer alles, die anderen aber nichts erhalten.“

„Ich sehe keine Berechtigung für Ihr Mißtrauen“, sagte Firgolt steif.

„Woher kommt Ihr plötzlicher Pessimismus, Claude?“ mischte sich Kopenziack ein. „Wir lassen ihn die Flotte benachrichtigen, und alles ist in Ordnung.“

Mit einer knappen Handbewegung traf Firgolt die Entscheidung.

„Wir geben ihm den Kode!“ befahl er.

Der Plan des Schreckwurms war unkompliziert. Noch während er mit Collignot verhandelt hatte, war ihm die Idee gekommen.

Warum sollte er die Schiffe der Fremden nicht rufen und damit dem sicheren Tod durch die Huldvollen entgehen? Diese Kreaturen würden nie Gelegenheit haben, ihr Wissen an ihre Rasse weiterzugeben. Im selben Augenblick, da die ersten Schiffe in der Nähe des Molkexschiff auftauchten, würde er sie töten. Sobald die Fremden an Bord kamen, würden sie nur vier Leichen und ihn, ein wildes Tier, vorfinden. Ihre Wissenschaftler würden feststellen, daß eine außergewöhnliche Hitzewelle durch das fremde Schiff gegangen war. Sie würden den Tod ihrer Artgenossen diesem Umstand zuschreiben, wenn er, der Schreckwurm, geschickt genug vorging. Man würde ihm gegenüber keine Rachegefühle empfinden, nur den Wunsch, ihn zu untersuchen.

Wahrscheinlich wurde er auf ein anderes Schiff gebracht. Dort hatte er die Möglichkeit, die Besatzung zu zwingen, es nach seinen Wünschen zu steuern. Vielleicht ließ man ihn auch frei, wenn man feststellte, daß jede Untersuchung sinnlos war.

Immerhin boten sich so mehr Chancen als bei einer Landung auf einer Welt der Huldvollen.

Sobald er den Kode der Zwerge erhalten hatte, würde er ihnen verraten, was er vorhatte. Er wollte sie nicht bis zuletzt in trügerischer Freude leben lassen. Er mußte jedoch schweigen, bis man ihm die Peilimpulse erklärt hatte.

Er bedauerte es, daß er die Wesen töten mußte, denn er hatte Sympathie für sie gefaßt.

Gespannt beobachtete er, wie sie miteinander berieten. Offensichtlich fiel es ihnen nicht leicht, ihm das Notsignal zu übermitteln. Vielleicht hatten sie sogar Verdacht geschöpft.

Er zwang sich zur Ruhe.

Nach einer Weile übernahm der Anführer der Fremden wieder das Gerät, mit dessen Hilfe sie sich mit ihm verständigten.

„Du erhältst jetzt von uns den Kode, mit dem du unsere Schiffe alarmieren kannst“, empfing der Schreckwurm. „Wir danken dir für deine Hilfe. Es wird alles getan werden, um auch für dich eine befriedigende Lösung zu finden.“

Natürlich, dachte der Schreckwurm spöttisch.

Er wartete, bis er die Signale erhielt. Er prägte sie sich gut ein. Für den Hyperteil seines Radiogehirns bedeutete es kein Problem, die Impulse in den Raum hinaus abzustrahlen.

„Nun?“ fragte der Wicht. „Kannst du es tun?“

Eine Zeitlang betrachtete er ihn, diesen erbärmlichen Körper, den er mit einem Prankenschlag vernichten konnte.

„Ich werde eure Schiffe herbeirufen, sobald dieses Schiff aus dem Linearraum taucht“, sagte er. „Bevor jedoch ein anderes Mitglied eurer Rasse diesen Raum betritt, werde ich euch töten.“

„Das kann er nicht tun!“ schrie Kopenziack und riß den Strahlenkarabiner von der Schulter. Bevor er jedoch einen Schuß abfeuern konnte, schlug Firgolt die Waffe zur Seite.

„Lassen Sie das, Leutnant!“ befahl er scharf. „Es ist sinnlos. Sie vergrößern nur unsere Schwierigkeiten, anstatt sie zu verringern.“

Kopenziacks Gesicht war kreideweiß.

„Er hat uns hintergangen!“ rief er schrill. „Wir haben ihm das Notsignal verraten, aber er hat uns dafür nur den Tod zu bieten.“

„Es ist unsere Schuld“, sagte Firgolt ruhig. „Wir hätten daran denken sollen.“

Von seinem Standpunkt aus handelte der Schreckwurm völlig richtig, gab Firgolt innerlich zu. Es wäre ungerecht gewesen, ihn dafür zu verdammen. Er hatte sie überlistet, aber dieser Trick war keiner Bösartigkeit oder Brutalität entsprungen. Sie selbst hatten ihn auf diese Idee gebracht.

Captain Firgolt war nicht bereit, sich von dem Koloß Minuten vor der Rettung noch töten zu lassen. Wenn es erst soweit war, daß die terranischen Schiffe auftauchten, dann mußten sie handeln.

Er betätigte den Symboltransformer.

„Wir sollten nicht warten, bis das Schiff von sich aus den Linearflug unterbricht“, sagte er. „Möglicherweise haben wir uns sonst dem Ziel soweit genähert, daß die Hilfe unserer Flotte zu spät kommt.“

„Ich kann deinen Worten entnehmen, daß ihr noch immer glaubt, euer Leben retten zu können“, bemerkte der Schreckwurm. „Doch deine Einwände sind richtig. Wir müssen den Flug des Schiffes aufhalten.“

„Wir zerstören die Kompensationskonverter“, schlug Firgolt vor. „Das wird das Schiff wieder aus dem Linearraum zurückholen. Seine Geschwindigkeit wird sich danach unterhalb der des Lichtes bewegen, und du kannst senden.“

„Dein Plan ist gefährlich, Fremder.“

Firgolt gab keine Antwort, um den Riesen aus der Reserve zu locken.

Schließlich fragte der Schreckwurm: „Wie stellst du dir eine Vernichtung der Triebwerke vor?“

„Wir haben Waffen“, erklärte Firgolt. „Du kannst ebenfalls helfen. Es genügt, wenn wir die großen Konverter beschädigen, die das Schiff im Linearflug halten." Er überlegte einen Augenblick, ehe er fortfuhr: „Es ist durchaus möglich, daß innerhalb des Schiffes danach eine Strahlung auftritt, die für uns lebensgefährlich ist."

„Warum macht ihr euch darüber Sorgen?" fragte das Ungeheuer. „Es ist schließlich gleichgültig, woran ihr sterben werdet."

Die unsinnigsten Pläne schossen durch Firgolts Kopf. Er dachte sogar daran, daß sie sich tot stellen könnten, einfach Opfer der Strahlung simulierend. Doch diese Methode war sicher zu primitiv, um den Schreckwurm zu bluffen.

Er glaubte, daß die Lösung für ihr Problem ganz einfach sei, aber so sehr er auch seine Gedanken strapazierte, er fand sie nicht. Leutnant Collignot hockte niedergeschlagen bei Warren. Anscheinend fühlte er sich für alle verantwortlich.

Firgolt mußte noch mehrere Minuten mit dem Schreckwurm verhandeln, bis sich dessen Mißtrauen gelegt hatte. Er erklärte sich bereit, zusammen mit den Terranern den Sabotageakt zu begehen.

„Es ist möglich, daß wir dabei wieder von Robotern angegriffen werden", sagte Firgolt. „Deshalb müssen wir vorsichtig sein." Er schaute zu Warren. Sie konnten den Verletzten unmöglich allein hier zurücklassen. Ein einziger Roboter war in der Lage, den Wehrlosen zu töten.

„Claude, bleiben Sie bei dem Jungen", ordnete er an.

Dann verließen Firgolt, Kopenziack und der Schreckwurm den Kommandoraum. Das Monstrum übernahm die Führung. Auf ihrem Weg stießen sie auf mehrere Leichen jener rattenähnlichen Tiere, die Firgolt angegriffen hatten.

„Die Hitze hat sie alle getötet", sagte Firgolt befriedigt. Nur mit Entsetzen dachte er an das Zusammentreffen mit diesen Biestern zurück.

Sie gingen weiter, während der Schreckwurm mühsam durch die für ihn engen Korridore kroch.

Kopenziack war schweigsam, er schien erbittert, weil er den Befehl erhalten hatte, nicht auf den Gegner zu schießen. Sie stießen nicht auf Roboter. Firgolt war dankbar dafür. Er fühlte sich völlig ausgelaugt – trotz der Tabletten, die er in regelmäßigen Abständen zu sich nahm. Er wußte, daß sein Zusammenbruch nicht weit entfernt war, aber er konnte nichts dagegen tun.

Der Schreckwurm blieb endlich stehen.

Firgolt wartete, daß eine Information aus dem Symboltransformer kam. Statt dessen begann der Gigant, Energieladungen auf das verschlossene Schott des vor ihnen liegenden Raumes abzugeben.

Firgolt nickte Kopenziack zu. „Los, Leutnant. Helfen wir ihm."

Mit den Strahlenkarabinern nahmen sie den Eingang nun ebenfalls unter Beschuß.

Sekunden später hatten sie ein Loch in das Schott gebrannt.

Firgolts rauher Triumphschrei erstarb auf seinen Lippen, als das Schott unerwartet aufglitt und Roboter herausströmten.

Er schrie dem Schreckwurm eine Warnung zu, doch dieser hatte die Gefahr bereits erkannt und schoß jetzt auf die Angreifer.

„Sie wollen die Konverter unter allen Umständen schützen!" schrie Firgolt über den Lärm hinweg Kopenziack zu.

„Hoffentlich bringen sie das Riesenbaby dabei um", wünschte Kopenziack.

Danach blieb ihm keine Zeit mehr zum Reden. Der Kampf um die Triebwerke war in vollem Gang. Der mächtige Körper des Schreckwurms verhinderte, daß die Roboter einfach über sie hinwegstürmten. Innerhalb einer Minute häuften sich vor ihm zerstörte Maschinen.

Die Temperatur im Korridor begann sofort zu steigen. Das Knistern der freiwerdenden Energie erfüllte die Umgebung. Bläuliche Flammen züngelten unter der Decke entlang. Eine fürchterliche Explosion riß das Schott aus den Angeln. Der Luftdruck warf die beiden Männer zu Boden.

Trotz heftiger Gegenwehr der Roboter kämpfte sich der tonnenschwere Koloß langsam weiter. Firgolt und Kopenziack griffen wieder in den Kampf ein. Ihre Schüsse trafen jeden Feind, dem es gelungen war, die Sperre des Riesenkörpers zu überwinden.

An mehreren Stellen des Korridors begann es zu brennen. Beißender Qualm strich über sie hinweg. Trotz der verbissenen Verteidigung der Roboter durchquerten sie schließlich den zerstörten Eingang. Firgolt sah die ausgedehnten Konverteranlagen vor sich liegen.

Überall um sie herum wimmelte es von Gegnern. Rücksichtslos begann der Captain direkt auf die Konverter zu feuern. Der atomare Strahl seiner Waffe traf auf die Verkleidung der Triebwerke, riß sie auf und bohrte sich in wichtige Teile.

Eine Horde Roboter stürzte zum Leck und begann mit hoffnungsloser Reparaturarbeit. Kopenziack nahm sie aufs Korn und erledigte einen nach dem anderen. Der große Raum schien vom Kampflärm zu vibrieren, oder war es das Schiff, das sich gegen die Zerstörung aufbäumte?

Firgolt rannte an dem Schreckwurm vorüber in den Maschinenraum. Auf der anderen Seite sah er Kopenziack. Die Triebwerke brannten an mehreren Stellen.

Da wurde Firgolt von einer Detonation, die unmittelbar neben ihm erfolgte, von den Beinen gerissen. Die Decke des Raumes wirbelte wie grauer Rauch über ihn hinweg. Ein scharfer Schmerz bohrte sich in ihn hinein, schien jedes Gefühl auszulöschen.

Er fiel sehr hart, aber bevor er bewußtlos wurde, sah er Kopenziack auf sich zukommen. Das Gesicht des Leutnants war schwarz von Rauch.

Dann wußte Firgolt nichts mehr von sich.

Er erwachte sehr langsam. Sein Kopf dröhnte. Er lag neben Warren im Kommandoraum des Molkexschiffs. Collignot stand an seiner Seite und blickte auf ihn herunter.

Firgolt hörte die Stimme des Leutnants wie durch einen Nebel.

„Das Schiff ist vor zehn Minuten aus dem Linearraum ins Einsteinuniversum zurückgefallen“, berichtete Collignot. „Es fliegt zur Zeit mit halber Lichtgeschwindigkeit und brennt an zwei Stellen. Die Strahlung ist nicht gefährlich. Der Schreckwurm hat sechsmal den Notruf abgestrahlt.“

„Wo ist Kopenziack?“ fragte Firgolt mühsam.

„An den Kontrollen“, erwiderte Collignot.

Firgolt bemühte sich, an etwas zu denken, was ihm während des Kampfes bei den Konvertern eingefallen war. Es hatte etwas mit der Absicht des Schreckwurms zu tun, sie zu töten, sobald terranische Schiffe hier aufkreuzten.

Plötzlich hellte sich sein Gesicht auf.

„Helfen Sie mir auf die Beine“, forderte er Collignot auf.

„Haben Sie gerade einen Blick ins Paradies geworfen?“ erkundigte sich Collignot mit trübem Gesicht. „Ihre Heiterkeit erstaunt mich.“

„Ich glaube jetzt, daß wir am Leben bleiben werden, Leutnant“, sagte Firgolt.

11.

Die Ergebnisse des hyperinpotronischen Rechengehirns NATHAN trafen eine halbe Stunde nach Aufnahme der letzten Notsignale an Bord der ERIC MANOLI ein.

Die Entfernung des mysteriösen Hilfesuchenden betrug im Augenblick der Errechnung rund 62 000 Lichtjahre von der Erde. Der Notruf kam aus der sogenannten Eastside der Galaxis.

Rhodan wartete, bis alle Koordinaten durchgegeben waren. Kors Dantur rutschte unruhig auf dem Sessel hin und her.

„Geht es jetzt los?“ fragte er.

Rhodan mußte ihn zunächst noch einmal enttäuschen. Er würde sich nicht Hals über Kopf in ein gefährliches Abenteuer stürzen, auch nicht mit einem Superschlachtschiff, wie es die ERIC MANOLI repräsentierte. Das Flaggschiff war nach einem alten Freund von Perry Rhodan benannt, Dr. Eric Manoli, der noch die Anfänge der terranischen Raumfahrt mitgemacht hatte, wie jenen legendären Start Major Perry Rhodans zum Mond im Jahre 1971. Inzwischen war Manoli gestorben, da er keine Zelldusche auf Wanderer mehr erhalten konnte, nachdem *ES* geflüchtet war.

Rhodan ging daran, einen kampfstarken Flottenverband für den Flug zusammenzustellen. Er entschied, daß fünftausend Schiffe die ERIC MANOLI begleiten würden.

Darunter waren tausend Fragmentschiffe der Posbis, fünfhundert Superschlachtschiffe terranischer Bauart und zweitausend Robotraumer der alten Arkonflotte unter dem Oberbefehl von Reginald Bull. Der Start sollte in sechs Stunden erfolgen.

„Du treibst diesmal großen Aufwand“, meinte Atlan, der inzwischen an Bord gekommen war, mit sanftem Spott.

12.

Collignot sehnte sich nach einer Zigarre, er wünschte, Kopenziack hätte bei seinem Diebeszug in der Höhle auf Euhja weniger Zurückhaltung geübt.

Warren stöhnte leise. Als Collignot zu ihm hinblickte, hatte der junge Spezialist die Augen geöffnet. Die meiste Zeit war er bewußtlos. Die Gesichtshaut Warrens erschien Collignot weniger fahl als sonst. Vielleicht hatte der Verletzte die Krise überwunden.

Im stillen bewunderte Collignot den Captain, der ein unwahrscheinliches Durchhaltevermögen bewies. Schließlich war Firgolt der Mann ihres kleinen Kommandos, dem man am übelsten mitgespielt hatte.

„Ist Warren wach?“ fragte Kopenziack und kam von den Kontrollen herüber.

„Es scheint ihm besser zu gehen“, antwortete Collignot.

Kopenziack untersuchte den Verwundeten und befahl ihm, sich weiterhin ruhig zu verhalten.

„Wie ist die Lage?“ erkundigte sich Warren.

„Wir warten auf das Eintreffen der Rettungsschiffe“, sagte Kopenziack.

In Warrens Gesicht zeigte sich Unglauben.

Hastig wandte sich Kopenziack ab, um Warren keine Erklärung geben zu müssen. Warren wandte sich an Collignot.

„Stimmt das?“ fragte er.

Collignot versuchte, seiner Stimme einen fröhlichen Klang zu geben. „Ja“, sagte er, „der Schreckwurm hat das Notsignal an die Flotte abgestrahlt.“

„Die Sache hat doch einen Pferdefuß“, flüsterte Warren.

Collignot war froh, daß er keine weiteren Fragen stellte.

Die Zeit verstrich, ohne daß sie viel miteinander sprachen. Jeder hing seinen eigenen Gedanken nach. Auch der Schreckwurm hielt sich zurück. Im ganzen Schiff herrschte Stille.

Captain Firgolt wußte nicht, wieviel Zeit vergangen war, als das kleine Armbandfunkgerät ansprach. Er fuhr zusammen. Die Reaktionen Collignots und Kopenziacks ließen darauf schließen, daß auch sie es bemerkt hatten. Der Schreckwurm wurde unruhig. Zwar konnte er die Sendung nicht verstehen, aber er konnte die Signale auffangen.

„Sie suchen uns!" schrie Collignot. „Schiffe des Imperiums sind in der Nähe!"

Sie begannen gemeinsam den Peilimpuls abzustrahlen, den alle Schiffbrüchigen der Flotte verwendeten. Jetzt reichten ihre kleinen Geräte aus, um Erfolg zu haben.

Sie warteten gespannt, dann klang eine leise, aber gut verständliche Stimme aus den Geräten. „Hier spricht Perry Rhodan von Bord der ERIC MANOLI. Identifizieren Sie sich."

„Hier sind Captain Brent Firgolt und die Leutnants Aldo Kopenziack, Elmer Warren, Claude Collignot an Bord eines Molkexschiffs, Sir. Haben Sie uns geortet?"

Ein schwaches Lachen kam zu ihnen durch. „Wir können Sie nicht mehr verlieren, Captain. Haben Sie Schwierigkeiten?"

„Und wie", sagte Firgolt. „An Bord befindet sich außer uns noch ein Schreckwurm. Er will uns töten, sobald der erste Terraner dieses Schiff betritt."

Die Antwort ging im Knacken des Symboltransformers unter. Mit offensichtlicher Erregung kam der Schreckwurm durch die Zentrale auf sie zugekrochen.

Firgolt hielt es für besser, den Transformer einzuschalten.

„Sind das die Schiffe eurer Rasse?" fragte der Riese.

Firgolt sah ein, daß jede Lüge sinnlos war. „Ja, sie sind gekommen, um uns zu retten."

„Ihr wißt, was ich jetzt tun muß."

Firgolt riß den Strahlenkarabiner in Anschlag. Er fühlte hilflosen Zorn in sich aufsteigen. Kopenziack und Collignot griffen ebenfalls zu den Waffen.

„Sei gewiß, daß wir kämpfen werden!" rief er dem Schreckwurm entgegen. „Doch höre zuerst, was wir dir zu sagen haben, bevor du eine Dummheit begehst."

„Kein Argument kann euch retten", erwiderte der Schreckwurm.

In Firgolts Gesicht gruben sich tiefe Linien ein. Er schien plötzlich um Jahre gealtert. Das Armbandfunkgerät arbeitete, doch er konnte im Augenblick nicht darauf achten.

„Du tötest uns nur aus einem Grund: damit wir die Intelligenz deiner Rasse nicht verraten, stimmt das?"

„Das ist richtig."

Firgolt nickte grimmig. „Dein Plan schlägt fehl. Unsere gesamte Rasse weiß bereits von deinen Verstandeskräften. Wir haben auf Euhja, der Welt, auf der du geboren wurdest, einen Bericht zurückgelassen, aus dem deine Fähigkeiten klar hervorgehen. Oder glaubst du etwa, wir hätten uns sonst in dieses Schiff gewagt?"

Der Schreckwurm krümmte sich wie unter Schmerzen. Die Terraner wichen zur Wand zurück.

„Er fällt über uns her", flüsterte Collignot entsetzt. „Wir haben etwas in ihm zerbrochen."

Firgolts Herzschlag ging schneller. Eindringlich sprach er weiter. „Wenn du uns jetzt tötest, sprichst du dein eigenes Todesurteil aus. Unsere Freunde werden genau wissen, was hier geschehen ist, wir haben sie bereits informiert, daß du uns vernichten willst. Es gibt für dich nur eine Chance: uns am Leben zu lassen, damit auch du weiterleben kannst. Sobald du uns tötest, wird dieses Schiff in einer Explosion verglühen, der auch du nicht widerstehen kannst."

Firgolt ließ den Lauf des Karabiners sinken. Er hatte alles gesagt, was den Schreckwurm umstimmen konnte. Er hatte ihm den Grund für ihren Tod genommen.

Gleichzeitig hatte er ihm einen neuen gegeben: die entsetzliche Enttäuschung, daß das älteste Geheimnis seiner Rasse verloren war.

„Jetzt wissen wir also, was mit dem Schreckwurm auf Euhja geschehen ist", sagte Atlan. „Er ist ebenfalls an Bord des Molkexschiffs. Es wundert mich, daß die vier Spezialisten noch am Leben sind."

In der Funkkabine hatten sich die Offiziere der ERIC MANOLI zusammengedrängt. Nur Oberst Kors Dantur überwachte den Flug des Schiffes vom Pilotensitz aus.

„Sie haben Schwierigkeiten", sagte Rhodan. „Sie melden sich nicht mehr, obwohl ihre Geräte offensichtlich noch arbeiten."

„Warum setzen wir nicht einfach ein Beiboot aus und sehen nach, was in dem fremden Schiff gespielt wird?“ erkundigte sich Major Runyon.

„Ich möchte das Leben der Spezialisten nicht unnötig in Gefahr bringen. Vielleicht gibt es noch andere Möglichkeiten, sie dort drüben herauszuholen.“

„Schicken wir einen Teleporter“, schlug Atlan vor.

„Zu gefährlich“, widersprach Rhodan. „Er kann nicht mit allen auf einmal zurückspringen. Die verbliebenen Agenten müßten mit Racheackten rechnen.“

Cheffunker Dandroin machte einen neuen Versuch, Firgolt zu erreichen. Diesmal hatte er Erfolg.

„Sie können jetzt an Bord kommen, Sir“, sagte Captain Firgolt. Seine Stimme klang niedergeschlagen, er schien tiefe Trauer über irgend etwas zu empfinden. Rhodan hörte diesen Unterton sofort heraus.

„Captain, ist etwas nicht in Ordnung? Werden Sie gezwungen, uns eine Falle zu stellen?“

„Es ist nichts, Sir“, erwiderte Firgolt. „Ich habe gerade eine Tradition zerstört.“

Verwirrt blickten die Offiziere auf das Funkgerät.

„Wie meinen Sie das, Firgolt?“ fragte Rhodan.

„Wir haben ein Geschäft gemacht, Sir“, sagte Firgolt. „Um unser Leben zu retten, haben wir schmutzige Ware verkauft.“

„Ich glaube, jetzt ist er übergeschnappt“, erklärte Runyon.

Rhodan schüttelte den Kopf.

„Nein“, sagte er. „Sicher ist er nur müde.“

Sie versprachen Firgolt, daß ein Kommando in kürzester Frist eintreffen würde.

„Wir erwarten Sie, Sir“, beendete Firgolt das Gespräch.

In seiner ersten, grenzenlosen Enttäuschung hatte er die vier Fremden mit einem Feuerschlag vernichten wollen. Doch irgend etwas hatte ihn davon abgehalten, hatte ihm gesagt, daß damit nur alles schlimmer würde.

Schließlich war er der eigentliche Verräter seiner Rasse. Sein Verrat hatte bereits auf der Wasserwelt den Anfang genommen. Während er sich revolutionären Gedanken hingegeben hatte, sich als Retter und Löser des Transportproblems gesehen hatte, war bereits der Keim zum Verrat gelegt worden.

Er hatte die Huldvollen getötet und versucht, dieses Schiff zu erobern. Alles, was er in seinem Wahn angerichtet hatte, würde sich wie ein Fluch über die Rasse legen.

Gegenüber den Geschehnissen um ihn herum war er vollkommen taub. Es war ihm im Augenblick völlig gleichgültig, was mit ihm geschah. Er hoffte, daß die Fremden ihn töteten, denn er hatte nicht die Kraft dazu, sich selbst das Leben zu nehmen.

Teilnahmslos sah er zu, wie drei der Kreaturen die Zentrale verließen. Sie würden wahrscheinlich die Luftschleuse öffnen.

Er schloß die Augen, denn er wollte nicht sehen, wenn sie zusammen mit den Raumfahrern zurückkamen.

Zwölf Gestalten in Raumanzügen entstiegen dem Beiboot und schwebten auf die Luftschleuse des Molkexschiffs zu. Rhodan und Atlan bildeten die Spitze. Anscheinend war es Firgolt bereits gelungen, die Schleuse zu öffnen, denn sie konnten sofort in die Kammer einsteigen.

Geduldig wartete Rhodan, bis sich die äußere Wand schloß. Dann wurde der Weg nach innen frei.

Der große hagere Mann, der abwartend vor ihm stand, mußte Captain Firgolt sein. Seine Kleidung war zerrissen und wies Brandflecken auf. Hinter ihm standen zwei kleinere Männer in stark beschädigten Unterwasseranzügen.

„Willkommen, Sir", sagte Firgolt ruhig.

Rhodan öffnete den Schutzhelm und sah sich um.

„Waren Sie nicht zu viert, Captain?"

„Leutnant Warren ist verletzt, Sir. Er liegt in der Zentrale. Dort ist auch der Schreckwurm. Dies sind die Leutnants Collignot und Kopenziack."

Sie schüttelten sich die Hände. Rhodan konnte die Erleichterung dieser Männer deutlich fühlen.

Jetzt war jedoch keine Zeit, um über unwichtige Dinge zu reden.

„Was ist mit dem Schreckwurm?" fragte er den Captain.

„Er hat aufgegeben, nachdem er erfahren hat, daß das Geheimnis seiner Intelligenz bereits verbreitet wurde. Um es zu wahren, hatte er uns töten wollen."

„Ist es gefährlich, ihm gegenüberzutreten?"

„Nein, Sir. Etwas zeichnet ihn aus, seine Ehrlichkeit. Wenn er Gewaltlosigkeit zusichert, kann man sich darauf verlassen."

Sie warteten, bis alle Männer aus der Schleuse gekommen waren. Mit Ungeduld erwartete Rhodan seine erste Begegnung mit einem Schreckwurm, der offen seine Intelligenz zeigen würde.

„Leutnant Collignot hat ihm inzwischen einen Namen gegeben", berichtete Firgolt. „Wir nennen ihn Peterle."

Rhodan grinste. Collignot lächelte unglücklich.

„Etwas anderes fiel mir nicht ein, Sir", sagte er entschuldigend.

Sie setzten sich in Bewegung.

„Das Schiff brennt an zwei Stellen, Sir", berichtete Firgolt weiter. „Wir haben die Kompensationskonverter zerstört." Firgolt gab einen kurzen Bericht über die Ereignisse.

Die Unbekannten, die der Schreckwurm als „die Huldvollen" bezeichnete, verfügten also über eine Art Lineartriebwerk. Durch den Molkexüberzug besaßen ihre Schiffe noch zusätzlich eine erstaunliche Verteidigungsmöglichkeit.

Während sie sich dem Kommandoraum näherten, erfuhren Rhodan und seine Begleiter von den Robotern, die mit aller Macht versucht hatten, das Schiff zu retten.

„Ohne den Schreckwurm wären wir verloren gewesen", gab Firgolt zu.

Als sie die Zentrale betraten, hatte Warren es fertiggebracht, sich etwas aufzurichten. Er grinste ihnen mit schmerzverzerrtem Gesicht entgegen. Rhodan und Atlan begrüßten den Verletzten.

Der Schreckwurm lag ruhig in der Ecke. Er hatte die Augen geschlossen. Man hätte meinen können, er sei tot. Fasziniert betrachteten die Männer von der ERIC MANOLI das mächtige Wesen.

Firgolt hielt Rhodan den Symboltransformer entgegen. „Sie können sich mit ihm unterhalten, Sir. Er ist jetzt niedergeschlagen, aber vielleicht können Sie ihm etwas Mut zusprechen."

Rhodan sah den Captain ernst an. „Bei allen Planeten, Firgolt. Man könnte annehmen, Sie mögen ihn."

„Wenn Sie es schon sagen, Sir", bestätigte Firgolt leise.

„Natürlich mögen wir ihn", mischte sich Collignot ein. „Wir hatten lange genug mit ihm zu tun, um ihn zu verstehen. An seine Häßlichkeit gewöhnt man sich schnell. Gewiß, er hat einige Eigenarten, die wir niemals verstehen werden, aber wie ich es sehe, kann man mit ihm auskommen, Sir." Collignot fuhr über sein Gesicht. Ohne es zu wollen, hatte er sich ereifert. „Hat jemand vielleicht zufällig eine Zigarre bei sich?" wandte er sich an Rhodans Begleiter.

Die Männer lachten, aber niemand konnte dem Leutnant helfen.

Rhodan beobachtete den Schreckwurm. Es war schwer vorstellbar, daß in diesem monströsen Körper eine derartige Intelligenz schlummern sollte. Wie schon so oft, hatten sie sich durch das Äußere täuschen lassen.

„Da haben wir einen neuen Passagier für die ERIC MANOLI", sagte er leise zu Atlan.

„Wollen wir ihn hinüberschaffen?" fragte Atlan.

Rhodan nickte entschlossen. „Ich werde mich mit ihm in Verbindung setzen. Er scheint noch schockiert zu sein, aber ich glaube, daß wir ihn überzeugen können, sich uns freiwillig anzuschließen."

Sie kümmerten sich um den verletzten Warren.

„An Bord des Flaggschiffs wird man Ihnen sofort helfen, Leutnant", versprach Rhodan dem jungen Agenten. Firgolt, der hinter dem Großadministrator stand, schob Warren wortlos ein kleines Bild zu.

„Sie alle bedürfen dringend der Ruhe und ärztlicher Behandlung", sagte Atlan zu den USO-Spezialisten. „Wir wissen, was Sie geleistet haben. Man wird Sie dafür noch auszeichnen. Jetzt glaube ich aber, daß Sie sich alle nach einem ..."

„Sir!" rief einer der Raumfahrer dazwischen, der das Funkgerät trug. „Dringender Anruf vom Flaggschiff. Es ist der Oberst."

Rhodan erreichte zusammen mit Atlan das Gerät.

„Was ist geschehen, Oberst?" fragte Rhodan atemlos.

Danturs Stimme war rauh, aber beherrscht.

„Chef", sagte er, „wir orten fremde Raumschiffe. Es handelt sich um Molkexschiffe. Sie sind acht Lichtwochen entfernt und scheinen aus einem nahegelegenen Sonnensystem zu kommen."

Die Männer im Hintergrund wurden unruhig.

„Wieviel sind es?“ erkundigte sich Rhodan.

Danturs Stimme wurde nervös. „Es sind so viele, daß wir sie nicht zählen können. Es ist eine ganze Flotte. Wie eine Perlenkette hängen sie im Raum.“

Rhodan richtete sich auf. Er fühlte, wie die tagelange Spannung von ihm wich. Jetzt war es soweit. Die Unbekannten waren aufgetaucht.

Mit ernstem Blick musterte er die ihn umstehenden Männer.

„Dort draußen tauchen die ersten Sendboten auf“, sagte er ruhig. In seinem hageren Gesicht zuckte kein Muskel.

Es war sehr still in der Zentrale.

Als mache ihn die Ruhe nervös, schlug der Schreckwurm die Augen auf. Er blickte genau auf Rhodan.

„Es sind die Boten eines anderen Imperiums, des zweiten Imperiums“, sagte Rhodan.

Dann bohrten sich seine Blicke in die des Schreckwurms, und so schauten sie sich an – ein Mensch und ein monströses Geschöpf.

13.

Rhodan nahm erneut Funkverbindung mit der ERIC MANOLI auf und kündigte Kors Dantur an, daß sie Peterle auf das Flaggschiff bringen würden. Dantur sollte alles vorbereiten.

Nachdem die Verbindung zur ERIC MANOLI unterbrochen war, widmete sich Rhodan wieder dem Schreckwurm, mit dem in der letzten Stunde eine erstaunliche Veränderung vor sich gegangen war. Von der anfänglichen Depression war nun nichts mehr zu bemerken. Peterle schien Vertrauen zu Rhodan gefaßt zu haben.

„Du wirst auf das große Schiff gehen, Peterle“, sagte Rhodan zu dem Schreckwurm, als die MANOLI dicht neben dem Molkexschiff stand und mit gleicher Geschwindigkeit durch den Raum fiel. „Wie lange kannst du ohne Schaden das Vakuum aushalten?“

Peterle erinnerte an einen unförmigen Walfisch, als er in der riesigen Ladeluke vor der Hauptschleuse lag.

Einige Wissenschaftler standen in Gruppen umher und warteten ungeduldig auf das Ausstiegsmanöver. Das fremde Schiff war ihnen unheimlich.

„Ich weiß es nicht genau, aber sicher lange genug, um auf das andere Schiff wechseln zu können. Meine Erinnerung . . ."

Es war überhaupt erstaunlich, daß sich Peterle an Sachen erinnerte, die er nie erlebt hatte. Es mußte ein rassisches Erinnerungsvermögen sein. Die Erfahrungen längst verstorbener Generationen teilten sich den Nachkommen mit. In Form unbewußter Erinnerungen.

Rhodan wandte sich erneut an den Schreckwurm. „Du wirst zuerst gehen, wir folgen später, wenn du drüben bist, Peterle. Warte auf mich, damit du nicht in einem Gang steckenbleibst. Es sind nur wenige Meter. Du wirst es schaffen."

Er gab den anderen in der Luke einen Wink. Sie schlossen ihre Helme. Die Hauptschleuse ließ sich öffnen, nachdem die Luft abgesaugt worden war. Vom Weltall war überhaupt nichts zu sehen, denn die mächtige Wandung der MANOLI nahm jede Sicht. Die weit geöffnete Ladeluke des terranischen Flaggschiffs war keine fünfzig Meter entfernt.

Rhodan drückte auf den Knopf seines Minikoms am Handgelenk. „Hören Sie, Dantur. Wir kommen."

Peterle war vorsichtig bis zur Öffnung vorgekrochen. Mit riesigen Augen betrachtete er sein Ziel. Dann sagte er: „Ich kann weitere Strecken überspringen, aber ich fühle kein Gewicht mehr."

„Das ist schon lange der Fall, aber erst jetzt kommt es dir richtig zu Bewußtsein. Wirst du es schaffen? Spürst du keine Beschwerden?"

„Keine richtigen. Es ist alles so merkwürdig. Mein Inneres drängt nach außen, als wolle es mich verlassen. Ich weiß nicht, wie ich es ausdrücken soll. Es ist schwer. Es geht nicht lange . . ."

„Spring!"

Der Schreckwurm krümmte sich ein wenig und stieß sich ab. Er schnellte über den bodenlosen Abgrund zwischen den beiden Schiffen und glitt in die Luke der MANOLI. Dort faßte er Fuß, kroch ein Stück hinein und drehte sich dann um. Rhodan vermeinte das Winken der beiden oberen Greifglieder zu sehen, aber er konnte sich auch getäuscht haben. Er gab Atlan und den Wissenschaftlern ein Zeichen.

Fünf Minuten später waren nur noch einige Wissenschaftler und

Techniker an Bord des havarierten Molkexschiffs. Steuerlos raste es mit halber Lichtgeschwindigkeit weiter, aber Rhodan hatte nicht die Absicht, es aufzugeben. Das Schiff gab ihm Hinweise auf die Rasse, die es gebaut hatte, und auf den Stand ihrer technischen Entwicklung. Man benötigte diese Hinweise, denn niemand war einem der sogenannten Huldvollen bisher begegnet.

Die Luke der MANOLI schloß sich, und Luft strömte in die Schleuse. Peterle schien ein wenig zu schrumpfen, als der Druck stieg. Aber sonst fühlte er sich, wie er behauptete, normal und wohl. Seine Glotzaugen gingen lebhaft hin und her, als er seine Umgebung studierte.

Das also sind die Terraner, dachte er bei sich und versuchte, seine Zweifel beiseite zu schieben. Sie haben große Schiffe, größer noch als die der Huldvollen. Sind sie aber auch stärker? Werden sie siegreich bleiben, wenn es zum Kampf kommt? Ich habe mich auf ihre Seite geschlagen, sie sind es nun, die mein Schicksal entscheiden. Ich bin ein Verräter – aber, bin ich das wirklich? Die Huldvollen haben uns ausgenutzt. Wir waren ihre Sklaven – ich weiß nicht, warum und wieso. Ich werde es eines Tages alles genau wissen. Wenn ich bis dahin noch lebe. Es hängt von den Terranern und ihren Freunden ab.

Rhodan unterbrach seinen Gedankengang. „Beschwerden, Peterle?"

„Nein, ich fühle mich wohl. Darf ich euer Schiff sehen?"

„Du mußt es sehen, denn die Huldvollen sind nicht mehr weit. Sie werden uns vielleicht angreifen, obwohl wir keinen Krieg mit ihnen wollen. Du weißt mehr von ihnen als wir. Vielleicht kannst du uns helfen." Rhodan stand dicht vor dem Schreckwurm und sah ihn an. „Wie hast du es eigentlich gemacht, im Vakuum keinen Schaden zu nehmen?"

„Ich habe meine Atmungsorgane abgeschirmt und meine Zellen und Gefäße durch organische Spannungsverhärtung unempfindlich gemacht. Es ist ganz einfach, wenn man es versteht."

Immer mehr mußte Rhodan erkennen, daß die Schreckwürmer trotz ihres fürchterlichen Aussehens zu den hervorragendsten Geschöpfen der Galaxis gehörten.

Oberst Dantur meldete, daß sich die Lage inzwischen nicht verändert hatte. Die Flotte der Huldvollen kam nicht näher und wich nicht zurück. Damit wurde aber die Entfernung trotzdem mit der Zeit geringer, denn die terranische Flotte hatte sich der Geschwindigkeit des führerlosen Molkexschiffs angepaßt. Mit halber Lichtgeschwindigkeit raste sie auf das unbekannte Sonnensystem und die wartende Riesenflotte zu. Wenn sich nichts veränderte, würde der Zusammenprall in vier Monaten erfolgen.

Während die zurückgebliebenen Wissenschaftler und Techniker auf dem Beuteschiff damit begannen, die zahlreichen Roboteinrichtungen zu zerstören, damit sie keinen Schaden mehr anrichten und sie bei der weiteren Untersuchung stören konnten, besichtigte Peterle die ERIC MANOLI.

Er verbarg seine Überraschung über die gewaltigen Ausmaße des Schlachtraumers keineswegs. Aber dann sagte er plötzlich: „Die Waffen. Ich muß die Waffen sehen."

Es war nicht immer leicht, den Schreckwurm von einem Sektor in den anderen zu bringen, denn Gänge und Lifte waren nicht für seine Größe berechnet. Es ging nur über die Lastaufzüge und Frachtkorridore. Mit einiger Mühe wurde die Feuerleitzentrale erreicht.

Rhodan und Atlan erklärten ihm alles und bewiesen damit ihr Vertrauen zu dem unbeholfenen Geschöpf, das ihr Freund zu werden begann. Es war erstaunlich, wie schnell der Schreckwurm begriff.

„Ihr habt ausgezeichnete Waffen", gab Peterle zu. „Besonders die Transformkanonen sind einmalig. Sie sind allen Waffen überlegen, von denen ich weiß. Aber auch sie nützen nichts, wenn die Panzerung des Gegners stärker ist. Welcher Art ist eure Defensivbewaffnung? Aus welchem Material bestehen eure Schiffe? Habt ihr der Schiffspanzerung der Huldvollen etwas Gleichwertiges entgegenzusetzen?"

Rhodan antwortete: „Das Material unserer Schiffe besteht aus Metallegierungen, die wir Terkonit nennen. Wir schützen uns durch starke Energieschirme."

„Das dürfte zuwenig sein", erwiderte Peterle. „Eure Waffen können gegen die Panzerung der Huldvollen nichts ausrichten. Ich weiß nicht, ob euch die Energieschirme vor den Waffen der Huldvollen wirkungsvoll schützen können."

Rhodan entsann sich der Schiffe, die sie bisher im Kampf gegen die

Huldvollen verloren hatten. Innerlich gab er Peterle recht. Sie hatten keine Chance gegen den Feind, solange nicht ein Mittel gefunden wurde, den Molkexmantel zu brechen.

Es gab im Augenblick nur ein Problem: Man mußte eine Methode finden, das Molkex zu zerstören. Aus diesem und keinem anderen Grund war es wichtig, das Beuteschiff in Sicherheit zu bringen. Der Panzer mußte in aller Ruhe untersucht werden.

Rhodan nahm Verbindung mit den Wissenschaftlern im Beuteschiff auf. „Wie weit sind Sie, Kärntner?"

Kärntner war Chefphysiker und Leiter der Gruppe.

„Die Verteidigungsroboter wurden alle unschädlich gemacht. Wir glauben nicht, einen übersehen zu haben. Die Untersuchung der übrigen Einrichtungen erbrachte noch keine Ergebnisse. Es ist alles völlig fremd und unbegreiflich. Man müßte mehr Ruhe haben . . ."

„Deshalb frage ich. Glauben Sie, daß es möglich sein wird, das Beuteschiff auf einen Flottentender zu verladen und abzutransportieren?"

„Warum sollte das nicht möglich sein? Ich wollte es schon vorschlagen."

„Ausgezeichnet. Dann bleiben Sie an Bord, bis weitere Anordnungen erfolgen. Ich schicke Ihnen einen Tender." Rhodan wandte sich an Atlan: „Würdest du das übernehmen?"

Der Arkonide nickte, lächelte Peterle ermunternd zu und verschwand in Richtung der Kommandozentrale.

Aber Rhodan war noch nicht fertig. Er ließ sich mit Reginald Bull verbinden, der an Bord eines arkonidischen Robotschiffs weilte und 2000 Roboteinheiten befehligte. „Du kümmerst dich um die Flotte, Bully. Ich werde mit der MANOLI das Manöver des Tenders beobachten und dafür sorgen, daß nichts schiefgeht. Du hältst mir den Rücken frei und bist dafür verantwortlich, daß die Huldvollen keinen Überraschungsangriff unternehmen. Bilde mit den Schiffen einen Fächer, dreifach gestaffelt. Kurs wie bisher. Wir weichen nicht aus. Es muß einmal zu einer Begegnung kommen, warum nicht heute und hier?"

„Das Jahr fängt ja gut an", entgegnete Bully und dachte daran, daß heute der 2. Januar war. Der 2. Januar des Jahres 2327. „Immer fangen bei uns die Jahre so gut an."

„Sie gehen ja auch gut aus“, schnitt Rhodan das Thema ab und wartete, bis Bully die Verbindung unterbrochen hatte. An den Schreckwurm gewandt, fuhr er fort: „Ich bringe dich zu deinem vorläufigen Quartier, Peterle. Es ist ein Frachtraum, den wir für diesen Zweck ausgeräumt haben. Ich weiß nicht, was uns bevorsteht, aber ich möchte nicht, daß du dich in Gefahr begibst. Bleibe also in deinem Raum. Wenn ich dich brauche, spreche ich zu dir. Du kannst mich auch dann hören, wenn ich nicht bei dir bin. Wir schalten den Symboltransformer mit dem Interkom zusammen.“

Major Bergier, Kommandant des Flottentenders T-35 vom Typ Wasserbüffel, erkannte auf dem Bildschirm das Gesicht Atlans. Er war nicht überrascht, denn das Gespräch war vorher angekündigt worden.

„Major, Ihre Anweisungen: Sie verfolgen das steuerlos dahintreibende Beuteschiff und versuchen, es aufzunehmen. Beschädigungen sind zu vermeiden. Die noch an Bord befindlichen Wissenschaftler werden von Ihnen übernommen. Noch Fragen?“

„Keine Fragen, Sir.“

Der Tender war eine riesige Plattform von tausend Meter Länge und sechshundert Meter Breite. Der Antrieb befand sich im Innern dieser Plattform, ebenso die gesamten Maschinenanlagen, die notwendig waren, den Tender einsatzbereit zu halten. Vorn auf der Plattform wölbte sich die halbkugelig geformte Kommandokabine, in der auch die Besatzung untergebracht war.

Das Beuteschiff besaß einen Durchmesser von 300 Meter und würde auf dem Tender leicht Platz finden. Einmal von den Traktorstrahlen und Fesselfeldern eingefangen, würde es nicht mehr entkommen können.

Bergier gab seine Kommandos.

Der Tender scherte aus dem Fächerverband der Flotte aus und erhöhte seine Geschwindigkeit, um die ERIC MANOLI und das Beuteschiff einzuholen. Er passierte den Schlachtraumer in geringer Entfernung und näherte sich langsam dem unförmigen Gebilde.

Bergier nahm Verbindung mit Kärntner auf. „Sie wissen Bescheid, Doktor? Ich soll Sie aufnehmen.“

„Wir sind Ihnen dankbar dafür, denn der Kasten wird uns langsam unheimlich. Hoffentlich funktionieren die Magnetanker bei dem verrückten Molkexzeug."

„Keine Sorge, wir haben verschiedene Methoden. Bereiten Sie sich auf einen kleinen Stoß vor."

Obwohl beide Schiffe in der Sekunde etwa hundertfünfzigtausend Kilometer zurücklegten, also mit halber Lichtgeschwindigkeit flogen, schienen sie im Raum zu stehen.

Inzwischen versuchte Rhodan, Funkverbindung zu den Huldvollen aufzunehmen. Um einen Kontakt und eine Verständigung zu gewährleisten, verwendete er primitive Morsezeichen eines mathematischen Kodes, der von jedem intelligenten Lebewesen zumindest als Verständigungsversuch gedeutet werden mußte. Außerdem bediente er sich dabei verschiedener Symbolgruppen, die von jedem positronischen oder elektronischen Gehirn entschlüsselt werden konnten. Wenn die Huldvollen überhaupt ein Interesse an einer Verständigung hatten, mußten sie darauf reagieren.

Kärntner meldete sich noch einmal.

„Vor wenigen Minuten hat sich plötzlich der Hyperfunksender des Molkexschiffs automatisch eingeschaltet und Signale abgestrahlt", meldete er aufgeregt. „Wir mußten die Anlage zerstören, um die Sendung zu unterbrechen."

Rhodan antwortete: „Verlassen Sie das Schiff, sobald der Tender Sie aufgenommen hat. Er hat Befehl, Sie zur Erde zu bringen. Setzen Sie dort Ihre Untersuchungen fort. Wir müssen wissen, was mit dem Molkex los ist. Wir müssen vor allen Dingen wissen, wie man es zerstören kann."

„Wir werden uns alle Mühe geben", versprach Kärntner und schaltete ab.

Dreitausend Schiff der Huldvollen waren es, die den fünftausend Einheiten der Imperiumsflotte gegenüberstanden. Bully hatte Rhodan gerade die letzten Ergebnisse der Ortermessungen durchgegeben und faßte noch einmal abschließend zusammen: „Dreitausend Molkexraumer, Perry. Sie haben nun ebenfalls Fahrt aufgenommen und fliegen mit halber Lichtgeschwindigkeit, beschleunigen jedoch ständig. Sie halten genau auf uns zu. Unsere Flotte ist gestaffelt und gefechtsbereit."

„Gut so. Ich warte nur auf den Versuch der Huldvollen, sich mit uns in Verbindung zu setzen. Wenn sie auch nur die Spur eines guten Willens haben, werden sie meine Funkzeichen beantworten."

„An den guten Willen glaube ich nicht", bemerkte Bully sarkastisch. „Wir haben ihnen einen Schreckwurm gestohlen, und das betrachten sie als Einmischung in ihre innersten Angelegenheiten."

„Ich fürchte, du hast den Nagel auf den Kopf getroffen. Zwei Imperien sind aufeinandergeprallt. Wie groß das der Huldvollen ist, wissen wir noch nicht, aber wir sollten es nicht unterschätzen."

„Die Flotte wartet", gab Bully lakonisch zurück.

Rhodan wartete ebenfalls.

Oberst Kors Dantur nahm den Blick von den Instrumenten. „Sir, der Tender hat das Beuteschiff erreicht. Er trifft Vorbereitungen zur Bergung."

Rhodan nickte. Er schaltete die Verbindung zu dem Schreckwurm im Laderaum durch. „Peterle, verstehst du mich?"

„Ja."

„Das Schiff, von dem wir dich holten, funkt. Was hat das zu bedeuten?"

„Ich weiß es nicht, aber es ist möglich, daß es Peilzeichen gibt."

„Wissen die Huldvollen nicht auch so, wo es ist?"

„Nicht genau, nehme ich an."

„Peterle, du hast mir noch nicht alles gesagt. Vertraust du mir nicht? Du weißt doch, wie man Molkex vernichten kann. Du mußt es wissen, denn Molkex stammt von den Hornschrecken, euren Kindern. Molkex gehört euch, ihr müßt es kennen. Ihr müßt auch wissen, wie man es durchdringbar macht. Du mußt uns helfen."

„Und du mußt mir glauben, daß ich es nicht weiß. Ich habe dir alles verraten. Manchmal gegen meine eigene Überzeugung. Aber tief in meinem Innern ist etwas, das mir dazu rät, dir zu vertrauen. Glaubst du mir?"

„Ja", sagte Rhodan ruhig.

„Gut. Ich bin auf deine Heimatwelt gespannt."

„Wir sind noch nicht dort", erinnerte ihn Rhodan und schaltete den Symboltransformer ab. „Dantur, ich möchte eine Hyperkomverbindung zu dem Leichten Kreuzer AMARILLA, Kommandant Major Prescott."

Sekunden später erschien auf dem Bildschirm das runde Gesicht eines blonden Mannes in der Uniform eines Majors der Raumflotte. Seine blauen Augen blitzten unternehmungslustig, und um seine vollen Lippen spielte ein erwartungsvolles Lächeln. „Sir?"

Rhodan kannte Prescott von früheren Einsätzen her. Der noch junge Offizier sah harmlos aus, war aber ein bekannter Draufgänger. Rhodan hatte ihn für eine ganz besondere Aufgabe auserwählt.

„Major, ich möchte, daß Sie an einem Kommandounternehmen teilnehmen. Ich schicke Ihnen die beiden Teleporter Ras Tschubai und Gucky."

„Gucky?" Prescott sagte es mit so erschrockener Stimme, daß Rhodan trotz der ernsten Situation lachen mußte.

„Haben Sie etwas gegen Gucky, Major?"

„Um Gottes willen – nein!" Prescott beeilte sich, das zu sagen, denn er wußte, daß Gucky auch Telepath und Telekinet war. Außerdem liebte es der Mausbiber, seinen Unwillen auf höchst unangenehme Weise den Betroffenen zu demonstrieren. Prescott hatte keine Lust, zum Gaudium seiner Besatzung unter den Decken der Korridore entlangzuschweben. „Wie könnte ich etwas gegen Gucky haben? Ich bin froh, ihn endlich persönlich kennenzulernen."

„Ob es ein Vergnügen wird, muß abgewartet werden. Ich werde Ras Tschubai und Gucky instruieren. Sie werden Ihnen alles Notwendige mitteilen und Ihre Wünsche weitgehend berücksichtigen. Ist das klar, Major?"

„Klar, Sir." Es kam ein wenig zögernd, und von dem Draufgänger war nicht mehr viel zu bemerken. Rhodan beschloß, Gucky ins Gewissen zu reden. Es war Voraussetzung zum Gelingen des Unternehmens, daß sich die daran Beteiligten vertrugen.

Nach der Unterredung mit Prescott verließ Rhodan die Zentrale und begab sich in die Kabine Ras Tschubais. Er war keineswegs überrascht, Gucky dort bereits vorzufinden. Der Mausbiber hockte mit gekreuzten Beinen auf dem Bett des Afrikaners und sah Rhodan mit einem verschmitzten Ausdruck entgegen. Die Ohren waren aufgestellt, und der Nagezahn blitzte.

„Ich hätte es mir denken können", sagte Rhodan und zog sich einen Stuhl heran. Als er saß, fuhr er fort: „Du hast mal wieder gelauscht. Muß ich überhaupt noch etwas sagen?"

„Reiner Zufall, Perry. Ich kam unbeabsichtigt auf deine Wellenlänge ..."

Rhodan winkte ab. Die Ausrede kannte er bereits.

„Wir müssen wissen, mit wem wir es zu tun haben. Niemand weiß, wie diese Huldvollen aussehen. Wir haben bisher keine Möglichkeit gehabt, ihnen zu begegnen. Sie beantworten keine Funksignale. Unaufhaltsam nähern wir uns ihnen. Wenn wir jetzt abdrehen und fliehen, begehen wir den größten Fehler, den wir machen können. Ich muß wissen, wie die Huldvollen aussehen und wie sie reagieren."

„Ich finde", sagte Gucky, „der Name paßt nicht zu ihnen. Bisher habe ich nicht viel Huldvolles an ihnen bemerken können."

„Der Name stammt von den Schreckwürmern. Er hat nur für sie Bedeutung." Er räusperte sich. „Ihr beide werdet an Bord der AMARILLA springen. Major Prescott ist unterrichtet. Sobald ich euch das Zeichen zum Einsatz gebe, geht ihr auf Linearfahrt und stoßt in den feindlichen Verband vor. Wir wissen, daß das Molkex für unsere Waffen undurchdringbar ist. Möglicherweise ist es auch für Teleporter nicht zu überwinden, aber ihr müßt es trotzdem versuchen. Sollte der Versuch nicht klappen, werdet ihr automatisch an euren Ausgangspunkt zurückgeworfen. Funktioniert er jedoch, können wir mit eurer Hilfe wertvolle Informationen erhalten. Was ich will ist dies: Ihr beide springt in ein beliebiges Schiff der Huldvollen und fertigt Aufnahmen an. Nur einige Szenen an verschiedenen Orten, das wird genügen. Wir müssen alles über ihre Sprache und ihr Aussehen herausfinden. Geht kein Risiko ein und springt sofort wieder auf die AMARILLA zurück, wenn Gefahr droht. Insgesamt dürft ihr euch höchstens zwei Minuten im feindlichen Flottenverband aufhalten. Alle Schutzschirme einschalten und jeder möglichen Gefechtsberührung ausweichen. Wir wollen mit den Feindseligkeiten nicht beginnen. Wenn überhaupt ein Angriff eröffnet wird, dann von den Huldvollen. Ist das klar?"

„Möchte wissen, warum du mich dabei ansiehst?" Gucky grinste und lehnte sich bequem gegen die Wand. „Filmaufnahmen also? Kameramann bin ich noch nicht gewesen. Mal eine Abwechslung."

„Aber keine angenehme", brummte Ras Tschubai, der sich bisher schweigsam verhalten hatte. „Was ist, wenn sie auf uns schießen?"

„Verschwinden, was sonst? Wozu seid ihr Teleporter?"

Man sah dem Afrikaner an, daß ihm ein anderer Auftrag zehnmal lieber gewesen wäre. So einfach in ein Schiff unbekannter Intelligenzen zu springen, war nicht jedermanns Sache.

Major Prescott scherte aus dem Flottenverband aus und näherte sich der ERIC MANOLI. Eine reguläre Übernahme der beiden Mutanten war nicht notwendig, da sie ihre eigene Art des Transports bevorzugten: die Teleportation.

Gucky und Ras Tschubai konzentrierten sich auf die Kommandozentrale der AMARILLA und entmaterialisierten. Von diesem Augenblick an widmete Rhodan seine Aufmerksamkeit mehr dem Flottentender und dem Übernahmemanöver. Er beobachtete den Vorgang auf dem Bildschirm und blieb dabei mit Bully in Funkverbindung, der die Operationen der Schlachtflotte leitete.

Zwar war Major Prescott auf das Erscheinen der Teleporter vorbereitet, aber ihm fehlte die praktische Erfahrung. Niemand hätte sagen können, Prescott wäre erschrocken, aber immerhin starrte er verwundert auf Ras Tschubai und Gucky und konnte nicht verhindern, daß sein Gesichtsausdruck alles andere als intelligent wirkte.

Ras Tschubai grüßte lässig und rückte seine Kombination zurecht. In der rechten Hand hielt er das elektronische Bild-Ton-Aufzeichnungsgerät. Es war kaum größer als eine Zigarrenkiste.

Gucky betrachtete Prescott mit der ihm eigenen Respektlosigkeit und begann belustigt zu grinsen.

„Major Preßkopp, wenn ich nicht irre?“ piepste Gucky und verrenkte sich fast den Arm, um eine Art Ehrenbezeugung zu vollführen. „Teleporter Ras Tschubai und Leutnant Gucky melden sich zur Stelle.“

Inzwischen näherte sich der Tender immer mehr dem Molkexschiff und glitt dicht darunter. Etwa zwei Kilometer dahinter stand die MANOLI.

Dr. Kärntner und seine Mitarbeiter wußten, daß der entscheidende Augenblick gekommen war. Sie hatten alle Verteidigungsroboter im Innern des Beuteschiffs zerstört, so daß von dieser Seite aus keine

Gefahr mehr drohte. Nun kam es noch darauf an, die gesamte Konstruktion so zu verankern, daß sie den Transport durch die Librationszone des Zwischenraums sicher überstand.

Major Bergier sagte über Hyperkom: „Unsere Instrumente registrieren eine ungewöhnlich hohe Strahlendosis fünfdimensionalen Ursprungs. Wissen Sie etwas darüber?“

„Es kann sich nur um Abstrahlungen der Molkexschicht handeln, Major. Glauben Sie, daß Sie Schwierigkeiten haben werden?“

„Schwer zu sagen, Doktor. Die Strahlung ist für Menschen ungefährlich, soweit sich das feststellen läßt. Aber die Maschinen, der Antrieb ... Ich habe da meine eigenen Vermutungen.“

Kaum berührte das Beuteschiff mit seiner Unterseite die Oberfläche der Plattform, als auch schon mächtige Trossen ausgefahren wurden, die es fest verankerten. Die Stahlarme legten sich um die unregelmäßige Hülle an Heck und Bug. In der Mitte blieb die Ausstiegsluke frei.

„Wir haben es“, sagte Major Bergier mit einem leichten Vibrieren in der Stimme. „Sie können an Bord von T-35 kommen.“

Kärntner gab seinen Mitarbeitern ein Zeichen. Sie hatten alle lange genug darauf gewartet. Die Raumanzüge waren geschlossen. Längst schon war im Innern des Beuteschiffs keine Atemluft mehr. Einer nach dem anderen verließen die Wissenschaftler die große Ladeluke und standen dann auf der Plattform des Tenders.

Am Bug der Plattform erhob sich der Kuppelaufbau. Dort öffnete sich in diesem Augenblick die Einstiegsluke. In Kärntners Empfänger klang Bergiers Stimme auf.

„Wir werden in wenigen Minuten Fahrt aufnehmen, Doktor. Beeilen Sie sich, damit Sie von der Plattform verschwinden.“

Die Wissenschaftler betraten den Aufbau. Hinter ihnen schloß sich die Luke, und Luft strömte in die riesige Schleusenkammer. Sie konnten ihre Helme abnehmen. Ein Offizier kam und brachte sie in die Quartiere. Kärntner wurde in die Steuerzentrale des Tenders geführt, wo er von Major Bergier begrüßt wurde.

„Freut mich, Doktor, Sie auf meinem Tender zu sehen. Nun, wie war es in dem fremden Kasten dort?“

Kärntner sah durch die ovalen Sichtluken auf die Plattform hinab, wo das Beuteschiff reglos unter der Verklammerung ruhte. Er schüttelte sich. „Ehrlich gesagt – nicht besonders angenehm. Das Schiff ist unheimlich, wenn ich mich so ausdrücken darf."

„Ich kann es mir denken. Sehen Sie sich nur die Instrumente an, Doktor. Die Strahlung ist verdammt stark."

Er schwieg plötzlich. Sein Gesicht war nachdenklich. Ohne weiter auf Kärntner zu achten, nahm er Verbindung mit Rhodan auf und meldete die Beendigung der Bergungsaktion.

Rhodan sagte: „Es ist gut, Major. Gehen Sie sofort auf Linearflug und nehmen Sie Kurs auf Terra. Das Beuteschiff muß so schnell wie möglich untersucht und das Molkex analysiert werden. Ich erwarte von Dr. Kärntner in den nächsten Tagen einen ausführlichen Bericht."

„Kurs Terra", wiederholte Bergier und wartete, bis Rhodan die Verbindung unterbrochen hatte. Dann erst gab er seine Anweisungen an die Besatzung.

Das Summen im Innern der Plattform verstärkte sich.

Die MANOLI und die Flotte blieben zurück. Der Tender erhöhte seine Geschwindigkeit und entfernte sich immer schneller von den übrigen Schiffen. In einem Bogen, der einen Radius von vielen Lichtminuten besaß, änderte sich der Kurs. Der Bug des Tenders zeigte auf die Zusammenballung der Sterne im Milchstraßenzentrum.

Kurz bevor die Lichtgeschwindigkeit erreicht wurde, setzte einer der Konverter aus. Er gab noch einige zögernde Energiestöße ab, dann geschah nichts mehr. Die Geschwindigkeit blieb konstant. Sie reichte aber nicht aus, den Tender in den Halbraum hineingleiten und Überlichtgeschwindigkeit aufnehmen zu lassen.

Major Bergier warf der unförmigen dunklen Masse auf der Plattform einen schnellen Blick zu, dann alarmierte er die Techniker. Die erste Untersuchung des Konverters brachte eindeutig das Ergebnis, daß er durch unbekannte Strahleinwirkung außer Betrieb gesetzt worden war.

„Das Molkex", murmelte Kärntner vor sich hin. „Die Ausstrahlung ist stärker, als wir angenommen haben. Ein Teufelszeug."

„Wir müssen damit fertig werden", sagte Bergier wütend. „Vielleicht kann eine Neutralisation erreicht werden, wenn wir in den Halbraum vordringen. Dort sollten die fünfdimensionalen Strahlungen unwirksam werden." Er gab erneute Anweisungen an die Antriebszentrale durch. „Wir versuchen es mit Gewalt. Müssen eben die anderen Konverter herhalten und mehr leisten."

Es stellte sich heraus, daß diese Maßnahme richtig war.

Die T-35 erreichte die Übergangsgeschwindigkeit, und der Kalup schleuderte das Schiff in den Halbraum. Der ausgefallene Konverter begann sofort wieder zu arbeiten. Die Flotte des Imperiums verschwand von den Bildschirmen.

Der Tender raste auf die weiß schimmernde Kugel der tausend Sonnen zu, die ihm die Richtung zur fernen Erde wiesen.

Fast im selben Augenblick, in dem Major Bergier die Flucht aus dem Einstein-Universum gelang, passierte das, was Rhodan schon lange erwartet und befürchtet hatte.

Auf den Wandbildschirmen der Hypertaster der vorgeschobenen Beobachtungsschiffe waren die Formationen der fremden Flotte deutlich zu erkennen. Alle trugen den unregelmäßigen Panzer aus Molkex; jedes Schiff war so gut wie unangreifbar.

Als die Flotte der Huldvollen von einer Sekunde zur anderen von den Bildschirmen verschwand, blieb nur eine Deutung. Sie hatte die Lichtgeschwindigkeit überschritten und war auf Linearflug gegangen, ohne den Kurs vorher zu ändern.

Es verging praktisch keine Zeit. In weniger als zehn Sekunden legten die Schiffe die acht Lichtwochen zurück und materialisierten mitten zwischen, vor und hinter den Einheiten des Imperiums.

Die Huldvollen machten ihrem Namen keine Ehre.

Sie griffen an.

Es war Glück für die Terraner, daß wegen der erhöhten Alarmstufe die Funkgeräte aller Einheiten auf Empfang waren. So konnten Rhodans Befehle sofort und ohne Zeitverlust gehört werden. Bully leitete die Ausweichmanöver, während Rhodan mit einem Teil der schweren Schlachtschiffe den Gegenangriff einleitete.

Major Prescott wurde von den Geschehnissen genauso überrascht wie Ras Tschubai und Gucky. Die Einzelaktion, der Vorstoß über zwei Lichtmonate hinweg, unterblieb. Ohne besondere Anweisung von Rhodan konnten die beiden Teleporter sofort ihren Auftrag durchführen.

Gucky versuchte, die Fremden telepathisch zu belauschen, aber die Eigenstrahlung des Molkex ließ ihn scheitern.

Ihnen blieb keine Zeit zum Überlegen.

Gucky deutete auf den Bildschirm. „Dort – das einzelne Schiff. Es steht abseits und verhält sich passiv. Vielleicht ein Beobachter. Das nehmen wir."

Major Prescott nickte. Jetzt, wo es darauf ankam, war er plötzlich eiskalt und entschlossen. „Ich gehe näher."

„Nicht notwendig", sagte Ras. „Die Strecke spielt keine Rolle, solange Sicht besteht. Halten Sie sich nur in der Nähe auf, damit wir zurückfinden. Alles klar, Gucky?"

Der Mausbiber nahm die Hand des Afrikaners. „Es ist besser, wenn wir zusammenbleiben. Hast du die Kamera fertig?" Gucky schloß den Helm seines Kampfanzugs.

„Nur ein Knopfdruck ..." Ras folgte seinem Beispiel.

Die beiden entmaterialisierten.

Prescott starrte noch einige Sekunden auf den leeren Platz, an dem die Teleporter gestanden hatten, dann wich er einem angreifenden Schiff der Huldvollen aus und bezog fünfzig Kilometer von dem dunklen Klumpen, auf dem Gucky und Ras Tschubai aller Voraussicht nach sein mußten, neue Stellung.

Fünfzig Kilometer. Dabei legte der ganze Verband immer noch in der Sekunde hundertfünfzigtausend Kilometer zurück, aber das konnte niemand mit bloßem Auge feststellen.

Major Prescott wartete, bis Rhodan Zeit hatte, dann berichtete er ihm, daß Gucky und Ras Tschubai teleportiert seien. Er bekam Anweisung, auf die Rückkehr zu warten, was immer auch geschähe. Er durfte das Schiff, auf dem die beiden sich befanden, nicht aus den Augen lassen.

Zu dieser Sekunde wußte noch niemand, daß die Teleporter niemals im Schiff der Huldvollen angekommen waren.

Zuerst war es wie immer.

Die Umgebung der Zentrale in der AMARILLA verschwand vor Ras Tschubais Augen. Es wurde dunkel. Jetzt mußte es gleich wieder hell werden, wenn er im Innern des Molkexschiffs rematerialisierte.

Er spürte Guckys Hand in der seinen. Er war also körperlich wieder vorhanden, er existierte wieder. Aber es blieb dunkel. Unter seinen Füßen war fester Boden. Er vibrierte. Langsam gewöhnten sich seine Augen an das Dunkel, das allmählich einer diffusen Dämmerung wich. Er konnte sehen.

Zuerst sah er Gucky.

Der Mausbiber hatte sich nicht verändert. Er stand neben ihm und schien zu lauschen. Das Vibrieren dröhnte in den Ohren. Es war, als stünden sie zwischen Hunderten mächtiger Maschinen, die alle auf Hochtouren arbeiteten.

Im Innern des Feindschiffs sah es merkwürdig aus.

Sie standen in einer kristallin geformten Zelle von wenigen Metern Durchmesser, gerade hoch genug, sie aufrecht stehen zu lassen. Ein schmaler Gang verband die Zelle mit der nächsten. In der Mitte der Zelle, genau über ihrem Kopf schwebte ein Lichtfleck. Er schien den Gesetzen der herrschenden Schwerkraft nicht unterworfen zu sein. Ohne jeden Halt blieb er immer in derselben Position. Er leuchtete mit einer Intensität, die beide Teleporter sofort die Augen schließen ließ. Gucky ließ die Blenden vor die Sichtfenster seines Helmes gleiten und betrachtete den Lichtpunkt näher.

„Komische Beleuchtung haben die hier“, sagte er schließlich, und aus unerfindlichen Gründen wunderte sich Ras darüber, seine Stimme überhaupt hören zu können. „Sieht aus wie eine kleine Sonne.“

Ras verzichtete darauf, die Blende zu benutzen. Er hätte dann außer dem Licht nichts mehr sehen können. Es genügte, wenn Gucky die Natur der Beleuchtung zu ergründen versuchte.

„Hier ist alles komisch“, sagte er. „Wo sind wir?“

„Im Schiff der Huldvollen, wo sonst?“

Gucky gab keine Antwort. Er ließ Tschubais Hand los, um sich besser bewegen zu können. Ein Gefühl sagte ihm, daß etwas schiefgegangen war, aber er hätte nicht zu sagen vermocht, was es war. Das Dröhnen um sie – auch die Huldvollen hätten das nicht lange ausgehalten, wenn sie so etwas wie Ohren und Kopf hatten.

„Die Wände sind vollkommen glatt“, sagte Tschubai düster. „Gehen wir ein Stück weiter.“

„Wir teleportieren, das ist einfacher. Halte die Kamera bereit.“

Sie gaben sich die Hand und sprangen kurz.

Als sie materialisierten, hatte sich ihre Umgebung nicht verändert. Sie mußten aber an einem anderen Ort sein, das stand fest. Um sie herum war wieder die kristalline Zelle mit dem winzigen Sonnenball in der oberen Mitte. Es war dämmrig geblieben, obwohl das Licht grell und weiß war. Es zerstreute sich kaum, sondern schien von einer unbegreiflichen Kraft gehalten zu werden – so etwa wie Materie von der Gravitation gehalten wird.

Plötzlich fiel Gucky etwas auf.

Er hatte immer noch die Blende vor der Sichtscheibe und sah direkt hinein in die gleißende Glut des winzigen Lichtes. Ein Schatten huschte darüber hinweg, blitzschnell und kaum zu bemerken. Eine Sekunde später wiederholte sich das Spiel und dann wieder. Immer und immer wieder. Alle Sekunde huschte der mikroskopisch kleine Schatten über den Lichtfleck und bildete eine winzig schmale Dunkelspur. So wie ein Mond einen Schatten auf seinen Planeten wirft, nur tausendfach schneller.

So wie ein Mond ...

Gucky wußte, daß es Unsinn war, aber der Vergleich drängte sich geradezu auf. Natürlich mußte es eine ähnliche Erscheinung wie beim Wechselstrom sein, wenn auch anderer Natur.

Er ahnte nicht, wie richtig seine phantastische Vermutung gewesen war, die er achtlos beiseite geschoben hatte. In der Tat wurde die grelle Lichtquelle von einer Art Mond umkreist. Nur hätte ein normaler Mensch die Lichtquelle Atomkern und den Mond ein Elektron genannt, wenn er beide im Protonenmikroskop gesehen hätte.

Die Molkexmasse war aus der gleichen Energieart aufgebaut, die auch von den Teleportern bei der Rematerialisation verwendet wurde. Hinzu kamen die fünfdimensionalen Ausstrahlungen. Der Effekt dieses Zusammentreffens war derart, daß Gucky und Ras Tschubai ihn vorerst nicht bemerken konnten. Die Wiederzusammensetzung nach der Teleportation stimmte, nur stimmten die Größenverhältnisse nicht mehr. Der Afrikaner war ein wenig kleiner als ein Molekül der Molkexmassen, Gucky nur halb so groß. Was beide leicht in die Hand hätten nehmen können, die Lichtkugel, war ein Atomkern. Der Kern eines Molkex-Atoms.

Die kristallin geformte Zelle, in der sie standen, war ein Molekül.

Ras Tschubai und Gucky waren im Atomverband der Molkexmasse aufgegangen. Sie waren ein Teil von ihr geworden.

Damit wurde klar, ohne daß dies schon jemandem bekannt war, daß das Molkex auch für Teleporter unüberwindbar war. Gleichzeitig erwies sich Rhodans Vermutung, daß die Teleporter an ihren Ausgangspunkt zurückgeschleudert werden würden, als schrecklicher Irrtum, denn das Molkex machte die beiden Mutanten zu Gefangenen, und nur ein Wunder würde sie retten können.

„Wir müssen weitersuchen", sagte Tschubai, der ebensowenig wie Gucky begriffen hatte, was geschehen war. „Einmal müssen wir doch auf die Huldvollen treffen. Es kann mir doch niemand erzählen, die Schiffe bestünden nur aus Wabenzellen und wären unbemannt. Man kann doch deutlich die Maschinen hören."

Es waren nicht die Maschinen, die sie hörten. Es waren die Vibrationen der Elektronen und der von den Atomen gebildeten Moleküle.

Gucky winkte ab. „Ich habe das merkwürdige Gefühl, wir sind überhaupt nicht im Schiff. Irgend etwas stimmt hier nicht. Es fiel mir gleich auf. Der Sprung ist nicht normal verlaufen."

„Unsinn." Die Stimme des Afrikaners klang wenig überzeugend. „Wir rematerialisierten, wie immer. Ich sehe keinen Unterschied."

Sie sprangen noch zweimal, immer in Richtung auf das Schiffszentrum, aber beide Male kamen sie wieder in den Waben heraus.

Die beiden Teleporter ahnten nicht, daß bei ihrer augenblicklichen Größe das ganze Universum für sie aus Waben bestand. Sie hätten sich auf einem Stecknadelkopf verlaufen können. Sie hätten Stunden benötigt, ihn zu umrunden.

Aber sie wußten es nicht. Sie hatten keine Gelegenheit, Vergleiche anzustellen. Hätten sie allerdings geahnt, daß der faustgroße Lichtball ein Atom war, wäre ein Vergleich möglich gewesen.

Sie verzichteten auf weitere Sprünge und tasteten sich vorsichtig weiter, von Zelle zu Zelle, die alle gleich aussahen. Wenn in einer der leuchtende Ball fehlte, ließ das Vibrieren ein wenig nach, und es wurde dunkler. Aber sonst zeigten sich keine Veränderungen.

„Wenn wir in fünf Minuten nichts gefunden haben, springe ich zur AMARILLA zurück", sagte Gucky, der sich bemühte, die aufkeimende Furcht niederzukämpfen.

„Bist du verrückt?“

„Wir können ja auch ein anderes Schiff der Huldvollen nehmen. Vielleicht handelt es sich bei diesem um eine Ausnahme. Der Kahn kam mir gleich so komisch vor.“

Aber Tschubai war nicht gewillt, so schnell aufzugeben. „Ich kehre erst zurück, wenn ich die gewünschten Aufnahmen gemacht habe.“

Sie suchten weiter.

Von alledem ahnte Rhodan natürlich nichts.

Die Imperiumsflotte strebte auseinander, die Verbände lösten sich auf. Jeder Kommandant wußte genau, was er zu tun hatte. Die ersten Salven der Huldvollen zeigten, daß die Schutzschirme der terranischen und arkonidischen Schiffe standhalten konnten. Ein Angriff auf die gegnerischen Einheiten war so gut wie zwecklos, höchstens die schweren Fragmenter der Posbis konnten mit einigem Erfolg rechnen. Sie hüllten sich in ihre gewaltigen Energieschirme und feuerten mit ihren Transformkanonen Salve auf Salve von Atombomben im 1000-Gigatonnen-Bereich in die Reihen der Angreifer. Doch erst nach und nach zeigte sich, welche Methode die wirksamste war.

Rhodan erkannte die Schwäche der Huldvollen. Sein Befehl ging an alle Kommandanten. „Der Molkexpanzer ist unzerstörbar, aber bei konzentriertem Beschuß können die feindlichen Schiffe aus dem Zielanflug abgedrängt werden. Ich rate in erster Linie zu Ausweichmanövern, damit die Huldvollen nicht zum Zielschuß kommen. Die BOX-Einheiten fliegen direkte Angriffe, aber nur wenige Sekunden. Eine Gefahr für unsere Schiffe besteht nicht, wenn sie einzeln angegriffen werden. Unsere Schiffe sind schneller, das bedeutet einen Vorteil für uns. Die Waffen des Gegners sind für unsere Energieschirme zu schwach. Auf der anderen Seite sind wiederum unsere Waffen zu schwach für den Molkexpanzer. Somit können wir uns gegenseitig nichts anhaben.“

Im Raum tobte eine sinnlose Schlacht. Energieblitze zuckten hin und her, suchten und fanden ihr Ziel, aber nicht ein einziges Schiff wurde zerstört. Achttausend Schlachtschiffe standen sich gegenüber, aber sie hätten sich Jahre bekämpfen können, ohne daß einer Seite der Erfolg beschieden gewesen wäre. Rhodan erkannte das und wußte, wie sinnlos jede weitere Energieverschwendung sein mußte. Er nahm Verbindung mit Major Prescott auf. „Was ist mit den Teleportern, Major?“

„Sie sind zu einem Schiff der Huldvollen gesprungen, Sir. Vor etwa zehn Minuten. Kein Lebenszeichen bisher. Ich habe das betreffende Schiff nicht aus den Augen verloren. Es hält sich abseits und greift nicht in den Kampf ein. Vielleicht eine Beobachtungsstation.“

„Verlieren Sie es nicht.“ Er zögerte. „Die Teleporter sollten sich längst zurückgemeldet haben. Ich verstehe das nicht. Geben Sie mir sofort Bescheid, wenn sie auftauchen.“

„Jawohl, Sir.“

Als Ras Tschubai und Gucky nach einer halben Stunde immer noch nicht zurück waren, wußte Rhodan, daß etwas nicht programmgemäß verlaufen war. Die Huldvollen hatten ihre sinnlosen Angriffe eingestellt und zogen sich zurück. Einige der Posbiraumer verfolgten sie und störten die Operationen. Einer, die BOX-543, raste dicht an der AMARILLA vorbei und jagte auf das Molkexschiff zu, in dem sich die beiden Teleporter aufhielten.

Major Prescotts Warnung kam zu spät. Der Fragmentraumer eröffnete aus allen Waffen das Feuer auf den Molkexpanzer.

Zuerst geschah nichts. Doch wenige Sekunden später registrierte die BOX-543 eine hyperenergetische Erschütterung, die vom Molkexschiff ausging.

Die von der BOX-543 ausgeschickte Energiemenge lud die Molkexmasse energetisch auf und versetzte sie in Vibration. Das Molkex absorbierte den größten Teil dieser Fremdenergie. Ein kleiner Teil, der nicht absorbiert werden konnte, wurde vom Molkex umgewandelt und in Form von Hyperquanten an den Hyperraum abgegeben. Zwei dieser Quanten waren Ras Tschubai und Gucky. Nur dem Umstand, daß sie im Hyperraum Fremdkörper waren, hatten sie es zu verdanken, daß sie Sekunden später in den Normalraum zurückfielen und sich mit hoher Geschwindigkeit einer nicht weit entfernten Sonne näherten. Sie versuchten sich zu orientieren. Sie befanden sich nicht mehr im Schiff der Huldvollen, das stand fest.

„Was ist geschehen? Wo sind wir?“ fragte Ras.

„Ich würde sagen, wir schweben im Raum. Aber wo ist die Flotte geblieben? Sie kann doch nicht einfach verschwunden sein.“

„Vielleicht sind nur wir verschwunden, und die Flotte ist noch da, wo sie gewesen ist."

„Unsinn." Gucky war nicht zum Scherzen aufgelegt. „Oder meinst du, es gäbe einen Teleportersprung ohne vorhergehende Entstofflichung?"

„Vielleicht", gab Ras Tschubai zurück. „Vielleicht gibt es das wirklich. Ich weiß auch nicht, was geschehen ist, jedenfalls etwas, das ganz unnormal ist. Warum sind wir nicht mehr im Schiff? Waren wir überhaupt in einem Schiff?"

Gucky und Ras Tschubai, die sich zu ihrem Glück bei den Händen hielten, rasten allein durch das Nichts.

„Ich sehe nur noch die Sterne." Guckys Stimme zitterte ein wenig. „Und da vorn ist eine Sonne. Wir fallen genau auf sie zu. Wenn ich doch nur wüßte, was mit uns passiert ist."

„Sie hat Planeten. Wenn wir nichts unternehmen, landen wir in der Sonne. Wir müssen teleportieren."

Sie warteten noch ein wenig. An dem Vorbeiziehen mehrerer großer Planeten erkannten sie, daß sie immer noch mit knapper Lichtgeschwindigkeit flogen, ohne eine Erklärung für dieses Phänomen zu finden. Über ihnen war die Zusammenballung des Milchstraßenzentrums. Die Sonne, auf die sie zufielen, stand allein. Gucky sah sich um. Genau in seinem Rücken waren drei Sterne, die eine auffällig gleichmäßige Konstellation bildeten. Sie standen in der Richtung, aus der sie gekommen waren. Das Dreieck, er und Ras und die Zielsonne bildeten eine Linie.

„Der kleinere Planet links", sagte Ras Tschubai. „Springen wir in seine Richtung. Hoffentlich neutralisieren wir damit den Fall."

Der Sprung klappte diesmal ohne Nebenerscheinungen.

Als sie wieder sehen konnten, schwebten sie unbeweglich einige tausend Kilometer über der Oberfläche des Planeten und begannen, von dessen Schwerkraft eingefangen, auf ihn hinabzufallen. Ein zweiter Sprung brachte sie auf die Oberfläche.

Es war nur gut, daß beide nicht ahnten, was wirklich geschah.

Das Meer, an dessen Ufer sie standen und das sie nicht überblicken konnten, war in Wirklichkeit eine bessere Pfütze von fünf oder sechs Metern Durchmesser. Die Wogen waren kleine Wellen, die kaum ein Blatt zum Schaukeln gebracht hätten. Die runden Steine waren Sand.

„Es ist seltsam, daß wir nichts im Empfänger hören. Man wird uns doch suchen. Das Schlimme ist, daß außer mir kein Telepath den Einsatz mitmachte, sonst hätte ich vielleicht Verbindung aufnehmen können", sagte Gucky.

„Hast du eine Vorstellung davon, wo wir sind? Ich meine, wie weit ist die Flotte entfernt? Ich habe von der AMARILLA aus die Sonne nicht gesehen."

„Lichtjahre sind es, Ras. Und so weit reichen unsere Funkgeräte nicht. Ich fürchte, wir werden einfach in Richtung der drei Sterne springen müssen, wenn wir nicht ewig hierbleiben wollen."

„Und wie lange, meinst du, reicht unsere Atemluft?"

Die Antwort war überflüssig. Sie wußten es beide. Trotz des Regenerierungskreislaufs für nicht mehr als noch dreißig Stunden, wenn das Zeitgefühl nicht trog. Denn weder Gucky noch Ras wußten, wann sie die AMARILLA verlassen hatten. Es konnte Stunden her sein, aber genausogut auch nur Minuten.

Der Gedanke an die kostbare Luft veranlaßte Ras dazu, die Instrumente für Außenmessungen in Betrieb zu nehmen. Das Ergebnis seiner Bemühungen war so erstaunlich, daß er sie wiederholte. Das Ergebnis änderte sich nicht.

„Aber – das ist doch unmöglich", sagte er schließlich zu Gucky, der sich auf einen Stein gesetzt hatte und hinab auf die bewegte Fläche des Ozeans sah. „Weißt du, daß um uns herum überhaupt keine Lufthülle ist? Die Instrumente zeigen ein Vakuum an."

„Na und?" brummte Gucky, der an ganz andere Dinge dachte. „Auf jeden Fall müssen wir uns hier umsehen."

Sie teleportierten in östlicher Richtung, immer und immer wieder, bis die Sonne endlich nach Westen zu sinken begann. Ein Tag auf dieser Welt mußte Wochen dauern. Vielleicht Monate.

Als die Sonne unterging, wurde es schnell dunkel. Die Konzentration des Milchstraßenmittelpunkts stand dicht über dem nördlichen Horizont. Das Dreieck, ziemlich isoliert, war im Zenit. Seine Form war unverkennbar, und Gucky hatte keine Zweifel, daß es die Richtung anzeigte, aus der sie gekommen waren.

„Wie weit ist es weg?" Tschubai prägte sich die Konstellation genau ein, aber das war auch alles, was er jetzt tun konnte. „Wir können doch nicht einfach ins Ungewisse hineinspringen."

„Hast du eine bessere Lösung?“

Es war eine merkwürdige Situation. Da standen die beiden nun auf einer völlig fremden Welt, deren wirkliche Ausmaße sie nicht kannten. Ihnen fehlten alle Vergleichsmöglichkeiten, und weil sie fehlten, wußten sie nicht, was geschehen war. Immer noch beurteilten sie alles, was sie sahen, nach sich selbst. Sie nahmen sich als Maßstab aller Dinge, und begingen damit den größten Fehler, den sie überhaupt begehen konnten. Sie hielten ihre Umwelt für außergewöhnlich und abseits aller Normalität, dabei waren sie es selbst, die nicht mehr in das gewohnte Bild der Schöpfung paßten.

„Nein, ich habe keine“, sagte Tschubai. „Wäre allerdings einer der anderen Planeten bewohnt, fänden wir vielleicht Hilfe. Es ist doch nicht schwer, die anderen Planeten zu erreichen.“

„Es ist schwer genug. Wir kennen sie nicht, und wir sehen sie nicht von hier aus. Erst vom Raum aus wären sie anzupeilen. Ich halte es für Zeitverschwendung. Unser Luftvorrat ist begrenzt, Ras, vergiß das nicht. Wenn wir die Flotte nicht rechtzeitig finden ...“

Gucky ließ den Rest unausgesprochen, aber Tschubai wußte auch so, was er meinte. Er wußte noch einiges mehr, zumindest vermutete er es. Ihm war einiges aufgefallen, das einer Erklärung bedurfte. Und zwar einer vernünftigen Erklärung. Aber genau das war es, was Tschubai in ihrem Fall nicht finden konnte. Alle logischen Erklärungen schienen absurd zu sein. Nur die verrückteste war wahrscheinlich.

„Wir haben keine andere Wahl“, sagte er schließlich. „Teleportieren wir in den Raum. Nicht zu weit. Nur so hoch, daß wir uns umsehen können.“

Sie nahmen sich wieder bei den Händen, um sich nicht zu verlieren. Der körperliche Kontakt garantierte einen Sprung einfacher Energiekonzentration. Trotzdem waren beide völlig erschöpft, als sie wieder sehen konnten und hoch über dem Planeten schwebten. Am westlichen Horizont ragte der obere Rand der Sonnenscheibe über die Nachtseite.

Die Erschöpfung stand in keinem Verhältnis zu der geringen Entfernung, die sie zurückgelegt hatten.

Der zweite Sprung brachte sie weiter von dem Planeten weg. Die Sonne war wieder voll sichtbar, aber die Konturen des Planeten zeichneten sich deutlich gegen den Hintergrund der Milchstraße ab.

Das Dreieck stand in entgegengesetzter Richtung. Wenn sie es anpeilten, hatten sie die Sonne im Rücken.

Die Sonne ...

Irgend etwas war mit der Sonne.

Als sie es bemerkten, war es schon zu spät. Lichtstrahlen bewegen sich mit Lichtgeschwindigkeit. Man sieht sie erst, wenn sie am Ziel ankommen. Keine Sekunde früher.

Die Sonne war schon vor Stunden zur Nova geworden, aber bis die atomaren Ausbrüche der nicht mehr kontrollierten Kettenreaktion den Planeten erreichten, schien sie den dort existierenden Lebewesen normal wie immer.

Die erste Welle der Lichtquanten erreichte Tschubai und Gucky genau in dem Augenblick, als sie sich auf eine Teleportation konzentrierten. Von einer Sekunde zur anderen wurden sie in den Hyperraum geschleudert und legten durch die Einwirkung der Hyperstrahlung der explodierenden Sonne eine weitaus größere Entfernung zurück, als sie es geplant hatten. Als sie nach einigen Lichtjahren wieder in den Normalraum zurückfielen, ging mit ihnen eine Veränderung vor.

Sie wußten es noch nicht, aber das, was unter normalen Umständen eine Katastrophe und die Vernichtung für sie bedeutet hätte, wurde ihnen jetzt zur Rettung.

Ihre Masse vergrößerte sich, und sie erhielten ihre normale Gestalt zurück.

Hinter ihnen verglühte der Planet im Lichtausbruch seiner Sonne, aber das konnten Tschubai und Gucky nicht sehen, denn das Licht hatte sie noch nicht erreicht.

14.

Rhodan stand vor einer schweren Entscheidung.

Die beiden Teleporter waren immer noch nicht auf die AMARILLA zurückgekehrt. Major Prescott berichtete von dem versehentlichen Angriff des Fragmenters auf das Molkexschiff und bestätigte, daß er keinerlei Funkbotschaften Tschubais oder Guckys aufgefangen habe. Die beiden Mutanten hatten seit dem Sprung nichts mehr von sich hören lassen.

Weiter tobte die sinnlose Raumschlacht. Bisher war auf beiden Seiten kein einziger Verlust eingetreten, was von Rhodan insgeheim als Erfolg verbucht wurde.

Aber sein Plan, Filmaufzeichnungen von den Huldvollen zu erhalten, war vorerst fehlgeschlagen. Tschubai und Gucky galten als vermißt.

Hatten die Huldvollen die Teleporter gefangennehmen können? Das schien ausgeschlossen zu sein, denn die Mutanten hätten sich jederzeit durch Teleportation in Sicherheit bringen können. Es mußte also etwas geschehen sein, womit niemand gerechnet hatte.

Über Hyperkom nahm Rhodan Verbindung zu Bully auf und schilderte ihm den Vorfall.

„Ich habe keine Erklärung. Wenn es uns gelänge, das betreffende Schiff der Huldvollen zu kapern, wären wir ein Stück weiter. Aber wie sollen wir das bewerkstelligen? Peterlc weiß auch keinen Rat."

„Vielleicht will er keinen wissen . . ."

„Nein, er spricht die Wahrheit. Er hat sich bedingungslos auf unsere Seite geschlagen. Ich will den sinnlosen Kampf beenden, aber wir können auch die Mutanten nicht im Stich lassen. Was schlägst du vor?"

Bullys Antwort konnte gar nicht anders lauten. „Du kannst mit deinen Schiffen abdrehen, ich bleibe mit der Robotflotte hier. Ich werde nicht eher das Feld räumen, bis Gucky und Ras zurück sind. Wenn wir jetzt alle verschwinden, geben wir die beiden auf."

„Es sollten einige schnelle Aufklärer zurückbleiben, das war ohnehin meine Absicht. Würdest du das übernehmen?"

„Natürlich. Die AMARILLA kannst du mir auch geben. Sie war die Absprungbasis, und es ist ziemlich sicher, daß die beiden versuchen werden, zu ihr zurückzukehren."

„Wenn ich nur wüßte, was geschehen ist."

„Wir werden es herausfinden", versprach Bully. Seine Stimme klang hart und entschlossen. Jedermann wußte, daß es keine größeren Streithähne als ihn und Gucky gab. Sie konnten beide nicht leben, ohne sich gegenseitig auf den Arm zu nehmen. Aber jedermann wußte auch, daß sich dahinter eine tiefe Freundschaft verbarg. Geriet der eine in Schwierigkeiten, half ihm der andere kompromißlos.

Außerdem war da noch Iltu, die reizende Lebensgefährtin Guckys. Bully hätte ihr nie mehr in die sanften Augen blicken können, wäre er von diesem Einsatz ohne Gucky zurückgekehrt.

Das alles wußte Rhodan auch. Seine Bitte war daher nur formell zu werten. Er brauchte seine Pläne nicht zu ändern. Zusammen mit Atlan konnte er den Schauplatz der Geschehnisse ruhig verlassen. Es blieb jemand zurück, der Gucky aus der Klemme half, wenn es überhaupt menschenmöglich war.

Perry nickte seinem alten Freund ernst zu. „Ich kann mich auf dich verlassen, Bully. Und bringe mir Gucky und Ras mit, wenn du nach Terrania kommst. Mit den dreitausend Molkexschiffen wirst du wohl allein fertig. Wir bleiben in Verbindung. Viel Glück."

Bullys Gesicht verschwand vom Bildschirm. Rhodan rief Major Prescott und teilte ihm mit, daß er sofort dem Kommando von Reginald Bull unterstünde. Der alte Befehl, das Molkexschiff nicht aus den Augen zu lassen, bleibe bestehen. Unter allen Umständen seien die beiden Teleporter zu retten.

Dann schaltete Rhodan direkt zu den übrigen dreitausend Schiffen der Flotte. Die Kommandanten sahen ihn auf ihren Bildschirmen, und sie hörten, was er ihnen zu sagen hatte. „Wir ziehen uns zurück. Kurs: der gelbe Stern. Wir werden das System mit einfacher Lichtgeschwindigkeit durchstoßen. Die MANOLI ist dazu ausersehen, alle notwendigen Messungen vorzunehmen, alle anderen Einheiten übernehmen die Funktion des Begleitschutzes. Keine Angriffe auf Feindverbände, nur Verteidigungsmaßnahmen. Die bisher gemachten Erfahrungen müssen erst ausgewertet werden. Vor allen Dingen muß darauf geachtet werden, daß einzelne unserer Schiffe nicht von mehreren Molkexraumern gleichzeitig angeflogen werden. Konzentrierter Beschuß durchschlägt unsere Energieschirme. Im umgekehrten Fall können wir nur erreichen, daß das Schiff des Gegners eine Kursänderung vornehmen muß. Der Feind ist also leicht überlegen. Der Anflug beginnt in fünf Minuten. Höchstbeschleunigung bis in Systemnähe. Simultan-Hyperverbindung bleibt bestehen, damit jederzeit neue Kommandos ergehen können. Alles klar?"

Es gab keine Fragen. Rhodans Anordnungen waren deutlich genug.

Die Flotte sammelte sich. Die zweitausend Einheiten unter Bullys Kommando scherten seitwärts aus und beschäftigten die Huldvollen, die ihre sinnlosen Angriffe fortsetzten. Ohne sich darum zu kümmern, staffelte Bully seine Schiffe so, daß sie einen Ring um die AMARILLA und das einzelne Molkexschiff bildeten, in das Gucky und Tschubai vor mehr als einer Stunde gesprungen waren. Die allgemeine Geschwindigkeit auf das System zu war abgesunken. Schließlich standen alle Einheiten relativ zur Rotation der Milchstraße stationär im Raum.

In diesem Augenblick beschleunigten die dreitausend Schiffe Rhodans, um kurz darauf im Linearraum zu verschwinden. Einige der Huldvollen nahmen die Verfolgung auf, aber sie waren nicht schnell genug. Der Rest stürzte sich mit neuer Erbitterung auf Bullys Flotte, der die Verteidigung aufnahm. Der Gegner war nun überlegen, und nur geschickte Verteilung der Kräfte konnte diese Überlegenheit wieder ausgleichen.

Major Prescott blieb in unmittelbarer Nähe des Schiffes, auf dem seiner Meinung nach die beiden Teleporter noch weilen mußten.

Weitab vom Geschehen stand eine einzelne Sonne.

Sie existierte in diesem Augenblick bereits nicht mehr, aber da ihr Licht den Schauplatz der Ereignisse erst in etwas mehr als acht Jahren erreichen und die Katastrophe enthüllen würde, interessierte das niemanden.

Rhodans Restflotte kam aus dem Halbraum in das Einsteinuniversum zurück.

Die gelbe Sonne stand dicht vor ihnen. Ihr System mußte zum Imperium der Huldvollen gehören, vielleicht war es sogar das Heimatsystem. Die starke Flottenkonzentration machte es wahrscheinlich. Aber auf der anderen Seite war das kein endgültiger Beweis.

Mit knapper Lichtgeschwindigkeit stieß Rhodan vor. Vereinzelte Molkexschiffe stellten sich zum aussichtslosen Kampf. Sie gingen kein Risiko ein, denn mit terranischen Waffen waren sie nicht zu vernichten. Umgekehrt konnten sie den Einheiten der Imperiumsflotte nichts anhaben.

Die Meßinstrumente der ERIC MANOLI begannen zu arbeiten. Techniker und Wissenschaftler arbeiteten auf Hochtouren, um alle Einzelheiten des fremden Systems aufzuzeichnen, damit sie später ausgewertet werden konnten.

Die gelbe Sonne war vom Normaltyp und hatte acht Planeten. Alles erinnerte stark an das heimatliche Solsystem, nur war dieses System mehr als zweiundsechzigtausend Lichtjahre von Sol entfernt, und gute einundfünfzigtausend von Arkon. Um sich eine Vorstellung von der astronautischen Situation machen zu können, muß man sich die Milchstraße als eine Linse von nahezu einhunderttausend Lichtjahren Durchmesser vorstellen. Die Höhenunterschiede sollen weitgehend ignoriert werden. Die Erde steht, von „oben" betrachtet, auf der Westseite in einem ausgreifenden Spiralarm. Arkon steht inmitten des Kugelsternhaufens M 13, im Halo der Milchstraße, von Sol gesehen leicht zum galaktischen Zentrum hin verschoben. Über das Zentrum hinausgehend, stößt man nach Osten vor und gelangt so in den unbekannten Teil der Milchstraße. Hier, etwa vierzigtausend Lichtjahre vom Zentrum entfernt, befand sich das fremde Sonnensystem.

Rhodan nannte es der Einfachheit halber Eastside I und die gesamte Region galaktische Eastside.

Acht Planeten, von denen mehrere unübersehbare Anzeichen einer Besiedlung zeigten. Künstliche Satelliten wurden geortet, aber die hohe Geschwindigkeit machte es unmöglich, ihren Zweck zu bestimmen. Wachstationen glitten mit den Planeten rechts und links vorbei. Rhodan sah einen befestigten Mond, der zum vierten Planeten gehörte. Was dort vor sich ging, würde erst später auf dem Zeitlupenfilm zu erkennen sein.

Dicht an der Sonne vorbei raste die Flotte durch die andere Hälfte des Systems.

Rhodan hätte eine derartige Aktion niemals wagen können, wenn die Huldvollen bessere und stärkere Waffen als die Terraner gehabt hätten. So fühlte er sich einigermaßen sicher. Außerdem erhoffte er sich von seinem Durchflug eine gewisse psychologische Wirkung. Die Huldvollen sollten wissen, daß sie von einer Zivilisation entdeckt worden waren, die ihnen nicht unterlegen war.

Als die Sonne in Heckrichtung wieder kleiner wurde, gab Rhodan den Befehl, Höchstbeschleunigung aufzunehmen.

Der Bug der ERIC MANOLI zeigte auf die bekannte Sternenballung des Milchstraßenzentrums.

Der Rückflug zur Erde begann.

Der Flug des Flottentenders T-35 verlief nicht ganz so glatt, wie man sich das erhofft hatte. Es war Major Bergiers Glück, daß er ein ganzes Team ausgezeichneter Wissenschaftler an Bord hatte, denn allein wäre er mit dem Phänomen nicht fertig geworden, ohne den Verstand zu verlieren.

Zuerst geschah nichts Auffälliges.

Der Tender glitt mit seiner Last, dem fest verankerten Beuteschiff, in den Linearraum und erhöhte laufend seine Geschwindigkeit. Längst war das System Eastside I zurückgeblieben.

Major Bergier war froh, als der Leiter der wissenschaftlichen Gruppe, Dr. Kärntner, wieder in die Kommandozentrale kam. Eigentlich war Kärntner nur gekommen, um nach dem Beuteschiff zu sehen. Er dachte an die merkwürdige Ausstrahlung der Molkexmasse und hatte sich seine Gedanken darüber gemacht. Es war ihm klargeworden, daß Molkex unter normalen Umständen auf keinen Fall derart strahlte.

Die Strahlung erfolgte demnach aus Gründen, die mit der Kaperung zusammenhängen mußten. Er mußte es herausfinden.

Das war leichter gesagt als getan, zumindest während des Linearflugs.

Einer der Offiziere in der Kommandozentrale meldete plötzlich: „Sir, die Instrumente registrieren eine langsam steigende Strahlungsintensität des Beuteschiffs. Die Maschinenzentrale meldet ein Nachlassen der Leistungen der Kalupkonverter. Die Geschwindigkeit des Tenders ist bereits abgesunken."

Bergier starrte ihn an. „Sie sagen, die Geschwindigkeit sinkt ab? Wie ist das möglich?"

„Keine Erklärung, Sir."

Bergier wandte sich an Dr. Kärntner. „Haben Sie das gehört, Doktor? Dieses verfluchte Wrack da draußen wird uns noch eine Menge Kopfzerbrechen bereiten."

„Nicht das Wrack, Major, nur die Panzerung. Können Sie nicht dafür sorgen, daß wir so schnell wie möglich zur Erde gelangen? Erst dort kann die Untersuchung anlaufen."

Der Offizier, der der die steigende Strahlungsintensität des Molkexschiffs gemeldet hatte, sprang auf und deutete auf den Hauptbildschirm.

„Sehen Sie!" rief er erregt. „So sehen Sie doch ..."

Bergier und Kärntner traten hinter ihn. Auf dem Bildschirm war das fremde Schiff zu sehen, das auf der Plattform stand.

„Mein Gott!" stöhnte Bergier. „Es sieht aus, als hätte es zu *schrumpfen* begonnen."

„Es ist das Molkex", ächzte Kärntner fassungslos. „Es zieht sich zusammen. Der Prozeß ist so stark, daß die eigentliche Schiffshülle nicht standhalten kann und zerquetscht wird."

Der unheimliche Vorgang beschleunigte sich.

Bergier gab Alarm für den Tender, obwohl er nicht wußte, was noch geschehen würde und was sie tun sollten.

Nach zwanzig Minuten war das Beuteschiff bis zu einem Durchmesser von fünfzig Meter geschrumpft.

„Achtung!" rief einer der Offiziere. „Der Tender verliert Energie. Unsere Geschwindigkeit sinkt."

Im selben Augenblick begann sich das fremde Schiff aus den zusammenbrechenden Fesselfeldern zu lösen.

Dann verschwand es einfach.

Bergier wischte sich den Schweiß von der Stirn. Er wechselte einen Blick mit Kärntner.

„Energiehaushalt des Tenders normalisiert sich wieder!" rief jemand an den Kontrollen.

„Wir sollten froh sein, daß wir das Ding los sind", seufzte Kärntner. „Auch wenn wir nie eine Erklärung für dieses Phänomen finden sollten. Vermutlich war eine automatische Sicherheitsschaltung für den Vorgang verantwortlich."

Sie beschlossen, Rhodan über Funk zu unterrichten.

Danach würden sie Kurs in Richtung Solsystem nehmen.

15.

Gucky versuchte sich zu orientieren.

„Ich kann die drei Sterne nicht wiederfinden", sagte er schließlich mutlos. „Wo ist die Konstellation geblieben? Jetzt wissen wir nicht mehr, wo wir suchen sollen. Was ist überhaupt geschehen?"

„Ein Ausbruch. Eine Nova. Die Sonne ist explodiert."

„Feine Aussichten. Da landet man friedlich auf einer fremden Welt, und dann explodiert die Sonne. Haben wir Glück gehabt, daß wir schon im Raum waren. Trotzdem wundere ich mich, was geschehen ist. Warum leben wir eigentlich noch?"

Das war eine Frage, die Tschubai vielleicht hätte beantworten können, aber er bezweifelte, daß Gucky ihn verstanden hätte. So schwieg er lieber.

Die vergangenen Stunden und die ausgeführten Sprünge hatten Tschubai und Gucky erschöpft.

Der Luftvorrat reichte nur noch für zwanzig bis dreißig Stunden.

Hilflos und einsam schwebten sie im interstellaren Raum, in einem unbekannten Teil der Milchstraße, sechzigtausend Lichtjahre von der Erde entfernt.

„Was tun wir?" fragte Gucky.

Tschubai mußte trotz der hoffnungslosen Lage lächeln. Es war selten, daß Gucky keinen Rat wußte.

„Versuche dich zu erinnern, Kleiner. Die drei Sterne – in welcher Richtung standen sie, vom Milchstraßenzentrum aus gesehen? Sie können doch nicht einfach verschwunden sein. Außerdem gibt es noch andere Sterne."

„Schon, aber sie helfen uns nicht weiter. Vielleicht ist es wirklich das beste, wir springen einfach in Richtung des Zentrums. Irgendwo finden wir schon ein Schiff, das uns aufnimmt."

„Und die Flotte? Glaubst du, daß Rhodan uns im Stich läßt? Er wird warten."

„Da hast du auch wieder recht. Aber – wo ist die Flotte?"

Darauf wußte auch Gucky keine Antwort. Sie beschlossen, ihre Armbandhyperkoms zu aktivieren. Während das Gerät Tschubais ständig sendete, war das von Gucky auf Empfang geschaltet. Es war nicht mehr als ein Versuch, denn die Chance, daß sie von einem zufällig in der Reichweite des Hyperkoms operierenden Schiff geortet wurden, war minimal. Niemand an Bord der 5000 Schiffe würde auf die Idee kommen, sie hier zu suchen. Man würde glauben, daß sich die beiden Mutanten noch immer an Bord des Molkexschiffs befanden. Alle Aufmerksamkeit würde sich daher auf dieses Schiff richten. Dennoch wollten die beiden Teleporter nicht untätig auf ihr Ende warten, sondern alles unternehmen, um ihr Leben zu erhalten. Zusätzlich beschlossen sie, in Richtung galaktisches Zentrum zu teleportieren, selbst auf die Gefahr hin, sich noch weiter von der Flotte zu entfernen. Denn wenn der Versuch mit den Notrufen nichts einbrachte, so wollten sie wenigstens versuchen, ein Planetensystem zu finden, wo sie möglicherweise landen und überleben konnten.

Weder Ras noch Gucky ahnten, daß zu dem Zeitpunkt, als sie die Notrufe auszustrahlen begannen, Reginald Bull eine großangelegte Suchaktion nach den beiden verschwundenen Teleportern startete.

16.

Reginald Bulls Stimmung unterlag starken Schwankungen.

Seit Stunden bereits wehrte er mit seinen zweitausend Schiffen die Angriffe der Huldvollen ab, die offensichtlich daran interessiert waren, die Imperiumsflotte am Weiterflug nach Eastside I zu hindern. Höchstens fünfhundert Einheiten waren Rhodans Flotte gefolgt. Der Rest beschäftigte Bully und seine zweitausend Schiffe.

Eine Space-Jet brachte Bully an Bord der AMARILLA. Major Prescott begrüßte seinen Gast in der Luftschleuse und brachte ihn zur Kommandozentrale. Eine Direktverbindung zu den anderen Schiffen sorgte dafür, daß Bully jederzeit neue Befehle an die Flotte ausgeben konnte, wenn sich das als notwendig erweisen sollte. Eine Hyperkomverbindung unterrichtete ihn davon, daß Rhodan und Atlan das System der Huldvollen durchflogen hatten und Kurs auf Terra nahmen.

Auf dem Bildschirm war ein einzelnes Schiff der Huldvollen zu erkennen. Es war stationär und beteiligte sich nicht an der Schlacht.

„Das ist es“, sagte Major Prescott und deutete zu dem unförmigen Klumpen aus Molkex. „Da drinnen müssen Tschubai und Gucky sein – wenn alles mit rechten Dingen zuging.“

Bully betrachtete das fremde Schiff. In seine Sorge um die beiden Freunde mischte sich Zorn gegen die Huldvollen.

„Haben Sie schon versucht, Kontakt aufzunehmen, Major?“

„Mit dem Molkexschiff? Nein, Sir. Dazu lag kein Befehl vor.“

Bully verzichtete darauf, dem Offizier zu erklären, daß man unter gewissen Umständen auch einmal ohne ausdrücklichen Befehl handeln mußte. Er überlegte. Irgend etwas war mit dem Schiff geschehen, das war so gut wie sicher. Ohne Grund stand es nicht vollkommen passiv im Raum. Aber wenn es nicht beschädigt war, warum handelte dann sein Kommandant so? Bully stellte Prescott eine entsprechende Frage und war erstaunt zu hören, daß das fremde Schiff schon vor dem verhängnisvollen Schuß nicht am Kampf teilgenommen hatte.

Das änderte die Sache erheblich.

Es war klar, daß dem geheimnisvollen Schiff schon vorher eine ganz bestimmte Aufgabe zugeteilt worden war. Der Schuß hatte nichts daran geändert. Und ausgerechnet auf dieses Schiff waren die beiden Teleporter gesprungen.

Bully konnte gar keinen anderen Entschluß fassen. „Suchen Sie drei Raumfahrer aus, Major. Zuverlässige Männer, die Mut haben. Ich will mit ihnen versuchen, an Bord des Molkexschiffs zu gelangen.“

„Sir, Sie wollen ...“

„Haben Sie drei entsprechende Männer, Major? Gut, ich erwarte sie in der Schleuse. Kampfanzug, Bewaffnung und einen schweren Energiestrahler. Einen Anzug für mich haben Sie ja wohl?“

Es war Bully selbst nicht klar, wie er es anstellen sollte, in das Innere eines mit Molkex gepanzerten Schiffes zu gelangen, aber er konnte auch nicht länger untätig herumhocken, während sich Gucky und Ras Tschubai in Lebensgefahr befanden und Hilfe erwarteten.

Als er den Kampfanzug angelegt hatte und in der Schleuse stand, kamen drei Männer durch die Innenluke. Einer trat vor und sagte: „Leutnant Marot, Sergeant Karowski und Sergeant Delmonte einsatzbereit, Sir.“

Delmonte trug einen schweren Strahler.

„Danke, Leutnant. Hat der Kommandant Sie davon unterrichtet, was wir planen?“

„Wir haben uns freiwillig gemeldet, Sir. Ist doch klar, daß . . .“

„Schon gut, dann wollen wir keine Zeit verlieren. Druckhelme schließen.“ Gleichzeitig schaltete Bully das Funkgerät ein und gab den Männern ein entsprechendes Zeichen. „Verständigung klar?“

Er bekam die Bestätigung.

„Major Prescott, hören Sie mich?“

„Verständigung gut, Sir“, kam die Bestätigung aus der Zentrale.

„Gut, dann öffnen Sie den Ausstieg.“

Nachdem die Luft aus der Schleuse abgesaugt war, öffnete sich die schwere Außenluke. Das Molkexschiff stand keine fünfhundert Meter entfernt im Raum. Es rührte sich nicht von der Stelle. Keine Bewegung verriet, daß Leben in ihm war.

Eine Falle, um Menschen zu fangen? Die Huldvollen interessierten sich bestimmt dafür, wer ihre Gegenspieler waren.

Bully trat hinaus ins Nichts und schaltete den Flugantrieb ein. Langsam trieb er auf das fremde Schiff zu. Seine drei Begleiter folgten ihm mit schußbereiten Waffen.

Mit einem sanften Ruck landeten sie auf der unregelmäßig geformten Hülle.

Das Schiff hatte seitlich mehrere runde Bullaugen, die Sichtluken. Sie waren durchsichtig und nicht mit Molkex überzogen. Bully setzte den Strahler an und hatte Erfolg.

Zwar riß der plötzlich einsetzende Luftstrom die Männer von der Hülle in den Raum hinaus, aber das Flugaggregat brachte sie wieder zum Schiff zurück. Im Innern des Schiffes war nun ebenfalls ein Vakuum, soweit die Schotte nicht verschlossen gewesen waren. Das hinderte Bully nicht daran, vorsichtig durch das abgeschmolzene Bullauge in den Raum zu steigen. Die Öffnung genügte, den schweren Strahler durchzulassen, der plötzlich wieder sein Gewicht hatte. Ein Gravofeld erzeugte künstliche Schwerkraft im Schiff.

Vorsichtig öffnete Bully eine Art Tor. Er tat es, indem er einfach seine Hand um einen runden Knopf legte und zu drehen versuchte. Zwar ließ sich der Knopf nicht drehen, aber die Tür öffnete sich trotzdem.

Der Gang, der nun vor Bully lag, war breit und leer. Bully sah nicht eine einzige Tür.

Als die vier Männer auf dem Gang standen, schloß sich hinter ihnen die Tür. Es geschah lautlos, denn auch auf dem Korridor war keine Luft mehr.

Gleichzeitig kam Prescotts Stimme laut und erregt aus den Helmgeräten: „Das Schiff – es nimmt Fahrt auf. Was ist geschehen?“

Das hätte Bully zwar auch gern gewußt, aber zum Nachdenken war jetzt nicht viel Zeit. Also doch eine Falle. Man hatte gewartet, bis sie an Bord gekommen waren, und nun floh das Schiff.

Er drehte sich um, um in die Kabine zurückzulaufen, aber erst jetzt sah er, daß die Tür außen keinen Drehknopf hatte. Den gab es nur innen. Es war somit unmöglich, schnell in die Kabine zurückzukehren.

„Bleiben Sie dicht hinter uns, Prescott. Lassen Sie uns auf keinen Fall aus den Augen. Es ist möglich, daß wir das Schiff schnell und ohne Vorankündigung verlassen, dann müssen Sie uns aufnehmen.“

„Ich nehme die Verfolgung auf, Sir. Das Schiff flieht in Richtung Eastside I. Die feindliche Flotte sammelt sich.“

„Sie scheinen nur darauf gewartet zu haben, daß jemand in die Falle ging“, gab Bully zurück. „Ich frage mich nur, warum sie bei Tschubai und Gucky nicht so reagiert haben. Sind die beiden vielleicht nie hier angekommen?“

Er erhielt keine Antwort auf seine Frage.

Das Schiff mußte eine Besatzung haben, sonst hätte es jetzt nicht die Flucht ergreifen können. Er und seine drei Begleiter würden die Huldvollen sehen, vielleicht als erste Menschen überhaupt. Aber es konnte auch sein, daß sie Tschubai und Gucky gefangengenommen hatten. In dem Fall mußten sie zuerst befreit werden.

„Karowski, Sie begleiten Leutnant Marot in Heckrichtung. Schießen Sie zurück, wenn Sie angegriffen werden. Wenn Gucky an Bord ist, weiß er schon von unserer Anwesenheit, da er Telepath ist. Wir treffen uns hier wieder. Sollten Sie Delmonte und mich nicht vorfinden, stoßen Sie in Richtung Zentrale vor.“

Bully half Delmonte beim Tragen des schweren Strahlers. In der linken Hand hielt er seine eigene Waffe. Der Korridor erstreckte sich gerade und ohne jede Biegung bis zum Bug vor. Jetzt waren auch rechts und links einige Türen zu sehen. Es waren weniger, als man bei der Größe des Schiffes hätte vermuten können.

Sie begegneten niemandem, und als sie dann vor der Bugtür standen, sah Bully zu seiner Erleichterung wieder einen Drehknopf. Er gab Delmonte einen Wink. Der Sergeant setzte den Strahler ab und zog seine Waffe. Bully legte die Hand auf den Knopf und wartete, bis der Mechanismus reagierte.

Dann stieß er die Tür auf und sprang vor.

Er starrte in einen halbrunden Raum voller Armaturen und Bildschirme.

Der Raum war leer. Niemand war zu sehen.

Vorsichtig trat er weiter vor. Die Bildschirme hätten sich ebenso auf einem irdischen Raumschiff befinden können. Die Armaturen allerdings wiesen einige Unterschiede auf, die auf eine fremdartige Anatomie der Erbauer hinwiesen. Bully hütete sich vor Rückschlüssen. Die Erfahrung hatte bewiesen, daß man in dieser Hinsicht nicht vorsichtig genug sein konnte.

„Das Schiff ist unbemannt", sagte er, damit Prescott und die beiden anderen ihn hören konnten. „Eine vorbereitete Falle für uns. Damit ist die Frage aber immer noch nicht beantwortet, wo die beiden Teleporter geblieben sind."

„Wir müßten das Schiff kapern", schlug Delmonte vor. Das Schwanken in seiner Stimme verriet nur zu deutlich, wie wenig er von seinem eigenen Vorschlag überzeugt war. „Unsere Techniker ..."

„Wir haben zu wenig Zeit. Leutnant Marot, haben Sie etwas finden können?"

„Nichts, Sir. Keine Spur von den Teleportern."

„Nullacht unter Lichtgeschwindigkeit, Sir", erinnerte Prescotts Stimme im Empfänger.

Bully warf noch einen Blick auf die Instrumentenreihen und Bildschirme, dann drehte er sich um und gab Delmonte das Zeichen zum Aufbruch. Sie nahmen den Strahler und gingen den Korridor zurück. Von der anderen Seite kamen ihnen Marot und Karowski entgegen. Ihre Gesichter drückten Enttäuschung aus.

Bully sah auf seine Uhr. „Wenn wir uns beeilen, schaffen wir es noch. Los, Delmonte. Wir müssen die Tür aufschweißen."

Es war eine harte Arbeit, aber schließlich gelang es. Die Kampfanzüge schützten vor der übergroßen Hitze. Einer nach dem anderen zwängten sie sich aus dem Bullauge. Draußen hatte sich scheinbar nichts geändert, aber Bull wußte, daß sie sich einer Geschwindigkeit näherten, die ihnen gefährlich werden konnte. Wenn das Molkexschiff eine bestimmte Grenze überschritt, würden sie dieses Abenteuer nicht überleben, denn die Andruckneutralisatoren ihrer Raumanzüge würden nicht mehr in der Lage sein, die ungeheure Beschleunigung, der sie ausgesetzt sein würden, sobald sie sich vom Molkexschiff abstießen, zu neutralisieren.

Vorsichtig stießen sie sich von der Molkexhülle ab und folgten dem Schiff eine Zeitlang. Die Andruckneutralisatoren arbeiteten mit Maximalwerten. Schließlich verlangsamte sich ihre Geschwindigkeit, relativ zum Molkexschiff, das noch immer beschleunigte. Die AMARILLA kam näher und paßte sich ihrer Geschwindigkeit an. Die Luke stand immer noch offen und nahm sie auf. Bully atmete auf, als die Außenluke sich schloß und Luft in die Schleusenkammer strömte. Erleichtert nahm er den Helm ab und stieg aus dem Kampfanzug.

„Ich danke Ihnen", sagte er zu den drei Männern. „Sie haben mir sehr geholfen."

„Es tut uns leid, daß wir keinen Erfolg hatten, Sir." Leutnant Marot sah zerknirscht aus, und auch Delmonte wie Karowski machten keine sehr fröhlichen Gesichter. „Wenn Sie uns wieder brauchen, wir sind jederzeit bereit."

Bully grinste flüchtig, klopfte dem Leutnant auf die Schulter und kehrte dann in die Kommandozentrale zurück. Major Prescott sah ihm ernst entgegen.

„Tut mir leid, Sir. Die Flotte der Huldvollen zieht sich zurück. Was sollen wir tun? Rhodans Anweisung lautet, ihr nicht zu folgen."

„Wir können überhaupt nichts tun. Die Teleporter sind nicht auf dem Fallenschiff. Sie müssen eine Fehlteleportation gemacht haben. Das kommt vor. Warum sind sie aber dann nicht sofort zurückgekommen? Vielleicht schweben sie irgendwo im Raum und finden nicht zurück. Die Reichweite ihrer Sendegeräte ist gering. Zwei Lichtjahre vielleicht, mehr kaum. Wir müssen sie suchen."

„Und – wo?“

Bully zuckte mit den Schultern. „In Richtung des Zentrums. Wenn Tschubai und Gucky sich verirrt haben und uns nicht mehr finden, bleibt ihnen nur eine Möglichkeit, die Orientierung zurückzuerlangen: sich in Richtung galaktisches Zentrum zu halten. Von dort aus finden sie vielleicht einen bewohnten Planeten oder einen Stützpunkt. Wir kehren also um, schwärmen aus und bilden eine Kette. Kurze Strecken Überlicht, dann wieder auf Unterlicht. Der Abstand der einzelnen Schiffe darf nicht größer als ein Lichtjahr sein. Außerdem Höhenstaffelung. Geben Sie die entsprechenden Befehle, Major. Das Unternehmen beginnt in zehn Minuten. Wir dürfen keine Zeit mehr verlieren, denn der Luftvorrat der Teleporter ist begrenzt.“

Niemand konnte Bullys Gesicht ansehen, was in ihm vorging. Er mußte jetzt damit rechnen, seinen kleinen Freund Gucky vielleicht nie mehr wiederzusehen. Wenn er mit Ras Tschubai irgendwo im Raum schwebte, fern von allen bekannten Sonnensystemen und ohne Orientierungsmöglichkeit, dann war die Aussicht auf Rettung so gut wie Null.

Trotzdem leitete Bully die größte Suchaktion ein, die es je in der Solaren Flotte gegeben hatte.

Zweitausend Schiffe bildeten eine Kette und glitten in Richtung der hellen Sternzusammenballung in den Halbraum. Der Abstand von Schiff zu Schiff betrug ein Lichtjahr.

Zurück blieben nur noch einige schnelle Aufklärungskreuzer, die in großem Abstand das System der Huldvollen umkreisten und den Nebenauftrag hatten, nach den beiden Teleportern Ausschau zu halten.

Bully blieb auf der AMARILLA.

Seit zwei Stunden trieben die beiden Teleporter durch den unbekannten Raumsektor. In dieser Zeit hatten sie einige Teleportationen in Richtung galaktisches Zentrum durchgeführt und mußten nun eine Pause einlegen. Als sie sich entschlossen, den nächsten Teleportersprung durchzuführen, zuckte Gucky zusammen. Er glaubte schwache Signale aus seinem Minikom zu hören. Rasch informierte er Tschubai, der sein Gerät sofort auf Empfang umschaltete. Gespannt lauschten sie auf die schwachen, aber noch unverständlichen Signale, die aus den Lautsprechern der Minikoms kamen. Nach einigen Minuten wurden die Signale deutlicher, und dann war eine menschliche Stimme zu hören.

Sie wiederholte immer nur einen Satz: „Raumflotte ruft Teleporter. Bitte melden!"

Als Gucky diesen Satz gleich zweimal hörte, mit unterschiedlicher Lautstärke gesprochen und nicht gleichzeitig, da wußte er, daß die Sendung von zwei Schiffen ausging, die einen großen Abstand voneinander hatten. Er begann zu ahnen, was geschehen war.

Um sie waren das Nichts und die Sterne. Aber die Stimme in ihren Empfängern war noch lauter geworden. Ras Tschubai meldete sich und bedauerte, keine Position angeben zu können.

Die Antwort kam laut und deutlich: „Gott sei Dank!" Es war Bullys Stimme. „Ihr lebt!"

„Mit Toten könntest du dich schwerlich unterhalten", piepste Gucky dazwischen. „Mann, ist das gut, deine Stimme zu hören. Wo steckt ihr?"

„Wir peilen euch an. Ihr seid knapp vier Lichtwochen von uns entfernt. In zehn Minuten können wir dort sein."

„Laßt euch Zeit, Hauptsache ist, ihr habt uns gefunden. Wir dachten schon, diesmal hätte es uns erwischt. Die Atemluft reicht noch für fünfzehn Stunden."

„Wir gehen jetzt in Linearflug. Also in zehn Minuten."

Es wurden zehn lange Minuten, aber als sie verstrichen waren, konnte Bully seinen kleinen Freund in die Arme nehmen.

Nun konnte auch die Flotte Bullys den Heimflug antreten.

17.

Chefbiologe Anders Nielson betrat mit Perry Rhodan den Frachtraum, in dem Peterle untergebracht war. Der Symboltransformer wurde eingeschaltet.

„Du bist jetzt außer Gefahr“, sagte Rhodan zu dem monströsen Lebewesen, das ihn mit seinen großen runden Augen anglotzte. „Die Schiffe der Huldvollen haben abgedreht und sind in ihr System zurückgekehrt. Sie konnten uns nichts anhaben.“

„Ich habe Angst“, gab Peterle zurück.

Rhodan sah Nielson fragend an. Der Biologe zuckte mit den Schultern.

„Es hört sich natürlich merkwürdig an, wenn ein so riesiges Lebewesen von Angst spricht, Sir. Aber die Reaktion ist verständlich. Es kennt nichts als die Abhängigkeit von den Huldvollen. Sein rassisches Erinnerungsvermögen sagt ihm, daß die Huldvollen seine Herren und Meister sind. Peterle muß einfach vor ihnen Angst haben. Hinzu kommt, daß er sich bei uns aufhält. Die Huldvollen wissen, daß wir ihn niemals mit Gewalt halten können, es sei denn, wir töten ihn. Sie wissen aber, daß er lebt. Logischerweise müssen sie schließen, daß er freiwillig bleibt. Er muß in ihren Augen ein Verräter sein.“

„So ist es“, sagte Peterle dazwischen.

„Du brauchst keine Furcht zu haben“, beruhigte ihn Rhodan. „Bei uns bist du sicher. Niemals wird einer der Huldvollen zur Erde gelangen, um dich zu töten. Die Erde, meine Heimatwelt, ist vor jedem Angriff aus dem Weltall abgesichert.“

„Die Huldvollen sind stark und klug.“

„Wir sind zumindest auch stark. Und daß wir dumm sind, hat noch nie jemand behauptet.“

Längst schon hatte der Flottenverband das Zentrum der Milchstraße durchstoßen und Kurs auf die ferne Erde genommen. Ein Hyperfunkspruch verständigte Rhodan davon, daß Bully die beiden Teleporter gefunden und gerettet hatte.

Rhodan wandte sich an Anders Nielson: „Was schlagen Sie vor, Doktor? Welches Klima wäre für Peterle am geeignetsten? Terrania?“

Peterle war ein Überläufer. Rhodan wußte, daß eine Reaktion der Huldvollen erfolgen mußte, aber er war sich nicht im klaren, welcher Art diese Reaktion sein würde.

Wie groß war überhaupt das Imperium der Huldvollen, das zweite Imperium, wie Rhodan es nannte? Gab es in den Tiefen der Galaxis befestigte Systeme, Sperrgebiete oder Energiegürtel? Gab es verbotene Zonen?

Es waren Fragen, auf die es noch keine Antwort gab. Wichtig war nur eines: Man mußte ein Mittel finden, die Molkexpanzer zu zerstören. Solange das nicht der Fall war, blieben die Huldvollen unangreifbar. Sie waren auch dann nicht abzuschlagen, wenn sie zur Erde kamen. Sie konnten alle Sperren durchbrechen und unvorstellbare Verwüstungen anrichten.

„Worüber denkst du nach?" fragte Peterle.

Rhodan lächelte.

„Über dich und dein Schicksal", erwiderte er.

EINIGE MONATE ZUVOR...
JUNI 2326

EXPLORER-777 setzte im Sonnensystem EX-2115-485 über dem dritten Mond des einzigen Planeten zur Landung an.

Der Planet trug den Namen Herkules; einen treffenderen Namen gab es nicht. Herkules war der größte aller bekannten Planeten, sein Durchmesser betrug 2 213 000 Kilometer. Mit siebzehn Monden umlief er die gelbe Sonne vom Soltyp. Alle Monde waren Sauerstoffwelten in der Größenordnung der Erde, und sie schienen darauf zu warten, von Menschen besiedelt zu werden.

Im EXPLORER-777 starrte die Besatzung im Kommandoraum auf den großen Panoramaschirm. Das Planetenungeheuer Herkules nahm einen großen Teil der Schirmfläche ein.

„Tag und Nacht schwebt dieser Gigant drohend über Impos." Der 1. Offizier erwartete keine Antwort. „Auf die Dauer hält das kein Mensch aus. Man muß ja ständig Angst haben, das Ding könnte einem auf den Kopf fallen."

Der Erste hatte das ausgesprochen, was alle anderen ebenfalls empfanden.

Der Explorer setzte auf. Dem Kugelraumer war nicht anzusehen, daß er 52 419 Lichtjahre zurückgelegt hatte. Die große Rampe fuhr zwischen den Teleskopstützen aus, die Schleuse öffnete sich, und auf Antigravplatten schwebten gewaltige Lasten nach draußen. Roboter steuerten sie. Die Maschinen beachteten die hundert Mann starke Gruppe nicht, die sich dem Schiff näherte.

Es war das Forschungskommando, das EXPLORER-2115 vor wenigen Wochen auf dem dritten Mond dieses Systems zurückgelassen hatte. Impos hatte man den Trabanten getauft; so stand er seit kurzem auch in allen Sternenkatalogen verzeichnet.

Die Experten mußten eine gute halbe Stunde warten, bis der Kommandant des Forschungsschiffs sie begrüßte. Oberst Guara wußte, daß die Wissenschaftler keine großen Reden hören wollten. Sie wollten vielmehr erfahren, was EXPLORER-777 nach Impos gebracht hatte.

Guara rief die einzelnen Teamchefs auf und überreichte ihnen einige Kopien der Frachtbriefe.

„Tyll Leyden." Oberst Guara befand sich auf der Plattform einer Teleskopstütze und konnte somit über die Köpfe der Menschenmenge sehen. Sein Anruf blieb unbeantwortet. Er wiederholte den Namen noch einmal. Leyden meldete sich nicht.

„Leyden ist kein Teamchef!" wurde ihm zugerufen.

Guara gab sich nicht damit zufrieden. „Ich muß den Mann sprechen. Wo kann ich ihn erreichen?"

Aus der Menge rief ein Experte: „Um diese Zeit findet man Leyden beim Frühstück. Aber es hat keinen Sinn, ihn zu rufen. Er läßt sich dabei nie stören."

Aus eigener Erfahrung als Explorerkommandant wußte Guara, daß Wissenschaftler eine besondere Sorte Menschen waren, aber jetzt nahm er keine Rücksicht darauf.

„Wo frühstückt er?" verlangte er zu wissen.

Acht linsenförmige Plastikhäuser standen am Rand der kleinen Hochfläche, kaum einen halben Kilometer entfernt. Darin lebten die hundert Wissenschaftler seit drei Wochen in bedrückender Enge.

Mit Mungs, einem Mann aus dem Forschungskommando, ging Oberst Guara auf das zweite Haus zu. Sein Begleiter führte ihn bis an die Tür, hinter der Tyll Leyden, Physiker und Astronom, gemütlich beim Frühstück sitzen sollte.

„Kommen Sie mit", bat Guara und betrat den Raum.

Tyll Leyden frühstückte tatsächlich. Die Landung der EXPLORER-777 hatte ihn nicht abhalten können, die erste Tagesmahlzeit in aller Ruhe zu sich zu nehmen. Er blickte kurz auf, nickte, als er den Gruß hörte, und zerteilte dann eine Scheibe Mayara-Toast, die er dick mit Saginkäse belegt hatte.

„Oberst Guara", stellte sich der Kommandant des Forschungsschiffs vor. „Ich habe Ihnen eine Botschaft zu überbringen, Leyden."

Der deutete mit der Linken auf einen leeren Sessel, während er sich gleichzeitig mit der Rechten einen Happen Mayara-Toast in den Mund schob.

Guara stutzte. Jeder andere hätte gefragt: Welche Botschaft haben Sie mir zu überbringen? Tyll Leyden aber sagte kein Wort. Guara nahm Platz.

„Haben Sie schon gefrühstückt, Oberst?" Leyden aß mit sichtlichem Wohlbehagen.

„Danke, ja", schnarrte der Oberst. Seine Augen begannen zu funkeln. Er war ein derart respektloses Verhalten nicht gewöhnt.

„Auch keinen Kaffee? Er ist wirklich gut."

Guara warf dem Wissenschaftler, der ihn zu Leyden geführt hatte, einen hilfesuchenden Blick zu. Aber Mungs reagierte nicht.

Er kannte Tyll Leyden.

„Leyden, ich komme von Terra."

Tyll Leyden verdoppelte die Portion Sagin auf dem Mayara-Toast.

Oberst Guara kochte innerlich vor Wut, aber er beherrschte sich und fragte nur: „Leyden, interessiert es Sie zu hören, daß ich Ihnen eine Botschaft des Großadministrators zu übermitteln habe?"

Es interessierte Leyden ganz bestimmt, denn er nickte. Sprechen wollte er nicht; man spricht nicht mit vollem Mund.

Was Oberst Guara über Zivilisten und Wissenschaftler speziell dachte, war nicht mit anständigen Worten auszudrücken.

„Da!" rief er mit Kommandoton und warf Perry Rhodans Botschaft auf den Tisch. „Sie müßten zu meinen Untergebenen gehören . . ."

Leyden ließ sich nicht stören. Er speiste in Gemütsruhe weiter und sah dem hinausstürmenden Oberst gelassen nach.

Mungs, der Oberst Guara zu Tyll Leyden geführt hatte, war geblieben. Auf Impos hatten er und Leyden sich bei gemeinsamen Aufgaben näher kennengelernt, und Mungs schätzte den Astronomen und Physiker. Aber jetzt war er der Ansicht, Leyden hätte sich dem Oberst gegenüber höflicher benehmen sollen.

Das Schreiben lag da, wo Guara es hingeworfen hatte. Tyll Leyden trank seinen Kaffee aus und blickte dann auf seine Uhr.

Die Frühstückszeit war zu Ende. Er griff nach dem Schreiben, öffnete es, nahm den foliendünnen Plastikbogen heraus, faltete ihn auseinander und las.

„Na, so was", sagte er, nachdem er den Inhalt zur Kenntnis genommen hatte. „Wer mag mir diesen Streich gespielt haben?"

Mungs dachte an das Allerschlimmste, was Leyden passieren konnte.

„Sie müssen mit der 777 nach Terra zurück?" fragte er aufgeregt.

„Nein, aber Perry Rhodan hat mich zum Chef der Forschungsgruppe auf Impos ernannt. Das hat mir bestimmt Oberstleutnant Herzog von der EXPLORER-2115 eingebrockt."

Mungs starrte seinen Kollegen an.

Tyll Leyden, neunundzwanzig Jahre alt, war zum Chef über hundert Wissenschaftler ernannt worden und freute sich nicht einmal über diesen verantwortungsvollen Auftrag?

Nein, er freute sich tatsächlich nicht. Er sagte voller Abwehr: „Mit dem Papierkrieg will ich nichts zu tun haben."

„Ich gratuliere Ihnen", sagte Mungs ehrlich. „Aber was wird das Triumvirat dazu sagen?"

Leyden wußte es nicht. Bisher war das Kommando auf Impos von einer dreiköpfigen Gruppe geführt worden. „Da, Mungs, lesen Sie."

Dieser überflog neugierig die wenigen Zeilen. Sie waren unmißverständlich. Rhodan hatte Tyll Leyden alle Vollmachten erteilt.

Mit diesem Schreiben suchte der junge Mann das Triumvirat auf.

Die drei Kollegen befanden sich in der Kabine von Oberst Guara und diskutierten mit dem Kommandanten. Der verlor beinahe die Beherrschung, als er Leyden erblickte.

„Was wollen Sie hier?" fuhr er ihn an.

„Bitte", sagte Leyden und überreichte dem Nächststehenden seine Vollmacht. Obwohl alle drei Mann damit gerechnet hatten, daß ihre provisorischen Befugnisse durch die offizielle Ernennung eines Leiters aufgehoben werden würden, so war ihnen nie in den Sinn gekommen, Tyll Leyden könnte auf diesen Posten gesetzt werden.

„Jetzt habe ich nur mit Ihnen zu tun?" stöhnte Guara.

„Ja", entgegnete Leyden. „Darf ich wissen, ob die Sternkarten geliefert worden sind, die ich über Oberstleutnant Herzog bestellt habe?"

„Fragen Sie Ihren Teamchef", erwiderte Guara unfreundlich.

„Wie Sie wollen." Damit machte Tyll Leyden kehrt und ging. Es war nicht seine Art, die Autoritätsperson herauszustreichen. Trotzdem

verstand er es immer wieder, das durchzusetzen, was er sich vorgenommen hatte.

Genau einen Impostag später spannte er sogar die Archäologen für seine neuen Aufgaben ein. Er traf seine Dispositionen so unauffällig, daß erst nach geraumer Zeit einige Experten verblüfft feststellten, daß sie mit ihrer Arbeit in eine neue Zielrichtung gedrängt worden waren.

Der Forschungsraumer 777 hatte das System noch in der vergangenen Nacht verlassen. Guara und Leyden hatten kein Wort mehr miteinander gewechselt. Der neuernannte Chef war auch gar nicht mehr dazu gekommen, denn er mußte sich plötzlich doch mit dem Papierkrieg auseinandersetzen. Bis nach Mitternacht hatte er sich damit abgeplagt, dann aber mit der Bemerkung: „So, damit ist vorläufig Schluß", die Akten weggeschlossen.

Mit der 777 waren 42 neue Wissenschaftler eingetroffen. Daraus ersah man, welche Bedeutung Perry Rhodan dem entdeckten Planetarium im Singenden Berg auf Impos beimaß.

Im Gleiter flog Leyden seinem Ziel entgegen. Hinter einem kreisbogenförmigen Tal stieg ein Gebirgsmassiv bis zu achttausend Meter in den Himmel hinein.

Der Gleiter überflog in hundert Meter Höhe das Tal. Leyden blickte in die Tiefe. Unter ihm befanden sich die Ruinen einer untergegangenen Stadt. Ein rund fünfzig Meter hoher Turm, der auch schon zum Teil verfallen war, ragte als einziges sichtbares Monument aus den Trümmern heraus. Große Gruben innerhalb des Gebiets wiesen darauf hin, daß die Archäologen sich in die tieferen Bodenschichten hineingegraben hatten, um festzustellen, vor wieviel Jahrhunderttausenden hier die ersten Bauten errichtet worden waren.

Nur noch hin und wieder wurde auf Impos von dem Gemeinschaftswesen gesprochen, das seine Kunstwelt Wanderer zerstört hatte und vor einer nicht näher bezeichneten Gefahr geflohen war. Es hatte die Terraner nach Impos geführt. Im Singenden Berg hatte ES *einen der verstreuten fünfundzwanzig Zellaktivatoren versteckt. Bei der Suche nach dem lebensverlängernden Gerät war von Tyll Leyden das Planetarium in dem ausgehöhlten Gebirgsstock entdeckt worden. Als man daranging, Altersmessungen vorzunehmen, trauten die Terraner ihren Instrumenten nicht. Die Geräte zeigten an, daß die Technik im Singenden Berg 1,2 Millionen Jahre alt war.*

Immer wieder war mit dem Argument: Keine Maschine kann so lange laufen, versucht worden, an der Richtigkeit der Altersmeßwerte zu zweifeln. Die EXPLORER-2115 war längst zur Erde zurückgekehrt und zu neuen Forschungsaufgaben unterwegs, doch der Streit unter den Experten war immer noch nicht beigelegt.

Unverändert ruhig liefen im Berg die Maschinen; unverändert in seiner grandiosen Pracht stand im sechstausend Meter hohen Felsdom das maßstabgerechte, billionenfach verkleinerte Spiralgewebe, die Galaxis.

Während ihres kurzen Aufenthalts auf Impos waren die Archäologen immer tiefer in die Ruinenschichten der großen Stadt hinabgestoßen. Mit den modernsten Ausgrabungsgeräten kamen sie schnell voran. Aber immer noch nicht waren sie auf die erste und älteste Schicht gestoßen.

Die Ruinenstadt nannten sie Äona.

Es widersprach allen wissenschaftlichen Erkenntnissen, daß es jemals eine intelligente Rasse gegeben haben sollte, die über Jahrtausende Bestand gehabt hatte. Die Wissenschaftler konnten den höllischen Spuk nicht vergessen, den ES *über sie hatte kommen lassen, als sie mit ihrem EXPLORER-2115 gerade auf Impos gelandet waren. Durch* ES *waren sie in vierzigtausendjährige Vergangenheit versetzt worden und hatten die Kugelbauchwesen kennengelernt – eine primitive, kriegerische Rasse –, die niemals die Nachkommen jenes großen Volkes gewesen sein konnten, das im Innern eines Achttausenders das Planetarium mit seinem Maschinenpark errichtet hatte.*

Die Kugelbauchwesen hatten keine Ähnlichkeit mit jenem hochstehenden Volk aus grauer Vorzeit. Vom letzteren gab es nämlich eine Abbildung.

Im Felsdom, innerhalb der Randzone der kreisförmigen Bodenfläche, die achttausend Meter Durchmesser hatte, war hinter hundert Meter langen und in Höhe und Breite dreißig Meter starken Maschinensätzen eine Plastik entdeckt worden. Sie stand auf einem Sockel, der sich langsam drehte.

Die Plastik stellte eine schlanke Figur ohne Arme und Beine dar. Ein weich fallender Überhang ließ anatomische Merkmale nicht erkennen. Der stilisierte Kopf war nicht menschlich. Mund und Nase fehlten, aber das Augenpaar, das von innen heraus leuchtete, war humanoid.

Doch unter den Milliarden Menschen der heutigen Galaxis gab es keinen, aus dessen Augen diese Abgeklärtheit, Güte und Weisheit sprachen.

Man zweifelte nicht daran, daß das Aussehen jener längst untergegangenen Rasse in dieser Plastik verkörpert war.

Man hatte auch an der Statue Altersmessungen vorgenommen. Man hatte erneut Grund zum Staunen bekommen: Die Plastik war etwas jünger als alle anderen technischen Geräte im Singenden Berg.

War sie die Krönung eines genialen Schöpfungsakts? Hatte man sie auf den Sockel gestellt, als das Planetarium zum erstenmal in diesem Dom aufgeleuchtet war und sein weißes Licht nach allen Seiten verstrahlt hatte?

Alles war ein Rätsel. Zu diesem Rätsel hatte ES *die Terraner geführt.* ES *hatte sie das kosmische Planetarium entdecken lassen, und die terranischen Experten hatten den Atem angehalten, als sie erkannten, daß die Stellung der Sterne zueinander mit der Wirklichkeit draußen übereinstimmte. Über einen unvorstellbaren Zeitabschnitt hatten sie sich gedreht und bewegt wie die Sonnen der Milchstraße.*

ES *hatte von diesem Wunder gewußt, und* ES *war vor einer Gefahr geflohen.* ES *tat nie etwas ohne Hintergedanken. Bestand zwischen der Gefahr und dem Planetarium ein Zusammenhang?*

War dieses Erbe aus grauer Vorzeit das Bindeglied zum Heute? Verband es über 1,2 Millionen Jahre hinweg Vergangenheit und Gegenwart?

Leyden vergaß die Warnung des Geistwesens von Wanderer nicht: Manchmal ist es praktisch, diese Spielereien zu betreiben, besonders dann, wenn man eine gefährliche Gegend zu meiden hat.

Was verbarg sich hinter dieser Anspielung? Wieso war dieses System eine gefährliche Gegend?

Tyll Leyden hatte bei seiner ersten Lagebesprechung heute früh darauf Bezug genommen. Über die erstaunten Blicke seiner Kollegen war er kommentarlos hinweggegangen. Es war ihm gleichgültig, ob sie ihn für einen ängstlichen Mann hielten.

„Punkt drei: tägliche Kontrolle des Systems – des ganzen Systems, angefangen von der Sonne über Herkules bis zum letzten Mond. Jeden Tag, um zwölf Uhr Imposzeit, möchte ich die Berichte vorliegen haben."

In einem anderen Punkt untersagte er, die Aggregate im Berg zu demontieren. Den Protesten der Robotiker begegnete er mit der Frage: „Können Sie garantieren, daß die Funktionen des Planetariums dadurch nicht gestört werden?“

Man konnte ihm diese Garantie nicht geben. Er war zum nächsten Punkt übergegangen. In knapp fünfzehn Minuten hatte er den einzelnen Teamchefs ihre Aufgabe zugeteilt.

Es schien, als hätte er vieles beim alten belassen, aber wer das glaubte, kannte den jungen Astronomen und Physiker nicht.

Mit seinem Gleiter war Leyden bis vor das große Innentor geflogen. Den letzten Teil des Weges bis zum Planetarium legte er zu Fuß zurück, um neben einem langgestreckten Aggregat, das kaum merklich summte, in einen deutlich gekennzeichneten Kreis zu treten. Im selben Moment trug ihn ein Feld zum Loch in der Decke des Maschinensaals empor. Als Leyden durch die energetische Sichtblende verschwand, befand er sich im Planetarium.

Er konnte nicht mehr sagen, wie viele Stunden er inzwischen hier verbracht hatte; er wußte nur, daß ihn etwas Unerklärliches mit aller Gewalt immer wieder hierher zwang.

Ebenso mußte er auch jetzt wieder hinaufsehen zu der künstlich erstellten Galaxis mit ihren Milliarden Sonnen. Unzählige Energiebahnen hielten die Sonnen mit ihren Welten fest, ließen sie kreisen und sich bewegen, drehten die Kunstgalaxis, wie sich im Universum die Milchstraße drehte.

Er brauchte nur intensiv zu verlangen, in das Sternenmeer hineingetragen zu werden, und schon schwebte er hinauf – jener Stelle zu, die er erreichen wollte.

Seine Kollegen hatten sich an diesem Phänomen die Zähne ausgebissen. Nacheinander hatten sie mutlos die Arbeit aufgegeben. Sie konnten keine Erklärung finden. Bis zum Tag war auch unbekannt, welches Aggregat das Planetarium unter der Kuppel des Felsdomes in Bewegung hielt.

Viele Experten glaubten nicht mehr daran, den Tag zu erleben, an dem sie verstehen lernten, welchen Zweck einer dieser gigantischen Aggregatsätze erfüllte.

Langsam ging Leyden zur Randzone, passierte zwei haushohe Maschinen und fand dahinter seine Kollegen: Astronomen. Vier Mann hatten drei Sternenkarten projiziert und verglichen sie miteinander. Unauffällig trat Leyden zu den Wissenschaftlern. Er hörte lieber zu, als daß er diskutierte.

Einige Male nickte er. Zwei der projizierten Karten waren gestern mit EXPLORER-777 geliefert worden. Sie stammten von der Erde, aber sie waren ein alt-arkonidisches Produkt. Terranische Suchteams hatten sie auf Arkon-Welten gefunden.

„Leyden hat recht gehabt", hörte der junge Mann Players sagen. „Ich habe es nicht glauben wollen. Mir wäre es nie aufgefallen. Ja, zum Teufel, dann ist auf das Planetarium ja doch kein Verlaß. Hier ist eine Sternenballung zu sehen, die in keiner der Karten verzeichnet ist. Mit anderen Worten, diese Sternenballung gibt es in Wirklichkeit nicht – und doch ist sie in diesem Planetarium vorhanden. Da stimmt doch etwas nicht."

In diesem Augenblick wurde Leyden von seinen Kollegen bemerkt. Sie kannten sich alle vom EXPLORER-2115 her. Schweigend trat der Astronaut und Physiker vor die Projektionen.

Missol, untersetzt und mit derben Gesichtszügen, schüttelte den Kopf. „Was halten Sie davon, Leyden?"

„Sehen wir es uns doch aus der Nähe an."

Players und Missol schwebten mit Leyden zur künstlichen Galaxis empor. Die beiden anderen Männer blieben unten.

„Wieso kann eine Maschine unsere Gedanken lesen? Wieso versteht sie unser Zahlensystem? Das ist mir zu hoch!" rief Players impulsiv.

Im Abstand von zwei Metern wurden sie mit starker Beschleunigung zur Kuppel und ihrer Galaxis hinaufgetragen.

Immer näher kamen sie dem gleißenden Gebilde. Was vom Boden aus als eine beinahe kompakte Spirale zu sehen war, löste sich mehr und mehr in einzelne Sonnen auf, bis auf die Kugelsternhaufen, die sich fast alle am Rand der Population befanden.

Sie schwebten jenem Sektor zu, der unten mittels Projektionen dargestellt worden war. Der Strahl, der sie führte, bremste sie ab, leitete sie in unregelmäßigen Schlangenlinien an Systemen des Halos vorbei und tiefer hinein in den Sternendschungel.

Plötzlich gab es kein Weiterkommen mehr. Die künstlichen Sonnen, unterschiedlich in Größe und Strahlung – genau wie draußen in der Wirklichkeit, standen zu dicht zusammen.

Die Experten fanden sich schnell in dem scheinbaren Durcheinander Hunderttausender Sonnen zurecht. Manche Sonnen hatten Planeten, und diese Planeten umliefen teils schnell, teils langsam ihr Muttergestirn. Jeder Punkt bewegte sich. Die Abermilliarden Sonnen drehten sich mit der Milchstraße. Nur war dieser Vorgang mit dem Auge nicht zu beobachten.

„Da", sagte Players. Er hütete sich, darauf zu zeigen. Wie Tyll Leyden hatte auch er einmal versucht, einen Sonnenpunkt zu berühren und den schmerzhaften Schlag nicht vergessen, den er erhalten hatte.

Diese Oldtimer, wie jene Rasse aus der Vorzeit von den Terranern manchmal genannt wurde, hatten bei der Planung dieses technischen Wunders an alles gedacht und scheinbar narrensichere Sicherungen eingebaut, die eine Zerstörung der künstlichen Galaxis unmöglich machten.

Alle drei Männer blickten in das Sternengewirr.

An der betreffenden Stelle befand sich eine Zusammenballung von Dutzenden von Sternen. Leyden stutzte.

Die Leuchtintensität dieser Sternenballung wich geringfügig von der der restlichen Miniaturgalaxis ab. Sie war etwas geringer.

Er blickte zu seinen beiden Kollegen. War ihnen der kleine Unterschied aufgefallen?

Missol und Players hatten anscheinend nichts bemerkt. Leyden wies sie auf diesen Umstand hin.

Nachdem sie sich von Leydens Beobachtung überzeugt hatten, sagte Players: „Das verstehe, wer will. Mir scheint es, als ob die Oldtimer diese Sternenballung mit Absicht erschaffen haben und ihr aus irgendeinem Grund eine verminderte Leuchtkraft gaben."

Wenn es von den Oldtimern Absicht gewesen war, dann bot sich die Frage an: Aus welchem Grund?

„Hier werden wir auch nicht klüger", sagte Missol unzufrieden. „Wie alles andere, so wird auch das Vorhandensein dieser Sterne für immer ein Rätsel bleiben." Er blickte zu Leyden hinüber, der drei Meter rechts von ihm, durch ein halbes Hundert winziger Sonnen getrennt, schwebte. „Sagt Ihnen unsere Ortsbesichtigung etwas, Leyden?"

„Sie wirft neue Probleme auf."

Wieder führte sie der Strahl sicher und schnell aus diesem Kunstwerk heraus und brachte sie nach unten.

„Nichts", sagte Players unwirsch zu seinen Kollegen, die bei ihrer Arbeit geblieben waren. „Die Fahrt nach oben war umsonst. Nanu, wo ist denn Leyden?" Als er um die Maschinen herumlief, sah er seinen Kollegen dem Ausstieg zugehen.

Ihm wird die Sache wohl auch zu dumm geworden sein, dachte er. Aber innerlich war Players keineswegs zufrieden. Die technische Perfektion der künstlichen Galaxis ließ einfach keinen Fehler zu. Die Experten hatten in den vergangenen Wochen mehrfach Kontrollen durchgeführt. Zuerst war ihr Heimatsystem überprüft worden. Der Abstand der Erde, des Mars und der übrigen Planeten von der Sonne stimmte haargenau. Als sie Masseprüfungen vornahmen und dabei natürlich auch das Verhältnis zur Verkleinerung berücksichtigten, kamen sie aus dem Staunen nicht mehr heraus. Das künstliche Gebilde unter der Kuppel des Felsdomes war ein so genaues verkleinertes Ebenbild der wirklichen Milchstraße, daß allein diese Tatsache schon unheimlich war.

Keine zur Zeit in der bekannten Galaxis lebende Intelligenz war in der Lage, jemals so etwas zu bauen.

Leyden verließ den gewaltigen Maschinensaal, ging auf seinen Gleiter zu und öffnete ihn, als sein Minikom sich meldete. Astrophysiker Gaston Robet bat ihn, sofort zur Station zu kommen.

Der Gleiter stieg sofort auf achtzig Meter Höhe. Der vier Kilometer lange Gang zum Tageslicht war hundert Meter hoch und vierzig breit. Die Achtzig-Meter-Höhe war von Anfang an für ausfliegende Gleiter bestimmt.

Als er ins Freie schoß, sah Leyden den Planetengiganten Herkules über dem Tal stehen. Zum erstenmal wieder, nach Tagen, fühlte er die Drohung, die von Herkules auszugehen schien. Wie alle anderen, kostete es auch ihn Anstrengung, sich von diesem unheimlichen Gefühl zu befreien. Er blickte zum Plateau, auf dem damals die EXPLORER-2115 gelandet war.

Seit gestern hatte sich das Aussehen des Plateaus stark verändert. Die 777 hatte achtzehn Plastikhäuser mitgebracht, die bereits fertig aufgestellt waren. Roboter hatten sie fachmännisch zusammengesetzt. Unter den achtzehn Bauten waren sieben für wissenschaftliche Zwecke vorgesehen. Aus den Materiallisten hatte Leyden in der letzten Nacht ersehen, was die 777 alles nach Impos gebracht hatte. Der Wert der Ladung überstieg hundert Millionen Solar. Sämtliche Teamchefs hatten im Lauf der letzten drei Wochen eine Materialforderung nach der anderen nach Terra gefunkt. Leyden überflog mit seinen Blicken die Siedlung und steuerte auf die Behelfsunterkunft der Astrophysiker zu.

Das halbe Hundert Roboter, das die EXPLORER-2115 zurückgelassen hatte, war vom ersten Tag an, an dem die Forscher auf sich allein gestellt waren, von unschätzbaren Diensten gewesen. Ohne diese Maschinen hätten die Experten nur ein Drittel der Aufgaben leisten können.

Robet erwartete Leyden vor der astrophysikalischen Sektion.

„Fein, daß Sie so schnell gekommen sind. Auf Herkules spukt es", sagte er zur Begrüßung und ging seinem Besucher voraus. Die sogenannte Behelfsunterkunft war ein Raum von zehn mal zehn Metern, und das drei Mann starke Team, das darin untergebracht war, fühlte sich wohl.

Leyden sah die beiden Männer, die auf ihrer Station geblieben waren, vor einem Gerät sitzen. Sie beobachteten es so gespannt, daß sie sich nicht einmal umdrehten, als Robet und Leyden eintraten.

„Sehen Sie, wie Herkules spukt, Leyden?" fragte Robet. In seiner Stimme war keine Spur von Spott. Seine Mitarbeiter rückten zur Seite und gaben den Blick auf das Gerät zum größten Teil frei.

Leyden zog einen Schemel heran und nahm darauf Platz. Wie Robet und seine Mitarbeiter betrachtete er das Diagramm, das sich ständig veränderte.

„Ich begreife nicht, warum uns das nicht früher aufgefallen ist. Auf dem Schiff hätten wir einfach den Speichersektor der Abteilungspositronik mobil gemacht. Aber hier?" Robet war mit seiner Entdeckung nicht zufrieden, obwohl er etwas Wichtiges herausgefunden hatte. Der Masseschwerpunkt des Riesenplaneten Herkules war nicht mit dem geometrischen Mittelpunkt identisch.

„Das hätten Sie doch bemerken müssen." In Leydens Stimme schwang leichter Vorwurf mit.

„Das sagen wir uns seit unserer Beobachtung auch, Leyden. Aber es ist uns eben vorher nicht aufgefallen. Tut mir leid."

Leyden machte sich Notizen, erhob sich und ging zur kleinen Positronik hinüber, ein Gerät ohne umfangreichen Speichersektor. Robet trat zu ihm. Er bekam den letzten Rest der Einstellungen mit.

„Was, Leyden? Sie denken doch nicht ...“

Der junge Mann fiel ihm ins Wort. „Sie nicht? Ich möchte sichergehen. Ich will wissen, ob diese Schwerpunktverlagerung gleichförmig verläuft oder gerichtet ist. Wenn sie wandert, will ich wissen, warum.“

„Auf die Idee wäre ich nie gekommen. Aber Sie könnten recht haben. Warum haben wir dieses Phänomen vorher nicht beobachtet? Großer Himmel, das sind ja schöne Aussichten.“

Das Rechengehirn summte. Eine lange Folie fiel in den Auffangkorb. Leyden studierte sie, schob sie dann, mehrfach gefaltet, in die Tasche. Robet sah ihn fragend an. Er hätte zu gern die Schlüsselzeichen gelesen.

„Der Masseschwerpunkt von Herkules wandert, Robet. Nach der Wahrscheinlichkeitsberechnung in einem für uns gefährlichen Tempo. Lassen Sie diese Kontrolle ununterbrochen beobachten. Möglich, daß dieser Vorgang für den Riesen normal ist. Wer weiß ...“

Er zeigte seine Unruhe nicht. Die kleine Positronik hatte ihm noch etwas anderes ausgerechnet, wenn auch nur mit einem Sicherheitswert von 78:22. Danach war Herkules ein Doppelplanet.

Leyden unterdrückte den Wunsch, feststellen zu lassen, wie groß der Planet im Planeten war. Ein Gefühl befahl ihm, über seine Vermutung unter keinen Umständen etwas verlauten zu lassen. Die Rätsel auf Impos machten seinen Kollegen ohnehin genug zu schaffen, und er wollte die Unruhe der Wissenschaftler nicht noch steigern. Bevor er die astrophysikalische Sektion verließ, bat er Robet, über seine Beobachtungen zu schweigen.

„Wir wollen erst Gewißheit haben“, sagte er abschließend.

In der darauffolgenden Nacht wurde er geweckt. Der Anruf kam von Gaston Robet. Aufmerksam lauschte Leyden dessen Bericht. Demnach war der Mittelpunkt von Herkules jetzt wieder gleich Masseschwerpunkt. Das bedeutete, daß sich der kleine Planet im Planeten wieder normal verhielt.

Eine Woche später wurde Leyden abermals von Gaston Robet alarmiert. Die astrophysikalische Abteilung war in eins der neuen Häuser umgezogen. Der zehn mal zehn Meter große Bau diente zur Aufbewahrung empfindlicher Geräte, die zur Zeit nicht benutzt wurden.

Als Tyll Leyden die astrophysikalische Sektion betrat, sah er einen Kollegen, den er lieber einige tausend Lichtjahre weiter gewußt hätte.

Sascha Populos, Gravitationsexperte, stand in dem Ruf, ein übler Intrigant und Karrierist zu sein. Leyden hatte diesbezüglich schon einiges erlebt und war Populos aus dem Weg gegangen.

„Wieder das gleiche.“ Damit empfing Gaston Robet seinen Chef. Voller Ärger deutete er auf das Gerät, das ein Diagramm wiedergab. „Populos kam zufällig vorbei, Leyden. Er interessierte sich für den Fall. Aber mit Ihrer Theorie, Planet im Planet, geht er natürlich nicht konform.“

Leyden warf dem Gravitationsexperten einen unauffälligen Blick zu. Dessen süffisantes Lächeln warnte ihn. Leyden zeigte seinen Ärger nicht. Entgegen seiner Anordnung hatte Robet also über das Phänomen in Herkules gesprochen. Nun war nichts mehr zu ändern. Sascha Populos würde schon dafür sorgen, daß innerhalb einer Stunde alle unterrichtet waren.

Wiederum hatte sich der Masseschwerpunkt in Herkules verlagert. Das Diagramm gab es eindeutig an.

„Natürlich Unsinn, davon zu sprechen, in Herkules würde sich ein zweiter kleiner Planet bewegen“, mischte sich Populos mit seiner leisen Stimme unaufgefordert ein. „Wir haben hier den Fall vorliegen, der mit den Erscheinungen im Planeten Hutul zu vergleichen ist.“

Leyden kannte Hutul nicht. Aber er stellte an Populos keine Frage. Der Astrophysiker Robet zuckte mit den Schultern. „Ich habe die heutige Erscheinung mit der vor einer Woche beobachteten verglichen. Das, was stellenweise sehr weit aus dem geographischen Mittelpunkt von Herkules herauswandert, bewegt sich heute so, wie vor einer Woche. Meiner Meinung nach ist es zu früh, ein Urteil über den Vorgang abzugeben. Wir brauchen bedeutend mehr Angaben. Das heißt natürlich, daß wir einige Wochen Geduld haben müssen. Sind Sie damit einverstanden, Leyden?“

„Ja.“

Fast herrisch, aber trotzdem leise, sagte Sascha Populos: „Ich möchte mich mit dem Fall beschäftigen.“

Tyll Leyden sah ihn an, als er erwiderte: „Soweit ich unterrichtet bin, sind Sie im Singenden Berg eingesetzt. Hat Ihr Teamchef Sie von Ihrer Arbeit beurlaubt?“ Das war eine klare Ablehnung.

„Leyden, ich bin Gravitationsexperte“, erwiderte Populos.

„Ich bin auch Physiker und habe mich dennoch meistens mit

astronomischen oder astrophysikalischen Problemen beschäftigen müssen. Sie wollen uns jetzt gewiß verlassen, nicht wahr?"

Wortlos machte Populos kehrt und ging. Leyden sah ihm nach.

Ich werde mich vor diesem Mann in acht nehmen müssen, dachte er. Dann interessierte er sich wieder für das Diagramm auf dem Gerät.

„Robet, aufgrund dieser zweiten Beobachtung müßten Sie doch in der Lage sein, eine grobe Skizze von der Bahn der Masseschwerpunktveränderung anzufertigen."

„Wenn Sie bis zu zehn Prozent an Unstimmigkeiten in Kauf nehmen wollen, dann liegt Ihnen die Skizze mit allen Werten, die wir bisher gefunden haben, bald vor."

„Machen Sie das, Robet. Bis später."

Alle sieben Tage tauchte bei Herkules das unerklärliche Phänomen der Verschiebung auf. Robet und seine beiden Mitarbeiter hatten allmählich die Lust verloren, sich mit diesem Rätsel zu beschäftigen. Dafür nutzte Sascha Populos jede freie Minute aus, um Beobachtungen und Messungen vorzunehmen. Aber er erfuhr nichts von dem Projekt Herkules, das Leyden in Gemeinschaftsarbeit mit Sondenfachleuten und Archäologen ausgearbeitet hatte.

Als am Morgen des 4. August drei Sonden starteten, dachte sich niemand etwas dabei, bis auf sieben Mann, die in dem linsenförmigen Gebäude vor einem großen Gerätepark saßen und den Kurs der Sonden darauf verfolgten.

Tyll Leyden wollte mit den Geräten in die Tiefen des Planeten vorstoßen. Theoretisch war so etwas möglich; ob sich der Versuch tatsächlich durchführen ließ, mußte abgewartet werden.

Der Weg nach Herkules war nicht weit. Die mittlere Entfernung zwischen Impos und ihm betrug nur 984 000 Kilometer. Nach einer halben Stunde Flugzeit gab die Ortung in der Baracke bekannt, daß die drei Aggregate auf den Planeten herabstürzten.

Die Zeit verging. Leyden wartete mit seinen sechs Kollegen. Jetzt hatte die erste Sonde die vereiste Oberfläche des Sternengiganten erreicht und bohrte sich in das Methangaseis. Etwas später trafen die zweite und dritte Sonde auf. Auch sie verschwanden sofort in der Tiefe. Die drei Sonden verwendeten die Aufschlagsenergien. Inpotronische Schaltungen wandelten sie blitzschnell um und erstellten um das Aggregat ein superstarkes Schutzfeld, das den eigentlichen Bohrkörper mit seinem raffinierten Mechanismus vor Beschädigungen schützte. Leistungsfähige Konverter sorgten nach Verbrauch der umgewandelten Energien dafür, daß die Schirme um die Sonde stabil blieben. Gleichzeitig lieferten sie den auf Desintegrationsbasis arbeitenden Bohrfeldern die nötige Energie, welche die Struktur der Gesteinsmassen auflösten, so daß die Aggregate mit kaum verminderter Geschwindigkeit tiefer und tiefer in Herkules eindrangen.

„Klappt es?" Diese Frage wurde immer wieder in der astrophysikalischen Abteilung laut. Im Raum herrschte spannungsgeladene Stille, die nur ab und zu durch das Klicken eines Relais unterbrochen wurde.

Vier von innen beleuchtete Scheiben gaben Diagramme oder Amplituden ab. Alle Geräte waren mit dem Speichersektor der Positronik gekoppelt. Kein einziger Wert ging verloren. Was die Augen der Forscher nicht bemerkten, wurde vom Speichersektor präzise erfaßt.

Es war am 4. August 2326, es war die Sekunde, in der Lemy Danger auf dem Planeten Eysal seinen unglücklichen Schuß auf den Zellaktivator abgab.

Vor Tyll Leyden flog jenes Gerät auseinander, das ihm sein Studienfreund vom EXPLORER-7094 aus Terrania gebracht hatte. Hinter und neben Tyll Leyden gingen sämtliche Geräte zu Bruch, mit denen Gravitationsmessungen durchgeführt werden konnten.

Im selben Moment riß die Verbindung zu den drei Sonden ab. Die Kontrollschirme zeigten keine Diagramme und Amplituden mehr. Der Versuch hatte mit einem Fiasko geendet.

„Was war das?" Wissenschaftler stellten sich die Frage – Männer, die noch nichts vom Einsatz eines USO-Spezialisten Lemy Danger auf Eysal wußten. Plötzlich war Tyll Leyden Mittelpunkt. Alle Blicke richteten sich auf ihn. Aber er konnte nichts sagen. Sein Minikom meldete sich.

„Leyden, bitte kommen!"

Er winkelte den Arm an, sprach gegen das winzige Mikrophon: „Hier Leyden, ich höre."

„Hier Maschinensaal im Singenden Berg. Die Maschinen sind verrückt geworden. Können Sie mich überhaupt bei dem Höllenlärm verstehen? Mit einem Schlag ist hier der Teufel los."

Bei uns auch, dachte Leyden, sagte es aber nicht. „Wer spricht?"

„Ingenieur Turander. Ich möchte Räumungsbefehl geben."

„Nur dann, wenn wirklich Gefahr besteht. Ende."

Leydens helle Augen starrten unverwandt einen Fleck an der Wand an.

„Haben wir das mit unseren drei Sonden fertiggebracht?" hörte er hinter seinem Rücken einen Kollegen die Frage stellen. Das gleiche fragte er sich gerade auch. Hatte sich der Planet Herkules in dieser unheimlichen Form gegen ihre Sondierungsversuche gewehrt?

„Ist die Positronik in Ordnung?"

Man überprüfte sie. Sie hatte keinen Schaden erlitten. Auch die Funkortung und die Entfernungsmeßgeräte waren nicht beschädigt worden, aber die Verbindung zu den Sonden bestand nicht mehr. Leyden stutzte. Er ging noch einmal die aufgebauten Geräte ab. Er glaubte, eine Entdeckung gemacht zu haben.

Alle Instrumente, die auf 5-D-Basis arbeiteten, waren bis in die letzte Schaltung zerstört, die 4-D-Geräte aber funktionierten so einwandfrei wie zuvor.

„Positronik ist klar!" rief Robet.

Zu aller anderer Verblüffung benutzte Leyden jedoch die Rechenmaschine nicht. Er hatte sich plötzlich eines anderen besonnen. Die Kontrollen wollte er ganz allein durchführen. Ein furchtbarer Verdacht war in ihm wach geworden.

„Bitte, gehen Sie, meine Herren", sagte er. Er wollte so schnell wie möglich mit der Positronik allein sein. Aber ein Anruf aus dem Planetarium machte ihm einen Strich durch die Rechnung.

Leyden erkannte nicht, als er im Schweber zum Singenden Berg flog, wer in dem Gleiter saß, der gerade aus dem Berg kam. Aber Sascha Populos hatte Leyden entdeckt und den Kopf zur Seite gewandt, als er mit seinem Fahrzeug an Leydens Gleiter vorbeischoß.

Mungs, Players und Missol hatten Leyden mit den Worten: „Kommen Sie sofort. Hier ist der Teufel los!" zum Planetarium gerufen.

Als Leyden durch das innere Großtor den gewaltigen Maschinensaal betrat, überfiel ihn im wahrsten Sinne des Wortes das Tosen der Aggregate. Der Boden unter seinen Füßen zitterte. Als er einen Maschinensatz berührte, riß er seine Hand wie elektrisiert zurück. Ein Schrei, wie er ihn noch nie gehört hatte, war über den Armkontakt in sein Gehör gelangt.

Als das Feld ihn durch die optische Sperre führte, entdeckte er, daß sie auch eine akustische war. Wohltuende Stille empfing ihn jetzt. Mungs ergriff das Wort und berichtete.

„Wann heulten hier die Maschinen auf? Uhrzeit bitte“, unterbrach Leyden.

Mungs nannte die Zeit bis auf die Sekunde genau. Leyden nickte. Er hatte diese Angabe erwartet.

„Und dann?“ fragte Leyden.

Mungs fuhr fort: „Die Maschinen wurden bald wieder leiser, aber nicht mehr so leise wie vorher. Ich unterhielt mich mit Players darüber, und wir kamen an der Plastik vorbei. Leyden, ist Ihnen schon einmal aufgefallen, daß nicht nur das Augenpaar in der Statue leuchtet, sondern auch der Sockel, auf dem sie steht? Und wenn wir, Players und ich, uns nicht täuschen, dann dreht sich der Sockel jetzt schneller als vorher.“

Als sie an den hundert Meter langen, verkleideten Maschinengiganten entlanggingen, stellte Leyden fest, daß die Maschinen lauter als bisher arbeiteten.

Sie erreichten die Plastik, die sich auf einem schwebenden Sockel drehte. Dieser Sockel leuchtete in einem schwachen Rot. Das Leuchten der Augen schien unverändert. Aber das Tempo der Drehung war auffallend größer geworden. Leyden stoppte ab.

„Stimmt“, sagte er nach der Prüfung. „Pro Minute dreieinhalb Umdrehungen mehr.“ Er wandte sich um und blickte zum Planetarium empor. „Es steht noch. Das ist die Hauptsache.“

„Noch“, meinte Mungs. „Als die Maschinen zu lärmen begannen, glühte plötzlich jede einzelne Sonne, als wäre sie bis an die Grenze ihrer Beanspruchung belastet worden. Das Licht, das von der Kuppel fiel, war so grell, daß es uns blendete, und es schien, als wollte alles über unseren Köpfen auseinanderplatzen.“

„Und dann normalisierte sich alles wieder?“ wollte Leyden wissen.

Mungs atmete schwer. „Ja, aber nicht im Maschinensaal. Turander hat uns hinuntergerufen. Wir sind gar nicht bis nach unten gekommen. Der Lärm hat uns wieder ins Planetarium getrieben. Wir sitzen auf einem Pulverfaß, das jede Sekunde hochgehen kann. Was ist eigentlich vorgefallen? Leyden, Sie wissen mehr, als Sie uns bisher gesagt haben.“

Er wich aus. „Ich fahre nach oben und sehe mir das Planetarium aus der Nähe an. Wir sprechen nachher ausführlich darüber.“

Er ließ sich hinauftragen. Er beobachtete und konnte zu seiner Erleichterung nichts Außergewöhnliches feststellen. Und doch fuhr er mit einem Gefühl, etwas übersehen zu haben, wieder nach unten zurück.

Das unterbrochene Gespräch mit Mussol und Mungs wurde nicht weitergeführt, da Leyden schnellstens zur Positronik in die Baracke zurück, die gespeicherten Daten erfahren und mit ihrer Hilfe seine Berechnungen anstellen wollte.

Während er im Gleiter seinem Ziel entgegenflog, dachte er nach langer Zeit zum erstenmal wieder an die Falton'sche Theorie. Falton war ein Arkonide, der vor mehr als sechstausend Jahren gelebt hatte. Bald nach seinem Ableben gerieten seine Arbeiten in Vergessenheit, bis terranische Wissenschaftler sie in einer alten Speicherbank wiederfanden.

Aber im Bereich des Imperiums stieß die Theorie Faltons überall auf Ablehnung. Tyll Leyden hatte sich durch das negative Urteil namhafter Experten nicht davon abhalten lassen, sich trotzdem mit der Theorie zu beschäftigen und mit ihr zu experimentieren.

Er spannte zu diesem Zweck die halbe wissenschaftliche Besatzung des EXPLORER-2115 ein, obwohl ihm vom Kommandanten her untersagt worden war, mit der Theorie zu experimentieren.

Falton hatte mit seiner Theorie behauptet, daß man aufgrund einer Anzahl bestimmter Messungen im freien Raum feststellen konnte, ob ein fernes Sonnensystem Planeten besaß und ob diese bewohnt, beziehungsweise bewohnbar waren.

Inzwischen wußte er, daß Faltons Theorie nur begrenzt anwendbar war. Man würde die herkömmliche Methode durch diese Theorie nicht ersetzen können. Faltons Theorie ließ sich bestenfalls als Ergänzung zu den gebräuchlichen Meßmethoden anwenden und besaß keineswegs universelle Gültigkeit. Lediglich auf die spezifischen Verhältnisse des EX-2115-485-Systems war diese Theorie anwendbar und lieferte bisher exakte Erkenntnisse.

Leydens Gleiter setzte auf. Der Wissenschaftler war überrascht und mißtrauisch zugleich, als er einen anderen Gleiter vor der Positronik stehen sah.

Mit drei Sätzen war Leyden an der Tür, stieß sie auf und sah Sascha Populos vor der Positronik stehen.

Der Gravitationsexperte kehrte ihm den Rücken zu. Hatte er Leydens Eintritt nicht bemerkt?

„Populos!"

Der Wissenschaftler zuckte zusammen und drehte sich um.

„Sie?" sagte er leise, aber gedehnt. „Großer Himmel, haben Sie mich erschreckt."

Leyden musterte ihn.

„Was machen Sie hier?" fragte er barsch.

Populos grinste. „Herkules und seine Erscheinungen interessieren mich. Ist es neuerdings untersagt, sich in seiner Freizeit wissenschaftlich zu betätigen? Ich bin hier, um einige Dinge durchrechnen zu lassen. Aber ich möchte wissen, welcher Dummkopf die Positronik auf Null gestellt hat."

Das warst du, dachte Tyll Leyden zornerfüllt, aber er beherrschte sich. Ein Wutausbruch wäre sinnlos gewesen, denn wie hätte er beweisen sollen, daß Sascha Populos absichtlich das Speicherwissen der Positronik gelöscht hatte? Und so machte er gute Miene zum bösen Spiel.

„Vielleicht hat es jemand ungewollt getan, Populos. Mußten Sie denn den Speichersektor aktivieren?" Aber mit dieser Frage fing er den Gravitationswissenschaftler nicht.

„Ich bin kein lebendes Formelbuch wie Sie, Leyden. Daß ich vom Speichersektor abhängig bin, weiß jeder. Aber Sie sehen mich wohl nicht gern in Ihrer Nähe? Ich finde auch anderswo Rechengehirne. Bitte, die Positronik steht Ihnen zur Verfügung." Er lächelte boshaft.

„Danke", erwiderte Leyden.

Sein Gesicht blieb unbewegt. Er wartete, bis Populos den Raum verlassen und sich mit seinem Gleiter entfernt hatte. Dann stellte er mit wenigen Kontrollen fest, daß das gesamte Speicherwissen des Rechengehirns gelöscht worden war.

Viel war die Maschine jetzt nicht mehr wert. Leyden unterdrückte seinen Ärger. Noch einmal trat er vor jene Geräte, die durch einen unheimlichen Eingriff von außen blitzartig zerstört worden waren.

„Das, was zuschlug, ist fünfdimensional gewesen. Kein Zweifel", sagte er laut. Er verstummte und blickte wieder nach draußen zu Herkules hin. Aus zusammengekniffenen Augen starrte er den riesigen Stern an.

Ich komme schon hinter das Geheimnis deines wandernden Masseschwerpunkts, dachte er, um im nächsten Augenblick zu schmunzeln. Sascha Populos konnte mit dem erbeuteten Wissen aus dem Speicherteil nicht allzuviel beginnen. Ihm fehlten die Grunddaten. Diese steckten in dem Rechengehirn, das sich in der astrophysikalischen Abteilung befand, und Populos besaß nicht das exakt ausgearbeitete Diagramm, das die Bahnen des wandernden Masseschwerpunkts angab.

Als Chef auf Impos hatte Leyden sich um den Fortgang der Arbeiten aller Teams zu kümmern. Er flog nach Äona und landete neben der größten Grube, die schon die Zweihundertmetersohle überschritten hatte.

Ein Flugroboter brachte ihn nach unten zu den Ausgrabungsspezialisten. Professor Attik begrüßte ihn freundlich. „Sie sind lange nicht mehr hiergewesen, Leyden. Ich freue mich, daß Sie gerade jetzt kommen. Ich hätte Sie ohnehin bald eingeladen, sich unsere Arbeiten anzusehen."

Der Archäologe hatte mit Begeisterung gesprochen. Sein Gesicht glühte vor Aufregung. Leyden, der sich ansonsten für Ausgrabungen nicht interessierte, folgte dem Professor. Er ging vorbei an robotischen Spezialmaschinen, an gewaltigen Plastikstützen, an brummenden Maschinen und endlosen Fließbändern. Sie stiegen Stufen hinunter, die aussahen, als wären sie gerade poliert worden.

Attik war plötzlich stehengeblieben.

„Sehen Sie sich das an", sagte er und deutete auf die Stufen, die noch vom Licht in der Grube beleuchtet wurden. „Wir haben nach rechts und links gesondet, Leyden. Jede Stufe hat eine Breite von mehr als dreihundert Metern. Die Zahl der Stufen beträgt vierhundertacht. Das Material, aus dem sie hergestellt sind, ist unbekannt. Terkonitstahl ist dagegen weich wie Butter."

Tyll Leyden versuchte, sich eine Treppenanlage von dreihundert Meter Breite mit mehr als vierhundert Stufen vorzustellen. Der Versuch mißlang. Über sich sah er glatten Verputz, der aber stumpf war.

„Gehört das auch dazu, Professor?" fragte er.

Attik verneinte. „Bei 202 Meter Tiefe konnten wir plötzlich die Sauger einsetzen. Innerhalb von drei Stunden hatten wir auf zwölf Meter Breite die Treppenanlage freigelegt und auch nach allen Seiten abgesichert. Ah, da kommen schon die Roboter. Sie haben doch Zeit, sich die Anlage anzusehen?"

„Welche Anlage?"

„Bei 372 Meter Tiefe sind wir auf das erste erhaltene Bauwerk gestoßen. Verzeihen Sie meine Übertreibung; nur noch das Kellergewölbe steht. Was sich vor rund 1,2 Millionen Jahren über der Oberfläche befunden hat, muß durch eine Katastrophe unvorstellbaren Ausmaßes zerstört worden sein."

„Ist die Altersbestimmung exakt, Attik?"

Der wiegte den Kopf. „Leider nicht. Dieses Material", und er deutete auf die Stufen, „läßt keine Altersmessungen auf Halbwertzeitbasis zu."

Leyden lächelte. „Sie wollen doch damit nicht sagen, daß alle unsere Bestimmungsmöglichkeiten an diesem Material versagen?"

„Doch, so unglaublich es sich auch anhört. Wollen Sie sich ein Haus der Oldtimer ansehen?"

Im Schwebeflug wurden sie von Robotern über vierhundert Stufen hinabbefördert. Alle fünfzig Meter befand sich eine Lichtquelle, die aber kaum ausreichte, das Treppensystem auszuleuchten. Aber der strahlende Punkt in der Tiefe wurde zusehends größer und heller. Als die Roboter Attik und Leyden durch ein Tor trugen und absetzten, wölbte sich über ihnen eine flache polierte Decke.

„Sehen Sie, Leyden", sagte Attik, „daß auch das Bauwerk aus dem gleichen Material besteht wie die Treppe?"

Und doch ist alles, was über der Erde stand, zerstört worden – aber das sagte Attik nicht mehr.

„Haben Sie etwas gefunden, das uns Aufschluß über die Oldtimer gibt?"

Das Gesicht des Professors zeigte Enttäuschung. „Wir haben einwandfreie Beweise dafür, daß die Oldtimer nach der Katastrophe diesen Keller bis auf das letzte Stück geräumt haben. Wir wissen aber über sie so wenig wie vorher."

„Und der Schutt, den Sie absaugen konnten?"

„Er ist jüngeren Datums. Er widersetzte sich keiner Altersbestimmung. Aber sollten wir uns nicht glücklich schätzen, dieses Bauwerk gefunden zu haben?"

Leyden blickte in das Kellergewölbe. In der Ferne wurde es von der Dunkelheit begrenzt.

„Als das Tor aufschwang, kam uns frische, temperierte Luft entgegen."

Fast hätte Leyden diese Aussage überhört. Sekunden später wurde er sich der Bedeutung dieser Worte bewußt. „Die Maschinenanlage arbeitet noch?"

„Sie arbeitet wieder, Leyden. Zu acht standen wir vor dem Tor und konnten es mit keinem Mittel öffnen, als plötzlich ein Zittern durch den Boden lief. Nein, nein, sehen Sie mich nicht mißtrauisch an. Wir sind keineswegs das Opfer einer Halluzination geworden. Zuerst kam das Zittern, das deutlich auch das Treppengefüge . . ."

„Haben Sie die Uhrzeit festgehalten, Attik?"

„Zufällig, Leyden." Er gab ihm die Uhrzeit an.

In derselben Minute waren in der Baracke alle auf 5-D-Basis arbeitenden Geräte ausgefallen, war die künstliche Milchstraße im Planetarium in Gefahr geraten und hatte sich hier ein Kellertor geöffnet.

„Sie glauben mir nicht, Leyden?" Leichter Ärger klang in Attiks Stimme.

„Haben Sie die Maschinen entdeckt?" Manchmal war Tyll Leydens Art, sich zu unterhalten – seine scheinbare Sprunghaftigkeit – kaum zu ertragen.

„Nein, Leyden. Von Maschinen haben wir keine Spur entdecken können. Das fünftausend Meter lange Kellergewölbe . . ."

„Wie lang, Attik?"

„Ein quaderförmiger Kellerraum, Leyden. Fünftausend mal fünftausend Meter, bei gleichbleibender Höhe von acht Meter zwanzig. Leer, ohne die geringsten Staubspuren."

Leydens Gedanken bewegten sich in anderer Richtung. Bei dieser Ausdehnung des Kellers mußte er zum Teil unter dem gewaltigen Maschinensaal des Singenden Berges liegen. Plötzlich begriff der junge Mann, daß Attik und seine Mitarbeiter wirklich keiner Halluzination zum Opfer gefallen waren, als sie jenes Zittern verspürt hatten, das durch den Boden gelaufen war.

Von einer Sekunde zur anderen hatten die Aggregate im Maschinensaal zu lärmen begonnen, und dieses Brüllen war vom Zittern des Fundaments begleitet worden.

„Leyden, ist Ihnen nicht gut? Sie sind mit einemmal blaß geworden."

Tyll Leyden war nicht mehr in der Lage, einen klaren Gedanken zu fassen.

Er wußte noch nichts von einer gravitationsenergetischen Stoßfront, die sich von Eysal über die Galaxis ausgebreitet hatte. Er wußte nur, daß ein Team mit drei Sonden versucht hatte, zum geographischen Mittelpunkt von Herkules vorzudringen.

Als Physiker konnte er sich nicht vorstellen, daß durch diese drei Nadelstiche derartige Reaktionen ausgelöst werden konnten. Vor allem blieb ihm unklar, wieso sich Herkules gegen diesen Eingriff auf fünfdimensionaler Basis wehrte. Die physikalischen Gesetze erlaubten es nicht – und es war doch geschehen.

„Ich fühle mich nicht wohl", sagte Leyden matt. „Kann mich ein Roboter nach oben bringen?"

Er sah nichts von der Treppe, als ihn ein Roboter im Schwebeflug aufwärts trug, sah nichts von der großen Grube, den Geräten und Verstrebungen. Er ließ sich in seinen Gleiter fallen und stellte das Ziel ein: seinen Arbeitsraum.

Dort angekommen, suchte er nach dem Diagramm, auf dem die Bahn des wandernden Masseschwerpunkts in Herkules aufgezeichnet war.

Er suchte so lange, bis er begriff, daß es gestohlen worden war.

Er kannte den Dieb: Sascha Populos.

Leyden verließ wieder seinen Arbeitsraum und begab sich zum zweiten Stockwerk, wo sich der Arbeitsraum des Schwerkraftexperten befand.

Leyden klopfte an Populos' Tür.

Populos rief: „Herein!" Sein Gesicht wurde maskenhaft starr, als er Leyden erblickte. „Ja?" fragte er leise, aber scharf.

Leyden nahm Platz. Die beiden Männer saßen sich gegenüber. „Störe ich Sie bei der Arbeit, Populos?"

Der schwang sich zu einem breiten Grinsen auf. „Als Chef stören Sie nie."

„Ich bin nicht als Chef gekommen. Ich bin gekommen, um Sie zu warnen, Populos. Ich halte Ihnen zugute, daß Sie mich nicht gründlich kennen."

„Was soll ich mit Ihrer Warnung anfangen? Werfen Sie mir etwas vor, Leyden? Warum sagen Sie es mir nicht klar ins Gesicht? Ich liebe Offenheit. Immer."

Leyden erhob sich. „Wir verstehen uns auch ohne viel Worte, Populos. Beherzigen Sie, was ich Ihnen gesagt habe."

Damit ging er und schloß die Tür hinter sich. Er hörte nicht mehr Populos' Lachen und seine Bemerkung: „Du bist schneller wieder auf der Erde, als du denkst."

Der August 2326 näherte sich seinem Ende.

Tyll Leyden zog niemanden ins Vertrauen. Innerhalb seines Teams, zu dem er bis zu seiner Ernennung als Chef der Forschungsgruppe gehört hatte, erledigte er seine Aufgaben, so gut ihm seine anderen Verpflichtungen Zeit dazu ließen.

Nun wartete er seit einer Stunde in der kleinen Hyperfunkzentrale. Heute früh hatte das Hauptquartier der USO für 14 Uhr Standardzeit eine wichtige Mitteilung angekündigt.

Die Uhr zeigte 14.45 Uhr; die Meldung war immer noch nicht durchgekommen.

Gelangweilt starrte Leyden auf den Wellenoszillographen, der die konstante Hyperfunkamplitude sauber wiedergab. Seine Augen weiteten sich. Er beugte sich vor.

„Kommen Sie her! Sehen Sie sich das an!" rief er dem diensthabenden Funker zu.

Beide ließen keinen Blick mehr von der grünlich leuchtenden Scheibe des Oszillographen. Für Sekunden stand die Welle, dann wurde sie wieder zerrissen. Jetzt schien sie nicht mehr vorhanden zu sein. Grelle Zackenlinien erschienen auf der Scheibe, brachen blitzartig zusammen und ließen sich durch die Amplitude wieder ablösen.

Ein halbes Dutzend Mal beobachteten beide Männer dieses Schauspiel, dann war es vorbei.

Und da lief die angekündigte Nachricht aus dem Hauptquartier der USO ein. Der Grund für die verspätete Durchsage wurde am Anfang der Meldung bekanntgegeben. Tyll Leyden hörte den Planetennamen Eysal. Danach zum erstenmal das Wort Hornschrecken. Er brummte vor sich hin, als mitgeteilt wurde, daß diese Hornschrecken imstande sein sollten, sogar Terkonitstahlwände durchzufressen.

Plötzlich zuckte Leyden zusammen. Im Bericht wurde das Datum 4. August erwähnt, und wieder fiel der Planetenname Eysal. Von einem gravitationsenergetischen Stoßfrontgenerator war die Rede, der am 4. August einen ungeheuren 5-D-Gravitationsstoß ausgesandt und auf 276

Planeten die Hornschreckeneier zum Platzen gebracht hatte. Obwohl innerlich bis zum äußersten gespannt, fühlte sich Leyden von einer drückenden Last befreit. Er und seine Kollegen hatten also nicht mit den drei zu Herkules geschicken Sonden den gewaltigen Schwerkraftstoß auf fündimensionaler Ebene ausgelöst. Was war auf diesem Planeten Eysal passiert? Woher kam dieses Gravestog-Gerät?

Der Sprecher im USO-Hauptquartier ließ Leyden auf Impos keine Zeit, eigenen Gedanken nachzugehen.

„Alle Kommandos, gleich welchem Verband sie angehören, werden aufgefordert, ihre Beobachtungen über den Schwerkraftstoß unverzüglich der USO zu melden. Aus hier vorliegenden Berichten geht hervor, daß wahrscheinlich alle Strukturtaster im selben Moment ausgefallen sind. Es besteht aber die begründete Vermutung, daß auf Explorerschiffen wertvolle Messungen durchgeführt worden sind, die mit diesem Stoß im direkten oder indirekten Zusammenhang stehen. Die USO fordert alle Einheiten auf, die Berichtsunterlagen sorgfältig zu überprüfen und entsprechend vorliegende Hinweise sofort per Funk dem Hauptquartier mitzuteilen."

„Die sind ja aus dem Häuschen", stellte der Hyperfunkspezialist erstaunt fest.

Tyll Leyden nickte. Die Hornschrecken hatte er schon wieder vergessen. Aber in den folgenden Wochen und Monaten wurden sie ihm und allen anderen auf Impos zum Begriff, und was ein Schreckwurm war, ebenfalls.

Nachdem er das USO-Hauptquartier über die wichtigsten Ereignisse auf Impos informiert hatte, ohne dabei auf die Entdeckung des wandernden Schwerkraftzentrums innerhalb Herkules einzugehen, verließ er nachdenklich den Funkraum.

Auf die Idee, daß die Gravitationsschockwelle auch Herkules direkt beeinflußt haben könnte, kam er nicht – noch nicht. Und durch das Verschweigen der Beobachtungen über Herkules gegenüber der USO-Zentrale konnte auch niemand anderer Hinweise auf die Zusammenhänge liefern.

18.

Vier Monate waren vergangen. Auf Impos war man noch immer damit beschäftigt, das Geheimnis der Oldtimer zu enträtseln. Die rätselhaften Störungen des Hyperfunks traten immer häufiger auf, ohne daß es gelang, den Grund dafür herauszufinden.

Vor wenigen Stunden war im Planetarium die siebente Stelle entdeckt worden, an der Dutzende Sonnensysteme vorhanden waren, die es in Wirklichkeit nicht gab. Auch diese Stelle wies, wie die sechs anderen, eine geringere Leuchtintensität auf als die restliche Miniaturgalaxis. Selbst wenn man in Betracht zog, daß das Strahlungsspektrum der einzelnen Sonnen unterschiedlich war und nicht alle mit der gleichen Intensität leuchteten, so war doch auffällig, daß gerade an den betreffenden sieben Stellen *alle* Sterne eine gleichmäßige Leuchtintensität besaßen, die sich von ihrer übrigen Umgebung abhob.

Auch dieses Rätsel blieb ungelöst. Niemand hatte eine vernünftige Erklärung dafür, warum die Oldtimer an Stellen, an denen es in der Realität keine Sterne gab, ganze Systeme in die Nachbildung der Galaxis aufgenommen hatten. Wäre nicht die Tatsache gewesen, daß alle anderen bisher untersuchten Stellen eine exakte Wiedergabe der Milchstraße widerspiegelten, hätte man meinen können, daß den längst verschwundenen Schöpfern dieser Anlage gravierende Fehler unterlaufen waren. Aber diese Miniaturgalaxis *war* die naturgetreue Wiedergabe der Milchstraße. Also mußten die Oldtimer mit der Einfügung der sieben Stellen eine ganz bestimmte Absicht verfolgt haben.

Tyll Leyden, der unmittelbar nach der Entdeckung der siebenten Stelle in den Singenden Berg gekommen war, um sich selbst ein Bild zu machen, ließ sich von der rätselhaften Transportmaschinerie wieder auf den Boden des Saales bringen.

Hier waren die Arbeitsgeräusche der fremden Maschinen inzwischen unerträglich geworden. Der Maschinensaal konnte nur noch in schallisolierenden Raumanzügen betreten werden. Jeder normale Mensch mußte bei diesem höllischen Lärm nach wenigen Minuten durchdrehen.

Ingenieur Turander kam Leyden entgegen. Sie verständigten sich über Helmfunk.

„Leyden, ich warne Sie. Lassen Sie räumen, sonst fliegen wir alle hier in die Luft. Seit genau drei Tagen, 17.34 Uhr Standardzeit, rasen diese unheimlichen Aggregate, daß man das Zittern des Felsens im ausgegrabenen Keller fühlen kann. Professor Attik und seine Mitarbeiter möchten lieber heute als morgen alles liegen lassen. Sie haben Angst, daß der Achttausender zusammenbricht. Wir haben Angst, daß alles in die Luft fliegt."

Darauf ging Leyden nicht ein. „Ergeben die Messungen immer noch nichts?" Seine Frage bezog sich auf die tosenden Maschinen. Es blieb ein Rätsel, warum nicht die geringste Energieemission durch die Verkleidung in den Maschinensaal trat.

Turanders Nerven waren stark mitgenommen. Zornig erwiderte er: „Der Teufel soll die Arbeit hier holen. Wir bekommen keinen einzigen Wert. Als ob die Dinger hier taube Nüsse wären. Wir bekommen noch nicht einmal heraus, woher diese Störungen kommen, an denen unsere Kybernetiker verzweifeln."

Zum erstenmal erfuhr Leyden etwas, das seit langem bei einigen Wissenschaftlern bekannt war. Turander mußte Bericht erstatten. Keineswegs mit Vergnügen hörte Leyden ihn sagen: „Der einzige, der sich bemüht hat, die Störquelle zu finden, ist Populos gewesen. Aber der hat's auch aufgegeben. Robet hat getan, als ob es ihn nicht interessierte."

Leyden überging die letzten Bemerkungen. „Den Kybernetikern schlagen ständig die 5-D-Variometer durch?"

Immer häufiger benutzten die Kybernetiker diese posbische Konstruktion, um noch nicht ganz geklärte fünfdimensionale Gefälleerscheinungen wertmäßig festzulegen.

„Durchschlagen ist nicht richtig ausgedrückt. Reinhauen ist die bessere Bezeichnung. Irgend etwas verfälscht die Werte der Variometer. Populos sagt, die Störungen kämen aus dem Hyperraum, hätten aber nichts mit Gravitationsschwankungen zu tun. Er käme auch nicht dahinter, was es wäre und woher es käme. Leyden, ich beschwöre Sie, lassen Sie den Singenden Berg räumen. Hier geht es doch nicht mehr mit rechten Dingen zu.“

Aber Tyll Leyden war genau vom Gegenteil überzeugt.

Vor drei Tagen, um 17.34 Uhr Standardzeit, hatten alle Maschinen dieser Halle ihren Lärm noch verstärkt.

Vor drei Tagen, um 17.34 Uhr Standardzeit, hatten vier starke Erdstöße alle siebzehn Monde des Planeten Herkules erschüttert. Ihre arkonidischen Seismographen waren darüber ausgefallen. Der einzige Seismograph, der im Innern des Berges stand, hatte dagegen keinen einzigen Erdstoß aufgezeichnet.

Die Erregung über diese gewaltigen Beben, von denen jedes über zehn Minuten gedauert hatte, war heute, am dritten Tag danach, abgeklungen. Aber zu einem konzentrierten Arbeiten konnte sich niemand aufraffen.

Wortlos standen sich Leyden und Turander in der Maschinenhalle gegenüber. Die riesig langen, haushohen grauen Aggregate wurden von keinem Menschen mehr berührt. Die Verkleidung anzufassen war fast genauso gefährlich, wie mit 100 000 Volt in Kontakt zu kommen.

Hinter den Verschalungen mußte buchstäblich die Hölle entfesselt sein.

Warum aber? fragte sich Leyden verzweifelt. Warum toben die Maschinen? Was wollen sie erreichen oder verhindern?

Er traute den Oldtimern, die vor mehr als einer Million Jahren auf dieser Welt gelebt hatten, keine unlogische Handlungsweise zu. Darum mußte das entfesselte Arbeiten der Maschinen auch seinen Grund haben.

Nach Turanders Meinung schwieg Leyden zu lange. „Lassen Sie nun räumen oder nicht?“

„Nein.“

Damit ging er in Richtung des inneren Großtores. Am Knacken im Helmfunk stellte er fest, daß Turander abgeschaltet hatte.

Plötzlich lauschte er. Er stellte auf maximalen Empfang. Deutlich erkannte er Sascha Populos' Stimme.

Und er hörte ein Zwiegespräch, das ihm viel verriet, nur nicht den Namen des anderen Sprechers.

Populos: „Ich benötige dringend die Farbkurvenverschiebung und alle Werte über das planetarische Magnetfeld. Wie sie vor und nach dem Beben ausgesehen haben, interessiert mich nicht. Kannst du es mir bis heute abend besorgen?“

Die andere Stimme: „Robet scheint mißtrauisch geworden zu sein. Aber ich werde schon einen Weg finden. Ich habe seine letzten Berechnungen. Leyden hat ihm mit seiner Faltonschen Theorie einen neuen Weg gezeigt. Sehr interessant.“

Populos: „Bring alles mit. Was machen deine Arbeiten an der Störungsquelle? Hast du entdeckt, wo sie steckt? Sie muß im Berg sein, meiner Meinung nach im Planetarium. Hast du dazu immer noch keinen Zutritt?“

Die andere Stimme: „Ende. Wer atmet da?“

Populos und der andere hatten Tyll Leydens Atmen gehört. Der blickte erstaunt auf die kleinen Kontrollen im Halswulst seines Anzugs und stellte mit leichtem Erstaunen fest, daß er die Frequenz seines Helmfunkgeräts ungewollt verändert hatte und dadurch zum Mithörer geworden war.

Er stellte auf die alte Wellenlänge zurück und schaltete danach den kleinen Sender ab.

Sascha Populos, dachte er ununterbrochen. Dieser Mann versuchte, ihn zu überspielen und unmöglich zu machen. Dann dachte er über das Gespräch nach, das er mitgehört hatte. Ihm blieb unklar, warum Populos nach Farbkurvenverschiebungen verlangte. Leyden bedauerte, daß Populos sich nicht präziser ausgedrückt hatte.

Leyden war in tiefes Grübeln versunken, als er den Funkraum betrat. Auf Impos gab es zwei Hyperfunkexperten. Beide knieten vor dem unersetzlichen Gerät und hatten es halb demontiert. Wortlos trat Leyden zu ihnen. Einer blickte auf.

„Ja, Leyden, eine schöne Bescherung. Vor morgen mittag können wir weder senden noch empfangen. Bei uns kommt nur noch Tonsalat an. Was wir aus den Antennen strahlen, kann den Hyperraum nicht mehr erreichen. Wenn wir nur wüßten, wo der Fehler an unseren Geräten liegt.“

Der andere brummte: „Seit drei Tagen schon ist das Gerät nicht mehr hundertprozentig in Ordnung.“

Dieser Satz war soviel wie ein Stichwort für Leyden. Auf der Stelle machte er kehrt und rannte hinaus.

Vor drei Tagen hatte einiges seinen Anfang genommen. Und ein anderes Mal war es am 4. August gewesen.

Es wurde Mitternacht, als Leyden, Robet und Mussol erschöpft eine Pause einlegten. Seit acht Stunden saßen sie in Leydens Arbeitszimmer und hatten ununterbrochen Messungen angestellt, Berechnungen durchgeführt und waren von einem Ergebnis zum anderen gejagt worden.

Eins stand jetzt schon fest: Der Riesenplanet Herkules besaß nicht mehr den ursprünglichen Durchmesser von 2213000 Kilometern. Herkules schrumpfte. Er war kleiner geworden. Aber nicht nur das.

Herkules hatte an Masse verloren.

Die Masse, die verlorengegangen war, betrug jetzt schon das Dreifache von Impos.

Leyden hatte einen Kalender zu Hilfe genommen, weil er sich selbst nicht mehr traute.

Wo war nur das Phänomen der Schwerpunktverschiebung in Herkules geblieben? Heute war der Tag, an dem nach siebentägigem Rhythmus diese Verschiebung am auffälligsten sein mußte.

Aber es gab keine Verschiebung mehr in Herkules. In diesem Punkt war der Riesenplanet wieder normal geworden.

„Ich kann nicht mehr", stöhnte Robet.

Mussol saß abgespannt in seinem Sessel und betrachtete seine Fingernägel. Tyll Leyden sah von einem zum anderen.

„Ich erwarte Sie morgen früh wieder. Gute Nacht." Dann lauschte er ihren leiser werdenden Schritten nach, bis sie verklungen waren.

Er war weder müde noch abgespannt.

Er hatte auch keine Zeit, müde und abgespannt zu sein. Er stand auf und verschloß von innen die Tür. Dann ging er in den Nebenraum. Hier hatte er am Nachmittag zusammen mit Mussol und Robet eine Meßstrecke aufgebaut und durch Roboter aus verschiedenen Abteilungen wichtige Geräte herbeischaffen lassen. Die meisten Instrumente hatten die Gravitationstechniker zur Verfügung stellen müssen.

Leyden schaltete den Hauptschalter ein. Ein Gerät nach dem anderen lief warm. Ein Grünzeichen nach dem anderen flammte auf. Dann begann er zu arbeiten, Messungen und Berechnungen durchzuführen, zwischen Meßstelle und Arbeitsraum hin und her zu wandern, um plötzlich den Atem anzuhalten. Der abgesicherte Strukturtaster drohte durchzuschlagen. Seine Zeiger und Skalenscheiben standen in den gefährlichen Rotbereichen.

Das gesamte System wurde im Augenblick wieder einmal von einem gigantischen Gravitationsstoß getroffen.

Um ein Haar hätte Leyden einen Schrei ausgestoßen.

Herkules hatte wieder an Masse verloren. In diesem Augenblick.

„Mein Gott“, stöhnte Leyden.

Aus Impos’ Tiefe kam ein Brüllen, Donnern, gefolgt von Knacken und Knistern. Impos wurde von einem erneuten Erdbeben geschüttelt. Leyden versuchte sich festzuhalten, aber der tanzende Boden unter seinen Füßen war schneller und schleuderte ihn in die Ecke. Er verlor nicht das Bewußtsein, aber er war eine Zeitlang nicht in der Lage, klar zu denken. Er erwartete nun, daß Impos auseinanderbrach und sie alle in den Raum hinausgewirbelt wurden.

Schlagartig trat wieder Ruhe ein. Die Tiefen dieses Mondes waren wieder stumm. Die Erdschichten zitterten nur noch schwach. Jetzt war das Knirschen und Stöhnen der Verbundkonstruktion des Hauses deutlich zu hören.

Als Leyden sich stöhnend aufraffte, glaubte er, eine Halluzination zu haben und *ES* kichernd rufen zu hören: *Eine gefährliche Gegend . . .*

Eine menschliche Stimme rief ihn und unterbrach die mentalen Impulse der *ES*-Halluzination.

„Leyden! Leyden . . .“ Immer wieder.

Es war Turander, der wie ein Irrer über Funk schrie. Turander aus dem gigantischen Maschinensaal im Berg.

Da meldete sich Tyll Leyden.

Wildes Lachen drang an sein Ohr. Aber auch noch andere Geräusche, die er nicht deuten konnte.

„Hören Sie es, Leyden? Das ist die Hölle. Eine Maschinenhölle. Ich bin der letzte hier. Ich verschwinde jetzt auch. Ich . . .“ Das andere ging in unbeschreiblichem Getöse unter. Noch einmal versuchte Turander, sich verständlich zu machen. Dann war es plötzlich still.

Hatte Turander abgeschaltet, oder war er tot?

Leyden programmierte den Roboter um. Als einziger auf Impos war er berechtigt, eine Kampfmaschine daraus zu machen. Die Aufgabe des Roboters bestand darin, zu verhindern, daß während Leydens Abwesenheit ein Unbefugter seine Räume betrat.

Als Leyden das Freie erreichte, liefen noch immer Bebenwellen durch den Boden. Die Plastikhäuser auf ihren leichten Fundamenten schwankten hin und her. Überall brannte Notlicht – starke Handscheinwerfer, die gebündeltes Licht bis zum nahen Gebirgsmassiv schickten.

Es gab kein Massiv mehr. Es gab nur noch einen Achttausender, der von einer gigantischen Trümmerwüste umgeben war.

Das Erdbeben hatte ein Gebirge zum Einsturz gebracht, aber es war nicht in der Lage gewesen, den hohlen Berg mit seinem kostbaren Planetarium zu vernichten.

Leyden verstand die Blicke, die man ihm von allen Seiten zuwarf. Er verstand, was die fast hundert Mann starke Gruppe wollte, die auf ihn zukam.

Von allen Seiten wurde er von Handscheinwerfern angestrahlt. Von allen Seiten wurde er umringt.

Hatte er etwas Ähnliches erwartet, als er in seinem Arbeitszimmer zwei Desintegratorwaffen und einen schweren Hypnostrahler eingesteckt hatte?

Die maskenhaften Gesichter, in die er sah, berührten ihn kaum. Darüber war er selbst erstaunt.

Was sagte die Gruppe? Er sollte seinen Rücktritt als Chef auf Impos erklären? Er sollte als Grund für seinen Rücktritt die Verhältnisse auf Impos angeben, die er angeblich nicht länger mehr ertragen konnte.

In der rechten Hand einen Desintegrator, in der anderen den schweren Hypnostrahler, sagte er ruhig: „Und jetzt, meine Herren Kollegen, machen Sie mir bitte Platz. Wer sich mir in den Weg stellt, hindert mich daran, im Berg nach dem Rechten zu sehen, und zwingt mich, von der Waffe Gebrauch zu machen."

Wie gleißende Finger standen die scharfen Strahlen der Scheinwerfer in der Dunkelheit. Einige wischten nervös hin und her. Eingekeilt in der Menge, konnte Leyden keinen Schritt tun.

„Bleiben Sie hier, Sie Narr!" schrie ein Kollege. „Gleich bricht auch der Singende Berg zusammen!"

Die Männer, die vor ihm standen, wichen nicht von der Stelle. Angst um das eigene Leben und Zorn standen in ihren Gesichtern. Vom Gebirge her kam Knirschen und unheilverkündendes Grollen. Der Boden begann wieder zu zittern. Und dann setzten sich schlagartig Millionen Tonnen Gestein in Bewegung. Ein Fels riß den anderen mit.

Hinter Leydens Rücken gellte ein Schrei.

Plötzlich wurde das Licht aus den leistungsfähigen Handscheinwerfern trübe. Die Männer wurden von Husten- und Erstickungsanfällen geschüttelt. Eine Sekunde später sah einer den andern nicht mehr. Eine dichte Staubwolke sank auf sie nieder.

Leyden senkte seine Waffe. Er wurde von allen Seiten gestoßen, gedrückt. Zu verstehen war kein Wort. Vom Massiv her grollte und brüllte es ununterbrochen.

War jetzt der Berg mit dem einmaligen Planetarium zusammengestürzt und alles für ewig unter Abermillionen Tonnen Fels begraben?

Leyden wurde umgerissen und kam zu Fall. Jemand stolperte über ihn und stürzte ebenfalls zu Boden. Leyden machte keinen Versuch, sich aufzurichten. Er preßte ein Ohr gegen den steinigen Boden und lauschte.

Impos schrie. Aus den Tiefen dieser Welt kam das Brüllen. Es kündigte ein neues Erdbeben an.

Es war da. Es war zehnmal schlimmer als das letzte. Es war einfach nicht zu beschreiben.

Und dann war es vorüber. Nach Minuten, nach zehn Minuten, nach einer halben Stunde? Leyden hatte jedes Zeitgefühl verloren.

Was kam da? Leyden hob den Kopf und erkannte, daß das letzte furchtbare Tiefenbeben von Impos jetzt von einem Orkan abgelöst wurde.

Ich kann nicht mehr. Das dachte er und krallte sich trotzdem noch fester an vorspringenden Gesteinsecken fest.

Lag er im Windschatten? Strich der Orkan mit seinen entfesselten Energien haushoch über ihn hinweg?

Wie lange hielt er an? Kam der Morgen immer noch nicht?

Zuerst sah er Handscheinwerfer, die seine geflohenen Kollegen fortgeworfen hatten, dann stellte er fest, daß die Luft von Staubmassen gereinigt war. Er griff nach einem Scheinwerfer, drehte sich dorthin, wo vor kurzer Zeit noch ein gewaltiges Gebirgsmassiv existiert hatte.

Der scharfgebündelte gleißende Strahl ließ ihn die bekannten Konturen des Singenden Berges erkennen.

Das Planetarium stand noch. Der Achttausender stand, während um ihn herum alles zerstört wurde.

Dahin muß ich. Dieses Verlangen trieb Leyden vorwärts. Bis er begriff, was er eigentlich tat, war er schon zum Singenden Berg unterwegs.

Der Morgen graute, als er das gewaltige Tor in der glatten Felswand erreichte und den gigantischen Gang betrat, der ins Innere des Berges führte. Auf dem Parkplatz entdeckte er einen Gleiter, in dem ein Raumanzug lag. Er kontrollierte ihn, während er ihn anzog. Dann raste sein Gleiter bis vor das große Innentor. Nach Turanders Angaben sollte sich kein Wissenschaftler mehr im Singenden Berg befinden.

Leyden stand vor dem geschlossenen Großtor. Sein Scheinwerferstrahl wanderte überallhin. Leyden suchte nach Spuren der Erdbeben, aber wohin er auch blickte, überall sah es unverändert aus.

Und diese wunderbare, wohltuende Stille, die ihn umgab.

Er zuckte zusammen. Stille? fragte er sich. Hinter dem Großtor brüllen die Maschinen. Wieso verspüre ich kein Zittern mehr im Boden?

Er lief auf das Großtor zu. Das Tor öffnete sich. Leyden betrat den Maschinensaal. Er wagte es, das Außenmikrophon an seinem Anzug einzuschalten – und wie festgewurzelt blieb er stehen.

Sein Außenmikrophon übertrug ihm das Singen der gigantischen Maschinen.

Sie brüllten nicht mehr. Der Felsboden zitterte nicht mehr.

Immer deutlicher begriff Tyll Leyden.

„Ihr Oldtimer", flüsterte er und öffnete seinen Helm. Langsam näherte er sich dem ersten Aggregat. Er legte eine Hand gegen die Verkleidung. Er fühlte nur kühles Metall, sonst nichts.

Ein Gebirge war im Erdbeben planetarischen Ausmaßes untergegangen, aber ein ausgehöhlter Achttausender war aus diesem Inferno unbeschädigt hervorgegangen. Leyden begann zu begreifen, wer diesen Untergang verhütet hatte: Maschinen, die seit mehr als einer Million Jahre liefen.

Maschinen und die von ihnen erzeugten Energien waren stärker gewesen als die unvorstellbaren Kräfte, die in planetarischen Erdbeben entfesselt worden waren.

Unwillkürlich drängte sich Leyden die Frage auf: Warum?

Warum hatte eine Rasse, die seit Äonen nicht mehr existierte, dem größten Kunstwerk der Galaxis diese Sicherung mitgegeben?

War das Planetarium mehr als nur die Wiedergabe der Milchstraße?

Leyden faßte sich an den Kopf.

Er versuchte, alles Nebensächliche auszuschalten und sich nur auf das *Warum* zu konzentrieren.

Er war nicht in der Lage, sich zu konzentrieren. Zuviel hatte er in den letzten vierundzwanzig Stunden erlebt.

Ich muß ins Planetarium, dachte er.

Als er den Kreis betrat, trug ihn das Feld nach oben, durch das Loch in der Decke, durch die optische und akustische Sperre.

Über ihm wölbte sich der Dom, über ihm gleißte die Wiedergabe der Milchstraße. Alles war so, wie er es verlassen hatte.

Er ging auf einen bestimmten Punkt der Randzone zu. Immer wieder blickte er zum Planetarium hinauf. Immer öfter wischte er sich dabei über die Augen. Irgend etwas ließ ihn verwaschene Reflexe sehen.

War er überanstrengt? Warnten ihn die Augen, mit seinen Kräften keinen Raubbau zu treiben? Tyll Leyden fühlte sich nicht einmal müde. Er hatte jetzt das Empfinden, vollkommen frisch zu sein.

Unbewußt hatten ihn seine Schritte zur Plastik geführt.

Sie drehte sich auf ihrem schwebenden Sockel. Die Augen der Statue leuchteten von innen heraus; der Sockel leuchtete. Leyden wischte sich wieder über die Augen, aber das Leuchten der Plastik blieb unverändert stark.

Als er die Arme danach ausstreckte, dachte er an keine Gefahr.

Als die sich drehende Statue unter seinen Händen dahinglitt, fühlte sie sich so kühl an wie bisher. Er trat einige Schritte zurück und schüttelte resignierend den Kopf.

Was hatte das Leuchten der Plastik zu bedeuten?

Je länger er sie fragend betrachtete, um so deutlicher wurde ihm, welche Verantwortung er für seine Kollegen übernommen hatte. Die Erinnerung, wie ihm eine Gruppe kurz vor dem letzten Beben entgegengetreten war, löste in ihm Bitterkeit aus.

Jetzt war er glücklich, daß eine Staubwolke sie überfallen hatte. Jetzt war er zufrieden, daß das Beben gekommen war und anschließend der Orkan. Diese Ereignisse hatten ihn davor bewahrt, auf seine Kollegen schießen zu müssen.

Aber warum leuchtete jetzt auch die Statue?

Warum lärmten die Maschinen nicht mehr?

Das alles mußte doch einen Sinn haben. Er traute den Oldtimern nicht zu, ein bösartiges Spiel mit den Entdeckern ihres Planetariums zu treiben.

„Es ist zum Verzweifeln!“ rief er laut.

Ich muß zum Planetarium hinauf, dachte er dann so intensiv, daß ein Strahl aktiviert wurde und ihn nach oben trug.

Er befand sich in 2000 Meter Höhe über dem kreisrunden Boden des Felsdomes. Mit der gleichen Geschwindigkeit wie sonst wurde er hinaufgetragen. Nun blickte er zum ersten Male wieder zu den künstlichen Sternen.

Er kniff die Augen zusammen.

Deutlicher als von unten her sah er Reflexe.

„Reflexe?“ fragte er sich. Und noch einmal: „Reflexe?“

Ein unnatürlicher Farbton machte sich an einigen Stellen der künstlichen Milchstraße breit; es waren Farbflächen, die im irisierenden Licht strahlten und ganze Sternenballungen in sich einschlossen.

Leyden war noch tausend Meter von den Randzonen der Galaxis entfernt, als er die nächste Entdeckung machte.

Er zählte sieben irisierende Flächen.

Die leuchtenden Stellen innerhalb der Milchstraße befanden sich alle an jenen Plätzen, wo Leyden und seine Mitarbeiter Sternenballungen registriert hatten, die es in Wirklichkeit nicht gab.

Intensiv dachte er jetzt an sein Ziel. Der Strahl führte ihn so nah wie möglich heran. Ihm kam es nicht ungeheuerlich vor, in rund fünftausend Meter Höhe auf der Stelle zu schweben und von blitzenden Punkten, die Sonnen darstellten, umgeben zu sein. Er hatte keine Zeit, sich diesem Erlebnis hinzugeben. Er starrte zum leuchtenden Fleck hinüber, und er erinnerte sich, daß die dort befindlichen Systeme vor einiger Zeit schwächer geleuchtet hatten als die anderen Sterne. Nun waren sie in dem irisierenden Feld eingebettet.

Nach unten, dachte er.

Von dort trug ihn ein anderer Strahl in den Kreis auf dem Boden des Maschinensaals. Leyden verließ den Saal. Hinter ihm schloß sich das

Tor. Er stieg in den Gleiter, passierte den Gang und erreichte das Freie.

Auf Impos begann der Morgen.

Aber Tyll Leyden erkannte die nahe und weitere Umgebung nicht mehr wieder. Wo war das Plateau, auf dem ihre Plastikhäuser standen?

Sie standen noch, aber jetzt in einer tiefen Mulde. Die flachen Dächer ragten nur wenig über zerklüftete Felskanten heraus. Leyden begriff, daß während seines Aufenthalts im Berg ein neues Erdbeben Impos heimgesucht hatte. Von Äona und seinen Trümmern und dem fünfzig Meter hohen Turm war nichts mehr zu sehen. Ein Gebirge von Felsmassen lag darüber. Allein eine schmale Gasse, rechts und links von hohen Schutthalden begrenzt, die zum Eingang des Singenden Berges führte, befand sich noch auf ihrem alten Niveau.

Leyden bemerkte nicht, daß sein Gleiter automatisch aufsetzte und er sein Ziel erreicht hatte.

Immer wieder blickte er zur Gasse hinüber.

Sie war gewollt. Die Oldtimer hatten sie gegen alle Kräfte planetarischer Beben errichtet – Oldtimer, die seit mehr als einer Million Jahre nicht mehr lebten. Oldtimer, die mit ihrer Technik stärker als Naturgewalten waren.

Wie geistesabwesend verließ er seinen Gleiter. Er bemerkte kaum, daß die meisten Häuser schief standen. Er sah seine Kollegen davorstehen und hörte sie diskutieren. Er ging um sie herum und auf das Haus zu, in dem sein Arbeitsplatz war. Erst an der Tür, die offenstand, erinnerte er sich, daß er der Chef auf Impos war und er jetzt nach dieser Katastrophe Anweisungen zu geben hatte.

Er drehte sich um und sah die Männer der Reihe nach an. In ihren Blicken lag immer noch Angst.

Leydens Stimme klang nicht besonders laut: „Sie sollten hier mit Aufräumungsarbeiten beginnen und dann weiter Ihren Dienst im Singenden Berg tun. Dort ist alles normal. Handeln Sie, wie man es von vernünftigen Männern erwartet."

Damit glaubte er, alles gesagt zu haben.

Er trat ins Haus und ging zum ersten Stock hoch. Auf der viertletzten Stufe blieb er stehen. Auf dem Podest zu seinem Arbeitsraum lag der von ihm programmierte Roboter. Der halbe Rumpf fehlte.

Die Tür zum Arbeitsraum war geöffnet. Leyden zog Paralysestrahler und Desintegrator. Im selben Augenblick war er nicht mehr der Wissenschaftler, sondern der kampfgeschulte Besatzungsangehörige der EXPLORER-2115.

Mit einem Satz stand er im Zimmer. Vor seinem Tisch lag ein Mann, der sich gerade aufzurichten versuchte.

Es war 7.03 Uhr.

Der Mann vor dem Schreibtisch war Sascha Populos, der Gravitationsexperte.

Um 7.06 Uhr rief Tyll Leyden über Sprechfunk nach dem Expeditionsarzt. Sascha Populos schlief unter der Wirkung eines Paralyseschusses. Der Arzt war in wenigen Minuten da, beugte sich über den Schläfer, stutzte, richtete sich auf und sagte mit weit aufgerissenen Augen: „Wer hat Populos verprügelt?"

„Ich", erklärte Leyden. Mehr hatte er dazu nicht zu sagen. „Lassen Sie ihn in die Lazarettstation bringen. Stellen Sie zwei Kampfroboter zu seiner Bewachung ab. Populos steht unter Arrest."

Der Arzt traute seinen Ohren nicht. „Um Himmels willen, warum haben Sie Populos verprügelt? Ist er jetzt geschockt?"

„Schaffen Sie mir den Mann aus den Augen." Damit kehrte Leyden dem Arzt den Rücken.

Über Funk rief der Arzt einen Roboter. Kurz darauf wurde Sascha Populos auf den Metallarmen eines Medo-Roboters zur Lazarettstation getragen. Tyll Leyden studierte die Unterlagen, die er in Populos' Taschen gefunden hatte. Etwas später stieg er ein Stockwerk höher, wo sich der Arbeitsraum des Gravitationsexperten befand. Aber lange hielt er sich hier nicht auf. Er kümmerte sich nicht um die erregt diskutierenden Gruppen auf der Straße zwischen den Häusern. Er überquerte sie und verschwand in dem Bau, in dem Populos wohnte. Als er die Zimmertür aufstieß, blickte er auf den gebeugten Rücken eines Mannes. Der schreckte auf, drehte sich um, erkannte Leyden und machte mit der rechten Hand blitzschnell eine Bewegung zur Tasche.

Kaltblütig schoß Leyden ihn mit dem Paralysator nieder. Unbeeindruckt stieg er über den Mann, der jetzt regungslos am Boden lag, und hob eine Folie auf, die der andere bei seinem Fall mitgerissen hatte. Dann studierte er die Unterlagen auf dem Tisch. Als er die Diagramme über die Masseverschiebung in Herkules entdeckte, die ihm gestohlen worden waren, nickte er nicht einmal.

Sein Minikom trat wieder in Tätigkeit. Abermals rief er nach dem Expeditionsarzt und nach Gaston Robet, Mussol und Players. Die Wissenschaftler waren vor dem Arzt bei ihm.

„Sehen Sie sich das einmal an“, forderte er sie auf.

Players erkannte seine Notizen auf einigen Unterlagen wieder, und Gaston Robet entdeckte Sascha Populos' charakteristische Schrift unter den gestohlenen Diagrammen.

Als der Arzt erschien, gab Leyden seine Direktiven. „Behandeln Sie Mille Davis, wie Sie ihn als Arzt zu behandeln haben. Bis zur Ankunft des nächsten Raumschiffs ist er festzusetzen. Wie bei Populos, keinen Kontakt zur Außenwelt. Versorgung durch Roboter. Ich danke Ihnen.“

Der Arzt schluckte, wollte etwas sagen, entdeckte das Funkeln in Leydens hellen Augen und schwieg. Wortlos beugte er sich über Mille Davis und legte ihm den Pulsometer an, um festzustellen, mit welcher Intensität der Schockstrahl getroffen hatte. „Leyden, Sie haben mit Maximum geschossen? Warum das denn?“ Der Arzt war zornig.

„Greifen Sie mal in seine rechte Hosentasche, Doktor“, forderte ihn Leyden auf.

Der Arzt gehorchte und holte einen Desintegrator hervor. Der Strahler war entsichert. Keiner sah sein fassungsloses Mienenspiel, denn die Experten waren inzwischen wieder mit der Sichtung der Unterlagen beschäftigt. Leyden begann das Zimmer zu durchsuchen. Vorher aber wandte er sich nochmals an den Arzt. „Doktor, meine Anordnungen gelten auch für die Zeit, in der beide Männer Ihrer Hilfe bedürfen.“

„Mußten Sie Populos derart verprügeln?“

Kommentarlos zeigte Leyden dem Arzt, daß ihm zwei Backenzähne fehlten.

„Entschuldigen Sie“, murmelte der Arzt verlegen. „Das habe ich nicht gewußt.“

Seit dieser Minute gab es auf Impos einen Mediziner, der nicht mehr an Tyll Leydens Qualitäten als Chef einer Forschungsgruppe zweifelte.

Nachdem auch Davis durch einen Roboter abtransportiert worden war, erklärte Leyden seinen Mitarbeitern: „Ich bin in Populos' Arbeitszimmer zu finden. Wahrscheinlich werden wir dort auch noch einige interessante Hinweise finden."

Robet brauste auf. „Interessant nennen Sie das, Leyden. Wenn nur die Hälfte von Populos' Berechnungen stimmen, dann kommt sein Schweigen einem Mordversuch an uns allen gleich."

„Stimmen die Berechnungen denn, Robet?"

Damit ließ Leyden die Kollegen allein.

In Populos' Arbeitszimmer fand Leyden zunächst nur normale Unterlagen, bis er auf eine Schrift stieß mit dem Titel MOLKEX. Jedem Besatzungsmitglied eines terranischen Raumschiffs waren Molkex, Hornschrecken und Schreckwürmer inzwischen zum Begriff geworden. Auch Funknachrichten über ein zweites Imperium auf der Eastside der Milchstraße wurden jetzt immer häufiger empfangen.

Über Molkex wußte Tyll Leyden sehr wenig. Die Schrift, die er in der Hand hielt, war ihm unbekannt. Von ihrer Existenz hatte er bis zum Augenblick nichts gewußt. Ahnungslos nahm er Einblick. Sein Staunen wuchs. Der Begriff Molkex brannte sich in sein Gehirn ein. Über dem Studium der Schrift vergaß er sein Vorhaben, Populos' Arbeitsraum zu durchsuchen. Gaston Robet kam und meinte, es wäre Zeit zu frühstücken.

Leyden schüttelte den Kopf.

„Was?" Robet zeigte sich überrascht. „Sie verzichten auf Ihr Frühstück? Zum Donnerwetter, was lesen Sie denn da? Molkex? Ach, dieser Stoff..."

„Ja", sagte Leyden, um Robet loszuwerden.

In diesem Moment wurde Impos von einem neuen Erdbeben geschüttelt. Robet riß Leyden hoch und stürzte mit ihm nach draußen. Der Boden unter ihren Füßen hob und senkte sich in unregelmäßigen Intervallen. Dazu kam wieder das Brüllen aus den Tiefen. Und wieder aufreißende Erdschichten, herabstürzende Steine – das Inferno.

Infolge einer lokalen Bodensenkung lagen die Häuser jetzt in einer tiefen Mulde. Der Gedanke, unter herabstürzenden Wänden begraben zu werden, trieb auch Leyden und Robet davon. Aber wo sie sich auch befanden, überall war die Gefahr gleich groß. Leyden riß Robet zurück. Vor ihnen hatte sich die Erde geöffnet. Ein riesiger Spalt klaffte. Impos schien jetzt tatsächlich zu zerreißen.

Robet wurde herumgewirbelt. Er sah Leydens ausgestreckten Arm. Der deutete auf den Singenden Berg. Robet verstand nicht, was er sehen sollte, und er benötigte Sekunden, um Leyden endlich zu begreifen.

Der Achttausender stand unbeweglich wie eine Insel in wütender See, während ringsum das Chaos regierte.

Dann war wieder alles vorbei. Impos existierte immer noch. Aber an einer Stelle auf Impos herrschte hektisches Treiben: Jeder Mann der Forschungsgruppe, mit Ausnahme von Populos und Davis, schleppte Inventar aus den Plastikhäusern in das Innere des Singenden Berges. Roboter steuerten auf Antigravplatten riesige Ladungen in den Achttausender.

Wie ein Ertrinkender, der in der letzten Sekunde seines Lebens noch auf Rettung hofft, so glaubten sie Leydens Angaben, daß man im Singenden Berg nichts von den Erdbeben spüren würde.

Um 14.39 Uhr machte die Schwebeplatte 7 die letzte Fahrt. Zurück blieben nur die Plastikhäuser, die beim nächsten Beben unter Felstrümmern begraben werden mußten. Zur Sicherheit schloß Leyden das gewaltige Tor in der glatten Felswand des Achttausenders. Als sich der letzte Spalt schloß, sagte ein Mann: „Jetzt haben wir uns selbst den Deckel auf die Nase gelegt."

In den folgenden Stunden war Leyden überall zu finden. Immer häufiger sprachen Minikome an.

„Bitte nach oben kommen. Bringen Sie die – und die – Geräte mit."

Oben war das Planetarium. Achtzig Mann, die sich hier aufhielten, verloren sich auf der achttausend Meter durchmessenden kreisrunden Bodenfläche. Über ihnen gleißte eine Milchstraße. Aber das Gleißen war kein einheitlicher Schimmer. An sieben Stellen glühten nicht mehr zu übersehende irisierende Flächen, und in diesen standen Sternenballungen, die es eigentlich nicht geben durfte. Astronomen, die oben gewesen waren, kamen verstört wieder herunter. Sie sprachen von einem grausigen Leuchten.

Das Aussehen der Plastik hatte sich auch verändert. Als Leyden sie nach Stunden wiedersah, blieb er wie erstarrt stehen. Statue und Sockel begannen stärker in kräftigem Rot zu strahlen. Das Leuchten aus den Augen hatte sich diesem Rot angepaßt. Auffallend langsam drehte sich die stilisierte Figur auf dem Sockel. Die Zeit für eine Umrundung wurde gestoppt. 69 Sekunden wurden gemessen.

„Was geht hier vor?"

Niemand wußte es. Leyden riß sich von dem Bild der drehenden Plastik los und tauchte bei den Hyperfunkspezialisten auf. Das Funkgerät war wieder zusammengebaut. Der Wellenoszillograph war eingeschaltet. An Stelle einer sauberen Amplitude zeigte er wilde Zackenlinien.

„Das Hyperfunkgerät arbeitet einwandfrei, Leyden. Die Störungen liegen im Hyperraum. Aber seitdem das Gerät hier arbeitet, ist noch eine Dauerstörung dazugekommen. Sehen Sie hier?" Der Experte zeigte auf die von innen beleuchtete Scheibe. An ihrem unteren Rand zeigte sich etwas in erstaunlicher Regelmäßigkeit. Es war aber nicht zu deuten, weil vermutlich nur ein Hundertstel davon sichtbar zu machen war.

Leyden fiel eine Kleinigkeit auf. Als diese Kleinigkeit wieder auftauchte, ließ er die Zeit laufen. Beim nächsten Auftauchen des Merkmals – eine winzige Unterbrechung in der gleichbleibenden Erscheinung – stoppte er und las die Zeit ab.

69 Sekunden.

„Meine Herren, die Statue sendet Hyperfunkimpulse aus. Nehmen Sie die größte Positronik, und versuchen Sie die Impulse zu entziffern."

Daß man ihn anstarrte, beachtete er nicht.

Leyden eilte zu den Schwerkraftspezialisten. Erstaunlicherweise hatten die Beben ihre Geräte kaum beschädigt. Nur die Archäologen mußten Totalverlust melden.

Zwei Physiker versuchten, den verhafteten Sascha Populos nach besten Kräften zu ersetzen. Leyden war im Begriff, eine Frage an den Leiter der Gruppe zu richten, als Players vor ihm stand und ihm etwas ins Ohr flüsterte. Beide eilten davon. In einer Ecke saß Gaston Robet und erwartete Leyden. Mussol hockte vor dem Interkom und hatte eine kleine Positronik angeschlossen.

Diese Stelle war zur Zentrale geworden. Hier liefen sämtliche Meßdaten und die Berechnungen der verschiedenen Gruppen ein. Achtzig Wissenschaftler und Techniker arbeiteten an einem Problem.

„Leyden, sehen Sie sich das an“, forderte Robet ihn auf und schob ihm einen Block zu, der mit Formeln übersät war. Diese Formeln waren von Populos niedergeschrieben worden.

„Haben Sie einen Fehler entdeckt, Robet? Wo?“

Der deutete auf eine Stelle.

„Danke.“ Leyden nahm ihm den Block fort. Die Enttäuschung auf Robets Gesicht übersah er. „Ich bin an der großen Rechenmaschine zu finden.“ Damit eilte er davon.

Minuten später meldete er sich über seinen Minikom. „Mussol, kommen Sie mit dem Interkom herüber.“

Dann sah er nicht einmal auf, als Mussol seine Verständigungsstelle neben ihm aufbaute. Leyden war einem unvorstellbaren Vorgang auf der Spur, und das verdankte er einem Denkfehler von Populos, den Gaston Robet aufgedeckt hatte.

Sascha Populos hatte sich nicht verrechnet. Er hatte an einem bestimmten Punkt nur nicht logisch gedacht und eine falsche Formel als Grundlage seiner folgenden Berechnungen verwendet.

Nach Populos' Berechnungen drohten alle siebzehn Monde auf Herkules zu stürzen. Diese Katastrophe sollte in fünf Tagen eintreten.

Das hatte der Experte verschwiegen. Er hätte es Tyll Leyden, dem Chef auf Impos, melden müssen.

Jetzt fieberte Leyden nach dem richtigen Ergebnis.

Das Gehirn war in Tätigkeit. Es lieferte die ersten Ergebnisse.

Tyll Leyden drehte sich um, damit niemand sein Gesicht sehen konnte. Angst flackerte in seinem Blick. Er hatte allen Grund dazu.

Der Riesenplanet Herkules wurde von innen heraus aufgefressen. Daher der Schwund seiner Masse.

„Leyden, die Astrophysiker wollen Sie sprechen!“ rief Mussol.

Er riß sich zusammen und drehte sich um.

„Leyden, auf allen anderen Monden herrschen die gleichen labilen Zustände. Kein einziger Mond ist von Beben planetarischen Ausmaßes verschont geblieben. Wie bei einer Kalupwelle scheint es in diesem System reihum zu gehen.“

„Kalupwelle“, Leyden sprach hastig. „Das ist doch 5-D. Das heißt, Sie haben als Ausgangspunkt der Beben Herkules festgestellt?“

„Leider nicht. Der Ausgangspunkt ist unbekannt, obwohl wir den Riesen in Verdacht haben. Beweisen können wir es noch nicht.“

„Aber bald?“

„Vielleicht“, wich der Astrophysiker aus. „Ich gebe jetzt die Werte durch.“

Leyden hörte mit.

Nach Durchgabe der Werte stand er da wie ein Träumer. Er blickte zur künstlichen Milchstraße hinauf.

Die Oldtimer haben an sieben Stellen der Galaxis absichtlich Sternenballungen hinzugefügt.

Irgend jemand hatte diesen Satz gesagt oder einen ähnlichen formuliert. Leyden erinnerte sich nicht mehr, wer es gewesen war. Das spielte jetzt auch keine Rolle. Allein wichtig war die Tatsache, sich dieses Ausspruchs wieder bewußt zu sein.

Absichtlich ...

Er blickte immer noch zum Planetarium hinauf. Seine Aufmerksamkeit galt den grell leuchtenden irisierenden Flächen. Sie strahlten so hell, daß sie nicht zu übersehen waren.

Leyden hielt nicht einmal den Atem an, als alle sieben Flächen blitzartig etwas dunkler wurden, um danach wieder in alter Intensität zu leuchten. Als er diese Erscheinung zum dritten Mal beobachtete, lief seine Stoppuhr. Ohne die geringste Spur innerlicher Erregung hielt er sie an. Als er die Zeit ablas, wunderte er sich nicht: 69 Sekunden.

Er war einen Schritt weitergekommen: Statue und künstliche Galaxis standen miteinander in Verbindung. Leyden grübelte. Bedeutete Rot nicht fast bei allen Rassen das Zeichen für Gefahr?

Gefährlicher als die Zustände auf Impos waren, konnten sie kaum noch werden. Leyden strich über sein aschblondes Haar. Mitten in der Bewegung fuhr er wie unter einem Hieb zusammen.

Er glaubte die Stimme des Fiktivwesens zu hören. Er wußte, daß es Einbildung war. Aber die Worte: *Eine gefährliche Gegend* ... verfolgten ihn ständig.

Hinter Leydens Stirn rasten die Gedanken.

Das Gemeinschaftswesen von Wanderer handelte nie gegen die Lebensinteressen der Menschheit. Waren seine Scherze auch oft makaber, so verbarg sich dahinter immer etwas, das zum Vorteil für die Menschen wurde.

ES war vor einer unvorstellbaren Gefahr geflohen. *ES* hatte keine

Andeutungen darüber gemacht, von welcher Art die Gefahr war und woher sie kommen würde.

Hatte *ES* sich auf diese Gefahr bezogen, als *ES* über den im Singenden Berg aufgefundenen Zellaktivator sagen ließ, diese Gegend wäre ihm zu gefährlich?

Mungs stand vor Leyden und riß ihn aus seinen Gedanken.

Mungs' Augen glänzten vor Erregung.

„Leyden!" rief er. „Die Astronomen haben eine wichtige Entdekkung gemacht. Kommen Sie bitte zu ihnen. Sie sind eben dabei, ein Experiment durchzuführen."

Leyden reagierte ungewohnt rasch und stand kurz darauf vor den Astronomen. Sie erklärten ihm, daß ihre Entdeckung mit den sieben irisierenden Flächen und deren Sternensystemen in engem Zusammenhang stand. Minuten später wurde Leyden Zeuge des Experiments.

Zwei Projektoren begannen zu laufen, erzeugten aber noch kein Bild.

„Wenn wir beide Sternenkarten zusammen auf eine gemeinsame Fläche projizieren, werden Sie feststellen, daß mit Stoßrichtung auf Spiralarm C 67 eine regelrechte Sternenschwundstrecke besteht", sagte der Chefastronom.

„Bitte, Projektion."

Die Anordnung war raffiniert. Beide Wiedergaben hatten eine andere Primärfarbe. Wo derselbe Stern aus zwei Projektionen übereinanderlag, zeigte er sich als Mischfarbpunkt. An jenen Stellen, wo diese Verdoppelung nicht vorhanden war, strahlten die Sterne klar in ihrer Farbe.

Innerhalb des Sternengewirrs zeichnete sich unmißverständlich eine Strecke ab, die nach den Aussagen des Planetariums voller Sonnen war, die draußen in der Wirklichkeit jedoch nicht existierten. Die sieben bisher entdeckten Flächen befanden sich innerhalb dieser Strecke.

„Entweder ist unser System hier Ausgangspunkt oder Ende. Was richtig ist, sagt uns leider die Projektion nicht. Welche Ansichten vertreten Sie, Leyden?"

Der zuckte mit den Schultern und schwieg. Die Projektionen wurden ausgeschaltet. Leyden bedankte sich und ging.

Für die Astronomen war es eine große Entdeckung gewesen; ihm hatte die Sternenschwundstrecke Grauen eingeflößt.

War das Fiktivwesen von Wanderer vor einem unheimlichen Ereignis geflohen, das Sternenballungen vernichtete?

Die Männer im Singenden Berg stöhnten unter der Arbeit, die Leyden ihnen aufgebürdet hatte.

Tyll Leyden kam mit drei Mann von einer Kurzexpedition zurück. Vier Roboter schleppten die Geräte, die sie benutzt hatten.

Draußen war ihnen die Hölle begegnet. Als das gewaltige Tor in der Felswand aufging, blickten sie auf eine Landschaft, die sich unter furchtbaren Beben schüttelte. Sie zogen sich fluchtartig in den kilometerlangen Gang zurück. Danach erst kam Leydens Begleitern zu Bewußtsein, wie hervorragend jene Oldtimer ihren Singenden Berg gegen Zerstörung abgesichert hatten. Während sie auf das Abklingen des Bebens warteten, von dem im Gang nicht das geringste zu bemerken war, gab Leyden eine Erklärung ab, die sich phantastisch anhörte, trotzdem aber nicht von der Hand zu weisen war.

„Das, was auf uns zukommt, haben irgendwelche Geräte in diesem Berg längst erkannt. Eine der ersten Reaktionen war das Tosen der Maschinen. Dafür gibt es nur eine Erklärung: Die Maschinen haben die Energien erzeugt, die die Einrichtung im Berg benötigte, um der herannahenden Gefahr erfolgreich zu begegnen."

An der folgenden Debatte beteiligte sich Leyden nicht. Nach dreistündigem Warten und viermaliger Kontrolle meldete der Mann, der wieder zum Tor geschickt worden war, daß auf Impos Ruhe eingetreten wäre.

Zwei Stunden lang waren danach an Herkules Reihenmessungen vorgenommen worden. Weiter als zweihundert Meter hatte sich die Gruppe nicht vorgewagt. Ein Mann beobachtete ununterbrochen den arkonidischen Seismographen, der Erdbeben rund fünf Minuten vor ihrem Auftreten meldete.

Die Schrumpfung des Riesenplaneten hatte unwirkliche Ausmaße angenommen. Leyden zeigte dafür kaum Interesse. Er wollte bei dieser Reihenmessung endlich feststellen, wie groß der Planet im Planeten Herkules war. Starke Gravitationsstöße auf fünfdimensionaler Ebene machten die Arbeit zur Qual. Leyden wollte den Versuch schon absetzen, als einer seiner Begleiter aufschrie, auf Herkules deutete und sich dann hastig abwandte.

Die vereiste Methangasoberfläche brach an einer Stelle auf. Eine Energiefontäne schoß in den Raum. Glücklicherweise nicht in Richtung auf Impos.

„Das ist ja wie der Lichtblitz“, stöhnte Leyden, der keinen Blick von den Meßgeräten gelassen hatte. „Endlich. Dieser Ausflug nach draußen hat sich jetzt schon gelohnt.“

Die Protuberanz war schnell wieder erloschen. Herkules sah aus wie vorher. Tyll Leyden nickte grimmig. Der Riesenplanet hatte eines seiner Geheimnisse enthüllt.

Jener aus dem Hyperraum kommende Lichtblitz, der damals die EX-2115 auf dieses System aufmerksam gemacht hatte, war von *ES* ausgelöst worden. Diesmal fand der Ausbruch des Lichtblitzes jedoch nicht unter Einfluß von *ES* statt. Also hatte *ES* Zugang zu der rätselhaften Technik der Oldtimer, die es ihm erlaubt hatte, den ersten Lichtblitz auszulösen.

Leyden glaubte die Lösung gefunden zu haben.

Der Lichtblitz, der von *ES* ausgelöst worden war, unterschied sich wesentlich von dem, den sie nun registriert hatten. Damals hatte es sich um eine Art Tasterstrahl gehandelt, der von einer Maschine innerhalb des Singenden Berges ausgelöst worden war. Diesmal schien der Lichtblitz jedoch von etwas ausgegangen zu sein, das nicht zu diesem Universum gehörte.

Leyden wandte sich wieder an die Wissenschaftler und unterwies sie in ihren Arbeiten. Seine Anordnungen ließen die anderen darüber im unklaren, was er eigentlich vorhatte.

„Verdammt noch mal, welchen Sinn hat denn das alles?“ tobte der Gruppenchef der Mathematiker.

Tyll Leyden ließ sich nicht in seine Karten sehen. Er schwieg sich aus. Er allein wurde vom Grauen verfolgt. Er wollte die anderen davor bewahren. Sie erfuhren es noch früh genug.

In Herkules gab es etwas, das den Riesenplaneten von innen her auffraß.

Was war es? Und warum zeigte es diese Aktivitäten erst seit kurzer Zeit?

„Ich hab's! Ich hab's!"

So hatte man Tyll Leyden noch nie schreien hören.

Von allen Seiten kamen sie gelaufen. Unzählige Fragen wurden ihm gestellt. Leyden schwieg. Welchen Sinn hatte es, ihnen das Datum vom 4. August vergangenen Jahres zu nennen?

Das Ding in Herkules war durch die gravitationsenergetische Stoßfront, die am 4. August 2326 die Galaxis erschüttert hatte, aktiviert worden.

Wieder beschlagnahmte Leyden das große Rechengehirn. Er war froh darüber, daß er sich vor einiger Zeit so intensiv mit der Faltonschen Theorie beschäftigt hatte. Erneut wandte er sie an, aber in abgewandelter Form, speziell auf seine Aufgabe ausgerichtet.

Nach sechstausend Jahren kam der Arkonide Falton zu den Ehren, die ihm zu seinen Lebzeiten eigentlich hätten zuteil werden müssen.

Über fünf Stunden fütterte Leyden das Rechengehirn mit Daten, dann trat er zurück und ließ sich in seinen Sessel fallen. Er war sich klar, Stunden auf das Resultat warten zu müssen.

Mit seiner Schweigsamkeit verscheuchte Leyden auch den neugierigsten Mitarbeiter. Grübelnd starrte er vor sich hin. Falton hatte mit seiner Theorie die These aufgestellt, unter bestimmten Bedingungen sagen zu können, ob ein Planet Leben trug oder lebensfreundlich war.

Was war Leben?

Leben brauchte weder Intelligenz zu besitzen noch Instinkt zu haben, aber es mußte Reaktionen zeigen. Wie diese Reaktionen aussahen, war nebensächlich. Wenn man den Begriff Leben so weit spannte, dann durfte man die Form der Reaktionen nicht eng begrenzen.

Davon war Tyll Leyden ausgegangen, als er das Gehirn über Stunden mit Daten gespeist hatte. War das, was in Herkules steckte, Gravitationsstöße von sich gab, im Planeten wanderte und Erdbeben auf den siebzehn Monden auslöste, eine bisher unbekannte Lebensform?

Leyden achtete nicht darauf, was in seiner nächsten Umgebung vor sich ging. Die Astronomen und Astrophysiker ließen das Planetarium nicht mehr aus den Augen. Andere beobachteten die in immer kräftigerem Rot strahlende Statue. Schritte weiter hockten Experten vor Geräten und stellten mit wachsender Sorge fest, daß Herkules in erschreckendem Tempo schrumpfte, mehr und mehr an Masse verlor, und daß die Gravitationsstöße an Heftigkeit zunahmen.

Auf Impos und allen anderen Monden war die Hölle los. Ein Beben löste das andere ab. Es war ein Wunder, daß bisher noch kein Mond auseinandergebrochen war.

Nur im Singenden Berg blieben die Verhältnisse unverändert. Schutzfeldspezialisten hatten versucht herauszufinden, ob der Achttausender in seiner gesamten Masse von einem Schutzschirm umgeben war, weil im Berg nicht ein einziger Erdstoß bemerkt wurde. Nichts dergleichen hatten sie entdeckt. Aber die Männer gaben nicht auf, weil sie sich sagten, daß es dieses Schutzfeld geben mußte.

Die beiden Hyperfunker legten die Hände in den Schoß. Es hatte keinen Sinn, nach einer Fehlerquelle zu suchen. Das Gerät war in Ordnung. Daß trotzdem kein Hyperfunkspruch ans Ziel kam, lag an den Störungen außerhalb, die jede Amplitude zerhackten.

Die Forscher auf Impos waren vom Imperium abgeschnitten. Wenn es der Einsatzzentrale in Terrania nicht bald auffiel, daß keine Sendungen mehr von Impos eintrafen, und Hilfe schickte, dann fanden sie später hier nur noch ein Massengrab.

„Leyden ist verrückt, uns hier aushalten zu lassen“, murrte einer der beiden Funkexperten. „Ich möchte wissen, warum ihn diese Hölle fasziniert.“

Der andere zuckte mit den Schultern. „Ich schalte noch einmal den Symboltransformer ein. Vielleicht bekommt er jetzt mit der Statue Kontakt.“

Die beiden Funker horchten auf. Der Symboltransformer sprach an.

Supraheterodynamische Existenz. Es folgte eine winzige Pause, dann ertönte wieder die Stimme, die metallischen Klang hatte: *Die Wächter für alle rufen! Alles Leben ist in Gefahr! Wir rufen das Leben, um es zu warnen!*

„Los! Hol Leyden. Das muß er hören.“ Ein Funkexperte hetzte davon.

Mit dem Ruf: „Der Symboltransformer spricht an!“ schreckte er Leyden aus seinem Grübeln auf.

Sekunden später stand der Chef von Impos neben dem Übersetzungsgerät und lauschte. Er hörte den letzten Teil der Durchsage.

In einer in letzter Minute errichteten Überladungszone, 4000 Cygins vor unserem System, gelang es, die Existenz aufzuhalten. Aber die Entfernung von 4000 Cygins war zu gering. Die explosive Übersättigung traf unser System mit verheerenden Folgen. Entgegen unseren Berechnungen erfolgte die Verpuffung in unserem Raum. Hyperenergien schlugen durch, verbanden sich mit Tumultprozessen zu materiell stabilen Massen und stürzten in unser System. Ein geringer Teil verschwand in den Tiefen der Lichtinseln.

Die Wächter für alle rufen!

Die Existenz ist wieder erwacht. Erkennt den Weg, über den die Existenz zu uns gekommen ist, und erkennt die sieben Zeichen und ihre Bedeutung. Schafft eine Überladungszone, bevor sich die Existenz erhebt. Vernichtet sie, oder alles Leben wird vernichtet. Lebt sie weiter, dann wird es bald keine große Lichtinsel mehr geben.

Sie ist eine supraheterodynamische Existenz.

Wieder kam diese winzige Pause, und abermals klang die Metallstimme des Symboltransformers auf. Wie ein alter Mann richtete sich Leyden auf.

Jetzt wissen sie es, dachte er und sah sie der Reihe nach an. Er begriff nicht, warum sie es immer noch nicht erfaßt hatten.

Was hatte es zu bedeuten, daß die Warnung eine Zeitlänge von 69 Sekunden besaß? War es nicht bedeutungslos, daß die Plastik nichts anderes als einen automatischen Sender darstellte.

Doch was sie mitgeteilt hatte, war nicht bedeutungslos, es war eine Warnung vor einer Gefahr, die alle bedrohte.

Die Warner hatten die Gefahr eine supraheterodynamische Existenz genannt. Leyden zweifelte nicht daran, daß der Symboltransformer richtig übersetzt hatte. Aus dem Begriff allein zeichnete sich schon die Gefahr ab: sie war ein Überlagerungsempfänger, der vierdimensionale stabile Materie in Hyperenergie umwandelte, um vom Umgewandelten zu leben.

Leyden fragte sich, welche unermeßliche Kraft in diesem Suprahet derartiges zu vollbringen imstande war. Es mußte etwas sein, das alle Vorstellungskräfte bei weitem überforderte.

Leyden ahnte zu diesem Zeitpunkt nicht, daß diese Frage erst viele Jahrhunderte später endgültig beantwortet werden würde. Für ihn stand fest, daß das Suprahet etwas Lebendiges und Großes sein mußte. Er dachte an jene sternenlose Zone innerhalb der Galaxis, die in ihrem Endpunkt – das stand für Tyll Leyden nun fest – eindeutig auf dieses System wies. Gleichzeitig wurde ihm klar, warum die Oldtimer diese längst nicht mehr existierenden Sonnensysteme in ihr Planetarium integriert hatten. Damit wollten sie die Gefährlichkeit der supraheterodynamischen Existenz dokumentieren. Wären diese Sonnensysteme *nicht* im Planetarium vorhanden gewesen, hätte sich niemand ein Bild von der Existenz dieser Gefahr machen können, die in ferner Vergangenheit Tausende von Sonnensystemen verschlungen haben mußte.

Nun drohte diese Existenz zu erwachen und ihre verhängnisvolle Tätigkeit erneut zu entfalten.

Seine Kollegen begriffen den jungen Astronomen und Physiker nicht, als er sie mit neuen Arbeiten überschüttete. Jeder Arbeitsauftrag stand unter dem Motto: Wir müssen mehr erfahren.

Leyden untersagte jede Verbindung mit dem großen Maschinensaal. Innerhalb des Felsdoms waren seine Mitarbeiter eingesperrt. Er stellte Mungs als Wache neben das große Rechengehirn, das noch immer an seiner Aufgabe arbeitete.

„Mungs, lassen Sie keinen Menschen die Ergebnisse lesen. Lesen Sie sie auch nicht."

Damit verließ Leyden den Felsdom und ließ sich vom Feld in den Maschinensaal tragen. Fünf Mann, die eine Space-Jet fliegen konnten, wurden abkommandiert. Ihre Gesichter drückten keine Begeisterung aus.

„Space-Jet startbereit halten. Starten, sobald Sie meinen Kurzbericht haben. Mit Höchstbeschleunigung aus dem System rasen. Erst außerhalb in den Linearraum gehen. Entfernung zu Herkules muß wenigstens fünf Lichtstunden betragen. Aus dieser Distanz Kurzbericht an Perry Rhodan nach Terra abstrahlen. Höchste Dringlichkeitsstufe. Bitte, wiederholen."

Die Männer sahen sich bestürzt an. Jeder erkannte, daß Tyll Leyden sie zu einem gefährlichen Kommando befohlen hatte.

Mungs meldete sich über Minikom. „Leyden, das Ergebnis liegt vor. Gaston Robet will unbedingt die Daten lesen."

„Lassen Sie niemanden an die Positronik heran. Ich komme sofort", sagte Leyden und begab sich zur Rechenanlage.

Er wußte inzwischen, was die Oldtimer unter einem Cygin verstanden. Mathematiker hatten ihm diese Lösung erarbeitet. Es war ein Lichtjahr und basierte auf der Umlaufzeit von Impos um seine Sonne. Aber auf die Idee, mit Hilfe des Planetariums endlich festzustellen, wann das Suprahet die Milchstraße überfallen hatte, kam nur Tyll Leyden.

Tausende Meter unter der gleißenden Spirale stehend, konzentrierte er all seine Gedanken auf die Vorstellung, die Sternkonstellationen so zu sehen, wie sie bei der Explosion des Suprahet gestanden hatten.

Was Leyden schon einmal gelungen war, schaffte er dank der Oldtimer-Technik ein zweites Mal. Sekunden nach seinem Gedankenimpuls wirbelte es über ihm. Das Miniaturmodell ihrer Milchstraße vollführte eine Drehung um die fiktive Achse. Abermillionen Sonnen mit ihren Planeten und Trabanten verschoben sich zur Drehung der Galaxis noch zusätzlich, bis sich alles wieder stabilisierte.

Zwei Dutzend Experten, mit Aufzeichnungsgeräten ausgerüstet, ließen sich zum Planetarium hinauftragen. Viele Stunden blieben sie oben. Abertausende Aufnahmen machten sie, teilweise unter schwierigsten Bedingungen.

Endlich lag Leyden das Resultat vor.

Vor 1,2 Millionen Jahren war das Suprahet, aus den Tiefen des Universums kommend, in die Milchstraße eingebrochen, um Abertausende Systeme zu verschlingen und die Heimatwelt der Oldtimer zu bedrohen. In buchstäblich letzter Minute hatten sie weit vorgeschoben im Raum eine Überladungszone geschaffen, über die sich die Existenz hermachte.

Das Suprahet konnte die Energieaufnahme nicht stoppen und „überfraß" sich. Es wurde zu einem in sich geschlossenen Spannungsfeld, dessen Werte jede natürliche Konzentration überstiegen. Die Explosion im Normalkontinuum glich einer atomaren Selbstzündung. Aber entgegen der Berechnung der Oldtimer verpuffte sie nicht in den Hyperraum, sondern stabilisierte sich im Umwandlungsprozeß im 4-D-Gefüge zu Masse.

Die damit einhergehende Katastrophe mußte alles Leben in diesem System ausgelöscht haben. Nur Oldtimer hatten anscheinend überlebt, denn das Planetarium war erst *nach* der Katastrophe entstanden. Der Inhalt der Warnung brachte dies klar zum Ausdruck.

Aber wenn die Oldtimer (oder wenigstens Teile dieses Volkes) überlebt hatten, was war dann später aus ihnen geworden? Leyden änderte durch einen Gedankenbefehl seine Position innerhalb der Miniaturgalaxis.

Der Strahl trug ihn so nahe wie möglich an das ehemalige System der Oldtimer heran. Tyll Leyden sah siebzehn Planeten, die eine gelbe Sonne umliefen. Die Planetenbahnen stimmten exakt mit der jetzigen Realität überein, aber von Herkules fand Tyll keine Spur. Herkules war demnach erst *nach* der Vernichtung des Suprahets entstanden. Herkules war in seiner Gesamtheit jener Teil der Urmasse, die in diesem System materialisiert war. Damals mußte es zu gewaltigen Erschütterungen des Raumgefüges gekommen sein, die auch die Planetenbahnen verändert haben mußten. Mit anderen Worten: Bevor Herkules materialisiert war, mußten die Planeten auf anderen Bahnen um ihr Gestirn gewandert sein. Die Oldtimer hatten aber die durch Herkules veränderten Bahnen in ihrer Miniaturgalaxis abgebildet und bewußt darauf verzichtet, Herkules zu integrieren, um darauf hinzuweisen, daß Herkules identisch mit dem Suprahet war. Ein weiterer Beweis, daß das Planetarium erst nach der Vernichtung des Suprahet entstanden war.

Gedankenverloren starrte Leyden die winzige Wiedergabe des Systems an. Der Inhalt einer Schrift, die den Titel *Molkex* trug, fiel ihm ein.

Molkex, ein Stoff, der allem Anschein nach aus einer unbekannten Art von Hypermaterie bestand und nicht aus diesem Universum stammen sollte.

Leyden wurde schlagartig klar, daß Suprahet und Molkex identischen Ursprungs waren. Nur daß das Suprahet – im Unterschied zu dem in der Galaxis aufgetauchten Molkex – sich im passiven Zustand befunden hatte. Doch die gravitationsenergetische Stoßwellenfront vom 4. 8. 2326 hatte es geweckt.

Es war aktiviert worden. Es befand sich in einem Umwandlungsprozeß, aus dem es abermals als Suprahet, etwas ohne Sinn und Verstand, nichts anderes als ein Ungeheuer von gigantischen Ausmaßen, hervorging.

War *ES* vor dem Suprahet geflohen?

Diese Frage konnte Tyll Leyden nicht beantworten. Aber er wußte, daß das Schicksal der Milchstraße in seiner Hand lag. Hatte er mit seinem Wissen zu lange zurückgehalten? Hätte er Perry Rhodan, Atlan oder Reginald Bull nicht längst unterrichten müssen?

Als er gleich darauf wieder vor den fünf Männern stand, die er dazu abkommandiert hatte, mit der einzigen Space-Jet aus dem System zu fliegen, um einen Hyperfunkspruch nach Terra durchzubringen, sagte er kurz: „Ich fliege mit."

Sie kamen in die Hölle, als sie mit der Space-Jet den Singenden Berg verließen. Impos wurde wieder von Beben erschüttert. Herkules hing als Drohung wie eh und je am Himmel. Mit bloßem Auge war festzustellen, wie schnell der Schrumpfungsprozeß jetzt vor sich ging.

Es war Tag, trotzdem sahen die Männer die Sonne nicht. Impos war von einer Staubwolke eingehüllt, die von Orkanen durcheinandergewirbelt wurde. Die Naturgewalten versuchten mit der Space-Jet zu spielen, doch der Antrieb war stärker. In Sekundenschnelle hatte das Fahrzeug die unteren Luftschichten durchstoßen und jagte dem freien Raum zu.

Alle Ortungen, bis auf den Sturkturtaster, liefen. Leyden ahnte, daß von Herkules starke Schwerkraftstöße ausgingen, die über das Auffangvermögen des kleinen Strukturtasters gingen. Er wollte dieses wertvolle Gerät nicht aufs Spiel setzen und es erst einschalten, wenn sie zu Herkules einen Abstand von fünf Lichtstunden hatten.

Auf einem Kurs, der sie jede Sekunde weiter von dem schrumpfenden Planeten fortführte, raste die Space-Jet mit steigender Geschwindigkeit in den Raum hinein. Bis jetzt war alles normal verlaufen. Aber je näher man der Sekunde kam, in der das Boot in den Zwischenraum gehen sollte, um so höher stieg die Spannung.

„Los", drängte Tyll Leyden. Er blickte den jungen Piloten aufmunternd an. Er wußte nicht, wieviel Kraft und Zuversicht aus seinen hellen Augen strahlte. Er ahnte nicht, welchen Eindruck er auf die fünfköpfige Besatzung gemacht hatte, als er ihnen gesagt hatte, daß er mitflöge.

Der Übergang kam. Es gab keinen Zwischenfall. Der Kalup dröhnte. Der Relieftaster ließ den Zielstern erkennen – eine Sonne in fünfeinhalb Lichtjahren Entfernung.

Leyden schwenkte sich mit seinem Sessel zum Funker herum und überreichte ihm ein Band. „Hier, das lassen Sie nach dem Austritt durch den Sender laufen."

Leyden schwankte, ob er den Strukturtaster einschalten sollte. Er blickte auf die Lichtjahrangabe. Die Space-Jet befand sich knapp zwei Lichtjahre vom Herkules-System entfernt.

„Nein. Ich tu's nicht", entschied er.

Der Pilot warf ihm einen Blick voller Bewunderung zu. „Ihre Ruhe möchte ich haben."

„Ruhe? Ich und ruhig? Das bin ich schon seit Wochen nicht mehr. Wann sind wir da?"

Er wechselte abermals das Thema. Er sagte auch diesen Männern nicht, was allen bevorstand. Aber in seinem Bericht an Perry Rhodan verschwieg er nichts. In dem Bericht, der gleich als Kurzimpuls nach Terra gehen sollte, stand zu lesen: Wenn man uns bis zum 4. Januar, Mitternacht, nicht abgeholt hat, wird für uns jede Rettung zu spät kommen.

„In fünf Minuten gehe ich in den Normalraum", sagte der Pilot.

Die fünf Minuten wurden zu einer Ewigkeit. Dann erfolgte endlich der Übergang.

Der kleine, aber leistungsstarke Hyperfunksender der Space-Jet strahlte zehnmal hintereinander den Kurzimpuls ab. Auf den Bruchteil einer Sekunde war ein Bericht von mehr als einer halben Stunde Laufzeit zusammengedrängt worden.

Der Sender schwieg. Das Gerät war automatisch auf Empfang gegangen.

Sie warteten. Die Zeit verging. Dann, nach einigen Minuten, begann es in den Lautsprechern zu rauschen.

Ein Schwerer Kreuzer der USO meldete sich. Leyden riß das Mikrophon an sich.

„Hier Leyden, Chef der Forschungsgruppe auf Impos. Haben Sie Kurzimpuls empfangen? Wenn ja, sofort an Perry Rhodan weiterleiten. Dringlichkeitsstufe eins. Senden Sie mit größter Energie."

Eine tiefe Männerstimme fragte: „Was ist denn bei euch los?"

Kalt erwiderte Leyden: „Einige hundert Männer sterben, wenn Sie noch viele Fragen stellen. Verstehen Sie mich? Sie sollen nicht fragen, sondern den Kurzimpuls an Perry Rhodan weiterleiten."

„Nun gut", kam es zögernd. „Wird erledigt."

Danach wurde die Verbindung wieder unterbrochen.

Leyden legte sich zurück und lächelte entspannt. Dann wandte er sich an den Piloten der Space-Jet und ordnete an: „Zurück nach Impos."

Die Space-Jet ging auf Gegenkurs und beschleunigte so schnell wie möglich, um in den Zwischenraum eintauchen zu können. Leyden starrte vor sich hin. Ihm ging die Warnung des Fiktivwesens von Wanderer nicht aus dem Kopf.

Das System, zu dem Herkules und seine Monde gehörten, war tatsächlich eine gefährliche Gegend.

Ohne daß er es wußte, schüttelte er den Kopf. Er versuchte, sich die Entstehung des Riesenplaneten vorzustellen. All das, was er über Entstehungen von Planeten wußte, galt in diesem Fall nicht.

Herkules bestand in seinem Innern aus Molkex – die passive, materiell stabile Form des Suprahet. Das Methangaseis, als Mantel darum, hatte sich im Lauf von mehr als einer Million Jahren gebildet.

Als Leyden an diesen Punkt seiner Überlegungen kam, fragte er sich verzweifelt: Wie stark ist dieser Schwerkraftstoß gewesen, der vom Planeten Eysal aus entfesselt wurde? Was ist das für ein Maschinenpark gewesen, der dazu imstande gewesen war?

Seine Gedanken begannen um die Huldvollen zu kreisen, als ihn der Pilot störte. „Leyden, sehen Sie es nicht? Sehen Sie nicht, wie schief der Achttausender steht? Und in dieser Hölle soll ich landen?"

Impos war nicht mehr zu erkennen. Diese erdähnliche, mit riesigen Wäldern, herrlichen Gebirgen bedeckte Welt war zu einer Kugel aus Schutt und zerbrochenen Felsmassen geworden. Wie ein Keil, der mit seiner Spitze nach oben ragt, stand der Singende Berg schief in diesen Gesteinsmassen.

Leyden stellte die Bildschirmvergrößerung auf Maximum. Der Singende Berg schien in die Space-Jet zu springen. Leyden achtete nicht darauf. Er suchte nur das gigantische Felstor in der glatten Wand – und er fand es.

„Vor dem Tor landen!" befahl er.

19.

Perry Rhodan befand sich bei einer wichtigen Besprechung, als ihm gemeldet wurde, daß eine Nachricht mit Dringlichkeitsstufe eins von Impos eingetroffen war. Der Name Leyden wurde ihm genannt.

Rhodan stutzte. Inzwischen war ihm der Name Leyden ein Begriff geworden. Morgen oder übermorgen sollte ein Explorer nach Impos fliegen und dort nach dem Rechten sehen, weil sich die Hyperfunkstation auf dem dritten Mond schon seit Tagen nicht mehr gemeldet hatte.

Rhodan blickte sich im Kreis seiner Mitarbeiter um. „Wir müssen die Besprechung unterbrechen. Ich lasse Sie wieder rufen."

Wenig später saß er in seinem Büro und ließ sich Leydens Bericht vorspielen. Das erste Drittel war noch nicht vorbei, als er für Reginald Bull, Atlan, Marshall und Mercant Alarm gab, die ihrerseits die Flotten der USO und des Imperiums in Alarmbereitschaft versetzten. Alle befanden sich auf der Erde. Trotzdem dauerte es eine halbe Stunde, bis alle versammelt waren.

Der Bericht wurde noch einmal vorgespielt. Atemlos lauschten alle.

„Durch den Gravitationsstoß von Eysal ist wiederum eine Sättigung der seit 1,2 Millionen Jahren passiven Überreste eingetreten. Die Aktivierung stellt einen Umwandlungsprozeß dar, wodurch das materiell stabile Molkex sich in das Suprahet zurückverwandelt. Dieser Prozeß ist zur Zeit noch im Gang. Wann er abgeschlossen sein wird, kann nicht gesagt werden. Die Warnsendungen der Statue enthielten keine Angaben, mit welchen Mitteln die Oldtimer vor 1,2 Millionen Jahren eine Überladungszone schufen, in der das Suprahet explodierte. Aufgrund der Hinweise der Oldtimer dürfte feststehen, daß nicht die gesamte Urmasse des Molkex in Herkules gebunden ist. Ein Restteil ging in einem anderen Sektor der Galaxis nieder und dürfte aller Wahrscheinlichkeit nach die Ursprungswelt der Schreckwürmer sein. Mit diesem Restteil des Urmolkex dürfte eine physikalische

Veränderung vorgegangen sein, denn nach allem, was wir bisher wissen, existiert im jüngst aufgetauchten Molkex nicht mehr jenes Gefahrenpotential wie im Suprahet. Für diese physikalische Veränderung spricht allein schon die Tatsache, daß es sich bei Herkules um primitives Leben handelt, während aus dem ursprünglichen Restteil intelligentes Leben in Form von Schreckwürmern hervorgegangen ist. Unbekannt ist, wie sich die von Herkules ausgehende Hyperstrahlung auf jene Molkexmassen auswirkt, die sich im Besitz der Huldvollen befinden. Ebenso ist nicht bekannt, wie die Schreckwürmer auf die Strahlung reagieren. Es scheint aber sicher, daß es nicht zur Bildung von Mini-Suprahets kommt. Aber eine gewisse Beeinflussung im Verhalten des Molkex und der Schreckwürmer kann nicht ausgeschlossen werden. Es folgen die rechnerischen Beweise ..."

NATHAN, das inpotronische Riesengehirn auf Luna, rechnete sie schon durch. Rhodan hatte bei der ersten Bandwiedergabe das Band angehalten, eine Verbindung zu NATHAN herstellen lassen und das Riesengehirn mit den Unterlagen versorgt.

Schweigend und zugleich bestürzt warteten Rhodan und seine Freunde auf das Resultat vom Erdmond. Niemand wagte über Leydens Bericht zu spotten, noch weniger, dessen Behauptung in Frage zu stellen. Als nach einer Stunde NATHAN immer noch schwieg, riet Rhodan, vorsorglich Alarm zu geben.

Die Völker der Milchstraße horchten auf, als zuerst über Terranias Großsender, dann über die USO-Stationen offiziell Alarmstufe eins gegeben wurde.

Nach einer Stunde siebzehn Minuten meldete sich NATHAN.

Das inpotronische Gehirn bestätigte Leydens Berechnungen. Es befürwortete Leydens Vorschlag, das gesamte Sonnensystem EX-2115-485 aus dem Raum-Zeitgefüge zu entfernen.

Dazu gab Bully einen Kommentar. „Mit Kleinigkeiten gibt dieser Leyden sich nicht ab. Wie denkt sich der Mann das?"

Rhodan beugte sich vor und meinte: „Damit hätten wir endlich einen guten Verwendungszweck für unsere Gravitationsbomben, Dicker."

„Alle? Alle Gravitationsbomben willst du dafür einsetzen, Perry? Mein Gott – nein, das ist doch nicht dein Ernst?"

„Ich will den Teufel mit dem Beelzebub austreiben. Ich bin

erstaunt, daß Leyden erkannt hat, welches Mittel in der Lage ist, etwas Ähnliches zu schaffen wie jene Überladungszone der Oldtimer."

„Und wenn darüber ein Teil der Milchstraße vernichtet wird, Perry? Ich sage es offen heraus: Ich habe Angst vor diesem Versuch. Verstehe mich bitte recht: Ich habe Angst, daß wir eine Katastrophe auslösen, die wir von Anfang an nicht unter Kontrolle halten können."

Gelassen fragte Rhodan: „Willst du tatenlos zusehen, bis der Umwandlungsprozeß beendet ist und es in unserer Galaxis wieder ein Suprahet gibt? Und dann, Bully? Darauf kann keiner von uns eine Antwort geben. Wir sind keine Oldtimer. So weit ist unsere Technik noch nicht, wie es die ihre vor mehr als einer Million Jahre gewesen ist. Und vergiß eins nicht, Bully: Leyden war, soweit ich informiert bin, in sein Planetarium auf Impos verliebt. Und er gibt uns den Rat: Jagt das gesamte System mit Herkules und seinen siebzehn Monden aus dem Einsteinuniversum."

Rhodan blickte Bully, Atlan, Mercant und Marshall an.

„Meiner Meinung nach tut sich in unserer Milchstraße schon mehr als genug", sagte Bully grimmig. „Hornschrecken, Schreckwürmer, Molkex, das lebendig wird – und wir jetzt mit unseren Gravitationsbomben. Großer Himmel, ist das alles nicht ein bißchen viel auf einmal?"

„Wir haben es nicht herbeigewünscht", stellte Rhodan sachlich fest, als die übrigen zu Bullys Bemerkungen schwiegen.

„Und was wird aus dem Forschungskommando auf Impos?" fragte Atlan.

Rhodan ging ein paarmal auf und ab, blieb am Fenster stehen, sah auf Terranias Häusermeer hinunter und sagte, ohne sich seinen Freunden zuzuwenden: „In zwei Stunden werden die Städteklasse-Kreuzer LHASA und TROJA auf Impos landen und die Wissenschaftler an Bord nehmen. Wir werden mit der ERIC MANOLI fliegen. Bei diesem Einsatz werden wir Gelegenheit bekommen, uns Tyll Leyden einmal näher anzusehen. Ich glaube, wir alle haben ihm sehr viel zu verdanken. Noch eins, Bully", und jetzt drehte Rhodan sich zu ihm um, „veranlasse, daß wir zu dem gesamten Vorrat an Gravitationsbomben auch eine Menge Arkonbomben zur Verfügung haben."

20.

Der Singende Berg war wieder zu einer Hölle geworden, in der chaotischer Lärm und harte Vibrationen herrschten. Leyden und die Besatzung der Space-Jet wurden am Felstor von einer Geräuschkulisse empfangen, die sie wieder zu ihrem kleinen Raumfahrzeug zurückjagte. Hier zogen sie in fliegender Hast Raumanzüge an, klappten den Klarsichthelm zu, schalteten sämtliche Schutzschirme ein und drangen so ein zweites Mal in den um dreißig Grad geneigten Achttausender.

Auf dem Parkplatz fanden sie Gleiter vor, die nicht mehr einsatzbereit waren. Als der Achttausender sich zur Seite geneigt hatte, mußten sie mit starker Wucht aufeinandergeprallt sein. Mit verbissenem Gesicht legten die Männer die Strecke im Schwebeflug zurück. Das innere Großtor öffnete sich vor ihnen. Gleichzeitig traf sie eine Lichtflut, die sie blendete. Sämtliche Maschinen schienen kleine Sonnen geworden zu sein.

Leyden schaltete das Armbanddosimeter ein. Verblüfft stellte er das Fehlen jeglicher Strahlung fest. Über Helmfunk sagte er durch, daß im Maschinensaal nichts zu befürchten war. Er wußte selbst nicht, wie er dazu kam, der Technik der Oldtimer so rückhaltlos zu vertrauen.

Sie mußten an den Aggregaten vorbei, deren Verkleidung in grellweißem Licht glühte. Es war unbegreiflich, daß sie unter diesen Hitzegraden nicht schmolzen. Doch als Leyden eine Temperaturmessung vornahm, starrte er sein Gerät an.

Die Verkleidungen strahlten kaltes Licht aus.

Einmalig, dachte er nur und hastete dann den anderen nach. Über seine Beobachtungen sagte er nichts.

Während ihn das Feld zum Loch in der Decke hinauftrug, erlebte er, wie der Achttausender schwankte und direkt unter ihm der Fels auf hundert Meter Länge aufriß.

Das Feld brachte ihn als letzten ins Planetarium.

Die Blenden in ihren Klarsichthelmen, die automatisch in Aktion getreten waren, als sie von der Lichtflut am großen Innentor überschüttet worden waren, blieben in Tätigkeit.

Leyden bekam keine Zeit, auch nur für Sekunden zum Planetarium hinaufzusehen. Alle Experten und Techniker hielten sich im Felsdom auf. Unten im Maschinensaal befand sich kein Mensch mehr. Leyden wurde von erregten Kollegen umringt. In seinem Helmfunk sprach es so wild durcheinander, daß er nicht ein Wort verstehen konnte. Erst als er mit einer Handbewegung Ruhe gebot, wurde es still.

Er erklärte: „Terrania hat meinen Notruf erhalten und darauf geantwortet. Die Städtekreuzer TROJA und LHASA sind hierher unterwegs. Warten wir, bis man uns abholt.“

Niemand gab sich mit diesen Sätzen zufrieden. Wieder brandete in Leydens Helmfunk Stimmengewirr auf. Ruhig hörte er sich das eine Zeitlang an, dann drängte er sich durch die Menge.

Eine Viertelstunde später fand man ihn. Tyll Leyden frühstückte.

21.

Nach dem Städtekreuzer TROJA verließ auch die LHASA den Mond Impos im Alarmstart. Während noch die letzten Wissenschaftler über die breite Rampe an Bord des rettenden Schiffes flüchteten, wurde der dritte Mond des Riesen Herkules von einem weiteren Beben geschüttelt. Die Besatzung der LHASA bekam eine Vorstellung davon, was die Experten und Techniker in der letzten Zeit ausgehalten hatten.

Mit maximaler Beschleunigung verließ die LHASA das System, entfernte sich in jeder Sekunde weiter von Herkules, der mit seinen titanischen Gravitationsstößen die Strukturtaster auf der TROJA und LHASA zerstört hatte.

Nur einer der Wissenschaftler hatte Impos innerlich widerstrebend verlassen: Tyll Leyden.

Er dachte an das wunderbare Planetarium, an die Maschinen, an die Gesamtkonstruktion der Oldtimer, die über 1,2 Millionen Jahre funktionsfähig geblieben war – sozusagen als Wächter für alle – aber er dachte auch an das sich umwandelnde Molkex. Und bei diesem Gedanken beschlich ihn Grauen, und zugleich schlug die Angst bei ihm durch, Perry Rhodan könnte seinen Bericht nicht so ernst genommen haben, wie er zu verstehen war.

Leyden betrat den Kommandoraum der LHASA in dem Augenblick, als auf dem großen Panoramaschirm der Riesenplanet Herkules in der Schwärze des Alls verschwand. Aus den Bemerkungen einzelner Offiziere entnahm er, daß der Kreuzer in wenigen Minuten in den Zwischenraum gehen würde.

Leyden stellte sich dem Kommandanten vor. Der sah erstaunt den jungen Mann vor sich stehen.

„Ach, Sie sind Leyden? Meine Männer und ich haben vorhin nur den Anfang eines Bebens mitgemacht. Ich muß sagen, mir reicht es für die nächsten zehn Jahre. Was hat Sie gezwungen, so lange auszuhalten? Sie sind doch der Entdecker des Planetariums, nicht wahr?"

„Der bin ich", erwiderte Leyden. „Kann ich Verbindung zu Rhodan haben?"

Der Kommandant staunte nicht schlecht. „Verbindung mit Perry Rhodan, Leyden?"

„Natürlich mit Rhodan, Kommandant." Aber Leydens Antwort klang derart gleichgültig, als ob ihm in Wirklichkeit nicht viel an dem Gespräch liegen würde. Dementsprechend reagierte der Kommandant. Er sagte nein.

Leyden reagierte auf die Ablehnung mit keinem Wort.

„Kann ich das Bordrechengehirn benutzen?" fragte er.

„Was wollen Sie?" fragte der Kommandant verblüfft.

Leyden griff in die Tasche. Er holte die Vollmacht heraus, die ihn zum Chef auf Impos gemacht hatte.

„Lesen Sie", forderte er den Kommandanten auf. Der nahm vom Text Kenntnis, gab das Schreiben kopfschüttelnd zurück und meinte: „Es bleibt bei meinem Nein, Leyden." Weiter kam er nicht. Die Hyperfunkanlage rief den Namen Tyll Leyden und gab bekannt, daß Perry Rhodan ihn zu sprechen wünsche.

Der Kommandant war sprachlos und begann Leyden plötzlich mit anderen Augen zu betrachten. Der sah sich um, entdeckte den Bildschirm des Hyperkoms, schaltete ein und meldete sich.

Perry Rhodans Gesicht wurde auf dem Schirm stabil. „Sie sind Leyden? Ich freue mich, Sie kennenzulernen. Hört der Kommandant der LHASA mit? Das vereinfacht den Fall. Die LHASA wird unserem Großverband entgegenfliegen und Sie, Leyden, steigen mit Ihren gesamten Unterlagen zur ERIC MANOLI über. Dort erwarte ich Sie. Bis gleich."

Leyden hatte kein Wort zu sagen brauchen.

Der Bildschirm wurde wieder grau.

Hinter ihm sagte der Kommandant im brummigen Ton: „Sie können das Bordrechengehirn benutzen, aber lassen Sie die Hände von der Steuerautomatik."

Leyden ging dorthin zurück, wo er seinen Koffer abgestellt hatte. Dieser war bis zum Rand mit Datenmaterial gefüllt.

Perry Rhodan mußte zehn Minuten warten, bis von der LHASA die Meldung kam, Tyll Leyden würde gleich übersteigen.

Bully und Atlan befanden sich in Rhodans Kabine. Bully trommelte auf der Tischplatte. „Dein Leyden nimmt sich entschieden zuviel heraus, Perry. Uns zehn Minuten warten zu lassen, finde ich unverschämt."

Rhodan war die Ruhe selbst. „Wollen wir nicht erst einmal hören, warum er nicht sofort herübergekommen ist, Dicker?"

Als Tyll Leyden endlich die Kabine betrat, kam er wieder nicht dazu, ein Wort zu sagen, geschweige denn zu grüßen. Bully überfiel ihn mit der Frage, wieso er Perry Rhodan hätte warten lassen.

„Sir!" Leyden sah alle drei an. „Ich habe ein Problem mit der Positronik gehabt und mußte auf das Resultat warten. Darf ich Sie bitten, sich das Ergebnis anzusehen?"

Tyll Leyden benahm sich Perry Rhodan gegenüber nicht anders als Thomas Herzog gegenüber, dem Kommandanten von EXPLORER-2115, zu dem er gehörte. Er war und blieb sprechfaul. Er war der Ansicht, daß die Folie, die er Rhodan überreichte, eine deutliche Sprache sprach.

Mit einem Blick hatte Rhodan die Schlüsselzeichen überflogen und gab sie Atlan weiter. Zum Schluß erhielt sie Bully. Als er die Zeichen gedeutet hatte, schwieg auch er.

Rhodan ergriff das Wort: „Wir müssen alle Schiffseigner und Reeder im Dauerrundspruch warnen. Jetzt verstehe ich auch, warum sich die Vermißtenmeldungen über Schiffe mit Transitionsantrieb seit einigen Tagen in erschreckendem Maß gehäuft haben. Leyden, wie sind Sie darauf gekommen?" Er sah ihn fragend an, während Bully die Kabine verließ, um die Dauerwarnung ausstrahlen zu lassen.

„Sir, ich habe versucht, die 5-D-Energiemengen, die die Existenzform in Herkules abstrahlt, wenigstens schätzungsweise zu erfahren. Es ist mir mißlungen. Dabei habe ich mir die Frage vorgelegt: Was passiert mit den Raumschiffen mit alten Transitionstriebwerken bei Hypersprüngen? Das Ergebnis habe ich Ihnen zur Kenntnis gebracht."

Leyden schwieg. Rhodan schmunzelte trotz der ernsten Situation. In jeder Beziehung schien dieser junge Wissenschaftler einmalig zu sein. Jeder andere hätte seine Entdeckung lautstark verkündet. Tyll Leyden quälte sich zwei einleitende Sätze ab, die kaum etwas verrieten, und ließ dann seine Berechnungen sprechen.

Sie besagten unmißverständlich, daß jedes der alten Transitionsschiffe während der Transition im Hyperraum auseinandergerissen würde, wenn es in den Einflußbereich der Hyperstrahlung von Herkules geriet.

„Wo haben Sie Ihre gesamten Unterlagen, Leyden? Um Sie zu informieren, möchte ich Ihnen mitteilen, daß die Inpotronik auf Luna Ihre Berechnungen für richtig befunden hat und wir mit neunzig Prozent der gesamten Flotte nach Herkules unterwegs sind."

Schweigend bückte Leyden sich nach seinem Koffer. Schweigend stellte er ihn auf den Tisch, um ihn schweigend zu öffnen.

„Mehr nicht?" fragte Atlan mit leichter Verzweiflung in der Stimme.

Schweigend griff Leyden nach einem Stoß Folien, der zusammengeschnürt war. „Das sind die Endergebnisse der einzelnen Berechnungen, die zum größten Teil untereinander in Zusammenhang stehen."

Eine halbe Stunde später beobachteten Rhodan, Atlan und Bully, in welch langweiligem Tempo Tyll Leyden die Kabine verließ.

„Ein Kauz", stellte Bully kopfschüttelnd fest. Dann aber lachte er auf. „Dieser Leyden hat uns aber beigebracht, unsere eigenen Gedanken zu aktivieren. Ich muß sagen, der junge Mann imponiert mir."

Die Zentrale rief nach Reginald Bull. „Sir, je mehr wir uns unserem Ziel nähern, um so stärker werden die Störungen im Hyperkom. Wir kommen kaum noch nach Terra oder Arkon durch."

„Ist die Warnung für die alten Transitionsschiffe herausgegangen?" wollte Bully wissen.

„Die ist noch überall empfangen worden und wird im Augenblick von allen stationären Sendern über die Galaxis ausgestrahlt. Ich – einen Augenblick, bitte. Der Flottenverband über dem Eastside-I-System meldet sich. Der Spruch lautet: *Schiffe der Huldvollen im Anflug auf das Eastside-I-System haben plötzlich Kurs geändert. Verdacht nicht von der Hand zu weisen, daß sie Riesenplanet Herkules anfliegen."*

Bully wollte abschalten, als Mausbiber Gucky sich meldete. Er leistete dem Schreckwurm Peterle, der den Flug auf eigenen Wunsch mitmachte, einige Decks tiefer Gesellschaft.

„Perry", piepste Gucky, „mit Peterle sieht es nicht gut aus. Er bittet darum, auf einen alten Robotkreuzer umsteigen zu dürfen."

„Komm zum Bericht in meine Kabine, Kleiner", sagte Rhodan.

„Geht nicht", widersprach der Mausbiber. „Ihr macht euch keinen Begriff davon, wie verstört Peterle ist. Er hat Angst um seinen Verstand. Dauernd spricht er von stärker werdenden Einflüssen, gräßlichen Visionen und einer Stimme, die immer lauter in ihm ruft. Perry, wir müssen ihn umladen, oder er stirbt uns hier an Bord."

Rhodan blickte seine Freunde fragend an. Sie nickten. „In Ordnung, Kleiner. Die ERIC MANOLI stoppt, und ein Robotschiff kommt längsseits. Das Schiff wird Peterle durch die Librationszone zurückbringen."

„Aber es muß schnell gehen. Peterle windet sich wie unter Krämpfen. Hier – seht ihr ihn?" Gucky hatte den Bildwinkel seiner Interkomanlage verändert. Das Weitwinkelobjektiv erfaßte jetzt den Schreckwurm, der sich zuckend auf dem Boden wand und unter gräßlichen Schmerzen zu leiden schien.

Das hatten weder Rhodan, Atlan noch Bully erwartet.

„Es wird schnell gehen, Kleiner. Kannst du dich noch mit ihm verständigen?"

„Hin und wieder, Perry. Die Anfälle treten komischerweise in Intervallen auf. Vor wenigen Minuten, als es Peterle noch nicht so schlecht ging, sagte er: ‚Das habe ich alles schon einmal erlebt. Ich weiß nur nicht, wann.' Perry, kannst du dir darauf einen Vers machen?"

„Keine Zeit für ein Gespräch, Kleiner. Ich muß einen Robotraumer rufen lassen. Sag' Peterle, daß er in Sicherheit gebracht wird. Warum übrigens in einem Robotschiff?"

Gucky setzte mehrfach zum Sprechen an, schwieg dann aber.

„Schnell, Kleiner. Die Antwort!" rief Rhodan ihm energisch zu.

„Na, gut. Kurz bevor ich euch anrief, ließ Peterle mich wissen, daß er Angst hätte, unsere ERIC MANOLI zu sprengen ..."

„Der Robotraumer ist in kürzester Zeit da. Versuche, ihn zu beruhigen, Gucky."

Damit war das Gespräch zu Ende. Die nächste Minute war mit einer Serie von Befehlen angefüllt. Die ERIC MANOLI stoppte, ein Robotschiff wurde herbeikommandiert und Tyll Leyden gerufen. Der kam mal wieder nicht.

Bully erkundigte sich ungeduldig, wo der Experte steckte. Vom Kommandoraum kam die Auskunft, daß er die Leistungskapazität der Bordpositronik zum größten Teil für seine Arbeiten mit Beschlag belegt hätte.

Rhodan legte Bully die Hand auf den Arm.

„Also ...", sagte er nur.

Widerstrebend gab der Dicke seinen Versuch auf, Leyden durch einen zweiten Befehl in Rhodans Kabine zu zitieren. Leicht verärgert blickte er Atlan an, der sich seit Leydens Erscheinen kaum geäußert hatte. „Was haben Herr Lordadmiral zu den Manieren eines jungen Terraners zu sagen?"

Atlan lächelte spöttisch. „Leyden hat Rückgrat, und nebenbei: Er kann auch etwas."

Dann war Peterle, der Schreckwurm, auf den alten Robotraumer DD-586 umgestiegen, und das Schiff hatte schon wieder abgelegt, um auf Gegenkurs zu gehen, als fünf Explorer Alarm gaben.

Diese Schiffe hatten in der letzten Stunde beobachtet, wie die Gravitationsstöße immer heftiger geworden waren, um jetzt ein Ausmaß zu erreichen, das auf eine bevorstehende Katastrophe ungeheuren Ausmaßes schließen ließ.

Trotz der Störungen im Hyperfunkempfang hatte man die Alarmmeldung von den Explorern entziffern können. Sie wurde an Rhodan weitergegeben, als Tyll Leyden dessen Kabine betrat.

Wortlos legte er eine Stanzfolie vor. Rhodan beschäftigte sich sofort mit dem Inhalt der Folie.

Plötzlich blickte er Leyden an und fragte: „Morgen schon? Morgen zwischen 14 und 18 Uhr Standardzeit? Morgen soll die Umwandlung des Molkex in supraheterodynamische Existenz beendet sein? Woher wollen Sie das wissen, Leyden?"

„In der Faltonschen Theorie steckt so viel Unausgeschöpftes, Sir. Es ist allein schon schwierig, eine Existenzform zu erklären, die halb fünfdimensional und halb vierdimensional ist. Aber wenn Sie sich nicht mit der Faltonschen Theorie befaßt haben, bin ich nicht in der Lage, Ihnen zu erklären, warum morgen schon die Umwandlung der Molkexmasse in Herkules beendet ist und wir es dann mit einem Suprahet-Ungeheuer zu tun haben."

„Hoffentlich haben Sie sich geirrt, Leyden. Ist Ihnen bekannt, daß wir unseren Schreckwurm Peterle von Bord schicken und zurückbefördern mußten? Das Wesen ließ uns wissen, es hätte Angst um seinen Verstand."

Leyden nickte, als ob ihn das gar nicht überraschte. „Die Hyperstrahlung des entstehenden Suprahets nimmt Einfluß auf den Schreckwurm. Kann ich gehen, Sir? Ich habe noch etwas zu tun."

„Wann werden Sie einmal nichts zu tun haben, Leyden?"

„Wenn dieser Fall erledigt ist."

„Dann will ich Sie nicht aufhalten, Leyden."

Für wie groß die Gefahr des erwachenden Suprahets für die Milchstraße gehalten wurde, zeichnete sich in den Anstrengungen ab, die das Imperium unternommen hatte, um diesen bedrohlichen Vorgang abzustoppen.

Seit Bestehen dieses Sternenreichs hatte die Flotte noch niemals diese Unzahl von Gravitationsbomben mit sich geführt wie jetzt.

Durch die Librationszone des Zwischenraums rasten Tausende von Einheiten alle einem Ziel zu. Jeder an Bord der Schiffe wußte inzwischen, daß es um Stunden ging.

Ein Schiff hatte bisher seinen Verband verlassen und war auf Gegenkurs gegangen: die DD-586, ein Robotraumer älterer Bauart, mit dem verzweifelten Schreckwurm Peterle an Bord.

Die Besatzungen aller Schiffe waren einsatzbereit. Sie wußten, worum es ging und was versucht werden sollte.

Noch nie hatten Terraner versucht, ein ganzes Sonnensystem aus dem Einsteinraum zu entfernen. Noch nie waren unter den Experten die Meinungen über Gelingen oder Mißlingen des Planes so geteilt gewesen.

Tyll Leyden, der Initiator, ließ sich nicht beirren. Seine Berechnungen sprachen auch eine zu eindeutige Sprache. Sein bester Bundesgenosse war der Großadministrator selbst.

Rhodan kam wieder auf den größten Unsicherheitsfaktor in Leydens Plan zu sprechen. „Wird die Kraft von 17 mal 5000 Gravitations- und einigen 100 000 Arkonbomben ausreichen, Herkules in den Hyperraum zu jagen? Wird das Suprahet durch unseren Versuch nicht endgültig ins Leben zurückgerufen? Lösen wir mit Freiwerden der Energien einen Impuls aus, der das Suprahet so stark macht, daß es im normalen Zeitraumgefüge verbleibt, während alles andere im Hyperraum untergeht?"

Leyden gehörte zu den Männern des großen Einsatzstabes auf der ERIC MANOLI. An ihn waren die Fragen gerichtet.

Leyden beantwortete sie: „Ich weiß es nicht, Sir."

„Könnte uns die Faltonsche Theorie nicht weiterhelfen, Leyden?"

„Glaube ich nicht, Sir."

Bully mischte sich ein. „Haben Sie nicht den Schimmer einer Vorstellung, mit welchen Mitteln die Oldtimer die Überladungszone erstellten, in der vor 1,2 Millionen Jahren das Suprahet explodierte? Sie kennen den Singenden Berg besser als jeder andere, der mit Ihnen auf Impos war."

Leyden sah ihn einen Augenblick nachdenklich an, dann meinte er: „Im Grunde genommen kennt kein Mensch den Singenden Berg. Die Reste von Äona, die von unseren Archäologen freigelegt wurden, gaben auch kein Geheimnis preis."

Bully gab sich noch nicht geschlagen.

„Wie erklären Sie sich die hohe Intelligenz der Schreckwürmer, während das Suprahet weder Instinkt noch Intelligenz besitzt?"

„Das ist kein Widerspruch, wenn man berücksichtigt, daß die Schreckwürmer der Molkexmasse entstammen, aber einem Molkex, das durch die Explosion des Suprahets sich in einem Umwandlungsprozeß befand. Dieser Prozeß innerhalb geringer Molkexmassen gegenüber der Riesenmenge, die sich in Herkules angesammelt hatte, verlief weniger in energetischen Bahnen, sondern stärker im organischen Bereich. Diese Entwicklung nahm sich Zeit und erstreckte sich über mehr als eine Million Jahre. Die energetischen Eigenschaften des Molkex, das praktisch unzerstörbar ist, wurden als einziges Merkmal unverändert von den Schreckwürmern übernommen. Welche engen Verbindungen zu der Molkexmasse in Herkules heute noch bestehen, hat das Verhalten von Peterle bewiesen. Ich habe diese Überlegungen keiner Positronik zur Überprüfung vorgelegt. Wenn Sie meine Schlüsse zurückweisen, dann ist es Ihr gutes Recht."

Atlan schaltete sich ein und sagte: „Leyden, wie erkären Sie sich folgenden Widerspruch: Das Molkex in Herkules ist durch den Gravitationsstoß vom 4. August – sagen wir, belebt worden. Um sich in das Suprahet zurückverwandeln zu können, bedarf es zusätzlicher ungeheurer Energiemengen. Diese holt es sich aus der Restmaterie von Herkules, die kein Molkex ist. So weit – so klar. Aber es verfügt zur Zeit noch nicht über genügend Energiemengen. Wie kommt es dazu, trotzdem jetzt schon in ununterbrochener Folge Energien abzustrahlen? Auf der einen Seite hat es nicht genug davon – auf der anderen verschwendet es das bißchen, über das es verfügt. Nun, Leyden, wie erklären Sie das?"

„Darin liegt kein Widerspruch, Sir", erklärte Leyden. „Das Suprahet ist halb vierdimensional und halb fünfdimensional. Es bezieht seine energetische Nahrung aus beiden Bereichen. Herkules und seine Materie aber ist vierdimensional. Das, was Sie als Verschwendung ansehen, ist nichts anderes als eine energetische Nahrungsaufnahme im fünfdimensionalen Gefüge. Wir selbst sehen, wie es in unserem Kontinuum Herkules auffrißt; das andere stellen wir im Hyperraum als Überschußenergien fest, die jedoch von dem Suprahet als Belebung in Form von 5-D-Energien dorthin abgestrahlt worden sind und von ihm benötigt werden. Sir, Sie können natürlich vollkommen anderer Meinung sein."

„Ja, ich könnte...", murmelte Atlan, schüttelte den Kopf und schwieg.

Warum verteidigte dieser Mann seine fundierten Ansichten nicht mit Nachdruck? Besaß Tyll Leyden denn keine Spur Ehrgeiz?

Das System EX-2115-485 war von den Kugelraumern des Imperiums in einer Entfernung von fünf Lichtjahren abgeriegelt worden. Innerhalb der Einschließungsfront hielten sich neben der ERIC MANOLI 5000 robotgesteuerte Schlachtschiffe auf und etwa dreihundert schwerste Raumer mit terranischer Besatzung.

Sie waren, gleichmäßig verteilt, auf allen siebzehn Monden des Systems gelandet und in ein Inferno an Erdbeben hineingekommen. Kein Kommandant wagte auch nur einen Mann nach draußen zu schicken. Roboter übernahmen das Ausladen der Gravitations- und Arkonbomben.

Der Normalfunk war verhältnismäßig ungestört. Alle Hyperkomgeräte lagen still. In Sichtnähe von Herkules bedeutete ein Einschalten dieser Geräte ihre Zerstörung.

Hin und wieder kam mit großer Verzögerung von einem anderen Mond eine Meldung an. Die Kommandanten der schweren Einheiten unterrichteten sich gegenseitig, wie weit sie mit dem Ausladen der Bomben waren.

Sämtliche Schiffe schwebten über den von Beben geschüttelten Welten, die alle dem Untergang geweiht waren. Roboter mit den schweren Bomben glitten zu Boden, luden die alleszerstörende Last ab und jagten wieder zu den geöffneten Schleusen ihres Schiffes empor.

Die Raumer auf Impos meldeten, daß sie ihre Ladung abgesetzt hatten. Kurz darauf kamen Meldungen gleichen Inhalts von den Monden 6, 9, 14 und 15. Als letzter Verband jagten jene Schiffe aus dem System hinaus, die auf dem zweiten Mond Bomben ausgeladen hatten. Viermal mußten sie im Verlauf ihren Schwebeplatz verlegen, weil unter ihnen der Boden aufriß.

Dann befanden sich nur noch 5000 Schlachtschiffe im System. Im gleichmäßigen Abstand hatten sie sich um die Sonne gruppiert. Das Imperium hatte diesen Verband schon abgeschrieben. Für keines der Robotschiffe bestand die Chance, dem Unheil, das sich für EX-2115-485 anbahnte, zu entgehen.

Hinter den Geschütztürmen machten Roboter Dienst. Sie hatten die Sonne EX-2115-485 in der Zieloptik und warteten auf das Kommando, um von allen 5000 Schiffen gleichzeitig mit blitzschnellen Salven Gravitationsbomben abzuschießen.

Die Berechnungen hatten ergeben, daß jedes Schiff drei hintereinanderfolgende Salven abgeben konnte, um dann im entfesselten Unheil zusammen mit der Sonne in den Hyperraum gestürzt zu werden.

Ein Himmelskörper in diesem System war unbehelligt geblieben: Herkules, der Planet, der von seiner gigantischen Größe schon so erschreckend viel verloren hatte. Auf ihm waren weder Gravitationsbomben abgeladen worden, noch sollten diese Bomben auf ihn abgeschossen werden.

Im Kommandoraum der ERIC MANOLI herrschte unerträgliche Spannung.

So gut es ging, wollte man die Ereignisse im EX-2115-485-System aus einer Entfernung von zwei Lichtjahren beobachten.

Die X-Zeit lief bereits, als man von einem Kurierschiff die Meldung erhielt, daß ein paar Lichtstunden von der Einschließungsflotte entfernt einige hundert Molkexraumer aufgetaucht waren.

Anscheinend wollten auch die Huldvollen beobachten, was vor sich ging.

Rhodan befahl, jede Kampftätigkeit zu vermeiden.

Kurz vor dem Ende der X-Zeit traf eine weitere Meldung ein, die Rhodan tief erschütterte.

Schreckwurm Peterle hatte offenbar in einem Anfall geistiger Umnachtung das alte Robotraumschiff, das ihn aufgenommen hatte, zerstört. Mehr als zwanzigtausend Lichtjahre von diesem System entfernt, waren Robotnotrufe ausgestrahlt worden, um schlagartig abzubrechen. Ein Schiff des Imperiums, das sich zufällig in der Nähe befunden hatte, war zum Unglücksort gerast und hatte dort nur noch einige Trümmer entdecken können.

Von Schreckwurm Peterle keine Spur mehr.

„Verdammt", sagte Bully, und mit seinem Kraftausdruck versuchte er, seine Erschütterung zu verbergen.

„Schade um ihn", meinte Rhodan.

Plötzlich blickte er auf. In drei Sekunden war die X-Zeit zu Ende. Der Untergang des Sonnensystems konnte nicht mehr aufgehalten werden.

Roboter BG-087-653 saß hinter dem Hauptschalter seiner Feuerleitzentrale. Sein Linsensystem verfolgte das leichte Pendeln einiger Zeiger. In ihm wie in den abertausend Robotern auf 5000 Robotschiffen lief das Programm ab. Daß er mit Ende des Programms aufhören würde zu existieren, berührte ihn nicht.

Das Ende der X-Zeit wurde angesagt. Von den Gravitationsgeschützen seines Schiffes kamen ununterbrochen Klarzeichen herein. Die Zieloptiken hatten die Waffentürme auf die Sonne EX-2115-485 gerichtet. In 4999 anderen Schiffen war es ebenso.

Noch zehn Zeiteinheiten.

Robot BG-087-653 beobachtete.

Achtzehn Energieerzeuger im Raumer versorgten die Gravitationsgeschütze mit den erforderlichen Kräften. Ein Dutzend Gravitationsbomben wurden gleich mit der ersten Salve über blitzschnelle Spiralen auf die Sonne abgeschossen. Das gleiche geschah zur selben Zeit auf 4999 anderen Robotschiffen.

Noch eine Zeiteinheit.

Der Roboter bewegte sich nicht. Er beobachtete nur. Am wilden Ausschlag einer Farbskala stellte er fest, daß die erste Salve abgeschossen worden war.

Die zweite erfolgte.

Jetzt die dritte.

Und dann war überall nur Licht. Es gab keinen einzigen der 5000 Robotraumer mehr. Sie waren im Bruchteil einer Sekunde verdampft.

Gleichzeitig mit der Detonation der 300 000 Arkonbomben auf den 17 Planeten waren 17 mal 5000 Gravitationsbomben in die Sonne geschleudert worden.

Rhodan, Bully, Atlan und Leyden standen vor dem Bildschirm und beobachteten den Ablauf des unwirklichen Ereignisses.

Neben ihnen schrien Männer, die sonst weder Furcht noch Erschrecken kannten. Die leuchtende Energiewolke hatte einen Blitz ausgestoßen. Niemand konnte später angeben, in welche Richtung der Blitz gerast war. Aber mit diesem Blitz schien auch das Ende der Wolke gekommen zu sein.

Sie, die sich in wenigen Minuten aus dem Nichts ins Millionenfache vergrößert hatte und aus einer gigantischen Explosion entstanden war, gab jetzt ein Bild, als wäre mit dem Blitz in ihr eine Implosion ausgelöst worden.

In ihrem Blau leuchtete sie greller als bisher. Doch je intensiver es wurde, um so schneller schrumpfte die Wolke zusammen.

Plötzlich stagnierte alles.

Die Wolke verlor an Intensität. Sie strahlte jetzt in weichem Blau, das beruhigend wirkte und hier und dort in der Zentrale der ERIC MANOLI Männer erleichtert aufatmen ließ.

Nur Tyll Leyden nicht. Er beobachtete die Wolke, als hinge sein Leben davon ab. Um ihn herum kamen die ersten Gespräche auf. Von Herkules war die Rede. Der Durchmesser der Wolke wurde berechnet. Das Bordgehirn befaßte sich mit dem Spektrum der leuchtenden Wirbel. Leyden hörte jede Bemerkung. Er vernahm auch die Werte, die genannt wurden. Er drehte sich nicht um. Unverwandt sah er auf den Schirm.

Eine einzige Frage bewegte ihn.

War auch Herkules und mit ihm das Ur-Molkex in den Hyperraum geschleudert worden?

Bully trat vor Tyll Leyden, musterte ihn scharf und fragte: „Nun, Leyden? Das Sonnensystem haben wir vernichtet, aber damit auch das Suprahet? Oder haben wir jetzt ein superstarkes Suprahet geschaffen?“

Der Blick aus Leydens hellen Augen veränderte sich nicht. Daß ihn einer der mächtigsten Männer des Imperiums zwang, zu ihrem Experiment Stellung zu nehmen, schien ihm nichts auszumachen.

„Wir müssen uns gedulden, Sir, Sie, ich und alle anderen. Es wird einige Zeit dauern, bis die fünfdimensionale Erschütterung sich verlaufen hat. Natürlich kann man geteilter Meinung sein und in dem Blitz, der von vielen beobachtet worden ist, eine gravitatorische Nebenerscheinung sehen. Für mich ist er mehr gewesen. Für mich ist er das letzte Wirken der Wächter für alle gewesen. Der Blitz ist von Impos gekommen, aus den Aggregatsätzen und Energiebänken des Singenden Berges. Er hat die Übersättigungszone geschaffen. Nicht wir, sondern die Oldtimer haben ein zweites Mal das Suprahet vernichtet. Aber, Sir – wie kann ich es Ihnen verargen, wenn Sie anderer Ansicht sind?“

„Können Sie überhaupt einem Menschen etwas verargen?" schnaubte Bully. „Leyden, warum setzen Sie sich niemals energisch für eine Ihrer Ansichten ein? Ich glaube, Sie können noch nicht einmal mit der Faust auf den Tisch schlagen."

Leyden verzog keine Miene. „Damit sind Sie einem Irrtum zum Opfer gefallen, Sir. Einer meiner Kollegen auf Impos, Sascha Populos, glaubte, mich ungestraft tätlich angreifen zu können. Hinterher machte mir unser Expeditionsarzt Vorwürfe, weil er Populos kaum wiedererkannt hat. Über diese Art, sich zu verteidigen, gehen die Meinungen natürlich auseinander."

Bully machte auf der Stelle kehrt. Als er neben Rhodan stand, sagte er gequält: „Leyden ist ein entsetzlicher Phlegmatiker. Glaubst du die Geschichte mit diesem Populos?"

Rhodan zog den Dicken zur Seite.

„Mein Lieber", sprach er auf ihn ein, „laß dich nicht von Äußerlichkeiten täuschen. Ich habe einige Dinge über Leyden gehört, die mich in Erstaunen versetzt haben. Jeder Mensch hat seine Eigenart – aber Leydens Eigenarten zählen gar nichts im Vergleich zu dem, was er geleistet hat. Mir ist bis heute noch kein Mann begegnet, der einem vollkommen neuartigen, ich möchte fast sagen, unwirklichen Problem auf die Spur gekommen ist und sich erst dann aus der Masse seiner Kollegen einen Schritt vorwagte, als er die Lösung dazu in der Tasche hatte. Dieser Mann heißt Tyll Leyden. Ist er nicht einmalig?"

Bully brauchte nicht dazu Stellung zu nehmen. Der Hyperfunkverkehr war wieder störungsfrei. Meldungen liefen ein. Eine davon besagte, daß die Molkexraumer sich wieder zurückzogen. Die Huldvollen hatten offenbar genug gesehen.

Eine weitere Meldung war ebenso überraschend wie erfreulich. Ein terranisches Raumschiff hatte Peterle völlig erschöpft im Raum treibend aufgefischt und an Bord genommen. Dort hatte sich der Schreckwurm in kürzester Zeit wieder erholt, und er ließ Perry Rhodan mitteilen: „Ich habe mich noch nie so frei und wohl gefühlt wie jetzt. Das unbeschreibliche Alpdrücken ist von mir genommen, aber es hat mich fast das Leben gekostet."

Ein glückliches Lachen ging über Rhodans Gesicht. Bully strahlte, und der Arkonide schmunzelte sichtlich zufrieden.

„Wo ist Leyden?" fragte Bully und sah sich in der Zentrale um. „Er muß die Nachricht von Peterle hören. Ist sie nicht zugleich der beste Beweis dafür, daß es kein Suprahet mehr gibt? Jetzt glaube ich auch, daß jener Blitz aus dem Maschinenpark des Singenden Berges gekommen ist. Aber dann ..."

Er schwieg bestürzt.

Atlan kreuzte die Arme vor der Brust. Er vollendete den Satz, den Bully nicht aussprechen wollte. „Damit wäre bewiesen, daß wir gar nicht in der Lage waren, eine Überladungszone zu schaffen, um darin das Molkex oder Suprahet zu vernichten. Wahrscheinlich hätten wir es mit unserem Versuch nur stärker denn je gemacht, wenn wir nicht in buchstäblich letzter Sekunde die technische Hilfe der Oldtimer bekommen hätten. Jetzt aber möchte ich von Leyden gern wissen, wie er daraufgekommen ist, daß dieser Blitz aus dem Singenden Berg stammt. Wo ist Leyden?"

Über die Bordverständigung wurde er gesucht.

Unauffällig hatte er die Zentrale vor längerer Zeit verlassen.

„Ja, Sir", meldete er sich.

„Kommen Sie bitte zu uns in die Zentrale."

„Gern, aber erst, wenn ich gefrühstückt habe. Meine Pause läuft in 23 Minuten ab. Bis dahin müssen Sie sich gedulden."

Bully rang nach Luft. Atlans Gesicht war erstarrt. Nur einer schmunzelte: Perry Rhodan.

22.

Die sieben Explorerschiffe schwebten als winzige, metallisch schimmernde Kugeln in einer scheinbar undurchdringlichen, aus Sonnen gebildeten Hohlkugel.

Die großen Panoramaschirme in den Zentralen zeigten, wie der Raum um sie herum aussah.

Stern stand neben Stern. Jeder leuchtete anders. Dieser dunkelrot und jener weißblau, dort stand ein weißer Zwerg, eine punktförmige Lichtquelle, welche die Augen schmerzen ließ.

Die Explorer befanden sich zum erstenmal so nahe dem Zentrum der Milchstraße. Sie waren hier seit jenem Tag, an dem das Sonnensystem EX-2115-485 durch Gravitationsbomben vernichtet und in den Hyperraum geschleudert worden war. Mit dieser Sonne waren der Riesenplanet Herkules und seine siebzehn Monde verschwunden. Der Platz, wo sich diese Welten befunden hatten, war jetzt leer. Sogar der größte Teil an Strahlung, der als Primäreffekt der Explosion ausgelöst worden war, hatte so weit nachgelassen, daß man sie als nicht mehr bedeutend bezeichnen konnte. Trotzdem hielten sieben Forschungsraumer diesen Sektor unter Kontrolle. Tag und Nacht liefen auf allen Schiffen Beobachtungen, und immer wieder wurde jene Kreisbahn aufgesucht, auf der sich bis vor wenigen Tagen Herkules bewegt hatte.

Alle Anstrengungen galten allein der Frage: Ist mit der Zerstörung des Systems auch das Suprahet vernichtet worden?

Viele Männer in den sieben Schiffen waren auch heute noch nicht in der Lage, sich unter einem gigantischen Überlagerungsempfänger etwas Lebendiges vorzustellen. Noch weniger begriffen sie, daß der fast unzerstörbare Molkexstoff gleichen Ursprungs sein sollte wie das Suprahet.

Viele Männer fröstelten bei dem Gedanken, daß ein Suprahet vor rund 1,2 Millionen Jahren innerhalb der Milchstraße riesige Sternenhaufen regelrecht „aufgefressen" hatte.

Seit einigen Wochen hörten alle in den Explorern von morgens bis abends das Wort Suprahet. Je mehr Tage vergingen, um so eindeutiger wurde es, daß das gigantische, halb vierdimensionale, halb fünfdimensionale Ungeheuer nicht nur mit dem Sternensystem aus dem Einsteinuniversum in den Hyperraum geblasen worden war, sondern beim Sturz aus dem Normalgefüge an „Übersättigung" zugrunde gegangen war.

Aber nicht nur Terraner interessierten sich für die veränderten Verhältnisse in diesem Sektor der Galaxis, sondern auch die Huldvollen mit ihren gepanzerten Raumern. Immer wieder stellten die Explorer fest, daß sie geortet wurden, und stets zogen sie sich auftragsgemäß in den Zwischenraum zurück, um den Besatzungen der Molkexschiffe keine Angriffsmöglichkeiten zu geben.

Es wurde zu einem nervenzermürbenden Katz- und Mausspiel, je mehr Einheiten die Huldvollen hier zusammenzogen.

EXPLORER-7443, das Führungsschiff des Forschungspulks, stand mit der Einsatzzentrale in Terrania in ununterbrochener Verbindung, ebenso mit dem inpotronischen Riesengehirn auf Luna, an das alle Ergebnisse unverzüglich gefunkt wurden.

Als die EXPLORER-7443 einen über tausend Schiffe starken Verband ortete und diese Beobachtung nach Terrania weitergab, kam eine Viertelstunde später der überraschende Befehl: „Absetzen und nach Terra zurückkehren!“

Der Kommandant der EXPLORER-7443 konnte nicht ahnen, daß dieser Absetzbefehl durch einen Bericht veranlaßt worden war, den Beobachtungsschiffe vom Eastside-I-System nach Terrania gefunkt hatten.

Als die terranischen Schiffe Flottenkonzentrationen der Huldvollen beobachteten, gaben sie automatisch mit ihrem Bericht für das Imperium Alarm und veranlaßten, daß die sieben Explorer im Sektor des vernichteten Sonnensystems nach Terra zurückgerufen wurden. Die Einsatzzentrale gab den im Eastside-I-System operierenden Kreuzern den Befehl, die Beobachtungen im verstärkten Umfang aufzunehmen, dabei aber jede Gefechtsberührung mit Molkexschiffen zu vermeiden.

Bei den Verbänden der Imperiumsflotte, die jenseits des Milchstraßenzentrums an der hypothetischen Grenze zur galaktischen Eastside in voller Gefechtsbereitschaft standen, löste der von Terra aus weitergegebene Alarm keine Unruhe aus. Mehr als achtzig Prozent der gesamten Flotte waren zwischen den Sternen in Stellung gegangen und durch starke Verbände posbischer Raumer zu einer gewaltigen Armada geworden.

Kein Kommandant konnte sich vorstellen, daß es den Molkexschiffen gelingen könnte, ihre tiefgestaffelte Frontlinie zu durchbrechen.

In Terrania war man nicht so optimistisch. Die Zeiten waren längst vorüber, in denen man noch den Fehler gemacht hatte, einen unbekannten Gegner zu unterschätzen. Atlan sah in der augenblicklichen Lage eine äußerst gefährliche Situation. Dies zeigte sich schon allein darin, daß er seit Tagen ständig mit Perry Rhodan zusammen war.

In Rhodans Umgebung fiel ein neues Gesicht auf. Der Astronom und Physiker Tyll Leyden gehörte neuerdings als offizielles Mitglied dem zentralen terranischen Forschungsstab an.

Auch nach seiner Berufung nach Terrania war Leyden der alte geblieben. Nach wie vor schien er der große Phlegmatiker zu sein. Wenn er sprechen mußte, dann beschränkte er sich auf das unbedingt Notwendige.

Perry Rhodan aber hatte erkannt, welche Fähigkeiten in dem jungen Mann steckten. Er war sich klar, daß Tyll Leyden bei der nächsten Aufgabe, auf die er angesetzt wurde, versagen konnte. Doch je länger Rhodan den jungen Mann beobachtete, um so sicherer wurde er, daß Leyden auch mit dem neuen Problem fertig werden würde.

Tyll Leyden hatte den Schreckwurm Peterle kennengelernt. Er würde den Augenblick nie vergessen, in dem er den Schreckwurm zum erstenmal gesehen hatte. Zum selben Zeitpunkt hatte Leyden die Bekanntschaft mit Mausbiber Gucky gemacht. Es war Zufall gewesen, daß er gleichzeitig zwei Intelligenzen unterschiedlichster Form begegnete, die beide ihrem Äußeren nach nichts Menschliches besaßen.

Der Kontakt zu Peterle wurde schnell immer besser und enger.

„Leyden, studieren Sie Peterle", hatte Rhodan ihn aufgefordert.

Knapp drei Wochen lang hatte er jeden Tag viele Stunden bei dem Schreckwurm verbracht und sich über den Symboltransformer mit ihm verständigt.

Der junge Riesenwurm, der seine Behausung zur Zeit im Hangar eines Explorers hatte, begrüßte auf seine Art Leyden immer freundlicher, je öfter dieser zu ihm kam. Seine großen Augen verfügten über eine erstaunliche Ausdruckskraft.

Leydens Mißtrauen diesem Riesenwesen gegenüber war schon in der ersten Woche geschwunden. Er hatte Peterles Gutmütigkeit und Toleranz als echt erkannt, ebenso das Bestreben des Schreckwurms, Leyden möglichst viel über seine Rasse zu berichten. Doch diesem Wollen war eine Grenze gesetzt, denn Peterle hatte noch nie einen anderen Schreckwurm zu Gesicht bekommen. Trotzdem war es unglaublich, was er aus ererbtem Kollektivwissen heraus bekanntgab.

Vom ersten Besuch an blieb Peterle bei seiner Behauptung, daß es ein biologisches Gesetz wäre, jeder Intelligenz zu verheimlichen, selbst intelligent zu sein.

Auf Leydens Frage, warum Peterle dieses Gesetz gebrochen hätte, hatte der Schreckwurm sofort geantwortet: „Das Gesetz der Selbsterhaltung meiner Art steht in diesem Fall über dem biologischen Gesetz, weil ich überzeugt bin, daß meine Rasse von den Huldvollen daran gehindert wird, sich auszubreiten."

Leyden mußte unwillkürlich an die von Hornschrecken kahlgefressenen Planeten denken, als Peterle von der Ausbreitung seiner Rasse sprach. Er fand diese Zukunftsaussichten keineswegs verlockend. Trotzdem blieb er beim Thema. „Peterle, soll das heißen, daß du bereit bist, mit uns zur Heimat deiner Rasse zu fliegen, um sie darüber zu unterrichten, daß die Huldvollen falsches Spiel treiben? Vergißt du auch nicht, daß du als Verräter angesehen werden wirst, der gegen eins der wichtigsten Gesetze verstoßen hat?"

„Wenn die biologischen Umstände sich geändert haben, müssen auch biologische Gesetze eine Änderung erfahren."

Atlan befand sich in Rhodans Büro, um mit ihm über die Ereignisse der letzten Tage zu sprechen, als ihnen unerwartet die Ankunft Tyll Leydens gemeldet wurde. Leyden wurde sofort vorgelassen und wie immer benahm er sich völlig unkonventionell.

„Störe ich?" fragte er nach der kurzen Begrüßung.

„Nein, ganz und gar nicht", sagte Atlan.

„Hier", sagte Leyden nur und reichte Rhodan ein Blatt Papier.

Rhodan betrachtete es flüchtig. „Ja, und? Das sind die Koordinaten von Herkules, Leyden. Was soll das?"

„Eigentlich nichts Besonderes, Sir. Nur, daß Peterle von seinem Hangar im Raumschiff aus Herkules angepeilt hat – oder richtiger ausgedrückt, die Stelle angepeilt hat, an der Herkules in einer Gravitationsexplosion in den Hyperraum gestürzt ist."

Das war eine lange Rede gewesen. Trotzdem kam er nicht daran vorbei, noch eine Reihe von Fragen zu beantworten.

„Sie glauben, daß Peterle die Heimatwelt seiner Artgenossen anpeilen und in Koordinaten festlegen kann?" vermutete Atlan.

„Ja", sagte Leyden.

„Wie hat er die Vernichtung der riesigen Molkexmasse aufgenommen?"

„Peterle glaubt, daß durch die Vernichtung der Urmolkexmasse ein weiterer Teil seiner biologischen Erinnerung freigelegt wurde", antwortete Leyden, „so daß er jetzt in der Lage ist, die Position des Ursprungsplaneten seines Volkes exakt zu bestimmen."

Rhodan musterte den jungen Leyden und sagte: „Lassen Sie Peterle wissen, daß ich ihn heute noch besuchen werde. Ich möchte Sie bei dieser Unterredung dabei haben. Sagen wir gegen zwanzig Uhr."

Tyll Leyden nickte.

Peterle spannte seinen riesigen Raupenkörper wie zum Sprung, als er Perry Rhodan mit Tyll Leyden den Hangar betreten sah, in dem er sein Domizil aufgeschlagen hatte. Der Symboltransformer wurde aktiviert.

Rhodan machte den jungen Schreckwurm darauf aufmerksam, welches Risiko er eingehen würde, wenn er Menschen zu seiner Heimatwelt brächte. „Tyll Leyden wird dich begleiten, Peterle. Tyll wird deinen Artgenossen sagen, daß wir wissen, wie klug alle sind. Damit bist du derjenige aus deiner Rasse, der erstmalig gegen ein biologisches Gesetz verstoßen hat. Du wirst Gefahr laufen, daß man dich tötet."

Peterle war anderer Ansicht. „Man wird mich nicht töten, Perry."

„Wieso willst du das wissen? Du bist doch auf einem fremden Planeten geboren worden. Du hast die Welt, auf der deine Artgenossen leben, nie gesehen, und du hast nie einen anderen deiner Art gesehen. Und dennoch behauptest du, man würde dich als Gesetzesbrecher nicht töten?"

Die uniforme Stimme des Symboltransformers klang auf. Sie gab Peterles Antwort wieder. „Manchmal ist es schwer, euch Menschen zu verstehen, weil ich euren Gedanken und Überlegungen kaum folgen kann. Was hat es damit zu tun, daß ich auf einem fremden Planeten geboren bin und noch nie einen aus meiner Rasse gesehen oder gesprochen habe? Niemand hat mir gesagt, wo mein Volk lebt, und doch kenne ich die Welt, die auch mein Zuhause ist. So wie ich weiß, wo zwischen den Sternen dieser Planet um eine Sonne kreist, so weiß ich, daß man mich nicht töten wird. Erfühlst du denn nicht die Planeten, auf denen Terraner leben, Perry?"

Der antwortete wahrheitsgemäß: „Nein, Peterle, das können wir nicht. Wir besitzen diese Fähigkeiten nicht. Nun gut. Vielleicht hast du mit deinen Behauptungen recht, und wir machen uns unnütz Sorgen. Aber kannst du verstehen, daß Leyden deinen Artgenossen sagen muß: ‚Wir wissen, daß ihr intelligent seid. Wir wissen, warum ihr eure Intelligenz bisher mit Erfolg verborgengehalten habt.' Begreifst du das, Peterle? Sonst ist es sinnlos, daß einer von uns dich begleitet."

Danach wurde es im Hangar still. Peterle gab an den Symboltransformer keine Gedankenimpulse ab. Rhodan und Leyden betrachteten den Schreckwurm nicht als Ungeheuer, sondern sahen in ihm ein vernunftbegabtes Wesen, einen guten Freund.

Peterle hob etwas seinen Kopf, senkte ihn dann wieder, funkelte Rhodan und Leyden aus seinen großen Augen an und gab nun Gedankenimpulse an den Symboltransformer ab. „Tyll, hast du keine Angst, von einem meiner Art getötet zu werden?"

Leyden zuckte zusammen. „Angst schon, Peterle, aber diese Angst zählt nicht. Viele Terraner haben vor einer Aufgabe, die sie erledigen müssen, Angst, und trotzdem versuchen sie, diese Aufgabe zu lösen."

Er wußte nicht, ob der Schreckwurm ihn verstanden hatte. Die Antwort, die Peterle ihm gab, erübrigte eine diesbezügliche Frage.

„Du bist so klein und schwach und wagst es trotzdem, meinem Volk gegenüberzutreten. Da soll ich es, als Angehöriger dieses Volkes, nicht wagen, ihnen zu begegnen?"

Rhodan schaltete sich ins Gespräch ein. Er sagte: „Peterle, die Welt deines Volkes kann dein Grab werden. Du bist noch jung, du bist bar jeder Erfahrung. Du schöpfst dein Wissen aus im Unterbewußtsein gespeicherten Rassenerfahrungen. Darum muß ich dich vor den möglichen Folgen warnen. Ich fürchte, daß du anders bist als alle aus deinem Volk, und deshalb versprich dir nicht zuviel davon, wenn du vor ihnen behauptest, die Huldvollen mißbrauchten euch. Du hast dafür keine Beweise. Und diese wird dein Volk verlangen."

Der Schreckwurm streckte sich. Die beiden Männer warteten auf Peterles Antwort.

„Ich habe begriffen, aus welchen Motiven heraus du mich warnst, Perry. Ich habe auch Tyll verstanden, der Angst hat, meine Heimatwelt zu betreten. Aber verpflichtet mich eure Ehrlichkeit nicht, selbst mutig zu sein und dafür geradezustehen, daß ich gegen eins unserer wichtigsten Gesetze verstoßen habe? Terraner, ihr kommt nur unter einer Bedingung zu der Welt meines Volkes: Wenn ihr euch bereit erklärt, auch mich dorthin zu fliegen. Erst unterwegs, wenn wir dem Zentrum der Milchstraße zustreben, werde ich angeben, in welchem Abschnitt der Galaxis der Planet zu finden ist."

„Tombstone." Ungewollt hatte Perry Rhodan den Namen ausgesprochen, der ihm schon einige Zeit als Bezeichnung für den Schreckwurmplaneten im Kopf herumging.

Tombstone – Grabstein.

Rhodan blickte Tyll Leyden an. Der junge Wissenschaftler saß bewegungslos neben ihm und schaute den Symboltransformer an. Seine Stirn war voller Falten.

„Kein schönes Wort, Sir." Leichte Mißbilligung lag darin. „Aber akzeptiert. Wann fliegen wir nach Tombstone?"

Bevor Rhodan auf seine Frage einging, wandte er sich zum letztenmal an Peterle.

Aus dem Symboltransformer kam: „Ich bleibe bei meinem Entschluß, Perry."

Der Großadministrator blickte auf die Uhr. Das Gespräch dauerte schon über anderthalb Stunden. Er erhob sich. „Leyden, ich habe Sie noch gar nicht gefragt, ob Sie den Einsatz nach Tombstone mitmachen wollen."

Leyden stand auf und reckte sich. „Bedarf es dieser Frage noch, Sir?"

„Gut. Sie werden alle Vollmachten mitbekommen. Sie werden nicht allein sein. Ich möchte vorschlagen, daß Doktor Neev Sie begleitet."

„Statten Sie *ihn* mit diesen Vollmachten aus, Sir."

Peterle meldete sich über den Symboltransformer: „Neev ist ein alter Mann und nicht so flexibel wie Leyden." Der Schreckwurm hatte sich über den Biologen schon ein Urteil gebildet.

Mit leichtem Lächeln drehte sich Rhodan zu Peterle um. „Darum werde ich auch Tyll Leyden mit Vollmachten ausstatten, nicht Doktor Neev."

„Das auch noch", sagte Leyden seufzend.

23.

Der Kommandant der TERRANIA, Major Fils Crouget, stammte vom Planeten Epsal. Menschen, die auf Epsal geboren waren, sahen nicht mehr wie normale Terraner aus. Sie hatten sich den Bedingungen ihres Planeten angepaßt, die ihr Aussehen stark verändert hatten und jeden Epsaler – ob Mann oder Frau – zu einem Koloß machten.

Durch ihr Einfühlungsvermögen, ihre außerordentlich gesteigerte Reaktionsschnelligkeit und ein sicheres Gefühl für den freien Raum waren sie geradezu als Raumschiffkommandanten prädestiniert.

Der Start der TERRANIA war eine routinemäßige Angelegenheit. Pünktlich auf die Sekunde hob der Raumer ab. Die Teleskopstützen fuhren ein. Das Bild auf dem Panoramaschirm zeigte, wie die große Stadt Terrania kleiner und kleiner wurde.

Biologe Salor Neev machte seinen ersten Raumflug mit, für Tyll Leyden war es nichts Neues. Trotzdem sah er dem Ende ihres Fluges mit gemischten Gefühlen entgegen.

Der Flug nach dem unbekannten Planeten Tombstone war eine Reise ins Ungewisse. Das einzige, was daran nicht ungewiß war, lag in der Tatsache, daß die Begegnung mit den Schreckwürmern voll tödlicher Gefahren sein würde. Leyden verstand Peterle nicht, der diesem Augenblick mit Gelassenheit entgegensah.

Mit größter Selbstverständlichkeit hatte Peterle sein Quartier gewechselt und war auf die TERRANIA umgezogen, um es sich in dem geräumigen Hangar bequem zu machen.

„Wir sehen uns bald wieder“, hatte er Rhodan beim Abschied gesagt und mit seinem mächtigen runden Kopf genickt.

Inzwischen raste die TERRANIA quer durch das solare System der Plutobahn zu. Das Schiff war für diesen Spezialflug besonders ausgerüstet worden. Mehrere Kabinen, die sonst den Offizieren zur Verfügung standen, hatte man Leyden und Neev überlassen und mit wissenschaftlichen Geräten vollgestopft.

Wenige Stunden später gab Peterle die letzten Koordinaten und somit die exakte Position von Tombstone bekannt.

Der Planet befand sich tief im Zentrum der Milchstraße, 68 414 Lichtjahre von Terra entfernt. Es handelte sich um ein Gebiet mit hoher Sternenkonzentration, das bisher noch nicht von arkonidischen oder terranischen Schiffen erforscht worden war.

Leyden, der einige Dutzend der im Planetarium auf Impos angefertigten 3-D-Fotografien mitgenommen hatte, versuchte herauszufinden, ob Tombstone darauf zu entdecken war. Ohne sonderlich überrascht zu sein, stellte er fest, daß dies nicht der Fall war.

Das Planetarium der Oldtimer war zwar *nach* der Zerschlagung der ursprünglichen Molkexmasse entstanden, aber wahrscheinlich Jahrzehntausende *vor* der Entstehung Tombstones. Die Oldtimer hatten erwähnt, daß der Restteil der Urmasse in den Tiefen der Milchstraße verschwunden war, aber sie hatten nie herausgefunden, *wohin*. Sollten sich die Koordinaten Peterles als richtig erweisen und sollte sich an der angegebenen Stelle ein Planet befinden, so konnte er aus jener Restmasse hervorgegangen sein, die vor 1,2 Millionen Jahren spurlos verschwunden war. Damit wäre eindeutig klar gewesen, daß die Restmasse nicht auf einem Planeten niedergegangen war, sondern daß der gesamte Planet aus dieser Urmasse bestand.

Der Flug der TERRANIA wurde fortgesetzt, obwohl so manches Besatzungsmitglied insgeheim Angst empfand, in diese Sternenballung mit ihren unberechenbaren hyperphysikalischen Erscheinungen einzudringen. Auch Tyll Leyden wußte, daß diese von glühendem Wasserstoff und winzigen Staubpartikeln durchsetzte Sternenansammlung eine Reihe von Gefahren für das Schiff in sich barg. Einzelne Sonnen ließen sich über Hypertaster kaum auseinanderhalten. Sie schienen in jenem Abschnitt, dem die TERRANIA zuflog, zu Dutzenden dicht hintereinander zu stehen.

„Distanzmessung“, verlangte Tyll Leyden, nachdem sie den Linearflug unterbrochen hatten, um sich zu orientieren.

Der Schreckwurm und die Inpotronik hatten die Entfernung Erde – Tombstone mit 68 414 Lichtjahren angegeben. Die Distanz, die jetzt genannt wurde, besaß nur geschätzten Wert. Bis zu 20 Prozent plusminus wurden 3070 Lichtjahre angegeben. Tiefe der Ballung etwa 2000 Lichtjahre und Durchmesser nur 3500 Lichtjahre.

„Dann liegt Tombstone dahinter", sagte Crouget und seufzte. „Ist das der Mittelpunkt unserer Milchstraße? Großer Himmel, dort möchte ich nicht leben. Leyden, warum sagen Sie nichts?"

Der antwortete, aber er ging nicht auf des Epsalers letzte Bemerkung ein. „Wenn wir die Mißweisung von plus-minus zwanzig Prozent berücksichtigen, dann liegt Tombstone etwa 2400 Lichtjahre hinter dem Sternenhaufen. Crouget, wie lange dauert es, bis wir die Koordinaten exakt bestimmt haben?"

„Zwischen zehn Minuten bis zu zehn Stunden, Leyden", erwiderte der Major grimmig.

Wortlos verließ Leyden die Zentrale, um Peterle aufzusuchen.

Als er vor ihm stand, fühlte er instinktiv, daß Peterle von einer tiefen Unruhe erfüllt war. Ohne lange zu überlegen, sprach ihn Tyll an und fragte ihn nach dem Grund seiner Unruhe. Bereitwillig antwortete ihm Peterle.

„Seit kurzer Zeit empfange ich immer stärker werdende Impulse, die voll dumpfer Drohung sind – gegen alle und alles."

„Du hast Angst, Peterle?"

In den Augen des jungen Schreckwurms leuchtete es auf. Gefühlsregungen spiegelten sich darin wider. Bevor die Worte aus dem Übersetzer kamen, ahnte Tyll Leyden schon ihren Inhalt.

„Angst habe ich nicht, Tyll. Um mich wenigstens nicht. Um so mehr aber um dich. Mich trifft eine breite Impulsfront, die von Tombstone ausgeht. Sie wird von Sekunde zu Sekunde stärker. Ich erlebe sie zum erstenmal, und doch ist sie mir vertraut. Meine Artgenossen haben die TERRANIA geortet."

„Woher willst du das wissen?"

„Ich weiß es."

Damit hatte sich Leyden zufriedenzugeben. Manche Dinge konnte der Schreckwurm nicht erklären.

„Tyll, ich bin nicht mehr in der Lage, intensiv zu denken. Die Drohimpulse verwirren mich zeitweilig. Tyll, die Wellenfront wird immer stärker. Die Drohung – die Drohung darin . . . Ich weiß nicht, was es ist. Tyll, laß mich allein. Tombstone will uns nicht haben. Sie wollen die TERRANIA nicht sehen und mich nicht. Wie – wie furchtbar kann meine Art sein."

Leyden wußte, daß niemand dem Schreckwurm helfen konnte, und er verließ nur ungern den Hangar. Er wußte zu wenig über das, was Peterle als dumpfe Drohung empfing. Aber es hatte keinen Sinn, zu bleiben. Das große Wesen hatte die Augen geschlossen und krümmte den langen Leib immer stärker. Leyden ging widerwillig hinaus.

Die TERRANIA befand sich kurz vor dem Ende der letzten Linearflugetappe. In wenigen Augenblicken würde sich herausstellen, ob die Koordinaten, die man von Peterle erhalten hatte, richtig waren.

Wenn sie stimmten, näherte sich das Schiff seinem Ziel – dem Schreckwurmplaneten Tombstone.

Das inpotronische Bordgehirn hatte auf den Bruchteil der Sekunde genau den Zeitpunkt festgelegt, an dem die TERRANIA den Zwischenraum verlassen mußte. Das normale Kontinuum nahm das Schiff wieder auf. Unzählige Sonnen standen dicht zusammen, wahre Giganten darunter, aber knapp 100 Millionen Kilometer von der TERRANIA leuchtete eine kleine gelbe Sonne.

Die Fernmessungen liefen.

„Leydens Stern." Crouget durchbrach die mit Spannung geladene Stille. „Unter diesem Namen nehme ich den Stern in den Katalog auf. Wie gefällt Ihnen mein ..."

„Die Sonne besitzt einen Planeten, Sir. Ortung einwandfrei", dröhnte es durch die Zentrale.

Crouget blickte auf den Bildschirm der Raumortung. Er sah den Planeten, sichtbar gemacht durch die Vergrößerung und optisch hervorgehoben, sofort.

„Fremde Raumschiffe?" fragte der Kommandant spontan.

„Keine, Sir."

Die Spezialmessungen begannen anzulaufen. Tyll Leyden war als Astronom in seinem Element. Crouget beobachtete ihn und kam aus dem Staunen nicht mehr heraus. Tyll Leyden drängte sich nirgendwo in den Vordergrund, aber in einer unnachahmlichen Art hatte er es binnen einer Minute verstanden, alle abkömmlichen Männer in der Zentrale zu beschäftigen.

Verdammt, dachte der Epsaler, wie macht er das bloß?

Die ersten genaueren Werte kamen herein: „Durchmesser zweiundzwanzigtausend Kilometer. Schwerkraft 1,11 Gravos. Erdähnliche Atmosphäre. Ausgebreitete Eismassen an den Polen. Trotzdem mittlere Temperatur neunundzwanzig Grad."

Das Rechengehirn hatte gerade die Entfernung Erde – Tombstone festgelegt: 68 414 Lichtjahre.

„Wo Eis ist, da ist auch Wasser – meistens", sagte Fils Crouget und blickte Tyll Leyden an.

„Wir sind noch zu weit von Tombstone entfernt, Major. Gehen Sie näher heran, bitte."

„Vorläufig bleiben wir, wo wir sind, Leyden."

Die verschiedenen Ortungssysteme wurden aufs höchste beansprucht. Schuld daran war Crougets Weigerung, näher an den Planeten heranzugehen. Nach einer guten halben Stunde stand einwandfrei fest, daß Tombstones Atmosphäre Wasserdampf enthielt. Mit wahrer Begeisterung arbeiteten die Offiziere mit an der Lösung von Leydens Aufgabe. Jeder schien vergessen zu haben, wie oft man sich über diesen jungen Wissenschaftler geärgert hatte.

Ein großer Prozentsatz von Tombstones Oberfläche war mit Wasserdampf bedeckt. Fast gleichzeitig entdeckte die Masseortung einen ausgedehnten Kontinent. Kurz darauf wurde der zweite gefunden, dann der dritte und vierte.

Die nächste Feststellung löste bei dem Epsaler Kopfschütteln aus.

„Wälder?" echote er. „Wälder und ausgedehnte Ebenen?"

Tyll Leyden verließ die Zentrale und eilte in den Hangar. Als er eintrat, traf ihn der freundliche Blick aus den großen Augen des Schreckwurms.

Aus dem Übersetzer klang es: „Tyll, die Drohimpulse haben schlagartig ausgesetzt, als das Schiff in diesem System auftauchte. Dafür wird es aber mit gewaltigen Energiekräften geortet."

„Welche Kräfte sind es?"

Diese Frage konnte der Schreckwurm nicht beantworten.

„Jede Bewegung des Raumschiffs wird also auf Tombstone registriert, Peterle?"

„Ja."

„Was fühlst du, Peterle? Angst vor der ungewissen Zukunft? Angst vor der drohenden Warnung, die du aufgenommen hast? Vergiß nicht, daß du als Außenseiter kommst, der eins der wichtigsten Gesetze seiner Art übertreten hat."

„Ich werde Tombstone betreten mit der Aufgabe, meiner Rasse über die Huldvollen die Augen zu öffnen."

Tyll Leyden warnte: „Du kommst nur mit Behauptungen, aber mit keinem einzigen Beweis. Es ist doch möglich, daß du gar nicht zu Wort kommst und vernichtet wirst, bevor du deine Argumente vorbringen kannst."

„Tyll, gerade hast du so fremdartig gedacht, daß ich deinen Gedanken kaum folgen kann. Meine Rasse ist nicht wie die Menschen."

„Du mußt es wissen, Peterle. Neev und ich werden dich begleiten. Ich kann auf den Biologen nicht verzichten. Das wirst du verstehen, nicht wahr?"

„Ja", klang es aus dem Übersetzungsgerät. „Warum bist du denn so unruhig, Tyll?"

„Ich frage mich, wie sich dein Volk uns gegenüber verhalten wird", sagte Leyden. „Nach allem, was wir bisher wissen, ist Tombstone aus dem Restteil der vor 1,2 Millionen Jahren von den Oldtimern gebändigten Urmasse hervorgegangen. Nun wurde das Suprahet von uns endgültig vernichtet. Daß uns die verschwundenen Oldtimer dabei eine wesentliche Hilfe boten, ist von untergeordneter Bedeutung. Ich vermute, daß dein Volk bereits vom Ende des Suprahets informiert ist."

„Ich glaube zu wissen, was du meinst, Tyll, aber das alles löst in mir nichts aus. Tombstone ist ein inaktives Suprahet in massenstabilisierter Form, also Molkex, und meine Art entstammt diesem Molkex. Damit wärest du der erbittertste Feind meiner Rasse."

„Und das glaubst du?" fragte Leyden.

„Ich glaube es nicht, weil ich dich kenne, Tyll." Unerhörtes Vertrauen lag in diesen einfachen Worten.

Leyden fuhr sich ein paarmal durchs Haar. „Wir beide vermuten, daß nach der Bändigung der Urmasse durch die Oldtimer, wobei es zur Abspaltung eines Teiles kam, der später zum Planeten Tombstone wurde, die Entwicklung auf diesem Planeten einen völlig anderen Weg gegangen ist. Das Urmolkex Tombstones hat eine biologische Veränderung erfahren, die dazu führte, daß intelligentes Leben entstehen konnte. Und gerade dieser Umstand bereitet mir noch großes Kopfzerbrechen, da ich noch zuwenig darüber weiß und daher vorläufig nur auf Vermutungen angewiesen bin. Aber wenn meine Vermutungen richtig sind, dann kann ich *nie* der erbittertste Feind deines Volkes sein, denn durch die Vernichtung des Suprahets wurde *kein* Teil eurer Existenz ausgelöscht. Tombstone ist nicht mehr in allen Punkten identisch mit der in Herkules vorhanden gewesenen Urmasse."

Nach diesen Worten verabschiedete sich Leyden hastig von Peterle und eilte davon.

Damit wärest du der erbittertste Feind meiner Rasse! Dieser Ausspruch ließ Leyden nicht mehr los.

Ahnte Peterle, welchen Vorwurf er damit erhoben hatte?

Der Astronom war froh, daß sich die TERRANIA im freien Fall befand. Er brauchte Zeit. Er benötigte alle Rechengehirne an Bord. Er wollte das als Daten sehen, was ihm im Gespräch mit der Riesenraupe durch den Kopf gegangen war.

Über den Interkom nahm er Verbindung mit dem Major auf. „Ich benötige alle Rechengehirne, Crouget. Kann ich sie bekommen?"

Der Epsaler antwortete in rauhem Ton: „Ihre Vollmachten zwingen mich dazu, sie Ihnen zu überlassen."

Leyden bewies, daß er auch grob werden konnte. Er hatte beim Vortragen seiner Bitte an alles andere, aber nicht an seine Vollmachten gedacht. „Major, stecken Sie sich meine Vollmachten an den Hut. Ich kann nicht sagen, wie lange ich die Inpotroniken benötige. Ich komme in die Zentrale."

Er brachte einen kleinen Koffer mit. In diesem Koffer waren Folien. Sie enthielten Daten über das Suprahet, über Molkex, Schreckwürmer und Hornschrecken. Leyden stellte den Koffer ab und öffnete ihn. Niemand an Bord wußte, daß Tyll Leyden so etwas wie ein wandelndes Formelbuch war. Eine Formel, die er einmal gehört hatte, konnte er in der nächsten Sekunde schon vergessen haben. Brauchte er sie aber zur Lösung eines Problems, dann erinnerte er sich ihrer in dem Moment, in dem er sie benötigte.

Jetzt war es nicht anders. Ein einziges Mal griff er in den Koffer und suchte nach einer Folie. Aber dann schaute er sie nicht einmal an. Die Formel, die auf der Folie stand, war ihm plötzlich gegenwärtig.

Der Epsaler saß in seinem stabilen Sessel und hatte längst das Kopfschütteln aufgegeben. Er fragte sich nur noch, wann Leyden damit aufhören würde, der Inpotronik Daten einzugeben.

Als Leyden endlich von dem Gerät zurücktrat, war mehr als eine Stunde vergangen. Neben Fils Crouget war ein Sessel frei. Darin nahm er Platz. Den Epsaler schien er nicht zu sehen.

Seine Gedanken schweiften ab. Nach allem, was sie bisher wußten, war das Molkex kein Bestandteil dieses Universums. Folglich war es auch das Suprahet nicht. Genauso verhielt es sich mit den Schreckwürmern, die lediglich *eine* Erscheinungsform des Molkex' waren. Die Struktur des Molkex', das den Terranern auf Zannmalon in die Hände gefallen war und sich bisher jeder genauen Analyse widersetzte, wies deutlich darauf hin, daß dieser Stoff aus bisher völlig unbekannter Hypermaterie bestand oder zumindest einen großen Anteil an Hypermaterie besaß.

Molkex war wiederum nur eine andere Erscheinungsform des Suprahet, das als halb vierdimensionales und halb fünfdimensionales Sternenballungen fressendes energetisches Ungeheuer aus den Tiefen des intergalaktischen Raumes gekommen war.

Leyden merkte nicht, daß er ein Selbstgespräch zu führen begann: „Halb organisch, halb mineralisch – halb vierdimensional, halb fündimensional. Das Einmaleins des Irrsinns. Aber für mich nicht. Seltsam, warum sehe ich diese Formen als etwas Natürliches an?"

Ein Zuruf riß ihn aus seinen Gedanken. „Leyden, das Resultat kommt!"

Zu aller Überraschung warf Leyden nur einen kurzen Blick auf den Bildschirm, ergriff das ausgedruckte Datenblatt und verließ mit seinem Koffer die Zentrale.

Ausgeschlafen betrat Fils Crouget die Zentrale seines Schiffes. Der diensttuende Offizier erstattete Bericht. Er sprach auch von Leyden. „Der Wissenschaftler sitzt seit dreizehn Stunden im Archiv und spielt sich ununterbrochen Bänder vor. Sonst keine Vorkommnisse."

„Wird dieser Leyden nie müde?" Auf Crougets Frage gab niemand Antwort.

Die TERRANIA befand sich immer noch im freien Fall. Der Major nahm die routinemäßigen Kontrollen vor und ließ sich danach im Sessel nieder. „Was macht Peterle?"

Der diensttuende Offizier sagte: „Der Schreckwurm studiert die Bänder, die Leyden angehört hat."

Crouget machte kein gerade geistreiches Gesicht.

„Sir, die Speicherbänder enthalten alle Geschehnisse, die bis heute über die Huldvollen, Schreckwürmer, Hornschrecken und das Suprahet zu verzeichnen sind. Sie enthalten zu einem Teil auch die wissenschaftlichen Berichte über Peterle selbst."

„Ist der Mann verrückt geworden, dem Schreckwurm geheime Kommandosachen mitzuteilen? Warum hat man mich nicht davon benachrichtigt?" erregte sich Crouget.

„Sir", erwiderte der diensttuende Offizier ruhig. „Leyden hat auf seine Vollmachten verwiesen. Damit sind uns doch die Hände gebunden, nicht wahr?"

Die Antwort, die Crouget gab, hatte mit der letzten Frage wirklich nichts zu tun. „Ich möchte wissen, womit wir es verdient haben, mit diesem Narren an Bord gestraft zu werden."

Der Mann, den Crouget einen Narren genannt hatte, saß ein Deck tiefer im Archiv. Er ließ das letzte Band ablaufen. Der Roboter, der es dann zu Peterle bringen sollte, stand schon wartend neben ihm.

Längst nicht mehr so konzentriert wie in den letzten Stunden hörte Leyden zu. Die vielen Berichte, die er in einem Arbeitsgang in sich aufgenommen hatte und die ihm zum Teil unbekannt gewesen waren, hatten ihm ein ziemlich klares Bild von den Schreckwürmern vermittelt. Ohne die letzten Auswertungsergebnisse der großen Bordpositronik wäre er aber nicht zu diesem abschließenden Urteil gekommen.

Das Band lief aus. Der Roboter wollte es an sich nehmen. In diesem Moment hatte Leyden einen anderen Entschluß gefaßt.

„Nein", wehrte er ab, „ich bringe das Band selbst zu Peterle."

Danach schaltete er die Bordverständigung ein und ließ über die Zentrale seinen Kollegen Neev suchen.

Neev hielt sich in seiner Kabine auf.

„Bitte, Kollege, wollen Sie zum Hangar kommen? Ich habe mit Peterle eine Sache durchzusprechen und möchte Sie gern dabei wissen."

„Gut, ich komme."

Kurz darauf trafen sie sich im Hangar, und Leyden spielte dem Schreckwurm das Band vor.

Sie warteten, bis der Schreckwurm vom Inhalt des Bandes Kenntnis genommen hatte. Als das Schlußzeichen durchlief, begann Leyden zu sprechen.

Er wiederholte seine Theorie, daß Tombstone aus den Bruchstükken des explodierten Suprahet entstanden und von der kleinen, gelben Sonne eingefangen worden war. Im Lauf der Zeit zeigte es sich dann, daß sich das materiell stabil gewordene Molkex hier anders entwickelte als die Molkexmassen in Herkules.

In Zeiträumen, die wahrscheinlich Jahrzehntausende dauerten, wurde die Urmolkexmasse biologisch verändert, möglicherweise begünstigt durch die intensive kosmische Strahlung, die in diesem Raumsektor herrschte. Infolge dieser Veränderung wurde ein beträchtlicher Teil der Molkexmasse systematisch umgewandelt. Es bildeten sich Erd- und Gesteinsformationen. Chemisch-physikalische Prozesse führten zur Bildung einer Atmosphäre. Die Folge war, daß sich allmählich eine Flora entwickelte, die durch Photosynthese die Atmosphäre veränderte, so daß schließlich eine sauerstoffreiche Lufthülle den Planeten umspannte. Dieser Prozeß bewirkte, daß Teile der restlichen Molkexmasse aktiviert wurden, die schließlich zur Geburt des ersten Schreckwurms führten.

Wie *weit* die gesamte ursprüngliche Molkexmasse von dieser Veränderung betroffen wurde, war unbekannt. Möglicherweise bestand der eigentliche Kern Tombstones immer noch aus Urmolkex, das infolge des ungeheuren Druckes nicht mehr in der Lage war, „Geburtsvorgänge" durchzuführen. Es konnte aber auch sein, daß das tief unter der Oberfläche schlummernde Molkex von allen biophysikalischen Veränderungen verschont geblieben und dem Suprahet noch ähnlicher war als dem jetzigen Molkex und daß es aus diesem Grund keinen „Geburtsvorgang" mehr durchführen konnte.

Obwohl Tombstone in der Zeit der ersten Riesenraupen aller Wahrscheinlichkeit nach in seiner Größe mit Herkules konkurrieren konnte, erwies sich der Planet doch als zu klein, als nach den ersten Eiablagen aus diesen Eiern die Hornschrecken schlüpften, sich durch Teilung unheimlich schnell vermehrten und dabei den Planeten fraßen.

Dieser Prozeß wiederholte sich so oft, daß Tombstone darüber bis zu 90 Prozent seiner Masse verlor.

Innerhalb der Intervalle, in denen aus gewaltigen Molkexmassen erschreckend viele Verdichtungsballungen entstanden, aus denen wiederum Schreckwürmer hervorgingen, zerfleischten sich die jungen Riesenraupen gegenseitig, oder die Natur traf unter der großen Zahl einen erbarmungslosen Ausleseprozeß, so daß höchstens zwei Dutzend Schreckwürmer am Reifepunkt ihres Lebens dazu kamen, ihre Eier abzulegen.

Dieser Zyklus wurde unterbrochen, als die Huldvollen vor etwa 3000 Jahren Tombstone entdeckten, den Wert des Molkex erkannten und es fertigbrachten, mit den Schreckwürmern Kontakt aufzunehmen. Diese Kontaktaufnahme erfolgte auf eine Art und Weise, die den Huldvollen keinen Aufschluß über die Intelligenz der Schreckwürmer lieferte. Die Huldvollen waren und sind zutiefst davon überzeugt, daß die Schreckwürmer über keine Intelligenz verfügen. Man gestand ihnen lediglich eine primitive Instinktintelligenz zu.

Die Huldvollen machten das Angebot, jeden Schreckwurm, dessen Reifezeit angebrochen war, zu einem geeigneten Planeten zu fliegen, damit er dort in Ruhe seine Eier ablegen konnte. Als Gegenleistung beanspruchten sie den größten Teil der Molkexmasse, den die aus den Eiern geschlüpften Hornschrecken erzeugten, während sie den betreffenden Planeten kahlfraßen und sich dabei vermehrten.

Während die Planetenoberfläche Tombstones all die Jahrtausende zuvor immer wieder der Zerstörung durch die Hornschrecken zum Opfer fiel und sich zwischen den einzelnen Geburtsvorgängen nur mühsam erholte, kehrte nach der Entdeckung Tombstones durch die Huldvollen Ruhe ein. Seit etwa 3000 Jahren blieb die Oberfläche Tombstones unverändert, so daß sie sich zu dem entwickeln konnte, was sie heute ist.

Die Huldvollen panzerten mit dem Molkex ihre Raumfahrzeuge, außerdem ordneten sie an und wachten darüber, daß lediglich nur bis zu zehn Schreckwürmer auf jedem kahlgefressenen Planeten ausschlüpften. Die jungen Tiere wurden mit Schiffen abgeholt und nach Tombstone gebracht, wo sie bis zur Reifezeit blieben.

Leyden konnte nicht erklären, warum die Huldvollen bis heute nicht den hohen Intelligenzquotienten der Schreckwürmer erkannt hatten, sondern sie immer noch für furchtbare Bestien hielten, die sie aller Wahrscheinlichkeit nach oft als Hilfstruppen mißbraucht hatten, ohne zu ahnen, daß das Verbrecherische ihres Handelns von den Riesenraupen voll erkannt worden war.

Ebenso gespannt wie der Biologe lauschte auch Peterle den Darstellungen des jungen Wissenschaftlers.

„Nicht der Abtransport auf einen geeigneten Planeten zum Zwecke ungestörter Eierablage beeinflußte die Gefühlssphäre der Schreckwürmer, sondern jene erpresserischen Bedingungen der Huldvollen, mit denen sie den größten Teil der Molkexmasse für sich beanspruchten. Wenn auch unter Druck lebend, wurden die Riesenraupen zahlenmäßig erstmals zu einer gewaltigen Rasse. Ob es Aufgabe zukünftiger Schreckwurmgenerationen ist, sich eines Tages gegen die Huldvollen zu erheben, muß dahingestellt bleiben. Was sagst du zu meinen Ausführungen, Peterle?“

Doch der Biologe kam ihm zuvor. Er nahm den Faden, den Tyll Leyden bis zu diesem Punkt gesponnen hatte, mit Eifer auf und gab zu erkennen, daß er Leydens Ansicht über die Entwicklung der Schreckwürmer für sehr wahrscheinlich hielt.

Seine Argumente leitete er allein von dem Gebiet der Biologie her. Er deutete Peterles gefühlsmäßige Abneigung gegen die Huldvollen folgendermaßen: Die Abmachung zwischen den Schreckwürmern auf Tombstone und den Huldvollen, nach der der größte Teil der Molkexmasse den Huldvollen zustand, mußte schon im Molkex eine Antipathie vorgezeichnet haben, die anschließend auf die in den Kokons sich entwickelnden Schreckwürmer überging.

„Sollte meine Annahme stimmen“, fuhr Neev fort, „dann wäre auch die Idee keineswegs utopisch, daß zwischen den Schreckwürmern und den Molkexschiffen Hyperverbindungen bestehen. Man müßte diesen Punkt im Auge behalten und ihn nach Kontakt mit Peterles Artgenossen vorbringen.“

Mit größtem Interesse hatte Leyden gelauscht. „Kollege, Sie vermuten, daß die Schreckwürmer jedes Molkexschiff orten können, weil die Schiffshaut aus dieser Masse besteht?“

„Ja.“

Beide Terraner sahen den Schreckwurm an. Der entsandte zur Zeit keine Impulse zum Symboltransformer. Das Gerät summte leise. Die

Aufnahmeautomatik, die jeden Laut auf Band festhielt, lief geräuschlos weiter.

Dann klang es aus dem Übersetzer auf: „Ich kann keinen Trugschluß entdecken. Aber ich habe festgestellt, daß ich jetzt nicht mehr mit bloßen Anschuldigungen gegen die Huldvollen nach Tombstone komme, sondern mit Beweisen, daß meine Art seit dem ersten Kontakt unterdrückt worden ist."

„Dieser Beweis allein wirkt nicht überzeugend genug", gab Leyden zu bedenken. „Wir haben festgestellt, daß etwa zehntausend von deiner Art im Augenblick auf Tombstone leben. Ohne das Angebot der Huldvollen hätte der Planet höchstens Platz für zehn. Mit diesem Argument wird man dir entgegentreten. Damit stehst du dann wieder als jener Verbrecher da, der eins eurer wichtigsten Gesetze übertreten hat. Du kannst das Unterdrückungsmoment anführen, aber du mußt in diesem Zusammenhang die Ahnen deiner Rasse des Verstoßes gegen ein elementares Gesetz der Art beschuldigen. Du mußt an deine Artgenossen die Frage richten: Welches Gesetz gab unseren Ahnen das Recht, zu genehmigen, daß sich auf jedem Molkexplaneten nie mehr als zehn Nachkommen entwickeln durften? Und wenn du dann weiterhin vorbringst, aus Opposition gegenüber dieser verantwortungslosen Vereinbarung verraten zu haben, wie klug deine Rasse ist, dann wird dein Verstoß gegen eins eurer Gesetze nicht mehr als so schwerwiegend bewertet werden können."

Danach spielte Leyden dem Schreckwurm Ausschnitte aus seinem Gespräch mit Neev vor.

„Warum hast du alles aufgenommen, Tyll?" wollte Peterle wissen.

„Du hättest fragen müssen, warum ich dich von dieser Aufnahme wissen lasse. Ich möchte sie als Rückendeckung benutzen, wenn wir Tombstone betreten und Wesen von deiner Art gegenüberstehen. Ich will ihnen dann sagen, daß es sinnlos ist, Neev und mich zu töten, weil mein gesamtes Wissen allen Terranern bekannt ist. Und wenn du meine Aussage bestätigst, wird sie Gewicht bekommen."

„Tyll, woher weißt du, daß es auf Tombstone so kommen wird?"

Der junge Wissenschaftler lächelte Peterle an. „Weil wir dich ein wenig kennen. Und von dir auf die Reaktion deiner Rasse zu schließen, ist nicht schwer. Ich glaube aber, jetzt wird es Zeit, endlich nach Tombstone zu fliegen."

24.

Die TERRANIA landete ziemlich hart auf Tombstone. Stark federten die Teleskopstützen, als der Kugelraumer auf einer freien grünen Fläche aufsetzte. Gleichzeitig öffneten sich beide Schleusentore, und die breite Rampe wurde ausgefahren.

Peterle spannte seinen Raupenkörper, stemmte das Ende gegen den Boden und drückte sich ab. Er schoß durch die Schleuse und kam weit vor der Rampe zu Boden. Als er zum Schiff blickte, sah er Leyden, Neev und die Roboter im Laufschritt die Rampe herunterrennen.

Kaum hatten die Roboter ihr Ziel in dreihundert Meter Entfernung vom Schiff erreicht, als sie die Geräte absetzten und zur TERRANIA zurückliefen. Leyden und Neev hielten weiter auf den Waldrand zu, der die Lichtung von allen Seiten einschloß. Wenn die Triebwerke des Schiffes ihre ganze Kraft entfalteten, wollten sie möglichst weit von ihm entfernt sein.

Dann waren beide für die nächsten Minuten taub, während die TERRANIA von Sekunde zu Sekunde scheinbar an Durchmesser verlor und schließlich als Punkt am wolkenlosen Himmel des Schreckwurmplaneten verschwand.

„Was ist mit Peterle los?“ schrie Leyden, der immer noch dumpfes Rauschen in seinen Ohren verspürte. Er hielt Neev fest und deutete auf den jungen Schreckwurm.

Der krümmte sich, als ob er unter gewaltigen Schmerzen zu leiden hätte. Die beiden Männer sahen sich um, entdeckten aber nichts, was auffällig war. Doch dann spürten sie es.

„Drohung!“ rief Tyll Leyden alarmiert. Mit einem Wort hatte er gesagt, was auf sie eindrang. Und damit begriffen sie, weshalb sich Peterle so eigenartig benahm.

Eine breite Front überstarker Impulse, die aus nichts anderem als Drohung bestand, hatte sie überfallen.

„Peterle!" schrie Tyll Leyden.

Der Schreckwurm schoß im riesigen Sprung durch die Luft. Jetzt kam er auf, um blitzschnell seinen Raupenkörper zu spannen und sich wieder abzudrücken.

Leyden und Neev schrien gemeinsam seinen Namen.

Sie fühlten nicht, daß sie schweißgebadet waren. Ihre Angst um Peterle war im Augenblick größer als die Angst vor dieser Drohwelle, die unaufhaltsam an Stärke zunahm.

Peterle verschwand zwischen den fremdartig aussehenden Bäumen des nahen Waldrands. Die Männer sahen noch einmal ein paar Baumkronen heftig hin und her schwanken, dann war nichts mehr zu beobachten.

Sie waren allein. Das Wesen, dem sie restlos vertraut hatten, war in panischer Angst vor der Wellenfront davongejagt.

Die beiden Wissenschaftler gingen zu der Stelle zurück, wo die Roboter die Geräte abgestellt hatten.

„Schöne Aussichten", stellte Neev bitter fest. „So habe ich mir unsere ersten Minuten auf Tombstone tatsächlich nicht vorgestellt."

Tyll Leyden brummte nur. Er kniete nieder und schaltete den tragbaren Symboltransformer ein. Das Gerät summte. Leyden ließ die Justierungsanlage kreisen. Das Summen blieb. Es war das untrügliche Zeichen dafür, daß sich kein Schreckwurm in der Nähe befand.

Leyden betrachtete die beiden Fluganzüge, die zwischen den Geräten lagen. Er zögerte, seinen Fluganzug zu benutzen. „Kollege, wir lassen es darauf ankommen."

„Einverstanden", erwiderte der alte Biologe. „Ich bin auch dafür, daß wir aufs Ganze gehen."

Leyden stutzte. „Ich verspüre keine Drohung mehr."

„Wohl ein Zeichen, daß die Schreckwürmer Peterle gefaßt haben. Hoffentlich bringen sie ihn nicht auf der Stelle um . . ."

Etwas Violettes, Langgestrecktes kam ihnen vom Waldrand her entgegen. Unwillkürlich fuhren die Hände der Männer zu den Strahlern, aber keiner von ihnen zog die Waffe. Sie hatten den springenden Schreckwurm erkannt.

Peterle war zurückgekommen.

Der Symboltransformer übersetzte seine gedanklichen Informationen.

Sie waren von einigen tausend Schreckwürmern eingekesselt. An mehreren Stellen hatte Peterle versucht, durchzubrechen. Überall war er durch Energieblitze zur Umkehr gezwungen worden. „Sie kommen von allen Seiten unaufhaltsam näher."

Leyden fragte: „Hast du nicht versucht, dich verständlich zu machen, Peterle?"

„Sie wollen keine Verständigung. Sie hassen mich. Sie verachten mich, weil ich euch den Weg zu unserer Welt gezeigt habe. Sie wollen mich vernichten – und euch. Aber zuerst mich."

„Ich werde über den Symboltransformer mit ihnen sprechen."

„Tyll, sie werden die Impulse gar nicht empfangen."

„Wir werden es trotzdem versuchen. Überlege dir, was du ihnen in wenigen Sekunden übermitteln kannst. Es muß für deine Rasse so bedeutungsvoll sein, daß es sie abhält, dich auf der Stelle und ungehört zu vernichten."

Der Schreckwurm antwortete nicht. Die beiden Männer drängten nicht auf Antwort. Plötzlich fühlte Leyden den Griff seines Kollegen an der Schulter und sah, wie er auf Peterle deutete.

Das Aussehen des Schreckwurms veränderte sich. Seine hornartige violette Oberfläche begann zu leuchten.

„Peterle, was machst du?" rief Leyden, der so etwas noch nie beobachtet hatte.

„Ich habe Hunger. Ich esse", kam es aus dem Symboltransformer.

Der junge Schreckwurm bezog seine Nahrung direkt aus der gelben Sonne, die Major Crouget als Leydens Stern im Katalog eingetragen hatte. Peterle dachte nicht daran, den Umweg einzuschlagen und Materie in Energie zu verwandeln.

Unwillkürlich mußte Tyll Leyden bei diesem Vorgang an das Suprahet denken. Es lebte auch von Energie, es hatte sie aus dem vierdimensionalen Raum bezogen, aber auch aus dem fünfdimensionalen.

Die Nahrungsaufnahme aus der nahen Sonne war immer noch nicht beendet. Der Physiker Leyden suchte verzweifelt nach einem Zeichen, das ihm verriet, mit welchen Mitteln Peterle Leydens Stern anzapfte. Er fand keinen Hinweis bis auf den, daß die hornartige Oberfläche des jungen Schreckwurms jetzt im Violetten zu strahlen begann.

„Tyll, sie kommen immer näher. Sie wissen, daß ich bei euch bin. Ooff ist unter ihnen."

„Wer ist Ooff?" fragte Leyden.

„Ooff ist Ooff, Tyll. Mehr weiß ich auch nicht. Er hat mir gerade gesagt, daß er Ooff ist."

„Können sie hören, was wir mit dir besprechen, Peterle?" fragte Neev.

„Alle meiner Art könnten es hören. Aber sie wollen nichts hören. Die Impulse aus deinem Übersetzer kommen bei ihnen nicht durch."

Der Biologe zeigte keine Furcht. Er saß auf einem Gerät und dachte nach. Daß sich ihnen von allen Seiten einige tausend ausgewachsene Schreckwürmer näherten, um ihnen den Tod zu bringen, schien ihn nicht zu kümmern. Plötzlich warf er den Kopf in den Nacken. „Peterle, fühlst du in deinem Erinnerungsvermögen, daß deine Rasse dich auf der Stelle töten muß, weil du gegen die Gesetze verstoßen hast?"

„In dieser Form ist die Frage nicht zu beantworten, Neev. Was ihr Menschen Tod nennt, ist für uns kein Tod. Was ihr als Vernichtung anseht, ist für uns keine Vernichtung. Dieses Mißverständnis ist meine Schuld, weil ich versucht habe zu denken, wie ihr es tut. Wenn Ooff mein Ego aufhebt, dann sterbe ich nicht. Auch werde ich nicht vernichtet, wenn ich Materie in Energie umwandle."

„Er gibt dich frei?" fiel Leyden mit einer Zwischenfrage ein.

„Ja. Tyll. Ooff gibt mich frei. Das ist alles. Nichts kann mich töten oder vernichten. Immer nur kann man mich freigeben."

„Verstehe ich nicht", sagte der Biologe.

„Ich aber, Neev", sagte Leyden und atmete tief durch. Diese wenigen Minuten hatten ihm mehr Geheimnisse über die Schreckwürmer offenbart als die vielen letzten Wochen. Und noch nie hatte er so deutlich wie jetzt die enge Verbindung zum Suprahet in den Schreckwürmern erkannt. „Wenn Sie etwas vom Suprahet verstehen würden, müßten Sie spielend leicht begreifen, was Peterle mit der Freigabe seines Egos meint. Seinen Körper kann man nicht zerstören, aber man kann sein Gehirn manipulieren, so daß er einen psychischen Tod erleidet. Mit anderen Worten, seine Artgenossen sind in der Lage, Peterles Intelligenz zu vernichten, so daß nur mehr der unzerstörbare Körper übrigbleibt. Los, Neev, helfen Sie mir, den Konverter an den

Symboltransformer zu klemmen. Daß uns die Sicherungen nicht um die Ohren fliegen, dafür sorge ich."

„Damit weiß ich immer noch nicht, was Sie planen, Leyden."

„Ich will die Impulse des Symboltransformers um tausend Prozent verstärken. Wenn Peterle mir nicht die Funktion des Gerätes erklärt hätte, wäre ich nie auf diese Idee gekommen. Keine Sorge, Neev."

Er klappte die Seitenverkleidung auf. Er kniete und vergaß, wo sie sich aufhielten.

„Tyll, sie sind gleich da", warnte Peterle.

„Fertig." Die Arretierung der Seitenverkleidung schnappte ein. Die Magnetverbindungen wurden angeregt. „Kann ich, Neev?"

Der Biologe nickte.

„Jetzt kommen die ersten!" rief Peterle. „Fühlt ihr nicht den Haß?"

Tyll Leyden sah, wie der Hauptschalter am Konverter einrastete. Er hatte keine Zeit, aufzublicken. Mit Sorge beobachtete er den Übersetzer. Würde das Gerät die gefährliche Überbelastung aushalten?

Sie hatten kein Ersatzgerät.

„Deckung!" schrie der Biologe auf und warf sich zu Boden.

Geblendet schloß Leyden die Augen. Ein greller Energieblitz war vom Waldrand zu ihnen herübergeschossen und hatte Peterle getroffen.

Dann brach ein Inferno an Energie über die beiden Männer herein. Blitze zuckten über die Lichtung. Jeder Blitz hatte nur das Ziel, Peterle zu treffen. Aus dem Symboltransformer kam ein Brüllen. Leyden und Neev sahen ihre letzte Stunde kommen, als die Energieblitze schlagartig aussetzten.

Die Männer preßten immer noch das Gesicht gegen den Boden. Instinktiv hatten sie ihre Arme um den Kopf gelegt. Als es in ihrer Nähe dumpf dröhnte, riß Leyden den Kopf hoch.

Der Waldrand spie Schreckwürmer aus. Von allen Seiten flogen sie in riesigen Sprüngen heran. Zu Hunderten kamen sie.

Vor ihren Geräten lag Peterle und rührte sich nicht.

Ist sein Ego schon freigegeben? fragte sich Leyden. Dann stutzte er, weil Peterles Oberfläche immer noch in intensivem Violett leuchtete.

Die Aufsprünge der Schreckwürmer klangen wie dumpfer Paukenschlag. Der Boden begann zu zittern. Leyden fühlte, daß er jetzt handeln mußte, oder sie wurden durch einen Energieblitz aufgelöst.

Bei ihnen bedeutete es keine Freigabe des Egos, sondern Tod.

„Wer ist Ooff?“ Er sprach den Namen so aus, wie er ihn aus dem Symboltransformer hatte klingen hören. Leyden ließ die Justieranlage einmal um ihre Achse kreisen. Das Summen des Geräts wurde durch die Aufsprünge einer Riesenraupe übertönt.

Plötzlich brüllte der Ruf aus dem Gerät: „Was willst du?“

„Bist du Ooff?“ fragte Leyden furchtlos zurück. Er suchte in der Richtung, in welche die Justierung wies.

Aus der großen Menge der Schreckwürmer schob sich ein riesiges Exemplar mit runzliger Haut. „Ich bin Ooff. Wer bist du?“

„Ich heiße Leyden, und mein Begleiter ist Neev“, antwortete Tyll und wartete gespannt auf die Reaktion.

Eine Mauer von Schreckwürmern umgab sie von allen Seiten.

Ooff erkundigte sich bei Guuhl, der sich erst seit einiger Zeit auf Tombstone befand und mit einem der letzten Schiffe der Huldvollen angekommen war.

„Ist das eins der Wesen, von denen du erzählt hast, Guuhl?“

Von der anderen Seite her antwortete Guuhl: „Ja, so sehen sie aus. Sie sind alle so klein, dafür aber äußerst lästig.“

„Sind sie klug, Guuhl?“

Guuhl schwieg, weil er diese Frage nicht beantworten konnte.

Dem kleinen Wesen wurde das Warten zu lang. Mit Hilfe seines Geräts überfiel Leyden mit geballten Impulsen den alten Ooff, daß dieser blitzschnell den Empfang blockierte und dann erstaunt feststellen mußte, daß die Impulse, wenn auch geschwächt, ihn trotzdem klar erreichten.

Mit stärker werdender Erbitterung mußte sich Ooff die Nachricht des kleinen Wesens anhören.

„Wir wissen, wie klug ihr seid, Ooff. Uns braucht ihr nichts vorzuspielen, wie ihr es seit vielen Abläufen den Huldvollen vorgespielt habt. Warum habt ihr das Wesen eurer Rasse daran gehindert, sich zu rechtfertigen? Was habt ihr mit ihm gemacht? Habt ihr alle jetzt nicht gegen eins eurer Gesetze verstoßen, Ooff?“

Ooff ließ sich sein Erstaunen über das winzige Gerät, mit dem einer der beiden Kleinen sich verständlich machte, nicht anmerken.

„Leyden", gab er seine Impulse frei, „wir haben euch nicht eingeladen, unsere Welt aufzusuchen. Wir haben euch nicht die Erlaubnis gegeben, sie zu betreten. Somit habt ihr auch kein Recht, uns irgendwelche Vorwürfe zu machen. Der mit euch kam, ist zum Verräter an uns geworden. Verräter werden bestraft."

Das kleine Wesen redete dazwischen: „Ooff, willst du sein Ego freigeben, ohne ihn anzuhören? Willst du dem Verbrechen eurer Ahnen ein weiteres hinzufügen?"

Ooff schirmte blitzschnell alle seine Impulse ab. Von allen vier Kontinenten erreichte ihn der Ruf seiner Artgenossen, die in der Lage waren, die Unterhaltung mitzuhören. Sie wollten wissen, was das kleine Wesen mit seinem Hinweis auf das Verbrechen ihrer Ahnen sagen wollte.

Ooff schickte seinen Blick zur Sonne hoch. Sie schien wie sonst auf seine Welt herunter, ihm aber war, als hätte sie plötzlich ein anderes Gesicht bekommen. Dann funkelten seine Augen erneut die beiden kleinen Wesen an. Es fiel ihm schwer, sich vorzustellen, daß sie lästig werden konnten. Aber es fiel ihm nicht schwer zu erkennen, daß sie mehr über seine Rasse wußten als jeder andere in der Milchstraße.

„Ooff, willst du das Verbrechen deiner Ahnen noch verschlimmern?" hörte er erneut. „Frage den aus deiner Rasse, der mit uns gekommen ist, und du wirst erfahren, was wir über euch wissen."

„Du weißt zuviel, Leyden, und Neev auch. Das Urteil habt ihr schon selbst gefällt."

Ooff verspürte bei dieser Ausstrahlung, wie ihn Unruhe ergriff. Mit seinen scharfen Augen beobachtete er, daß seine Worte keinen Eindruck auf die beiden Wesen gemacht hatten.

„Ooff, wir wissen noch viel mehr über euch. Wir wissen alles. Viel mehr als ihr. Wir wissen auch, daß ihr Sklaven der Huldvollen seid. Wir wissen, daß ihr vor ihnen so tut, als wäret ihr stumpfsinnige Bestien. Ich weiß inzwischen, daß mich alle aus deiner Art hören. Ooff, soll ich ihnen zurufen, daß du Gefahr läufst, noch ein größeres Verbrechen zu begehen als eure Ahnen? Ooff, willst du die Stunde heraufbeschwören, in der deine Rasse dein Ego freigibt?"

Tyll Leyden war so weit zurückgetreten, daß der Symboltransformer sein schweres Atmen nicht übertragen konnte. Beide Wissenschaftler warteten nun gespannt, welche Reaktion die von Leyden gesprochenen Worte auslösen würden.

Der Kreis, in dem sie sich aufhielten, besaß keinen Durchmesser von hundert Meter mehr. Vier Schreckwürmer sprangen vor, landeten mit dumpfem Aufschlag. Aber sie beachteten die Männer nicht. Mit ihren riesigen Scheren und starken Greifklauen bemächtigten sie sich Peterles und schleiften ihn zu ihren Artgenossen.

Wie versteinert sah Tyll Leyden für einige Augenblicke zu, dann fühlte er, wie ihn der Zorn packte.

„Ooff", rief er über den Symboltransformer, „wenn ihr das Ego unseres Freundes freigebt, werden die Huldvollen bald erfahren, wer ihr wirklich seid! Sie haben euch in der Hand! Sie werden euch aus Rache, weil ihr ihnen nie eure Intelligenz offenbart habt, restlos versklaven!"

Der Übersetzer summte. Zwei Männer waren von einigen tausend Schreckwürmern eingeschlossen. Von Peterle konnten sie keine Spur mehr sehen. Salor Neev schaute Leyden verzweifelt an.

Leyden ging wieder zum Übersetzer. „Ooff, was macht ihr mit unserem Freund?"

„Warte noch etwas, Leyden."

Leyden und Neev warteten. Der Übersetzer summte.

„Sie kommen näher", flüsterte der Biologe.

Tyll Leyden hatte diese Feststellung auch schon gemacht. Der Kreis wurde langsam kleiner. Von allen Seiten schoben sich die Riesenraupen heran. Jetzt hatten sie die Fünfzigmeterlinie überschritten. Kopf an Kopf standen sie, ein Wall aus Schreckwürmern.

„Verstehen Sie, was das bedeuten soll, Leyden?" Zum erstenmal zitterte Neevs Stimme.

Leyden schoß eine Idee durch den Kopf. „Kollege, bringen Sie es noch fertig, herzhaft zu lachen?"

„Wenn wir damit davonkommen, sofort. Was versprechen Sie sich davon?"

„Versuchen wir's."

Mit der Hand gab er das Zeichen. Sie lachten. Zuerst klang es nicht echt, aber dann wurde das Lachen richtig scherzhaft, und die beiden

Männer drehten sich dabei um und betrachteten das Heer von Schreckwürmern.

Neev ging zuerst der Atem aus. Leydens schallendes Gelächter hielt noch Sekunden an, dann ging es in breites Schmunzeln über.

Ihr Versuch hatte jetzt schon Erfolg. Die Phalanx der Schreckwürmer erstarrte.

Leyden setzte sich auf den kleinen Konverter. Er wußte nicht, ob die Schreckwürmer in der Lage waren, aus seiner Haltung auf seine Einstellung zu schließen. Aber da sie das Lachen verstanden hatten, war anzunehmen, daß sie Leydens lässige Haltung als Ausdruck der Sicherheit werteten.

Vom Konverter aus rief er: „Ooff, warum sollen wir noch länger warten? Ich sehe keinen Grund dazu, auch wenn du noch näher herankommst. Vor allen Dingen, was ist aus unserem Freund geworden?"

Sofort kam Ooffs Antwort: „Wir prüfen an ihm, ob wir deinen Worten glauben können, Leyden."

Der junge Wissenschaftler reagierte scharf. „Woraus besteht diese Prüfung, Ooff? Wird dadurch das Ego unseres Freundes freigegeben?"

„Das droht ihm noch nicht, Leyden. Wir überprüfen seinen Geistesinhalt. Er hat es uns leichtgemacht, weil er vorher gegessen hat. Leyden, warum ist er dein Freund?"

Neev zuckte bei dieser Frage zusammen. War sie nicht das erste Anzeichen, daß die feindliche Einstellung der Schreckwürmer langsam abgebaut wurde?

Aber wenige Momente später flammte den Männern aus einigen hundert Schreckwurmaugen der pure Haß entgegen.

Ooff war der Sprecher einer ganzen Rasse. Keine fünf Meter trennten die beiden Männer von dem alten Schreckwurm, der in seine Gedankenimpulse auch seinen ganzen Haß hineingelegt hatte. „Leyden, du bist der unerbittlichste Feind unserer Rasse."

Tyll Leyden hatte die Befürchtung gehabt, daß die Schreckwürmer zu diesem Urteil kommen konnten.

Das Leben der beiden Terraner war noch nie so gefährdet gewesen wie in diesem Augenblick.

„Ooff, ich bin euer Freund. Ich bin gekommen, um euch die

Freundschaft meiner Rasse zu bringen. Sondiert den Geistesinhalt unseres Freundes, der zu deiner Rasse gehört. Ihr müßt entdecken, daß ich die Wahrheit gesagt habe. Ihr müßt herausfinden, daß ich mehr über euch und eure Entstehung weiß als ihr selbst."

Tyll Leyden verstand nicht, woher er diese Sicherheit und Ruhe genommen hatte, um diese Erwiderung auch überzeugend auszusprechen. Er wußte nur, daß jetzt ein einziges falsches Wort Neey und ihn das Leben kosten konnte.

Er sah sich von haßfunkelnden großen Augen umgeben. Er entdeckte aber auch, daß der Haß in Ooffs Augen an Stärke verloren hatte.

„Leyden . . ." Der Übersetzer verstummte.

Was ist jetzt schon wieder geschehen? fragten sich beide Männer alarmiert. Ihr Blick galt nur dem alten Schreckwurm Ooff. Der hatte die Augen geschlossen. Langsam öffnete er sie nach einer Weile wieder.

Verzweiflung sprang die beiden Wissenschaftler an, Verzweiflung, die mit Trauer vermischt war.

Leyden wehrte sich gegen diese Gefühle. „Ooff, ich verstehe dich nicht. Erkläre mir, was eure Verzweiflung zu bedeuten hat."

Stärker als je zuvor rauschte es im Symboltransformer. Dann kam Ooffs Antwort. „Leyden, du hast unsere Zukunft vernichtet."

Der junge Physiker und Astronom verstand das Schreckwurmwesen. Ooff spielte auf die Vernichtung der in Herkules metamorphierenden Molkexmasse an. Aber Leyden verstand die Anspielung nicht vollständig.

„Leyden, du bist, ohne es zu wissen, zum Vernichter unserer Zukunft geworden. Du nennst deinen Freund aus unserer Rasse Peterle. Bleiben wir dabei, solange wir noch miteinander reden. Es verhindert Irrtümer. Es bleibt uns nur unverständlich, wie ihr Menschen es fertiggebracht habt, Peterle Freundschaft vorzugaukeln."

In diesem Augenblick begriff Leyden alles. Er erkannte auch, wie völlig anders als bei den Menschen die Denkprozesse bei den Schreckwürmern abliefen.

Die Schreckwürmer mußten die Zerstörung von Herkules und seiner Molkexmasse anders sehen als die Menschen.

Tyll Leyden versuchte jetzt, Ooff das Suprahet zu erklären und in welchem Zusammenhang das Molkex dazu stand. Leyden brauchte keine Kraft, um seine Gedanken in Worte zu fassen. Er sprach wie ein Mensch, der sein eigenes Ich preisgibt.

„Wir haben dich verstanden, Leyden“, sagte Ooff. „Wir sehen ein, daß es sinnlos ist, Neev und dich zu töten. Wir begreifen auch, warum uns vor Wochen ein heftiger Impuls erreichte, um dann schlagartig abzubrechen. Es endete mit der Zerstörung von Herkules. Die Vernichtung des Suprahet hat uns das Tor in unsere Zukunft verschlossen.“

Leyden hatte schon eine Erwiderung bereit, als er stutzte. Ihm kam ein unheimlicher Verdacht. Sollten die Hyperverbindungen der Molkexmassen untereinander viel inniger sein, als man vermutet hatte? War die Anspielung auf die Zukunft der Schreckwürmer so auszulegen, daß sie davon geträumt hatten, eines Tages wieder in gemeinschaftlicher Metamorphose ein Suprahet zu werden?

Wenn dieser Verdacht stimmte, dann mußte Leyden jetzt seine ganze dialektische Begabung einsetzen.

Hastig, nur um etwas zu sagen, meinte er: „Ich glaube nicht daran, daß eure Zukunft vernichtet worden ist. Ich habe Gründe für meine Behauptung.“

Neev bemerkte die Unruhe seines Kollegen.

„Was haben Sie?“ fragte er leise.

Tyll Leyden befand sich in Zeitnot. Die Schreckwürmer warteten auf seine Argumente. Entgegen seiner Behauptung besaß er keine. Er erinnerte sich des eigenartigen Gedächtnisses von Peterle. Sie hatten vermutet, daß jenes unerklärliche Wissen, über das Peterle verfügte, im Molkex lagerte. Die Vermutung schien jetzt auf Tombstone bestätigt worden zu sein. Demnach stand jede Molkexmasse mit der anderen in Verbindung. Demnach hatte aber auch über einen Zeitabschnitt von rund 1,2 Millionen Jahren der instinktgeleitete Urtrieb dahin gewirkt, wieder zum einheitlichen Suprahet zurückzufinden. Auch die völlig unterschiedliche Entwicklung des Molkex auf Tombstone hatte diesen Trieb nicht verdrängen können.

Verzweifelt fragte sich Tyll Leyden: Was sage ich den Schreckwürmern jetzt?

Während Leyden noch überlegte, meldete sich Ooff wieder.

„Nun“, fragte der Schreckwurm. „Was hast du uns zu sagen?“

Plötzlich begann Leyden zu lächeln. Von Ooff zu einer Stellungnahme gezwungen, glaubte er, die Lösung gefunden zu haben. Er hoffte nur, daß er diese Lösung glaubhaft vorbringen konnte, denn vieles davon war reine Spekulation.

„Ein Zusammenhang hat zwischen deiner Rasse und dem Molkex in Herkules bestanden, Ooff. Diesem Zusammenhang meßt ihr viel zu große Bedeutung bei. Im Verlauf eines Zeitabschnitts von weit mehr als einer Million Jahre hat sich eure Rasse aus dem Molkex entwickelt. Das bei der Explosion hier angesammelte Molkex ist nicht zufällig von der Molkexmasse getrennt worden, die auf Herkules niedergefallen ist, sondern es hat sich mit letzter verfügbarer Bewegungsenergie von ihm getrennt, weil es fühlte, daß es sich während des Überladungsprozesses verändert hatte. Daß es tatsächlich viel tiefgreifender verändert wurde als die auf Herkules gestürzten Massen, beweist ihr mit eurer Existenz. Wir kennen euch zu wenig, um von einer Mutation zu sprechen. Nennen wir den Vorgang Veränderung. Und nun folgt der Beweis, Ooff. Hat sich der Planet hier in vergangenen Wochen in irgendeiner Form bemerkbar gemacht, während ihr alle von Impulsen gequält wurdet, während ihr fühltet, daß gigantische Gewalten euch zu fassen versuchten? Die Antwort erwarte ich von dir, Ooff. Und sie ist zugleich Beweis. Bitte, ich höre."

Tyll Leyden war sich klar, welch ein Vabanque-Spiel er trieb. Aber er sah keinen anderen Weg, um aus diesem Dilemma herauszukommen.

„Nein", sagte Ooff. „Der Planet rührte sich nicht."

Leyden ließ sich seinen Triumph nicht anmerken. Neben ihm stand Neev und schaute ihn wie ein Gespenst an. Der Biologe hatte Leydens gefährliches Spiel durchschaut. Er war schweißüberströmt.

Tyll Leyden lächelte. Er fühlte, daß er nicht mehr auf schwankendem Boden stand. „Ooff, wie kann ich durch die Zerstörung der Massen in Herkules eure Zukunft vernichtet haben? Die Zukunft liegt in euch, und um euch eure Zukunft zu sichern, sind mein Kollege und ich gekommen. Wir wollen euch ein Bündnis mit unserer Rasse vorschlagen, das euch alle natürlichen Rechte zubilligt, und wir fordern – bis auf einen bestimmten Punkt – nichts von euch. Wir wollen von euch nicht eine einzige Tonne Molkexmasse."

„Ein Bündnis?" fragte Ooff voller Mißtrauen. „Wir haben ein

Bündnis mit den Huldvollen. Den Huldvollen verdanken wir, daß unsere Art mehr als zehntausend zählt."

„Durch ein Bündnis, das ich euch im Namen meiner Regierung anzubieten habe, werdet ihr zahlenmäßig bald doppelt so stark sein."

Zum erstenmal zeigte der alte Ooff Bewegung. Ruckartig hob er seinen riesigen Kugelkopf.

„Wie soll ich das verstehen?"

„Ich habe eine Gegenfrage zu stellen, Ooff. Würden auf dieser Welt nicht viel mehr von deiner Art leben, wenn die Huldvollen von euch nicht so viel Molkex forderten?"

Neben ihm wurde der Biologe unruhig.

„Sind Sie denn ganz und gar des Teufels", flüsterte er ihm ins Ohr, „auf diesen Punkt einzugehen? Das ist heißes Eisen. Darüber wissen wir nicht mit hundertprozentiger Gewißheit Bescheid."

Der Symboltransformer hatte Ooffs Impulse in Worte gefaßt. „Auf dieser Welt hätten Millionen meiner Art Platz."

Hastig warf Leyden ein: „Wenn ich dich richtig verstanden habe, dann hindern euch die Huldvollen daran, daß ihr euch vollkommen frei vermehren könnt?"

„Ja, aber andererseits sind sie die Retter unserer Rasse. Ohne die Huldvollen wäre unsere Art wahrscheinlich schon ausgestorben."

„Dann sind die Huldvollen eure Freunde, Ooff?"

„Nein, und sie werden es auch nie. Sie haben von Anfang an zuviel Molkex von uns gefordert."

Mit welcher Absicht erzählte Ooff unaufgefordert die Geschichte der Verbindung zwischen Schreckwürmern und Huldvollen?

Vor rund dreitausend Jahren hatten die Huldvollen Tombstone entdeckt und einen Planeten vorgefunden, dessen Vegetation sich gerade wieder entwickelte. Die wenigen dort lebenden Schreckwürmer, die die Huldvollen mit ihren Waffen nicht vernichten konnten, machten ihnen den Abbau des Molkex schwierig. Die Huldvollen hatten sofort die außergewöhnlichen Eigenschaften des Materials erkannt. Wahrscheinlich hatten sie nicht an den Erfolg ihres Versuchs geglaubt, sich mit den Schreckwürmern in Verbindung setzen zu können. Daß sie intelligente Wesen vor sich hatten, ahnten sie nicht, da die Riesenraupen sich wie wilde Bestien benommen hatten.

Ein einziger Schreckwurm ließ absichtlich geringe Intelligenz durchblicken. Mit ihm verhandelten die Huldvollen auf der Primitiv-Basis. Zahlen kamen in ihrem Angebot nicht vor, weil sie dem Schreckwurm nicht zutrauten, davon etwas zu verstehen. Der aber verstand viel mehr, als sie glaubten. Ungewollt gaben die Huldvollen preis, wie genau sie über die Lebensweise der Schreckwürmer orientiert waren, wie auch über die der Hornschrecken und deren Molkex-erzeugung.

Die Huldvollen boten den Riesenraupen an, jedes einzelne Wesen während der Reifezeit zu einem Planeten zu fliegen und dort abzusetzen, damit der eingeschlechtliche Schreckwurm ungestört seine Eier ablegen konnte, die im Lauf seiner vier- bis fünfhundertjährigen Entwicklung als Produkt aufgefangener Hyperstrahlung in ihm die Ablagereife erreicht hatten.

Sie boten weiterhin an, die jungen, aus den Kokons der Molkexmasse geschlüpften Schreckwürmer von den einzelnen Planeten abzuholen und nach Tombstone zurückzubringen, damit sie sich ungestört entwickeln konnten. Für diesen Dienst verlangten sie die Hälfte des Molkex, das durch die Hornschrecken, die aus den Schreckwurm-Eiern geschlüpft waren, erzeugt wurde. Damit wurde die Vermehrung der Schreckwürmer stark gehemmt.

Trotzdem nahmen die wenigen Schreckwürmer auf Tombstone das Angebot an. Sie hatten längst mit Erschrecken erkannt, daß ihr Nachwuchs, die Hornschrecken, im Lauf der Jahrhunderttausende neunzig Prozent der Planetenmasse aufgefressen hatten und daß in absehbarer Zeit der Untergang ihrer Welt bevorstand.

Mehrfache Versuche der Riesenraupen, die Huldvollen später zu veranlassen, weniger als fünfzig Prozent aller Molkexmassen zu beanspruchen, scheiterten an der Habsucht dieser Rasse und der Tatsache, daß die Schreckwürmer auf sie angewiesen waren. Mit der Zeit erzeugte die erzwungene Ablieferung in den Schreckwürmern das Gefühl der Unterdrückung. Dieses Gefühl teilte sich den auf fernen Welten abgelegten Eiern mit. Die freßgierigen Hornschrecken wiederum verloren dieses Gefühl auch nicht bei ihren Teilungsprozessen. Während der Schreckwurm, nachdem er seine Eier abgelegt hatte, starb, übermittelten die kleinen Hornschrecken dem von ihnen erzeugten Molkex das schlummernde Bewußtsein, Sklaven einer fremden Rasse zu sein.

Nachdem Leyden von diesen Zusammenhängen erfahren hatte, stellte er zusätzliche Fragen.

„Wie kommuniziert ihr untereinander, und an wen richten die neugeborenen Schreckwürmer ihre Hyperimpulse? Direkt an die Huldvollen oder an euch?"

„Die Huldvollen kennen unsere Fähigkeiten bezüglich der organischen Sende- und Empfangsanlage", erwiderte Ooff. „Trotz dieser Tatsache gelang es uns, unsere Intelligenz vor ihnen zu verschleiern. Untereinander kommunizieren wir hauptsächlich auf UKW-Basis, da mit den Hyperimpulsen keine exakte Informationsübermittlung möglich ist. Unsere Hyperimpulse taugen lediglich zur Gefühlsübermittlung. Jeder zur Eiablage wegtransportierte Schreckwurm bleibt auf diese Art bis zu seinem Tod mit uns in Verbindung. Auf diese Art können wir aus seinen Gefühlsregungen schließen, in welcher Gemütsverfassung er sich befindet, ob er allein ist oder auf einem bewohnten Planeten ausgesetzt wurde. Die Huldvollen wissen, daß ein kurz vor der Eiablage stehender Schreckwurm absolute Ruhe benötigt. Aus diesem Grund haben sie versucht, nur unbewohnte Planeten auszuwählen. Jeder neugeborene Schreckwurm strahlt die Hyperimpulse an *uns* ab. *Wir* informieren dann automatisch die Huldvollen, die ihre Hyperempfänger auf unsere Welt justiert haben. Auf diese Weise erfahren die Huldvollen auch von jenen Welten, auf die ohne ihr Wissen Hornschrecken verschleppt wurden. Mit Hilfe der Hyperimpulse rufen wir sie auch, wenn ein alter Schreckwurm abgeholt werden soll, um auf einem geeigneten Planeten seine Eier abzulegen. Aufgrund dieser ständigen Verbindung, auch über größere Entfernungen hinweg, zwischen uns und allen anderen Schreckwürmern, haben wir auch erfahren, daß du mit einem Raumschiff zu unserer Heimat unterwegs warst."

Leyden lauschte konzentriert den Worten Ooffs. Unwillkürlich kam ihm Hirosha in den Sinn. Damals, als Rhodan auf dieser Welt notlanden mußte, war die Vermutung geäußert worden, daß die Huldvollen die Bevölkerung des Planeten ausgerottet hätten. Diese Vermutung wurde von Rhodan nicht geteilt. Nun war Leyden sicher, daß die Urbevölkerung Hiroshas tatsächlich nicht von den Huldvollen ausgelöscht worden war, sondern sich selbst vernichtet hatte. Da die Huldvollen nur Schreckwürmer abholten, die knapp vor ihrer Eiablage standen, also nur begrenzt zu leben hatten, war der Hirosha-Schreckwurm erst kurz vor Rhodans Notlandung auf dieser Welt abgesetzt worden, zu einem Zeitpunkt, als der Atomkrieg längst vorbei war.

Leyden wandte sich wieder an Ooff. „Was weißt du über die Tatsache, daß durch eine gravitationsenergetische Stoßwellenfront alle Schreckwurmeier innerhalb der Galaxis zum Platzen gebracht wurden, und wozu dienen jene Maschinen, die in den Höhlen gefunden wurden, in denen die Schreckwürmer ihre Eier ablegten?"

„Das ist das Werk der Huldvollen", antwortete der Schreckwurm bereitwillig. „Die von uns gelegten Eier haben eine durchschnittliche Reifezeit von 600 Jahren. Da die Huldvollen nicht jedesmal diese natürliche Reifezeit abwarten wollten, haben sie Geräte entwickelt, die einen vorzeitigen Reifeprozeß auslösen. Diese Geräte versorgen die Eier mit der benötigten Gravitationsenergie und ermöglichen es den Huldvollen, den Reifeprozeß derart zu beschleunigen, daß bei Bedarf das Platzen der Eier wenige Monate nach der Ablage erfolgen kann. In Extremfällen kann dies sogar in nur wenigen Stunden geschehen. Außerdem dienen diese Maschinen dazu, den Huldvollen mitzuteilen, wann die Eiablage beendet ist. Kurz bevor der Schreckwurm stirbt, aktiviert er dieses Gerät und löst dadurch ein Hypersignal aus, das direkt von den Huldvollen empfangen wird. Mit der Aktivierung des Geräts beginnt dieses die Eier mit Gravitationsenergie zu versorgen. Was jedoch den von dir erwähnten Gravitationsschock betrifft, der *alle* in der Galaxis gelagerten Eier zum Platzen brachte, können wir dir keine Antwort geben. Wir zweifeln nicht daran, daß dieser Vorgang von den Huldvollen ausgelöst wurde, obwohl so etwas bisher noch nie passiert ist. Die Huldvollen haben sich bisher immer darauf beschränkt, den vorzeitigen Reifeprozeß der Eier nur individuell einzuleiten."

Für Leyden waren einige der Rätsel, die in der jüngsten Vergangenheit die Galaxis beschäftigt hatten, gelöst. Er stellte keine Fragen mehr. Statt dessen begann er damit, den Schreckwürmern das Angebot des Vereinten Imperiums zu unterbreiten. Er sagte zu, daß das Imperium bereit war, die gleichen Leistungen wie die Huldvollen zu erbringen, mit dem Unterschied, daß Terra keinerlei Gegenleistung dafür verlangte. Das Vereinte Imperium würde kein Molkex für sich beanspruchen. Es würde auch darauf verzichten, Manipulationen zur beschleunigten Reifezeit der Schreckwurmeier durchzuführen. Leyden nannte schließlich aber doch eine einzige Bedingung: Die Schreckwürmer sollten sich in einer möglichen Auseinandersetzung zwischen dem Imperium und den Huldvollen neutral verhalten. „Ich glaube, daß meine Bitte, Peterles Ego nicht freizugeben, keine Bedingung ist, Ooff.“

Ooffs Impulse blieben eine Zeitlang aus. Der alte Schreckwurm setzte sich in diesem Augenblick mit allen anderen seiner Rasse in Verbindung.

Nach einiger Zeit meldete sich Ooff wieder.

„Leyden“, tönte es aus dem Übersetzer, „du bist klug, der andere an deiner Seite ist auch klug. Peterle, der dein Freund ist, hat Neev ebenso beurteilt. Bald wirst du Peterle wiedersehen. Wir haben sein Ego nicht freigegeben. Warum sollen wir etwas tun, das sinnlos ist? Aber es ist nicht sinnlos, mit euch ein Bündnis zu schließen und unsere Verbindung mit den Huldvollen zu lösen. Werdet ihr uns denn genug Welten geben, auf denen wir uns vermehren können?“

Leyden stellte einige Gegenfragen. Er dachte an die Plastikkiste in seiner Kabine. Auf einen vagen Verdacht hin hatte er sie mitgenommen. Bald würde ihr Inhalt zur Geltung kommen. Die hochintelligenten Schreckwürmer, als junge Wesen von fernen Planeten durch die Huldvollen nach Tombstone geflogen und hier abgesetzt, kannten weder die Riesenausmaße der Galaxis noch ihre Form und Lage.

Leyden schaltete das Funkgerät ein. Er rief die TERRANIA.

Als die Verbindung mit Crouget hergestellt war, sagte Leyden: „Kommen Sie bitte mit dem Schiff und landen Sie an der Stelle, wo Sie uns abgesetzt haben. Ende.“

Jetzt hatten die beiden Wissenschaftler nichts anderes zu tun, als zu warten. Ooff stellte noch einige Fragen. Er vergewisserte sich, daß Tyll Leyden auch berechtigt war, im Namen des Imperiums zu handeln. Plötzlich teilte sich die Phalanx aus Schreckwurmleibern. Leyden, der geglaubt hatte, ein Schreckwurm gliche dem anderen, erkannte auf den ersten Blick Peterle, der sich scheu durch die schmale Lücke drängte, aber nicht wagte, sich an Ooff vorbeizuschieben.

„Peterle, wie freue ich mich, dich wiederzusehen!“ rief Leyden enthusiastisch aus. „Willst du nicht näher kommen, damit wir wie in vergangenen Tagen plaudern können? Ich habe einige Fragen zu stellen."

Aber der junge Schreckwurm Peterle war zu einem bescheidenen Wesen geworden. Die Art, in der seine Rassegenossen mit ihm verfahren waren, hatte offensichtlich nachhaltigen Eindruck bei ihm hinterlassen.

„Hier habe ich nicht das Recht zu reden, Tyll. Wenn du noch Fragen hast, wende dich an Ooff. Er spricht für uns alle."

Mit dieser Wendung hatte Leyden nicht gerechnet.

Neev sagte: „Die Erbfaktoren und die Ausstrahlungen, die von ihnen ausgehen, sind bei dieser Rasse viel stärker entwickelt als bei jeder anderen, die uns bis heute bekannt ist. Sie dürfen Peterle keinen Vorwurf machen, daß er sich in seiner Einstellung geändert hat. Hier auf Tombstone ist er ein Teil des Ganzen, ein Teil jenes Molkex, das Leben geworden ist."

Dröhnen klang aus der Höhe zu ihnen herunter. Wie ein Ball hing die TERRANIA am Himmel. Hastig sagte Leyden in den Übersetzer: „Ooff, ordne bitte an, daß der Platz geräumt wird, damit unser Schiff landen kann."

Mit Herzklopfen sah Leyden den Raumer bis auf fünfhundert Meter herunterkommen. In dieser Höhe blieb das Schiff stehen. Es wartete, bis man ihm Platz gemacht hatte.

In die Ringmauer aus Schreckwurmleibern kam Leben. Die Riesenraupen zogen sich zurück. Immer größer wurde der freie Kreis. Nur ein Wesen war zurückgeblieben – Ooff. Peterle dagegen war in der Menge verschwunden.

Die TERRANIA setzte auf. Zwischen den Teleskopstützen wurde die Rampe ausgefahren. Die Schleuse öffnete sich, und von dreißig Kampfmaschinen begleitet, schritt Major Fils Crouget die Rampe herunter. Am Ende der Rampe blieben die Roboter stehen. Crouget kam allein. Sein Blick ging ununterbrochen in die Runde. Tyll Leyden konnte ihm nachfühlen, was der Epsaler beim Anblick dieser vielen Schreckwürmer empfand.

Leyden lachte. „Major, veranlassen Sie bitte, daß die Kiste aus meiner Kabine herausgebracht wird."

„Ist unterwegs, Sie Nervensäge."

Mißtrauisch musterte er Ooff. „Das ist doch nicht Peterle, Leyden?"

„Nein, das ist Ooff. Ob er nur der Sprecher für alle Schreckwürmer ist oder so etwas wie Chef auf Tombstone, habe ich noch nicht herausbekommen. Wir haben unseren Vertrag abgeschlossen. Natürlich gibt es darüber keine schriftlichen Unterlagen. Ach, da bringen Roboter die Kiste."

Es war ein Monstrum von Kiste. Leyden ließ sie öffnen. Crouget sah einen Teil des Inhalts. Ihm quollen die Augen aus dem Kopf.

„Damit hatten Sie schon in Terrania gerechnet, Leyden?" fragte er fassungslos.

„Nicht damit gerechnet, aber ich habe eben vorgesorgt. Diese Rasse kennt nur die Huldvollen, ihr Wissen über unsere Galaxis ist erschreckend klein. Wenn wir ihnen jetzt Filme zeigen, die die Geschichte der Galaxis wiedergeben und die Entstehung des Imperiums schildern, so werden sie wissen, mit wem sie es zu tun haben. Ooff, hast du alles verstanden, was ich mit Major Crouget gesprochen habe?"

„Alles, Leyden. Werden auch meine Artgenossen sehen können, was du uns zeigen willst? Oder ich nur allein? Es wäre etwas anstrengend für mich."

„Alle, Ooff. Niemand braucht deshalb näher heranzukommen, es sei denn, er steckt gerade im Wald."

„Die im Wald werden über die Augen der anderen sehen."

Crouget stutzte. „Was werden diejenigen tun, die sich im Wald aufhalten? Über die Augen der anderen sehen? Verstehen Sie das, Leyden?"

Leyden erklärte es ihm. Kurz darauf begann die Vorführung.

Zum erstenmal seit Bestehen der Schreckwürmer erhielten sie ein anschauliches Bild von dem Lebensraum, der für alle Rassen unendlich viel Platz bot.

Der Symboltransformer rauschte, aber er brachte keine Worte hervor. Sämtliche Schreckwürmer hatten den Ausgang ihrer Impulse geschlossen. Unbeweglich, so leblos wie vor Stunden, stand in der Ferne die Phalanx aus Schreckwürmern. Die Männer hatten nichts zu tun und gingen ein wenig zur Seite. Die Arbeit wurde von den Robotern verrichtet.

Nach der Filmvorführung, die etliche Stunden dauerte, begann

Leyden erneut mit Ooff zu verhandeln. Dabei stellte sich heraus, daß seit dem 4. 8. 2326 erst ein einziges Mal ein Schreckwurm zur Eiablage von den Huldvollen abgeholt worden war. Die Position dieser Welt wollte Ooff jedoch nicht verraten.

Man einigte sich darauf, daß das Bündnis zwischen den Schreckwürmern und dem Vereinten Imperium den Huldvollen gegenüber vorläufig geheimgehalten werden sollte. Die Schreckwürmer sagten jedoch zu, daß sie ihr Verhältnis mit den Huldvollen allmählich lösen würden, so daß diese nicht sofort mißtrauisch wurden.

Die Verhandlung fand damit ein Ende, daß der alte Schreckwurm die mündlichen Vereinbarungen nochmals bestätigte. „Bald schon werden wir euch beim Wort nehmen. Drei aus meiner Rasse erreichen demnächst das Stadium der Eireife. Bald werdet ihr sie auf leeren Welten absetzen."

„Wir werden unsere Vereinbarungen halten, Ooff. Wir werden noch einen Schritt weitergehen und sie nach Tombstone zurückbringen, wenn sie ihre Eier abgelegt haben. Warum sollen sie nicht auf dieser Welt ihr Ego freigeben, auf der sie so lange gelebt haben?"

Länger als gewohnt mußten sie auf Ooffs Antwort warten. „Leyden, wir haben dir unrecht getan. Du hast uns nicht das Tor in unsere Zukunft verschlossen, sondern es im Gegenteil weiter geöffnet, als wir es je erhoffen konnten."

Als die TERRANIA Tombstone verließ, hatte Leyden das Gefühl, einen entscheidenden Erfolg errungen zu haben. Viele Fragen waren beantwortet worden. Was die Huldvollen anging, würde man eines Tages noch mehr über sie erfahren. Vor allem, warum sie die Anlage auf Eysal errichtet hatten, denn für Leyden bestand kein Zweifel, daß die Huldvollen die Erbauer waren. Leyden wußte, daß auf Eysal schon seit Monaten Wissenschaftler tätig waren. Was er nicht wußte, war, daß, während er sich auf Tombstone aufgehalten hatte, auf Eysal entscheidende Dinge passiert waren.

Vorerst war es jedoch von großer Bedeutung, daß man einen Dialog mit den Schreckwürmern aufgenommen hatte. Wenn es tatsächlich gelang, die Abhängigkeit der Schreckwürmer von den Huldvollen zu brechen, würde die Gefahr, die der Galaxis durch eine unkontrollierte

Hornschreckeninvasion drohte, entscheidend gemindert. Dadurch, daß man den Schreckwürmern versprach, in den Reifeprozeß der Eier nicht künstlich einzugreifen, würde man auch allzu große Opfer an unbewohnten Planeten vermeiden. Da die Eier einen natürlichen Reifeprozeß von 600 Jahren hatten, konnte man einen Planeten mehrmals zur Eiablage benutzen. 600 Jahre würden genügen, die Regeneration des Planeten zu gewährleisten. Erst wenn der betreffende Planet zuviel an Substanz zu verlieren drohte, würde man auf einen anderen ausweichen. Selbst in 10 000 Jahren würde man auf diese Weise höchstens einige Dutzend Planeten – die sich sicherlich finden lassen würden – opfern müssen.

25. Inzwischen auf Eysal . . .

Loren Hynes hätte gern genau gewußt, wer jemals auf die verrückte Idee gekommen sein mochte, ein Labyrinth wie dieses anzulegen. Mehr jedoch war er mit dem Gedanken beschäftigt, daß er noch rund einen Kilometer abzugehen hatte, bevor er zur Zentrale zurückkehren konnte. Er befand sich in der 14. Etage unter der Oberfläche des Planeten Eysal. Zum erstenmal war einer der terranischen Wissenschaftler so tief hinabgestiegen.

Der grelle Schein der Lampe leuchtete pendelnd vor ihm her. Von Zeit zu Zeit drückte Loren den Auslöseknopf der Mikrokamera, die er im Helm trug. Die Mikrobilder brauchte man, um eine Art Landkarte anzufertigen. Bislang waren die unterirdischen Tempelanlagen noch nicht einmal zur Hälfte bekannt. Loren dachte an jenen Tag, an dem sie auf Eysal angekommen waren und damit begonnen hatten, dieses Labyrinth zu erforschen, das mindestens zwanzig Stockwerke in die Tiefe reichte und kompliziert ineinander verschachtelt war. Man wußte, daß die Anlage, deren Maschinen am 4. 8. 2326 den Gravitationsschock ausgelöst hatten, nichts mit dem Tempel der Antis zu tun hatte, die vor etwa 300 Jahren Eysal entdeckt hatten.

Diese Anlage war von einer Zivilisation errichtet worden, die sich einer hochentwickelten Technik bediente. Inzwischen war man davon überzeugt, daß die Huldvollen, mit denen Rhodan vor wenigen Wochen unliebsamen Kontakt gehabt hatte, die Erbauer dieser Anlage waren. Bisher hatte man nicht einmal die Maschinen entdeckt, die den Gravitationsschock ausgelöst hatten.

Loren war einer von fünfzig terranischen Wissenschaftlern, die seit Monaten darum bemüht waren, die Rätsel dieser Anlage zu lösen. Es war eine Aufgabe, die nicht ganz ungefährlich war, denn jeden Augenblick konnten die geheimnisvollen Fremden, die der Schreckwurm Peterle die Huldvollen genannt hatte, hier auftauchen.

Obwohl sich eine starke terranische Raumflotte in der Nähe des Eyciteo-Systems, dessen 2. Planet Eysal war, befand, um im Notfall einzugreifen, war dies für Loren nur ein schwacher Trost, denn jedermann wußte, daß man den Molkexschiffen der Huldvollen nicht beikommen konnte. Sollten sich die Fremden je entschließen, auf Eysal nach dem Rechten zu sehen, würde es der im Hintergrund wartenden Raumflotte nicht leichtfallen, den bedrängten Wissenschaftlern zu helfen.

Mürrisch bog Loren um eine Gangecke und blieb nachdenklich stehen, als er im Schein seiner Lampe einen jener sogenannten Gangverteiler vor sich sah. Es war eine Art runder Halle, von der ein Dutzend Gänge nach allen möglichen Richtungen fortführte. Loren betätigte ausgiebig den Auslöser der Kamera, während er den Kopf drehte, um alles aufs Bild zu bekommen. Schließlich entschied er sich für den Gang, der dem seinen fast gegenüberlag. Er brachte eine Markierungsplakette an der Stelle an, an der er in die Halle hinaustrat, so daß er den Rückweg ohne Schwierigkeiten wiederfinden würde.

Dann durchquerte er den runden Raum und hielt an, um den Strahl der Lampe in das unbekannte Gangstück hineinzurichten. Das war seine letzte bewußte Handlung.

Nach der Öde und Leere der Gänge, durch die er bisher gewandert war, traf ihn der unglaubliche Anblick mit der Wucht eines psychischen Schocks. Er schrie vor Entsetzen, als der Lichtkegel das Ding erfaßte, das nur ein paar Meter vor ihm stand. Er riß die Arme nach oben, als müsse er seinen Kopf schützen. Von Panik gepackt, wollte er sich umdrehen und davonlaufen. Da war jedoch keine Zelle in seinem

Gehirn mehr übrig, die einen artikulierten Befehl an die Muskeln hätte ausstrahlen können. Loren Hynes zitterte und zuckte – und schrie, aber er rührte sich nicht vom Platz.

Das Fremde gab ihm keine Chance, noch einmal zu sich zu kommen.

Loren Hynes sah die Welt um sich herum in einer Flut weißer Helligkeit explodieren – dann war nichts mehr.

Gil Krueger saß vor dem Empfänger, ziemlich sicher, daß Loren sich im Lauf der nächsten Viertelstunde nicht melden würde, als der Schrei ertönte. Der Laut war so gräßlich, daß Gil einen Teil der Furcht mitempfand, die in ihm steckte. Mit einem kräftigen Ruck wirbelte er seinen Stuhl herum. Die Hand schoß nach vorne und hieb auf die Sprechtaste des Geräts.

„Loren! Loren – was ist? Gil Krueger hier, bitte kommen, Loren!"

Der Schrei riß nicht ab. Qualvolle Sekunden lang schrie Loren Hynes ohne Unterbrechung. Gil schrie zurück, brüllte beruhigende Worte, stellte Fragen – aber Loren hörte ihn nicht.

Dann erstarb der Schrei plötzlich. Aus dem Empfänger drang trockenes Knistern. Die Membrane zitterte unter einem gedämpften Knall, als ob jemand eine riesige, mit Gummidichtungen belegte Schleusentür zugeworfen hätte. Dann war Ruhe.

Allerdings nicht für Gil. Gil Krueger war Wissenschaftler, Physiker, um es genau zu sagen. Aber die Galaktische Abwehr und ähnliche Organisationen hatten ihn weit genug in der Milchstraße herumgeschickt, daß er das Geräusch eines Thermostrahl-Treffers identifizieren konnte, wenn er es hörte. Loren Hynes trug eine solche Waffe bei sich. Aber alles, was Gil gehört hatte, deutete darauf hin, daß es nicht Loren gewesen war, der geschossen hatte.

Gil gab Alarm. Er hörte, wie draußen auf den Gängen des dritten Geschosses die Sirenen aufheulten. Er ergriff das Mikrophon des Interkoms und erklärte über Rundspruch, was geschehen war. Die Zentrale, eine Ansammlung von etwa hundert Räumen, in denen das Team der Wissenschaftler sich niedergelassen hatte, begann vor Aktivität zu dröhnen.

John Pohl war der erste, der den Funkraum erreichte. Er wartete nicht, bis sich die Tür vor ihm völlig geöffnet hatte, sondern zwängte sich keuchend durch den Spalt. Gil stand auf.

„Keine Verbindung mehr, Sir", meldete er.

Hinter John Pohl kam Christoph Warren.

„Wo war Hynes zuletzt?" wollte er wissen.

„Die letzte verständliche Meldung", antwortete Gil, „kam von einem Gangverteiler des vierzehnten Geschosses. Nach dem, was Loren sagte, liegt dieser etwa auf der gleichen Linie wie die Verteiler der höheren Geschosse. Er sollte sich von dort aus südostwärts halten."

„Wir werden ihn suchen", sagte Warren entschlossen. „Gil, Sie und John Pohl suchen sich je neun Freiwillige und fahren zur vierzehnten Etage hinunter. Die anderen bleiben hier. Ich werde mit Ihnen in ständiger Funkverbindung bleiben. Während Sie dort unten nach Loren suchen, werde ich die Flotte informieren."

„Moment mal", sagte John. „Sie denken doch nicht, daß uns ernsthafte Gefahr droht?"

„Was denn?" fragte Warren. „Wir wissen zwar nicht, was sich dort unten ereignet hat, aber wir nehmen an, daß das hier eine Anlage der Huldvollen ist. Was liegt also näher als die Vermutung, daß sich Fremde in dieser Anlage befinden. Möglicherweise ist unbemerkt ein Trupp Huldvoller eingedrungen, um nach dem Rechten zu sehen. Fragen Sie mich nicht, wie sie es geschafft haben, unbemerkt hier einzudringen. Tatsache ist, daß dort unten etwas passiert ist, was auf die Anwesenheit von Fremden schließen läßt. Es wird daher möglicherweise notwendig sein, daß wir Hilfe benötigen."

„Ich verstehe", antwortete John und sah kurz zu Gil Krueger. „Wir stellen sofort die Mannschaft zusammen. In zehn Minuten können wir aufbrechen."

„Seien Sie vorsichtig", schärfte ihnen Warren ein.

Während Gil und John hinauseilten, um die Suchmannschaft zusammenzustellen, informierte Warren den Flottenkommandanten von den Ereignissen. Er erhielt den Befehl, vorsichtig zu sein und jede Änderung der Situation sofort zu melden. Die Flotte wurde in Alarmbereitschaft versetzt, um nötigenfalls sofort eingreifen zu können. Vorerst wollte man aber noch etwas warten, um die Huldvollen, falls sie tatsächlich auf Eysal gelandet waren, in Sicherheit zu wiegen.

Nachdem die Verbindung zur Flotte unterbrochen war, ließ Warren alle wissenschaftlichen Arbeiten stoppen und befahl den restlichen Frauen und Männern, in die Zentrale zu kommen und die Ergebnisse der Suchexpedition abzuwarten. Während die Wissenschaftler nach und nach in der Zentrale eintrafen und sich über die jüngsten Ereignisse informierten, drangen John und Gil mit den achtzehn Freiwilligen in das Labyrinth der unterirdischen Anlage ein.

Sie ließen ihre Begleiter in zwei Richtungen ausschwärmen, als sie die 14. Etage erreicht hatten. Zehn Raumfahrer unter Pohls Führung wandten sich nach rechts und verschwanden bald darauf hinter der Gangkrümmung. Es galt nach jenen Markierungszeichen Ausschau zu halten, die von den Wissenschaftlern verwendet wurden, wenn sie in unbekannte Regionen des Labyrinths eindrangen, um mit ihrer Hilfe wieder den Rückweg in die Zentrale zu finden. Jede der beiden Gruppen besaß zwei leistungsfähige Minikome, die die Verbindung untereinander und zur Zentrale gewährleisteten.

Gil schritt in den Gang hinein, den er für seine Gruppe ausgewählt hatte. Nach etwa vierhundert Metern stießen sie auf den nächsten Verteiler. Es handelte sich um einen nahezu kreisförmigen, wenige Meter durchmessenden Raum, von dem in alle Richtungen Gangabzweigungen ausgingen.

Gil ließ seinen Scheinwerfer kreisen, und plötzlich sah er ihn. Rasch ging er, gefolgt von seinen Männern, auf die Stelle zu, dann hatte er Loren erreicht. Oder vielmehr das, was von Loren übriggeblieben war.

Er war tot, das konnte man auf den ersten Blick sehen. Ein Blasterschuß hatte ihn mitten in die Brust getroffen. Gil informierte John Pohl und Christoph Warren, dann legten sie den Toten auf eine Liege und befestigten ein Antigravgerät daran. Danach machten sie sich auf den Rückweg.

Gil trieb langsam in die Höhe. Dicht unter ihm folgten seine neun Begleiter, von denen zwei die Liege mit dem Toten mit sich führten. Sie benutzten Schacht Nummer eins, einen der alten Antigravschächte, die noch in Betrieb gewesen waren. Das System der Antigravschächte war neben den unzähligen Treppen, Gängen und Rampen eine weitere Möglichkeit, in das Innere der Anlage einzudringen oder sie zu verlassen. Der Schwerkraftprojektor lag, wie bei allen diesen

Konstruktionen, in der Nähe des oberen Schachtendes. Man hatte die bisher entdeckten Antigravschächte in den letzten Monaten genau untersucht und festgestellt, daß sie noch für einige Jahrzehnte funktionsfähig bleiben würden.

Als Gil und seine Gruppe das sechste Geschoß erreichten, geschah es.

In der Finsternis über ihnen glomm ein Licht auf. Blitzschnell vergrößerte es sich und wuchs zu einer weiß-grellen Lichtflut. Eine Welle unerträglicher Hitze schlug Gil ins Gesicht. Er riß die Arme nach oben, um den Kopf zu schützen. Um ihn herum fauchte und glühte es. Er bekam keine Luft mehr. Ein Schlag traf ihn in der Höhe des Magens. Die Wucht des Aufpralls war so stark, daß Gil gegen den Zug des künstlichen Schwerkraftfelds wieder in den Schacht hinuntergetrieben wurde. Die Hitze um ihn herum und die Unfähigkeit zu atmen begannen seine Reaktionen zu lähmen. Sekunden vergingen, bis er die Automatik schußbereit gemacht hatte. Im Hinabtreiben prallte er auf einen seiner Begleiter. Er trat mit beiden Beinen aus, um wieder freizukommen, und feuerte in die Höhe. Der Schuß röhrte durch den Schacht und traf die Schachtdecke. Der Impuls trieb Tropfen geschmolzenen Gesteins aus dem Fels. Gelb glühend sanken sie ein paar Meter weit in die Tiefe, bevor der Sog des Antigravfelds sie erfaßte und wieder in die Höhe zog. Jemand schrie mit unglaublich hoher Stimme. Gil Krueger wurde durch den Rückstoß seines Schusses weiter in die Tiefe getrieben. Er glitt an dem Mann vorbei, mit dem er zusammengestoßen war und der sich seitdem an die Schachtwand klammerte, um ihm nicht im Weg zu sein.

„Feuern Sie!“ schrie Gil. „Nach oben, gegen die Decke!“

Dicht neben Gil entlud sich ein brüllender Strahlschuß. Der Mann, den er angeschrien hatte, trieb unter dem Druck des Rückstoßes rasch an ihm vorbei nach unten. Er selbst feuerte ein zweites Mal und segelte hinter dem Mann her. Er wandte den Kopf und sah weit unter sich die Nische des 7. Geschosses auftauchen.

Von oben her wurde das Feuer nicht mehr erwidert. Gil wußte, was das zu bedeuten hatte. Die Fremden waren auf der Suche. Er krümmte sich und schrie nach unten: „Zurück! Versucht, das siebente Geschoß zu erreichen! Hangelt euch an den Wänden entlang!“

Einer, der besonders tapfer sein wollte, stieg an Gil vorbei in die

Höhe. Gil bekam seine Beine zu fassen und hielt ihn mit einem Arm fest. Dann feuerte er ein drittes Mal und sank mit dem Übereifrigen zusammen wieder in die Tiefe. Er zog den Mann vollends zu sich heran und stieß ihn nach unten hinab. Der Impuls trieb ihn selbst dafür in die Höhe, aber eine erneute Blastersalve, zur Schachtdecke hin abgefeuert, bereinigte dieses Mißgeschick.

Die Decke war eine flüssige, weißglühende Scheibe geschmolzenen Felsens, von der Kraft des künstlichen Schwerefelds in ihrer ursprünglichen Form gehalten. Nach der Hitzewelle, die der erste Schuß von oben ausgelöst hatte, waren die Temperaturen im Schacht wieder gesunken. Jetzt jedoch wuchsen sie ins Unerträgliche. Die Deckplatte absorbierte die Energie der Strahlschüsse und strahlte sie wieder zurück. Gils Augen brannten. Er roch den Gestank versengten Haares. Die Haut spannte ihm über dem Gesicht. Er fühlte sich, als hätte ihn jemand mit dem Kopf voran in einen Backofen geschoben.

Er wußte, daß er nicht mehr lange aushalten konnte. Er schaute nach unten und sah in der flimmernden Luft den Ausgang der 7. Etage noch ein paar Meter unter sich. Ein paar Männer hatten sich gegen den Sog des Feldes in die Nische des Ausstiegs geschwungen und waren dabei, die Tür zu öffnen. Aus tränenden Augen sah Gil, wie es ihnen schließlich gelang. Ein brausender Sturm entstand, als sich die heiße Luft des Schachtes mit der kalten jenseits des Ausgangs mischte. Gil wurde ein Stück weiter nach unten gerissen. Die Kante des Ausstiegs glitt auf ihn zu. Er krümmte sich, um sie mit den Händen zu fassen. Unter ihm drängten sich andere Männer durch die Öffnung. Gil war der letzte, der den Schacht verließ.

Gil trat in die Mitte des Raumes und sagte zu seinen Begleitern: „Der Gegner ist offenbar darauf bedacht, uns auf keinen Fall an die Oberfläche zu lassen. Wir sind zu schwach, um einen gewaltsamen Ausbruch durch den Antigravschacht zu riskieren. Wir müssen daher versuchen, über die Rampen und Treppen nach oben zu gelangen. Den Toten müssen wir leider hierlassen, denn er würde uns nur behindern."

Danach informierte er über Minikom die Zentrale und die Gruppe von John Pohl.

Ohne weitere Zwischenfälle erreichte die Gruppe von Gil Krueger nach einer knappen halben Stunde die Zentrale. Nachdem Gil Bericht erstattet hatte, nahm Christoph Warren erneut Kontakt mit der Flotte auf und berichtete über die jüngsten Zwischenfälle. Man versprach ihm, sofort Hilfe zu schicken.

John Pohl befand sich mit seiner Gruppe noch in der 14. Etage, als er von Gil die bestürzende Nachricht erhielt. Kurz nachdem Gil ihm den Fund von Loren Hynes Leiche gemeldet hatte, war Pohl mit seiner Gruppe weiter in die unbekannten Bereiche der 14. Etage vorgedrungen, um Aufschlüsse über jene Fremden zu gewinnen, die Loren auf dem Gewissen hatten. Mitten in diese Tätigkeit platzte Gils Notruf und veranlaßte Pohl, seine Begleiter in einem kleinen Verteilerraum zu sammeln, um sich mit ihnen zu besprechen.

Sie entschlossen sich, noch eine Weile hierzubleiben und weiter nach den Fremden zu suchen. Warren, der von ihrem Entschluß unterrichtet wurde, hatte nichts dagegen einzuwenden, er bat sie aber, vorsichtig zu sein und bei dem geringsten Anzeichen einer Gefahr sofort den Rückweg anzutreten.

Etwas später meldete sich Warren nochmals bei Pohl und teilte ihm mit, daß die Gruppe Krueger wohlbehalten in der Zentrale angekommen war und daß die Flotte baldige Hilfe zugesagt hatte.

Nachdem die Funkverbindung unterbrochen war, richtete Pohl den Strahl seiner Lampe in den Gang hinein, vor dem sie sich befanden. Der Schein drang bis zu einer Biegung, etwa 50 Meter weit entfernt. Der Gang war, soweit sie ihn einsehen konnten, leer.

„Zwei Freiwillige!“ rief er, ohne den Kopf zu wenden. „Ich brauche zwei Männer, die mit mir das Gelände vor uns absuchen.“

Schneller, als er erwartet hatte, kamen Schritte von hinten auf ihn zu. Er drehte sich zur Seite und sah Karen Isot und Paddie Irish.

„Kein Mädchen“, sagte er unwillig, „ich brauche zwei *Männer.*“

Karen hob das Kinn. „Überanstrengen Sie sich nicht, Doktor. Drehen Sie sich lieber ganz um und sehen Sie sich die Schlappschwänze an. So gut bin ich allemal. Außerdem meldet sich ja niemand anders.“

John musterte den Rest der Gruppe. Er kniff die Lippen zusammen. Dann murmelte er: „Weiß Gott, sie hat recht. Coburn, übernehmen Sie das Kommando und warten Sie hier.“

Andy Coburn schaute zu Boden.

„Los jetzt“, brummte John.

Sie schritten in den Gang hinein. John ging an der Spitze, Karen und Paddie folgten ihm in geringem Abstand und auf gleicher Höhe. Sie hatten die Waffen schußbereit. Johns Lampe erfüllte den Gang bis zur Biegung mit strahlender Helligkeit. Ihre Schritte klangen hohl.

Sie erreichten den Knick. John zögerte eine Sekunde lang, dann beugte er sich nach vorne und leuchtete um die Biegung herum. Der Gang führte noch etwa dreißig Meter weiter, dann war er zu Ende. Eine nackte Steinwand schloß ihn ab. Er war leer.

„Seht euch das an“, flüsterte John.

„Eine Sackgasse.“

Paddie trat um den Knick herum und kratzte sich am Kopf.

„Da stimmt was nicht“, knurrte er. „Ich rieche das.“

„Wonach riecht es, Paddie?“ fragte Karen spöttisch.

„Nicht wirklich, meine ich. Im übertragenen Sinn.“

John wiegte den Kopf. „Kann richtig sein. Wir wollen uns das Ding aus der Nähe ansehen.“

Sie schritten bis zum Ende des Ganges. John untersuchte die Abschlußwand, aber nirgendwo fand er eine Rille, die darauf hingewiesen hätte, daß die Stirnwand etwa nicht aus demselben soliden Stück Fels bestände wie die beiden Seitenwände.

„Lassen Sie mich mal, Chef“, sagte Paddie und drängte sich, ohne eine Zustimmung abzuwarten, nach vorne.

Er hockte sich auf den Boden und begann, den Abschluß mit steifen Fingerspitzen zu betasten. Die Augen hielt er dabei geschlossen, als horchte er in sich hinein. Nach einer Weile stand er auf und wiederholte den Tastversuch an einer höhergelegenen Stelle. Auch das brachte nicht den gewünschten Erfolg.

„Können Sie mich auf die Schultern heben?“ fragte Paddie.

„Ich denke schon“, antwortete John.

„Lassen Sie mal, ich helfe schon“, mischte Karen sich ein. „Sie sind auch nicht gerade der Allerkräftigste.“

„Danke schön“, antwortete John bissig.

Sie hoben Paddie in die Höhe. Paddie machte es sich auf seinem luftigen Sitz so bequem wie möglich, dann begann er mit seiner Untersuchung von neuem, diesmal in einer Höhe von knapp drei

Metern. Als wären sie Gebilde mit eigener Intelligenz, trommelten und glitten die Finger über den Stein. Und plötzlich hielt Paddie inne.

„Da ist was“, flüsterte er.

„Was?“

„Ich weiß nicht. Eine kleine Unebenheit – mal sehen – vielleicht wenn ich – hoppla. Ab geht die Post.“

John und Karen traten so hastig zurück, daß Paddie den Halt verlor und zu Boden fiel. Vor ihnen hatte die Stirnwand sich zu bewegen begonnen. Rasch glitt sie zur Seite und öffnete den Eingang in einen hell erleuchteten Raum, von dem John vorerst nur erkennen konnte, daß er riesig groß war.

Paddie raffte sich auf. Er schlug die Hände vor die Augen, um nicht geblendet zu werden, und blinzelte zwischen den Fingern hindurch.

„Alle reinen Geister loben . . .“, rief er überrascht. Dann stützte er sich gegen die Seitenwand des Ganges und tat zwei tapsende Schritte.

John konnte jetzt erkennen, daß jenseits des Ausgangs zunächst eine Art Balustrade lag. Sie mochte zwei Meter breit sein und schloß mit einem niedrigen Geländer gegen den Hintergrund ab. Die Helligkeit kam aus dem Hintergrund. Sie war so intensiv, daß sich jenseits des Geländers keine Einzelheiten mehr erkennen ließen. Nur eines war zu sehen. Irgendwo weit drüben mußte es wieder eine Wand geben. Hinter dem blendenden Glanz lauerte irgendwo ein riesiger, grauer Schatten.

John trat hinaus und packte das Geländer. Er spürte plötzlich, daß es heiß geworden war. Schweiß trat ihm auf die Stirn. Er hakte die Lampe in den Gürtel und packte die Waffe fester. Er wollte über das Geländer schauen, aber die Helligkeit war zu stark, und außer, daß es jenseits senkrecht in unbekannte Tiefen ging, konnte er nichts erkennen. Er sah nach rechts und links und bemerkte, daß die Wand des Riesenraumes leicht gekrümmt war. Die Balustrade lief an ihr entlang, so weit John sehen konnte. Die Decke des Raumes befand sich knapp vier Meter über ihnen.

Von neuem spürte John das Zittern des Bodens. Diesmal war es deutlicher, aber es kam nicht aus dem Kessel, an dessen Rand sie standen. Der gewaltige Raum war völlig geräuschlos. Stumm brach das Licht aus der Tiefe und wurde von der glatten Decke reflektiert.

„Sieht aus wie ein Startschacht“, sagte Karen nachdenklich.

„Ja, wenn das Licht nicht wäre. Vermutlich ist der Raum zylindrisch“, antwortete John. „Mindestens zweihundert Meter Durchmesser. Tiefe ...“, er zögerte, „... wahrscheinlich unendlich.“

„Was ist das für ein Licht?“ fragte Paddie verstört.

„Hm. Bemerkt jemand die Hitze?“

„Ja, natürlich. Bin schon ganz naß.“

„Eine Brennkammer ...“, sagte John mehr zu sich selbst. „Magnetohydrodynamische Generatorenstation. Wenn man eine richtig große Anlage bauen will, dann sind die Schutzvorrichtungen meistens teurer als die Anlage selbst. Das hier wäre der ideale Platz – groß genug, ein paar Kilometer tief.“

„Das ist doch Unsinn“, protestierte Karen respektlos. „Eine Fusionskammer zur Plasmaerzeugung? Offen ausgebaut? Wir wären vor Radioaktivität schon gerötet.“

John lächelte sie an. „Fusion leichter Kerne erzeugt nur ein klein wenig Gammastrahlung, Königin der Weisheit. Ein kleiner gravitomechanischer Umlenkschirm, nur eine winzig dünne Schicht mit einem immens hohen Schwerefeld – und schon gibt es keine gefährliche Strahlung mehr.“

Er sah wieder über das Geländer. Die Augen schmerzten, aber er ertrug es.

„So einfach ist das“, flüsterte er im Selbstgespräch. „Ich habe mich schon lange gefragt, woher die Huldvollen ihre Energie nehmen. Nirgendwo haben wir einen großen Generator gefunden, der alle die Maschinen im Labyrinth betreiben könnte – vor allen Dingen die, die den Gravitationsschock auslöste. Jetzt haben wir's. Wir sind an der Quelle. Alles, was wir jetzt noch zu tun brauchen, ist ...“

Er wurde unterbrochen. Fauchend löste sich neben ihm ein Strahlschuß. Sengend heiß fuhr das glühende Energiebündel dicht an ihm vorüber.

Im selben Augenblick schrie Paddie: „Da sind sie! Feuer!“

John wirbelte herum. Vor ihm, vielleicht zehn Schritte entfernt, stand ein Wesen mit schmalen Schultern, einem schüsselförmigen Kopf und einer gewichtigen Waffe in der Armbeuge.

Auf den ersten Blick wirkte die Gestalt klein und zierlich. Aber das täuschte. John war sicher, daß der Fremde fast zwei Meter maß. Es war die merkwürdige Gliederung des Körpers, die den Eindruck der

Zierlichkeit erweckte. Die schmalen Schultern lagen etwa in der gleichen Höhe wie bei einem durchschnittlich gewachsenen Menschen. Aus ihnen hervor ragte jedoch ein schlauchähnlicher Hals, so schlank und gebrechlich, daß man sich wunderte, wie er überhaupt das Gewicht der Schüssel tragen konnte, die auf ihm ruhte. Diese Schüssel, oder vielmehr zwei mit dem Rand aufeinandergesetzte Schüsseln, hatte einen Durchmesser von einem halben Meter. Hoch war sie nicht mehr als eine Handspanne.

Es war der merkwürdigste Kopf, den John Pohl je gesehen hatte.

Die Beine des Fremden waren kurz und stämmig, aber das tat seiner Zartheit keinen Abbruch. Die Schultern waren der Ursprung zweier Arme, von denen der eine lang und schlaff herabhing, während der andere angewinkelt war.

Ein zirpender Schrei klang auf. John sah eine Gestalt durch die Luft wirbeln und in den Kessel hineinstürzen. Paddie hatte also getroffen.

Es war keine Zeit mehr zum Verhandeln, John warf sich zur Seite, zur Wand hin, rempelte Karen dabei so hart an, daß sie in den immer noch offenen Gang hineinstürzte, und schoß.

Nur im Unterbewußtsein nahm er wahr, daß der Fremde eine Art helmlosen Raumanzug trug, der mit einer glitzernden Schicht von oben bis unten bedeckt war. *Molkex.* Keine Energie konnte dieser Masse etwas anhaben. Der Helm war transparent.

Und trotzdem hatte John vollen Erfolg. Er hatte rascher reagiert als der Fremde. Sein Schuß löste sich zuerst. Der gewaltige Impuls des Energiebündels brachte das Wesen mit dem Schüsselkopf aus dem Gleichgewicht. Es breitete die Arme aus, um Balance zu halten, und ließ die Waffe fallen. Es machte einen vergeblichen Versuch, sich ans Geländer zu klammern. Aber John nahm den Finger nicht vom Abzug. Pausenlos hämmerten seine Salven auf den Fremden ein. Der schmale Körper hob sich vom Boden. Die Wucht eines erneuten Schusses packte ihn und schleuderte ihn über das Geländer hinweg. Derselbe zirpende Schrei erklang, und der Fremde verschwand wie ein fallender Stein in der Flut aus Licht, die aus der Tiefe kam.

John stand breitbeinig und schaute aus zusammengekniffenen Augen die Balustrade entlang. Kein Fremder war mehr zu sehen. Er spürte eine Berührung am Rücken und fuhr herum. Es war Paddie. Er war rückwärtsgehend gegen ihn gestoßen.

„Da drüben“, keuchte John, „alles in Ordnung?“

„Luft rein“, antwortete Paddie. „Es waren nur zwei.“

„Sie müssen irgendwo hergekommen sein“, rief John erregt. „Vielleicht gibt es da vorne noch einen Zugang. Los, wir müssen das wissen.“

Karen kam aus dem Gang hervor.

„Vielen Dank“, sagte sie trocken.

„Hören Sie, ich hatte keine andere Wahl“, entschuldigte sich John. „Wenn ich Sie nicht . . .“

„Kein Grund, sich zu entschuldigen“, unterbrach ihn Karen. „Ich meine es ernst. Ich war wirklich ein bißchen langsam. Beim nächstenmal werde ich besser aufpassen.“

Sie gingen die Balustrade entlang. Die Nähe des riesigen Kessels, von dem sie nur durch das schwache Geländer getrennt waren, wurde John plötzlich unheimlich. Er fragte sich, was aus den beiden Huldvollen geworden sein mochte, die in die Tiefe gestürzt waren.

Plötzlich fiel ihm etwas ein. Er blieb stehen und drehte sich zu Paddie um.

„Beim nächstenmal schießen wir auf ihre Köpfe“, entschied er. „Die Anzüge sind mit Molkex verkleidet, da können wir ihnen nichts anhaben. Aber die Helme scheinen frei zu sein.“ Er schlug sich mit der Hand gegen die Stirn. „Warum bin ich nicht früher daraufgekommen.“

Paddie sah sehr nachdenklich drein. Dann fing er plötzlich an zu grinsen und nickte heftig vor sich hin. „Ja, ich habe mich schon gefragt, ob Sie es gemerkt hätten, Doktor. Anscheinend nicht, wie?“

„Bemerkt? Was?“

„Ihre Helme schimmerten so merkwürdig. Bei der eigenartigen Zusammensetzung der Substanz Molkex nähme es mich nicht wunder, wenn sie auch um den ganzen Helm einen hieb- und stichfesten Überzug trügen. Schließlich sind sie nicht dumm. Sie werden nicht den Körper schützen und den Kopf, das Allerwichtigste, schutzlos herumtragen. Dabei nehmen sie die leichte Sichtbehinderung, die durch die hauchdünne Molkexschicht entsteht, in Kauf, denn der Vorteil überwiegt bei weitem.“

John ließ sich nicht aus der Ruhe bringen.

„Na schön“, sagte er. „Wir können mit unseren Waffen die Molkexanzüge an keiner Stelle durchdringen, aber wenigstens entwickeln die auftreffenden Energien genügend kinetische Kräfte, um die Huldvollen zurückzudrängen. Ich werde Warren von unserer Entdeckung unterrichten."

Er zog den Mikrokom aus der Tasche und schaltete ihn ein. John hob das kleine Gerät zum Mund und wollte anfangen zu sprechen, da brach aus dem Empfänger ein lauter gräßlicher Schrei.

„Lauft! Macht, daß ihr fortkommt! Sie greifen von allen Seiten an!"

Dort, wo der Empfänger sich befand, mußte heftiges Getümmel herrschen. Der Empfänger übertrug das Fauchen heftiger Strahlschüsse, das Getrappel von Schritten und lautes Geschrei.

John horchte atemlos. Die Stimme, die er gehört hatte, gehörte Andy Coburn. Und das Gegengerät schien sich von seinem Standort nicht zu entfernen. Die Geräusche kamen ständig aus demselben Hintergrund. Sie änderten sich allerdings. Das Trappeln der Schritte entfernte sich. Die wilden Schreie wurden seltener und leiser. Zirpende Geräusche machten sich breit. Die Strahlschüsse hörten auf zu fauchen.

So leise wie möglich sagte John: „Andy?"

Das Zirpen erstarb im selben Augenblick. Andy gab keine Antwort, aber jemand anders war aufmerksam geworden. Die Huldvollen.

John schaltete das Gerät ab und schob es in die Tasche zurück. Paddie und Karen sahen ihn fragend an, und ihre Gesichter waren blaß. John nahm alle Kraft zusammen, um nach außen hin ruhig zu erscheinen, und sagte: „Andy ist wahrscheinlich tot. Die Fremden haben seine Gruppe angegriffen und vertrieben. Wir sind abgeschnitten. Außerdem haben die Huldvollen unsere Frequenz angepeilt. Wir können daher aus Sicherheitsgründen nicht senden, ohne auf unseren Standort aufmerksam zu machen."

Gil Krueger befand sich in der Zentrale und besprach sich mit Christoph Warren, als der Rest von John Pohls Gruppe eintraf. Sie sahen aus, als wären sie mitten durchs Fegefeuer gelaufen, und manche von ihnen schrien unaufhörlich, von Panik besessen. Die gleiche Panik packte Gil. Er wußte, daß Karen sich bei dieser Gruppe befand, und insgeheim hatte er sich die ganze Zeit über Sorgen um sie gemacht.

Die Menschen drängten sich in den Funkraum. Einer von ihnen stand schreiend vor Warren und fuchtelte wild mit den Armen, unfähig, auch nur einen artikulierten Laut hervorzubringen. Warren schob ihn zur Seite und trat vor den nächsten.

„Was ist los?“ brüllte er ihn an.

Der Mann zitterte.

„Halbe Gruppe – aufgerieben“, rief er verstört. „Hunderte von Fremden – schweres Strahlfeuer – oooh, fürchterlich!“ Er schlug die Hände vors Gesicht.

„Ist da keiner in diesem Narrenhaufen, der einen anständigen Rapport abgeben kann?“ schrie Warren wütend.

Einer der Männer drängte sich schließlich nach vorne. Er hatte eine häßliche Brandwunde auf der Wange, und seine Montur war zerrissen und versengt.

„Wir drangen bis zu einem Verteiler vor“, begann er hastig, aber mit ruhiger Stimme. „John Pohl, Paddie und Karen entschlossen sich, das Gelände vor uns zunächst zu erkunden. Während dieser Zeit sollte die Gruppe unter Andy Coburns Leitung im Verteiler warten. John und seine Begleiter waren vielleicht eine Viertelstunde lang weg, da griffen die Fremden an. Sie kamen aus allen möglichen Gängen, die auf den Verteiler mündeten. Ich glaube nicht, daß es Hunderte waren, aber sicherlich hatten sie eine drei- bis vierfache Übermacht. Unsere Schüsse richteten bei ihnen nichts aus. Wir fingen an zu laufen. Da war ein Gang, den die Fremden leer gelassen hatten. Wir rannten, so schnell wir konnten. Die Fremden verfolgten uns anscheinend nur zögernd. Irgendwie kamen wir an einen Schacht. Wir kletterten hinein und kamen herauf. Unterwegs keine Feindberührung. Verluste . . .“, er sah sich um, „. . . keine Ahnung. Wir müssen abzählen.“

„Konnten Sie erkennen, wie die Fremden aussahen?“ fragte Warren.

„Ja“, erwiderte der Mann und schilderte den gespannt lauschenden Frauen und Männern das Aussehen jener Wesen, mit denen sie zu tun gehabt hatten. Niemand wußte, daß auch John Pohl und seine beiden Begleiter einen unangenehmen Zusammenstoß mit Wesen gleicher Art gehabt hatten.

„Was wissen Sie von John und den anderen?“ rief Gil aus dem Hintergrund.

„Nichts“, antwortete der Mann müde. „Wir haben sie nicht mehr gesehen.“

„Warren, ich melde mich ab“, erklärte Gil.

„Was? Sie allein?“

„Gruppenunternehmen scheinen hier keinen großen Erfolg zu haben.“

„Nehmen Sie einen Mikrokom“, empfahl ihm Warren.

Gil nickte. „Ganz bestimmt. Nur – ich fürchte, die Fremden haben vielleicht ein Nachweisgerät für Hyperstrahlung und können uns damit orten. Ich hätte John sonst angerufen. Ich werde damit warten, bis ich mich in seiner Nähe befinde, also unten im vierzehnten Geschoß.“

Warren war damit einverstanden.

„Ab sofort herrscht Funkverbot, das nur im äußersten Notfall durchbrochen werden darf“, sagte Warren. „Wir müssen verhindern, daß die Huldvollen die Zentrale entdecken und uns hier angreifen. Ich weiß nicht, wie lange es dauern wird, bis die Flotte uns Hilfe schickt, aber ich rechne in den nächsten Stunden damit. Bis dahin müssen wir durchhalten und hoffen, daß es den drei Eingeschlossenen gelingt, sich zu uns durchzuschlagen. Es hat keinen Sinn, noch mehr Männer loszuschicken, denn das Risiko, daß sie unterwegs von den Huldvollen überfallen werden, ist zu groß. Wir bleiben hier. Sie, Gil, passen auf sich auf. Ich will Sie nicht auch noch verlieren.“

„In Ordnung!“ rief Krueger und verließ den Raum, nachdem er sich von Pohls Begleitern die Räumlichkeiten der 14. Etage, und vor allem jene Stelle, an der sie sich von John getrennt hatten, genau hatte beschreiben lassen.

26.

Unmittelbar nach dem Eintreffen des ersten Notrufs von Eysal hatte der Kommandant der terranischen Einsatzflotte im Eyciteo-System über Hyperfunk Kontakt zu Perry Rhodan an Bord der ERIC MANOLI aufgenommen. Rhodan hatte zugesagt, sofort zu kommen.

Mit dem Eintreffen der ERIC MANOLI geschahen mehrere Dinge gleichzeitig.

Von Eysal kam der zweite Notruf der Wissenschaftler.

Als der Kommandant der Hilfsflotte nach einer kurzen Rücksprache mit Perry Rhodan den Wissenschaftlern zu Hilfe eilen wollte, materialisierten in unmittelbarer Nähe des Eyciteo-Systems 3000 fremde Raumschiffe.

Es waren Schiffe der Huldvollen, die sich zur Überraschung der Terraner gegenseitig bekämpften. Eine Flotte von 1200 Molkexschiffen griff 1800 diskusförmige Raumer verschiedenster Größe an, die keinerlei Molkexpanzerung besaßen. Die ungeschützten Schiffe mußten der Form nach trotzdem von Huldvollen gesteuert werden.

Gab es zwei rivalisierende Parteien, von denen nur eine über Molkexschiffe verfügte?

Zweifellos hing das Auftauchen der Huldvollen mit der Anlage auf Eysal zusammen.

Angesichts der dramatischen Entwicklung hielt Perry Rhodan die Hilfsflotte zurück. Er wollte die Huldvollen nicht aufmerksam machen.

Er entschloß sich, nur ein Schiff nach Eysal zu schicken, das einen tragbaren Transmitter an Bord hatte.

27.

John Pohl sah, daß Karen etwas sagen wollte, und nahm ihren Einwand vorweg.

„Nein, es hat keinen Zweck, wenn wir umkehren. Die Fremden sind in der Übermacht. Unsere eigenen Leute sind davongelaufen. Wir könnten niemandem helfen, ohne selbst geschnappt zu werden. Das heißt, falls da überhaupt noch jemand ist, dem zu helfen sich lohnt. Und übrigens ...“, er sah sich um, „... ich weiß nicht, ich glaube, wir sind hier am Kernpunkt der gesamten Anlage. Wenn wir von hier aus wirksam arbeiten, können wir den Spuk vielleicht schneller beenden, als wenn wir draußen in den Gängen herumkriechen.“

„Sie sind der Chef“, antwortete Karen trocken und seufzte.

John sah sie an. „Karen, ich weiß, was Sie drückt. Gil zerbricht sich wahrscheinlich den Kopf um Sie. Aber mir ist etwas eingefallen. Die Fremden sind vermutlich in der Lage, unseren Hyperstrahl anzupeilen. Wir *dürfen* den Mikrokom nicht mehr benutzen, verstehen Sie? Wir *können* Gil oder der Zentrale nicht Bescheid geben.“

Karen nickte. „Dasselbe dachte ich mir auch schon. Trotzdem danke.“

Sie gingen weiter. Nach etwa zwanzig Metern kamen sie an eine Stelle, an der der Fußboden der Balustrade ein Loch von etwa anderthalb Metern Durchmesser aufwies. Rechts und links blieb nur noch ein schmaler Rand. John legte sich auf die Knie und spähte durch das Loch hinunter. Das heißt, er hatte das vor. Kaum beugte er sich nach vorne, da spürte er das merkwürdige Schwindelgefühl, das ein künstliches Gravitationsfeld hervorruft, wenn es nur den Kopf erfaßt. John schloß die Augen eine Weile und kämpfte gegen den Schwindel an. Dann machte er seine Beobachtung.

Trotz der Helligkeit konnte er erkennen, daß etwa zehn Meter unter der Balustrade ein weiterer Rundgang lag. Er glich demjenigen, auf dem sie sich jetzt befanden, bis aufs Haar. John richtete sich auf und untersuchte die Wand zu seiner Rechten. Jenseits des Loches fand er eine winzige Schalttafel mit drei verschiedenfarbigen Knöpfen.

„Ein freier Antigravschacht“, erklärte er und stand auf. „Paddie, gib etwas her, das wir hineinwerfen können.“

Paddie suchte in seinen Taschen und brachte ein hartes Stück Kaugummi zum Vorschein.

„Ich bin ansonsten nicht unhygienisch“, entschuldige er sich, „aber was den . . .“

Wortlos nahm ihm John die graue Kugel aus der Hand und hielt sie über das Loch. Sie blieb reglos in der Luft hängen. John balancierte am Geländer entlang um das Loch herum und drückte auf den untersten Knopf der Schaltplatte. Der gewünschte Erfolg trat ein. Der Kaugummi senkte sich langsam nach unten.

„Hinter mir her!“ befahl John und trat durch das Loch hindurch. Sekunden später stand er auf dem unteren Rundgang. Karen und Paddie folgten ihm gemäß seiner Weisung. John fand eine zweite Schalttafel und regulierte das Feld durch Druck auf den mittleren Knopf auf Neutral zurück. Dann sah er sich um und fand fünf Meter weiter ein zweites Loch.

„Ich bin überzeugt, daß es hinter diesen Wänden Gänge gibt“, sagte er und deutete nach rechts. „Wenn wir Paddie suchen ließen, würden wir wahrscheinlich eine Menge Türen finden. Aber solange es noch Schächte gibt, bin ich dafür, daß wir weiter nach unten vordringen. Da unten“, er zeigte über das Geländer hinweg, „liegen die wahren Geheimnisse.“

Karen und Paddie nickten. Sie glitten durch den nächsten Schacht hinab und überwanden abermals eine Höhendifferenz von zehn Metern. Es war unheimlich, in freier Luft dicht neben dem Abgrund des riesigen Kessels zu schweben, aber beim drittenmal hatten sie sich schon fast daran gewöhnt, und im vierten Schacht empfanden sie überhaupt nichts mehr dabei. John schätzte, daß die Rundgänge jeweils auf der Höhe geradzahliger Geschosse lagen. Sie hatten im vierzehnten angefangen und befanden sich demnach, als sie vier Balustraden über sich gelassen hatten, im zweiundzwanzigsten Geschoß. Und immer noch war kein Ende des Kessels abzusehen.

Die Helligkeit nahm zunächst zu. John schmerzten die Augen immer unerträglicher, und er sah den Zeitpunkt kommen, an dem sie ihren Vorstoß in die Unterwelt ganz einfach deswegen abbrechen mußten, weil sie das Licht nicht mehr aushalten konnten. Nach dem sechsten Rundgang, also auf der Höhe des sechsundzwanzigsten Geschosses, bemerkte John jedoch, daß der Schmerz nachließ. Es dauerte noch eine Weile, bis er bemerkte, daß auch die Helligkeit abnahm, und als ihm das zum erstenmal bewußt wurde, stand er ein paar Minuten lang vor einem Rätsel. Er zerbrach sich den Kopf, aber er fand keine Lösung, bevor sie das dreißigste Geschoß erreicht hatten. Nach der ungewohnten Lichtflut auf den oberen Rundgängen tappten sie nun schon fast im Halbdunkel. Man konnte sich über das Geländer beugen und aus zusammengekniffenen Augen hinunter in die Tiefe des Kessels schauen. Was man sah, war ein gewaltiger Ball dunkelroten Lichtes, der ruhig vor sich hinglimmte.

„Ein optisches Schirmfeld", entschied John schließlich. „Der Kessel ist mit diesem Feld ausgelegt. Es befindet sich irgendwo", sein Zeigefinger stach durch die Luft, „jenseits des Geländers. Die Huldvollen haben sich Geld und Mühe gespart und es nur dort angelegt, wo es wirklich notwendig ist, nämlich auf den unteren Rundgängen."

„Welches Prinzip?" wollte Karen wissen.

„Tut mir leid. Ich habe keine Ahnung."

„Und Sie glauben immer noch, daß das da unten ein magnetohydrodynamischer Generator ist?"

„Ja."

„Wo ist der Plasmastrom?"

„Was Sie sehen, ist der Plasmagenerator, frei aufgehängt in einer Feldkombination. Strahlungsheizung durch den Fusionsgenerator, vermutlich von unten, Reflektorfeld oben. Das ist die billigste Methode. Die Plasmakugel liegt von uns aus gesehen rechts vom Mittelpunkt des Kesselbodens. Sehr wahrscheinlich strömt das Plasma von dort aus, also nach links in die magnetohydrodynamische Anlage. Der Plasmastrom ist natürlich wesentlich lichtschwächer als die Plasmakugel. Der optische Schirm läßt die Strahlung nicht durch. Annehmbar?"

„Ja, sehr."

John kratzte sich am Kopf. „Sie müssen die Vorräte an Fusionssubstanz und Plasmastütze natürlich von Zeit zu Zeit erneuern. Die Plasmastütze ist wahrscheinlich Caesium – kommt darauf an, wie weit ihre Technologie fortgeschritten ist. Vermutlich gibt es da unten automatische Zuführmechanismen. Hier wurden wahrscheinlich jene gewaltigen Energien erzeugt, die am vierten August vergangenen Jahres die gravitationsenergetische Schockwellenfront auslösten."

Sie setzten ihren Weg fort.

Jeder Antigravschacht war gegen den über ihm liegenden etwa fünf Meter versetzt. Wenn der Abstieg noch lange weiterging, schätzte John, würden sie auf diese Weise den ganzen Kessel umrunden. Zwei Rundgänge tiefer bemerkte er jedoch zum erstenmal, daß er dem roten Glutball des Plasmas nun wirklich näher gekommen war, und schätzte, daß sie nun nicht mehr weiter als fünfzig Meter vom Grund des Kessels entfernt seien.

Der ganze gewaltige Raum lag immer noch in beängstigender Stille. Außer dem schwachen Geräusch ihrer Schritte und dem Klang der paar Worte, die sie sprachen, war kein Laut zu hören.

Auf dem Weg in die Tiefe dachte Gil über die Huldvollen nach. Er war erstaunt darüber, daß die Antigravschächte nicht desaktiviert waren. Möglicherweise rechneten die Huldvollen nicht damit, daß es jemand wagen würde, in die Tiefe der Anlage einzudringen. Sie mußten davon überzeugt sein, daß die Terraner ihre drei Artgenossen, die sich irgendwo da unten in Gefahr befanden, abgeschrieben hatten.

Sie sollten sich täuschen, dachte Gil grimmig. Er würde den drei Freunden zu Hilfe kommen. Der Teufel mochte wissen, wie es den Huldvollen gelungen war, unbemerkt in die Anlage einzudringen. Die Raumüberwachung der Flotte war lückenlos, und kein Schiff hätte sich unbemerkt Eysal nähern können. Und dennoch waren sie da. Gil dachte an die Möglichkeit, daß sich irgendwo in der Tiefe der Anlage eine Transmitterstation befand. Vielleicht waren sie auf diesem Weg in das Labyrinth eingedrungen, und die Energieemissionen des Transmitters wurden von den Ortungsgeräten nicht registriert?

Gil schob diese Gedanken beiseite und widmete sich seiner Umgebung. Er stand am Rand jenes Verteilers, in dem sich John, Paddie und Karen von ihrer Gruppe getrennt hatten.

Der Gang, den John, Karen und Paddie genommen hatten, war ihm genau beschrieben worden. Er betrat ihn, nachdem er sich überzeugt hatte, daß nirgendwo in der Nähe Gefahr lauerte. Er umrundete die Biegung und kam vor der Stirnwand ebenso wie John zu dem Schluß, daß es hier irgendwo eine gut verborgene Tür geben müsse. Man schlug nicht einfach einen Gang in den Fels und ließ ihn nach achtzig Metern tot enden.

Er fing an, die Wand abzusuchen. Einen deutlich erkennbaren Mechanismus gab es nicht. Also mußte man den Fels wahrscheinlich an einer ganz bestimmten Stelle berühren, wenn man die Tür öffnen wollte. Gil überlegte sich, welches die bequemste Griffhöhe der Huldvollen sein könne, und eingedenk ihrer langen Arme konzentrierte er seine Suche auf die höhergelegenen Teile der Wand.

Mit den Fingerspitzen untersuchte er eine kleine Unebenheit im Fels, als er vor sich, aus dem Gestein heraus, plötzlich ein Geräusch hörte. Zuerst war es nur ein sanftes Summen. Dann jedoch schwoll es an und wuchs zum brummenden Dröhnen, unter dem der Gang zu beben begann.

Gil wich zurück, jeden Augenblick darauf gefaßt, daß die Stirnwand nachgeben oder der ganze Gang einstürzen würde. Das Geräusch pegelte sich schließlich auf einer gewissen Lautstärke ein und blieb von da an konstant. Gil rückte wieder vor. Er war jetzt fest entschlossen zu untersuchen, was hinter der Wand geschah. Aber der Instinkt riet ihm, damit zu warten, bis das Dröhnen wieder verstummte.

Er begann die Sekunden zu zählen.

„Helft mir!“ keuchte Paddie. „Ich muß hinauf!“

Sie befanden sich in einem kurzen Gang, der unvermittelt zu Ende war. Wenige Meter hinter ihnen lag der Energiekessel. Paddie war davon überzeugt, die Wand auf dieselbe Art öffnen zu können, wie oben in der 14. Etage.

Sie hoben ihn auf die Schulter. Paddie kniete und stützte sich mit der linken Hand gegen die Wand, während er mit der rechten das glatte Gestein abtastete.

„Ich hab's“, japste Paddie. „Vorsicht!“

Der Fels öffnete sich. Ein zwei Meter breiter Spalt erschien. Paddie sprang zu Boden. Aus dem Spalt drang Licht. John sah in einen Raum, an dessen Wänden fremdartige Geräte aufgebaut waren. Er konnte nicht sehen, ob sich Fremde darin aufhielten, aber das hätte seinen Entschluß ohnehin nicht mehr geändert.

„Los, hinein!“ zischte er.

Sie traten durch die Öffnung.

Sie gingen bis in die Mitte des Raumes. Die Tür schloß sich hinter ihnen. Mit einem schmatzenden Laut schien sie sich im Felsen förmlich festzusaugen.

Kaum hatte sich die Felstür hinter ihnen geschlossen, als der Boden zu vibrieren anfing. Fauchend und donnernd strich draußen etwas die Kesselwand entlang. Das Dröhnen steigerte sich zu einem infernalischen Geheul. Blaß vor Schreck sahen sich die drei Menschen an. Irgend etwas war da draußen geschehen, dachte John und preßte die Hände an die Ohren.

„Wenn wir jetzt noch draußen wären“, flüsterte er.

Aber niemand konnte ihn hören. Er begann mit der systematischen Untersuchung des Raumes. Die Instrumente und Geräte ringsum ließ er unbeachtet. Er wußte, daß seine Zeit nicht ausreichte, allein ihre Funktion zu erkennen. Aber er suchte die Zwischenräume ab und die glatte Steinwand hinter ihnen. Er fand keinen Fremden, aber einen Ausgang entdeckte er rasch. Er winkte Karen und Paddie zu sich heran. Er gab ihnen Zeichen, daß sie den Raum durch diese Tür verlassen sollten, denn akustisch konnte er sich nicht verständlich machen. Karen machte eine abwehrende Geste, aber John drückte ihr behutsam die Hände nach unten und schüttelte beruhigend den Kopf.

Dann öffnete er eine Tür. Das Labyrinth hatte hier unten ein völlig anderes Aussehen als oben. Die Räume waren hell erleuchtet. Es schien keine Gänge mehr zu geben, sondern eine Halle reihte sich an die andere. Die, in die John jetzt hineinspähte, war in zwei Etagen angelegt. Die Hälfte zur Linken lag auf gleicher Höhe mit dem Raum, aus dem sie kamen. Nach rechts hin schloß sie mit einem Geländer ab, das nur da unterbrochen war, wo aus der Fußbodenkante ein metallischer Ring von etwa drei Metern Durchmesser herausragte, der Kollektor eines künstlichen Schwerefelds. Rechts des Geländers fiel die Wand senkrecht nach unten ab, und fünf Meter tiefer lag die zweite Hälfte der Halle. John konnte nur einen kleinen Teil von ihr einsehen. Die Kante und das Geländer versperrten ihm den Ausblick. Ringsum standen ähnliche Geräte, wie er sie schon vor ein paar Minuten begutachtet hatte – in einer merkwürdigen Unordnung, die Ausfluß der nichtmenschlichen Denkweise zu sein schien.

Mit einer Armbewegung erklärte John die Luft für rein. Dann trat er hinaus. Er winkte Karen und Paddie zu, sich links zu halten. Er selbst trat vorsichtig an das Geländer heran.

Er wollte, der Gewohnheit gemäß, die Hand auf das Geländer legen, um sich einen Halt zu verschaffen. Aber er brachte den Arm nur halb in die Höhe, dann erstarrte er mitten in der Bewegung. Karen und Paddie sahen, wie er vorsichtig, Millimeter um Millimeter, zurückzuweichen begann. Er bog den Oberkörper nach hinten, als hätte er Angst, daß von unten ihn jemand sehen könnte. Dann tat er einen weiten, entschlossenen Schritt rückwärts, wandte sich um und kam auf die beiden Wartenden zu.

Er konnte sich nicht verständlich machen. Das Dröhnen war hier zwar längst nicht so laut wie draußen in dem ersten Raum. Aber John legte den Finger auf die Lippen und deutete an, daß er trotzdem nichts sagen könne. Statt dessen packte er Paddie am Arm, winkte Karen zu, daß sie ihnen folgen solle, und ging auf die übermannshohen Geräte zu, die dicht am Geländer standen. Er selbst kroch als erster in einen der schmalen Zwischenräume zwischen den Geräten hinein. Er schob sich so weit nach vorne, wie die Basisplatten der Maschinen reichten, dann legte er sich flach auf den Boden. Neben ihm war noch Platz genug für Paddie. Karen kniete sich hinter die beiden und sah über sie hinweg.

Knapp einen Meter vor ihnen erhob sich das Geländer, und dahinter fiel der Boden zum zweiten Teil der Halle hinunter ab. Die Kante verbarg einen Teil des Ausblicks, aber das Wichtigste war deutlich zu sehen.

Zwischen zwei hoch aufragenden Maschinenkolossen saßen drei der Fremden. Zwei von ihnen wandten den Beobachtern den Rücken zu. Der dritte saß seitlich von ihnen. Die Gefahr, daß er heraufschauen und die drei Terraner im Schatten der Aggregate erkennen würde, war nur gering. Fasziniert betrachtete John das fremdartige Bild. Die merkwürdigen Wesen hockten auf dem Boden, als hätten sie sich zuerst im Türkensitz niederlassen wollen, dann aber beschlossen, die kurzen Unterschenkel lieber nach außen zu wenden, anstatt untereinanderzuschlagen. Es war eine eigenartige Sitzweise, aber John erinnerte sich, daß er als Kind selbst gerne so gesessen hatte. Die schüsselförmigen Köpfe bewegten sich im Rhythmus nach rechts und links. Jedesmal, wenn sie die Richtung änderten, sah es so aus, als müsse der dünne Schlauch des Halses unter ihrem Gewicht abbrechen.

Die Fremden schienen nicht zu sprechen. Wenigstens hörte John keines von den charakteristischen zirpenden Geräuschen, die sonst jede Unterhaltung begleiteten. Sie waren jedoch äußerst emsig beschäftigt. Vor jedem stand auf dem Boden ein Ding, das wie ein umgestülpter Kegelstumpf aussah. Im Hohlraum des Stumpfes befand sich etwas, von dem die Huldvollen ab und zu eine Handvoll herausnahmen. Sie führten die Hand daraufhin bis etwa zur Höhe der Schultern und griffen sich ans untere Ende des Halses. Bei der Gelegenheit erkannte John, daß jede Hand mit sieben Fingern ausgestattet war – aber was die Huldvollen da taten, das blieb ihm schleierhaft.

Er wandte seine Aufmerksamkeit dem merkwürdig geformten Kopf wieder zu. Er konnte keine Gliederung daran erkennen. Die Schüssel schien ein von dunkler Haut prall umspanntes, öffnungsloses Gebilde zu sein. John mußte eine ganze Zeit lang hinsehen, bevor er erkannte, daß dieser erste Eindruck falsch war. Er bemerkte zwei längliche Schlitze am Hinterteil des Kopfes und lamellenähnliche Beläge an den Kopfseiten. An dem einen Fremden, der seitlich zu ihm saß, beobachtete John die Schlitze auch auf der Kopfvorderseite. Er fühlte sich unbehaglich bei dem Gedanken, daß es sich um Augen handeln könnte und daß die Huldvollen auch hinten am Kopf Augen hätten.

Sein Blick glitt am Körper der Fremden abwärts. Er hatte schon zuvor bemerkt, daß sie die üblichen Kombinationen nicht trugen. Sie schienen nur halb bekleidet, als hätten sie es sich leichtmachen wollen. Mit Staunen bemerkte John den glatten, samtschimmernden blauen Flaum, der den Körper von oben bis unten bedeckte. Die Huldvollen trugen ein Fell. Das blaue Fell wurde nur um die Hüfte herum und bis hinunter auf die Knie von einer Art Unterkleid verdeckt. Das war das einzige Kleidungsstück, das die drei Fremden trugen. John faßte den blauen Flaum noch einmal scharf ins Auge – dann wußte er, woran er war. Die Huldvollen hatten ihre Molkexmontur ausgezogen. Auch die schüsselförmigen Köpfe waren ungeschützt. John spürte, wie sein

Herz rascher zu schlagen anfing. Vor sich hatte er die ersten drei Fremden, denen er mit seiner Waffe etwas anhaben konnte.

Er zwang sich zur Geduld. Er wollte ganz sichergehen. Er wollte nicht das Risiko eingehen, daß die drei Fremden da unten nicht etwa etwas taten, was ihn das Leben kosten würde, sobald er aufstand und den Blaster auf sie richtete. Mit scharfen Augen begann er noch einmal, die Hände zu beobachten und die Körperstelle, der sie den Inhalt der Kegelstümpfe sozusagen brockenweise zuführten. Er faßte den Huldvollen ins Auge, der seitlich zu ihm saß. Er bemerkte, daß sich dicht unterhalb des Halses, knapp über der Stelle, wo beim Menschen die Schlüsselbeine endeten, eine faustgroße Öffnung bildete, als die Hand in die Höhe kam. Er glaubte genau zu sehen, wie das, was die Hand hielt, in dieser Öffnung verschwand – und was das zu bedeuten hatte, war so einfach zu erkennen, daß John sich wunderte, warum er nicht gleich daraufgekommen war.

Von draußen drang immer noch das brummende Dröhnen.

John spürte, wie Paddie sich an ihn heranschob, und hörte sein Wispern: „Was machen die da?“

Er wandte den Kopf und flüsterte: „Sie essen.“

Paddie war entsetzt, aber John lenkte seine Gedanken durch eine kurze Geste auf andere Bahnen.

„Noch einen Kaugummi?“ flüsterte er.

Paddie verzog das Gesicht. Vorsichtig griff er nach hinten, langte in die Tasche und brachte ein zweites graues Kügelchen zum Vorschein. John nahm es an sich. Dann stand er auf und verließ sich darauf, daß die anderen beiden ohne Anweisung verstanden, was sie zu tun hatten.

Er behielt die Huldvollen scharf im Auge und sah, wie sich die schmalen Schlitze an den Hinterköpfen bei seiner ersten Bewegung blitzschnell öffneten. Er hatte recht gehabt – es waren Augen. Bisher schienen sie vor sich hin gedöst zu haben, wahrscheinlich weil das vordere Augenpaar sich auf die Tätigkeit des Essens konzentrierte. Jetzt jedoch waren sie wach geworden.

Mit erstaunlicher Behendigkeit sprangen die drei Fremden auf. Durch das Brausen und Dröhnen hindurch hörte John das Klappern der Schüsseln, die sie umstießen. Mit einem raschen Schritt trat er ans Geländer. Die Huldvollen wollten nach links ausbrechen, aber Johns

Blaster zog eine weißglühende, zischende Grenzlinie quer über ihren Fluchtweg. Sie prallten zurück und versuchten es nach der anderen Seite. Inzwischen hatte Karen verstanden, worum es ging. Sie schoß gleichzeitig mit John. Diesmal saß der Schuß so dicht, daß die Fremden spitze, zirpende Schreie ausstießen, als die Hitze ihren blauen Flaum versengte.

„Bleibt stehen, ihr Idioten!“ schrie Paddie wutentbrannt. „Wir tun euch nichts – wenigstens vorläufig nicht!“

„Lauter!“ Karen lachte spöttisch. „Sie verstehen dich nur, wenn die Lautstärke hoch genug ist!“

Paddie schaute sie bissig an, aber von da an dämpfte er seinen Eifer. John Pohl war inzwischen am Geländer entlanggegangen und stand hinter dem metallenen Ring, der das Antigravfeld einfaßte. Er suchte nach einer Schalttafel und fand sie auf dem Boden, dicht vor der Kante.

Die drei Huldvollen rührten sich nicht mehr. Dicht aneinandergedrängt, schauten sie aus schlitzförmigen Katzenaugen zu den drei Terranern herauf. Sie schienen Angst zu haben, aber ihre gesichtslosen Schüsselköpfe verrieten keine Gefühlsregung.

John testete das künstliche Schwerefeld mit Paddies Kaugummi. Dann trat er einen Schritt über die Kante hinaus und ließ sich in die Tiefe sinken. Sekunden später stand er den drei Huldvollen auf fünf Schritte Distanz gegenüber.

Er musterte sie – sie musterten ihn. Und sie kamen einander fremdartiger vor als selbst das Fremdartigste, was sie bis jetzt gesehen hatten.

John winkte, ohne sich umzudrehen. Karen und Paddie verstanden die Geste. Kurze Zeit später traten sie neben ihn.

„Paddie, such den Raum ab!“ befahl John. „Ich will wissen, wo es hier Zugänge gibt.“

Paddie tappte davon.

„Und wir setzen uns am besten“, schlug John Karen vor. „Es kann ziemlich lange dauern, bis das da draußen vorüber ist.“

Sie hockten sich auf den Boden. Die Huldvollen ragten vor ihnen auf und rührten sich nicht. Karen betrachtete sie eine Weile fasziniert, dann wandte sie den Blick ab.

„So unglaublich fremd“, flüsterte sie.

John nickte.
„Und doch werden wir eines Tages mit ihnen auskommen und sie fast tagtäglich sehen", antwortete er nachdenklich.
Karen sah ihn überrascht an.
„Mag sein", sagte sie spöttisch. „Aber um das noch zu erleben, müssen wir erst einmal hier herauskommen."
John wies auf die drei Huldvollen.
„Wir haben Geiseln", antwortete er. „Und selbst, wenn sich diese Methode bei ihnen nicht bewähren sollte – wir sind auch heruntergekommen, nicht wahr? Alles, was wir brauchen, ist, daß das Brummen da draußen aufhört."
„Was war das überhaupt?" fragte Karen.
„Ich nehme an, daß die Huldvollen für irgendein Experiment Energie benötigten, deshalb haben sie die Plasmaströme aktiviert und den magnetohydrodynamischen Generator hochgefahren. Wir hatten Glück, daß wir uns zu diesem Zeitpunkt nicht mehr im Kessel befanden, sonst wäre von uns nichts übriggeblieben."
Karen kam nicht mehr dazu zu antworten, denn Paddie war inzwischen zurückgekehrt und hatte Johns Erklärung mitgehört.
„Zwei Türen", erklärte er. „Eine Tür führt zum Kessel, die andere in die entgegengesetzte Richtung." Er blickte zu den drei Huldvollen hinüber. „Wir sollten sie Blues nennen", sagte er dann unvermittelt.
„Blues?" fragte John verwundert.
„Das mit den Huldvollen hat mir noch nie so recht gefallen. Und weil sie doch einen blauen Pelz haben, dachte ich, könnten wir sie . . ."
John sah ihn an. „Einverstanden, Paddie. Gute Idee."

Gil wußte, daß er vor einer Tür stand, aber er getraute sich nicht, sie zu öffnen, solange das unheimliche Geräusch anhielt. Er wußte, daß dort drinnen Gefahr auf ihn lauerte, wahrscheinlich Todesgefahr.
Aber Karen konnte dort sein und sich in derselben Gefahr befinden, die er scheute. Er mußte sich Gewißheit verschaffen. John Pohl trug einen Mikrokom. Wenn er John nur ganz kurz anrief und John ebenso kurz antwortete, kämen die Huldvollen wahrscheinlich nicht dazu, die beiden Sender anzupeilen. Dafür wußte er aber, daß John noch am Leben war – und mit ihm hoffentlich Karen.

Er schaltete das Gerät ein und drückte den Impulsauslöser, der Johns Empfänger in Betrieb setzte. Dann sagte er, kurz und abgehackt: „John Pohl, hier Gil Krueger! Bitte melden!"

Er war darauf gefaßt, eine Weile warten zu müssen. Er ließ die Hand mit dem Gerät schon sinken, da kam, blitzschnell und wie aus der Pistole geschossen, die Antwort: „Keine Unterhaltung, Gil!"

Gil erkannte Johns Stimme. Plötzlich kam ihm ein Gedanke. Er riß den Mikrokom zum Mund und sprach hastig: „John, hören Sie zu. Ich bin ziemlich beweglich und habe keine Angst davor, geortet zu werden. Ich kann also zu Ihnen sprechen. Ich will herausfinden, wo Sie sind und ob Sie meine Hilfe brauchen. Ich stelle einfache Fragen, um mich zu orientieren. Senden Sie nur Nanosekundenimpulse als Antwort. Ein Impuls bedeutet 'Ja", kein Impuls bedeutet 'Nein'. Ich bin sicher, daß die Huldvollen Sie so nicht anpeilen können. Sind Sie derselben Meinung?"

„Knacks", machte der Empfänger, also „Ja".

Gil atmete auf.

„Gut", fuhr er fort. „Ich stelle die erste Frage." Er zögerte einen Augenblick, dann sprudelte er hervor: „Ist Karen bei Ihnen und in guter Verfassung?"

Mit angehaltenem Atem horchte er auf die Antwort.

Es knackste im Empfänger, und von da an wäre Gil Krueger willens gewesen, es mit einer ganzen Armee von Huldvollen aufzunehmen.

Eine Stunde, nachdem sie die drei Blues gefangen und Gil Krueger schon eine Zeitlang Richtungsanweisungen gegeben hatten, erhielten sie einen Kurzfunkspruch von Warren.

Der Spruch besagte: „Wir werden angegriffen. Wir haben uns verschanzt. Keine Seite erzielt Fortschritte. Wenn nichts Entscheidendes geschieht, können wir uns noch etwa zwanzig Stunden lang halten. Ich melde mich in einer Stunde wieder – oder früher, wenn die Lage schlimmer wird."

Die Sendung war als Rundspruch abgeschickt. Gil Krueger hörte sie ebenfalls und natürlich auch John Pohl.

Inzwischen besaß Gil Krueger den Beweis dafür, daß seine Funksprüche angepeilt wurden. Die Gänge waren plötzlich voller Leben.

Er setzte seinen Scheinwerfer nur ein, wenn es sich nicht vermeiden ließ. Soweit es ging, fand er sich im Dunkeln zurecht, und im großen und ganzen verließ er sich auf sein Gehör, um herauszufinden, wo vor ihm die Luft rein war. Es verging keine Viertelstunde, in der er nicht wenigstens einmal das Gezirpe fremder Stimmen und das merkwürdige Rascheln von Schritten hörte. Über Rampen tastete er sich in die Tiefe des Labyrinths vor. Auf Fragen hatte er von John Pohl die Bestätigung erhalten, daß das brausende Geräusch hinter der Wand, an der er zuerst gestanden hatte, wirklich Ausdruck einer tödlichen Gefahr sei. Er hatte keine weiteren Fragen mehr gestellt, sondern hatte begonnen, sich dem Ort, an dem sich John, Karen und Paddie jetzt befanden, auf anderem Weg zu nähern. Weiter unten wollte er dann einen der Antigravschächte benutzen, um rascher voranzukommen.

Inzwischen hatte John Pohls Unruhe zugenommen. Er hatte sich in die Idee verbissen, daß er wenigstens einen der drei Blues mit nach oben nehmen wollte. Was die Galaktische Abwehr brauchte, war ein lebendiger, vernehmungsfähiger Gefangener. Mit einem Gefangenen jedoch, der dem Unternehmen jedes erdenkliche Hindernis in den Weg legen würde, war ein Aufstieg durch die unbekannten Gänge und Schächte des Labyrinthinnern undenkbar. Der einzige Weg, der blieb, war der an der Wand des Kessels entlang – derselbe, den sie herabgekommen waren. Nur dort konnte John erwarten, freie Bahn zu haben.

Das Donnern und Dröhnen hörte endlich auf.

John atmete erleichtert auf. Sie fesselten zwei der Blues und ließen sie zurück.

Gemeinsam mit ihrem letzten Gefangenen brachen sie auf.

Nach wenigen Minuten erreichten sie den ersten Antigravschacht. John schwebte als erster hinauf. Der Blue und Paddie folgten ihm. Karen deckte der kleinen Gruppe den Rücken. Ungehindert ließen sie zwei Rundgänge hinter sich zurück. Der Blue zeigte plötzlich deutliche Merkmale von Angst und Eile. John rechnete sich aus, daß sie mit dem Auftauchen anderer Fremder nicht zu rechnen hätten, solange ihr Gefangener noch so ängstlich war. Je länger er darüber nachdachte, desto sicherer war er, daß sie während der nächsten halben Stunde nichts zu befürchten hatten. Und bis dahin waren sie wahrscheinlich schon am oberen Ende des Kessels. Die Sache ließ sich besser an, als er gehofft hatte.

Er teilte Karen und Paddie seine Überlegungen mit, um ihnen ein wenig Mut zu machen.

Fröhlich fügte er hinzu: „Wir rutschen ihnen gerade so durch die Finger hindurch. Ich möchte dabeisein, wenn sie sich die Köpfe darüber zerbrechen, wer den einen ihrer Artgenossen entführt und die anderen beiden gefesselt hat."

Er drückte den Aufwärtsknopf des nächsten Freischachts, trat in das Feld und schwebte nach oben.

Von unten rief Paddie: „Wir könnten ihnen von der Erde aus einen ausführlichen Bericht schicken!"

John kletterte durch das Loch am oberen Ende des künstlichen Schwerefelds. Er kam nicht mehr dazu, auf Paddies Zuruf zu antworten.

Vor ihm, aus einer Öffnung in der Wand des Kessels, quoll ein Strom bewaffneter Blues.

28.

Kal Jennings und Fred Winsell standen unbeweglich vor dem Telekom-Bildschirm. Sie bekamen nur selten Gelegenheit, mit Perry Rhodan zu sprechen. Hinter Kal und Fred standen Major Kayser, der Kommandant der MARY T., und sein Erster Offizier, beide kaum weniger ehrfurchtsvoll als Kal und Fred.

„Es bleibt mir nichts anderes übrig, als mich auf Sie zu verlassen", erklärte Rhodan. „Ich wiederhole: Die Lage ist äußerst undurchsichtig. Zehn Astronomische Einheiten vom Zentralgestirn entfernt tobt eine Raumschlacht zwischen zwei Verbänden der Huldvollen. Warum sie einander bekämpfen, wissen wir nicht. Das Durcheinander, das dort herrscht, wird Ihnen jedoch ermöglichen, Ihren Zerstörer unbemerkt bis dicht an Eysal heranzubringen. Sie kennen das Ziel. Das Gegengerät des Transmitters muß so aufgebaut werden, daß die fünfzig Wissenschaftler es rasch und leicht erreichen können. Sie selbst machen sich per Transmitter auf den Rückweg, sobald Sie sicher sind, daß sich kein lebender Terraner mehr im Labyrinth unter dem Tempel befindet. Klar?"

Kal und Fred salutierten. Das Bild erlosch.

Kal drehte sich steif um. Kayser kam auf ihn zu und schüttelte ihm die Hand.

„Viel Glück, Kal."

Der Erste Offizier schlug Fred Winsell auf die Schulter.

„Mach's gut, alter Knabe. Die Abwechslung wird dir guttun, du wirst sowieso zu fett."

Seite an Seite glitten Kal und Fred durch den Schacht, der zum Hangar hinunterführte. Der Zerstörer stand weisungsgemäß startbereit. Das Transmitter-Gegengerät befand sich an Bord.

Die Z-2339 startete eine halbe Minute später in Richtung Eysal, wo Kal und Fred den Transmitter in die unterirdische Anlage bringen würden – falls das möglich war.

29.

John handelte, ohne nachzudenken. Seine erste Salve schleuderte die Gestalten der Blues auseinander. Paddie tauchte gleich darauf aus dem Loch auf. Er stand erst gar nicht auf, sondern schoß vom Boden aus. Er wußte genausogut wie John, daß er den Blues nichts anhaben konnte. Aber solange sie, vom Aufprall der Treffer getrieben, hilflos durcheinanderwirbelten, kamen sie wenigstens nicht zum Schuß.

John nahm sich eine Sekunde Zeit, um einen Blick durch das Schachtloch nach unten zu werfen. Der Blue war unruhig geworden. Karen hielt ihn in Schach. Das war gut so – wenigstens so lange, wie die Blues nicht auf die Idee kamen, auch vom unteren Rundgang vorzudringen.

Sie saßen trotzdem in der Falle. Die Blues würden immer neue Verstärkungen heranführen und leichtes Spiel haben, wenn ihr Gegner erst einmal ermüdet war. Hilfe konnte nur noch von außen kommen.

John hieb Paddie auf die Schulter.

„Halt sie eine Minute lang in Bewegung!" schrie er ihn an. „Laß sie nicht zum Schuß kommen!"

Paddie nickte wortlos. Salve auf Salve fauchte aus dem plumpen Lauf seiner Automatik.

Dic Blues wichen zurück, um sich in sicherer Entfernung zu sammeln. Wenn sie den ersten Schreck einmal überwunden hatten, dann fing die Lage an, bedrohlich zu werden.

John zog den Mikrokom aus der Tasche, schaltete ihn ein und fing an zu sprechen. „Hier John Pohl. Ich rufe Gil Krueger..."

Er bekam Kontakt und schilderte Gil ihre Lage. Dann gab er ihm weitere Positionshinweise, um sich gleich darauf wieder den Gegnern zuzuwenden. Er bemerkte, daß die Blues einander ablösten. Sie kämpften in Trupps von etwa dreißig. Ihre Taktik war, die Angriffsfront Paddies und seine eigenen Schüsse auffangen zu lassen, so daß das zweite Glied ungestört Gelegenheit bekam, sichere Treffer anzubringen. Einer der Schüsse hatte John die Montur verbrannt, und ein anderer hatte Paddie Irish an der Schulter gestreift. Die beiden Terraner hatten ihr Feuer daraufhin verstärkt, und die Blues waren weiter zurückgewichen. Paddie und John drangen so weit vor, daß sie in den Gang hineinfeuern konnten, aus dem die Ablösung kam. Die Tür schloß sich sofort, und die nächste Gruppe von Blues brach aus einer bisher unsichtbaren Öffnung weiter hinten aus dem Rundgang hervor.

Sie hatten alle Kräfte mobilisiert. John wußte, daß der ungleiche Kampf höchstens noch ein paar Minuten lang anhalten konnte. Die Blues hatten zwar Angst vor der Radioaktivität, die den Kessel füllte. Aber sie hatten genug Leute, um ihre einzelnen Kampfgruppen der Gefahr nicht länger als jeweils ein paar Minuten auszusetzen. John dagegen war am Ende seiner Kraft. Er bekam fast keine Luft mehr. Stechender Schmerz tobte in den Lungen. Die Hitze schien ihm vor den Augen zu flimmern, und er wußte, daß Paddie noch schlimmer dran war als er selbst. Ganz abgesehen von Karen, die eine Etage tiefer auf den Gefangenen aufpassen und obendrein damit rechnen mußte, daß die Blues ihr in den Rücken fielen.

Er hatte in den kurzen Verschnaufpausen, während die Blues einander ablösten und Paddie sie allein in Schach halten konnte, mit Gil Krueger gesprochen. Gil war auf dem Weg hierher, aber John bezweifelte, daß er ihnen helfen könnte.

Nein, es war aus. John Pohls Laufbahn als Wissenschaftler im Dienst der Galaktischen Abwehr fand hier ihr Ende.

„Wie gefällt dir das, John?" überlegte er und fand, daß der Gedanke ihn jetzt, am Ende seiner Kräfte, kaum mehr berührte. Ruhig legte er auf einen rasch vordringenden Blues an und schoß. Der Blue wurde mitten im Sprung getroffen. Die volle Wucht des Strahlschusses traf ihn gegen die Brust. Er wurde zurückgeschleudert, prallte gegen das Geländer, verlor das Gleichgewicht und stürzte in die Tiefe.

Da brach Paddie neben ihm zusammen. Er hatte die ganze Zeit über schon am Boden gelegen, weil das die sicherste Stelle war, und die nach vorne gestreckten Arme den unbedeckten Kopf schützten. John sah, wie er plötzlich zusammenzuckte. Die Arme streckten sich noch ein wenig weiter, der Kopf sank vollends zu Boden, und die Waffe glitt aus der kraftlos sich öffnenden Hand. Es war kein Schuß gefallen. Paddie hatte einfach die Schwäche übermannt.

Also schön, dachte John, machen wir der Sache ein Ende.

Er stand auf. Allein diese Bewegung bewirkte, daß die Blues entsetzt weiter zurückwichen. John ging, den Blaster mit beiden Händen vor sich haltend und unablässig feuernd, auf sie zu. Die Umrisse des Gegners verschwammen ihm vor den Augen. Er sah nur noch die fauchende, gleißende Lichtbahn, die aus seinem Blaster brach und die Blues vor sich hertrieb.

Nur sein Unterbewußtsein nahm wahr, daß die Lage sich mit einemmal änderte. Das Zirpen der Blues klang plötzlich nicht mehr so wie die ganze Zeit über. Ihr Schießen war nicht mehr so konzentriert. Sie bildeten keine geschlossene Formation mehr, und ein paar von ihnen liefen, so rasch sie konnten, den Rundgang entlang, offenbar um aus der Kampfzone zu entkommen.

John blieb stehen. Gedankenlos ließ er den Finger vom Auslöser der Waffe gleiten. Der Blaster hörte auf zu feuern. Und trotzdem griffen ihn die Blues nicht an.

Verwundert wollte er sich umsehen. Da hörte er plötzlich das mörderische Geschrei aus dem Gang, aus dem die Blues zuletzt ihre Ablösungen geschickt hatten. Scharen schwerbewaffneter Gegner, ganz offenbar in Panik, brachen aus dem Gang hervor, rannten die Draußenstehenden über den Haufen und flüchteten den Rundgang entlang. Eine große Gestalt schoß brüllend durch die Öffnung, packte zwei der flüchtenden Feinde gleichzeitig, hob sie hoch und schleuderte sie über das Geländer hinweg in die Tiefe. Schüsse blitzten auf. Das Geschrei der Blues erhob sich zu schrillem Zwitschern. John torkelte vorwärts. Er kam nicht weit. Er prallte gegen etwas, weil die Beine ihn nicht mehr tragen wollten. Mit letzter Kraft hob er den Kopf und betrachtete das Hindernis.

Es war Gil Krueger. Er grinste aus einem Gesicht, das nur aus Schweiß und Schmutz zu bestehen schien.

John hörte seine dumpfe Stimme: „Alles in Ordnung, John – wenigstens vorerst."

Der Weg war frei. Karen schien aus dem Gefühl heraus begriffen zu haben, was über ihr vorging. Den Gefangenen vor sich hertreibend, kam sie durch den Freischacht herauf. Inzwischen kümmerte sich Gil Krueger um den bewußtlosen Paddie. Er stellte ihn auf die Füße. Träge schlug Paddie die Augen auf.

„Was ist?" fragte er matt.

Gil gab ihm einen derben Schlag auf die Schulter.

„Die Luft ist rein!" schrie er ihn an. „Wir müssen weiter!"

Paddie zuckte zusammen. Dann begann er, vorsichtig einen Fuß vor den anderen zu setzen und ging auf die Stelle zu, über der sich im Boden des nächsthöheren Rundgangs das Loch eines Schwerkraftschachts befand. Er bewegte sich mechanisch, als wüßte er nicht genau, was mit ihm vorging. Er drückte den obersten Knopf der Schaltplatte und schwang sich in die Höhe.

Gil hielt die Stellung, während John und Karen mit ihrem Gefangenen Paddie folgten. Er überzeugte sich, daß die Blues vorläufig an eine Verfolgung nicht dachten, dann glitt er ebenfalls nach oben.

Der unerwartete Erfolg hatte ihnen allen neue Kräfte gegeben. Sie kamen schneller voran als zuvor. Rundgang um Rundgang, Geschoß um Geschoß blieb unter ihnen zurück. Gil rechnete zwar jeden Augenblick damit, daß die Blues zum zweitenmal angriffen. Aber im Kessel blieb alles ruhig. Kein Gegner zeigte sich mehr. Gil zerbrach sich den Kopf darüber, wie er sich das plötzliche Nachlassen des Interesses erklären solle. Es fiel ihm nichts Besseres ein, als daß irgendwo eine Lage entstanden sei, die für die Blues noch gefährlicher war als die Entführung eines der ihren aus dem Generatorkessel. Vielleicht hatte Warren eine Offensive begonnen. Vielleicht war ein Eingriff von außen her erfolgt. Gil dachte darüber nach, und beide Möglichkeiten erschienen ihm schließlich so unwahrscheinlich, daß er das Grübeln aufgab und lieber den anderen, die schon am Ende ihrer Kräfte waren, beim weiteren Aufstieg half.

Sie erreichten schließlich den obersten Rundgang. Sie öffneten den Ausstieg und befanden sich nun wieder im vierzehnten Geschoß, von dem alles Unglück seinen Ausgang genommen hatte. Sie drangen, so rasch sie konnten, zum nächsten Antigravschacht vor und fanden ihn betriebsbereit. Von den Blues war ringsum nichts zu sehen. Aber von oben her glaubte Gil, anhaltendes Rumpeln und Dröhnen zu hören, als sei irgendwo in der Ferne eine Schlacht zwischen zwei kampfstarken Armeen im Gange. Er wußte, daß dieser Kampfort in der dritten Etage lag, wo die Zentrale von den Blues angegriffen wurde.

Die Fremden griffen nun schon seit mehr als zwei Stunden ununterbrochen an. Christoph Warren konnte nur hoffen, daß die versprochene Hilfe von der Flotte bald eintreffen würde. Wie diese Hilfe aussehen würde, wußte er nicht, ebenso wie er nicht wußte, was sich unweit des Eyciteo-Systems ereignete. Seit der Angriff begonnen hatte, war die Funkverbindung mit der Flotte nicht mehr möglich. Die Huldvollen hatten Störsender zum Einsatz gebracht, die Hyperfunk auf größere Distanz unmöglich machten.

In den Räumen der Zentrale, in die sie sich zurückgezogen hatten, herrschte gedämpfte Stimmung. Die Angriffe der Huldvollen hatten einige Verletzte gefordert. Außerdem war man über das Schicksal der vier Terraner besorgt, die sich in den Tiefen der Anlage befanden.

Warren war überall zu finden, wo man ihn brauchte. Er benutzte die kleine Kampfpause, die vor wenigen Minuten entstanden war, um seine Gedanken zu ordnen, als plötzlich der Minikom in seiner Brusttasche ansprach. Die Störsender der Huldvollen waren anscheinend so angebracht, daß sie Funkverkehr innerhalb der Anlage zuließen.

Christoph Warren zog das Gerät hervor und schaltete den Empfänger ein.

„Hier Einsatzkommando MARY T.", sagte eine heisere Stimme. „Stehen mit Transmitter auf Geschoß drei, dicht vor Schacht zwo! Bitte melden!"

Der Ruf wiederholte sich mehrmals. Ungläubig sah Christoph auf den kleinen braunen Kasten in seiner Hand. Dann schaute er vorsichtig in den Gang hinaus und stand auf. Mit dem Daumen drückte er die Sendetaste und sagte langsam und inbrünstig: „Gott sei Dank, Jungens, es war auch höchste Zeit."

John Pohl empfing den Spruch, als er gerade am zehnten Geschoß vorbeitrieb. Er hörte auch Christoph Warrens Antwort, und es war ihm klar, daß Christoph und seine Leute den Transmitter wahrscheinlich eher erreichen würden als er mit seinen Begleitern. Er nahm das Risiko auf sich, die Aufmerksamkeit der Blues ein weiteres Mal auf seine Gruppe zu lenken, und informierte die Männer am Transmitter in einem kurzen Spruch über seine Lage.

„Wir befinden uns noch sieben Geschosse unter Ihnen und haben einen Gefangenen bei uns", schloß er. „Warten Sie so lange wie irgend möglich."

Und dieselbe heisere Stimme, die er schon einmal gehört hatte, antwortete ihm: „Wird gemacht, Doktor."

Oben im dritten Geschoß hatte Warren seine Leute inzwischen in Marsch gesetzt. Drei Schwerverwundete mußten getragen werden. Christoph Warren selbst führte den langsamen Zug mit Dale Schenk und Duram Olsson zusammen an. Sie rechneten damit, auf Fremde zu stoßen, aber merkwürdigerweise schienen die Gänge plötzlich wie leergefegt. Bis zum Schacht zwei brauchten sie rund zwanzig Minuten. Der Transmitter stand in dem quadratischen Schachtvorraum, und die beiden Männer daneben grüßten ehrfürchtig und mitleidig zugleich, als sie des Haufens Zerschlagener und Verwundeter ansichtig wurden.

Der Transmitter war betriebsbereit. Die Schwerverwundeten wurden zuerst verfrachtet. Einer nach dem anderen verschwand in dem kleinen, kaum mannshohen Gatter und trat die Reise durch das fünfdimensionale Kontinuum an. Schließlich war Christoph Warren der einzige, der außer Kal Jennings und Fred Winsell noch übrigblieb.

„Sie machen sich besser auch auf den Weg, Sir", riet Kal. „Ich höre, daß vier Leute noch ausstehen. Wenn sie . . ."

Er wurde unterbrochen. John Pohl meldete sich zum zweitenmal. Aus dem Empfänger des Mikrokoms klang seine Stimme verzerrt. „Wir sind im fünften Geschoß. Die Schachteingänge sind offen, und wir können beobachten, daß der Gegner sich zurückzieht. Ich wiederhole: Warten Sie so lange auf uns, wie Sie es irgend ermöglichen können, aber gehen Sie kein Risiko ein."

Christoph schluckte trocken. Er sah auf die Uhr.

„Noch zwei Geschosse", sagte er. „Sie kommen durch Schacht zwei. Ich glaube . . ."

Er nickte Kal Jennings entschlossen zu, öffnete den Verschlag des Transmitters und trat hinein. Sekunden später war auch er verschwunden.

Sekunden verstrichen träge. Fred trat ungeduldig an den offenen Schacht heran und sah nach unten. Er prallte erschrocken zurück. Dicht unter ihm bewegte sich eine schlaffe Gestalt und pendelte unter dem Einfluß des künstlichen Schwerefelds träge hin und her. Weiter unten bewegten sich andere Gestalten. Fred bückte sich und griff zu. Der Mann dicht vor ihm war klein, alt und grauhaarig – obendrein bewußtlos. Fred betrachtete das zerfurchte Gesicht. Der Alte sah aus, als hätte er zehn Tage lang ohne Schlaf und Nahrung auskommen müssen. Fred packte ihn unter den Armen und zog ihn mit schleifenden Füßen auf den Transmitter zu. Kal Jennings erledigte den Rest der Arbeit. Nach ein paar Sekunden befand Paddie Irish sich schon an Bord der ERIC MANOLI, obwohl er noch nichts davon wußte.

Müde und zerschlagen kroch der Rest der Gruppe aus dem Schacht. Kal und Fred betrachteten staunend den halbnackten Fremden mit dem Schüsselkopf und dem blauhaarigen Pelz. Er zögerte, als Kal ihn vor den Transmitter zog. Fred gab ihm einen kräftigen Stoß, und er taumelte in den Käfig hinein. Kal schloß die Tür, drückte eine Serie von Knöpfen, sah sich um und rief: „Fertig! Der nächste!"

Der nächste war ein Mädchen. Fred sah sie sich aufmerksam an und fragte sich, wie sie auf den Gedanken gekommen war, sich zu einem solchen Unternehmen zu melden.

Wenige Sekunden später gingen Gil und John durch den Transmitter. Danach verschwand Fred Winsell. Als letzter trat Jennings in den Käfig, aktivierte die Selbstvernichtungsanlage und verschwand Sekundenbruchteile später, um im selben Augenblick im Empfangsgerät der ERIC MANOLI zu materialisieren.

Tage später.

Die Verwundeten waren im Bordhospital der ERIC MANOLI behandelt worden, unter ihnen auch John Pohl und seine Begleiter aus den Tiefen des Plasmakessels. Die absorbierte Strahlungsdosis hatte sich als unkritisch erwiesen, und Medikamente hatten auch den geringsten Auswirkungen vorgebeugt.

Fünf Tage nach der Rettung wurden Christoph Warren und John Pohl von General Heincken, dem Stabschef der Operationen „Äußere Galaxis", zu einer Unterredung gebeten. Heincken erwies sich als wahrer Bilderbuchgeneral: hochgewachsen, stramm, mit eckigen Schultern und kurzgeschnittenem grauen Haar. Er war nichtsdestoweniger freundlich und begann die Unterredung mit einer nahezu überschwenglichen Lobrede auf die Leistungen des Wissenschaftlerkorps im Labyrinth von Eysal.

Dann erzählte er ihnen von den Erlebnissen Tyll Leydens auf Tombstone und legte den Wissenschaftlern die Erkenntnisse dar, die man aus den beiden Ereignissen gewonnen hatte.

Christoph und John hörten schweigend zu. Heincken unterbrach sich schließlich mit einem Räuspern, sortierte eine Reihe von Papieren auf seinem Tisch und begann von neuem: „Wir haben eine Menge unschätzbarer Informationen erhalten. Der Gefangene, dem die Strahlungsdosis erheblich mehr zugesetzt hat als Ihnen, hat sich als zugänglich erwiesen.

Die Situation ist folgende: Die Blues beherrschen im Ostsektor der Galaxis ein Imperium, das sich durchaus mit unserem Großen Imperium vergleichen läßt. Natürlich gibt es eine Zentralwelt, auf der das ganze Imperium in grauer Vorzeit gegründet wurde. Diese Welt ist der

Planet Gatas, im System Verth. Die Gataser nehmen aus geschichtlichen Gründen eine Vorrangstellung unter den Blues ein, und so etwas bleibt im Lauf der Jahrtausende natürlich nicht unbestritten. Andere Blues versuchten, sich vom Einfluß der Gataser unabhängig zu machen, und mit einer solchen Gruppe hatten wir es auf Eysal zu tun. Kody gehört zur Nation der Apasos. Die . . .“

„Moment, bitte“, unterbrach John Pohl. „Kody?“

Heincken lächelte. „Ja, Kody. Einer unserer Männer fand, daß er einem Bär nicht unähnlich sähe, mit seinem kurzhaarigen Flaum. Wahrscheinlich dachte er an Kodiak-Bären, auf jeden Fall taufte er ihn Kody, und der Name hat sich gehalten.“

„Aha“, machte John und nickte.

„Die Apasos“, fuhr Heincken fort, „haben vor etwa 500 Jahren die Anlage auf Eysal angelegt. Die Ureinwohner Eysals, die Salonen, bedeuteten für die Apasos keine Gefahr. Im Gegenteil, sie dienten der zusätzlichen Tarnung des Stützpunkts. Die Apasos gingen von der Annahme aus, daß niemand auf die Idee kommen würde, ihren Stützpunkt ausgerechnet auf einer bewohnten Welt zu suchen, die dazu noch außerhalb der Eastside lag. Daß Eysal zweihundert Jahre später von den Antis entdeckt und über ihrer Anlage ein Baalol-Tempel errichtet werden würde, konnten die Apasos nicht wissen. Es grenzt nahezu an ein Wunder, daß die Antis keinerlei Ambitionen entwickelten, die unterirdische Anlage genau zu untersuchen. Bevor wir ins Detail gehen, muß ich zunächst etwas anderes erklären.“ Er lehnte sich zurück, streckte die Arme steif aus und legte die Fingerspitzen auf die Tischkante. „Sie wissen inzwischen, daß die Blues vor etwa 3000 Jahren die Eigenschaften des Molkex erkannten und ihre ganze Technologie auf die Existenz und Verwertbarkeit dieses Stoffes aufbauten. Dabei entwickelten die Gataser eine Monopolstellung. Es war einzig und allein *ihr* Vorrecht, mit den Schreckwürmern umzugehen, das Molkex zu gewinnen und zu verarbeiten. Dies führte natürlich zu Spannungen zwischen den unzähligen Blues-Völkern, von denen die Apasos nach den Gatasern das zahlenmäßig größte sind. Die Gataser machten sich mit Hilfe des Molkex die anderen Blues-Völker gefügig. Wer sich ihrem Machtanspruch unterordnete, bekam einen Anteil an der Molkextechnologie, wer nicht, der wurde erbarmungslos bekämpft. Lange Zeit funktionierte dieses System ohne größere Konflikte. Doch unter der Oberfläche gärte es, bis es schließlich einer Gruppe Apasos gelang, auf Eysal unbemerkt einen Stützpunkt zu errichten, den Gatasern eine unbekannte Anzahl von Schreckwürmern zu entführen und eine Anzahl bereits gelegter Schreckwurmeier zu erbeuten." Heincken machte eine kurze Pause und beobachtete die Anwesenden, die seinen Worten gespannt lauschten. Dann fuhr er fort: „Damit Sie die Zusammenhänge besser verstehen, ist es notwendig, Ihnen einige Hintergrundinformationen zu liefern. Die Gataser verwendeten als Depotplaneten für die eierlegenden Schreckwürmer ausschließlich unbewohnte Planeten *innerhalb* ihres Machtbereichs, also der galaktischen Eastside. Dadurch wollten sie verhindern, daß fremde Intelligenzen auf den Lebenszyklus der Schreckwürmer aufmerksam wurden. Ganz abgesehen davon, daß die Schreckwürmer nur dann in der Lage sind, ihre Eier zu legen, wenn sie dabei ungestört sind. Die Apasos hingegen waren gezwungen, die erbeuteten Schreckwurmeier sowie die entführten Schreckwürmer auf unbewohnten Planeten *außerhalb* der galaktischen Eastside auszusetzen, um sie so vor der Entdeckung durch die Gataser zu schützen. Zannmalon war einer jener Planeten, auf dem die Apasos einen Schreckwurm ausgesetzt hatten. Wie Sie wissen, sind Schreckwurmeier unzerstörbar und benötigen eine natürliche Reifezeit von etwa 600 Jahren, ehe sie genügend Energie gespeichert haben, um ihr Inneres freizugeben. Die Gataser hatten aber von Anfang an keine Lust, jeweils 600 Jahre auf neues Molkex zu warten. Deshalb entwickelten sie bald nach dem Bündnis mit den Schreckwürmern Maschinen, die in der Lage waren, die Reifezeit der Eier drastisch zu reduzieren, im Extremfall bis auf wenige Stunden. Die Apasos machten sich diese Technik zunutze, indem sie ähnliche Geräte nachbauten und auf jenen Welten deponierten, auf die sie die erbeuteten Schreckwürmer und die Schreckwurmeier ausgesetzt hatten. Mit Hilfe dieser Geräte wollten sie ebenfalls die vorzeitige Reife der Eier erreichen. Da die Ablagestätten Tausende von Lichtjahren voneinander entfernt waren und der Reifeprozeß durch ein einziges Signal eingeleitet werden sollte, kam als Signalträger nur eine Hypergravitationswelle in Frage, die die beachtlichen Distanzen fast ohne Zeitverlust zurücklegt. Deshalb war es notwendig, eine Anlage zu errichten, die diesen Zündmechanismus zum gegebenen Zeitpunkt in

der erforderlichen Intensität erzeugen sollte. Die Anlage auf Eysal diente unter anderem diesem Zweck. Den verantwortlichen Apasos war klar, daß der Zündimpuls nicht nur die Welten erreichen würde, die von ihnen als Versteck für die Schreckwurmeier ausgesucht wurden, sondern *alle* Planeten, auf denen sich derartige Eier befanden. Mit anderen Worten, der Zündimpuls würde auch jene Welten erreichen, die im Einflußgebiet der Gataser lagen und die Eier zum Platzen bringen. Dieser Effekt war von den Apasos beabsichtigt, denn in dem daraus entstehenden Chaos würden sie in Ruhe ihre Molkexernte einbringen, ohne von den Gatasern gestört zu werden. Eysal konnte dabei nicht entdeckt werden, da die auszulösende gravitationsenergetische Schockwellenfront keinen Aufschluß über ihren Entstehungsort zulassen würde. Der Ausgangspunkt dieser Front läßt sich ortungstechnisch nicht lokalisieren. Doch die Anlage auf Eysal diente neben dieser Aufgabe auch noch anderen Zwecken. Hier sollten unter anderem die abgeernteten Molkexmassen verarbeitet werden. In dieser Anlage wurden auch alle Hyperimpulse registriert und ausgewertet, die von jenen Maschinen abgestrahlt werden, die man gemeinsam mit den Schreckwürmern auf den unbewohnten Planeten absetzt. Wir wissen inzwischen, daß diese Maschinen den Gatasern mitteilen sollen, daß die Eiablage beendet ist. Diese Maschinen werden von den Schreckwürmern kurz vor deren Tod aktiviert. Die Aktivierung löst einen Hyperimpuls aus, der von den Gatasern empfangen wird. Diese können daraufhin ihre Planung abstimmen, wann und wo sie die vorzeitige Eireife durchführen wollen. Alle diese Impulse wurden auch von der Anlage empfangen. Die Apasos gelangten dadurch zu den Positionsdaten der betreffenden Planeten, die sie daraufhin nur anzufliegen brauchten, um dort eine Anzahl von Eiern zu entwenden und sie auf geeigneten Welten außerhalb der Eastside zu deponieren."
Abermals machte Heincken eine Pause und fuhr schließlich fort: „Nachdem alle Vorbereitungen abgeschlossen waren, warteten die Apasos auf einen geeigneten Zeitpunkt, um die Anlage zu aktivieren. Es läßt sich nicht mit Bestimmtheit sagen, auf *was* sie tatsächlich gewartet haben. Möglicherweise wollten sie die Anlage erst dann in Betrieb setzen, wenn möglichst viele Welten zur Verfügung standen, auf denen sich Schreckwurmeier befanden, um das Chaos noch größer zu gestalten. Jedenfalls dürfte ob des Wartens das Projekt allmählich

fast in Vergessenheit geraten sein. Daraus läßt sich der Schluß ziehen, daß nur wenige Mitglieder der Rebellengruppe über dieses Projekt genau informiert waren. Diese wenigen dürften ihr Geheimnis für sich behalten und die entsprechenden Pläne und Aufzeichnungen gut verwahrt haben, so daß sie in den vergangenen Jahrhunderten von niemand entdeckt wurden. Inzwischen wurden einige jener Welten, auf denen die Apasos Schreckwurmeier deponiert hatten, von den verschiedenen galaktischen Völkern entdeckt und zu Stützpunkten ausgebaut. Wir alle wissen, wie und wann es schließlich zur Auslösung des Gravitationsschocks kam, der alle in der Galaxis deponierten Schreckwurmeier zum Platzen brachte. Von den Gatasern und Apasos wurde der Gravitationsschock natürlich ebenso registriert wie von uns. Nur war bei den Blues die Situation anders. Während wir alle vor einem Rätsel standen, wußten die Blues, was passiert war, wenngleich sie vorerst keine Ahnung hatten, *wer* dafür verantwortlich war, und *wo* der Gravoschock ausgelöst worden war. Der Umstand, daß die Apasos keine Kenntnis über die Anlage auf Eysal hatten und erst durch mühselige Nachforschungen auf die alten Unterlagen stießen, ermöglichte es den Gatasern, alle von Hornschrecken verwüsteten Planeten anzufliegen und das Molkex abzuernten. Durch die Hyperimpulse der neugeborenen Schreckwürmer gelangten sie auch in den Besitz der Positionsdaten jener Welten, auf denen die Apasos vor 500 Jahren ihre Depots angelegt hatten. Die Apasos hatten das Nachsehen. Als sie schließlich die alten Aufzeichnungen über Eysal entdeckten, waren alle Planeten bereits von den Gatasern abgeerntet und die neugeborenen Schreckwürmer nach Tombstone gebracht worden. In diesem Stadium der Entwicklung gelangte schließlich eine Gruppe Apasos nach Eysal, um sich in der Anlage der Ahnen umzusehen und doch noch etwas zu finden, was ihnen Vorteile gegenüber den Gatasern verschaffen könnte. Die Apasos hatten den Widerstand gegen die Vorherrschaft der Gataser keineswegs aufgegeben, sondern waren einige Jahrhunderte lang andere Wege gegangen. Es war diese Gruppe, mit denen Sie unliebsame Bekanntschaft machten. Die Gataser erfuhren durch ihre überall vorhandenen Spitzel von der Existenz der Anlage auf Eysal und schickten eine starke Flotte auf den Weg, um mit den Aufständischen aufzuräumen. Zehn astronomische Einheiten von Eysal entfernt, stießen sie dann auf den Verband der

Apasos, der die Aufgabe hatte, die auf Eysal weilende Gruppe zu schützen. Es kam zu einem Gefecht, bei dem die Apasos schließlich fliehen mußten. Hierbei kam den Gatasern der Umstand zu Hilfe, daß die Apasos nur einige wenige molkexgepanzerte Schiffe besitzen. Sie sehen, das Monopol der Gataser geht sogar soweit, den anderen Blues-Völkern nur ein geringes Kontingent an Molkexschiffen zuzugestehen, während ihre eigenen Schiffe *alle* diesen Schutz besitzen. Ebenso verhält es sich mit den molkexüberzogenen Anzügen. Die anderen Blues-Völker besitzen nur wenige derartiger Anzüge. Jene Anzüge, die die Rebellen trugen, mit denen Sie auf Eysal zusammenstießen, wurden bereits vor langer Zeit erbeutet."

General Heincken unterbrach seinen Bericht abermals, als er bemerkte, daß Christoph Warren unruhig wurde.

Warren nutzte diese Pause, um eine Frage zu stellen. „Konnte man in Erfahrung bringen, wie und wann diese Rebellengruppe nach Eysal gelangte?"

Heincken nickte langsam. „Die Apasos sind vor etwa zehn Tagen in die unterirdische Anlage eingedrungen. Daß unsere Raumüberwachung nichts Verdächtiges bemerkte, lag daran, daß die Apasos nicht mit einem Raumschiff gekommen waren, sondern durch einen von ihren Ahnen installierten Transmitter.

Er rieb sich das Gesicht. „Was danach geschah, wissen Sie inzwischen", sagte er. „Die Anlage auf Eysal wurde von den Apasos restlos zerstört, damit sie nicht den Gatasern in die Hände fiel. Kurz zuvor setzten sich die Apasos per Transmitter ab. Die Gataser mußten mitansehen, wie die Anlage in einer gewaltigen Implosion verging. Die Raumschlacht ging zu Ende. Die Apasoschiffe flohen. Die Gataser zogen sich schließlich ebenfalls zurück, ohne sich noch näher mit Eysal zu befassen. Die Entscheidung Rhodans, lediglich ein Schiff zur Rettung der Wissenschaftler loszuschicken, erwies sich als richtig. Nicht auszudenken, was geschehen wäre, wenn der gesamte terranische Verband in den Kampf eingegriffen hätte. Eysal wäre dabei wahrscheinlich verwüstet worden. Kody wurde selbstverständlich auch über die Art und Weise befragt, mit der das Molkex verarbeitet wird und wie es die Blues fertigbringen, ihre Anzüge mit flexiblem Molkex zu überziehen. Aber entweder weiß es Kody nicht, oder er will dieses Geheimnis nicht ausplaudern. Wir hoffen, dieses Geheimnis doch noch aus ihm herauszubekommen. Das ist alles, meine Herren", erklärte Heincken väterlich. „Ich danke Ihnen noch einmal für Ihren Einsatz."

30.

Torav Drohner hatte eine Menge Geschichten über Marschall Mercant gehört. Aber wie seltsam der Mann in Wirklichkeit war, bemerkte er erst jetzt, da er ihm gegenübersaß.

Daß etwas im Gange war, zu dem man seiner Mitarbeit bedurfte, wußte Torav seit geraumer Zeit. Er hatte auch eine recht gute Vorstellung, worum es sich handelte. Die Vorladung zu Allan D. Mercant, dem Chef der Galaktischen Abwehr, hatte ihn jedoch aus dem Gleichgewicht gebracht. Es erschien ihm, als hätte er die Wichtigkeit des bevorstehenden Unternehmens bei weitem unterschätzt.

Natürlich war er der Vorladung auf dem schnellsten Weg gefolgt. Allan D. Mercant, Solarmarschall und einer der „Großen Alten" aus der Zeit, da die Menschheit den ersten zögernden Schritt auf dem Weg zu den Sternen tat, residierte keineswegs an einem Platz, der seiner Stellung angemessen war. Sein Büro lag in einem Gebäude, das Torav Drohner nur zögernd betreten hatte, weil er der Meinung war, er hätte die Adresse falsch verstanden. Das Haus sah aus wie ein Lagerschuppen, eines der Relikte aus einer Zeit, da die Stadt Terrania schneller gewachsen war, als man Baumaterial hatte heranschaffen können. Der Schuppen bestand aus einem riesig weiten, vollständig leeren Vorraum und dem Büro, das am Südende des Gebäudes etwa fünfunddreißig Quadratmeter Fläche einnahm. Torav war von niemandem gefragt worden, wohin er wollte. Die Tür zum Vorraum war unverschlossen gewesen. Er hatte den Vorraum durchquert, und dann war die Tür zum Büro vor ihm aufgesprungen. Er war eingetreten. Ein wenig verwundert hatte er die spartanische Einrichtung, die schmutzigen Fenster, den Käfig mit dem Wellensittich und den Mann hinter dem Schreibtisch studiert. Mercant war klein und unscheinbar. Um die spiegelnde Glatze wuchs ein Kranz schütterer, sandheller Haare. Mercant war damit beschäftigt, ein Papier zu lesen. Er sah nicht einmal auf, als Torav eintrat. Er machte eine zerstreute Geste zu einem der Stühle vor dem Schreibtisch, und Torav setzte sich.

Fünf Minuten waren seitdem vergangen. Die einzigen Geräusche waren das Summen des Stadtverkehrs und das Klicken, wenn der Wellensittich von einer Schaukel zur anderen hüpfte.

Jetzt aber sah Allan D. Mercant plötzlich auf, musterte Torav mißtrauisch, als wüßte er nicht, wie er dahergekommen war, und erklärte mit hoher Stimme: „Sie denken, ich sei ein Querkopf, mein Junge. Dem ist nicht so."

Torav erschrak. Er hatte tatsächlich so etwas Ähnliches gedacht. Es war mehr „Exzentriker" gewesen als „Querkopf", aber was für einen Unterschied machte das schon. Konnte der Marschall Gedanken lesen? Es waren alle möglichen Geschichten im Umlauf, und jede denkbare Fähigkeit wurde ihm angedichtet.

Mercant erwartete offenbar keine Antwort. Torav kam sich vor, als würde er Muskel für Muskel, Knochen für Knochen, Gehirnwindung um Gehirnwindung sorgfältig abgeschätzt. Er konnte nicht erkennen, was Mercant vom Ergebnis der Begutachtung hielt. Sein Gesicht bewegte sich nicht.

„Sie haben von Ihrem Auftrag schon erfahren, mein Junge", stellte der Marschall fest. „Sie wissen, daß es um die Errichtung eines Stützpunkts auf fremdem Boden geht. Sie wissen jedoch nicht, wer der Gegner ist. Ich will es Ihnen sagen – die Blues."

Er hatte eine Art, die wichtigsten und entscheidensten Dinge zu sagen, als lese er einen Wetterbericht. Torav brauchte zwei Sekunden, um zu begreifen, was ihm da gerade klargemacht worden war.

Einen Stützpunkt im Einflußbereich der Blues. Nur ein Mondsüchtiger konnte auf eine solche Idee kommen – und nur ein Selbstmörder würde sich bereit erklären, sie auszuführen.

Mercant fuhr fort: „Wie Sie wissen, wurde von Eysal ein gefangener Blue mitgebracht. Man hat ihn verhört. Wir wissen schon eine ganze Menge über das Imperium der Blues. Wir kennen ihre Sprache. Wir kennen die Gliederung ihrer Gesellschaft. Wir haben ihre Denkweise bis zu einem gewissen Grad erforscht. Wir wissen, daß ihre Raumschiffe den unseren bis auf die Molkexpanzerung unterlegen sind. Sie werden Ihr Unternehmen also nicht blindlings durchführen müssen. Und im übrigen stehen Sie ja noch nicht auf der Startrampe. Wenn Sie abfliegen, mein Junge, werden Sie . . ."

Ein helles Summen unterbrach ihn.

„Telefon!" krächzte der Wellensittich, und Torav zuckte zusammen.

Allan Mercant streckte die rechte Hand aus und drückte einen Knopf auf einer schräg angebrachten Schaltplatte. An dem Widerschein auf seinem Gesicht erkannte Torav, daß ein kleiner Bildschirm aufleuchtete. Die Stimme des Anrufenden konnte er jedoch nicht verstehen.

Mercant sagte kein einziges Wort. Nach einer Weile schaltete er den Empfänger wieder aus. Eine Zeitlang sah er stumm vor sich hin. Dann hob er den Kopf, blickte Torav durchdringend an, als wollte er jeden Widerspruch schon im Keim ersticken, und erklärte: „Sie haben Pech gehabt, mein Junge. Sie müssen mit den Informationen auskommen, die wir jetzt schon haben. Kody, der gefangene Blue, ist gestorben."

Allan D. Mercant hatte es Torav Drohner freigestellt, von diesem Auftrag entbunden zu werden. Das Risiko für das Leben des Einsatzteams war zu groß, als daß man auf gehorsame Ausführung des Befehls bestanden hätte. Dennoch hatte Torav keine Sekunde lang gezögert und den Auftrag angenommen.

Torav war von seiner Statur her eher ein Durchschnittstyp, etwa einen Meter achtzig groß, mit mäßig breiten Schultern. Dennoch war er jener Typ von Männern, die konsequent einen einmal eingeschlagenen Weg fortsetzen. Er war Major der Raumflotte des Vereinten Imperiums, und in dieser Eigenschaft keineswegs ein Draufgänger.

Dieser Torav Drohner bekam das Kommando über den Kreuzer KOPENHAGEN und dessen einhundertfünfundfünfzigköpfige Besatzung. Einhundertundfünfzig Mann davon waren reguläre Schiffsbesatzung, die restlichen fünf waren Wissenschaftler. Eine solche Einheit nannte sich Experimentalkommando, und dieses Wort wiederum hatte sich zu „Expeko" verschliffen.

Am nächsten Morgen begann die Serie der Hypnoschulungen. Alles

Wissen, das von dem gefangenen Blue gewonnen worden war, wurde den menschlichen Gehirnen in unlöschbarer Erinnerung aufgepfropft. Als eine Woche vergangen war, vermochten sie so zu denken, zu reagieren und sich zu entschließen, wie der Blue es getan hatte, wenn sie sich darauf konzentrierten. Merkwürdigerweise nahm man sich nicht die Mühe, sie die fremde Sprache zu lehren. Das erklärte sich zum Teil daraus, daß die Laute dieser Sprache von menschlichen Sprachorganen nicht geformt werden konnten. Trotzdem war Torav der Ansicht, daß er wenigstens eine Grundkenntnis besitzen müsse, wenn er Erfolg haben wollte.

Die Frage klärte sich auf höchst überraschende Weise.

Torav Drohner wurde ein zweites Mal zu Solarmarschall Mercant bestellt.

Diesmal krächzte der Wellensittich: „Guten Tag!“ als Torav das Büro betrat. Torav nahm es als gutes Zeichen. Mercant wies, geistesabwesend wie immer, auf einen Stuhl, und es dauerte ein paar Minuten, bevor er die Lektüre eng beschriebener Blätter beendete, so daß er sich dem Major widmen konnte. Er sah auf.

„Sie starten morgen“, erklärte er trocken. „Zwei Uhr fünfzig Ortszeit.“

Torav wäre beinahe in die Höhe gesprungen. Mercant bekam große Augen.

„Du liebe Güte“, stöhnte er. „Sie reagieren heftig, mein Junge.“

Er stand auf.

„Nehmen Sie das kleine Kästchen dort“, trug er Torav auf und wies auf einen niedrigen Ablagetisch in der Nähe eines Fensters. „Es wurde eigens für diesen Einsatz von siganesischen Mikroingenieuren angefertigt.“

Es gab nur ein Kästchen. Es war so groß wie eine Zigarettenschachtel. Torav nahm es auf. Es bestand aus Plastikmetall und war völlig glatt bis auf einen halb verborgenen Druckknopf in einer der Schmalseiten.

„Drücken Sie auf den Knopf und stecken Sie das Ding in die Brusttasche.“

Torav gehorchte. Es gab einen halblauten Knacks, als der Knopf einrastete. Er steckte das Kästchen in die Tasche. Als er sich umdrehte, sah er, daß Mercant blaß geworden war.

„Mein Gott – wie einen das erschreckt“, murmelte er. Er faßte sich und fuhr fort: „Ein Tonbandgerät ist eingeschaltet. Sprechen Sie die Begrüßungsformel der Blues, wie sie auf Apas üblich ist.“

Gehorsam sagte Torav: „Segen von rotem Himmel!“

„Noch mal!“ befahl Mercant.

„Segen von rotem Himmel!“ wiederholte Torav.

Mercant nickte zufrieden. Auf seiner Schaltplatte drückte er einen Knopf.

„Ich spiele Ihnen jetzt vor, was Sie eben gesagt haben“, erklärte er.

Torav hörte genau hin. Das Band produzierte zwei kurze Serien zwitschernder Geräusche. Das war alles. Es hörte sich so an, als hätte Mercant die Bandgeschwindigkeit zu hoch eingestellt.

„Greifen Sie in Ihre Brusttasche und drücken Sie den Knopf ein zweites Mal“, verlangte der Marschall. Und als er sah, daß Torav den Arm hob, fügte er hastig hinzu: „Halt, warten Sie! Ich will Ihnen erklären, was vor sich geht. Ich werde das Band ein zweites Mal ablaufen lassen. Beobachten Sie den Unterschied. So, und jetzt drücken Sie den Knopf.“

Torav gehorchte verwundert und mißtrauisch. Er überlegte, was das alles zu bedeuten hätte. Eine Stimme unterbrach sein Nachdenken – seine eigene Stimme. Sie sagte zweimal kurz hintereinander: „Segen von rotem Himmel!“

Torav stand starr. Er sah, wie Mercant den Mund bewegte. Aber alles, was er hörte, war ein dumpfes, schwebendes Gemurmel. Er verstand kein Wort, er hörte nicht einmal einen artikulierten Laut.

Mercant trat schließlich zu ihm heran. Er langte ihm in die Brusttasche, und Torav sah, wie er den kleinen Knopf ein drittes Mal drückte.

„. . . hatte ich übersehen“, sagte er lächelnd und ein wenig verlegen. „Sie können mich dann nicht verstehen. Na ja, im Ernstfall wird es ohnehin nicht vonnöten sein. Gehen Sie jetzt zu dem großen Spiegel dort hinüber, mein Junge.“

Der große Spiegel hing in der Nähe der Tür. Ein kleiner Rundtisch und zwei bequeme Sessel standen davor. Torav mußte von der Seite her kommen, wenn er dicht an den Spiegel heranwollte.

Er schob einen Sessel zurück, weil er ihm im Weg stand, und stellte sich dicht vor die blanke Glasfläche. Er hielt Mercants Verhalten für lächerlich und die Tricks, die er ihm vorspielte, für unseriös. Es machte ihm auch nichts aus, daß Mercant seine Gedanken wahrscheinlich erkennen konnte. Er sollte ruhig wissen, was er von ihm hielt.

Dann sah er sein Ebenbild, simuliert von einem hypnomechanischen Projektor.

Ein kalter Schauer lief ihm den Rücken hinunter, und ein paar Sekunden lang fühlte er sich, als hätte ihn ein elektrischer Schlag getroffen. Das war er selbst da im Spiegel, ohne Zweifel, wenigstens von den Füßen herauf bis zu den Schultern.

Aus den Schultern heraus jedoch ragte ein dünner, schlauchförmiger Hals, und auf dem Hals saß ein breiter, flacher Kopf, der so aussah wie eine Suppenschüssel.

31.

Der Kommandostand war kreisrund mit einem Durchmesser von knapp zehn Metern. Gegenüber dem Hauptschott gähnte die riesige Fläche eines Bildschirms, so klar und frei von Verzerrungen, daß der Eindruck entstand, es hätte da einer in der Schiffswand ein großes Loch hinterlassen, durch das man in das All hinausspringen konnte. Vor dem Bildschirm, um zwei Meter zurückgesetzt, standen die Schaltpulte des Piloten und des Kopiloten. An den Wänden entlang zu beiden Seiten gab es andere Pulte, das des Orters mit dem dunkelgrünen Reflexschirm, der fast ebenso groß war wie der Hauptbildschirm, das des Funkers mit den Anschlüssen der verschiedenen Sende- und Empfangsgeräte, das des Navigators mit dem mechanischen Kartenkatalog, das des Ersten Offiziers mit einer Wand voll winziger Bildschirme, einer für jeden größeren Raum im Schiff – und eine Reihe anderer Pulte mehr.

Acht Offiziere taten ständig Dienst in diesem wichtigsten Raum der KOPENHAGEN, im Augenblick jedoch hatte Torav Drohner die Besatzung verdoppeln lassen. Vor sechs Tagen war das Schiff gestartet und hatte sich in vorsichtigen Linearetappen dem Gebiet genähert, in dem nach Kodys Angaben das System der Sonne Pahl mit dem Planeten Apas zu finden sein sollte. Die KOPENHAGEN hatte mehr als 71000 Lichtjahre zurückgelegt. Der Navigator, der lange Zeit arbeitslos gewesen war, weil die Karten des östlichen Teils der Galaxis in diesen Gegenden unvollständig waren, hatte begonnen, die Anordnungen der Konstellationen mit den Angaben des Gefangenen zu vergleichen und zu Toravs Erleichterung festgestellt, daß Kody eine ziemlich genaue Beschreibung dieses Milchstraßensektors gegeben hatte. Der astronomische Offizier fertigte aus den Meßergebnissen eine provisorische Sternkarte der Umgebung an, nach der der Navigator sich von da an richten konnte.

Torav Drohner mußte damit rechnen, daß es in dieser Gegend von Bluesschiffen wimmelte. Im Grunde genommen gab es nichts zu fürchten. Er wußte, daß die Einheiten des Gegners der KOPENHAGEN an Beschleunigungsvermögen unterlegen waren. Die KOPENHAGEN entkam jedem Feindschiff, ohne sich auch nur Mühe zu geben. Aber das war nicht der Sinn des Unternehmens. Ein Brückenkopf des Vereinigten Imperiums sollte auf einer gegnerischen Welt errichtet werden, ohne daß die Blues etwas davon bemerkten.

Und das, schien Torav, war schlechthin die härteste Arbeit, die man ihm je gestellt hatte.

Er wußte inzwischen ziemlich genau, welche Bedeutung die Regierung des Imperiums diesem Vorstoß beimaß. Die Mannschaft der KOPENHAGEN war kurz vor dem Start um zwei Mitglieder vermehrt worden. Diese beiden Männer waren Tako Kakuta und Fellmer Lloyd, zwei aus dem Korps der Mutanten. Torav Drohner war der unerwartete Zuwachs keineswegs ungeteilt sympathisch gewesen. Auf der einen Seite war er erfreut über die unschätzbare Hilfe, die ihm da zuteil wurde, und über das Vertrauen, das man in ihn setzte, als man ihm für die Dauer des Unternehmens die Befehlsgewalt über zwei Mitglieder des berühmten Mutantenkorps gab. Auf der anderen Seite fühlte er starke Beklemmung, wenn er einem der Mutanten eine Anweisung geben mußte.

Im Augenblick allerdings hatte er keine Zeit, psychologischen Erwägungen nachzuhängen. Auf dem Sessel rechts von ihm saß sein Ersatzmann als Pilot, Captain Erin Loschmidt, links von ihm starrte der Kopilot wie gebannt auf den Bildschirm, und wiederum links von diesem saß der Kopilot-Ersatz – und sie alle warteten voller Nervosität darauf, daß sich etwas ereignete, weil sie wußten, daß sich irgendwann in diesen Sekunden etwas ereignen mußte.

Aus dem Gewimmel der Sterne, die in ihrer durch keine Atmosphäre getrübten Dichte fast wie eine solide Wand aus Licht wirkten, hatte sich in den vergangenen Augenblicken eine Sonne in den Vordergrund geschoben. Der Astronom berechnete den Abstand des Schiffes von dieser Sonne zu fünfzig Lichtstunden. Die Sonne war rot, ein Stern der M-Klasse, und es gab kaum einen Zweifel, daß sie mit Pahl, dem Zentralgestirn der Blueswelt Apas, identisch war. Die KOPENHAGEN stieß im Normalflug auf sie zu. Die Relativgeschwindigkeit des Schiffes betrug knapp fünfzig Prozent der Lichtgeschwindigkeit. Die KOPENHAGEN bewegte sich im Inert-Flug. Sämtliche Antriebsaggregate waren auf Ruhestellung, um den Blues keine Möglichkeit zu geben, die Energieemissionen zu orten.

Nunmehr begann die nächste Phase der Annäherung an das System. Die KOPENHAGEN konnte trotz Ortungsschutz nicht unbemerkt in das Pahl-System eindringen. Die Ortungsgeräte der Blues würden sie unweigerlich entdecken. Deshalb mußten die Blues abgelenkt werden. Niemand wußte, ob dies tatsächlich gelingen würde, dennoch mußte man es versuchen. Zu diesem Zweck sollte eine Transformbombe im Raum zur Explosion gebracht werden. Die Energieentfaltung dieser Bombe würde, so hoffte man, die Aufmerksamkeit der Bluesschiffe auf sich ziehen und die Eigenstrahlung der Kalupkonverter der KOPENHAGEN überlagern, wenn diese wieder aktiviert würden, um das Schiff in das System hineinzubringen und auf einem geeigneten Planeten zu landen.

Den Zielort der Transformbombe würde man so wählen, daß keines der Bluesschiffe dabei zu Schaden kam, um nicht den Eindruck eines feindlichen Angriffs zu erwecken.

Alle Männer in der Zentrale des terranischen Schiffes beobachteten gespannt Major Drohner, der den Befehl zum Abschuß der Bombe geben würde.

Torav Drohner rief den Feuerleitstand und befahl: „Transformgeschütz feuerbereit!"

Nachdem die Bestätigung eingetroffen war, sagte er: „Feuern Sie auf Radiusvektor sechs mal zehn hoch zwölf – Phi und Theta beliebig, nur weit weg von unserem Schiff. Feuer in zehn Sekunden."

„Verstanden, Sir!" kam die Antwort des Feuerleitoffiziers.

Der Bordcomputer begann mit dem Countdown, dann war es soweit. Ein Ruck schien durch das Schiff zu gehen, aber in Wirklichkeit war es nur der dumpfe Abschuß der Transformkanone.

Jemand seufzte. Torav konzentrierte seinen Blick auf den Schirm.

Vom Pult des Ortungsoffiziers kam ein helles Summen.

„Energieortung", sagte Pal Horvath gepreßt. „Die Bombe ist explodiert."

Toravs Hände glitten über die Schaltungen des Lineartriebwerks. Nur einen Atemzug lang gab er der wilden, ungestümen Freude nach, mit der das Gelingen des Manövers ihn erfüllte. Dann besann er sich auf seine Pflicht. Das Hypertriebwerk begann zu arbeiten. Pfeifende Warntöne erfüllten das Schiff. Die KOPENHAGEN beschleunigte. Ungeheure Energien verarbeitete das Triebwerk, um den Schiffskörper mit einer Blase des Kalupschen Halbraums zu umgeben, in der die KOPENHAGEN unbemerkt und mit unvorstellbarer Geschwindigkeit auf das Ziel zuschoß.

Tausendmal heller als die Streufelder des Lineartriebwerks leuchtete die Energieentfaltung der Kernladung, und der Gegner war vollauf damit beschäftigt, dem Rätsel der plötzlichen Explosion auf die Spur zu kommen.

Die KOPENHAGEN aber war in Sicherheit.

Der Astronomische Offizier hatte sich in aller Eile über die Positionen der einzelnen Planeten informiert. Pahl besaß insgesamt elf Satelliten. Nummer vier davon war Apas, die Heimatwelt der Apasos, zu denen auch Kody gehört hatte. Apas stand, nachdem die KOPENHAGEN die Sonne passiert hatte, schräg rückwärts zum Kurs des Schiffes auf der anderen Seite der Sonne, bei Phi einhundertsiebenundneunzig, wie der Astronom sich ausdrückte. Torav hatte jedoch ohnehin keine direkte Landung auf Apas geplant und war völlig damit zufrieden, daß in der Flugrichtung der KOPENHAGEN, mit geringfügigen Abweichungen bis zu maximal fünfundzwanzig Grad, fünf andere Pahl-Planeten lagen. Als vorläufiges Ziel wählte er Kohnla, den sechsten

Satelliten der roten Sonne, nach Kodys Schilderung eine marsähnliche Wüstenwelt mit einer Handvoll weit voneinander entfernter Bluesstützpunkte.

Der Orter begann kurze Zeit später mit der Beobachtung des Zielplaneten. Aus sicherer Entfernung wurden fünf verschiedene Niederlassungen der Blues ermittelt. Kody hatte ausgesagt, daß sie in erster Linie der Erforschung der Umwelt auf Kohnla dienten. Torav war, während er die nächsten Manöver plante, von der Überlegung ausgegangen, daß solche Stationen nur über die gängigen Ortungsgeräte verfügten, die ihnen etwa die Ankunft eines Versorgungsschiffs rechtzeitig anzeigten. Wenn die KOPENHAGEN sich den richtigen Landeplatz aussuchte und zum Abbremsen das Korpuskulartriebwerk verwandte, dann bestand keine Gefahr, daß sie von den Blues ausgemacht würde – immer vorausgesetzt, daß Toravs Vermutung richtig war.

Auf einer weiten Wüstenfläche, mehr als fünfhundert Kilometer vom nächsten Bluesstützpunkt entfernt, ging die KOPENHAGEN nieder. Die Landung verlief ohne Zwischenfälle. Eine Stunde lang nach dem Aufsetzen horchte der Orter mit seinen empfindlichen Instrumenten die Umgebung des Schiffes ab. Es gab kein Anzeichen verdächtiger Aktivität.

Es war so gut wie sicher, daß der Gegner von der Landung des terranischen Raumschiffs nichts bemerkt hatte.

Torav Drohner atmete auf.

Unweit der Landestelle erzeugten die thermischen Geschütze der KOPENHAGEN eine Höhlung, in der sich das Schiff mitsamt der zu errichtenden Transmitterstation bequem verbergen konnte. Die KOPENHAGEN bezog ihr neues Versteck, und ein stationär in den geschmolzenen Grund des Loches eingebauter Projektor erzeugte in der Höhe des Wüstenbodens ein Fiktivbild, das jedem unvoreingenommenen Blick aus der Höhe das Bild der konturlosen Sandfläche glaubwürdig vorgaukelte. Gefahr war nur dann zu erwarten, wenn sich einer der derart Unvoreingenommenen auf die trügerische Höhlenöffnung hinaustraute. Die Täuschung war nämlich rein optischer Art. Die ungehemmte Gravitation des Planeten Kohnla, zwar nur null-Komma-sieben-normal, aber immerhin wirksam, würde dem Unvorsichtigen zum Verhängnis werden. Das Loch war zweihundert Meter tief, und der geringste Sturz, den er tun konnte, war fünfzig Meter weit bis auf die oberste Kuppel des Raumschiffs.

Die Aussichten, daß sich so etwas jemals ereignete, waren bei der weitmaschigen Anlage der gegnerischen Stützpunkte denkbar gering. Torav Drohner war völlig gewiß, daß die KOPENHAGEN sich hier in nahezu absoluter Sicherheit befand.

Er war ein wenig stolz darauf, daß der erste Teil des Unternehmens so reibungslos geglückt war. Marschall Mercant hatte vorerst noch nichts, worüber er sich beklagen konnte.

Und doch hätte Torav besser daran getan, die neunundneunzig Prozent Wahrscheinlichkeit, die die Bordpositronik für die Sicherheit des Schiffes errechnet hatte, nicht für Gewißheit zu halten.

4. März 2327, 0830 Terrania- und Bordzeit.

Auf dem Grund des künstlichen Kessels mitten in der Wüste stand das schlanke, torpedoförmige Beiboot der KOPENHAGEN startbereit. Das Aussehen des Kessels hatte sich in den vergangenen Stunden merklich verändert. Ein Stollen war durch die Kesselwand ostwärts getrieben und nach hundert Metern zu einem hallenartigen Raum erweitert worden. In der Halle war die Transmitterstation untergebracht, eine Reihe von Fusionsgeneratoren mit dem Transmitterkäfig, der das eine Ende eines fünfdimensionalen Transporttunnels bildete. Im Stollen selbst befanden sich die Hyperfunkrelais, die eine genaue Anpeilung des Transmitters und notfalls auch dessen Inbetriebnahme von außen her ermöglichten.

Im Kessel dagegen hatte die Mannschaft der KOPENHAGEN, der Enge des Schiffes überdrüssig, ein langes Druckzelt aufgeschlagen. Die Atmosphäre von Kohnla hatte sich zum Atmen als zu dünn erwiesen. Der Aufenthalt im Freien erforderte Kompressormasken, bei körperlicher Anstrengung sogar vollständige Raumschutzanzüge. Das langgestreckte Zelt jedoch, mit zwei Luftschleusen versehen, bot im Innern wesentlich weiteren Raum als die engen Kabinen des Schiffes. Einige Hilfsschaltpulte waren an den Wänden entlang aufgestellt worden und hielten ständige Verbindung mit den Hauptaggregaten der KOPENHAGEN. Die Mitte des Zeltraums füllten Tische und Bänke, von weiten Zwischenräumen getrennt, in denen jeder sich nach Lust und Laune die Füße vertreten konnte.

Bislang war dem größten Teil der Besatzung der Eindruck erspart geblieben, es handelte sich beim Einsatz der KOPENHAGEN um etwas, das ein Pessimist kurz nach dem Start als Todeskommando bezeichnet hatte. Die Männer fühlten sich guten Mutes und zuversichtlich.

Mit Ausnahme der vier, die in diesen Minuten den Start des Beiboots erwarteten.

Torav Drohner, Tako Kakuta, Fellmer Lloyd und Hauka Leroy, der Zweite Offizier der KOPENHAGEN.

Um 08.30 Bordzeit betrug die Entfernung zwischen Kohnla und Apas 1,839 Astronomische Einheiten. Das Beiboot B I würde diese Strecke innerhalb von einundsiebzig Minuten bewältigen, ohne daß der Abstand der beiden Planeten sich während dieser Zeitspanne nennenswert änderte.

Torav sah auf seine Uhr.

Noch drei Minuten bis zum Start.

In vierundsiebzig Minuten befand er sich auf Apas.

Wenn alles gutging.

Das Kommando im Versteck auf Kohnla hatte Erin Loschmidt, der Erste Offizier, übernommen. Hyperfunkkontakt zwischen der KOPENHAGEN und der B I durfte wegen der Ortungsgefahr nur im Notfall aufgenommen werden.

Torav selbst saß auf dem Pilotensitz der B I. Hauka Leroy hatte den Posten des Orters und Navigators inne. Es würde nicht viel zum Navigieren geben auf diesem Flug, um so größer war Haukas Verantwortlichkeit als Orter. Von ihm hing ab, ob die B I das Ziel unbemerkt erreichte.

Die beiden Mutanten, Fellmer Lloyd und Tako Kakuta, hatten es sich auf zwei Sesseln im Hintergrund des kleinen, ovalen Nutzraums bequem gemacht. Torav beneidete sie um ihre Gelassenheit.

Die Zeiger der Uhr waren weitergewandert. Aus dem Lautsprecher meldete sich Erin Loschmidts trockene Stimme: „Noch dreißig Sekunden, Torav. Hals- und Beinbruch, Chef!“

Torav nickte, als ob Erin ihn sehen könnte. Die rechte Hand

krampfte sich um den Starthebel, während der Zeitmesser auf die rote Nullmarke zuwanderte.

Torav hatte Angst, als er den Hebel schließlich nach vorne zog. Der Antigrav balancierte die Schwerkraftverhältnisse im Innern des kleinen Bootes, während die B I mit Höchstwerten zu beschleunigen begann.

Sekunden später stand Kohnla als rötlicher, ständig schrumpfender Ball gegen den sternenübersäten Hintergrund des Alls.

Die B I war auf dem Weg – und nichts mehr konnte sie zurückholen.

Die Inselstation Gulüüp war vollautomatisiert.

Das lag zum Teil daran, daß der Unwille früherer Besatzungen, Zehnteljahre lang auf einer öden Insel zu hausen, mit der wachsenden Raumsicherheit des Pahl-Sektors Hand in Hand ging. Warum sollte man intelligente Wesen dazu zwingen, Langeweile auf sich zu nehmen, wenn doch Automaten den gleichen Zweck erfüllen konnten – nämlich den, die Orterinstrumente abzulesen und festzustellen, daß es nirgendwo einen unregistrierten Einflug gab?

Dieses Argument hatte sich durchgesetzt, und seit achtundfünfzig Apas-Jahren gab es auf Gulüüp, abgesehen von der jährlich einmal eintreffenden Überwachungstruppe, kein intelligentes Wesen mehr. Die Generatoren unter der Insel versorgten die Instrumente mit der nötigen Energie. Die Anzeigen der Geräte wurden auf elektromagnetischem Weg zum Festland übermittelt. Nicht ohne Verzögerung, wohlgemerkt. Die Empfänger auf dem Festland waren ohnehin überlastet. Sie wollten nicht durch belanglose Nachrichten noch zusätzlich belästigt werden. Deshalb gab es auf Gulüüp eine Kombinatorik, die die Instrumente überwachte und nur dann Meldung erstattete, wenn sich wirklich etwas Bedrohliches ereignete. Da man auf Gulüüp rund dreihundert verschiedener Meßgeräte installiert hatte, brauchte die Kombinatorik jeweils zehn Sekunden, um alle Ablesungen zu tätigen, und weitere zweihundert Sekunden, um zu ermitteln, ob eine Meldung zum Festland erforderlich war.

Seit der Installation der Automatik vor achtundfünfzig Jahren hatte die Station Gulüüp noch niemals einen Mucks von sich gegeben. Zu den zweihundertzehn Sekunden, die die Kombinatorik brauchte, wären also im Ernstfall noch wenigstens sechzig zu rechnen, die die organische Besatzung der Festlandstation brauchte, um zu begreifen, daß da wirklich etwas Ernsthaftes geschehen war.

Am 4. März 2327 nach der Zeitrechnung eines Planeten, den die Bewohner von Apas noch nicht einmal dem Namen nach kannten, trat dieser Ernstfall ein.

Die automatischen Geräte erfaßten einen unregistrierten Flugkörper, der mit gesetzwidriger Geschwindigkeit in einer Höhe von weniger als einem Zehntel-Lliit dahinschoß. Der Flugkörper versäumte es, auf das Erkennungszeichen zu reagieren. Bei seiner geringen Flughöhe war er innerhalb weniger Sekunden unter dem westlichen Ortungshorizont der Station Gulüüp verschwunden.

Die Automatik sortierte die Angaben der Instrumente und registrierte einen Notfall. Sie schickte sich an, einen Kode-Bericht für die Festlandstation zu verfassen. Bevor sie aber noch dazu kam, explodierte mitten unter den empfindlichsten Bestandteilen eine Bombe mit vernichtender Wucht. Ein weißleuchtender Glutball schmolz die weiter außen liegenden Teile der Station, und die hinterherfauchende Druckwelle fegte die Insel so leer, als hätte nie etwas auf ihr gestanden.

Die Inselstation Gulüüp war untergegangen, und mit ihr das Wissen um den rätselhaften Flugkörper.

Hauka Leroy war es ziemlich leichtgefallen, während des rasend schnellen Anflugs eine Reihe von Orterstationen auszumachen, die den Himmel von Apas absuchten. Die Geräte der B I waren, dem Verwendungszweck des Bootes entsprechend, ultrasensitiv. Hauka empfing die feindlichen Orterstrahlen lange, bevor die B I einen Reflex auf dem gegnerischen Schirm erzeugte.

Nach Haukas Angaben war Torav Drohner einen Korridor entlanggeflogen, den die Ortermechanismen nicht berührten. Der Korridor endete über einem Ozean, der sich zu beiden Seiten des Apas-Äquators erstreckte. Torav stand vor der Entscheidung, mitten auf dem Meer zu landen und mit seinen Männern irgendeine Transportmöglichkeit zum Festland hinüber zu finden, oder die B I direkt zum Festland hinüberzufliegen, wobei er unweigerlich in den Ortungsbereich einer von zwei Stationen gelangen mußte, die Hauka auf diesem Sektor der Planetenoberfläche ausgemacht hatte und die nach Aussage des Telepathen Fellmer Lloyd unbemannt waren.

Torav entschied sich schließlich für die zweite Möglichkeit. In möglichst geringer Höhe hielt er die B I auf einem Kurs, der sie genau über die Orterstation hinwegführen mußte. Das Raumboot besaß keine Vorrichtung für den Abwurf von Bomben, obwohl es, allerdings für andere Zwecke, Kernbomben an Bord trug. Und mit einem, wenn auch wohlgezielten Schuß aus dem einzigen Bordgeschütz, getraute Torav sich nicht, die Ortungs- und Nachrichtenübermittlungsanlage nachhaltig zu vernichten.

Tako Kakuta blieb als letzte Rettung. Seine Fähigkeit der Teleportation, auf dem gleichen physikalischen Prinzip beruhend wie der Transmitter, jedoch ohne dessen umfangreiche Servotechnik zu erfordern, brachte ihn ohne Zeitverlust an jeden Ort im Umkreis von vielen Tausenden von Kilometern, vorausgesetzt, er hatte eine ausreichend deutliche Vorstellung von der Beschaffenheit des Ortes.

Hauka beobachtete, wie eines der Geräte der Station die B I im Anflug erfaßte. Der Radioempfänger spie eine hastige Folge quietschender und summender Geräusche aus. Torav hielt sie für einen Anruf, auf den hin er sich melden und zu erkennen geben sollte. Er achtete nicht darauf.

Mitten in der weiten Fläche des Ozeans erschien eine Insel. Blitzschnell schoß die B I darauf zu. Tako Kakuta, die zündfertige Bombe auf den Armen, starrte auf den Bildschirm. Es blieben ihm nur ein paar Sekunden, sich die Örtlichkeit einzuprägen – dann war die B I über die Insel hinweg, und die merkwürdigen Gebäude der Station verschwanden hinter dem Horizont.

Im nächsten Augenblick war auch Tako verschwunden. Torav wurde zum erstenmal Augenzeuge der Aktion eines Teleporters. Lange und nachdenklich starrte er auf die Stelle, an der Tako, die Bombe haltend, eben noch gesessen hatte. Er starrte so lange, bis er Tako auf einmal wieder da sitzen sah – ohne die Bombe.

Er lächelte über das glatte, breite Kindergesicht.

„Alles in Ordnung", sagte er leise.

Hinter der B I stieg die Rundung einer weißen Glutwolke über die blaue Fläche des Meeres.

In einem weiten Steppengebiet, fern von allen Siedlungen, auf etwa achtzehn Grad südlicher Breite, landete die B I. Torav Drohner bugsierte das Boot in den Schutz einer gewundenen Hügelkette. Der schlanke Torpedokörper ruhte flach auf dem Boden einer tief eingeschnittenen Senke. Die vier Männer gaben sich ein paar Stunden lang Mühe, mit allen zur Verfügung stehenden Mitteln eine wenigstens halbwegs verläßliche Tarnung zu schaffen. Was sie schließlich vollbrachten, hätte jedem terranischen Guerilla-Kämpfer zur Ehre gereicht. Torav Drohner jedoch gab sich keinerlei Hoffnung über die Sicherheit des Bootes hin. Jedes gegnerische Luftfahrzeug, das zufällig ein Ortergerät auf den Boden gerichtet hielt, konnte das Versteck entdecken.

Hauka Leroy hatte die Oberfläche des Planeten während des Anflugs sorgfältig studiert. Er kannte die Lage wenigstens zwanzig großer Städte, und eine der größten, vielleicht sogar die planetarische Hauptstadt, lag vom Versteck der B I nicht weiter als vierhundert Kilometer entfernt. Torav hatte diese Stadt zum vorläufigen Ziel des Unternehmens erklärt. Mit dem Bordgleiter der B I war die geringe Strecke rasch und gefahrlos zurückzulegen. Die Landschaft nördlich des Verstecks war über Hunderte von Kilometern hinweg öde und verlassen.

Es gab, wie beim Anflug festgestellt worden war, über diesem Teil des Planeten nur mäßigen Luftverkehr. Die Gefahr, daß der Gleiter entdeckt wurde, war vernachlässigbar gering.

Torav hielt es für nötig, ein paar letzte Worte zu sagen.

„Wir wissen einiges über die Lebensgewohnheiten der Blues“, begann er. „Ihre Denkweise ist uns wenigstens in groben Zügen vertraut. Jeder von uns trägt über seiner Bordkombination Kleidung, die der gängigen Mode auf Apas entspricht. Zudem besitzen wir hypnomechanische Projektoren, mit deren Hilfe wir uns in Blues verwandeln können und deren Translatorteil unsere Sprache in die der Blues und umgekehrt verwandelt. Wir müssen nur darauf achten, nicht in die Nähe von Robotern zu kommen, denn diese lassen sich von den Projektoren nicht täuschen. Überdies haben wir eine Handvoll von Adressen, die Kody unseren Ärzten kurz vor seinem Tod verriet. Es handelt sich um Blues, die an der geheimen Revolution gegen die Vormachtstellung der Gataser beteiligt sind. An diese Adressen werden wir uns zuerst halten. Wenigstens einer der Genannten sollte in der Stadt leben, die jetzt unser Ziel ist. Wir werden regelmäßig miteinander in Verbindung treten. Der Pulskode unserer Minikome ist unentzifferbar. Es besteht also kein Anlaß, daß einer von uns in ernsthafte Not geraten sollte, nur weil er sich nicht getraute, die anderen rechtzeitig um Hilfe zu rufen. Von allen Einsatzkommandos, die die Galaktische Abwehr bisher losgeschickt hatte, befinden wir uns in der vergleichsweise günstigsten Lage. Tako Kakuta und Fellmer Lloyd ersetzen ein ganzes Bataillon. Es sieht also ganz so aus, als müßten wir leichtes Spiel haben. Unser Ziel ist, Informationen über den inneren Aufbau des Bluesimperiums, über die revolutionären Umtriebe und über die Technologie der Blues zu suchen – eingeschlossen solche, die mit der Gewinnung und Verarbeitung von Molkex zu tun haben. Wir dürfen nicht erwarten, daß diese Informationen dem Durchschnittsbürger dieses Planeten zugänglich sind, und als Durchschnittsbürger werden wir anfangen müssen. So rosig unsere Aussichten auch immer zu sein scheinen – wir haben eine ganze Menge Arbeit vor uns liegen, gefährliche Arbeit noch dazu. Wir wissen, daß die Blues mit uns kurzen Prozeß machen werden, wenn sie uns schnappen. Und wenn wir nicht allergrößte Vorsicht walten lassen, dann werden sie uns schnappen."

Er holte tief Luft. Es war warm, und der Schweiß war ihm auf die Stirn getreten. Einen Augenblick lang sah es so aus, als wollte er noch etwas sagen. Dann winkte er ab und deutete auf den Gleiter.

„Wir starten jetzt", erklärte er.

32.

Kommissar Ipotheey vom „Komitee der achtzehn Vorsichten" war der erste, der die Nachricht vom Untergang der Inselstation Gulüüp erhielt. Ipotheey war höchster Sachverständiger für elf der achtzehn Vorsichten, und eine unter diesen elf war die Fürsorge für materielles und geistiges Regierungseigentum.

Ipotheey war, als er die Nachricht erhielt, gerade mit dem Teil seiner Exerzitien beschäftigt, in dem er, an einem Arm von einer Greifstange dicht unter der Decke herabhängend, sich bei der roten Meerkreatur darüber beklagte, daß es ihm so unglaublich schlecht ginge.

Nicht, daß Ipotheey an die rote Meerkreatur geglaubt hätte. Noch, daß er seine Klage mit der nötigen Inbrunst vorgebracht hätte. Denn wenn es keine Meerkreatur gab, dann brauchte man ihr auch nicht die eigene Not zu schildern, um ihre Mißgunst den Glücklichen gegenüber von sich abzulenken.

Nein, Ipotheey war – wie alle gebildeten Apasos – davon überzeugt, daß das Von-der-Stange-hängen eine äußerst wichtige Übung für die Nackenmuskeln war. Deswegen, um den Nacken geschmeidig und den Hals beweglich zu halten, vollführte Ipotheey tagtäglich dieses Exerzitium.

Der Bildempfänger gab eine rasche Folge zirpender Töne von sich, bevor die Bildscheibe aufleuchtete. Das bedeutete, daß es sich um eine wichtige Meldung handelte. Ipotheey unterbrach seine Übung sofort, ließ sich zu Boden fallen und betrat durch die schmale Lücke das Innere seines kreisrunden Arbeitstisches. Auf der Bildscheibe war das Gesicht eines Mannes, den Ipotheey noch nie zuvor gesehen hatte.

Ipotheey machte eine ungeduldige Halsbewegung.

„Was ist passiert?“ fragte er.

„Die Inselstation Gulüüp ist explodiert. Die genaue Zeit ist: Dieser Tag, vier Zehnteltage, sieben Hundertsteltage allgemeiner Rechnung.“

Ipotheey drehte sich um und betrachtete einen Atemzug lang den Handgriff unter der Decke. *Jetzt* hatte er wirklich etwas, worüber er sich bei der roten Meerkreatur beklagen konnte.

„Wie ist es geschehen?“ herrschte er den jungen Beamten an.

„Ich werde es dir rasch erklären“, antwortete der Junge beflissen. „Unsere Station registrierte starken Lichtschein und eine Druckwelle. Beide kamen aus der Richtung von Gulüüp. Wir riefen die Station an. Sie antwortete nicht. Wir sandten ein Erkundungsboot aus. Das Boot fand die Insel leer und öde, die Bodentemperaturen lagen noch weit über dem Siedepunkt, das Meer kochte stellenweise, und der Inselboden war glasig erstarrt. Eine äußerst hohe Aktivität der Korpuskularstrahlung wurde ebenfalls gemessen. Man vermutet, daß ein Meiler der Station explodiert ist und alles andere mit sich gerissen hat."

Ipotheey wiegte dankend den Kopf. Sein vorderes Augenpaar hatte sich vor Niedergeschlagenheit halb geschlossen.

„Ich erwarte weitere Meldungen", sagte er. „Man soll Ausschau halten, sobald es sich machen läßt, ob es eine Spur von Sabotage gibt."

Der Mann auf der Bildscheibe legte die Hand zum Gruß an die Schädelkante.

Ipotheey war zumute, als müsse er wieder zur Decke hinaufsteigen und der Meerkreatur fünf Zehnteltage lang sein Leid klagen. Aber damit war ihm nicht geholfen.

Er war der mächtigste Mann im Komitee. Elf Vorsichten waren sein eigenes Fachgebiet, und die Spezialisten der anderen sieben waren ihm untergeordnet. Aber da gab es noch die neunzehnte Vorsicht, die wichtigste von allen, an der kein Eingeborener von Apas oder irgendeinem anderen Sekundärplaneten des Reiches mitarbeiten durfte.

Die Vorsicht für interplanetarische Zusammenarbeit und den Bestand des Reiches.

Die Spezialisten, Meister und Mitarbeiter dieser Vorsicht waren Eingeborene des Primärplaneten Gatas. Die Gataser hielten sich für die Herren des Reiches, und vorläufig, das mußte Ipotheey zugeben, waren sie es auch noch. Auf jeder Sekundärwelt hatten sie ihre Spitzel und Beauftragten sitzen, und es war so gewiß, wie da ein Handgriff unter der Decke hing, daß sie den Untergang der Station Gulüüp vom ersten Augenblick an für Sabotage halten würden.

Ipotheey ließ sich zirpend in den Drehstuhl sinken, von dem aus er das gesamte Rund seines Arbeitstisches erreichen konnte. Er warf einen wehmütigen Blick zum großen Südfenster hinaus, während sein rückwärtiges Augenpaar die Aktenstapler an der Nordwand musterte.

Er hing seinen Gedanken nach, sonst hätte er sehen können, wie sich die Tür in der Westwand öffnete. Der Mann, der den Mechanismus betätigt hatte, trug über seinem Gewand die flexible, braune Masse eines starken Schutzanzugs. An der Schwelle blieb er eine Zeitlang stehen und betrachtete Ipotheey mit weitgeöffneten Augen, in denen sich Zorn und Spott zugleich spiegelten.

„Ein Beweis", sagte er schließlich, „daß die achtzehn Vorsichten für das Reich nicht genügen. Der oberste Kommissar hängt seinen Träumen nach, anstatt sich um den neuesten, besorgniserregenden Vorfall zu kümmern."

Er hatte so laut gesprochen, daß Ipotheey sich beim erschreckten Zusammenzucken beinahe den Hals gebrochen hätte.

Bevor Ipotheey sich von seinem Schreck erholte, hatte der Braune schon Platz genommen. Er saß auf einem Stuhl an der anderen Seite des runden Arbeitstisches und starrte den Kommissar herausfordernd an.

Ipotheey kannte ihn. Er hatte schon des öfteren mit ihm zu tun gehabt, und er war ihm kein einziges Mal sympathisch gewesen. Der Braune war Iül-Theer-Hij, ein Gataser und Meister der neunzehnten Vorsicht und unübertrefflich in Ehrgeiz und Arroganz.

Ipotheey dachte ein Lob an die violetten Kleinkreaturen des Himmels, um Kreislauf und Psyche zu beruhigen. Dann erst sah er Iül-Theer-Hij an.

„Du stattest mir einen Besuch ab – warum?"

Mit Absicht vergaß er den üblichen Gruß.

Iül-Theer-Hij erwies sich der Situation als gewachsen und antwortete, als ob er in Ipotheey einen Gleichgestellten vor sich habe: „Die Kommissare haben, ebenso wie ich, von der Vernichtung der Station Gulüüp gehört. Sie wissen, daß es sich nur um einen Fall von Sabotage handeln kann. Nur ...", er machte eine kurze Pause und bewegte die sieben Finger seiner rechten Hand, „... kann es sich diesmal nicht um die Saboteure der apasosischen Untergrundbewegung handeln."

Das war neu, stellte Ipotheey fest. Bisher hatte er für alle widrigen Vorfälle die Revolutionäre von Apas verantwortlich gemacht.

„Ich frage mich", entgegnete Ipotheey würdevoll, „woran du erkennst, daß es sich um Sabotage handelt."

In wegwerfender Geste streckte der Braune beide Arme seitlich aus. „*Alles,* was sich hier ereignet, sind Sabotagefälle. Ich bin nicht hierhergekommen, um mit dir über Grundsatzfragen zu debattieren. Ich will dir erklären, was hier vorgeht. Eine Ortungsstation ist zerstört worden, verstehst du das? Die Station hat die Aufgabe, unregistrierten Flugverkehr aufzuspüren, besonders solchen, der sich aus dem Weltraum nähert. Die Zerstörung der Station kann also nur den Zweck gehabt haben, unregistrierte Einflüge zu ermöglichen. Wir wissen, daß die Untergrundbewegung auf Apas sich auf einen recht engen Rahmen beschränkt: Mit der Weltraumfahrt hat sie nichts zu tun." Eines seiner vier Augen zwinkerte in gehässigem Spott. „Sie hat das Stadium noch nicht erreicht, in dem sie mit den Gruppen anderer Planeten in Verbindung treten könnte. Deswegen muß es sich hier um einen Angriff von außen handeln."

Er stand auf. Seine rechte Hand bewegte sich langsam zum Kopf hinauf. Iül-Theer-Hij deutete an, daß die Unterhaltung bald beendet sein werde. Ipotheey fühlte sich hilflos.

„Und was, schlägst du vor, soll unternommen ..."

Der Braune ließ ihn nicht zu Ende reden.

„Ich bin nicht hier, um Vorschläge zu machen", zischte er. „Ich bin hier, um zu erklären, daß dies ein Fall für die Hohe Kommission der neunzehnten Vorsicht sein wird, wenn du nicht innerhalb von zwei Tagen Aufklärung schaffst. Ich bin sicher, du weißt, was das bedeutet."

Er ging hinaus.

Ipotheey schielte zu dem Griff an der Decke hinauf.

Iül-Theer-Hij hatte recht. Der Kommissar wußte, was die Drohung mit der Hohen Kommission bedeutete.

Absetzung, Verbot politischer Betätigung, Verbannung.

Dabei hatte er nicht die geringste Aussicht, den Fall Gulüüp innerhalb von zwei Tagen aufzuklären – selbst, wenn ihm daran etwas gelegen wäre.

Er zirpte leise vor Besorgnis und überlegte, wie er Iül-Theer-Hij noch eine Weile länger hinhalten könnte. Wenigstens so lange, bis er selbst wußte, was auf Gulüüp vorgefallen war. Der Braune hatte recht. Die Revolution von Apas hatte mit dem Zwischenfall nichts zu tun. Ipotheey hätte sonst davon wissen müssen.

Vielleicht konnte er Iül-Theer-Hij klarmachen, daß man den Inselboden erst abkühlen lassen mußte, bevor man an eine genaue Untersuchung denken konnte. Außerdem bedeutete die Aktivität der Kernstrahlung eine nicht zu unterschätzende Gefahr.

Ipotheey wandte den Blick von der Tür und drehte sich zum Fenster hin. Er dachte darüber nach, ob er Iül-Theer-Hij jetzt sofort oder erst später anrufen solle.

Da sah er den Mann, der vor dem Fenster auf einem Stuhl saß.

Torav Drohner hatte den Gleiter außerhalb der Stadt gelandet. Sie hatten das Fahrzeug in einem kleinen, wildwachsenden Wald versteckt und den Rest des Weges zu Fuß in Angriff genommen. Vorläufig waren sie bar jeder finanziellen Mittel und konnten sich nicht einmal die Benutzung eines der öffentlichen Verkehrsmittel erlauben. In den Brusttaschen ihrer Kombination trugen sie die kleinen hypnomechanischen Projektoren und kamen nicht nur den Passanten, sondern auch sich selbst wie waschechte Blues vor. Es war ein Zustand, an den sie sich erst gewöhnen mußten.

Die Berichte des Gefangenen Kody hatten ihnen einen ersten Eindruck vom Bild apasosischer Städte gegeben. Jetzt bekamen sie den zweiten und sahen, daß sie ihre Vorstellungen korrigieren mußten. Zu sehr waren sie bisher der menschlichen Denkweise verhaftet gewesen.

Die Architektur der Apasos kannte kaum Ecken und Kanten. So, wie die vier Augen der Blues gleichzeitig den gesamten Gesichtskreis erfassen konnten, wenn sie wollten, gestatteten ihre Gebäude gleichwertigen Ausblick in alle Richtungen. Mit anderen Worten: Kreisrund war eine beliebte und häufig angewandte Bauform. Vereinzelt gab es schmale, fast nadelförmige Rundtürme, die mehrere hundert Meter weit in die Höhe stiegen und mit einem flachen Kuppeldach abschlossen. Sie erinnerten an terranische Wolkenkratzer. Aber die weitaus häufigste Gebäudeform war die des verhältnismäßig flachen, weiten Bauwerks mit hohen, parabolischen Kuppelüberbauten, die fast an Zuckerhüte erinnerten.

Die Straßen waren beeindruckend weit. Zwischen den einzelnen Häusern formten sich Buchten, so daß es eine eigentliche Straßenlinie nicht zu geben schien. Straße und Platz waren zu städtebaulicher Identität verschmolzen. Kreuzungen breiteten sich wie weite Seen vor dem menschlichen Auge, und der Verkehr floß mit einem Tempo dahin, das sich nur jemand erlauben konnte, der vier Augen besaß.

Wenigstens war das Prinzip des Verkehrs aus solchen Anfängen entstanden. Torav entdeckte rasch, daß der moderne Apas-Verkehr die Technik der Mikrowellenleitung ebenso beherrschte wie der terranische. Die Fahrzeuge bewegten sich unter dem Zwang eines künstlichen Schwerefelds etwa dreißig Zentimeter über dem Boden. Die gängige Reisegeschwindigkeit auf der Straßenmitte im Stadtinnern betrug etwa zweihundert Kilometer pro Stunde. Ausweichmanöver wurden mit einer Schnelligkeit und Zielsicherheit durchgeführt, wie sie nur ein automatisches, elektronisch gesteuertes Leitsystem erzielen konnte.

An den Aufschriften einiger Gebäude erkannte Torav, daß die Stadt Puhit hieß. Nach den Beobachtungen, die Hauka Leroy während des Anfluges gemacht hatte, war nichts anderes zu erwarten gewesen. Puhit war die größte Stadt auf Apas und gleichzeitig der Sitz der Regierung. Drei der fünf Blues, deren Namen Kody genannt hatte, mußten in Puhit leben.

Torav ließ sich und seinen Begleitern ein paar Stunden Zeit, sich an das Leben der Stadt zu gewöhnen. Der Fußgängerverkehr war rege. Es gab keine Bürgersteige oder Transportbänder, zumindest nicht überirdisch. Die Passanten bewegten sich am Straßenrand, und ihre vier Augen verliehen ihnen eine Sicherheit, die der irdische Fußgänger niemals in der langen Geschichte terranischen Stadtverkehrs gehabt hatte. Die vier Terraner befanden sich im Nachteil. Der Hypnoprojektor verlieh ihnen zwar das Aussehen von Blues, nicht aber zwei zusätzliche Augen.

Die Probleme, denen sich die kleine Gruppe in erster Linie gegenübersah, waren erheblich. Geld wurde gebraucht – und Verbindung mit einem der von Kody genannten Revolutionäre mußte aufgenommen werden. Was die Lage zusätzlich erschwerte, war, daß Torav Drohner keine Ahnung hatte, welches Problem er zuerst angehen sollte. Es erschien logisch, sich zunächst an einen der Verbindungsmänner zu halten. Dafür, daß der Revolution Hilfe von auswärts zuteil wurde, sollte der Revolutionär mit Freuden bereit sein, die Terraner finanziell zu unterstützen. Aber eben weil der Gedanke so logisch erschien – nämlich terranisch-logisch – verwarf ihn Torav wieder. Der Bluc mochte in anderen Bahnen denken.

Torav brauchte nicht allzu lange, um daraufzukommen, daß die aussichtsreichste Möglichkeit, zu Geld zu kommen, die des Diebstahls war. Die Vorstellung war ihm alles andere als sympathisch. Er mußte sich fast mit Gewalt davon überzeugen, daß er hier dabei war, einen Guerilla-Krieg gegen das Imperium der Blues zu führen und daß unter diesen Aspekten eine gesetzwidrige Handlung nicht nach dem Strafgesetzbuch beurteilt werden konnte.

Lloyd fand auf telepathischem Weg heraus, wo reiche Blues lebten. Bald hatte er einen gefunden, der allein zu Hause und leicht auszurauben war.

Nun trat Tako Kakuta in Aktion. Er teleportierte in die Wohnung, in der das ausgesuchte Opfer lebte, und stahl ihm ohne Gewissensbisse eine stattliche Summe.

Damit kehrte er zu den Freunden zurück.

Nach Takos Rückkehr begann die Suche nach dem wichtigsten der drei Revolutionäre, die nach Kodys Angaben in Puhit lebten. Name und Beruf des Mannes waren bekannt, und mehr war nicht vonnöten, um den Gesuchten zu finden. Auf Apas gab es sogenannte Informationszentren.

Die Anschrift des Gesuchten war bald ermittelt. Er bekleidete ein hohes Amt und hatte eine Dienstwohnung in demselben Gebäude, in dem sich auch sein Büro befand.

Es gab keine Kontrollen am Haupteingang des Gebäudes. Jedermann konnte den Turm betreten. Tako verabschiedete sich von den Gefährten und machte sich auf den Weg.

Der Kommissar der achtzehn Vorsichten würde eine Überraschung erleben.

Tako war gespannt auf Ipotheeys – so hieß der Gesuchte – Reaktion.

„Probleme“, sagte der Mann am Fenster beiläufig, „nichts als Probleme haben die Kommissare. Im Grunde genommen befürworten sie die Revolution, aber dann kommen Situationen, in denen die eigene Haut ihnen teuer zu werden beginnt. Und sie überlegen, wie sie beiden Seiten zugleich dienen könnten.“

Ipotheey sprang auf.

„Lüge!“ zischte er.

Er unterbrach sich, weil der Unbekannte eine wegwerfende Kopfbewegung gemacht hatte, teils, weil er einsah, daß er dabei war, sich zu verraten. Er kannte den Fremden nicht. Wie kam er dazu, sich ihm gegenüber gegen den Vorwurf des Verrats an der Revolution zu rechtfertigen?

„Ich bin nicht irgendwer“, erklärte der Unbekannte. „Du solltest an meinem Eintritt gemerkt haben, daß mir beachtliche Mittel zur Verfügung stehen."

Ipotheey erinnerte sich. Der Fremde war plötzlich mitten im Raum aufgetaucht. Er, Ipotheey, hatte die ganze Zeit über die Tür im Auge gehabt. Durch die Tür war niemand gekommen, seitdem Iül-Theer-Hij das Zimmer verlassen hatte. Das Fenster ließ sich von außen nicht öffnen. Wie also, bei allen grünen Sandkreaturen, war der Mann hereingekommen?

„Wer – wer bist du?" stotterte Ipotheey entsetzt.

„Heph-Mall-Thou, Oberkommissar des Geheimen Widerstands. Du hast davon noch nie gehört. Lange war die Zeit nicht reif, daß die wahren Kämpfer die Hilfe deiner Gruppe hätten suchen müssen."

Der Fremde sprach jetzt energisch, und mit der Anrede gab er Ipotheey zu verstehen, daß er sich für den Höhergestellten hielt. Eine Aussicht übrigens, der Ipotheey im folgenden nicht widersprach.

„Ich – ich – wir haben nie von deiner Gruppe gehört."

„Natürlich nicht. Du und deine Leute leisten kleine Arbeit. Du hast nur Apas im Auge, sonst nichts. Wir arbeiten auf interstellarer Basis. Unsere Zeit ist bald gekommen. Alle Vorbereitungen sind getan. Ich bin unterwegs, um die örtlichen Widerstandsgruppen auf die bevorstehenden Ereignisse aufmerksam zu machen und ihre Hilfe zu fordern."

„Hilfe – wozu?"

„Das erste Stadium des Planes sieht vor, die Sekundärwelten von den Spitzeln der Zentralregierung zu befreien. Das kann nur dann unbemerkt geschehen, wenn die geheimen Kursleitstellen der Schiffslinien der neunzehnten Vorsicht schlagartig blockiert werden. Kein einziger Agent darf entkommen. Unsere Macht ist groß, aber nicht groß genug, daß wir einem massierten Angriff der Imperiumsflotte lange Widerstand leisten könnten. Der Beginn der Revolution muß so lange wie möglich geheimgehalten werden."

Ipotheey kam sich vor wie während des Liedes an die braune Waldkreatur, wenn ihm die verworrenen Träume kamen.

„Was – welches sind eure Mittel?" fragte er zaghaft.

„Alathuys war erfolgreich", antwortete Heph-Mall-Thou. „Wir konnten ausreichend Schutzmasse erbeuten. Wir haben Geschütze, die denen der Flotte überlegen sind. Uns stehen zweitausend schwerbewaffnete Raumschiffe und bis jetzt hunderttausend Mann zur

Verfügung. Wir brauchen mehr, um die Schiffe zu bemannen und die Kursleitstellen zu blockieren. Von Apas wird verlangt, daß man viertausend Revolutionäre zur Widerstandsflotte abstellt und zehntausend Mann bereithält, um die Leitstellen zu blockieren."

Ipotheey zirpte vor Entsetzen. Von Alathuy hatte er nie gehört. So sehr war er trotz aller revolutionärer Betätigung dem anerzogenen Gedankengut verhaftet, daß ihm einen Augenblick lang der ungesetzliche Erwerb von Schutzmasse wie ein Frevel vorkam. Und überdies erschütterte ihn die Forderung nach vierzehntausend Mann – wo er doch selbst am besten wußte, daß es auf ganz Apas nicht mehr als achtzehnhundert aktive Revolutionäre gab.

„Die letztere Zahl kann verringert werden", fügte Heph-Mall-Thou hinzu. „Dazu muß allerdings unseren eigenen Leuten erklärt werden, wo die Kursleitstellen sich befinden, wie stark sie bewacht sind – kurz und gut, alles, was ein Angreifer braucht, um die Leitstellen zu übernehmen und lahmzulegen."

Ipotheey wackelte zur Bejahung mit dem Kopf, ohne zu wissen, wozu er da seine Zustimmung gab.

Heph-Mall-Thou stand auf.

„Ich werde zurückkommen", sagte er bestimmt. „Sagen wir in sieben Zehnteltagen. Du besitzt bis dahin entweder die Gewißheit, daß dem Geheimen Widerstand vierzehntausend Revolutionäre von Apas zur Verfügung stehen, oder du hast die nötigen Informationen vorliegen. Die Revolution ist kein Kinderspiel. Man muß hart zugreifen."

Ipotheey erhob sich ebenfalls. Heph-Mall-Thou stand dicht am Fenster. Mit dem Frontaugenpaar schien er hinaus auf die Stadt zu schauen.

„Hab noch einen Augenblick Geduld", flehte Ipotheey. „Ich habe da ein Problem mit den Leuten von der neunzehnten Vorsicht. Man hat..."

Heph-Mall-Thou machte eine völlig unerwartete Bewegung. Er drehte den Kopf.

Tako wußte nicht, daß er damit einen verhängnisvollen Fehler beging. Vieräugige Blues brauchten den Kopf nicht zu drehen, um in eine andere Richtung zu blicken. Unbewußt hatte Tako einmal wie ein Mensch reagiert.

Ipotheey war eine Zeitlang so verwirrt, daß er nicht wußte, was er hatte sagen wollen. Erst nach hastigem Nachdenken fiel es ihm wieder ein.

„Man hat behauptet, daß die Zerstörung der Inselstation Gulüüp auf Sabotage zurückzuführen sei. Man wird mich der Hohen Kommission der neunzehnten Vorsicht vorführen, wenn ich den Fall nicht in zwei Tagen geklärt habe."

Heph-Mall-Thou unterbrach ihn. „Die neunzehnte Vorsicht kann hingehalten werden – wenigstens drei Tage lang. Bis dahin sind wir soweit."

Er wackelte Ipotheey mit dem Kopf zu und sagte: „Segen vom roten Himmel!"

Dann, ohne jeglichen Übergang, verschwand er von der Stelle, an der er soeben noch gestanden hatte.

Ipotheey ließ sich in seinen Stuhl fallen und begann nachzudenken. Die Gedanken schwammen ihm im Gehirn, und nicht zwei von ihnen ließen sich zum Anfang einer logischen Kette zusammenfügen. Er stand wieder auf, trat durch die Lücke aus seinem Arbeitstisch hinaus und legte sich auf den gepolsterten Boden.

Auf dem Bauch liegend, schob er beide Arme von hinten über den Schädel und bedeckte mit den Händen die Gehörlamellen. Dann zog er die kurzen Beine an, bis die Füße seitwärts des Körpers mit flachen Sohlen auf dem Boden standen.

In dieser Stellung begann er das Exerzitium der Not, den Anruf der weißen Kreatur der Klarheit.

Fast einen Zehnteltag lang verbrachte er mit dem Anruf.

Danach war sein Gehirn klar. Wunderbar reibungslos fügte sich Gedanke an Gedanke, in raschen, zielsicheren Zügen malte sich das Bild der letzten Ereignisse. Ipotheey wußte auf einmal, was er zu tun hatte.

Er kehrte zu seinem Arbeitstisch zurück und drückte Iül-Theer-Hijs Bildsprechkode in das Wählgerät.

Der Meister der neunzehnten Vorsicht meldete sich unverzüglich. Er sah Ipotheey starr an und sagte: „Ich habe deinen Anruf erwartet. Hat sich der Fall Gulüüp . . ."

Ipotheey erlaubte sich die Dreistigkeit, den Braunen zu unterbrechen.

„Nein, noch nicht", erklärte er. „Aber ich weiß, daß sich Fremde auf Apas befinden. Ihre Hinteraugen sind blind. Wenn sie nicht richtig stehen, müssen sie den Kopf drehen, um einen anzusehen. Und sie kommen und gehen in Nullzeit."

Im Nordosten der Stadt gab es eine „Abteilung der Unterkünfte einzeln Wohnender". Dieses Stadtviertel bestand fast ausschließlich aus mittelhohen, jedoch sehr tiefen Appartementhäusern. Jeweils eine Gruppe solcher Gebäude wurde von einem Konsortium privater Eigentümer geleitet. Man mietete dort Appartements, je nach Frist des Mietvertrages, für fünfzig bis zweitausend Einheiten pro Zehntag.

Torav hatte zwei passende Appartements ausfindig gemacht. Die Verhandlungen mit dem Beauftragten des Vermieters, der im Erdgeschoß des Gebäudes seine Wohnung hatte, waren reibungslos verlaufen. Der Mann hieß Epethultiik und befand sich, nach Statur und Hautbeschaffenheit zu urteilen, schon im letzten Viertel seines Daseins. Er bediente seine Kunden hinter einer halbkreisförmigen Theke, die er im Vorraum seiner Wohnung errichtet hatte, so daß er bei offener Tür in die Parterre-Halle hinaussehen konnte.

Die Appartements waren im typischen Bluesstil angelegt. Der Rundung des Gebäudes folgend, hatten die Zimmer die Form von Kreisringstücken. An der Peripherie des Kreises boten weite, ovale Fenster einen weiten Überblick über die Stadt, an der Innenseite des Kreisrings führten Türen in den Hauptschacht hinaus, der mit einer Reihe von Unterschächten die vertikale Verbindung von Stockwerk zu Stockwerk herstellte.

Die Einrichtung war fremdartig. Trotz der Schilderungen, die Kody gegeben hatte, brauchten die Terraner eine Stunde, um die Funktion eines jeden Geräts zu erkunden. Wie in irdischen Appartementhäusern war auch hier jede Wohnung mehr eine Wohnautomatik, die mit vielerlei Apparaten und Instrumenten jeden Wunsch des Bewohners in Kürze zu erfüllen vermochte – drehte es sich nun um eine ausgiebige Mahlzeit mit Spezialitäten von fremden Welten oder um etwas Einfaches wie ein Bad in der kunststeinernen Wanne von der Form einer Dreiviertelkugel.

Tako Kakuta erschien, als Torav, Hauka und Fellmer ihre Erkundungen gerade beendet hatten. Er erstattete kurzen Bericht. Er war gewiß, daß Ipotheey die notwendigen Unterlagen innerhalb der genannten Frist beschaffen würde. Denn, daß er vierzehntausend Mann nicht auf die Beine stellen konnte, war der terranischen Abwehr schon durch Kody bekannt gewesen.

Eine Nacht war vergangen. Torav hatte nur ein paar Stunden geschlafen, aber die Ruhe hatte ihn gekräftigt. Er nahm ein Bad in der kugelförmigen Wanne und ließ den beruhigenden Gedanken, daß man ihre Spur noch nicht entdeckt hatte, geraume Zeit auf sich einwirken. Vor allem Robotern, die die Wirkung der Projektoren neutralisieren konnten, waren sie bisher erfolgreich aus dem Weg gegangen.

Torav war ausgezeichneter Laune, als er in den Raum zurückkehrte, in dem der kleine, schwarzhaarige Hauka Leroy aus Nährkonzentraten und Apas-Wasser eine Art Frühstück bereitete.

Nach dem Frühstück wurden die Pläne des Tages noch einmal durchgesprochen. Tako Kakuta, der Teleporter, war mit Ipotheey verabredet. Mit den Informationen, die der Kommissar ihm gab, sollte Tako zum Ausgangspunkt zurückkehren, damit hier darüber entschieden werden konnte, welches Projekt am lohnendsten erschien. Es drehte sich darum, die galaktischen Positionsdaten der Zentralwelt Gatas so rasch und reibungslos wie möglich zu erhalten. Es mußte sorgfältig abgewogen werden, welche der Kursleitstellen die am leichtesten zugängliche war.

Fellmer Lloyd fiel die Aufgabe zu, sich während Takos Abwesenheit in der Nähe des Appartementhauses zu bewegen und die Gedanken der Blues in der Umgebung des Gebäudes zu studieren. Torav war der Ansicht, daß sich so am einfachsten ermitteln ließ, ob Gefahr im Verzug war.

Für Hauka Leroy gab es keine besonderen Pläne. Hauka erlegte sich daher eigenmächtig eine Aufgabe auf und beschloß, an ein paar abgelegenen, unbewohnten Gebäuden, die es auch in Puhit ohne Zweifel geben mußte, die Türmechanismen zu studieren. Torav gestand ihm lächelnd zu, daß die Kenntnis der elektronischen Verriegelung unter Umständen von Vorteil sein könne.

Torav selbst blieb zu Hause. Die Aufgabe lag ihm nicht. Es widersprach seiner Art, im Hinterhalt geduldig zu warten, bis andere ihre Arbeit getan hatten. Aber einer von ihnen mußte das Haus hüten, und im Grunde genommen war es viel unangenehmer, in Unwissenheit zu warten, als irgendwo aktiv zu sein – selbst wenn mit der Aktivität beachtliche Gefahr verbunden war.

Die Männer machten sich auf den Weg. Tako Kakuta blieb mit Torav noch eine Weile zurück, bis seine Zeit gekommen war. Dann verschwand er auf seine eigene Art und Weise, die Torav immer aufs neue mit einem Gefühl leisen Unbehagens erfüllte.

Torav zog sich einen der hochlehnigen, schmalen Stühle an eines der Fenster und sah auf die Straße hinaus. Das Fenster hatte zum Innern des Raumes hin eine Art Sims. Torav plazierte darauf Minikom und hypnomechanischen Projektor, so daß er beide Geräte mit einem raschen Handgriff erreichen konnte. Er hoffte, daß er nur den Minikom brauchen würde, aber er war seiner Sache nicht sicher.

Er versuchte sich vorzustellen, wie es Tako in diesem Augenblick erging. Er saß jetzt dem Kommissar gegenüber und nahm wahrscheinlich mit herablassendem Gehabe zur Kenntnis, daß Ipotheey die geforderten vierzehntausend Mann nicht aufbringen könne und statt dessen lieber die nötigen Informationen über die Kursleitstellen unterbreiten wolle. Über Tako fühlte sich Torav völlig beruhigt. Er war der richtige Mann, eine solche Aufgabe zu handhaben. Und selbst, wenn etwas Unerwartetes dazwischenkommen sollte, konnte er sich immer noch durch seine unnachahmliche Art der Bewegung aus der Schlinge ziehen.

Nein, Torav machte sich um Tako nicht die geringste Sorge . . .

Was Tako in Wirklichkeit zustieß, unterschied sich erheblich von Toravs Vorstellungen.

Tako materialisierte in der Nähe des Fensters in Ipotheeys Arbeitsraum. Mit dem ersten Blick erkannte er, daß der Kommissar hinter seinem Tisch saß. Sonst befand sich niemand im Raum. Tako war zufrieden und konstatierte mit Genugtuung, daß Ipotheey über sein plötzliches Auftauchen erschrak.

„Sieben Zehnteltage sind um", erklärte Tako.

Ipotheey machte eine zerstreute Geste der Zustimmung. Tako setzte sich, ohne dazu aufgefordert zu werden.

„Du mußt verstehen“, begann Ipotheey, „daß die Revolution auf Apas längst nicht so gut organisiert ist wie dein Geheimer Widerstand. Ich habe keine vierzehntausend Mann aufbringen können. Deiner Anweisung folgend, habe ich daher hier in meinem Besitz die Unterlagen über die vierzehn Kursleitstellen auf unserem Planeten.“

Ohne zu wissen warum, empfand Tako plötzlich den Eindruck naher Gefahr. Vor ihm blätterte Ipotheey harmlos in den Papierstößen, die er dem Tischfach entnommen hatte.

Tako drehte sich zur Seite. An einem der Wandschränke, die bei seiner Ankunft geschlossen gewesen waren, sah er jetzt eine Tür offenstehen. Er wollte aufspringen, aber man hinderte ihn daran.

Etwas, das sich anfühlte wie ein Dampfhammer, traf ihn gegen den Schädel. Der stechende Schmerz, der vom Gehirn aus durch den Körper zuckte, war für geraume Zeit Takos letzter Eindruck.

Hauka Leroy hatte einen Mietwagen genommen, um in die Außenbezirke der Stadt zu gelangen. Die Fahrt dauerte bei der unerhörten Schnelligkeit des Fahrzeugs nicht länger als eine halbe Stunde. In einer Straße, an deren Rändern ein paar flache, alte und offenbar leere Bauwerke standen, ließ Hauka anhalten.

Er bezahlte die Gebühr und stieg aus.

Langsam und gemächlich schritt Hauka die leere Straße entlang. Es ging gegen Mittag, und die Hitze nahm natürlich zu. Die Durchschnittstemperaturen auf Apas waren weit höher als die der Erde, und Hauka fing an zu schwitzen.

Er passierte etwa zehn alte, häßliche Bauwerke, bevor er nach rechts einbog und sich durch einen breiten Streifen fast mannshohen Gestrüpps auf den Eingang eines Rundhauses zuarbeitete.

In diesem Augenblick, ohne jede vorherige Warnung, traf ihn der Schlag. Etwas Hartes, Spitzes schien ihm gegen den Schädel zu prallen. Er wollte sich umdrehen, aber der Schmerz saugte alle Kraft aus den Muskeln und lähmte die Nerven. Voller Erstaunen sah Hauka den Boden plötzlich auf sich zukommen.

Bewußtlosigkeit erstickte seine Verwunderung.

„Da stimmt etwas nicht, Torav", sagte Fellmer Lloyds ruhige Stimme. „In zweihundert Metern Umkreis sind wenigstens drei Blues, die sich in Gedanken mit uns beschäftigen – und nicht gerade freundlich."

Torav hatte den Minikom dicht vor dem Mund. „Kannst du sie lokalisieren, Fellmer?"

„Nein. Zu viele Gehirne in der Nähe. Ich könnte sie erkennen, wenn sie bis auf weniger als fünfzehn Meter herankämen."

Torav warf einen hilflosen Blick zum Fenster hinaus. Auf der gegenüberliegenden Straßenseite stand Fellmer Lloyd dicht neben dem Haupteingang eines anderen Appartementhauses. Torav erkannte ihn am graugrünen Muster seines Gewands.

„Halt mich auf dem laufenden, Fellmer", bat er. „Ich beobachte dich. Wenn ich etwas Verdächtiges sehe, gebe ich dir Bescheid."

Auf der Straße bewegte sich der mittägliche Verkehr. Kuppelfahrzeuge kreuzten mit halsbrecherischem Manöver von Fahrbahn zu Fahrbahn. Ein Fremder, der sich nicht mit ganzer Aufmerksamkeit darauf konzentrierte, die Bewegung der Fahrzeuge zu beobachten, hätte in dem Gewimmel nicht mehr Sinn erkannt als im Gekrabbel eines Ameisenhaufens.

Fellmer Lloyd bewegte sich jetzt. Er ließ den Eingang des Hauses hinter sich zurück und spazierte gemächlich in die Bucht hinein, die die Straße zwischen zwei Rundhäusern bildete. Torav verlor ihn aus der Sicht.

„Wenn du dich verkriechst, kann ich dir nicht helfen", beschwerte er sich. „Bleib dort, wo ich dich sehen kann."

„Warte", antwortete Fellmer. „Ich habe jetzt die Richtung, aus der eine der Gedankenwellen kommt. Vielleicht kann ich den Kerl . . ."

Er schwieg.

„Glaubst du, sie wissen wirklich schon Bescheid?" fragte Torav.

Fellmer antwortete nicht sofort. Eine halbe Minute verstrich, und Torav bekam es mit der Angst, es könnte dem Mutanten etwas zugestoßen sein. Dann klang Fellmers Stimme plötzlich aus dem kleinen Empfänger, und diesmal war sie aufgeregt.

„Ganz ohne Zweifel. Hör zu, Torav: Sie wissen, daß wir Fremde sind. Sie bringen uns mit der zerstörten Inselstation in Verbindung. Sie haben den Auftrag, uns zu fassen. Es sind Geheimpolizisten. Sie haben ein bißchen Angst vor uns. Warte . . ."

Atemlos vor Spannung starrte Torav das kleine Empfangsgerät an. Fellmer schwieg endlos lange. Torav traute sich nicht, ihn anzusprechen. Der Mutant konzentrierte sich auf die Gedankenmuster des Gegners. Selbst die kleinste Störung würde ihn dabei behindern.

„Torav?“ klang es aus dem Empfänger.

„Ja?“

„Andere Blues sind hinter Tako und Hauka her. Sie wissen, daß wir vier sind.“

Torav zwang sich zur Ruhe. „Ich gebe Hauka und Tako Bescheid.“

Fellmer schwieg. Torav drückte zwei Knöpfe des Minikoms und wartete. Der zweite Knopf löste das Koderufzeichen aus. Tako und Hauka würden sich in ein paar Sekunden melden – Tako, der sich mitten in einer Unterredung befand, wahrscheinlich nur mit dem knappen Antwortzeichen.

Eine halbe Minute verging – eine ganze. Torav drückte den Rufknopf ein zweites Mal, wiederum ohne Erfolg.

„Nichts, nicht wahr?“ fragte Fellmer.

„Nichts“, krächzte Torav.

„Dann haben sie sie schon erwischt“, stellte der Mutant fest.

Torav konnte nicht erkennen, was dann passierte. Eine Serie von Geräuschen prasselte aus dem Empfänger. Es klang fast so, als polterte Fellmers Minikom einen langen, steilen Abhang hinunter.

Dann war plötzlich Stille. Behutsam drückte Torav den Ausschalter. Er hätte nichts Dümmeres tun können, als jetzt nach dem Mutanten zu rufen. Das Gerät war vermutlich noch in Betrieb, aber Fellmer Lloyd meldete sich nicht.

Unter diesen Umständen hielt Torav Drohner es für das Gescheiteste, wenn er sich so schnell wie möglich aus dem Staub machte. Vielleicht gelang es ihm, das Haus zu verlassen, noch bevor die Gegner es betraten.

Er versenkte den kleinen Projektor in der Brusttasche und verwandelte sich in einen Blue. Den Minikom schob er in sein einziges Gepäckstück, ein Mittelding aus Paket und Aktenmappe, wie es auf Apas modisch war. Da die anderen ihre wichtigsten Utensilien ebenfalls mitgenommen hatten, gab es in den beiden Appartements nun nichts mehr, was auf die Herkunft der vier merkwürdigen Fremden hingewiesen hätte.

Als ob das eine Rolle spielte, dachte Torav grimmig. Drei von uns haben sie ohnehin schon am Kragen.

Er ging auf die Tür zu, da ertönte das helle Singen des Melders, der den Türsummer ersetzte. Torav erschrak. Er setzte sein Gepäck zu Boden und griff nach der Waffe, die er in einer Falte seines Gewands trug.

Mit lauter Stimme sagte er: „Die willkommenen Unbekannten mögen eintreten!"

Der akustische Servomechanismus hörte seine Worte und öffnete die Tür. Torav atmete auf. Draußen stand ein weibliches Wesen, als solches für Torav vorläufig nur an Schnitt und Buntheit der Kleidung zu erkennen.

„Ich bitte dich wegen der Störung um Verzeihung", begann das Bluemsädchen und trat zögernd über die Schwelle. „Ich habe schon mehrere Male summen lassen."

Torav verfluchte seinen Mangel an Vorsicht. Er hatte den Projektor erst vor ein paar Augenblicken in Betrieb gesetzt. Zuvor hatte er das Singen des Melders, einen Ton im mittleren Ultraschallbereich, natürlich nicht hören können.

„Ich bitte dich um Verzeihung", antwortete er, mit einem Versuch, durch Höflichkeit die Scharte wieder auszuwetzen. „Ich war in Gedanken versunken."

Das Mädchen ging nicht darauf ein. „Ich soll dir ausrichten, daß der frühere Hausmeister heute morgen abgelöst worden ist. Ich bin seine Nachfolgerin."

Torav machte kopfwackelnd eine Geste.

„Ich war gerade dabei, das Haus zu verlassen", sagte er.

Sie wich in den Gang hinaus zurück. „Ich wollte dich nicht aufhalten."

Er trat an ihr vorbei. Die Tür schloß sich hinter ihm. Er ging den Rundgang entlang auf den nächsten Aufzugschacht zu. Irgendwie beunruhigte ihn die Anwesenheit des Mädchens, das hinter ihm, in der Nähe der Tür, reglos stehengeblieben war.

Er begann zu rennen. Aber da war es schon zu spät. Er bekam einen dröhnenden Schlag auf den Schädel und verlor das Bewußtsein.

Torav Drohner fand sich auf einem Möbelstück, das er unschwer als eine Art Bett identifizierte. Es war ihm entsetzlich übel. Sein Schädel dröhnte, als würde in den Gehirnwindungen ein Autorennen abgehalten.

Torav drehte sich mühselig zur Seite und sah einen Mann, der neben ihm auf der Bettkante saß. Die Umrisse des Mannes waren zunächst verschwommen, aber während Toravs Neugierde das Bewußtsein mangelnden Wohlbefindens verdrängte, erkannte er Hauka Leroy.

Offenbar war es Hauka ebenso miserabel ergangen wie ihm selbst. Sein Gesicht war danach.

Torav sah sich weiter um und stellte fest, daß er sich in einem segmentförmigen Raum befand, dessen Außenwand ein weites, hohes Fenster enthielt. Licht fiel durch dieses Fenster herein.

An der gegenüberliegenden Seitenwand, mit dem Fußende zum Fenster hin weisend, stand ein zweites Bett. Zwischen dem Bett und der Fensterwand gab es eine schmale, hohe Tür. Torav drehte den Kopf zur Seite und fand die gleiche Tür auch auf seiner Seite des Zimmers. Eine dritte Tür gab es in der schmaleren Rückwand. Ansonsten bestand das Mobiliar aus einem runden Tisch in der Mitte des Zimmers und zwei Stühlen. Der Tisch stand auf einer zylindrischen Säule von etwa einem Meter Durchmesser. Die Stühle waren so angeordnet, daß jeder mit der Rückenlehne zu einem der Betten wies.

Der Raum war streng symmetrisch. Eine Linie, von der Mitte der rückwärtigen Tür zur Mitte des Fensters gezogen, hätte ihn in identische Hälften gespalten. Mit Unbehagen erinnerte sich Torav, daß man auf der Erde eine ähnlich symmetrische Sachlichkeit besonders in Gefängniszellen fand.

Gegen den Widerstand seiner Nerven und Muskeln schwang er sich in die Höhe und stand auf. Er trug immer noch die Kunststoffkombination, die zur Standardausrüstung des Raumfahrers gehörte. Das wallende Bluesgewand nach der Mode von Apas war ihm jedoch abhanden gekommen. Mit dem Gewand waren, wie Torav sich rasch überzeugte, Waffen, Projektor und Minikom verschwunden.

Hauka sah ihm nach, während er zum Fenster ging. Bis jetzt hatte noch keiner ein Wort gesagt. Torav sah hinaus auf eine glatte, sonnenbeschienene Steinfläche, die etwa fünfzehn Meter unter ihm lag und sich bis zu einer Mauer von beachtlicher Höhe weit im

Hintergrund erstreckte. Die Mauer zog sich in sanftem Bogen quer durchs Gesichtsfeld. Vermutlich war sie ebenso kreisförmig wie jedes andere Bauwerk auf Apas.

Jenseits der Mauer erkannte Torav die nebelhaften Umrisse einer Hügelkette. Zwischen der Mauer und den Hügeln schien also vornehmlich flaches Land zu liegen. Das war ungünstig für den Fall, daß es ihnen jemals gelingen sollte, aus dem Haus zu fliehen.

Torav wandte sich um.

„Also, was gibt's?“ fragte er Hauka.

Hauka winkte ab. „Ich weiß genausoviel wie du. Jemand knallte mir von hinten eine über den Schädel, und als ich wieder zu mir kam, lag ich da drüben auf dem Bett.“

Torav betastete sich den Kopf.

„Keine Beule“, murmelte er. „Es war also nicht wirklich ein Schlag. Schockwaffen nehme ich an.“ Er deutete auf eine der Seitentüren. „Was ist dahinter?“

„Badezimmer und so“, antwortete Hauka.

„Ein Gefängnis mit Komfort. Und da?“

„Weiß nicht. Die Tür ist zu. Wahrscheinlich der Ein- und Ausgang.“

Torav winkte ab. „Irgendeine Ahnung, wo wir hier sind? Was mit Tako und Fellmer passiert ist? Wem wir eigentlich in die Hände gefallen sind? Was sie mit uns vorhaben?“

Hauka schüttelte den Kopf. „Nein auf alle Fragen. Ich bin höchstens zehn Minuten vor dir aufgewacht.“

Torav hockte sich auf die Bettkante. Dann stützte er das Kinn in beide Hände und starrte vor sich hin auf den Boden. Hauka störte ihn nicht. Minuten vergingen in absolutem Schweigen, eine Viertelstunde, eine halbe ...

Dann sah Torav auf. „Wir wissen nicht, wie sie uns auf die Spur gekommen sind. Möglicherweise durch Fehlverhalten unsererseits. Auf jeden Fall haben sie uns fest. Wahrscheinlich sind wir Gefangene der gatasischen Geheimpolizei. Wir haben keine Möglichkeit, uns mit der KOPENHAGEN oder auch nur mit den beiden Mutanten in Verbindung zu setzen. Wir befinden uns offenbar weit von der Stadt entfernt in einem Gebäude, das so gut wie keine Möglichkeit zur Flucht läßt.“ Er stand auf. „Es sieht also ganz so aus, als wären wir mitten im tiefsten Dreck gelandet.“

Er begann einen Spaziergang durch das Zimmer. Er ging zum Fenster, kehrte auf der anderen Seite des Tisches zurück, machte an der hinteren Tür eine Kehrtwendung und schritt wieder auf das Fenster zu. Als er auf diese Weise den Tisch zum viertenmal passiert hatte, geschah etwas Unerwartetes.

Eine runde Stelle der Wand, schräg über Haukas Bett, leuchtete plötzlich auf. Torav wurde aufmerksam, als er den schwachen Lichtblitz bemerkte, der durch den Raum fuhr. Der Fleck an der Wand, der sich bisher in nichts von der restlichen Wand unterschieden hatte, war plötzlich zum Bildschirm geworden, auf dem der Kopf eines Blues sichtbar wurde.

„Ich sehe euch überrascht", sagte der Kopf mit Haukas Stimme. „Ich bin jedoch sicher, daß ihr die Zusammenhänge rasch erkennt. Wir sind im Besitz eurer Projektoren, und wenn wir deren Prinzip auch nicht völlig verstehen, so konnten wir sie doch umpolen. Sie erfüllen jetzt einen neuen Zweck. Von einem der unseren getragen, lassen sie den Träger als Mitglied eurer Rasse erscheinen. Schade, daß sich die positronische Übertragungseinrichtung nicht dazu eignet, die hypnomechanische Projektion, auf die eure Geräte programmiert sind, zu übermitteln, denn sonst würdet ihr mich als einen der euren sehen und ich euch als einen der unseren."

Torav erholte sich von seinem Schreck.

„Kannst du mich verstehen?" fragte er.

„Ja, ich verstehe dich gut, denn die Übertragung der Sprache funktioniert nach wie vor, ohne Beeinträchtigung, zweiwegig. Ich bin euch Aufklärung schuldig. Mein Name ist Iül-Theer-Hij, Meister der neunzehnten Vorsicht, Bürger der ersten Welt Gatas. Die Aktion gegen euch stand unter meiner Leitung."

Er schien stolz darauf zu sein. Wenigstens klang seine Stimme so. Allerdings, überlegte Torav, mußte man bei solchen Schätzungen vorsichtig sein. Immerhin sprach Iül-Theer-Hij in Wirklichkeit seine eigene Sprache, und nur der Projektor übertrug sie in verständliches Interkosmo.

„Ihr seid sehr klug vorgegangen", fuhr der Meister fort, „aber doch nicht klug genug. Einer von uns dreht sich nicht um, wenn er angerufen wird. Kommissar Ipotheey wurde auf diese Eigentümlichkeit aufmerksam, als er sich zum erstenmal mit eurem Beauftragten unterhielt. Ipotheey ist ein unbedeutender Mann, der insgesamt die Revolution befürwortet und glaubt, daß wir nichts davon wüßten. Aber er ist ein scharfer Beobachter. Er beschrieb den Vorfall genau, und ich kam zu dem Schluß, daß es sich bei seinem Besucher nicht nur um ein Mitglied einer fremden Rasse, sondern obendrein um einen der wenigen Bevorzugten handelte, die mit parapsychischen und paramechanischen Gaben ausgestattet sind. Aus dem Gespräch mit Ipotheey entnahmen wir, daß ihr nicht hierhergekommen seid, um mit uns friedliche Verbindungen aufzunehmen. Wir mußten euch daran hindern, Schaden anzurichten. Durch den Fehler eures Teleporters nahmen wir an, daß ihr durch hypnomechanische Projektionen unser Aussehen vortäuschen wolltet. Daraufhin begannen wir mit der Computerauswertung der positronischen Aufzeichnungskameras, die sich in allen Mietfahrzeugen befinden und jeden Fahrgast automatisch erfassen. Derartige positronische Geräte lassen sich durch hypnomechanische Projektionen nicht täuschen. Und tatsächlich hatten wir Erfolg. Nur dem Umstand, daß die Überwachungsanlage in den Mietfahrzeugen ihre Beobachtungen nur bei Vorliegen krimineller Handlungen an die Sicherheitskräfte weiterleitet, verdankt ihr es, nicht schon früher gefaßt worden zu sein. Uns gelang es, euren Aufenthaltsort zu finden. Als einer von euch abermals einen Mietwagen bestieg, um an den Stadtrand zu fahren, wurden wir informiert und folgten ihm. Es war nicht schwer, ihn zu überwältigen. Danach begannen wir eure Unterkunft einzukreisen. Diesmal besaßen wir positronische Geräte, die in der Lage sind, eure Maskerade zu durchschauen. So gelang es uns rasch, jenen Mann zu finden, der auf der Straße postiert war. Wir schalteten ihn aus und nahmen ihn in Verwahrsam. Kurz darauf ereilte auch dich das gleiche Schicksal. Durch eine routinemäßige Gehirnwellen-Untersuchung, die wir während eurer Bewußtlosigkeit durchgeführt haben, stellten wir fest, daß es neben dem Teleporter noch ein zweites parapsychisch begabtes Wesen gibt. Es besitzt die Gabe der Telepathie. Es dürfte die Annäherung unserer Leute gespürt haben und hat dich wahrscheinlich gewarnt. Dennoch kam die Warnung zu spät. Wir wissen inzwischen einiges über euch, und wir haben vor, noch eine Menge weiterer Informationen von euch zu erhalten. Vor allem wissen wir, daß ihr ein Raumschiff in diesem Sonnensystem versteckt habt. Die Suche danach hat bereits begonnen. Unseren Hypnoverhören werdet ihr nicht lange standhalten und uns – wenn auch unfreiwillig – verraten, woher ihr kommt und was ihr auf Apas vorhattet."

Iül-Theer-Hijs Kopf war nach dieser eindrucksvollen Ansprache noch ein paar Sekunden lang auf der Bildfläche zu sehen, dann erlosch der Schirm. Die beiden Terraner sahen sich betreten an. Das Rätsel, wie man ihnen auf die Spur gekommen war, war gelöst.

„Wieso kann er uns verstehen?" Torav schrie die Frage förmlich, nachdem er lange Zeit nachdenklich geschwiegen hatte.

Hauka erschrak über den plötzlichen Ausbruch, dann kratzte er sich am Kopf.

„Wieso sollte er nicht können?" murmelte er. „Schließlich haben wir ihn auch verstanden, nicht wahr?"

„Und warum?"

Torav hatte offenbar eine längere Erklärung abgeben wollen. Man konnte ihm das ansehen. Er schien erregt, aber mit einem Schlag fiel die Erregung von ihm ab. Er ließ die Schultern sinken und seufzte: „Ja, natürlich hast du recht. Er hat unsere Projektoren, und mehr als das braucht er natürlich nicht."

Er zuckte mit den Schultern. Es war eine hilflose, nervöse Geste, die Hauka nicht überzeugte. Was war los? Torav hatte etwas anderes sagen wollen . . .

Der Projektor Iül-Theer-Hijs hatte mitgehört, als Torav sich mit Hauka unterhalten hatte, nachdem er aus der Bewußtlosigkeit erwacht war. Das Gerät arbeitete die ganze Zeit über, auch wenn der Bildschirm nicht erkennbar war. Und der Blue besaß den umgebauten Projektor, mit dessen Hilfe er Interkosmo in seine eigene Sprache übertragen konnte.

Da fehlte noch etwas. Die logische Kette war nicht vollständig. Hauka spürte, wie er dem Problem auf die Spur kam, über das Torav gerade hatte sprechen wollen. Iül-Theer-Hij hatte beide Projektoren, und obendrein noch die von Tako und Fellmer. Er benutzte sie dazu, um sich mit den Gefangenen zu unterhalten – wenn man seine Grundsatzerklärung eine Unterhaltung nennen wollte. Einen der Projektoren hatte er umgeschaltet, so daß er die Bluessprache in Interkosmo übertrug anstatt umgekehrt, wie er es früher getan hatte.

Der andere Projektor mußte jedoch unverändert geblieben sein.

Nach wie vor übertrug er Interkosmo in die Bluessprache, sonst hätte Iül-Theer-Hij nicht hören können, worüber die Gefangenen sprachen.

Dann, von einem Augenblick zum anderen, fiel es Hauka wie Schleier von den Augen. Der zweite Projektor mußte sich hier befinden. Hier in greifbarer Nähe, vor dem Mikrophon. Die Mikrophone der Blues waren anders gebaut als die irdischen. Die Bluessprache hatte eine andere Frequenzlage. Die Membranen sprachen auf Ultraschall an, für normalen Schall waren sie vermutlich denkbar schlechte Vermittler. Interkosmo mußte in die Bluessprache übertragen werden, *bevor* das Mikrophon angesprochen wurde.

Hier ganz in der Nähe, nur eine Armlänge weit von Hauka entfernt, wahrscheinlich in der Wand verborgen, befand sich einer der beiden Projektoren.

Einer?

Die gleiche Überlegung galt für den Prozeß in umgekehrter Richtung. Iül-Theer-Hijs Worte wurden in Originalfassung vom Mikrophon zum Empfänger übertragen. Erst hinter dem Lautsprecherausgang wurden sie in Interkosmo übersetzt. In den Stunden, die die beiden Gefangenen bewußtlos waren, hatten die Blues beide Projektoren in der Wand installiert. Der eine übertrug Blues in Interkosmo, der andere tat genau das Umgekehrte. Er ermöglichte Iül-Theer-Hij, die Worte der Gefangenen zu verstehen.

Hauka begriff die Bedeutung dieser Entdeckung sofort. Im Besitz der beiden Projektoren konnten sie sich wieder in Blues verwandeln. Zwar würde ihnen dies hier nichts nützen, da Iül-Theer-Hij über sie Bescheid wußte. Aber wenn es ihnen gelang, hier herauszukommen, dann hätten sie zumindest eine Chance, andere Blues zu täuschen. Das Verhältnis der Gataser zu den Apasos war von einer Haltung geprägt, die es Iül-Theer-Hij wahrscheinlich verbot, die untergeordneten Apasos über Einzelheiten in bezug auf die beiden Gefangenen zu informieren. Hauka hoffte, daß sich in diesem Gebäude nur wenige Gataser aufhielten, die über die Gefangenen informiert waren.

Nur mußte er sich mit Torav zuvor darüber besprechen. Wie tat man das, wenn der Gegner unablässig zuhörte und man das Abhörgerät nicht zerstören durfte, weil er sonst vorzeitig mißtrauisch geworden wäre?

Hauka erinnerte sich an die Sprache, die er als Kind gesprochen hatte. Er wußte nicht, ob Torav sie ebenfalls beherrschte. Jeder Terraner wuchs mit einer der ursprünglichen irdischen Sprachen auf. Erst später begann man, ihm Interkosmo beizubringen, die Sprache, die im ganzen Vereinigten Imperium gesprochen und verstanden wurde.

Hauka war mit Englisch auf die Welt gekommen. Toravs Name gab keinen Aufschluß darüber, von welcher Gegend Terras er stammte und was seine Muttersprache war. Die Sache war einen Versuch wert, entschied Hauka. Natürlich würde Iül-Theer-Hij mißtrauisch werden, wenn sein Empfangsgerät plötzlich sinnlose Laute von sich gab. Aber man konnte ihn später wieder beruhigen.

Vorerst wenigstens wollte Hauka versuchen, die komplizierte Technologie der mechanohypnotischen Geräte mit einem der urältesten Tricks der Menschheit zu überlisten.

Auf englisch sagte er: „Hör zu, Torav. Ich weiß, was du sagen wolltest. Die beiden Projektoren stecken hier in der Wand.“

33.

Die Hände, mit denen Erin Loschmidt das Spezialfernglas hielt, zitterten. Der stellvertretende Kommandant der KOPENHAGEN saß in dem kleinen Erdhügel, den die Raumfahrer über dem Versteck der KOPENHAGEN als Ausguck ausgebaut hatten. Wegen der Entdeckungsgefahr verzichteten sie auf die Hyperortung des Raumschiffs und benutzten optische Geräte, um die Umgebung abzusuchen.

Was Loschmidt nun am Himmel von Kohnla sah, ließ ihn zittern. Hoch über ihnen operierte ein Verband von molkexgepanzerten Raumschiffen. Die Art ihrer Manöver ließ keinen Zweifel daran aufkommen, daß sie etwas suchten.

Loschmidt stieß eine Verwünschung aus und kehrte in aller Eile in die KOPENHAGEN zurück. Er berichtete, was er gesehen hatte.

„Da es sich um Molkexschiffe handelt, haben wir es mit Gatasern zu tun“, sagte er. „Sie haben Wind von unserer Anwesenheit bekommen. Entweder haben wir uns selbst in irgendeiner Weise verraten, oder jemand aus Drohners Gruppe hat einen Fehler begangen. Auf jeden Fall werden sie in ein paar Minuten direkt über unserem Versteck sein.“

„Was sollen wir tun?“ fragte ein junger Offizier nervös.

„Alle Vorbereitungen für einen Alarmstart treffen!“ gab Loschmidt seine Befehle. „Wir müssen so schnell wie möglich verschwinden. Hoffentlich haben wir noch Zeit und Gelegenheit, das Einsatzkommando an Bord zu nehmen.“

Er sah noch immer den Verband gegnerischer Schiffe vor sich. Es war alles viel zu schnell gegangen. Er hoffte, daß sie noch eine Chance hatten.

Innerhalb von fünf Minuten war die KOPENHAGEN einsatzfähig und bereitete sich auf einen Blitzstart vor.

34.

„Mach nur die nötigsten Bemerkungen“, antwortete Torav auf englisch und gab sich Mühe, seine Stimme unbeteiligt klingen zu lassen. „Wir müssen die Projektoren in die Hand bekommen, das ist klar. Wir brauchen nur die Wand abzuklopfen und sie herauszureißen. Von dem Augenblick an herrscht hier Alarmstufe eins. Unser Plan muß vorher festliegen. Nachher bekommen wir keine Zeit zum Nachdenken mehr.“

Hauka nickte. Sie verbrachten die nächsten Stunden mit Nachdenken. Von Zeit zu Zeit glitten sie mit ein paar harmlosen Bemerkungen ins Interkosmo zurück, als wären ihnen Englisch und Interkosmo in gleichem Maß geläufig und als wäre es ganz natürlich, daß sie sich beider Sprachen abwechselnd bedienten.

Ob sie Iül-Theer-Hij und die Wächter damit täuschen konnten, wußten sie nicht.

Ihr Plan jedoch wuchs. Es kam ihnen zustatten, daß sie fast vier Jahre lang gemeinsam auf Schiffen der Imperiumsflotte geflogen waren. Ihnen genügten kurze Andeutungen, um einander zu verstehen.

Schließlich, etwa drei Stunden nach Iül-Theer-Hijs bombastischer Ansprache, lag ihre Strategie fest. Sie basierte darauf, daß der Meister der neunzehnten Vorsicht sofort einen Reparaturtrupp auf die Beine bringen würde, wenn er feststellte, daß die Abhöranlage ruiniert worden war. Andererseits würde er wahrscheinlich nicht damit rechnen, daß ihr Manöver darauf abzielte, sich in den Besitz der Projektoren zu setzen. Ein Reparaturtrupp, selbst wenn er über das wirkliche Aussehen der beiden Gefangenen informiert war, würde für einen kurzen Augenblick verwirrt sein. Und diese Situation mußten sie nutzen, um zu fliehen. Torav glaubte nicht, daß alle Mitglieder des Trupps bewaffnet waren. Sie hatten ihre Werkzeuge zu schleppen. Wahrscheinlich gab es nur einen einzigen Aufpasser, der die Gefangenen im Auge behalten sollte, während seine Männer arbeiteten. In den Sekunden der ersten Überraschung mußte dieser Aufpasser überwältigt werden.

Zur Vernichtung der Abhöranlage würde es ausreichen, den verborgenen Bildschirm zu zertrümmern. Torav und Hauka hatten ausgemacht, daß Hauka dies in einem vorgetäuschten Tobsuchtsanfall tun sollte. Vielleicht gelang es so, Iül-Theer-Hij ein paar Minuten länger über den wahren Hintergrund der Aktion hinwegzutäuschen.

Der genaue Zeitpunkt des Tobsuchtsanfalls wurde festgelegt. Dann begannen die beiden Terraner sich auf Interkosmo, gelegentlich auf Englisch zurückgleitend, über belanglose Dinge wie Hunger und Müdigkeit zu unterhalten. Torav beschwerte sich darüber, daß sie nichts zu essen bekämen, und Hauka fand es unerhört, daß sein Bett noch nicht gemacht worden wäre. Bewußt gebrauchten sie völlig lächerliche Argumente, so daß Iül-Theer-Hij, wenn er sich über die terranische Mentalität informieren wollte, etwas zum Kopfzerbrechen bekäme.

Ihre Nörgeleien blieben unbeachtet. Weder kümmerte sich jemand um Haukas Bett, noch gab der Tisch, der in seiner dicken Säule ohne Zweifel einen elektronischen Servomechanismus enthielt, auch nur die geringste Quantität Proviant von sich.

Hauka stand schließlich auf und ging zum Fenster. Torav beachtete ihn nicht. Er saß am Tisch und war in seine Gedanken versunken.

Da schreckte ihn Haukas zischender Ruf in die Höhe. „Torav – komm her!“

Hauka sprach Interkosmo. Er stand am Fenster und wandte Torav den Rücken zu. Draußen mußte es etwas geben, das ihn erregte. Torav trat neben ihn und sah ebenfalls hinaus. Die Sonne war in den vergangenen Stunden gewandert. Der Schatten des Gebäudes, in dem sie sich befanden, fiel weit hinaus auf den Hof, den sie vom Fenster aus übersehen konnten.

Was für ein Schatten. Torav wußte sofort, was Hauka erregt hatte.

Zog man den Stand der Sonne in Rechnung, dann konnte das Rundhaus nicht besonders hoch sein, nicht mehr als zwanzig Meter, schätzte Torav. Dafür betrug der Durchmesser wenigstens siebzig. Im Gegensatz zu anderen Gebäuden auf Apas war das Dach völlig flach. Im Schattenriß bildete es eine sanft gewölbte Kante.

Über diese Kante hinaus ragte ein Durcheinander von Gestängen, Kreisen und Vielecken, manche davon in unaufhörlicher, rotierender Bewegung, andere starr mit ihren Stützen verbunden. Ein einziger Stab stach schlank und spitz in die Höhe, so daß das Ende seines Schattens an den Fuß der Mauer zu liegen kam, die den Hof begrenzte.

Eine Antenne ...

Und mehr als das. Das Gestänge, die starren rotierenden Reflektorscheiben, die kleinen Details, die im Schattenwurf kaum zu erkennen waren, sie fügten sich zu einem geschlossenen Bild zusammen, wie Torav Drohner und jeder andere Raumfahrer es schon hundertmal in der Umgebung von Raumhäfen gesehen hatte, mit ein paar Abweichungen allerdings, die durch die verschiedene Entwicklung der Technologie bedingt waren.

Das Bild einer Kursleitstation.

Von hier aus wurden ankommende und startende Raumschiffe gesteuert. Das nadelfeine, verläßliche Feld der Hyperortung brachte sie sicher und ohne Zutun des Kommandanten auf den richtigen Kurs. Die Kursdaten waren in den elektronischen Speichern aufbewahrt und konnten jederzeit abgerufen werden, um den Hyperfeldprojektor mit den nötigen Leitwerten zu versehen.

Kursdaten...

Torav drehte sich langsam zur Seite und sah Hauka an. Sie nickten einander zu, und in ihren Augen leuchtete die Begeisterung darüber, daß sie endlich am Ziel waren – gerade jetzt, da sie am wenigsten damit gerechnet hatten.

Iül-Theer-Hij beobachtete die Gefangenen fast unablässig. Bei zweien von ihnen gab es nicht viel zu sehen. Sie waren bewußtlos und wurden künstlich im Zustand der Bewußtlosigkeit gehalten. Sie besaßen parapsychologische Fähigkeiten, und der rote Himmel mochte wissen, was sie anstellen würden, wenn sie zu sich kamen. Der Teleporter würde vermutlich einen Fluchtversuch unternehmen.

Die anderen beiden dagegen waren höchst interessant. Bisweilen unterhielten sie sich in einer Sprache, die der Projektor nicht übersetzen konnte. Iül-Theer-Hij ließ die Lautfolgen jedoch von einem Tonband aufzeichnen und hoffte, aus diesen Aufzeichnungen bei Gelegenheit die fremde Sprache rekonstruieren zu können.

Dann bekam einer der beiden plötzlich einen Anfall sinnloser Zerstörungswut. Er riß die schweren Stiefel von den Füßen und begann damit gegen die Wände zu trommeln. In Anbetracht seiner Erregung ging er mit erstaunlicher Systematik vor. Schließlich erreichte er die Stelle, an der der Bildschirm verborgen war, und im nächsten Augenblick erlosch das Bild auf Iül-Theer-Hijs Empfänger.

Der Meister der neunzehnten Vorsicht stieß ein verächtliches Zischen aus, dann befahl er einem Reparaturtrupp, den Schaden zu beheben. Der Reparaturtrupp hatte sich zuvor bei ihm zu melden, denn er wollte ihn begleiten und die Gefangenen mit der Waffe in Schach halten, falls sie etwa Fluchtgelüste zeigen sollten. Iül-Theer-Hij hätte diese Aufgabe gern jemand anderem überlassen, aber außer Jin-Keep-Jin, der nach vier Zehnteltagen ermüdenden Dienstes in den unteren Gemächern schlief, war er der einzige Geheimpolizist in der Station, und einem der Piloten oder Wissenschaftler wollte er die Sache nicht anvertrauen.

Er setzte sich also an die Spitze des vierköpfigen Trupps und schritt den Gang hinunter, an dessen Ende die Gefangenenzellen lagen. Er hielt die Waffe bereit, als er die Tür öffnete. Er erwartete, die beiden

Fremden durch den unerwarteten Besuch überrascht zu finden. Aber in Wirklichkeit war die Lage ganz anders.

Das erste, was er zu sehen bekam, war der Kopf eines Blues. Er schoß hinter der sich öffnenden Tür hervor, und auf den Kopf folgte ein schlanker Körper.

Iül-Theer-Hij hatte nicht damit gerechnet, daß die beiden Gefangenen die versteckten Projektoren entdecken würden, deshalb war er für einen kurzen Augenblick derart überrascht, daß er fassungslos auf die plötzlich auftauchende Gestalt starrte. Diese Sekundenbruchteile genügten, um den Kampf zu entscheiden. Die hämmernden Faustschläge des Fremden trieben ihn gegen die andere Wand des Ganges. Benommen versuchte er noch einmal, den Arm mit der Waffe zu heben und zu schießen, da traf ihn ein schmetternder Schlag gegen die Schädelkante und ließ ihn für geraume Zeit alle seine Vorsätze vergessen.

Die vier Arbeiter waren der kurzen Szene überrascht und verständnislos gefolgt. Sie kamen erst wieder zu sich, als der Fremde, der mittlerweile Iül-Theer-Hijs Blaster an sich gerissen hatte, ihnen die Waffe entgegenhielt und sie in die Zelle hineintrieb. Sie waren keine Gataser und trugen daher keine Schutzhülle, und sie zweifelten nicht daran, daß der Fremde auf sie schießen würde, wenn sie nicht gehorchten.

Innerhalb von kaum mehr als einer halben Minute hatten die beiden Terraner sich zu Herren der Lage aufgeschwungen. Es war Torav, der den Geheimpolizisten ausgeschaltet hatte. Er übergab Hauka die Waffe und hieß ihn, auf die vier Arbeiter aufzupassen.

Die Pläne für das, was nach der Befreiung kam, waren längst gemacht. Die vier Arbeiter wurden in der Zelle zurückgelassen. Ihre Werkzeuge nahm man ihnen ab. Sie konnten keinen Schaden mehr anrichten. Wenn Hauka die Tür mit bloßen Händen nicht hatte öffnen können, dann würde es ihnen erst recht nicht gelingen. Torav und Hauka griffen den Bewußtlosen und schleppten ihn zwischen sich dorthin, wo er, nach dem Geräusch der Schritte zu urteilen, offenbar hergekommen war.

Ringsum war es erstaunlich ruhig. Torav hatte nicht mit viel Aktivität im Innern des Gebäudes gerechnet, sonst hätten sie während des Aufenthalts in der Zelle etwas davon hören müssen. Die absolute

Stille machte ihn jedoch mißtrauisch. Die Leitstelle schien völlig leer zu sein.

Sie setzten den Ohnmächtigen ab, und Torav fing an, ein paar Türen rechts und links des Ganges zu öffnen. Die Räume dahinter dienten offenbar den Zwecken der Verwaltung. Es gab runde Arbeitstische, ebenso runde Drehschränke, in denen Akten aufbewahrt wurden, und ein paar automatische Rechengeräte. In keinem der Räume befand sich auch nur ein einziger Blue.

Das Zimmer hinter der sechsten Tür war von dem, was Torav bisher gesehen hatte, erheblich verschieden. Es sah nach einer Schaltzentrale aus. Gewölbte Tafeln mit Schaltern, Hebeln und Meßinstrumenten bedeckten die Wände. Ein runder Tisch, dessen Platte wiederum mit kleinen Schalttafeln bedeckt war, beherrschte den Raum von der Mitte aus. Es gab kein Fenster, dafür eine Serie von Bildschirmen.

„Das ist der Platz, den wir suchen", entschied Torav.

Sie schleppten den Gefangenen durch die Tür und sahen sich um. Aus Kodys Berichten war ihnen die Regeltechnik bekannt. Das hier aber schien zu kompliziert und vielfältig, als daß sie sich ohne Anleitung damit hätten abgeben wollen.

Torav deutete auf Iül-Theer-Hij, der reglos auf dem Boden lag.

„Bring ihn zu sich!" befahl er.

Hauka versuchte sein Glück. Er tätschelte den Schüsselkopf, er klopfte sanft gegen die Gehörlamellen, er massierte den Schlauchhals – und schließlich hatte er Erfolg. Der Blue schlug die ovalen Katzenaugen auf und starrte in die Höhe.

„Kannst du mich hören?" fragte Torav.

Iül gab keine Antwort. Torav zog die Waffe und richtete sie gegen Iüls Kopf.

„Ja, ich kann dich hören."

„Wo sind die beiden anderen Gefangenen?"

„Im selben Gang, eine Tür vor der euren."

„Gut. Wo sind die Dinge, die du uns abgenommen hast?"

„Im Raum nebenan." Er machte eine schwache Handbewegung und deutete auf eine kleine Tür zwischen zwei Schalttafeln. Torav nickte Hauka zu. Hauka öffnete die Tür und kehrte nach ein paar Augenblicken mit einem Arm voll Kleidungsstücken, Waffengürteln und Instrumenten zurück.

Ohne Widerstand zu leisten, beantwortete Iül jede Frage, die ihm gestellt wurde. Torav erfuhr folgendes: Die Leitstelle war mit insgesamt vierzehn Mann besetzt. Davon waren zwei, Iül und ein anderer, Geheimpolizisten, drei Wissenschaftler, die in unterirdischen Labors an der Entwicklung eines neuen Leitsystems arbeiteten, zwei Raumschiffpiloten, die auf ihren Einsatz warteten, und die übrigen sieben einfache Arbeiter. Bis auf die beiden gatasischen Geheimpolizisten waren die anderen zwölf Blues Apasos. Keiner von ihnen war über die Gefangenen ausführlich informiert, so daß sie gute Chancen hatten, die Flucht erfolgreich fortzusetzen.

Die Leitstelle lag rund hundert Kilometer südöstlich der Stadt Puhit, und das flache Gelände, das Torav hinter der Rundmauer vermutet hatte, war ein Start- und Landefeld für interstellare Raumschiffe der Mittelstreckenklasse. Im Augenblick befand sich dort kein Schiff, und mit der Ankunft des nächsten war nicht vor Ablauf von acht Zehnteltagen zu rechnen. Der elektronische Datenspeicher befand sich ebenfalls im unterirdischen Teil der Anlage. Er enthielt Daten über Raumschiffskurse von Apas nach allen möglichen Sekundärwelten des Blues-Imperiums und auch – an dieser Stelle zögerte Iül zum erstenmal – nach der Primärwelt Gatas.

Außer dieser Leitstelle gab es auf Apas noch elf weitere. Im Verband der Sekundärwelten kam Apas besondere Bedeutung zu, deswegen besaß der Planet eine so hohe Zahl von Leitstellen und ebenso viele Raumhäfen. Der Bildsprechverkehr zwischen den Leitstellen war normalerweise minimal. Es gab nichts, worüber man sich zu unterhalten brauchte. Der Transfer eines Schiffes von einem zum anderen Hafen ereignete sich höchstens einmal im Jahr.

Die Situation war ideal, entschied Torav, fast zu ideal. Die Besatzung der Station war schwach. Die Station konnte mit Leichtigkeit von einem fremden Eindringling genommen und tagelang gehalten werden, ohne daß man außerhalb etwas davon merkte. Eine solche Lage ließ sich nur aus der unbestrittenen Vorrangstellung erklären, in der die gatasischen Geheimpolizisten sich überall auf den Sekundärwelten befanden. Sie besaßen die wirkungsvollsten Waffen, sie allein trugen Überzüge aus Schutzmasse. Man haßte sie, aber sie brauchten keine Vorsicht walten zu lassen, weil niemand es jemals wagen würde, sie anzugreifen. Außerdem kontrollierten sie den interstellaren Verkehr, und den größten Teil des entstehenden Schadens würde der Planet selbst zu tragen haben, dessen Bewohner es wagten, eine der Kursleitstellen zu vernichten.

Für die terranische Einsatzgruppe war die Leitstelle das Ziel ihrer Wünsche. Wichtige Gefangene konnten gemacht werden. Informationen über die galaktischen Positionen der wichtigsten Blueswelten, an allererster Stelle des Primärplaneten Gatas, waren leicht zu erhalten. Im Grunde genommen gab es nur noch ein einziges Problem: Die Gefangenen und die Informationen sicher an Bord der KOPENHAGEN zu bringen.

Das erschien Torav Drohner nicht allzu schwierig. Es sollte sich jedoch herausstellen, daß er sich da getäuscht hatte.

Der Start der KOPENHAGEN und der Beginn des Bombardements ereigneten sich fast gleichzeitig. Mit Höchstbeschleunigung schoß das Schiff aus dem Loch hervor, und im selben Augenblick leuchteten die Schutzschirme unter den ersten Treffern auf.

Erin Loschmidt hatte nicht die Absicht, sich mit den Gatasern anzulegen. Die KOPENHAGEN stieß mit ständig wachsender Geschwindigkeit in den Himmel hinauf. Erin legte den Kurs so, daß er westlich an der Gruppe der angreifenden Schiffe vorbeischoß.

Unter ihnen begann die Wüste zu brodeln. Wo vor Bruchteilen von Sekunden noch das leere Loch gegähnt hatte, glühte jetzt der Feuerball einer Kernbombenexplosion. Ein weißer Dampfpilz schoß in die Höhe, und alles vernichtender Sandsturm fegte nach allen Richtungen hin über die Wüste.

Die Besatzung hatte keine Zeit mehr gehabt, die ausgeladenen Geräte an Bord zu bringen. Dort unten, im Feuersturm der Bomben, verging die erste terranische Transmitterstation auf feindlichem Boden, bevor sie Gelegenheit bekommen hatte, in Dienst zu treten.

Der Gegner hatte den Start des Schiffes natürlich beobachtet. Er ließ von der Bombardierung ab und nahm die Verfolgung auf. Erin gab ihm jedoch keine Chance. Hunderttausend Kilometer von Kohnla entfernt stieß die KOPENHAGEN in den Linearraum.

Auf den Bildschirmen der gatasischen Schiffe sah es so aus, als hätte sie sich aufgelöst.

Tako Kakuta und Fellmer Lloyd wurden aus ihrer Zelle befreit und in den Schaltraum geschafft. Inzwischen hatte auch Hauka seine Verkleidung wieder angelegt und mußte jedem, der ihm begegnete, wenigstens auf den ersten Blick als waschechter Blue erscheinen. Mehr als den ersten Blick würde Hauka ihm jedoch nicht zugestehen. Dafür trug er jetzt seinen Blaster wieder bei sich.

Tako und Fellmer waren beide bewußtlos. Iül sagte aus, daß man ihnen Drogen injiziert habe, um sie in fortwährendem Tiefschlaf zu halten. Ihre parapsychologischen Begabungen waren ihm unheimlich.

Tako kam schließlich als erster zu sich. Er fühlte sich matt und zerschlagen, eine Folge des Nervenschocks und der künstlichen Betäubung. Torav setzte ihm die Lage auseinander. Schließlich war Tako im Augenblick der wichtigste Mann. Er allein konnte das Beiboot herbeischaffen, mit dem sie Apas verlassen wollten. Tako war mit allen Vorschlägen einverstanden. Er bat jedoch um wenigstens eine halbe Stunde Ruhe, damit er Kräfte sammeln könne. Angesichts der relativ gefahrlosen Lage hatte Torav keine Bedenken, ihm diese halbe Stunde zuzugestehen.

Er selbst machte sich daran, die drei Wissenschaftler, die beiden Piloten und den schlafenden Geheimpolizisten gefangenzunehmen. Iül-Theer-Hij hatte ihm die unterirdischen Räumlichkeiten der Station deutlich beschrieben. Er konnte nicht fehlgehen. Außerdem war das Unternehmen höchst ungefährlich, da außer Jin-Keep-Jin, dem Polizisten, niemand Waffen trug.

Während Toravs Abwesenheit sah Hauka im Schaltraum darauf, daß alles mit rechten Dingen zuging. Er machte keinen Hehl daraus, daß ihm diese Aufgabe alles andere als sympathisch war, und Torav tat das seine, um ihn so rasch wie möglich zu entlasten. Schon nach zwanzig Minuten kehrte er zurück. Vor sich her trieb er eine Gruppe schüsselköpfiger Gefangener, die entgegen aller Bluesmanier die Arme hoch über den Kopf erhoben hatten und ganz offensichtlich nicht begriffen, was mit ihnen vorging. Jin-Keep-Jin befand sich unter ihnen. Torav hatte ihn im Schlaf überrascht und keinerlei Schwierigkeiten mit ihm gehabt.

Um der Einfachheit willen wurden die Gefangenen, insgesamt sieben, gefesselt. Hauka benutzte dazu Kabelstränge, die er in dem kleinen Lagerraum nebenan gefunden hatte. Über den Verbleib der restlichen drei Arbeiter wußte im Augenblick niemand Bescheid. Iül-Theer-Hij vermutete, daß sie schliefen. Auf jeden Fall bedeuteten sie keine Gefahr.

Tako Kakuta erklärte, er sei jetzt bereit, das Beiboot herbeizuschaffen. Torav bat ihn, noch ein paar Minuten zu warten. Er wollte zuerst die KOPENHAGEN von den letzten Ereignissen in Kenntnis setzen und Erin Loschmidt darum bitten, dem Beiboot die Hälfte des Weges entgegenzukommen.

Der Notfall, der eine Hyperfunkverbindung erforderlich machte, war gegeben. Torav wußte, daß sie ohne Hilfe der KOPENHAGEN kaum in der Lage waren, Kohnla unbehelligt zu erreichen. Zwar würde die KOPENHAGEN, wenn sie sich im Weltraum befand, sicherlich geortet werden, aber Torav hoffte, daß der Stützpunkt auf Kohnla unentdeckt blieb. Die Hyperfunksignale, die er mit der KOPENHAGEN auszutauschen gedachte, würden von so kurzer Dauer sein, daß eine eindeutige Peilung durch die Blues so gut wie ausgeschlossen schien, so daß die Entdeckungsgefahr des Stützpunkts nicht besonders groß war.

Er schaltete den Minikom ein und rief Erin.

Erin antwortete nicht – weder er noch irgendein anderer von der Besatzung der KOPENHAGEN.

Torav unternahm einen zweiten, einen dritten Versuch.

Dann wußte er, daß sich auf Kohnla etwas ereignet haben mußte, was in den Plänen nicht vorgesehen war.

Torav sah ein, daß er ihre Pläne ändern mußte. Er stellte eine Verbindung zu Tako Kakuta her und beorderte ihn zurück in den Schaltraum.

„Sie müssen uns zum Beiboot teleportieren, Tako“, ordnete er an. „Alles andere dauert zu lange.“

Sie rafften ihre Ausrüstung zusammen. Hauka versäumte nicht, einige Spulen und Mikrofilme aus den Speichern zu rauben.

Inzwischen rief Torav abermals die KOPENHAGEN – und diesmal hatte er Glück. Erin Loschmidt selbst war am Gegengerät. Torav schilderte ihm die Lage, ohne sich danach zu erkundigen, was Erin inzwischen erlebt hatte. Er erkundigte sich lediglich, ob Erin es riskieren könne, die KOPENHAGEN in Richtung auf Apas zurückzubringen und in einem Abstand von nicht mehr als einer halben

Million Kilometern auf Warteposition zu gehen. Erin bejahte diese Frage, und damit war für Torav der Fall einstweilen erledigt. Von jetzt an hatte er nur noch eine Sorge: Das Beiboot zu erreichen und mitsamt seiner wertvollen Last unbeschädigt bis zum Rendezvous-Punkt zu steuern.

Verfolgt von einigen gatasischen Raumschiffen raste das Beiboot der KOPENHAGEN entgegen. Als das Einschleusungsmanöver beendet war, schlugen die ersten Strahlensalven der Blues in den Schutzschirm des Kreuzers, der dieser Belastung jedoch erwartungsgemäß standhielt. Loschmidt beschleunigte sein Schiff, und sofort fielen die Angreifer hoffnungslos zurück.

Später, als er allein in seiner Kabine war, begann Torav Drohner über den Erfolg ihrer Mission nachzudenken. Es war ihnen mißlungen, einen Stützpunkt im Bereich des zweiten Imperiums aufzubauen, aber sie brachten eine Menge wichtiger Informationen mit nach Hause.

Mercant würde zufrieden sein.

Torav Drohners Rolle als Blue war zu Ende. Er konnte wieder damit beginnen, wie ein Mensch zu denken und zu handeln.

ENDE

PERRY-RHODAN-Buch Nr. 20 „Kampf gegen die Blues“ erscheint am 15. März 1985

Molkex – Kurzbezeichnung für „Molekular-katalytischer-Extrakt“, jene dickliche, farblose Flüssigkeit, die im Augenblick ihrer Körperteilung von den *Hornschrecken* ausgeschieden wird. Das Molkex ist eine Stoffverbindungsform, die bis zum Auftauchen der Hornschrekken (2326) in der erforschten Galaxis nicht bekannt war. Das ausgeschiedene weiche Plasma erhärtet sehr schnell, wird hornartig an seiner Oberfläche und bleibt innen schleimig und weiß. Es ist halb organisch und halb mineralisch und stellt die zweite Entwicklungsphase hin zu einem *Schreckwurm* dar. Ist auf einem von den Hornschrecken kahlgefressenen Planeten das oberflächendeckende Molkex an Konzentrationspunkten zu genügend großen Mengen zusammengeflossen, so bilden sich regelrechte Berge davon, die sich wie eine Larve einkapseln. In ihnen findet ein bislang einzigartiger Brut- und Geburtsvorgang statt, bis der fertige Schreckwurm aus dem Extrakt entstanden ist. Dieser Prozeß wird als „hyperbiologische“ Entwicklung bezeichnet.

Neben dieser primären, biologischen Bedeutung kommt dem Molkex bald eine zweite zu, die auf der biochemischen Eigenart des Extraktes beruht, daß bei Energiebeschuß eine zweite Katalyse stattfindet, die bewirkt, daß das Molkex die Energie aufnimmt und verdichtet. Je stärker und länger der Beschuß, desto mehr verhärtet es sich, bis ihm schließlich selbst die sonnenheiße Glut eines Impulsgeschützes nichts mehr anhaben kann. Dies erkennen die *Blues* sehr früh und umgeben ihre Kampfraumschiffe mit einem Molkex-Panzermantel, wirksamer gegen Angriffe als der beste im Jahr 2327 bekannte Schutzschirm.

Der terranische Wissenschaftler Tyll *Leyden* ist es, der schließlich die Zusammenhänge zwischen Molkex, Schreckwürmern und dem *Suprahet* entdeckt. Er findet heraus, daß das Molkex in seiner ursprünglichen Form nichts anderes war als ein bruchstückhafter Überrest des vor 1,2 Millionen Jahren explodierten *Suprahets.* Dies führt zu einer Korrektur der Ansicht, daß das Molkex nur ein Zwischenstadium der Schreckwurm-Entwicklung sei. Dies ist zwar später der Fall, doch die ersten Schreckwürmer gingen aus dem ursprünglichen Molkex hervor, das nach der Explosion des Suprahets den Planeten *Tombstone* bildete.

Hornschrecken – das erste Entwicklungsstadium im Leben der *Schreckwürmer*. Hornschrecken sind elf Zentimeter lange und zwei Zentimeter dicke Raupen mit einer deutlichen Einschnürung genau in der Körpermitte. Der Name wird ihnen bei ihrer Entdeckung im Jahre 2326 aufgrund ihrer violetten Panzerschale verliehen, die sie infolge ihrer besonderen molekularen Struktur quasi unangreifbar macht. Die Hornschrecken besitzen drei Zentimeter dicke runde und augenlose Köpfe mit vier Beißzangen, zwei oben und zwei unten an der Kopfvorderseite. In der Mitte des breiten, von scharfen Zähnen gespickten Mundes befindet sich eine organische Drüse, aus der die Raupen ihre *Schrecksäure* versprühen, die Materie auflöst bzw. zu einer molekularen Veränderung anregt. Die Hornschrecken fressen alles auf, was sich in ihrem Weg befindet – ganz gleich, ob es sich dabei um organische oder anorganische Stoffe wie Gestein oder Stahl handelt. Selbst ganze Gebirge werden bei ihrem instinktgeleiteten Zug über Planeten eingeebnet oder abgerundet. Durch die Schrecksäure aufgelöst, wird die Materie durch die Mundöffnung aufgenommen. Was davon wieder ausgeschieden wird – und zwar im Moment der Körperteilung zwecks Vermehrung –, ist eine dickliche, farblose Flüssigkeit, das *Molkex*.

Die Fortbewegung der Raupen erfolgt durch Sprünge, bei denen sie den hinteren Teil ihres Körpers spiralig nach unten zusammenziehen und sich dann vorwärtsschnellen. An der Körperunterseite befinden sich etwa 50 winzige Füße, deren Enden eine klebrige Substanz ausscheiden, die sich sofort mit jeder Materie haftend verbindet, bis die Hornschrecke ihn durch Säureabgabe wieder auflöst. So können die Tiere bedeutende Hindernisse auf ihrem Weg überwinden oder blitzartig durch Auflösung des Haftsekrets Opfer anspringen.

Die Fähigkeit der Körperteilung ist die biologisch bedeutsamste, aber auch die gefürchteste der Raupen. An der dünnen Einschnürung in der Körpermitte teilen sie sich ununterbrochen in der Art von einzelligen Quallen. In Sekundenschnelle formen sich die beiden neuen Teile zu zwei vollwertigen und ausgewachsenen Hornschrekken, die sogleich wiederum mit der Teilung beginnen. So entsteht nach Stunden ein Millionenheer, nach Tagen sind es Milliarden und kurz darauf Trillionen Einzelwesen einer violetten Armee, die ganze Planeten in wenigen Tagen kahlfrißt. Der einzige naturgebundene Lebenszweck der Hornschrecken besteht in der molekularen bzw. atomaren Umformung der aufgenommenen Nahrung im Körper zu Molkex, das die zweite Entwicklungsphase hin zu einem Schreckwurm darstellt. Ist die Oberfläche einer von Hornschrecken befallenen Welt erst einmal leergefressen und dadurch in gewaltige Molkex-Lachen verwandelt, lösen die Raupen sich ebenfalls zu Molkex auf. Zurück bleibt ein Planet, dessen Landflächen vollkommen mit Molkex bedeckt sind. Nur die Ozeane und das von ihnen eingeschlossene Land bleiben verschont. Aus dem Molkex entstehen die Schreckwürmer und aus deren Eiern die Hornschrecken.

Die auf vielen Planeten der Galaxis verstreuten, in verborgenen Hohlräumen zu Zehntausenden liegenden Schreckwurm-Eier werden im Jahre 2326 durch die Impulsgebung des *Gravestog-Geräts* (*Eysal*) zum Aufplatzen gebracht. Damit beginnt der beispiellose Vernichtungsfeldzug der Raupen.

Schreckwürmer – das Endprodukt der Entwicklung, die mit dem Ausschlüpfen der *Hornschrecken* beginnt und über deren fortgesetzte Teilung, die Ausscheidung und Umwandlung des *Molkex* zum fertigen Schreckwurm führt. Diese Metamorphosekette endet und beginnt wieder von neuem, wenn der Schreckwurm seine Eier legt, aus denen dann wieder neue Hornschrecken schlüpfen. Die Entwicklung eines Schreckwurms aus dem zusammenfließenden Molkex-Extrakt dauert wenige Monate. Zum Vorschein kommt ein 21 m langes Geschöpf von rund 3 m Dicke. Vorn am Raupenkörper sitzt ein kugelrunder Kopf mit einem Durchmesser von ca. 5 m. Obwohl der Schreckwurm den Hornschrecken im Aussehen fast vollkommen gleicht, ist er wesentlich feiner ausgebildet. Er ist nicht mehr blind, sondern besitzt zwei große und sehr scharfsichtige Augen. Unter diesen befindet sich ein riesiges, breites Maul, in dem anstelle einer Säuredüse die Abstrahlpole für einen energetischen Blitz sitzen, der bis zu 550 m weit geschleudert werden kann. Zu den vier Greifzangen der Hornschrecken kommen zwei dicht hinter dem Kopf ausgebildete Gliedmaßen in der

Form von Scherenarmen. Ein Schreckwurm ist so gut wie überhaupt nicht mehr zu töten. Infolge der fortschreitenden Katalyse des Molkex widersteht er jeder Energieeinwirkung, dabei vordringlich thermischer Art. Sein Organismus nimmt die auftreffende Energie auf und verwandelt sie in körpereigene. Allein Transformbomben großen Kalibers oder Katalyse-Fusionsbomben erzielen eine tödliche Wirkung – jedoch ohne den Körper eines Schreckwurms völlig auflösen zu können. Diese Schreckwürmer sind hochintelligente und im Grunde vollkommen friedliebende Wesen. Daß sie keine technisch organisierte Zivilisation aufbauen konnten, liegt an ihrem bis auf die beiden Scherenarme gliederlosen Körper. Die Fortbewegung erfolgt ähnlich wie bei den Hornschrecken durch spiraliges Zusammenziehen der hinteren Körperhälfte und kräftiges Abschnellen nach vorn. Der Hornpanzer (Färbung zunächst blaßgrau, im Lauf der Individualentwicklung und durch „Anzapfen" der Sonne des Aufenthaltsplaneten später violett schimmernd) setzt sich aus Gliederringen zusammen. Die Verständigung von Schreckwürmern untereinander erfolgt mittels organischem Symbolhyperfunk. Schreckwürmer sind in der Lage, Wellen und Impulse aller Art – auch 5-D-Frequenzen – aufzunehmen und zu senden. Eine Kommunikation mit Menschen wird erst durch den posbischen *Symboltransformer* ermöglicht. Die Lebensdauer eines Schreckwurmes beträgt im Schnitt ca. 500 Jahre. Kurz vor dem Tod schafft er sich an geeigneten Orten ein Höhlensystem mit zahlreichen Gängen, in denen er seine 100 000 bis 150 000 Eier ablegt, um dann zu verenden. Diese Eier sind zigarrenförmig, etwa 2 cm dick und 10 cm lang. Ohne äußere Beeinflussung reifen sie in rund 600 Jahren bis zum Ausschlüpfen der Hornschrecken. Aufgrund eines Abkommens zwischen den Schreckwürmern und den *Blues* (den sogenannten Huldvollen) wird jedoch dieser Vorgang mit Hilfe einer komplizierten Maschinerie verkürzt. Durch eine bestimmte Impulsfolge künstlich erzeugter 5-D-Gravitationsenergie werden die Hüllen der beschleunigt gereiften Eier zum Bersten gebracht (Hornschrecken als Molkex-Lieferanten für die Blues). Erst nach der ersten erfolgreichen Kontaktaufnahme zwischen Schreckwürmern und Menschen stellt sich allmählich heraus, daß sich die ersten Schreckwürmer vor langer Zeit aus den Überresten des *Suprahets* entwickelten, das nach seiner Explosion vor 1,2 Millionen Jahren in umgewandelter Form

(Molkex) neben der Gigantwelt Herkules auch den Planeten *Tombstone* bildete, ihre eigentliche Herkunfts- und Heimatwelt. Über eine Million Jahre vegetieren die Schreckwürmer auf Tombstone dahin, bis sie vor rund 3000 Jahren von den Blues entdeckt wurden. Da der Planet infolge der Metamorphose von den Hornschrecken bis auf 10% der ursprünglichen Masse kahlgefressen worden war und den Schreckwürmern keine Lebensgrundlage mehr bot, erklärten sich die „Huldvollen" bereit, die alten und vor der Eiablage stehenden Schreckwürmer auf andere Welten zu bringen. Im Gegenzug forderten sie dann den größten Teil des von den Hornschrecken produzierten Molkex für sich. Darüber hinaus sollten die Schreckwürmer im Kriegsfall den Blues als unbesiegbare Hilfsarmee zur Verfügung stehen.

Suprahet – Kurzbezeichnung für: supraheterodynamisches Wesen – ein halb vier- halb fünfdimensionales „Ungeheuer" von unüberschaubaren Ausmaßen, das vor ca. 1,2 Millionen Jahren in der Milchstraße auftauchte und (wie auch in zahlreichen anderen Galaxien) damit begann, ganze Sternensysteme zu „verschlingen". Am Ende seiner Vernichtungsbahn erreichte es die Welt *Impos* (dritter Mond des Riesenplaneten *Herkules*, damals ein eigenständiger Planet), deren Bewohner (*Oldtimer*) ihm erstmals erbitterten und wirksamen Widerstand leisten konnten. Ihnen gelang es, eine Überladungszone zu schaffen, an der sich das Suprahet so vollsaugte, daß es schließlich explodierte. Ein Großteil seiner materiell stabilen Masse regnete dabei ab. Aus ihr entstand Herkules wie auch *Tombstone*. Als Überlagerungsempfänger vermochte das Suprahet vierdimensionale Materie in die Hyperenergien zu verarbeiten, von denen es in letzter Konsequenz lebte. Es war in keiner Weise intelligent, zerstörte jedoch halbe Milchstraßensysteme. Um ein Wiederaufleben der in Herkules konzentrierten Restsubstanz zu einem neuen Suprahet zu verhindern (durch den Gravitationsstoß der auf *Eysal* schlummernden Maschinerie) wird der Planetengigant mit seinen Monden und der Sonne im Jahre 2327 durch Gravitationsbomben zerstört. Die Masse des gesamten Systems verschwindet für immer im Hyperraum. Erst rund 1000 Jahre später kann *Harno* das Rätselraten um die *Herkunft* des Suprahets beenden. Die Terraner erfahren, daß es einst ein Teil einer Energiewolke in einem Antimaterie-Universum war, der vor mehr als

1,5 Millionen Jahren in unseren Weltraum geschleudert wurde und die Milchstraße vor 1,2 Millionen Jahren erreichte.

Herkules – einziger Planet der Sonne *EX-2115-485*, tief im Zentrum der Milchstraße gelegen. Herkules ist ein Wasserstoff-Methan-Riese und mit seinem Äquatordurchmesser von 2 213 000 km der größte Planet, den Menschen bis zum Jahre 2326 jemals sahen. Noch interessanter wird Herkules wegen seiner insgesamt 17 Monde und deren eigenartiger Anordnung. Elf befinden sich auf normalen Umlaufbahnen, die restlichen sechs umkreisen den Giganten gegenläufig. Zehn der Trabanten, von denen manche größer sind als die Erde, verfügen über ausgezeichnete Sauerstoffatmosphären und Lebensbedingungen. Wegen der ungefähr gleichen Sonnenentfernung weisen alle 17 Monde auf ihren verschachtelten und relativ nahen Umlaufbahnen fast gleiche klimatische Verhältnisse auf. Es gibt also weder ausgesprochene Extremwüsten, noch kalte Eiswelten unter ihnen. Von besonderer Bedeutung ist der Mond Nr. 3, *Impos*. Das im April 2326 von einem Explorerschiff entdeckte System wird im darauffolgenden Jahr infolge der von Till *Leyden* gewonnenen Erkenntnisse über das *Suprahet* vollkommen zerstört, um ein Wiederaufleben des weltenverschlingenden, halbenergetischen Ungeheuers zu verhindern. Leyden findet heraus, daß der Riesenplanet vor ca. 1,2 Millionen Jahren aus den stofflich gewordenen Überresten des explodierenden Suprahets entstand. Die 17 Monde waren zu dieser Zeit Planeten der Sonne EX-2115-485. Herkules fing sie nach und nach mit seiner ungeheuren Gravitation ein und machte sie zu seinen Trabanten.

Impos – dritter Mond des Riesenplaneten *Herkules*; Äquatordurchmesser 11 550 km, Schwerkraft 1,09 g, Eigenrotation 21,85 h, mittlere Temperaturen bei +23,5° Celsius, gute Sauerstoffatmosphäre. Impos ist eine herrliche grüne Welt mit weiten Meeren, Gebirgen, Steppenlandschaften und Schachtelhalmwäldern. Der Mond umläuft Herkules auf einer fast exakt kreisförmigen Bahn in einer mittleren Entfernung von 984 000 km. Herkules ist Tag und Nacht über dem Horizont zu sehen.

Im Jahre 2326 entdeckt die Besatzung eines Explorerschiffs auf Impos neben einem der 25 von ES ausgestreuten *Zellaktivatoren* das gewaltige Planetarium der *Oldtimer*. Darüber hinaus gibt es weitere Überreste einer uralten Kultur. Unter Trümmerschichten, deren Alter aufgrund von Kohlenstoffmessungen auf bis zu 400 000 Jahre zurückdatiert werden kann, führen Sonderbohrungen noch ältere Zeugnisse zutage. Impos wird ein Jahr später zerstört, um die Gefahr eines Wiederauftauchens des *Suprahets* zu bannen.

Oldtimer – in Ermangelung von umfassendem Wissen über dieses uralte und längst ausgestorbene Intelligenzvolk für die ehemaligen Bewohner der Welt *Impos* geprägter Name. Das Aussehen der Oldtimer läßt sich auch anhand von Ruinenfunden ihrer Städte nur insofern rekonstruieren, daß man von humanoiden Wesen ausgehen kann. Vor ca. 1,2 Millionen Jahren waren es die Oldtimer, die die Gefahr bannen konnten, die der gesamten Galaxis durch das *Suprahet* drohte. Danach legten sie ein gigantisches Planetarium an, um spätere Zivilisationen auf die nach wie vor existierende Gefahr eines Wiederauflebens des Suprahets hinzuweisen. Als zusätzliche Warneinrichtung schufen sie eine leuchtende Statue, deren rotes Glühen den Grad der Umwandlung der Planetenmasse von *Herkules* in ein neuerwachendes Suprahet anzeigen sollte.

Großkampfschiff der

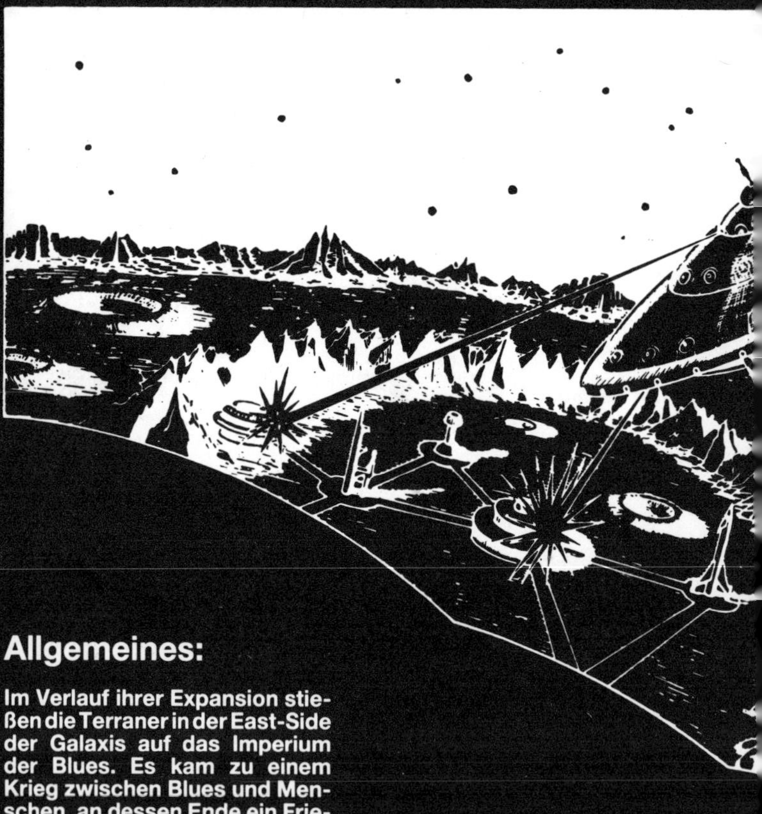

Allgemeines:

Im Verlauf ihrer Expansion stießen die Terraner in der East-Side der Galaxis auf das Imperium der Blues. Es kam zu einem Krieg zwischen Blues und Menschen, an dessen Ende ein Friedensvertrag mit den Gatasern, dem Hauptvolk der Blues, stand. Die Blues gelten als ausgesprochen gefühlskalt. Ihr Mund befindet sich in einem langen Hals, an dessen Ende ein großer, tellerförmiger Kopf mit vier Augen sitzt.

Das hier gezeigte Kriegssch ist diskusförmig, durchmi 1000 Meter und ist 430 Met hoch. Es ist in zwölf Hauptet gen unterteilt und hat in der R gel 1800 Mann Besatzung Bord.